# THE GODS OF GUILT

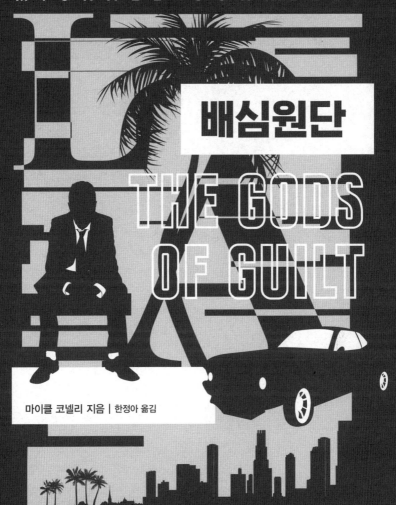

MICHAEL CONNELLY

배심원단

THE GODS
OF GUILT

마이클 코넬리 지음 | 한정아 옮김

RHK
알에이치코리아

찰리 하운첼에게

# [ 주요 인물 소개 ]

## 마이클 할러 변호사 사무소

**미키 할러**　　　　마이클 할러 주니어. LA에서 유명한 속물 변호사.

**로나 테일러**　　　미키의 두 번째 아내. 할러와 이혼 후 그의 사무소에서 직원으로 일한다.

**시스코**
**보이체홉스키**　　사건 조사 업무를 담당하며, 로나 테일러의 현 남편이다.

**제니퍼 애런슨**　　형사소송 업무에 관심이 많은 신참 변호사. 불럭스bullocks(수송아지) 백
**(송아지)**　　　　화점 건물에 있는 사우스웨스턴 로스쿨을 졸업했다고 해서 '송아지'라
　　　　　　　　는 애칭으로 불린다.

## 미키 할러와 가까운 사람들

**얼 브릭스**　　　　미키의 링컨 차 운전기사.

**데이비드 시걸**　　왕년에 미키의 아버지와 동업한 변호사. 현재 요양원에서 지냄.

**헤일리 할러**　　　미키 할러의 딸. 첫 번째 아내인 매기 맥피어슨 검사 사이에서 낳았다.

**글로리아 데이턴**　한때 미키의 단골 의뢰인이었던 콜걸.

**켄달 로버츠**　　　과거에 글로리아 데이턴, 트리나 트리엑스와 함께 콜걸로 일했으나 현
　　　　　　　　재는 콜걸 생활을 접고 요가 강사로 일한다.

## 디지털 포주 라 코세의 작업표시줄

**안드레 라 코세**　성매매 여성들의 소셜미디어를 관리하는 디지털 포주. 함께 일하던 지
　　　　　　　　젤 댈링거를 살해했다는 혐의를 받는다.

**대니얼 프라이스**　지젤 댈링거 피살사건 직전 마지막으로 찾아온 손님의 이름.

**지젤 댈링거**　　　30대 후반의 콜걸.

### [ 미키 할러의 리걸패드 ]

**헥터 아란데 모야**
시날로아 카르텔 소속 마약상.
코카인 50그램과 총을 가지고 있었다는 죄목으로 무기징역형을 받아
사막에 있는 빅터빌 연방교도소에 갇혔다.

**실베스터 풀고니(아버지 슬라이)**
행정기관을 상대로 소송을 걸며 승승장구하던 변호사였으나
현재는 자격을 잃고 감옥에 갇혔다.

**실베스터 풀고니(슬라이 주니어)**
로스쿨을 졸업한 지 2년밖에 안 된 햇병아리 변호사.
아버지가 교도소에서 인연을 맺은 헥터 아란데 모야의 사건을 맡는다.

**페르난도 발렌수엘라**
보석보증인. 슬라이 주니어의 지시를 받고 소환장을 송달하는 일도 한다.

**검찰 측
관계자**

**윌리엄 포사이드**
지젤 댈링거 피살사건을 맡은 검사.

**마크 휘튼**
웨스트 경찰서 형사. 지젤 댈링거 피살사건의 수사 책임자.

**리 랭크포드**
과거에 강력계 형사에 일하다 정년퇴직하고,
현재는 지젤 댈링거 피살사건의 검찰수사관으로 일한다.

**제임스 마르코**
마약단속국 요원.

# CONTENTS

제1부

# 글로리 데이즈

The Gods of Guilt

「 11월 13일 화요일 」

# 1

나는 온화한 미소를 지으며 증인석으로 다가갔다. 증인석에 앉아 나를 노려보는 여자를 박살내려는 속내는 물론 감추고 있었다. 방금 전 클레어 웰턴은 내 의뢰인이 작년 크리스마스이브에 자신을 총으로 위협해 메르세데스 E60에서 강제로 내리게 한 사람이라고 증언했다. 그가 자신을 바닥으로 밀친 후 앞좌석에 지갑이 있고, 뒷좌석에 쇼핑백이 잔뜩 있던 차를 빼앗아 달아났다고 주장했다. 자신의 안전감과 자신감마저 훔쳐 달아났다고 심문하는 검사에게 말했다. 뭐, 내 의뢰인이 그런 개인적인 부분까지 절도해서 기소되진 않았겠지만.

"안녕하십니까, 웰턴 부인."

"안녕하세요."

'안녕하세요'라는 인사말이 '제발 나를 해치지 말아요'라는 말처럼 들렸다. 그러나 그녀를 해치고, 내 의뢰인 레너드 와츠에 대한 검사의 주장을 무너뜨리는 게 내 일이라는 것은 법정에 있는 모든 사람이 잘 알고 있었다. 웰턴은 60대의 뚱뚱한 할머니였다. 전혀 연약해 보이지 않았지만,

연약하길 바라야 했다.

웰턴은 베벌리힐스에 사는 가정주부로, 크리스마스 시즌을 맞아 기승을 부린 연쇄강도사건의 피해자 세 명 중 한 명이었다. 와츠는 그 연쇄강도사건과 관련된 아홉 개의 혐의로 기소되어 재판받고 있었다. 경찰은 그에게 '범퍼카 강도'라는 별명을 지어주었다. 범행대상으로 고른 여자들을 쇼핑몰에서부터 쫓아가다가 주택가 신호등 앞에서 고의로 추돌사고를 낸 뒤, 여자들이 피해 상황을 살피기 위해 차에서 내리면 총으로 위협해서 차와 소지품을 뺏어 달아났기 때문이다. 그 후 장물은 전당을 잡히거나 팔아넘겼고, 현금은 자기가 가졌으며, 차는 밸리 지역의 촙숍(훔친 자동차를 분해하여 그 부품을 비싼 값으로 파는 불법적인 장사─옮긴이)에 팔아넘겼다.

그러나 이 모든 것은 배심원단 앞에서 레너드 와츠를 범인으로 지목한 증인의 진술에 의존한 것으로, 검사의 주장일 뿐이었다. 클레어 웰턴이 바로 그 증인, 이 재판의 핵심 증인이었다. 피해자 세 명 중 배심원단 앞에서 와츠를 가리키며 그가 범인이라고 분명하게 말한 사람은 웰턴뿐이었다. 웰턴은 검사가 일곱 번째로 부른 증인이었지만, 내가 볼 땐 유일한 증인이었다. 그녀가 1번 핀이었다. 올바른 각도로 공을 굴려 그녀를 쓰러뜨리면, 나머지 핀도 모두 쓰러질 것이다.

여기서 내가 스트라이크를 치지 못하면 지켜보던 배심원들이 레너드 와츠를 장기간 사회와 격리시킬 게 분명했다.

나는 종이 한 장을 들고 증인석으로 걸어가면서, 차량 절도사건 발생 직후 클레어 웰턴이 핸드폰을 빌려 911에 신고를 했고 사건 접수 후 제일 먼저 출동한 순경이 1차 사건조서를 작성했는데, 내가 들고 있는 종이가 바로 그 조서라고 소개했다. 그 조서는 검찰이 이미 증거물로 법정에 제출한 거였다. 나는 판사에게 요청해 허락받은 뒤 그 조서를 증인석 책상에 놓았다. 그러자 웰턴은 몸을 뒤로 젖히며 나를 피했다. 배심원들 대다수가 그 모습을 봤을 게 틀림없었다.

나는 검사석과 변호인석 사이에 있는 연설대로 돌아가면서 첫 질문을 던졌다.

"웰턴 부인, 지금 증인 앞에 놓인 것은 그 불행한 사건의 발생 당일에 작성된 1차 사건조서인데요. 신고를 받고 출동한 순경과 이야기 나눈 것 기억하시죠?"

"네, 물론 기억하죠."

"무슨 일이 있었는지 순경에게 말씀해 주셨고요, 그렇죠?"

"네, 맞아요. 너무 놀라고 떨려서 경황이 없……."

"네, 그렇지만 순경에게 사건 경위를 진술하셨고, 그래서 순경은 증인의 소지품과 차량을 훔쳐 달아난 범인에 대해 조서를 작성할 수 있었습니다. 그렇죠?"

"네, 그래요."

"그 순경 이름이 코빈이었고요, 맞죠?"

"그런 것 같네요. 이름은 기억이 안 나지만 여기 조서에 그렇게 적혀 있네요."

"하지만 순경에게 증인이 당한 일을 설명한 것은 기억하시고요, 맞습니까?"

"맞아요."

"그랬더니 순경이 증인의 진술을 요약해서 기록했고요, 그렇죠?"

"네, 그랬어요."

"그리고 순경은 증인에게 요약 내용을 읽고 서명하라고 했습니다, 그렇지 않습니까?"

"네, 근데 그땐 너무 떨려서……."

"조서 사건 요약 문단의 하단에 있는 서명, 증인의 것이 맞습니까?"

"네."

"웰턴 부인, 코빈 순경이 증인의 진술을 토대로 작성한 내용을 배심원 여러분께 큰 소리로 읽어주시겠습니까?"

웰턴은 문단을 읽기 전에 내용을 먼저 훑어보았다.

크리스티나 메디나 검사가 이때를 틈타 벌떡 일어서서 이의를 제기했다.

"재판장님, 이의 있습니다. 증인의 서명 여부와 상관없이, 변호인은 지금 증인이 쓰지 않은 문건을 가지고 증언의 신빙성을 공격하려 하고 있습니다."

마이클 지베커 판사가 눈을 가늘게 뜨고 나를 돌아보았다.

"판사님, 증인은 순경이 작성한 진술서에 서명함으로써 그 내용이 사실임을 인정했습니다. 그리고 그 진술서는 사건에 관한 증인의 기억을 담고 있으므로, 배심원단이 그 내용을 꼭 들어야 한다고 생각합니다."

지베커 판사는 이의제기를 기각했고 웰턴 부인에게 서명한 진술서를 읽으라고 지시했다. 웰턴은 하는 수 없이 지시에 따랐다.

"피해자는 캠던과 엘레바도 교차로에서 신호등에 걸려 멈춰선 직후 뒤따르던 차가 다가와서 박았다고 진술했다. 나가서 피해 상황을 살피려고 차 문을 열었을 때, 30에서 35 YOA의 흑인남자가 앞에 서 있었다.' YOA가 뭔지는 모르겠지만요."

"연령대Years of age란 뜻입니다." 내가 말했다. "계속 읽어주시죠."

"남자는 피해자의 머리채를 잡고 차에서 끌어내려 도로 한복판에서 피해자를 밀어 넘어뜨렸다. 그러고는 총신이 짧은 검은색 리볼버 권총을 피해자의 얼굴을 향해 겨누고 조금이라도 움직이거나 소리를 내면 쏘겠다고 말했다. 그런 다음 용의자는 피해자의 차를 타고 북쪽으로 달아났고, 추돌사고를 낸 차가 그 뒤를 따라갔다. 피해자가……'"

한참이 지나도 웰턴은 문장을 끝맺지 못했다.

"재판장님, 진술서를 증인이 끝까지 읽게 해주시겠습니까?"

"증인, 진술서를 끝까지 읽으세요." 지베커 판사가 명령했다.

"하지만 판사님, 이건 내가 말한 것과 좀 다른 것 같아서요."

"증인, 변호인이 요청한 대로 진술서를 끝까지 읽으세요." 판사가 단호하게 말했다.

웰턴은 체념한 듯 요약한 진술서의 마지막 문장을 읽었다.

"'피해자는 용의자의 인상착의에 관해서 더 이상 진술하지 못했다.'"

"감사합니다, 웰턴 부인." 내가 말했다. "증인은 용의자의 인상착의에 관해서는 진술하지 못했지만, 용의자가 사용한 총에 관해서는 자세히 설명하실 수 있었군요, 그렇지 않습니까?"

"그게 뭐가 자세하다는 건지 모르겠네요. 그 남자가 내 얼굴을 향해 총을 겨눴기 때문에 잘 볼 수 있었어요. 그래서 본 걸 설명한 것뿐인데. 리볼버와 다른 총의 차이점은 순경이 설명해 줬고요. 자동권총인가 뭔가 하는 것하고 다르다고."

"그래서 총의 종류와 색상, 심지어 총신의 길이까지 설명하실 수 있었군요."

"총은 다 검은색 아닌가요?"

"질문은 제가 하는 겁니다, 증인."

"순경이 총에 대해서 꼬치꼬치 캐물었어요."

"하지만 증인은 본인에게 총을 겨눴던 사람의 인상착의는 설명하지 못했습니다. 근데 두 시간 후에는 여러 장의 머그샷 속에서 용의자의 얼굴을 정확히 짚어냈고요. 그렇죠, 증인?"

"뭘 모르시나 본데, 내게 총을 겨누고 강도질을 한 남자를 내가 분명히 봤어요. 그 사람의 인상착의를 설명하는 것하고 그 사람을 알아보는 것하고는 완전히 다른 문제고요. 사진을 봤을 때 그 사람이라는 걸 알 수 있었어요. 지금 저 피고인석에 앉아 있는 사람이 그 사람이라는 걸 아는 것만큼 분명히 알 수 있었다고요."

나는 판사를 돌아보았다.

"재판장님, 이 진술은 배척해 주시기 바랍니다."

메디나 검사가 일어섰다.

"판사님, 변호인이야말로 질문이랍시고 광범위하게 진술을 하고 있습니다. 진술은 변호인이 했고 증인은 대꾸를 했을 뿐이죠. 진술 배척을 청구할 근거가 전혀 없다고 생각합니다."

"진술 배척 청구는 기각합니다." 판사가 재빨리 말했다. "다음 질문 하세요, 변호인. 진짜 질문 말이에요."

나는 시키는 대로 하려고 노력했다. 다음 20분 동안 클레어 웰턴의 주장을 끈질기게 물고 늘어졌다. 베벌리힐스에서 가정주부로 살면서 알고 지내는 흑인이 얼마나 되는지 물음으로써 인종 간 식별문제의 장을 열었다. 그러나 전부 헛수고였다. 레너드 와츠가 자기 차를 뺏어간 강도라는 웰턴의 믿음을 단 한 순간도 흔들어놓을 수가 없었다. 심문이 진행되는 동안 웰턴은 강도사건으로 잃어버렸다던 자신감을 되찾은 것 같았다. 나의 공격을 꿋꿋하게 견뎌내고 받은 대로 내게 되돌려 주었다. 심문이 끝날 즈음 웰턴은 단단한 바위가 되어 있었다. 내 의뢰인이 범인이라는 그녀의 주장은 여전히 유효했다. 내가 거터볼(볼링에서 핀에 맞기 전에 좌우 홈으로 빠져버린 공―옮긴이)을 던진 것이다.

나는 판사에게 더 이상 질문 없다고 말한 후 변호인석으로 돌아왔다. 메디나 검사가 몇 가지 추가심문을 하겠다고 말했다. 와츠가 차를 뺏어 간 범인이라는 웰턴의 주장을 더욱 굳건히 해줄 질문들을 던질 게 분명했다. 내가 와츠 옆자리로 가서 앉자, 와츠의 눈이 희망을 찾아 내 표정을 살폈다.

"안 되겠어." 내가 와츠에게 속삭였다. "할 만큼 했지만."

와츠는 내게서 입 냄새가 나는지 아니면 내 말에 구역질이 나는지 아니면 둘 다인지 상체를 뒤로 젖혔다.

"안 되겠어?" 와츠가 말했다.

와츠가 메디나 검사의 말을 방해할 만큼 큰 소리로 말하자, 검사가 피고인석을 돌아보았다. 나는 두 손바닥을 아래로 향하게 해서 진정하라는 손동작을 취하며 입모양으로 '진정해'라고 말했다.

"진정해?" 와츠가 큰 소리로 말했다. "어떻게 진정해. 이길 수 있다며, 저 할망구쯤이야 문제없다며."

"할러 변호사!" 판사가 고함을 쳤다. "피고인 진정시켜요, 안 그러면 내가……."

와츠는 판사의 협박을 끝까지 듣지 않았다. 패스 플레이를 끊으려는 코너백(미식축구 수비수―옮긴이)처럼 나를 향해 몸을 날렸다. 나는 의자와 함께 넘어졌고, 나와 와츠는 메디나 검사의 발치까지 굴러갔다. 와츠가 주먹을 날리기 위해 오른팔을 뒤로 빼자 메디나는 다치지 않으려고 급히 옆으로 몸을 피했다. 나는 오른팔이 와츠의 몸에 꽉 눌린 채 왼쪽 옆구리를 바닥에 대고 쓰러졌다. 그가 나를 향해 주먹을 내려치는 순간 나는 가까스로 왼손을 들어 주먹을 잡았다. 그러나 가격을 막지는 못하고 충격을 완화했을 뿐이었다. 그의 주먹에 밀려 내 손이 내 턱을 때렸다.

나는 정신없는 와중에도 주위에서 일어나는 비명소리와 움직임을 인지하고 있었다. 와츠가 두 번째 펀치를 준비하며 주먹을 뒤로 뺐다. 그러나 그가 주먹을 날리기 전에 법정 경위들이 달려들어 그를 내게서 떼어내 변호인석과 검사석 앞에 있는 공간에 패대기쳤다.

이 모든 움직임이 슬로모션 같았다. 판사는 아무도 듣지 않는 명령을 쏟아내고 있었고, 검사와 법원 속기사는 아수라장을 피해 뒤로 물러서고 있었다. 법원 서기는 울타리 뒤에서 일어서서 경악한 표정으로 난투극을 지켜보고 있었다. 법정 경위가 와츠의 옆통수를 바닥 타일에 손으로 짓눌렀고, 와츠는 바닥에 가슴을 대고 엎어졌다. 와츠는 뒷짐을 진 자세로 두 손에 수갑이 채워지는 동안 기묘한 웃음을 흘리고 있었다.

그리고 곧 상황이 종료되었다.

"경위들 뭐 하나, 빨리 끌고 나가지 않고!" 지베커 판사가 외쳤다.

와츠는 법정 옆쪽에 있는 철문을 통과해 구치감으로 질질 끌려갔다. 나는 바닥에 앉아 내 피해 상황을 살폈다. 입과 이가 온통 피범벅이었고 빳빳한 흰 와이셔츠에도 곳곳에 피가 묻어 있었다. 넥타이는 변호인석 테이블 밑에 떨어져 있었다. 붙였다 뗐다 하는 넥타이였는데, 구치감에서 의뢰인을 접견할 땐 창살 사이로 혹시 멱살이라도 잡힐까 봐 이런 걸 매고 다녔다.

나는 손으로 턱을 문지르며 혀로 이를 쓱 훑어보았다. 모든 게 제자리에 잘 있는 것 같았다. 재킷 안주머니에서 흰 손수건을 꺼내 얼굴을 닦으면서 다른 손으로는 변호인석 테이블을 붙잡고 일어섰다.

"지니, 구급차 불러." 판사가 서기에게 말했다.

"아뇨, 판사님." 내가 재빨리 말했다. "괜찮습니다. 좀 닦기만 하면 됩니다."

나는 이런 상황에서도 격식을 차리기 위해 피로 물든 와이셔츠 칼라에 다시 넥타이를 붙이려고 애를 썼다. 칼라의 단추 구멍에 넥타이 클립을 꽂고 있는데, 법정 경위 서너 명이 비상 단추 누른 소리를 듣고 뒤에 있는 중앙 출입문으로 뛰어 들어왔다. 판사가 비상벨을 누른 게 틀림없었다. 지베커 판사는 상황이 종료됐으니까 다들 물러서 있으라고 지시했다. 경위들은 법정 뒷벽을 따라 넓게 퍼져 섰다. 혹시라도 다른 누군가가 무력행사를 고려할까 봐 무력시위를 하는 거였다.

나는 손수건으로 한 번 더 얼굴을 닦은 후 판사에게 말했다.

"정말 죄송합니다, 재판장님, 제 의뢰인이……."

"아뇨, 지금은 아무 말 말아요, 할러 변호사. 자리에 앉아요. 메디나 검사도 앉고. 모두 진정하고 자리에 앉읍시다."

나는 시키는 대로 자리에 앉아서 접은 손수건으로 입을 가린 채 판사가 배심원석을 향해 완전히 돌아앉는 것을 지켜보았다. 판사는 먼저 클레어 웰턴에게 증인석을 떠나도 된다고 말했다. 웰턴은 망설이면서 일어서더니 검사석과 변호인석 뒤에 있는 출입문을 향해 걸어갔다. 그녀는 법정에 있는 어느 누구보다도 충격을 받은 모습이었다. 그럴 만도 했다. 와츠가 나에게 덤벼들었듯 자기에게도 쉽게 덤벼들 수 있었을 거라는 데에 생각이 미친 게 틀림없었다. 와츠의 동작이 조금만 빨랐다면 그녀를 공격하고도 남았을 것이다.

웰턴이 증인들과 직원들을 위해 남겨두는 방청석 첫 줄로 가서 앉자, 판사가 배심원들을 보면서 입을 열었다.

"배심원 여러분, 불미스러운 모습을 보여드려 대단히 유감입니다. 단

언컨대 법정은 폭력을 위한 장소가 아닙니다. 문명화된 사회가 거리에 만연한 폭력에 맞서 싸우는 곳이죠. 그런 곳에서 이런 일이 생기니 참으로 마음이 아프군요."

그때 철컥, 하고 쇳소리가 들리더니 구치감 문이 열리고 경위들이 돌아왔다. 그들이 와츠를 구치감에 가두면서 얼마나 두들겨 팼을지 궁금했다.

판사가 잠깐 말을 멈추고 그들을 바라보더니 다시 배심원단을 돌아보며 말을 이었다.

"불행히도, 피고인이 자신의 대리인을 공격함으로써 우리가 편견을 갖게 되어 더 이상 재판을 진행하기가 어렵게 되었습니다. 따라서……."

"재판장님?" 메디나 검사가 끼어들었다. "제가 한 말씀 드려도 되겠습니까?"

메디나는 판사가 무슨 말을 하려는 건지 알아차리고 급히 막아 세울 필요를 느낀 모양이었다.

"지금은 안 됩니다, 메디나 검사. 말하는 데 끼어들지 말아요."

그러나 메디나는 끈질겼다.

"재판장님, 잠깐 따로 협의를 해도 되겠습니까?"

판사는 짜증이 난 것 같았지만 마음을 누그러뜨리고 협의를 허락했다. 나는 검사를 따라 판사석으로 걸어갔다. 판사는 우리가 나누는 이야기를 배심원단이 듣지 못하도록 소음 발생기를 켰다. 메디나가 자기주장을 펼치기 전에 판사는 내게 진료를 안 받아도 정말 괜찮겠느냐고 한 번 더 확인을 했다.

"괜찮습니다, 판사님. 걱정해 주셔서 감사합니다. 못 쓰게 된 건 셔츠밖에 없는 것 같습니다."

판사는 고개를 끄덕이고는 메디나를 돌아보았다.

"반대하는 이유는 알겠는데, 메디나 검사, 어쩔 도리가 없어요. 조금 전에 일어난 일을 배심원들이 다 봐버려서 편견을 갖게 됐으니, 달리 방법이 없군요."

"판사님, 이 사건의 피고인은 대단히 폭력적인 범죄를 저지른 대단히 폭력적인 사람입니다. 배심원들도 그 사실을 잘 알고 있고요. 그러니까 배심원들이 목격한 것으로 인해 편견을 갖게 되었다고 해도 크게 문제될 것 같지는 않은데요. 배심원들은 피고인의 행동을 직접 보고 스스로 판단할 권리가 있습니다. 피고인이 자발적으로 폭력을 행사한 것이니까, 피고인에 대해 갖게 된 편견이 지나친 것도 부당한 것도 아니고요."

"저도 한 말씀 드리겠습니다, 판사님. 저는 검사와는 다른……."

"게다가 피고인이 법정을 자기 마음대로 조종하고 있는 것 같습니다." 메디나가 내 말을 깔아뭉개고 자기주장을 이어갔다. "이런 식으로 하면 재판을 새로 받을 수 있다는 걸 알고……."

"어허, 잠깐만요." 내가 발끈해서 끼어들었다. "지금 검사는 근거 없는 빈정거림과……."

"메디나 검사, 이의제기는 기각합니다." 판사는 모든 논쟁을 단번에 잠재웠다. "피고인에 대해 갖게 된 편견이 지나치거나 부당하지 않다고 해도, 피고인은 사실상 자신의 대리인을 해고한 것이거든요. 이런 상황에서 할러 변호사에게 계속 변호를 맡으라고 요구할 수는 없죠. 피고인이 이 법정에 돌아오도록 허락해 줄 생각도 없고. 그러니 둘 다 자기 자리로 돌아가세요."

"판사님, 저희 검사 측 이의제기 내용을 기록으로 남겨주시기 바랍니다."

"그럽시다. 이제 돌아가요."

우리는 각자의 자리로 돌아갔고, 판사는 소음 발생기를 끄고 나서 배심원단에게 말했다.

"배심원 여러분, 아까도 말씀드렸지만, 조금 전 여러분이 목격한 것으로 인해 피고인에 대해 편견을 갖게 되는 상황이 발생했습니다. 이런 상황에서는 피고인의 혐의에 대한 유죄를 심의할 때 방금 본 상황을 완전히 배제하고 심의하기가 불가능할 것이라고 생각합니다. 따라서 나는 이 재판의 무효를 선언하고, 이 법정과 캘리포니아 주민들을 대표하여 감사의 마음을 전하며 배심원단을 해산하는 바입니다. 칼라일 경위가 여러분을 회의실로 안내할 테니 짐을 싸서 귀가하시기 바랍니다."

배심원들은 이제 어떻게 해야 할지 혹은 정말로 모든 게 끝난 건지 잘 모르는 것 같았다. 마침내 한 용감한 남자가 배심원석에서 일어서자 다들 그를 따라 일어섰다. 그러고는 법정 뒤쪽 문을 통해 퇴정했다.

나는 크리스티나 메디나 검사를 바라보았다. 그녀는 낭패한 표정으로 고개를 숙이고 앉아 있었다. 판사는 퉁명스럽게 휴정을 선언하고는 판사석을 떠났다. 나는 더러워진 손수건을 잘 접어서 바지주머니에 넣었다.

# 2

재판을 위해 하루를 완전히 빼놓고 있었던 터라 갑자기 놓여나니 만날 의뢰인도, 밀고 당길 검사도, 가야 할 곳도 없었다. 나는 법원을 떠나 템플 거리를 따라 내려와 1번가로 향했다. 길모퉁이에 쓰레기통이 있었다. 나는 손수건을 입에 대고 입속에 있던 찌꺼기를 모두 뱉어냈다. 그러고는 손수건을 쓰레기통에 버렸다.

1번가 사거리에서 오른쪽으로 돌아보니 링컨에서 나온 타운카들이 인도를 따라 주차되어 있었다. 여섯 대의 타운카가 줄지어 서 있는 게 마치 장례행렬 같았다. 운전기사들은 인도에 모여 잡담하며 대기 중이었다. 모방이야말로 최고의 극찬이라더니, 그래서일까, 영화가 나온 뒤로 '링컨 차를 타는 변호사'가 속출했고, 링컨 차가 LA 법원 밖 도로를 가득 메우는 일이 허다해졌다. 자기가 영화의 실제 모델이라고 떠벌리고 다니는 변호사가 많다는 이야기도 여러 번 들었다. 이런 상황이다 보니, 내 링컨 차인 줄 알고 탔는데 남의 차였던 적이 지난달만 해도 세 번이나 됐다.

이번에는 그런 실수를 하지 않을 작정이었다. 나는 언덕을 내려가면서 핸드폰을 꺼내 운전기사 얼 브릭스에게 전화를 걸었다. 저 앞에 그가 서 있는 게 보였다. 얼이 즉시 전화를 받자 트렁크를 열라고 말하고 전화를 끊었다.

줄지어 서 있던 링컨 차 가운데 세 번째 차의 트렁크가 올라가는 것을 보고 내가 가야 할 목적지가 어딘지 알아차렸다. 차 트렁크 앞에 도착해선 서류가방을 내려놓고 재킷과 넥타이와 셔츠를 벗었다. 물론 속에다 티셔츠를 입었기 때문에 누가 내 벗은 몸을 보느라 차를 멈추는 일 따위는 일어나지 않는다. 나는 트렁크에 넣고 다니는 여분의 셔츠 중에서 하늘색 옥스퍼드 남방을 꺼내 입기 시작했다. 얼이 다른 운전기사들과의 잡담을 끝내고 다가왔다. 그는 거의 10년 전부터 가끔씩 내 운전기사로 일했다. 문제가 생길 때마다 나를 찾아왔고 운전으로 수임료를 대신했다. 이번에는 자신이 일으킨 문제로 일을 하는 게 아니었다. 내가 그의 어머니의 주택압류를 막는 소송을 맡아 길바닥에 나앉지 않게 도와준 것에 대한 대가였다. 그 일로 얼은 6개월간 운전을 해주기로 했다.

얼은 내가 범퍼 위에 걸쳐놓은 더러워진 셔츠를 집어 들고 살펴보았다.

"뭐야, 누가 하와이안 펀치라도 쏟았어요?"

"그 비슷한 거. 자, 가자."

"하루 종일 법정에 있는 거 아니었어요?"

"나도 그런 줄 알았는데, 상황이 바뀌었어."

"그럼 어디로 가게요?"

"우선 필립스부터 들르자."

"알았어요."

얼은 앞에, 나는 뒤에 탔다. 앨러미다에 있는 샌드위치 가게에 잠깐 들른 뒤 나는 얼에게 서쪽으로 가라고 지시했다. 다음 목적지는 페어팩스 지역 파크 라브레아 근처에 있는 메노라 마노라는 곳이었다. 나는 한 시간쯤 걸릴 거라고 말한 뒤 서류가방을 들고 내렸다. 새로 입은 셔츠 자락을 바지에 넣어 옷매무새를 단정히 했지만 넥타이를 다시 붙이지는 않았다. 넥타이는 필요 없었다.

메노라 마노는 페어팩스 동쪽 윌러비에 있는 4층짜리 요양원이었다. 나는 접수처에서 방문자 등록을 한 뒤 엘리베이터를 타고 3층으로 올라갔다. 간호사실에 있는 간호사에게 데이비드 시걸과 법률상담을 하러 왔으니까 방해하지 말아달라고 말했다. 간호사는 상냥한 여자였고 내가 자주 찾아오는 면회객임을 알고 있었기 때문에 그러라고 고개를 끄덕였다. 나는 334호실을 향해 복도를 걸어갔다.

나는 병실 문을 열고 바깥쪽 손잡이에 '방해하지 마시오' 표지판을 건 후 문을 닫았다. 데이비드 '리걸' 시걸은 침대에 누워서 맞은편 벽 높이 걸려 있는, 소리가 나오지 않는 텔레비전 화면을 멍하니 쳐다보고 있었다. 희고 앙상한 두 손은 담요 위에 놓여 있었다. 코에 꽂힌 산소호흡기에서 쉭쉭거리는 소리가 작게 들렸다. 그가 나를 보고 미소를 지었다.

"미키."

"리걸 아저씨, 좀 어떠세요?"

"그만그만하다. 뭐 좀 가져왔니?"

나는 벽에서 면회객용 의자를 끌어와 리걸의 시야 안에 들어가 앉았다. 올해 81세인 리걸은 거동을 잘하지 못했다. 나는 서류가방을 침대에 올린 뒤 열어서 리걸이 안에 든 것을 집을 수 있게 가방을 돌려놓았다.

"필립 디 오리지널의 프렌치딥 샌드위치인데, 어때요?"

"오, 정말?" 그가 말했다.

메노라 마노는 유태인 율법에 따라 조리한 음식만을 제공하고 있어서, 나는 법률상담을 핑계로 리걸에게 갈 때마다 외부의 맛있는 음식을 몰래 사다 주곤 했다. 리걸 시걸은 50년 가까이 변호사 생활을 하면서 즐겨먹던 음식들을 그리워했다. 그는 내 아버지의 변호사 사무소 동업자였다. 리걸은 전략가였고 아버지는 그 전략을 법정에서 구사하는 행동가였다. 내가 다섯 살 때 아버지가 돌아가신 후로도 리걸은 우리 가족 곁을 지켰다. 어린 나를 처음으로 다저스 경기에 데려가 주었고, 내가 좀 더 컸을 땐 로스쿨에 보내주었다.

1년 전 나는 스캔들과 자기 파괴적인 행동으로 인해 지방검찰청장 선거에서 패배하고 나서 리걸을 찾아왔다. 나는 삶의 전략을 찾고 있었고, 리걸 시걸은 기꺼이 전략을 짜주었다. 그런 의미에서 우리의 만남은 변호사와 의뢰인 간의 법률상담이라고 할 수 있었다. 다만 요양원 직원들은 내가 의뢰인이라는 것을 알지 못했을 뿐이다.

나는 리걸이 샌드위치 포장지를 벗기는 것을 도와주었고 필립스 샌드위치의 비법 소스를 담은 용기를 열어주었다. 호일로 싼 피클도 있었다.

리걸은 샌드위치를 한입 베어 물더니 미소를 지으면서 승리의 세리머니를 하듯 앙상한 팔을 힘차게 들어올렸다. 그에게는 아들이 둘 있고 손주도 여럿 있었지만 명절 때나 들여다볼 뿐 평소에는 한 번도 오지 않았다. 언젠가 리걸이 말했듯이 "필요가 없어지면 가족이라고 해도 코빼기도 보기 힘든" 건가 보았다.

리걸과 나는 주로 재판에 관한 이야기를 나누었고 리걸이 전략을 제안하곤 했다. 검사의 계획과 재판의 흐름을 예측하는 데에는 리걸을 따라갈 사람이 없었다. 이번 세기 들어서는 법정에 들어가 본 적도 없고,

그가 활동하던 시절 이후로 형법이 많이 바뀌었다는 사실은 중요하지 않았다. 리걸은 법정 경험이 풍부했고 항상 전략을 갖고 있었다. 그는 그런 전략을 '수'라고 불렀다. '이중 은폐의 수', '법복의 수' 등등. 나는 검찰청장 선거에 지고 절망하던 시기에 그를 찾아갔다. 아버지에 대해 그리고 아버지가 인생 역경을 어떻게 헤쳐 나갔는지에 대해 알고 싶었다. 그러나 그보다는 법에 대해 더 많이 알게 되었다. 법은 무른 납과 같아서, 구부려서 원하는 대로 모양을 만들 수 있다는 사실을 알게 되었다.

"법은 유연한 거야. 구부릴 수도 늘일 수도 있지." 리걸 시걸은 항상 이렇게 말하곤 했다.

나는 리걸을 우리 팀의 일원이라고 생각했고, 그래서 내가 맡은 사건들에 대해서 그와 의논했다. 그는 자기 생각을 말하고 수를 제안했다. 나는 종종 그 수를 썼는데, 효과가 있을 때도 있었고 없을 때도 있었다.

리걸은 천천히 먹었다. 샌드위치를 사다 주면 한 시간은 들여서 조금씩 천천히 씹어 먹는다는 것을 나는 경험으로 알고 있었다. 버리는 게 하나도 없었다. 그는 항상 내가 가져온 것을 깨끗이 먹어치웠다.

"어젯밤에 330호 할망구가 죽었다는구나." 리걸이 입에 든 것을 다 삼키고 나서 말했다. "불쌍한 할망구."

"그러게요. 연세가 어떻게 되셨는데요?"

"아직 젊은데. 70대 초반이니까. 자다가 갔단다. 오늘 아침에 데리고 나가더라."

나는 고개를 끄덕였다. 무슨 말을 해야 할지 난감했다. 리걸은 샌드위치를 또 한 입 베어 물고는 냅킨을 집으려고 서류가방을 향해 손을 뻗었다.

"왜 소스는 안 찍어 드세요? 찍어 먹어야 더 맛있는데."

"난 그냥 먹는 게 더 맛있거든. 근데, 미키 너 피칠갑 수를 썼구나, 그렇지? 그래서 어떻게 됐니?"

리걸이 냅킨을 집으면서 내 지퍼백에 담겨 있는 여분의 혈액 캡슐을 본 것이다. 하나를 실수로 삼켜버릴 경우를 대비해서 들고 다니던 거였다.

"환상이던데요."

"재판무효 받아냈니?"

"네. 화장실 좀 써도 돼요?"

나는 서류가방에서 칫솔이 든 다른 지퍼백을 꺼냈다. 그러고는 병실 화장실로 가서 양치를 했다. 처음에는 빨간색 식용색소가 칫솔을 분홍색으로 물들였지만 곧 물이 다 빠졌다.

방으로 돌아와 보니 리걸은 샌드위치를 반만 먹은 상태였다. 나머지 반은 식었겠지만 그렇다고 휴게실 전자레인지에서 데워올 수도 없는 노릇이었다. 그러나 리걸은 마냥 행복해 보였다.

"자세히 얘기해 봐." 리걸이 말했다.

"증인을 열심히 공격했지만 완강히 버티더라고요. 굳건한 바위 같았어요. 그래서 변호인석으로 돌아오면서 의뢰인한테 신호를 보냈더니 약속한 대로 하더라고요. 예상했던 것보다 더 세게 때리긴 했는데 뭐 어쩔 수 없죠. 제일 잘된 건 재판무효를 요구할 필요가 없었다는 거예요. 판사가 바로 선언해 버렸거든요."

"검사가 반대하는데도?"

"네."

"잘됐구나. 엿 먹어라 그래라, 검사 새끼들."

리걸 시걸은 뼛속까지 변호사였다. 그에게는 의뢰인에게 최상의 변호 서비스를 제공하는 것이 변호사의 의무라는 사실이 어떤 윤리적인 문제나 애매모호한 부분도 극복할 수 있는 최고의 무기였다. 그것이 상황이 불리할 때 꼼수를 써서라도 재판무효를 받아내는 것을 뜻한다고 해도 그렇게 해야 한다는 게 리걸의 생각이었다.

"이제 문제는 그 검사란 놈이 협상을 하려고 할까 하는 거네?"

"남자가 아니고 여자예요. 협상할 것 같고요. 오늘 그 난리가 나고 나서 증인 얼굴을 보셨어야 해요. 너무 놀라서 넋이 나간 것 같더라고요. 새로 재판을 받겠다고 돌아올 것 같지는 않아요. 일주일쯤 기다렸다가 제니퍼 시켜서 검사에게 전화해 보려고요. 그때쯤이면 협상할 마음의 준비가 되어 있을걸요."

제니퍼는 내 동료 제니퍼 애런슨 변호사를 뜻했다. 재판이 새로 시작될 경우 그녀가 레너드 와츠의 변호를 맡아야 할 것이다. 내가 계속 맡으면 아까 법정에서 크리스티나 메디나 검사가 주장했던 것처럼 재판을 새로 받기 위한 작전이라는 것이 드러날 것이기 때문이었다.

재판이 시작되기 전 메디나는 유죄답변 거래를 하자는 내 제안을 거절했다. 피해자들의 차와 추돌사고를 낸 차를 운전한 공범이 누군지 레너드 와츠가 말해주지 않았기 때문이었다. 와츠는 밀고하지 않으려고 했고, 메디나는 협상을 거부했다. 그러나 일주일 후에는 상황이 달라질 게 분명했다. 이유는 여러 가지였다. 우선 나는 첫 재판에서 검사 측 주장의 요점을 파악했다. 또한 검사 측 핵심 증인은 오늘 공판 중에 자기 눈앞에서 벌어진 일을 보고 큰 충격을 받았다. 그리고 재판을 새로 시작하면 혈세가 남용될 우려가 있었다. 게다가 나는 앞으로 피고인 측이 내놓을 전략을, 즉 전문가들을 증인으로 불러서 인종 간 식별문제를 파헤치겠다는 의도를 넌지시 내비치기도 했다. 그런 것을 배심원단 앞에서 다루고 싶어 하는 검사는 아마 한 명도 없을 것이다.

"어쩌면 제가 전화 걸기도 전에 저한테 먼저 연락이 올지도 모르죠."

그건 희망사항일 뿐이었지만 나는 리걸이 자신이 짜준 수법이 효과가 있었다고 생각하고 기뻐하기를 바랐다.

서 있는 동안 나는 여분의 혈액 캡슐을 서류가방에서 꺼내 병실 한 구석에 놓인 의료폐기물 쓰레기통으로 던졌다. 더 이상 갖고 있을 필요가 없었고 혹시라도 깨져서 서류를 더럽힐까 봐 걱정되기도 했다.

내 핸드폰 벨이 울려서 주머니에서 핸드폰을 꺼냈다. 사무장 로나 테일러의 전화였지만 받지 않고 음성메시지로 넘어가게 했다. 면회 끝내고 나가서 전화해 볼 생각이었다.

"그거 말고 또 재판 중인 건은 어떤 게 있니?" 리걸이 물었다.

나는 두 손을 펴 보였다.

"현재로선 한 건도 없어요. 이번 주는 계속 쉬어야 하지 싶어요. 내일 심리법정에 가서 건질 의뢰인이 있나 찾아보려고요. 전 일거리가 급하잖아요."

일을 하면 소득을 얻을 수 있을 뿐만 아니라 바쁘게 살 수 있어서 좋았다. 내 인생에서 엉망이 된 부분을 잊을 수 있었다. 그런 의미에서 법은 단순한 생계 수단에 그치지 않고 내가 미치지 않게 도와주었다.

시내 형사법원 건물에 있는 심리법정인 130호 법정에 가면 이해관계 충돌을 이유로 국선변호인이 포기하는 의뢰인을 주워 먹을 수 있었다. 검찰이 복수의 피고인이 있는 사건을 기소할 때마다, 국선변호인은 그 중 한 명의 피고인을 골라 맡을 수 있었고 나머지는 이해관계의 충돌을 이유로 포기해야 했다. 이 나머지 피고인들이 개인적으로 변호사를 선임하지 않으면, 판사가 국선변호인을 지정해 주었다. 그럴 때 법정 복도를 얼쩡거리고 있으면, 한 명 건질 수도 있었다. 물론 정부가 주는 수임료라 야박하긴 하지만 일없이 손가락 빨고 있는 것보다는 나았다.

"어쩌다 그런 신세가 됐냐." 리걸이 말했다. "작년 가을 언젠가는 여론조사에서 경쟁자보다 5퍼센트나 앞서갈 때도 있었는데. 지금은 의뢰인을 주워 먹으려고 심리법정을 얼쩡거리는 신세가 됐으니."

리걸은 늙어가면서 점잖은 사람들끼리 대화할 때 사용하는 언어의 거름망을 잃어버린 것이 틀림없었다.

"고마워요, 아저씨." 내가 말했다. "제 신세에 대한 객관적이고 정확한 평가. 아주 신선하네요."

리걸 시걸이 사과의 표시로 뼈만 앙상한 두 손을 내밀었다.

"그냥 말이 그렇다는 거지."

"알죠."

"그래, 그건 그렇고 딸내미는 어떻게 지내니?"

리걸의 기억력은 참 신기했다. 어느 때는 자기가 아침에 뭘 먹었는지도 기억 못하면서, 내가 1년 전에 선거에서 졌을 뿐만 아니라 더 많은 것을 잃었다는 사실은 항상 기억하고 있었다. 나는 그 스캔들로 인해 딸의 사랑까지 잃었고 이미 깨진 가족관계를 다시 붙여보려던 노력은 완전히 물거품이 되었다.

"아직도 그러고 있어요. 오늘은 그 얘기 하지 말죠." 내가 말했다.

그때 핸드폰에서 진동이 느껴졌다. 문자메시지가 도착했다는 신호였다. 다시 핸드폰을 확인해 보니 로나에게서 온 거였다. 내가 전화를 받지 못하거나 음성메시지를 듣지 못하는 상황에 있을 거라고 추측한 것이다. 그럴 때라도 문자메시지는 확인할 수 있다는 걸 그녀는 알고 있었다.

즉시 전화 요망 — 187

캘리포니아 형법전의 살인죄 조항 번호인 '187'이라는 숫자가 보이자 관심이 생겼다. 이제 갈 때가 되었다.

"네가 그 아이 얘기를 안 하니까 내가 하는 거 아니니."

"안 하고 싶으니까 안 하는 거죠. 너무 고통스러우니까. 저 금요일 밤마다 술 퍼마시고 토요일엔 하루 종일 잠만 자요. 왠 줄 아세요?"

"아니, 왜 자꾸 술을 마시는지 모르겠구나. 넌 아무것도 잘못한 게 없는데. 갤러웨인지 뭔지 하는 작자 건도 네가 할 일을 한 것뿐인데."

"토요일에 뻗어 있으려고 마시는 거예요. 토요일엔 항상 딸을 만나곤 했으니까. 그리고 그 작자 이름은 갤러거예요, 션 갤러거. 제 할 일을 했다는 건 중요하지 않아요. 저 때문에 사람이 죽었어요, 아저씨. 제가 석방시킨 사람 때문에 사거리에서 두 명이 차에 치여 사망했는데 할 일을 했을 뿐이라고만 하면 책임이 없어지나요. 어찌 됐든 이만 가볼게요."

나는 일어서서 리걸에게 핸드폰을 보여주었다. 가려는 이유가 핸드폰 때문이라고 말하는 것처럼.

"아니, 한 달 만에 와서는 벌써 간다고? 샌드위치도 다 안 먹었는데."

"지난 화요일에도 왔거든요. 다음 주에도 또 올게요. 안 되면 그다음 주에라도. 잘 버티고 꽉 붙잡고 계세요."

"꽉 붙잡으라고? 그건 또 무슨 말이냐?"

"가진 걸 잃지 않게 꽉 붙잡고 안녕히 계시라고요. 언젠가 경찰인 이복형이 해준 말이에요. 간호사가 들어와서 뺏어가기 전에 샌드위치도 마저 드시고요."

나는 문을 향해 걸어갔다.

"어이, 미키 마우스."

나는 리걸을 향해 돌아섰다. 미키 마우스는 내가 2킬로그램으로 태어

32

났다고 리걸이 붙여준 별명이었다. 보통 때 같으면 그렇게 부르지 말라고 펄쩍 뛰었겠지만 지금은 빨리 가고 싶어서 그냥 넘어갔다.

"왜요?"

"네 아버지는 항상 배심원들을 '단죄의 신들'이라고 불렀는데, 기억하니?"

"그럼요. 그 사람들이 유죄 여부를 판단하니까요. 하고 싶은 말씀이 뭔데요, 아저씨?"

"내가 하고 싶은 말은 우리가 하는 모든 행동에 대해서 우리를 판단하는 사람이 많다는 거다. 단죄의 신들이 많다고. 거기에 몇 명 더 보탤 필요는 없지 않겠니?"

나는 고개를 끄덕였지만 대꾸를 안 하고 넘어갈 수가 없었다.

"샌디 패터슨과 케이티요."

리걸이 어리둥절한 표정을 지었다. 누구의 이름인지 알아차리지 못한 것이다. 물론 내게는 영원히 잊히지 않을 이름이었지만.

"갤러거가 죽인 모녀요. 그 모녀가 제 단죄의 신들이에요."

나는 방을 나가 문을 닫았고 손잡이에 걸린 '방해하지 마시오' 표지판은 그대로 두었다. 간호사들이 들어와서 우리의 범죄 행각이 발각되기 전에 리걸이 샌드위치를 다 먹어치우기를 바라면서.

# 3

 링컨 차로 돌아와 로나 테일러에게 전화를 걸었더니, 그녀는 언제 들어도 양날의 칼처럼 나를 찌르는 말로 인사말을 대신했다. 나를 흥분시키고 끌어당기며, 동시에 밀어내는 말.

 "미키, 살인사건 수임 의뢰가 들어왔어."

 살인사건 변호를 맡는다는 생각만으로도 온몸에서 전율이 일었다. 그 이유는 여러 가지였다. 우선, 살인은 형법에 기재된 최악의 범죄였고 변호에도 최고가 필요했다. 살인 피의자를 변호하려면 업계에서 최고가 되어야 했다. 업계 최고라는 명성을 날리고 있어야 했다. 게다가 돈도 따라왔다. 살인사건 변호는 재판으로 가든 가지 않든 대단히 시간이 소모되는 일이어서 수임료가 매우 높다. 지불능력이 있는 의뢰인을 만나 살인사건 변호를 맡게 되면 1년 소득을 단번에 벌어들이는 경우가 허다하다.

 문제는 의뢰인이다. 나는 무고한 사람이 살인죄로 기소된 거라고 믿지만, 대개의 경우 경찰과 검찰의 판단이 옳고, 결국 나는 형량을 줄이려고 협상을 하는 처지가 된다. 그러는 동안 타인의 목숨을 앗아간 사람 옆에 앉아 있어야 하는데, 그것은 결코 유쾌한 경험이 아니다.

"자세히 좀 말해봐." 내가 말했다.

나는 타운카 뒷좌석에 앉았고, 접이식 테이블에는 리걸패드가 놓여 있었다. 얼은 페어팩스 지역에서 쭉 뻗어 있는 3번가를 달려 시내로 향하고 있었다.

"맨즈 센트럴 교도소에서 수신자부담으로 전화가 왔어. 받았더니 안드레 라 코세라는 남자가 어젯밤에 살인죄로 체포됐는데 당신을 고용하고 싶다는 거야. 여길 어떻게 알고 전화했는지 물어봤더니 그 사람이 죽였다는 여자가 예전에 당신을 추천한 적이 있다네. 당신이 최고라고 했대."

"그 여자가 누군데?"

"그게 참 이상한데. 그 남자 말로는 그 여자 이름이 지젤 댈링거래. 충돌 앱을 돌려봤는데 그런 이름은 없어. 당신이 그 여자 변호를 맡은 적이 없다는 거지. 그래서 그 여자가 당신을 어떻게 알고 추천했는지 모르겠어. 아직은 추정일 뿐이지만 이 남자에게 살해당하기 전에 말이야."

충돌 앱은 우리가 맡았던 모든 사건 자료를 전산화한 컴퓨터 프로그램으로, 잠재적 의뢰인이 이전에 어떤 사건에서 증인이나 피해자, 혹은 의뢰인으로 등장했는지를 단 몇 초 만에 알려주었다. 20년 이상 이 업계에서 종사하다 보니 그동안 맡았던 의뢰인의 이름을 다 기억할 수가 없었다. 하물며 사건에 등장하는 부수적인 인물은 말할 것도 없었다. 충돌 앱은 시간을 무척 절약해 주었다. 충돌 앱이 나오기 전에는 사건을 맡아 열심히 파헤치다가 예전 의뢰인이나 증인, 피해자 때문에 이해관계가 충돌이 되어 새 의뢰인의 변호를 맡아서는 안 된다는 사실을 뒤늦게 알게 되곤 했다.

나는 리걸패드를 내려다보았다. 지금까지는 이름 두 개만 적혀 있었다.

"그래? 어디 관할인데?"

"LA 경찰국 웨스트 경찰서 강력반."

"또 다른 건? 이 친구가 또 뭐래?"

"내일 아침에 첫 심리가 있는데 당신이 와주면 좋겠대. 자긴 함정에 빠진 거라고, 여자를 죽이지 않았다고 하더라고."

"둘이 어떤 관계였대? 부부? 연인? 아니면 직장동료?"

"그 여자가 자기 밑에서 일했다고만 했어. 의뢰인이 구치소 전화로 통화하면서 여러 말 하는 걸 당신이 안 좋아하는 거 아니까, 사건에 관해서는 아무것도 묻지 않았어."

"잘했어, 로나."

"지금 어디야?"

"리걸 아저씨 만나고 시내로 돌아가는 중이야. 구치소로 가서 이 친구를 만나보든가 할게. 시스코에게 사전조사 시작하라고 해줘."

"벌써 시작했어. 지금 누구랑 통화하나 봐, 소리가 들리네."

시스코 보이체홉스키는 내 사무실에서 사건 조사 업무를 보고 있다. 또한 시스코는 현재 로나의 남편이며, 둘은 웨스트할리우드에 있는 로나의 콘도형 아파트에서 재택근무를 한다. 로나는 나의 두 번째 전처이기도 하다. 첫 번째 전처는 내 외동딸을 낳았다. 그 딸아이가 이제 열여섯 살이었고 나하고의 인연을 완전히 끊고 싶어 했다. 나와 주변 사람들과의 관계를 파악하기 위해서 화이트보드에 도표라도 그려야 되는 것 아닌가 하는 생각이 들 때도 종종 있지만, 적어도 나와 로나와 시스코 사이에 질투라는 감정은 존재하지 않았다. 동료로서 서로를 믿고 의지할

뿐이었다.

"알았어. 나한테 전화하라고 해. 아니면 구치소에서 나와서 내가 하든지 할게."

"알았어. 행운을 빌어."

"한 가지 더. 라 코세가 지불능력이 있는 것 같아?"

"응. 현금은 없지만 금이 있대. 거래할 수 있는 다른 '상품'들도 있고."

"견적은 뽑아줬어?"

"응, 선수금으로 2만 5천, 나중에 더 내야 한다고 말해줬어. 놀라 자빠지거나 하진 않던데."

선수금으로 2만 5천 달러를 낼 능력이 있고 또 기꺼이 내려고 하는 의뢰인은 극히 드물었다. 나는 이 사건에 대해 아는 게 전혀 없는데도 갑자기 구미가 확 당겼다.

"그래, 알았어. 이따가 다시 전화할게."

"알았어. 수고해."

* * *

새 의뢰인을 만나기도 전에 풍선에서 바람이 빠지기 시작했다. 구치소에서 접견신청서를 내고 교도관들이 라 코세를 찾아 접견실로 데려오기를 기다리고 있는데, 시스코한테서 전화가 왔다. 시스코는 사건을 맡고 나서 한 시간 남짓 동안 귀 밝은 정보원들과 디지털 소식통을 통해 모은 일차 정보를 보고했다.

"몇 가지 알아냈어. 어제 LA 경찰국이 사건 관련 보도 자료를 냈는데 용의자 체포 사실에 대해서는 아직까지 아무런 얘기가 없어. 피해자는 지젤 댈링거, 36세. 월요일 새벽 라브레아 서쪽 프랭클린에 있는 자기 아파트에서 시신으로 발견됐어. 화재신고를 받고 출동한 소방관들이 발견했대. 시신이 불에 탔는데, 살인을 은폐하고 화재사고로 보이게 하려는 방화일 가능성이 제기되고 있어. 아직 부검 전이지만 교살된 흔적이 여러 군데 보인다고 하고. 보도 자료에는 피해자가 직장인 여성이라고 나와 있지만 《LA 타임스》 인터넷 판에 실린 단신에는 경찰이 피해자의 직업을 성매매 여성이라고 밝힌 것으로 인용되어 있어."

"수고했어. 근데 나한테 전화한 친구는 뭐야, 성매수자?"

"사실 《타임스》 보도에는 경찰이 사업 동료를 심문하고 있다고 나와 있거든. 그 사업 동료가 라 코세인지 다른 누구인지는 나와 있지 않지만 상황을 종합해 보면……."

"포주네."

"그런 것 같아."

"멋진 놈이구먼."

"긍정적으로 생각해. 로나 말로는 지불능력이 있다던데."

"현금이 수중에 들어와 봐야 알지."

딸 헤일리가 나와 인연을 끊으면서 했던 말이 문득 떠올랐다. 내 의뢰인 명단에는 약쟁이나 살인범 같은 '인간쓰레기들'이 우글거린다고 했다. 지금은 그 아이 말에 반박할 수가 없었다. 정말로 내 의뢰인 명단에는 노인들을 표적으로 삼은 차량절도범과 데이트 성폭행범, 수학여행기금을 착복한 사기꾼 같은 다양한 범죄자가 들어 있었다. 이제 거기에 살인피의자를 추가하게 될 것 같았다. 그것도 성매매와 관련된 살인피의자를.

그들이 나 같은 사람을 만나 마땅한 만큼 나도 그런 사람들을 만나 마땅하다는 생각이 들기 시작했다. 우리는 운이라고는 지지리도 없는 사람들, 패배자들이었다. 단죄의 신이 단 한 번도 웃어준 적 없는 사람들.

내 의뢰인이었던 션 갤러거가 죽인 두 명의 피해자는 내 딸이 알고 지내던 사람들이었다. 케이티 패터슨은 같은 반 친구였고, 케이티의 엄마는 그 학급의 도우미 학부모였다. 로스앤젤레스 카운티 지방검찰청장 후보인 J. 마이클 할러 주니어가 음주운전으로 체포된 갤러거를 절차상의 문제를 이유로 석방시켰다는 사실을 언론이 떠들어댔을 때, 헤일리는 자신에게 꽂히는 비난과 경멸의 눈빛을 견디다 못해 전학을 가야 했다.

간단히 말하면, 변호사로서의 내 능력 때문에 갤러거가 석방되어 다시 음주운전을 한 것이다. 리걸 시걸이 "넌 네가 할 일을 한 것뿐이야"라는 말로 나를 위로하려고 했지만, 내 마음 깊은 곳에서는 유죄라는 말이 울려 퍼졌다. 내 딸이 보기에도 그리고 나 자신이 보기에도 나는 유죄였다.

"여보세요, 믹. 마이클?"

그 말에 나는 우울한 몽상에서 깨어났고, 시스코와 통화중이라는 사실을 깨달았다.

"응. 담당형사가 누군지 알아냈어?"

"보도 자료에는 웨스트 경찰서 마크 휘튼 형사가 수사책임자라고 나와 있어. 파트너 이름은 안 나왔고."

처음 듣는 이름이었고 사건 때문에 만난 적도 없었다.

"좋아. 또 다른 건?"

"현재로선 그게 전부야. 계속 알아보고 있고."

시스코의 보고를 들으니 흥분감이 가라앉고 맥이 빠졌다. 하지만 아직은 사건을 포기할 생각이 없었다. 죄책감은 죄책감이고, 수임료는 수임료다. 마이클 할러 변호사 사무소가 굴러가기 위해서는 돈이 필요했다.

"이 친구 만나고 나서 전화할게. 지금 만날 거야."

교도관이 나를 보면서 접견부스 한 곳을 가리켰다. 나는 일어서서 그곳으로 갔다.

안드레 라 코세가 먼저 와서 중간에 1미터 높이의 플렉시 글라스 가림막이 세워진 테이블의 맞은편 의자에 앉아 있었다. 맨즈 센트럴에서 접견하는 의뢰인들은 감옥에 있는 게 아무렇지 않다는 듯 심드렁한 표정으로 구부정하게 앉아 있는 경우가 대부분이다. 그건 스스로를 위한 일종의 보호조치다. 1천 2백 명의 난폭한 범죄자들과 함께 쇠로 지어진 건물에 갇혀 있는 게 아무렇지 않은 듯 행동하면 가만히 놔두겠지만, 두려움을 보이면 포식자들이 달려들어 잡아먹으려고 할 것이기 때문이다.

그러나 라 코세는 달랐다. 무엇보다도 내가 예상한 것보다 작았다. 체격이 왜소했고 역기를 들어본 적도 없는 사람 같았다. 헐렁한 주황색 죄수복을 입고 있으면서도 자신의 상황에 걸맞지 않은 자부심을 갖고 있는 것 같았다. 겁먹은 것 같지는 않았지만, 그동안 내가 이런 곳에서 수도 없이 목격했던 과장된 태연함을 보여주지도 않았다. 허리를 꼿꼿이 세우고 의자 끝에 걸터앉아서 그 작은 공간으로 들어오는 나를 레이저를 쏘듯 날카로운 눈빛으로 쫓고 있었다. 나름대로 예의를 차리느라 잠자코 있는 것 같았다. 머리 옆면은 새 깃털을 포갠 것 같은 헤어스타일이었고, 눈은 아이라이너를 그린 것 같았다.

"안드레?" 내가 의자에 앉으면서 말했다. "마이클 할러 변호사야. 사무실에 전화해서 변호를 맡아달라고 했다던데."

"네, 그랬어요. 난 여기 있을 이유가 없어요. 내가 거길 나오고 나서 누가 그 여잘 죽였나 본데, 아무도 내 말을 믿으려고 하지 않네요."

40

"잠깐만. 준비 좀 하게."

나는 서류가방에서 리걸패드를, 셔츠 가슴주머니에서 펜을 꺼냈다.

"사건에 대해서 얘기하기 전에 먼저 몇 가지 물어볼게."

"물어봐요."

"그리고 미리 말해두는데, 거짓말하면 안 돼. 절대로. 알겠어? 거짓말하면 사건 안 맡아. 그게 내 규칙이야. 내게 한 말이 전부 하늘을 우러러 한 점 부끄러움이 없는 진실이라고 믿을 수 있는 그런 관계가 되지 못한다면 함께 일 못한다는 거야."

"그건 걱정 안 해도 돼요. 지금 내가 가진 거라고는 진실밖에 없으니까."

우선 사건 자료를 만들기 위해 기본 인적사항부터 확인했다. 라 코세는 32세의 미혼남성으로 웨스트할리우드에 있는 콘도형 아파트에서 살고 있었다. LA에는 친척이 아무도 없었고, 네브래스카 주 링컨에 살고 있는 부모님이 가장 가까이 사는 가족이었다. 라 코세는 캘리포니아나 네브래스카 말고도 다른 어느 곳에서도 전과가 없고, 교통법규 위반 딱지 한 장 뗀 적도 없다고 했다. 부모님의 전화번호와 자신의 핸드폰 번호, 집 전화번호를 알려주었다. 이런 연락처들은 감옥에서 나오고도 약속대로 수임료를 지불하지 않을 경우 그를 찾아내기 위한 용도로 받아두는 거였다. 나는 인적사항을 파악한 뒤 리걸패드에서 고개를 들었다.

"직업이 뭐지, 안드레?"

"재택근무를 해요. 프로그래머죠. 웹사이트를 개설하고 관리해요."

"피해자 지젤 댈링거하고는 어떻게 아는 사이야?"

"그 여자 소셜미디어를 내가 관리했어요. 페이스북, 이메일 같은 거, 전부 다."

"그러니까 디지털 포주 같은 거네?"

라 코세의 목이 금방 벌겋게 달아올랐다.

"무슨 말을 그렇게! 나도 사업가, 그 여자도 사업가예요. 아니 사업가였다고 해야 맞겠네. 그리고 안 죽였다는데, 왜 다들 내 말을 믿지 않는 거죠?"

나는 놀고 있는 손으로 진정하라는 손짓을 했다.

"진정해. 난 자네 편이야."

"그런 식으로 질문하는 걸 보니 내 편 아닌 것 같은데요."

"자네 게이야, 안드레?"

"그게 무슨 상관이죠?"

"아무 상관없을 수도 있지만 검사가 범행동기 이야기를 꺼내면 굉장히 중요해질 수도 있거든. 게이야?"

"굳이 알아야겠다면 말할게요. 그래요, 게이 맞아요. 난 안 숨겨요."

"이 안에서는 숨겨야 될 거야, 안전을 위해서. 내일 심리 끝나면 동성애자 동으로 옮겨달라고 해볼게."

"그럴 필요 없어요. 어떤 식으로든 분류되고 싶지 않으니까."

"좋을 대로. 지젤의 웹사이트 이름이 뭐였지?"

"지젤포유닷컴. 그게 대표 사이트였어요."

나는 그 이름을 받아 적었다.

"다른 사이트도 있었어?"

"구체적인 취향에 따라 맞춤 서비스를 제공하는 사이트를 몇 개 갖고 있었어요. 특정한 단어를 검색할 때 뜨는 사이트들이요. 내가 그런 멀티플랫폼 사이트를 잘 만드니까 만들어달라고 왔더라고요."

나는 그의 창의력과 사업 감각에 감탄하듯 고개를 주억거렸다.

"언제부터 피해자와 거래를 했어?"

"2년 전에 찾아왔더라고요. 다차원적인 인터넷 사이트를 만들어달라면서."

"찾아왔다고? 그게 무슨 뜻이야? 어떻게 알고 찾아왔지? 인터넷에 광고를 실었어?"

라 코세는 별 한심한 말을 다 들어본다는 표정으로 고개를 가로저었다.

"아뇨, 광고는 무슨. 난 내가 신뢰하는 사람이 추천해 준 사람하고만 일해요. 그 여자는 다른 고객이 추천해 줘서 알게 됐고."

"그 고객이 누군데?"

"우리도 기밀유지의 의무가 있거든요. 그 여자를 이 일에 끌어들이고 싶지도 않고. 어차피 아무것도 모르고, 이 일과 아무 관계도 없어요."

나는 나야말로 별 한심한 말을 다 들어본다는 표정을 지으면서 고개를 가로저었다.

"지금은 그냥 넘어가지만, 내가 사건을 맡으면 언젠가는 알아야 돼, 피해자를 소개해 준 사람이 누군지. 그리고 어떤 사람이나 어떤 일이 이 사건과 관계가 있는지 없는지를 판단할 사람은 자네가 아니라 나야. 알겠어?"

라 코세는 고개를 끄덕였다.

"문자 보내서 허락받으면 즉시 알려줄게요." 그가 말했다. "난 거짓말 안 해요. 고객과의 신뢰를 깨지도 않고. 내 삶과 사업은 신뢰를 바탕으로 하니까."

"그래, 알았어."

"그리고 '내가 사건을 맡으면'이란 말은 무슨 뜻이죠? 이미 맡은 거 아니에요? 그러니까 온 거잖아요, 아니에요?"

"아직 결정 안 했어."

나는 손목시계를 보았다. 접견을 허락한 교도관은 접견시간이 딱 30분이라고 못을 박았었다. 그런데 아직도 논의할 분야가 세 가지나 있었다. 피해자, 사건 그리고 수임료.

"시간이 별로 없으니까, 빨리빨리 하자. 지젤 댈링거를 마지막으로 본 게 언제였어?"

"일요일 밤 늦게요. 내가 나올 때 그 여자는 살아 있었어요."

"어디서 봤는데?"

"그 여자 아파트요."

"거길 왜 갔어?"

"돈 받으러 갔는데 한 푼도 못 받았어요."

"무슨 돈? 왜 못 받았지?"

"일을 나갔거든요. 일 나갈 때마다 벌어들이는 돈에서 일정 퍼센트를 내가 받기로 계약이 되어 있어요. 이번엔 귀여운 여인 스페셜을 잡아줬는데, 내 몫을 받아야 해서 찾아갔죠. 이런 여자들은, 바로 받아내지 않으면 돈이 여자들 콧속으로 들어가거나 다른 곳으로 사라져버리곤 하거든요."

무슨 말인지 잘 이해가 안 갔지만 요약해서 리걸패드에 적었다.

"지젤이 약쟁이라는 뜻이야?"

"뭐 그렇다고 할 수 있죠. 완전 통제 불능은 아니지만 약이 일의 일부이고 생활의 일부니까."

"그 귀여운 여인 스페셜에 대해서 얘기해 봐. 그게 뭔데?"

"영화 〈귀여운 여인〉에서처럼 고객이 베벌리 윌셔 호텔에 스위트룸을 잡고 아가씨를 부르는 거예요. 지젤은 거기 가서 줄리아 로버츠처럼 행동하는 거죠. 내가 지젤 사진을 포토샵 처리해서 인터넷에 올린 뒤로는 주문이 꽤 많이 들어왔어요. 알겠죠, 무슨 얘긴지?"

나는 영화를 본 적은 없었지만 착한 마음씨를 가진 매춘부가 돈을 받고 베벌리 윌셔 호텔로 데이트를 나갔다가 이상형의 남자를 만나 사랑에 빠지는 이야기라는 것은 알고 있었다.

"그 귀여운 여인 스페셜은 요금이 얼마였어?"

"2천 5백 달러로 정해져 있었어요."

"자네가 받을 몫은?"

"1천 달러요. 근데 못 받았다니까요. 장난전화였다고 하더라고요."

"장난전화?"

"약속장소에 가보니 아무도 없거나 문을 열어준 사람이 자긴 안 불렀다고 하는 거죠. 그런데 난 이런 일이 있을까 봐 미리 확인을 하거든요. 신원도 확인하고."

"그래서 그 여자 말을 믿지 않은 거로군."

"의심이 들었다는 정도로 해두죠. 내가 그 방에 있던 남자와 직접 통화를 했었거든요. 호텔 교환원을 통해서 그 방으로 전화했어요. 근데도 지젤이 가보니까 아무도 없더라는 거예요. 심지어 누가 투숙하지도 않은 방이더래요."

"그래서 그 문제로 싸웠어?"

"조금이요."

"그리고 자네가 지젤을 때렸고."

"뭐라고요? 아뇨! 여자 때린 적 한 번도 없어요. 남자도 때린 적 없고! 죽이지 않았다니까요. 어떻게 나를……."

"이봐, 안드레, 정보수집 차원에서 물어본 거야. 그러니까 자넨 지젤을 때리지 않았고 다치게 하지도 않았군. 몸을 만진 적은 있어?"

라 코세가 대답을 망설이는 것을 보고 나는 문제가 있다는 것을 알아차렸다.

"얘기해 봐, 안드레."

"그 여자를 잡았어요. 자꾸 내 눈을 피하는 걸 보니까 나를 속이고 있다는 생각이 들더라고요. 그래서 목을 움켜잡았어요. 한 손으로. 막 화를 내더라고요. 나도 막 화를 냈고. 그뿐이에요. 그러고는 거길 나왔어요."

"다른 일은 없었고?"

"전혀요. 거리로 나와서 차로 걸어가는데, 지젤이 발코니에서 재떨이를 던졌어요. 빗나갔죠."

"지젤에게 뭐라고 하고 나왔어?"

"내가 직접 그 호텔로 가서 돈을 받아내겠다고요. 그러고는 아파트를 나왔어요."

"호텔 몇 호실이었어? 그 남자 이름은 뭐였고?"

"837호, 대니얼 프라이스."

"호텔에 갔어?"

"아뇨, 그냥 집에 갔어요. 그럴 가치가 없는 것 같아서."

"지젤의 멱살을 잡았을 땐 그럴 만한 가치가 있다고 생각한 거 아니었나?"

라 코세는 자기 말의 모순을 인정하고 고개를 끄덕였지만 핑계를 늘어놓지는 않았다. 나는 그 이야기는 그쯤 해두고 새로운 화제로 넘어갔다.

"좋아, 그다음엔 무슨 일이 있었어? 경찰이 언제 찾아왔어?"

"어제 5시쯤이요."

"오전 아니면 오후?"

"오후."

"자넬 어떻게 알게 됐대?"

"지젤의 웹사이트를 알고 있더라고요. 그 사이트를 통해 나한테까지 온 거죠. 물어볼 게 있다고 해서 물어보라고 했어요."

자발적으로 경찰 조사에 응하는 것은 실수다. 항상 그렇다.

"그 경찰들 이름 기억해?"

"휘튼이라는 형사가 주로 말했어요. 파트너 이름은 위더인지 뭔지 그랬던 것 같고."

"경찰 조사에는 왜 응하기로 했지?"

"모르겠어요, 잘못한 게 없으니까 돕고 싶었던 것 같아요. 내가 어리석었어요. 경찰이 가여운 지젤에게 일어난 일의 진상을 밝힐 거라고 생각하다니. 시나리오를 만들어 와서 나를 거기에 짜 맞추려고 한다는 걸 모르고."

이 바닥이 그렇다는 걸 몰랐구먼, 나는 생각했다.

"경찰이 오기 전에 알고 있었어? 지젤이 죽었다는 거?"

"아뇨, 어제 하루 종일 전화하고 문자 보내고 그랬어요. 그저께 밤에 그러고 나와서 미안하더라고요. 근데 전화를 안 받아서 아직 화가 안 풀렸나 보다고 생각했죠. 그러고 있는데 경찰이 와서 지젤이 죽었다는 거예요."

당연한 일이겠지만, 매춘부가 시신으로 발견되면 경찰이 제일 먼저 찾아가는 곳 중 하나가 포주의 집이다. 비록 여자들을 가둬놓고 협박과 폭력을 써가며 착취하는 가학적인 깡패의 이미지에 딱 들어맞지 않는 디지털 포주라고 해도 말이다.

"경찰이 자네와 나눈 대화를 녹음했어?"

"내가 알기로는 안 한 것 같은데요."

"변호사의 조력을 받을 헌법상의 권리에 대해서 말해주기는 했고?"

"네, 근데 그건 나중에 경찰서에 와서 했는데. 난 변호사가 필요 없다고 생각했어요. 잘못한 게 없으니까. 그래서 '좋아요, 얘기합시다' 한 거죠."

"어떤 종류든 권리 포기각서에 서명했어?"

"네, 뭔가에 서명을 하긴 했어요. 제대로 읽어보지도 않고."

나는 불쾌한 기색을 내비치지 않으려고 노력했다. 형사소송의 세계로 들어오는 사람들 중에는 자기가 자신의 최대의 적이 되어버리는 사람들이 굉장히 많다. 말 그대로 입을 잘못 놀려 자기 손에 수갑을 채우는 것이다.

"일이 어떻게 된 거야? 처음엔 자네 집에서 얘기하다가 나중에 웨스트 경찰서로 데려간 거야?"

"맞아요, 처음엔 집에서 15분 정도 얘기했어요. 그런 다음에 경찰서로 데려갔죠. 보여줄 사진이 있다고 했는데 거짓말이었어요. 사진 한 장도 보여준 적 없거든요. 작은 조사실에 앉혀놓고는 계속 질문만 해댔어요. 그러더니 나를 체포하겠다고 하더라고요."

경찰이 라 코세를 체포하는 데 나섰다는 건, 그가 그 살인사건의 범인이라는 걸 입증하는 증거물이나 목격자를 확보했다는 뜻이었다. 그리고 그의 진술 중에 사실과 다른 내용이 있었던 게 틀림없었다. 거짓말을 했으니까, 혹은 거짓말을 한다고 판단했으니까, 그를 체포한 것이다.

"그렇군. 그럼 일요일 밤에 피해자의 아파트에 찾아간 일도 얘기했고?"

"했죠. 거길 나올 때 지젤이 살아 있었다는 말도 했고."

"지젤의 멱살을 잡았다는 말도 했어?"

"네."

"형사가 권리를 읽어주고 권리 포기각서에 서명을 받기 전에 했어, 후에 했어?"

"기억이 잘 안 나지만, 전에 한 것 같아요."

"괜찮아, 내가 확인할 거니까. 경찰이 다른 증거 얘기도 했어? 확보한 다른 증거가 있대?"

"아뇨, 안 했어요."

나는 다시 손목시계를 확인했다. 시간이 얼마 없었다. 사건과 관련된 질문은 이쯤에서 끝내기로 했다. 사건을 맡으면 증거개시 신청을 통해 대부분의 정보를 얻을 수 있었다. 뿐만 아니라, 의뢰인에게서 직접 얻는 정보에는 제한을 두는 게 좋았다. 라 코세의 말을 듣고 나면 재판에서 내가 취할 수 있는 조치에 제약을 받을 수 있었다. 예를 들어 라 코세가 지젤 댈링거를 살해했다고 자백하면, 나는 그를 증인석에 앉히고 살인을 부인하게 할 수가 없을 것이다. 그렇게 하면 내가 위증교사죄를 짓는 거니까.

"알았어. 오늘은 이 정도만 하자. 내가 사건을 맡으면, 수임료는 어떻게 지불할 거야?"

"금으로요."

"그 얘긴 들었는데, 어떻게? 금이 어디서 나서?"

"안전한 곳에 보관하고 있어요. 내 재산은 전부 금이에요. 변호사님이 사건을 맡으면, 그날로 금을 배달받을 수 있게 할게요. 사무장 말로는 선수금이 2만 5천 달러라고 하던데. 뉴욕상품거래소 금 거래가로 계산해서 배달시킬게요. 여기선 시세를 확인할 수 없어서 잘은 모르겠지만 골드바 한 개면 충분할 것 같은데."

"선수금이 그렇다는 거야. 알지? 심리와 재판으로 이어지면, 금이 더 필요할 거야. 나보다 저렴한 변호사는 구할 수 있어도 나보다 나은 사람은 못 구할걸."

"그럼요, 알죠. 결백을 증명하기 위해서라도 금을 써야겠군요. 나 진짜 금 있어요."

"좋아, 그러면, 배달부한테 일러, 내 사무장에게 배달하라고. 내일 법정에 첫 출두하기 전에 금이 배달되어 있어야 돼. 그럼 자네 말을 진지하게 받아들일게."

나는 금쪽같은 시간이 흘러가고 있다는 걸 알았지만 조용히 라 코세를 바라보면서 그의 마음을 읽으려고 노력했다. 그의 결백 주장은 그럴듯하게 들렸지만, 경찰이 무엇을 알고 있는지 알 수 없었다. 아직은 라 코세의 진술밖에 없었는데, 사건의 증거가 드러나면서 본인 주장과는 달리 라 코세가 결백하지 않다는 사실을 알게 될 것 같은 느낌이 들었다. 이제까지 늘 그래왔으니까.

"그리고 참, 지젤한테 추천을 받았다고 사무장한테 말했다던데, 정말이야?"

"네, 지젤이 그랬어요, 변호사님이 LA에서 최고로 유능하다고."

"그걸 어떻게 알았을까?"

라 코세가 놀란 것 같았다. 내가 지젤 댈링거와 아는 사이라고 생각하고 지금까지 대화를 나눈 모양이었다.

"변호사님을 잘 안다고 하던데요. 사건을 많이 해결해 줬다고. 한번은 진짜 좋은 거래를 성사시켜줬다고도 했고."

"그리고 자네는 지젤이 말한 사람이 나라고 확신하고?"

"네, 그럼요, 변호사님이었어요. 변호사님이 자기를 위해서 홈런을 쳐줬다고도 했어요. 변호사님을 미키 맨틀이라고 불렀고요."

그 말에 나는 숨이 턱 멎는 것 같았다. 예전에 나를 그렇게 부르던 의뢰인이 있었다. 그녀도 매춘부였었다. 하지만 그녀를 못 본 지 아주 오래되었다. 어디로 가서 새로 시작하고 다시는 돌아오지 않을 만큼 충분한 돈을 쥐여주고 비행기에 태워 보낸 후로는 본 적이 없었다.

"지젤 댈링거가 본명이 아니네, 그렇지?"

"모르겠어요. 나는 그 이름으로 알고 있었는데."

뒤에서 철문을 쾅쾅 두드리는 소리가 들렸다. 접견시간이 끝났다는 신호였다. 다른 변호사가 다른 의뢰인을 접견하기 위해 이 방을 필요로 하고 있었다. 나는 테이블 너머로 라 코세를 바라보았다. 이젠 그를 의뢰인으로 받아들일지 말지 고민하지 않았다.

무조건 이 사건을 맡을 생각이었다.

# 4

얼 브릭스는 센트럴 대로에 있는 스타벅스로 달려가서 매장 앞 길가에 차를 세웠다. 얼이 커피를 사러 들어간 동안 나는 차 안에서 기다렸다. 접이식 테이블에 노트북을 펼치고 스타벅스 와이파이를 이용해 인터넷에 접속했다. 세 번이나 이렇게 저렇게 쳐보다가 틀리고 네 번째에서야 www.Giselle4u.com을 쳐서 안드레 라 코세가 살해한 혐의를 받고 있는 여자의 웹사이트로 들어갈 수 있었다. 사진들은 포토샵으로 처리되었고, 머리 색깔도 달라졌으며, 내가 그녀를 마지막으로 본 뒤로 성형수술을 받은 게 분명했지만, 지젤 댈링거가 내가 예전에 맡았던 의뢰인 글로리아 데이턴이라는 데에는 의심의 여지가 없었다.

상황이 복잡해졌다. 예전 의뢰인을 살해한 혐의를 받고 있는 의뢰인을 변호하게 되면 법적으로 이해관계의 충돌이 생긴다는 문제는 차치하고라도, 글로리아 데이턴에 대한 내 감정이 특별하다는 게 문제였고, 또 그녀가 거의 평생 동안 남자들에게 이용당한 것과 크게 다르지 않은 방식으로 나도 그녀에게 이용당했다는 사실을 갑자기 깨닫게 된 것도 문제였다.

글로리아는 내가 변호인과 의뢰인 관계의 도를 넘기면서까지 신경 써서 챙겨준 의뢰인이었다. 어쩌다 그렇게 되었는지는 모르겠다. 다만 그녀가 상처받은 여인의 슬픈 미소를 짓고 있었고 냉소적인 농담을 즐겨 했으며 자신에 대해 비관적인 인식을 품고 있었는데, 그런 그녀에게 자꾸만 끌리는 기분이었다는 것을 고백해야겠다. 내가 그동안 맡아서 변호해 준 사건이 적어도 여섯 건은 되었다. 전부 성매매와 마약, 성매매 알선과 관계된 사건이었다. 그녀는 그런 삶에 깊이 빠져 있었지만, 내 눈에는 수렁에서 빠져나와 새로운 삶을 살아볼 자격이 있는 여자로 보였다. 내가 영웅은 아니었지만 힘닿는 데까지 그녀를 도와주었다. 공판까지 가지 않고 약식기소로 끝나게 도와주기도 했고, 사회적응훈련원과 심리치료사도 소개해 주었다. 심지어 한번은 글쓰기에 관심이 있다고 해서 로스앤젤레스 시립대학에 입학시키기도 했다. 그러나 그 어떤 것도 효과가 오래가지 않았다. 1년쯤 지나면 어김없이 전화가 왔다. 다시 구치소에 들어갔고 변호사가 필요하다는 전화였다. 로나는 아무래도 구제 불능이니까 인연을 끊고 다른 변호사에게 넘기라고 종용하기 시작했다. 그러나 나는 그렇게 할 수 없었다. 사실 나는 글로리아 데이턴, 혹은 글로리 데이즈—그 당시 그녀가 화류계에서 사용하던 예명이었다—를 알고 지내는 것을 좋아했다. 그녀는 비뚤어진 미소에 어울리는 비뚤어진 세계관을 갖고 있었다. 그녀는 야생 고양이였고 나를 제외한 어느 누구도 자신을 길들이지 못하게 했다.

그렇다고 우리 사이에 연애감정이나 성관계가 있었다는 말은 아니다. 그런 것은 전혀 없었다. 사실 우리를 친구라고 부를 수 있는지조차도 의문이다. 친구라고 하기에는 너무 드물게 만났다. 그러나 나는 글로리아를 좋아했고 그래서 그녀가 죽었다는 사실을 알고 이렇게 가슴이 아픈 거였다. 지난 7년 동안 나는 그녀가 내 도움을 받아 수렁에서 빠져나와 새 삶을 살고 있다고 믿었다. 그녀는 내가 준 돈을 받아들고 하와이로 이주했다. 오래전에 알았던 고객이 거기 사는데 그녀의 새 출발을 돕고 싶어 한다고 했었다. 가끔 그녀에게서 엽서가 날아왔고 크리스마스카드도 한두 장 받았다. 항상 자기는 잘 지내고 있고 성매매와 마약을 끊고 착하게 살고 있다고 적혀 있었다. 그런 소식을 들으면 법정과 사법제도 안에서는 이룰 수 없던 무언가를 내가 해낸 것 같은 느낌이 들었다. 내가 한 사람 인생의 방향을 바꾸었다는 느낌 말이다.

얼이 커피를 갖고 돌아오자 나는 노트북을 덮고 집으로 가자고 말했다. 그러고는 로나에게 전화를 걸어 다음 날 아침 8시에 전체 직원회의를 소집하라고 지시했다. 안드레 라 코세는 심리 2조에 속해 있으니까 오전 10시에서 12시 사이에 심리법정에 출두할 예정이었다. 그 전에 팀원들을 만나 본격적으로 일을 시작하고 싶었다. 나는 로나에게 글로리아 데이턴에 관한 자료를 모두 찾아서 가져오라고도 지시했다.

"글로리아 자료는 왜?" 로나가 물었다.

"그 여자가 피해자야." 내가 말했다.

"오, 하느님. 진짜? 시스코한테 들은 이름은 그게 아닌데."

"진짜야. 경찰은 아직 파악하지 못한 것 같은데, 글로리아가 맞아."

"이를 어째, 미키. 당신이…… 당신이 좋아했잖아."

"그래, 좋아했지. 며칠 전엔 글로리아 생각이 나서 크리스마스 휴가 때 하와이에 가볼까 생각까지 했어. 가서 전화하려고 했는데."

로나는 아무 말도 하지 않았다. 하와이 여행은 딸을 못 만나고 휴가를 혼자 보내야 할 것 같아서 시간을 견디는 방법으로 생각해 낸 거였다. 그러나 상황이 바뀔 거라는 희망을 부여잡고 그 계획을 포기했다. 크리스마스에는 저녁 같이 먹자고 딸한테서 전화가 오지 않을까 하는 막연한 기대를 버릴 수가 없었다. 하와이에 가면 그런 기회를 놓치게 될 거였다.

"로나, 시스코 옆에 있어?" 내가 잡념을 털어버리고 말했다.

"아니. 피해자가, 그러니까 글로리아가 살던 곳에 간 것 같아. 뭐라도 알아내려고."

"알았어. 전화해 볼게. 내일 보자."

"아, 미키, 잠깐만. 회의에 제니퍼도 부를까? 내일 카운티 법정에 갈 일이 한두 건 있는 것 같던데."

"응, 물론. 시간이 겹치면, 제다이 기사들 중 누구한테 대신해 달라 그러고 오라고 해."

나는 몇 년 전 사우스웨스턴 로스쿨을 갓 졸업한 제니퍼를 고용해서, 당시 급성장하던 부동산압류소송 변호를 맡겼다. 작년에는 그 분야 소송이 줄어들고 형사소송이 다시 증가했지만, 제니퍼는 아직도 부동산압류소송을 많이 맡고 있었다. 이렇게 부동산압류소송 변호를 맡아 법정을 들락거리며 알게 된 변호사들끼리 한 달에 한 번씩 만나 점심이나 저녁을 함께 먹으면서 정보를 공유하고 전략을 의논하곤 했는데, 그들은 자신들을 '제다이 기사들Jedi Knights'이라고 불렀다. 부동산 소유권 수호를 위한 변호사 모임Jurists Engaged in Defending Title Integrity, JEDTI의 약자를 따서 지은 별명이었다. 그들은 동업자의식이 매우 강해서 일정이 겹쳐 곤란해진 경우 서로 법정 출두를 대신해 주기도 했다.

제니퍼는 부동산압류소송 업무에서 잠깐 벗어나 형사소송 업무를 맡는 것을 개의치 않을 것이다. 입사할 때 제일 처음 한 말이 형사소송 분야를 선호한다는 말이었다. 그리고 최근에는 이메일과 주간 직원회의를 통해서 부동산압류소송 업무를 맡을 변호사를 한 명 더 고용하고 자기는 형사소송에 전념하고 싶다는 뜻을 여러 차례 피력했다. 변호사를 한 명 더 고용한다는 것은 사무실과 비서와 복사기 등을 갖춘 전형적인 변호사 사무소 환경을 만들어야 한다는 것을 뜻했기 때문에, 나는 계속 망설이고 있었다. 나는 벽돌과 시멘트로 된 전형적인 사무실에서 일하는 것을 좋아하지 않았다. 차 뒷좌석에 앉아 그때그때 상황에 맞게 돌아다니면서 일하는 것을 좋아했다.

로나와 통화를 마친 후 나는 창문을 내리고 신선한 바람이 얼굴에 닿는 것을 느꼈다. 이렇게 바람을 쐬고 있으니 내가 이런 식으로 일하는 것을 얼마나 좋아하는지 새삼스레 느껴졌다.

잠시 후 창문을 닫고 시스코에게 전화를 걸었다. 시스코는 지젤 댈링거가 죽기 전까지 살았던 아파트의 이웃주민들을 탐문하고 있다고 했다.

"뭐라도 좀 건졌어?"

"사소한 것 몇 가지. 그 여잔 사람들하고 잘 안 어울리고 주로 혼자 지냈나 봐. 찾아오는 사람이 거의 없었대. 일도 자기 집이 아니라 딴 데서 한 것 같고."

"그 집에는 어떻게 들어가게 돼 있어?"

"아래층에 보안 문이 있어. 여자가 확인하고 버튼을 눌러서 들어오게 해줘야 돼."

라 코세에게 불리한 정보였다. 경찰은 살인범이 아는 사람이라 댈링거가 집 안으로 들였을 거라고 추측했을 게 틀림없었다.

"보안 문에 출입자 기록장치 같은 거 있어?" 내가 물었다.

"아냐, 그런 시스템은 없어." 시스코가 말했다.

"카메라는?"

"없어."

둘 다 라 코세에게는 좋은 정보가 아니었다.

"그렇군. 근데 거기 일 끝나면, 해줄 일이 또 있는데."

"여긴 다시 돌아와도 돼. 아파트 관리인이 협조적이거든."

"좋아, 그럼, 내일 아침 8시에 전체 회의인데, 그 전에 이름 하나 추적해 줘. 글로리아 데이턴. 로나가 갖고 있는 자료에 생년월일 나와 있을 거야. 그 여자가 지난 몇 년간 어디서 뭐 했는지 좀 알아봐 줘."

"알았어. 근데 누군데?"

"피해자. 경찰은 모르고 있지만."

"라 코세가 그래?"

"아니, 내가 알아냈어. 예전에 맡았던 의뢰인이야."

"아, 그럼, 이걸 딴 정보와 교환할 수 있겠네. 시신안치소에 문의했더니 시신과 아파트가 다 타버려서 신원 확인을 못했대. 사용 가능한 지문을 확보하지 못한 거지. 정부 데이터베이스에 DNA 정보가 들어 있기를 바라고 있던데. 안 그러면 치과의사 불러와야 한다면서."

"그래, 뭐라도 얻어낼 수 있으면 그렇게 해. 조금 전에 지젤포유 웹사이트에서 사진을 봤는데, 글로리아 데이턴이 분명해. 난 7년 전쯤 하와이로 이사 간 걸로 알고 있었거든. 근데 라 코세 말로는 지난 2년간 여기서 그 여자하고 동업을 했다는 거야. 그러니까 그동안 어디서 뭘 하고 있었는지 전체 그림을 보고 싶어."

"알았어. 7년 전엔 왜 하와이로 갔는데?"

나는 글로리아 데이턴을 위해 맡았던 마지막 사건을 떠올렸다.

"그때 내가 수임료가 상당히 높은 사건을 맡았는데 글로리아가 날 도와줬어. 그래서 그동안 하던 일을 그만두고 새 출발 하겠다고 약속하는 대가로 2만 5천 달러를 줬지. 그리고 한 남자가 있었어. 글로리아는 내가 맡은 사건의 거래를 성사시키기 위해서 그 남자를 밀고했지. 나는 브로커였고. 그래서 그 여자가 이 도시를 떠날 수밖에 없었던 거야."

"그 일이 이 일하고 관계가 있을까?"

"모르겠어. 오래전 일이고 그 남자는 무기징역을 받았거든."

헥터 아란데 모야. 아직도 그 이름을 기억하고 있었다. 그 이름이 혀에서 굴러 나오던 느낌을 기억했다. 연방요원들이 그를 잡으려고 혈안이 되어 있었고 글로리아는 그의 은신처를 알고 있었다.

"그 일을 내일 송아지에게 맡기려고." 내가 말했다. 송아지는 제니퍼 애런슨의 별명이었다. "적어도 그자를 대타로라도 이용할 수 있겠지."

"피해자가 예전 의뢰인인데 사건을 맡을 수 있어? 이해관계의 충돌인가 뭔가 아니야?"

"해결할 수 있어. 법이란 상황에 따라 늘였다 줄였다 할 수 있는 거거든."

"어련하겠어."

"마지막으로 하나 더. 일요일 밤에 그 여자가 베벌리 윌셔에서 콜을 받고 나갔는데 허탕을 쳤나 봐. 부른 남자가 거기 없었다고 했대. 거기 가서 어떻게 된 일인지 알아봐 줘."

"객실 호수 알아?"

"응, 837호. 손님 이름은 대니얼 프라이스. 라 코세한테서 들은 얘기야. 글로리아는 누가 투숙하지도 않은 빈방이더라고 했대."

"알았어, 알아볼게."

시스코와 통화를 끝낸 뒤, 나는 핸드폰을 치우고 창밖을 바라보며 페어홈에 있는 집까지 갔다. 얼은 내게 차 열쇠를 건네고는 길가에 주차한 자기 차를 향해 걸어갔다. 나는 다음 날 아침에 일찍 오라고 한 뒤 현관문을 향해 계단을 올라갔다.

소지품을 식당 식탁에 놓은 뒤 맥주를 꺼내려고 부엌으로 들어갔다. 냉장고 문을 닫고 나서 문에 자석으로 붙여둔 사진과 카드를 훑어보다가 오아후에 있는 다이아몬드 헤드 분화구 사진이 있는 엽서를 발견했다. 글로리아 데이턴에게서 마지막으로 받은 엽서였다. 나는 그 엽서를 냉장고 자석에서 떼어내 뒷면을 읽어보았다.

*해피 뉴 이어, 미키 맨틀!*

*잘 지내고 있으리라 믿어요. 여기는 밝은 태양이 비치고 모든 게 좋아요. 날마다 해변에 가서 시간을 보내곤 하죠. LA를 생각하면 유일하게 보고 싶은 사람이 당신이네요. 언제든 나를 보러 와요.*

*글로리아*

내 눈길이 글로리아의 글에서 우편 소인으로 옮겨갔다. 소인이 찍힌 날짜는 2011년 12월 15일, 거의 1년 전이었다. 전에는 볼 필요를 전혀 느끼지 못했던 소인을 자세히 보니 캘리포니아 주 밴나이스라고 찍혀 있었다.

글로리아의 거짓말의 증거를 1년 가까이 냉장고에 붙여놓고도 전혀 모르고 있다가 이제야 그녀의 사기극을 알아차렸고, 나도 모르는 사이에 내가 그 사기극에 참여하고 있었다는 사실을 깨닫게 되었다. 왜 굳이 그렇게까지 나를 속였는지 그 이유가 몹시 궁금했다. 나는 그녀의 변호사였다. 그렇게까지 속일 필요가 전혀 없었다. 그녀에게서 소식이 안 온다고 해도 의심을 하거나 찾아가거나 하지는 않았을 것이다. 그런데도 이렇게 속이다니, 굳이 그럴 필요가 없는 일이었고 잔인하기까지 했다. 특히 자기를 보러 오라는 마지막 말은 더욱더. 내 비참한 상황에서 벗어나기 위해 크리스마스에 하와이로 날아갔다면 어쩔 뻔했는가? 공항에 내려서 그녀가 거기 살지 않는다는 사실을 알게 되었다면 어떻게 됐을까?

나는 쓰레기통으로 걸어가서 페달을 밟아 뚜껑을 열고 엽서를 던졌다. 글로리아 데이턴은 죽었다. 글로리 데이즈는 끝이 났다.

* * *

나는 샤워실에서 오랫동안 샤워기 물을 맞으면서 서 있었다. 그동안 꽤 여러 명의 의뢰인이 비참한 죽음을 맞이했다. 내게는 늘 있는 일이었고, 이제까지는 의뢰인의 죽음을 사업적인 측면으로만 해석했다. 단골 의뢰인이 주요 수입원이었기 때문에, 고객을 잃었다는 사실을 알게 되면 기분이 좋을 리가 없었다. 그러나 글로리아 데이턴의 경우는 달랐다. 사업적인 측면으로만 해석할 수 없었다. 사적인 감정이 개입돼 있었다. 그녀의 죽음을 알게 되자 실망감과 공허감에서 분노에 이르기까지 만감이 교차했다. 그녀에게 화가 났다. 그동안 내게 거짓말을 했기 때문만이 아니라 그런 세계에 머물다 결국에는 죽음으로 내몰렸기 때문이었다.

뜨거운 물이 끊어지고 샤워기를 끌 때쯤엔 내 분노가 대상을 잘못 찾았다는 것을 깨달았다. 글로리아의 행동에는 이유와 목적이 있었을 거라는 데에 생각이 미쳤다. 어쩌면 그녀가 자기 인생에서 나를 차단하기 위해서가 아니라, 무언가로부터 보호하려고 그렇게 했을 수도 있었다.

그 무언가가 무엇인지 모르지만 그것을 알아내는 것이 내가 해야 할 일이라는 생각도 들었다.

옷을 입고 나서 텅 빈 집안을 걸어 다니다가 딸의 방 문 앞에 멈춰 섰다. 딸이 이 방에 머물지 않은 지 1년이 넘었지만 방은 딸이 떠난 날 이후로 조금도 바뀌지 않았다. 그 방을 보자 자식을 잃고 세월이 흘러도 방을 그대로 두고 사는 부모들이 떠올랐다. 그러나 나는 아이를 잃는 비극을 겪지는 않았다. 내 잘못으로 인해 아이가 내게서 멀어진 것뿐이었다.

맥주를 더 가지러 부엌에 갔다가 냉장고 앞에 서서 늘 그렇듯 저녁을 먹으러 나갈까 집에서 먹을까 고민했다. 다음 날 아침 일찍 일정이 시작되니까 집에서 먹기로 결정하고 냉장고에서 테이크아웃 음식들을 꺼냈다. 일요일 밤에 크레이그스에서 먹다가 남아서 싸온 스테이크 반쪽과 그린 샐러드였다. 크레이그스는 멜로즈 대로에 있는 단골 식당으로, 종종 바에 앉아 혼자 식사를 하곤 했다. 나는 샐러드를 접시에 담고 스테이크는 데우기 위해 스토브에 놓인 팬에 올려두었다.

테이크아웃 용기를 버리려고 쓰레기통을 열었더니 글로리아의 엽서가 보였다. 나는 생각을 고쳐먹고 그 엽서를 쓰레기통에서 구조했다. 엽서를 앞뒤로 살펴보면서 글로리아가 이 엽서를 보낸 목적이 무엇일까 생각해 보았다. 내가 엽서의 소인을 눈여겨보고 자기를 찾아오길 바랐을까? 엽서는 내가 놓친 어떤 단서일까?

아직은 아무것도 떠올릴 수 없었지만 해답을 찾아내기로 결심했다. 엽서를 다시 냉장고로 가져가서 자석으로 문에 붙이고 매일 볼 수 있도록 눈높이로 옮겨놓았다.

# 5

얼 브릭스가 수요일 아침 늦게 내 집에 도착했기 때문에, 나는 8시 직
원회의에 가장 늦게 들어갔다. 우리는 101번 고속도로 출구 근처 샌타
모니카 대로에 있는 로프트, 즉 공장을 개조한 상가 건물 3층에 모여 앉
았다. 그 건물은 절반이 공실이어서 필요할 때면 언제나 사무실을 구할
수 있었다. 그렇게 사무실을 이용할 수 있는 것은 제니퍼가 건물주의 부
동산압류 저지 소송을 대리해 주는 것에 대한 대가였다. 건물주는 6년
전 임대료가 하늘 높은 줄 모르고 치솟고 영화를 찍을 카메라 기사보다
독립 프로덕션이 더 많은 것 같았을 때 그 건물을 사서 리모델링을 했다.
그러나 곧 경기가 침체에 빠지고 독립영화 투자자들이 아이비 식당 밖
에 노상 주차하는 차만큼이나 드물게 되었다. 많은 기업이 문을 닫았는
데, 우리 건물주는 절반이라도 임대를 놓았으니 그나마 운이 좋은 거였
다. 결국 부도를 맞은 건물주는 우리가 압류부동산 목록을 열람하고 거
기 올라온 건물주들에게 직접 우편으로 보낸 소송대리 광고전단을 보고
마이클 할러 변호사 사무소를 찾아왔다.

경기침체 이전에 발행된 대개의 담보물이 그렇듯, 이 건물도 다른 건물들과 함께 도매금으로 넘겨져 재판매되었다. 그것이 우리에겐 기회였다. 제니퍼는 담보권을 행사하려는 은행의 결정에 이의를 제기하며 10개월째 담보권 행사를 막았고, 그동안 우리의 의뢰인은 상황을 개선하려고 무진 애를 썼다. 그러나 이스트할리우드에 있는 300제곱미터에 달하는 로프트에 대한 수요가 이젠 거의 없었다. 건물주는 문제를 해결하지 못한 채 내리막길을 걸어야 했고, 리허설 공간이 필요한 록밴드에게 월세를 받고 자리를 임대해 줬다. 제니퍼가 앞으로 몇 달을 더 막을 수 있을지는 모르겠지만 결국에는 압류가 집행될 게 분명했다.

마이클 할러 변호사 사무소 사람들에게 좋은 소식은 록밴드 멤버들이 늦잠을 잔다는 사실이었다. 매일 오후 늦게까지 건물에는 대체로 사람이 없고 조용했다. 덕분에 우리는 그 건물에서 주간 직원회의를 할 수 있었다. 로프트는 크고 텅 비어 있었다. 바닥은 나무마루였고, 천장은 5미터 가까이 되었으며, 벽은 벽돌이 그대로 드러나 있었고, 철로 된 지지기둥이 있었다. 게다가 한쪽 벽은 전면창이어서 시내 풍경이 한눈에 들어왔다. 제일 좋은 것은 남동쪽 구석에 회의실이 따로 마련되어 있다는 점이었다. 벽으로 에워싸인 그 공간에는 긴 테이블과 여덟 개의 의자가 놓여 있었다. 우리는 이곳에서 회의를 하며 사건을 검토하고 전략을 짰고, 지금부터는 살인혐의를 받는 디지털 포주 안드레 라 코세의 변호 전략을 짤 계획이었다.

회의실에는 커다란 판유리창이 있어서 로프트의 나머지 공간이 내다보였다. 회의실로 걸어가면서 보니까 직원들이 테이블 앞에 둘러서서 무언가를 내려다보고 있었다. 나는 회의 때마다 로나가 사 오는 밥스 도넛 상자를 보고 있는 거라고 추측했다.

"미안해, 늦어서." 내가 회의실로 들어서면서 말했다.

거구의 시스코가 테이블에서 돌아서자 나는 직원들이 도넛을 보고 있는 게 아니라는 사실을 알아차렸다. 테이블에 놓인 금괴 한 개가 이른 아침 햇살처럼 밝게 빛나고 있었다.

"1파운드가 아닌 것 같은데." 내가 말했다.

"더 돼." 로나가 말했다. "1킬로그램이야."

"재판까지 갈 거라고 생각하는 것 같은데요." 제니퍼가 말했다.

나는 웃으면서 회의실 왼쪽 벽에 놓인 진열장을 돌아보았다. 로나가 갖다 둔 커피와 도넛이 거기 있었다. 나는 서류가방을 테이블에 올려놓고는 커피를 가지러 진열장 쪽으로 갔다. 내 몸을 업무 모드로 바꾸기 위해서는 금도 금이지만 카페인이 필요했다.

"그래, 다들 기분은 어때?" 나는 직원들에게 등을 보인 채로 물었다.

다들 이구동성으로 좋다고 대답했다. 나는 커피와 당의를 입힌 도넛을 테이블로 가져와서 자리에 앉았다. 금괴가 자꾸만 내 눈길을 끌었다.

"저거 누가 갖고 왔어?" 내가 물었다.

"금보관소라는 데서 무장 수송트럭으로 실어왔더라고." 로나가 보고했다. "라 코세가 구치소에서 배달을 시켰대. 넘겨받기 전에 확인서 세 장에다 서명을 해야 했어. 무장한 직원이 배달을 했고."

"금 1킬로그램의 가치는 어느 정도 된대?"

"5만 4천 달러 정도." 시스코가 말했다. "조금 전에 찾아봤어."

나는 고개를 끄덕였다. 라 코세는 내가 말한 선수금의 두 배가 넘는 금을 보낸 것이다. 그 사실이 마음에 들었다.

"로나, 세인트 빈센트 코트가 어디 있는지 알지?"

그녀는 고개를 가로저었다.

"보석상가 지역에 있어. 브로드웨이 옆 7번가. 거기 금 도매상이 많이 있거든. 시스코와 함께 저걸 갖고 가서 현금으로 바꿔. 진짜 금이면 바꿔줄 거야. 현금화해서 신탁계정에 넣은 다음에 문자해 줘. 라 코세에게 영수증 써주게."

로나는 시스코를 바라보며 고개를 끄덕였다. "회의 끝나고 바로 갈게."

"좋아. 또 다른 거는? 글로리아 데이턴 자료 찾아왔어?"

"자료가 엄청 많던데." 로나가 바닥으로 팔을 뻗어 두께가 20센티미터는 족히 넘는 것 같은 사건 자료를 들어 올리면서 말했다.

로나가 자료를 테이블에 올려놓고 나를 향해 밀었지만 나는 능숙하게 도로 제니퍼에게 밀었다.

"송아지, 자네 거야."

제니퍼는 얼굴을 찌푸리면서도 순순히 팔을 뻗어 자료를 가져갔다. 그녀는 짙은 갈색 머리를 뒤로 넘겨 하나로 묶었고 사무적인 표정을 짓고 있었다. 나는 송아지가 그렇게 얼굴을 찌푸리고 무심한 척하지만 실은 살인사건 변호에 참여하는 일을 기뻐하고 있음을 알고 있었다. 그리고 일을 잘해줄 거라고 믿어도 된다는 점도 알고 있었다.

"여기서 뭘 찾아봐야 할까요?" 제니퍼가 물었다.

"아직은 나도 잘 모르겠어. 나 말고 다른 사람이 이 자료를 읽어두면 좋을 것 같아서 주는 거야. 거기 나온 사건들과 글로리아 데이턴에 대해서 잘 파악해 둬. 그 여자에 대해서 알아야 할 건 다 알고 있으라고. 그 사건들 이후의 행적에 대해서는 시스코가 알아볼 거야."

"알겠습니다."

"그와 동시에 다른 일도 하나 해줘야겠어."

제니퍼가 수첩을 자기 앞으로 끌어당겼다.

"네."

"거기 가장 최근 자료 어딘가에 내 예전 조사원 라울 레빈이 적어놓은 메모가 있을 거야. 마약상 이름하고 그가 묵는 호텔 객실번호. 이름은 헥터 아란데 모야. 시날로아 카르텔 소속인데 마약단속국의 수배를 받고 있었어. 그자에 대한 자료를 긁어모을 수 있는 대로 긁어모아 봐. 내 기억으로는 무기징역 받은 것 같은데. 어디 있는지, 요즘 어떻게 지내는지 알아봐."

제니퍼는 고개를 끄덕이면서도 왜 그런 일을 해야 하는지 모르겠다고 말했다.

"왜 지금 이 마약상을 쫓아야 하죠?"

"글로리아가 거래를 성사시키려고 그 마약상을 밀고했거든. 그래서 헥터 아란데 모야는 인생이 종치고 말았지. 근데 우린 어느 시점에 사건에 대해 완전히 대안적 해석을 찾아야 할 수도 있어."

"아, 대타를 세워서 새 판을 까는 작전이요."

"응, 그러니까 할 수 있는 데까지 한번 찾아봐."

"라울 레빈이라는 조사원하고 연락할 수 있죠? 그 사람부터 만나봐야겠는데요. 헥터에 대해서 뭘 기억하는지 물어봐야겠어요."

"좋은 생각이긴 한데, 못 만나. 죽었거든."

제니퍼가 로나를 흘끗 쳐다보았고, 로나는 그 얘긴 그만하라고 눈짓으로 경고했다.

"얘기하자면 길어. 언젠가 할 날이 있겠지." 내가 말했다.

잠깐 침묵이 흘렀다.

"네, 그럼 제 스스로 찾아볼게요." 제니퍼가 말했다.

나는 시스코에게로 관심을 돌렸다.

"시스코, 뭐 알아낸 거라도 있어?"

"두세 가지. 먼저, 당신이 마지막으로 글로리아 사건을 맡은 후로 그여자가 어디서 뭘 했는지 알아보라고 했잖아. 그래서 모든 일상적 창구를 통해서, 다시 말해 귀 밝은 정보원들과 디지털 소식통을 통해서 알아봤는데, 그 마지막 사건 이후로 종적을 감췄더라고. 당신은 그 여자가 하와이로 이주했다고 했잖아. 근데 그게 사실이라면, 그 여잔 거기서 운전면허증을 취득하지 않았고, 세금도 안 냈고, 케이블TV도 설치하지 않았고, 섬 어딘가에 부동산을 사지도 않았어."

"친구와 동거할 거라고 했어." 내가 말했다. "자길 돌봐줄 사람이 있다더라고."

시스코는 어깨를 으쓱거렸다.

"그렇더라도 대다수의 사람들은 흔적을 남기거든. 근데 아무것도 찾을 수가 없었어. 그러니까 아마도 그때부터 자신을 재창조하기 시작한 것 같아. 이름을 바꾸고 신분증을 새로 만들고 새 삶을 살기 시작한 거지."

"지젤 댈링거로 말이지."

"그럴 수도 있고, 딴 이름으로 바뀌었다가 나중에 그 이름으로 바뀌었을수도 있고. 이런 일을 하는 사람들은 신분증 한 개 갖고 계속 살진 않거든. 주기적으로 바꾸는 거야. 누가 쫓아오는 느낌이 들거나 한 번쯤 바꿀때가 됐다는 생각이 들면, 다시 신분 세탁을 하지."

"그래, 하지만 그 여자는 증인보호 프로그램 대상자도 아니었어. 그냥새 출발을 원했던 건데, 이렇게까지 한 건 좀 지나치지 않나."

제니퍼가 듣고 있다가 끼어들었다.

"잘은 모르지만, 제가 이렇게 전과가 많고 어딘가에서 새 출발을 하고싶다면, 이름부터 바꿀 것 같아요. 요즘엔 모든 게 전산화돼 있고 공공정보에 누구나 쉽게 접근할 수 있잖아요. 하와이에서 누가 이런 정보를 파헤치고 다니면 어떡해요. 그러니까 당연히 이름부터 바꿔야죠."

제니퍼는 자기 앞에 놓인 자료더미를 어루만졌다. 일리가 있는 말이었다.

"그래, 그럼 지젤 댈링거는?" 내가 말했다. "지젤은 언제 나타났지?"

"잘 모르겠어." 시스코가 말했다. "지젤 댈링거의 운전면허증은 2년 전에 네바다에서 발급됐어. 여기로 이사 오고 나서도 바꾸질 않았더라고. 16개월 전에 프랭클린에 아파트를 얻으면서, 4년간 라스베이거스에서 임대한 기록을 제시했고. 아직은 거기까지 확인할 시간은 없었는데 곧 할 거야."

나는 서류가방에서 리걸패드를 꺼내 다음에 안드레 라 코세를 만날 때 물어볼 질문들을 적었다.

"좋아. 또 다른 건?" 내가 물었다. "베벌리 윌셔에는 가봤어?"

"응. 근데 그 얘기 하기 전에 프랭클린의 아파트 얘기부터 하고."

나는 고개를 끄덕였다. 보고자가 원하는 방식으로 보고받는 게 좋았다.

"우선 화재 얘기부터. 화재신고는 월요일 새벽 12시 51분에 접수됐어. 아파트 밖 복도에서 화재경보기가 울렸고 뛰어나온 주민들이 피해자의 집 문틈으로 연기가 새어나오는 걸 보고 신고한 거지. 화재로 피해자의 아파트 거실이 전소됐고, 거기서 시신이 발견됐어. 부엌과 침실 두 개는 전소까진 아니더라도 많이 탔고. 집 안에 있는 화재경보기는 울리지 않은 게 분명한데, 울리지 않은 이유에 대해서는 현재 조사 중이래."

"스프링클러는?"

"스프링클러는 무슨. 옛날 건물인데. 원래 스프링클러가 없었던 건물이야. 그리고 소방서에서 주워들은 얘긴데, 이 사망사건에 대해서 수사가 두 번 이루어졌대."

"두 번?" 내가 물었다.

이건 왠지 유용한 정보인 듯했다.

"응. 처음에는 경찰과 소방관들이 모두 피해자가 소파에서 담배를 피우다 잠들어서 발생한 우연한 화재사고라고 결론짓고 끝냈대. 피해자가 입고 있던 폴리우레탄 소재의 블라우스가 촉진제가 되어 불이 번졌다고 판단했고. 그런데 검시관의 검안 소견을 듣고 생각이 바뀌었다는 거야. 그래서 현장에서 유해를 수습해서 법의관실로 옮겼대."

시스코는 작은 수첩에 갈겨쓴 메모를 보고 있었다. 커다란 왼손에 들린 수첩이 너무나도 작아 보였다.

"셀레스트 프레지어라는 법의관보가 1차 검안을 하고는 설골 두 군데가 골절됐다고 결론을 내렸어. 그러면서 상황이 급변했지."

로나를 보니까 설골이 무엇인지 모르는 표정이었다.

"목의 기관氣管을 보호해 주는, 말편자처럼 생긴 작은 뼈야."

나는 내 목의 앞부분을 만지면서 설명해 주었다.

"그 뼈가 부러졌다면, 목 앞부분에 힘이 가해져 외상이 생겼다는 뜻이야. 목이 졸렸다는 거지."

로나는 고맙다는 표시로 고개를 끄덕였고, 나는 시스코에게 이야기를 계속하라고 말했다.

"그래서 방화와 살인사건 담당 수사관들이 현장으로 달려갔고, 이젠 살인사건으로 전환해서 수사를 진행하고 있어. 경찰이 이웃집들 탐문수사를 했고 나도 경찰의 조사에 응했던 이웃주민들을 많이 만나봤어. 일요일 밤 11시쯤 피해자의 아파트에서 싸우는 소리를 들었다는 사람들이 꽤 있더라고. 남녀가 돈 문제로 고함을 지르면서 싸웠대."

시스코는 이름을 확인하기 위해 다시 수첩을 참조했다.

"애나베스 스티븐스라는 부인이 복도를 사이에 두고 바로 맞은편에 사는데, 싸우는 소리가 나고 나서 남자가 그 아파트에서 나가는 걸 자기 집 현관문에 난 작은 구멍으로 봤대. 그때가 11시 30분에서 자정 사이였다고 하더라고. 뉴스가 끝난 후였고 자정에 잠자리에 들었다면서. 나중에 경찰이 식스팩(6명의 용의자 사진을 한데 모아놓은, 경찰의 용의자 식별용 사진-옮긴이)을 보여주니까 안드레 라 코세를 지목했고."

"그 여자한테 직접 들은 거야?"

"응."

"자네가, 자기가 지목한 그 용의자를 위해서 일하는 사람이란 건 알고 있었고?"

"맞은편 집에서 발생한 사망사건을 조사하고 있다고 했더니 순순히 응하더라고. 더 이상은 안 물어봐서 말 안 했어."

나는 시스코를 향해 고개를 끄덕여 보였다. 이렇게 초기 단계에 검찰 측 주요 증인에게서 중요한 증언을 받아낼 수 있는 것은 그의 능력이었다.

"스티븐스 부인은 나이가 어떻게 되는데?"

"60대 중반으로 보이고, 현관문 구멍 앞에 붙어 서서 남을 훔쳐보면서 소일하는 아줌마 같았어. 남 일에 관심 많은 사람 어디에나 꼭 있잖아."

제니퍼가 끼어들었다.

"그 부인 말대로 라 코세가 자정 전에 아파트에서 나갔다면, 복도의 화재경보기가 50분 이상 울리지 않은 것에 대해서는 경찰이 어떻게 설명할까요?"

시스코가 또 어깨를 으쓱거렸다.

"몇 가지로 설명해 볼 수 있겠지. 우선, 집 안에서는 일찍 불이 났지만 연기가 문 밑으로 새어나오는 데 시간이 걸렸을 수 있고. 아니면, 라 코세가 안전하게 빠져나가 혐의를 받지 않으려고 불이 늦게 나게 뭔가 조치를 취해놨을 수도 있고. 아니면 그 두 가지를 합해서 생각해 볼 수도 있겠지."

시스코는 주머니에 손을 넣어 담배 한 갑과 성냥첩을 꺼냈다. 그러고는 담뱃갑을 흔들어 한 개비를 꺼내 접은 성냥첩 속에 넣었다.

"아주 흔한 속임수인데." 그가 말했다. "담배에 불을 붙이면 천천히 타 들어가면서 성냥에 옮겨 붙지. 그렇게 성냥이 다 타고 나서 촉매제에 불을 붙이는 거야. 어떤 담배를 쓰느냐에 따라 다르지만 3분에서 10분 정도 뒤에 다른 것에 불이 붙게 되는 거지."

나는 고개를 끄덕였다. 시스코의 말이 아니라 내 머릿속 생각에 대한 반응이었다. 내 의뢰인에 대해 검찰이 어떤 주장을 갖고 나올지 서서히 감이 잡히고 있었고, 벌써부터 우리의 전략과 수법 들이 떠오르고 있었다. 시스코가 말을 이었다.

"대부분의 주에서 담배를 피우다가 그냥 놔둘 경우 3분 안에 꺼지도록 제조해야 한다고 법으로 정해놓은 거, 알고 있었어? 그래서 방화범들은 대개가 외제 담배를 사용한다잖아."

"그렇군." 내가 말했다. "이제 이 사건 이야기 계속할까? 글로리아의 아파트에서 또 뭐 알아낸 거 있어?"

"현재로선 그 정돈데, 곧 다시 가보려고." 시스코가 말했다. "문을 두드려보니까 아무도 없는 집이 꽤 많더라고."

"다들 문구멍으로 자넬 보고 겁이 나서 조용히 있었겠지."

농담이었지만 터무니없는 말은 아니었다. 시스코는 폭주족 차림을 하고 할리데이비슨을 타고 다녔다. 보통 검은색 청바지에 딱 달라붙는 검은색 티셔츠와 가죽조끼를 입고 부츠를 신고 다녔다. 떡 벌어진 체격과 옷차림과 상대방을 꿰뚫어보는 듯한 짙은 갈색의 눈을 보고 아무도 없는 척 문을 열지 않은 사람들이 꽤 있었을 거라는 생각이 들었다. 사실 협조한 목격자가 있었다는 사실이 더 놀라웠다. 얼마나 놀라운 일이었으면 자발적으로 협조한 것인지 확인까지 했겠는가. 증인석에 앉아서 나에게 역공을 펼치는 증인은 결코 원하지 않았다. 그래서 나는 사전에 증인을 일일이 심사했다.

"가끔씩 넥타이라도 매고 다니는 게 어때?" 내가 말했다. "나 붙였다 뗐다 하는 넥타이 많은데."

"고맙지만 사양할게." 시스코가 단칼에 잘랐다. "이제 호텔 이야기로 넘어갈까, 아니면 계속 나를 갈구고 싶어?"

"진정해, 떡대. 그냥 해본 말이야. 호텔 얘기 좀 해봐. 어젯밤에 많이 바빴겠는데."

"늦게까지 일했지. 어쨌든 호텔에서 중요한 정보가 나왔어."

시스코는 노트북을 켜고 두꺼운 손가락으로 자판을 꾹꾹 눌러 명령어를 치면서 말을 이었다.

"넥타이 안 맸는데도 베벌리 윌셔 보안직원들이 협조 잘해주던데. 그친구들이⋯⋯."

"알았어, 알았어." 내가 말했다. "넥타이 얘긴 이제 안 할게."

"잘 생각했어."

"계속해 봐. 그 친구들이 뭐라고 했는데?"

# 6

　시스코는 베벌리 월셔 호텔 직원들의 진술보다는 그들이 보여준 것이 중요하다고 말했다.

　"호텔 내의 공용공간은 대부분 24시간 내내 감시카메라로 녹화되고 있어." 그가 말했다. "그래서 일요일 밤에 피해자가 그 호텔을 방문한 모습이 거의 다 찍혀 있대. 보안직원들이 명목상의 수수료만 받고 그 CD 복사본을 나한테 넘겼어. 수수료는 비용처리 할게."

　"그렇게 해." 내가 말했다.

　시스코는 모두가 화면을 볼 수 있게 테이블에 놓인 노트북을 돌려놓았다.

　"노트북에 있는 기본 편집프로그램을 사용해서, 다양한 각도의 화면들을 한데 모아 실시간 연속동작 화면으로 편집했어. 그래서 피해자가 그 호텔에 들어가서 나올 때까지의 움직임을 거의 다 확인할 수 있게 됐지."

　"틀어봐, 마틴 스코세이지(〈택시 드라이버〉, 〈셔터 아일랜드〉 등을 찍은 영화감독−옮긴이)."

　시스코가 재생 버튼을 눌렀고 우리는 화면을 보기 시작했다. 흑백화
면이었고 소리가 나오지 않았다. 화질이 선명하지 않았지만 얼굴을 못
알아볼 정도는 아니었다. 첫 장면은 호텔 로비 천장에 설치된 카메라가
찍은 오버헤드뷰였다. 화면 상단에 'PM 9:44'라고 타임스탬프가 찍혀
있었다. 밤늦게 체크인을 하는 사람들과 오가는 행인들로 인해 로비가
북적거렸지만, 로비를 가로질러 엘리베이터를 향해 걸어가는 글로리아
혹은 지젤의 모습은 쉽게 눈에 띄었다. 발목까지 내려오는, 별로 야하지
않은 검은색 원피스를 입고 있었는데, 아주 자연스럽고 편안해 보였다.
삭스 쇼핑백을 들고 있어서 그 호텔을 자주 이용하는 상류층 여성처럼
보였다.

　"저 여자예요?" 둥글고 긴 소파에 앉아 다리를 훤하게 드러내고 있는
여자를 가리키며 제니퍼가 물었다.

　"너무 빤하잖아." 내가 말했다. "이 여자야."

　나는 화면 오른쪽에 있는 글로리아를 가리켰다. 그녀는 엘리베이터
앞에 서 있는 보안직원을 향해 웃어 보이고는 태연히 그 앞을 지나쳤다.

　카메라 각도가 바뀌었고 엘리베이터 타는 곳 천장에 달린 카메라가
아래를 찍고 있었다. 글로리아는 엘리베이터를 기다리면서 핸드폰으로
이메일을 확인했다. 곧 엘리베이터가 도착하자 그녀는 엘리베이터에
탔다.

　다음은 엘리베이터 안에 있는 카메라가 찍은 장면이었다. 글로리아
는 8층 버튼을 눌렀다. 올라가는 동안 쇼핑백을 들고 안을 들여다보았
다. 우리가 보는 각도에서는 쇼핑백 안에 든 내용물이 보이지 않았다.

　8층에 도착하자 글로리아가 엘리베이터에서 내렸고 화면이 깜깜해

졌다.

"여긴 안 찍혔어." 시스코가 말했다. "객실 층에는 카메라가 없거든."

"왜?" 내가 물었다.

"사생활 보호 차원에서. 누가 몇 호실로 들어가는지 기록하면 이혼소송이나 증인소환 등 법적인 문제가 생길 때 골치가 아프다나."

나는 고개를 끄덕였다. 일리 있는 말이었다.

화면이 다시 밝아지더니 글로리아가 엘리베이터를 타고 내려가는 모습을 보여주었다. 타임스탬프를 보니 5분이 지나 있었다. 글로리아가 837호실 문을 두드리고 한동안 복도에서 기다리고 있었던 게 틀림없었다.

"8층 복도에 구내 전용 전화 있어?" 내가 물었다. "글로리아가 계속 문을 두드리고만 있었던 거야, 아니면 프런트데스크에 전화해서 객실 상황에 대해서 물어봤어?"

"복도에 전화 없어." 시스코가 말했다. "계속 봐봐."

1층으로 내려온 글로리아는 엘리베이터에서 내린 후 벽에 붙어 있는 테이블에 놓인 구내전용 전화기 쪽으로 걸어갔다. 그리고는 전화를 걸어 누군가와 통화를 했다.

"지금 교환원한테 837호실로 연결해 달라고 하는 거야." 시스코가 말했다. "교환원은 호텔 투숙객 중에 대니얼 프라이스라는 사람은 없고 837호실에 아무도 투숙하지 않았다고 말해주지."

글로리아는 전화를 끊었고, 몸짓으로 보아 짜증나고 실망한 것이 분명했다. 헛걸음한 것이다. 그녀는 들어올 때보다 더 빠른 걸음으로 출입구를 향해 걸어갔다.

"자, 이제부터 잘 봐봐." 시스코가 말했다.

글로리아가 로비를 절반쯤 가로질러 갔을 때 10미터쯤 뒤에서 한 남자가 나타났다. 중절모를 쓴 남자가 고개를 숙이고 핸드폰을 보면서 걷고 있었다. 그도 출입문을 향해 가고 있는 것 같았다. 중절모와 고개를 숙인 자세 때문에 얼굴이 가려져 있다는 것을 제외하고는 의심스러운 점이 전혀 없었다.

글로리아가 갑자기 방향을 바꿔 프런트데스크로 향했다. 그러자 뒤따라가던 남자도 어색하게 방향을 바꿨다. 그는 돌아서서 둥글고 긴 소파로 가서 앉았다.

"미행하는 거야?" 로나가 물었다.

"기다려봐." 시스코가 말했다.

화면에서 글로리아는 프런트데스크로 걸어가 앞 손님이 용무를 끝낼 때까지 기다렸다가 데스크 직원에게 질문을 했다. 직원은 컴퓨터에 뭔가를 치고 화면을 들여다보더니 고개를 가로저었다. 투숙객 중에 대니얼 프라이스라는 사람은 없다고 말하는 것 같았다. 그러는 동안 중절모를 쓴 남자는 고개를 비스듬히 기울인 채 앉아 있었다. 모자챙에 얼굴이 가려져 보이지 않았다. 핸드폰을 보고 있었지만 핸드폰으로 아무 짓도 하지 않았다.

"저 사람 키패드를 누르지도 않고 들여다보고만 있네요." 제니퍼가 말했다.

"글로리아를 보고 있는 거지." 내가 말했다. "핸드폰이 아니라."

중절모 때문에 단언할 수는 없지만 글로리아에게 미행이 붙은 것 같았다. 프런트데스크에서 용무를 마친 글로리아는 돌아서서 출입문 쪽으로 다시 걸어가기 시작했다. 그러면서 핸드백에서 핸드폰을 꺼내 단축번호를 눌렀다. 출입문에 다다르기 전에 핸드폰에 대고 빠르게 무슨 말을 하더니 핸드폰을 핸드백에 도로 넣었다. 그러고는 호텔을 나갔다.

글로리아가 사라지기 전에 중절모를 쓴 남자가 다시 화면에 나타났고 그녀를 따라 로비를 가로질러 걸어갔다. 그녀가 문 밖으로 나가자 남자는 걷는 속도를 빨리했다. 이 모습을 보니 글로리아가 갑자기 발길을 돌려 프런트데스크에 들른 덕분에 미행하는 게 확실히 드러나는 듯했다.

중절모를 쓴 남자가 로비를 나간 후, 카메라가 바뀌어 호텔 밖 도로가 나타났다. 발레파킹 대기장에 서 있는 글로리아 앞에 내 차와 같은 검은색 타운카 한 대가 다가와서 섰다. 글로리아가 뒷문을 열고 삭스 쇼핑백을 던져 넣은 후 차에 탔다. 타운카가 출발했고 곧 화면에서 사라졌다. 중절모를 쓴 남자는 발레 차선을 가로질러 걸어가더니 화면에서 사라졌다. 그러는 동안 한 번도 고개를 들지 않아서 얼굴은 전혀 볼 수 없었다.

화면재생이 끝났고 다들 오랫동안 말이 없었다. 지금 본 것을 다시 떠올려보고 있는 것 같았다.

"그래서?" 시스코가 입을 열었다.

"그래서 글로리아가 미행을 당했군." 내가 말했다. "호텔에서 그 남자에 대해 물어봤겠지, 물론?"

"물어봤는데 호텔 직원이 아니래. 그날 밤 잠복근무를 한 보안직원은 한 명도 없었대. 누군진 모르겠지만 외부인인 거지."

나는 고개를 끄덕였고 아까 본 장면들을 다시 떠올려보았다.

"글로리아가 호텔에 들어갈 땐 남자가 따라 들어가지 않았어." 내가 말했다. "그럼 이미 호텔 안에 있었다는 뜻이겠지?"

"이 친구 행적을 쫓은 동영상도 있어." 시스코가 말했다.

시스코가 컴퓨터를 자기 쪽으로 돌려 명령어를 입력하자 다른 동영상이 나타났다. 그는 화면을 다시 우리를 향해 돌린 후 재생버튼을 눌렀다. 그러고는 설명을 시작했다.

"자, 여기 이 남자야. 지금 시각은 9시 30분, 로비에 앉아 있지. 글로리아가 오기 전부터 거기 있었던 거야. 글로리아가 올 때까지 저렇게 앉아 있지. 종합화면 만들어놨어."

시스코는 컴퓨터를 다시 자기한테로 돌려 종합화면 동영상을 찾아튼 후 화면을 우리 쪽으로 다시 돌려놓았다. 여러 대의 카메라가 같은 시각에 찍은 장면들이 한데 모인 커다란 모자이크 화면이 보였다. 우리는 글로리아가 로비를 걸어가자 중절모를 쓴 남자가 눈으로 그녀를 쫓는 것을 확인할 수 있었다. 글로리아가 걸어가는 방향으로 중절모가 서서히 돌아갔다. 그러고 나서 남자는 글로리아가 8층에서 내려올 때까지 기다렸다가 그녀를 따라나섰고, 그녀가 갑자기 프런트데스크에 들러 용무를 보는 동안 잠깐 앉아 있다가 다시 따라 나갔다.

동영상이 끝나자, 시스코는 컴퓨터를 껐다.

"그래서, 저 인간이 누군데?" 내가 물었다.

시스코가 두 팔을 활짝 벌리자, 그 넓이가 2미터는 되어 보였다.

"내가 해줄 수 있는 말은 호텔 직원이 아니라는 것뿐이야." 그가 말했다.

나는 일어서서 테이블 뒤를 서성이기 시작했다. 아드레날린이 솟구치고 있었다. 중절모를 쓴 남자는 미스터리였고, 미스터리는 항상 피고인 측에 이롭게 작용했다. 미스터리는 의문부호였고, 의문부호는 합리적인 의심을 불러일으켰다.

"경찰이 호텔에 왔다 갔대?" 내가 물었다.

"어젯밤까지는 안 왔어." 시스코가 말했다. "사건을 이미 검찰에 송치했잖아. 근데 피해자가 살해되기 전에 뭘 했는지 신경이나 쓰겠어?"

나는 고개를 가로저었다. 검경을 과소평가하는 것은 어리석은 일이었다.

"아니야, 와서 조사할 거야."

"글로리아가 고용한 사람일 수도 있지 않을까요?" 제니퍼가 물었다. "사설 경호원이나 뭐 그런?"

나는 고개를 끄덕였다.

"좋은 질문이야. 이따가 의뢰인을 만나면 물어볼게. 글로리아를 태우고 간 타운카에 대해서도 물어봐야겠어. 따로 운전기사가 있었는지도 물어보고. 근데 좀 석연치 않은 게……, 이 동영상 말이야, 글로리아가 고용한 사람이라면 뭔가 이상하지 않아? 카메라가 있는 걸 알고 모자를 눌러쓰고 계속 고개를 숙이고 있잖아. 카메라에 잡히는 걸 원하지 않는 사람처럼."

"그리고 글로리아가 도착하기 전에 미리 와 있었고." 시스코가 덧붙였다. "글로리아를 기다리고 있었잖아."

"글로리아가 올라갔다가 바로 내려올 거라는 걸 알고 있는 것처럼 행동했어." 로나도 거들었다. "문제의 객실에 아무도 없다는 걸 알고 있었던 게 분명해."

나는 서성거리던 것을 멈추고 시스코의 꺼진 노트북을 가리켰다.

"이 인간이 그 인간일 거야." 내가 말했다. "대니얼 프라이스. 누군지 알아내야 돼."

"저도 한마디 해도 될까요?" 제니퍼가 물었다.

나는 고개를 끄덕여서 그녀에게 발언권을 주었다.

"다들 중절모를 쓴 이 불가사의한 인물에 대해 관심을 갖고 계신 것 같은데, 주목해야 할 건 따로 있는 게 아닐까요? 중절모 사나이가 피해자를 미행했는지 안 했는지 모르겠지만, 어쨌든 그 이후에, 우리 의뢰인이 자기가 피해자의 아파트에 갔었고 피해자와 싸우다가 멱살을 잡았다고 경찰에 자백했다는 사실이요. 그러니까 라 코세가 피해자의 아파트에 가기 전에 무슨 일이 있었는지 걱정하기보다는, 라 코세가 그 아파트에 가서 무슨 짓을 했는지 혹은 하지 않았는지에 대해 더 관심을 가져야 하지 않을까요?"

"그래, 그게 아주 중요하지." 내가 재빨리 대답했다. "하지만 살펴봐야 할 것은 다 살펴볼 필요가 있어. 이 자를 찾아서 뭐 하고 있었던 건지 알아봐야 해. 시스코, 조사 범위를 좀 더 넓혀줄 수 있을까? 그 호텔이 로데오 길 끝에 있잖아. 그 길에 감시 카메라가 많이 있을 거야. 이 자가 차를 타고 가는 게 찍혔을 수 있어. 그럼 번호판을 알 수 있겠지. 땅으로 꺼지거나 하늘로 솟지는 않았을 테니까."

시스코가 고개를 끄덕였다.

"알았어. 찾아볼게."

나는 손목시계를 보았다. 심리법정을 향해 출발해야 할 시각이었다.

"좋아. 또 다른 건?"

아무도 말이 없었다. 잠시 후 로나가 소심하게 손을 들었다.

"로나, 왜?"

"오늘 램지 사건 공판준비기일이야. 오후 2시, 30호 법정. 기억해 두라고."

나는 끙 하고 신음소리를 냈다. 내 친애하는 의뢰인 디어드리 램지는 나와 동료 변호사들이 이제까지 맡았던 사건들 중 가장 기이한 사건에서 다양한 범죄를 돕고 사주한 혐의로 기소되었다. 처음에는 전년도에 발생한 편의점 강도사건에서 끔찍한 성폭행을 당한 익명의 피해자로 대중의 주목을 받았다. 당시 언론 보도에 따르면 복면을 한 무장 강도 두 명이 편의점에 들어섰을 때 그 26세의 아가씨는 다른 손님 세 명, 직원 두 명과 함께 편의점에 있었다. 무장 강도들은 손님들과 직원들을 창고로 몰아넣고 문을 잠근 후 쇠지렛대를 사용해서 편의점에 있던 현금입출납기를 열었다.

잠시 후 무장 강도들은 창고에 들어가 인질들에게 지갑과 보석을 내놓고 옷을 모두 벗으라고 지시했다. 강도 한 명이 다른 인질들을 감시하는 동안 다른 한 명은 모두가 보는 앞에서 램지를 강간했다. 그러고 나서 강도들은 피해자들의 귀중품과 현금 2백 80달러, 사탕 두 상자를 갖고 도망쳤다. 그 후 몇 달이 지나도 사건은 해결되지 않았다. 시의회는 용의자들을 체포할 수 있게 하는 중요한 정보에 대해 2만 5천 달러의 현상금을 내걸었고, 램지는 편의점이 고객을 위해 적절한 보호조치를 취하지 않았다면서 편의점 본사를 직무유기 혐의로 고소했다. 램지가 배심원단 앞에서 자신이 겪은 고초를 증언하는 모습을 결코 보고 싶지 않았던 편의점 본사는 댈러스에서 이사회를 열어 25만 달러에 램지와 합의하기로 결정했다.

돈만큼 인간관계를 파괴하는 게 또 있을까. 램지가 합의금을 챙겨 사라지고 2주가 지났을 때, 그 사건 담당 수사관들은 한 여자로부터 전화를 받았다. 시의회가 약속한 현상금이 아직도 유효하냐고 묻는 전화였다. 그렇다고 대답하자, 여자는 놀라운 이야기를 들려주었다. 25만 달러의 합의금이 그 강도·강간사건의 진짜 목표였고, 강도·강간범은 사실 램지의 남자친구인 타리크 언더우드라고 했다. 그 밀고자는 강간이 치밀하게 계획하고 모두의 동의하에 실행된 사기극으로, 큰돈을 벌기 위해 램지 자신이 꾸민 일이라고 말했다.

나중에 밝혀진 사실이지만, 제보자는 램지의 절친한 친구였다. 램지는 그 일로 엄청난 거액을 챙긴 반면 자기는 부당하게 소외됐다고 느끼고 램지에게서 돌아선 거였다. 경찰은 법원의 허가를 받아 도청을 통해 증거를 수집한 후, 곧 램지와 남자친구와 다른 공범을 체포했다. 국선변호인실이 언더우드의 변호를 맡았고, 이로 인해 램지와는 이해관계의 충돌이 생겨 변호를 맡을 수 없게 되었다. 결국 램지 변호 건이 내게로 넘어왔다. 수임료도 적고 승소 가능성도 낮은 사건이었지만, 램지는 유죄를 인정하고 양형거래를 하는 것을 거부했다. 의뢰인이 재판까지 가는 것을 원했기 때문에, 재판까지 가는 수밖에 없었다. 아름답게 끝날 것 같지는 않았다.

그 사건의 공판준비기일이 오늘이라는 말을 듣자 한껏 치솟던 사기가 팍 꺾였다. 내 신음소리를 로나가 들었나 보았다.

"연기할까?" 로나가 제안했다.

나는 잠깐 고민했다. 그러라고 하고 싶은 충동이 일었다.

"제가 맡을까요?" 제니퍼도 제안했다.

물론 제니퍼는 진심이었다. 내가 던져주는 형사사건은 어떤 것이라도 기꺼이 맡을 것이다.

"아냐, 아주 더러운 사건이야." 내가 말했다. "그런 걸 맡길 수는 없지. 로나, 방법을 찾아봐. 오늘은 가능하다면 라 코세에게 집중하고 싶어."

"알아보고 말해줄게."

직원들은 하나 남은 도넛을 집고 있거나 문으로 걸어가고 있었다.

"좋아, 그럼, 자기가 맡은 일이 뭔지는 다들 잘 알 거고." 내가 말했다. "뭐라도 알아내면 보고해 줘."

나는 커피를 한 잔 더 만들어 마지막으로 그 건물을 나왔다. 얼은 뒤쪽 주차장에 차를 세워놓고 기다리고 있었다. 나는 그에게 고속도로는 타지 말고 시내로 해서 법원으로 가자고 주문했다. 일찍 도착해서 안드레 라 코세가 판사 앞에 불려 나가기 전에 만나보고 싶었다.

# 7

내´의뢰인이 다른 피의자들과 함께 법정으로 끌려들어가기 전, 나는 15분간 접견을 허락받았다. 라 코세는 심리법정 옆에 붙은 북적거리는 구치감에 갇혀 있었다. 나는 다른 피의자들이 우리 대화를 엿듣지 못하도록 창살에 딱 붙어서 작은 소리로 속삭여야 했다.

"안드레, 지금 시간이 얼마 없어." 내가 말했다. "몇 분 후면 법정에 들어가서 판사를 만나게 될 거야. 절차는 금방 끝날 거야. 혐의를 읽어주고 심리기일을 잡으면 끝이거든."

"내가 무죄를 주장해야 되지 않나요?"

"아냐, 아직은. 이건 형식적인 절차에 불과해. 피의자를 체포하고 나서 48시간 안에 판사 앞에 세워야 해서 부른 거야. 오늘은 금방 끝날 거야."

"보석은요?"

"우리한테 보낸 금괴 말고도 금괴가 많이 있으면 몰라도 보석금 마련하기가 쉽지 않을걸. 살인죄로 기소됐잖아. 보석금을 책정하긴 할 텐데 적어도 200만 달러는 될 거야. 어쩌면 250만 달러까지도 부를 수 있어.

그렇다면 보증인에게 맡길 보증금이 적어도 20만 달러야. 금이 그만큼 있어? 게다가 돌려받지도 못하는 건데."

라 코세는 기가 팍 죽어서 우리를 갈라놓고 있는 창살에 이마를 댔다.

"여긴 정말 못 견디겠어요."

"알아, 하지만 지금으로선 달리 방법이 없어."

"나를 딴 동에 넣어줄 수 있다고 했죠?"

"물론이지, 그건 해줄 수 있어. 말만 해. 아무도 못 건드리게 해줄게."

"그렇게 해줘요. 거기로 돌아가고 싶지 않으니까."

나는 그에게로 몸을 더 숙이고 목소리를 더 낮춰서 속삭였다.

"혹시 어젯밤에 그 안에서 무슨 일이 있었어?"

"아뇨. 하지만 거긴 짐승새끼들이 살아요. 같이 못 있겠어요, 진짜로."

나는 어느 감옥엘 가더라도 마찬가지일 거라는 말은 하지 않았다. 짐승새끼들은 어디에나 있었다.

"판사한테 말해볼게." 내가 말했다. "들어가기 전에 사건에 관해서 몇 가지 물어볼 게 있어, 괜찮지?"

"물어봐요. 금은 받았어요?"

"응, 받았어. 우리가 요구한 것보다 더 많이 왔던데, 다 자네 변호하는 데 쓸 거야. 남으면 돌려줄 거고. 영수증을 써갖고 오긴 했는데, 돈이 있다는 걸 보여주는 종이쪽지를 맨즈 센트럴 안에서 갖고 다니면 안 좋을 것 같은데."

"그러네요. 변호사님이 갖고 있어요."

"알았어. 지금부터 질문. 지젤이 어떤 식으로든 신변보호를 받고 있었어?"

라 코세는 잘 모르겠다는 표정으로 고개를 가로젓다가 대답했다.

"도난경보기가 있었지만 실제로 작동이 됐는지는 모르겠고……."

"아니, 사람 말이야. 일인지 데이트인지 뭔지 나갈 때 따라다니는 경호원이 있었냐고."

"아뇨, 그런 말은 못 들었는데. 운전기사가 있었으니까 문제가 생기면 전화로 부를 수는 있었겠지만, 운전기사는 보통 차에서 기다리고 있었겠죠."

"다음 질문이 운전기사에 관한 건데. 누구야? 어떻게 연락하면 되지?"

"맥스라고, 지젤 친구요. 낮에는 다른 일을 하고 밤에만 운전기사 노릇을 했죠. 지젤은 보통 밤에만 일을 했거든요."

"성은?"

"성은 몰라요. 만난 적도 없고. 가끔 얘기만 들었어요. 자기 보디가드라고 하더라고요."

"하지만 지젤과 동업을 한 건 아니고."

"아니에요, 내가 알기로는."

다른 피의자가 내 의뢰인의 왼쪽 어깨 뒤를 서성이면서 대화를 엿들으려 하고 있었다.

"자리 좀 옮기자." 내가 말했다.

우리는 창살을 따라 구치감의 반대편 끝으로 옮겨갔다. 엿듣던 피의자는 뒤에 남았다.

"줄리아 로버츠 고객을 확인하러 호텔에 전화를 걸었다고 했는데 그 얘기 좀 해봐. 일이 어떻게 된 거야?" 내가 물었다.

나는 손목시계를 확인했다.

"빨리." 내가 덧붙였다.

"그러니까, 그 사람이 웹사이트를 통해서 연락했더라고요. 가격을 말해주고는······."

"이메일로?"

"아뇨, 전화로요. 호텔에서. 발신자 전화번호를 보고 알았죠."

"좋아, 계속해 봐. 호텔에서 전화를 걸었고, 그다음에는?"

"지젤 가격을 말해줬더니 좋다고 해서 그날 밤 9시 30분으로 약속을
잡았어요. 그 사람이 객실번호를 알려줬고 난 그 객실로 전화해서 확인
하겠다고 했죠. 좋다고 해서, 전화를 걸었어요."

"호텔 대표번호로 전화해서 837호실로 연결해 달라고 했어?"

"네, 맞아요. 연결해 주는데 같은 남자가 받더라고요. 그래서 9시 30분
까지 지젤을 보내겠다고 했죠."

"그렇군. 전에는 거래한 적이 없는 남자야?"

"네, 한 번도."

"화대는 어떻게 지불했어?"

"안 냈다니까요. 그것 때문에 싸웠잖아요. 지젤은 안 받았다고, 방에
아무도 없었다고 하더라고요. 프런트데스크 직원은 그 남자가 그날 체
크아웃을 했다고 하더래요. 난 그 말이 거짓이라고 생각했죠. 왜냐하면
그날 내가 그 방에 있는 그 남자하고 통화를 했으니까."

"그래, 알았어. 근데 그 남자하고 지불 방법에 대해서 얘기했어? 현금,
아니면 신용카드?"

"네, 현금으로 하겠다고 했어요. 그래서 지젤의 집에 찾아갔던 거예
요, 내 몫을 챙기려고. 신용카드로 결제했으면, 그 거래를 내가 처리하면
서 내 몫을 따로 챙길 수 있었겠죠. 근데 현금이라니까 지젤이 다 써버리
기 전에 챙기려고 찾아간 거죠. 늦으면 한 푼도 못 건질 수 있으니까."

라 코세의 사업 방식이 점점 더 분명하게 이해가 되고 있었다.

"항상 그런 식으로 일을 했어?"

"네."

"통상적으로 그렇게 했다는 말이군."

"네, 항상 똑같은 식으로."

"그리고 그 남자 목소리 말인데, 옛날 고객의 목소리 아니었어?"

"아뇨, 처음 듣는 목소리였어요. 그 남자도 처음 전화한 거라고 했고. 목소리가 무슨 관련이 있죠?"

"아무 관련이 없을 수도 있고, 큰 관련이 있을 수도 있고. 지젤과는 얼마나 자주 연락하고 지냈어?"

라 코세는 어깨를 으쓱거렸다.

"매일 문자를 주고받았어요. 대부분의 일을 문자로 처리했지만, 빠른 대답을 듣고 싶을 땐 지젤의 핸드폰으로 전화를 걸었어요. 일주일에 두 번 정도는 통화를 했죠."

"자주 만났고?"

"일주일에 한두 번은요. 현금 결제 고객이 있을 때. 일이 끝나면 내가 수금하러 잠깐 들렀죠. 가끔은 밖에서 만나 커피를 마시거나 아침을 함께 먹으면서 수금하기도 했고요."

"지젤이 돈을 안 주고 버티거나 하진 않았어?"

"그 전에도 그런 일로 종종 문제가 있었어요."

"어떤 문제?"

"알고 보니 지젤이 돈을 펑펑 쓰는 성격이더라고요. 내 돈을 그 여자한테 오래 맡겨두면 다 써버려서 못 받을 확률이 높아지는 거예요. 그래서 절대로 오래 기다리지 않고 바로바로 수금을 했죠."

방금 첫 출두를 하고 줄지어서 법정을 나온 피의자들이 다른 구치감으로 들어가는 모습이 보였다. 곧 라 코세가 법정에 들어갈 차례였다.

"좋아, 잠깐만."

나는 허리를 굽히고 타일 바닥에 놓인 서류가방을 열었다. 그러고는 서명이 필요한 서류와 펜을 꺼낸 뒤 다시 일어섰다.

"안드레, 이건 이해관계의 충돌에 관한 권리 포기각서야. 내가 변호를 맡길 바란다면 여기에 서명을 해줘야 돼. 자네가 살해한 혐의를 받고 있는 피해자가 내 예전 의뢰인이었다는 사실을 알고 있고, 내가 자넬 변호하는 동안 이해관계의 충돌이 있다고 주장할 권리를 포기하겠다는 내용이야. 그런 사실을 알고 있지만 아무 문제 없다고 말하는 거지. 펜 갖고 있는 거 들키기 전에 빨리 서명해."

나는 창살 사이로 서류와 펜을 건넸고 라 코세는 서류에 서명을 했다. 그러고는 내게 돌려주면서 서류를 빠르게 훑어보았다.

"글로리아 데이턴이 누구예요?"

"지젤. 지젤 본명."

나는 허리를 구부리고 서류를 가방에 도로 집어넣었다.

"두 가지만 더." 내가 허리를 펴면서 말했다. "어제 지젤을 소개해 준 고객과 연락해 보겠다고 했는데. 했어? 그 여자를 만나야 하는데."

"네, 괜찮대요. 전화해 봐요. 이름은 스테이시 캠벨. 캠벨 수프 할 때그 캠벨."

나는 라 코세가 알려주는 전화번호를 손바닥에 받아 적었다.

"번호를 외우고 있네? 요즘엔 다들 핸드폰에 저장해 놔서 못 외우는데."

"핸드폰에 저장해 놨다면, 지금쯤 경찰이 다 갖고 있겠죠. 우린 전화기도 자주 바꾸고 번호도 자주 바꿔요. 번호는 다 외우고. 그게 제일 안전하니까."

나는 고개를 끄덕였다. 정말 그렇겠다 싶었다.

"그렇군. 알았어, 이 정도로 해두고. 판사 만나러 들어가 보자."

"할 말이 두 가지라면서요."

"아, 그렇지."

나는 외투 주머니에 손을 넣어 얇은 명함 한 벌을 꺼냈다. 그러고는 창살 사이로 명함을 건네주었다.

"이걸 거기 벤치 위에 올려놔." 내가 말했다.

"진짜요?" 그가 말했다.

"진짜지 그럼. 다들 유능한 변호사를 찾잖아. 자기 사건 외에도 3백 건을 더 맡고 있는 국선변호인을 만나게 되면 더욱더. 이걸 벤치 위에 살짝 펼쳐놓고 나와. 법정에서 보자."

"알았어요."

"그리고 기억해, 그 안에서 자네 변호사에 대해서는 누구하고라도 이야기해도 되지만, 자네 사건에 대해서는 이야기하지 마. 아무하고도. 안 그러면 후회할 날이 있을 거야. 반드시."

"알았어요."

"좋아."

* * *

심리법정은 그물망에 걸린 생선이 실려와 팔려 나가는 시장처럼 법망에 걸린 사람들이 실려와 팔려 나가는 시장과 같은 곳이다. 나는 구치감에서 걸어 나와 변호사들과 검사들과 수사관들과 법원 직원들의 세상으로 걸어 들어갔다. 이 세상에서는 모든 사람이 메리 엘리자베스 머서 판사의 지시에 따라 어수선하게 움직이고 있었다. 범죄를 저지른 혐의를 받는 피고인을 신속하게 법정으로 불러 혐의사실을 고지하고 피고인 자신이 변호인을 정하지 않은 경우 변호인을 지정해 주는, 헌법으로 보장된 피고인의 권리를 보호하고 집행하는 것이 머서 판사의 의무였다. 현실적으로 볼 때, 이 말은 피고인이 사법제도 안에서 길고 고통스러운 여행을 시작하기 전에 단 2~3분간 판사 앞에 설 수 있다는 뜻이었다.

심리법정의 변호인석 테이블은 여러 명의 변호사가 나란히 앉아서 자기가 맡은 사건과 호명될 의뢰인을 위한 준비를 할 수 있도록 특별히 설계된, 회의 탁자만큼 큰 대형 테이블이었다. 이보다 훨씬 더 많은 변호사들은 판사석 왼쪽 울타리 밖에 서 있거나 그 주위를 배회하고 있었다. 한 번에 여섯 명씩 조를 짜서 구치감에서 불려 나오는 피고인들이 이 울타리를 통과해 법정으로 들어왔다. 이 변호사들은 의뢰인들 옆에 서서 판사가 혐의를 고지하고 심리기일 일정을 짜는 것을 듣곤 했다. 이 심리기일에 피고인들은 공식적으로 유죄를 인정하고 형량을 거래하거나 무죄를 주장할 수 있었다. 외부인이—여기에는 피고인들과 방청석을 가득 메우고 있는 가족들도 포함된다— 법정에서 진행되는 절차를 따라잡거나 이해하기란 결코 쉬운 일이 아니었다. 이것이 사법절차인가 보다 생각하고, 이것이 자신의 삶을 좌지우지하게 될 것임을 아는 정도에 그칠 뿐이었다.

나는 판사가 부를 피고인 명단이 놓여 있는 법정 경위의 책상으로 걸어갔다. 경위는 오전 조 명단에서 첫 30명의 이름에 ×자를 그어놓았다. 머서 판사는 오전 조 심리를 착착 진행하고 있었다. 38이라는 숫자 옆에 안드레 라 코세의 이름이 있었다. 그 말은 그가 속한 조가 불려나오기 전에 한 조가 더 있다는 뜻이었다. 따라서 내가 자리를 찾아 앉아 메시지를 확인할 시간이 있었다.

변호인석에 놓인 의자 아홉 개 모두에 변호인이 앉아 있었다. 나는 방청석과 재판부 자리를 나누는 난간을 따라 일렬로 자리 잡은 의자들을 훑어보다가 한 자리가 비어 있는 것을 발견했다. 그곳으로 걸어가면서 보니까 앉은 사람들 중에 아는 얼굴이 있었다. 그는 변호사가 아니었다. 형사였고, 우연인진 몰라도 그날 아침 직원회의 때 화제가 되었던 한 사건에서 나와 부딪친 적이 있는 사람이었다. 그도 나를 알아보고 내가 옆에 앉자 얼굴을 찡그렸다.

우리는 판사의 관심을 끌지 않으려고 낮은 목소리로 인사를 나눴다.

"이런, 이런, 위대한 법정 연설가이자 인간쓰레기들의 수호자 미키 마우스Mickey Mouth 아니신가."

나는 빈정거림을 무시했다. 경찰한테서 그런 소리 듣는 것에 이력이 났다.

"오랜만이네요, 랭크포드 형사."

리 랭크포드는 내 예전 조사원 라울 레빈의 피살사건을 수사했던 글렌데일 경찰국 강력계 형사였다. 랭크포드가 나를 보고 얼굴을 찡그리며 빈정거린 것에서도 알 수 있듯이 우리 둘 사이에 아직도 원한이 남아 있었고 이유도 여러 가지였다. 첫째, 랭크포드는 태어날 때부터 변호사 혐오 유전자를 갖고 있었던 것 같았다. 그리고 그가 레빈의 살인범으로 나를 지목하는 실수를 범하면서 우리 사이가 틀어지기 시작했다. 물론 내가 그 사건을 해결함으로써 그의 판단이 틀렸음을 입증한 것도 우리 관계를 악화시키는 데 일조했다.

"글렌데일에서 먼 길을 오셨네." 내가 핸드폰을 꺼내면서 말했다. "거기 심리는 글렌데일 고등법원에서 하지 않나?"

"예나 지금이나, 자넨 시대에 한참 뒤떨어지는구먼, 할러. 글렌데일 경찰국에서 나온 게 언젠데. 정년퇴직했잖아."

나는 그것 참 반가운 소식이라는 듯 싱긋 웃으며 고개를 끄덕였다.

"어둠의 세계로 넘어왔다는 말은 하지 말아요. 설마 이 변호사들 중 한 명을 위해서 일하고 있는 건 아니겠죠?"

랭크포드가 역겹다는 표정을 지었다.

"내가 설마 자네 같은 왕재수들을 위해서 일하겠어? 지금은 검찰 쪽에서 일해. 그리고 저기 큰 테이블에 자리 하나 났다. 가서 왕재수들끼리 같이 앉지 그래?"

나는 웃음이 절로 나왔다. 랭크포드는 7년 전 마지막으로 본 이후로 변한 게 하나도 없었다. 나는 그를 약 올리는 게 즐거웠다.

"아뇨, 난 여기가 좋은데."

"아이고, 신나라."

"소벨 형사님은 어떻게 지내시나? 아직도 경찰국에 있어요?"

소벨 형사는 당시 나와의 소통을 담당했던 랭크포드의 파트너였다. 그녀는 랭크포드처럼 편견 덩어리는 아니었다.

"아직도 경찰국에 있고 잘 지내고 있지. 저기 팔찌 차고 느릿느릿 걸어 나오는 훌륭하신 시민들 중에 누가 자네 의뢰인이야?"

"아, 내 의뢰인은 다음 조에 있는데, 이 친구는 꼭 이길 거예요. 자기가 거느린 창녀 중에 한 명을 죽인 혐의를 받고 있는 포준데, 얘기 들어보니까 진짜 억울하더라고요."

랭크포드가 몸을 젖혀 의자에 등을 살짝 기댔다. 내 말에 놀란 것 같았다.

"설마, 라 코세?" 그가 말했다.

내가 고개를 끄덕였다.

"맞아요. 당신도 그 사건?"

랭크포드의 얼굴에 비웃음이 번져갔다.

"응. 정말 즐겁게 일하게 생겼군."

검찰수사관은 재판에서 부수적인 임무를 맡았다. 수사 책임은 초동수사부터 맡아 해온 경찰국 담당 형사들이 계속 맡았다. 그러나 기소가되고 사건이 경찰국에서 검찰청으로 송치되면, 재판 준비를 돕기 위해검찰수사관이 동원되었다. 증인들의 소재를 파악해서 법정으로 데려오고, 피고인 측의 조치와 피고인 측 증인들에 대응하는 것 등이 검찰수사관의 주된 임무였다. 다양한 부차적인 임무를 맡아서 했다. 한마디로 말해, 재판준비에 필요한 일을 하는 것이 그들의 임무였다.

검찰수사관 가운데 대다수는 전직 경찰관이었고, 그들 중 상당수는랭크포드 같은 정년퇴직자였다. 그들은 경찰국에서 연금을 받고 검찰청에서 급여를 받아서 이중으로 수입을 챙기고 있었다. 억세게 운이 좋은사람들이었다. 놀라운 일은 랭크포드가 벌써 라 코세 사건 담당으로 배정을 받았다는 사실이었다. 피고인이 법정에 첫 출두도 하기 전에 사건을 배정받아 법정에 온 것은 매우 이례적인 일이었다.

"이해가 안 되네." 내가 말했다. "어제 기소가 됐는데 벌써 배정을 받았다고요?"

"강력부 소속이거든. 돌아가며 사건을 맡는데 이번엔 내 차례라, 어떤놈인지, 어떤 사건인지 알아보러 온 거야. 이젠 변호인이 누군지, 어떤인간하고 맞장을 떠야 하는지까지 다 알게 됐구먼."

랭크포드가 일어서서 고개를 돌려 나를 내려다보았다. 벨트에 배지를 차고 있고, 양복 바짓단 밑으로 검은색 가죽 장화를 신고 있는 게 보였다. 꼴사나운 모습이었지만 꼴사납다고 말해서 분노를 사고 싶지는 않았다.

"재밌겠는데." 랭크포드가 말하더니 자리를 떴다.

"내 의뢰인이 나올 때까지 안 기다리고 가요?"

랭크포드는 대답하지 않았다. 그는 방청석과 재판부를 나누는 중앙 분리대의 출입구를 통과해 법정 뒤쪽에 있는 출입문을 향해 중앙 복도를 걸어갔다.

랭크포드가 법정을 떠난 후 나는 잠자코 앉아서 나에게 적대적인 사람이 검찰수사관이라는 사실이 갖고 있는 감추어진 위협에 대해서 생각해 보았다.

분명히 좋은 출발은 아니었다.

쥐고 있던 핸드폰에서 문자 알림음이 들렸다. 확인해 보니 로나에게서 온 것으로, 랭크포드 건과 균형을 맞출 좋은 소식이었다.

금괴는 진짜였어! 5만 2천 달러 기탁계정에 예치.

모든 준비는 끝났다. 무슨 일이 일어나든, 적어도 수임료는 챙길 수 있게 되었다. 랭크포드 일이 기억에서 사라지기 시작했다. 바로 그때 그림자가 머리 위로 드리워져서 고개를 들어보니 구치감 경위가 나를 내려다보며 서 있었다.

"할러 변호사?"

"네, 전데요. 무슨…….”

경위가 명함 한 벌을 내 머리 위로 뿌렸다. 내 명함, 내가 라 코세에게 준 명함들이었다.

"또 이런 같잖은 짓거리를 하면 그 쓰레기 같은 의뢰인들 만나러 다시는 구치감에 못 들어올 줄 알아요. 적어도 내가 근무할 땐 말요."

나는 얼굴이 확확 달아오르는 것을 느꼈다. 다른 변호사들이 우리를 보고 있었다. 그나마 다행인 것은 랭크포드가 이 광경을 놓쳤다는 점이었다.

"알았어요?" 경위가 물었다.

"그래요, 알았어요." 내가 말했다.

"좋아요." 그가 말했다.

경위가 자리를 뜨자 나는 명함을 줍기 시작했다. 쇼가 끝나자, 다른 변호사들은 고개를 돌리고 자기 일을 보기 시작했다.

# 8

 

법원에서 나와 보니 이번에는 길가에 링컨 차가 한 대밖에 없었다. 벌써 다들 점심식사를 하러 뿔뿔이 흩어진 것이다. 나는 뒷좌석에 탄 후 얼에게 할리우드 쪽으로 가자고 말했다. 스테이시 캠벨이 어디 사는지는 모르지만 시내는 아닐 거라는 생각이 들었다. 나는 핸드폰을 꺼내 손바닥에 적어놓은 전화번호를 확인한 후 번호를 눌렀다. 캠벨은 나긋나긋함과 요염함을 비롯해 성매매 여성에게 요구되는 모든 것을 담은 능숙한 목소리로 즉시 전화를 받았다.

"안녕, 자기야, 난 별처럼 반짝이는 눈의 스테이시."

"스테이시 캠벨 씨?"

부드럽고 요염한 목소리가 담배 냄새가 묻어나올 것 같은 퉁명스러운 어조로 바뀌었다.

"누구세요?"

"마이클 할러 변호삽니다. 안드레 라 코세 씨의 변호인이죠. 당신과 통화했다던데. 당신이 지젤 댈링거에 대해서 내게 얘기해 주겠다고 약속했다던데요."

"저기요, 난 법정으로 끌려가고 싶지 않거든요."

"끌고 가다뇨. 그냥 지젤을 잘 알았던 사람을 만나서 얘길 듣고 싶을 뿐인데요."

침묵이 흘렀다.

"캠벨 씨, 내가 당신 집으로 갈까요, 아니면 어디 딴 곳에서 만날까요?"

"딴 데서 만나요. 누가 찾아오는 것 싫으니까."

"좋아요. 지금 어때요?"

"옷 갈아입고 머리도 만져야 되는데."

"몇 시에 어디서 볼까요?"

다시 침묵이 흘렀다. 나를 위해 굳이 머리 손질까지 할 필요는 없다고 말하려는 순간, 그녀가 먼저 입을 열었다.

"토스트 어때요?"

정오가 지나 오후 12시 10분이었지만 직업적 특성 때문에 이제야 겨우 일어났나 보다는 생각이 들었다.

"그래요, 좋아요, 아침 먹을 수 있는 데라, 어디가 좋을까?"

"네? 아니, 내 말은 카페 토스트요. 크레센트 하이츠 근처 3번가에 있는 곳."

"아, 난 또. 좋아요, 거기서 봅시다. 1시 어때요?"

"그때까지 갈게요."

"자리 잡고 기다리고 있을게요."

나는 전화를 끊고 얼에게 목적지를 알려준 뒤, 2시에 있을 공판준비 기일을 연기했는지 알아보려고 로나에게 전화를 걸었다.

"안 된대." 로나가 말했다. "패트리시아 말로는 판사가 이 일정을 달력에서 빨리 지우고 싶어 한대. 그래서 더 이상은 연기할 수 없다는 거야. 2시까지 오래."

패트리시아는 컴퍼니오니 판사의 서기였다. 법정 운영이나 공판일정 조정 등은 보통 서기가 맡아서 처리했다. 판사가 일정대로 진행하고 싶어 한다고 말했다지만, 실은 패트리시아가 바라는 거였다. 검찰이 내놓은 협상안을 받아들이라고 의뢰인을 설득하면서 내가 공판준비기일 일정을 계속 연기했기 때문에 짜증이 난 게 틀림없었다.

나는 잠깐 고민했다. 스테이시 캠벨이 제 시간에 나타난다고 해도—그럴 것 같지도 않았지만—내가 알고 싶은 것을 다 알아낸 뒤 2시까지 맞춰가기란 불가능했다. 토스트에서의 만남을 취소할 수도 있었지만 그러고 싶지 않았다. 글로리아 데이턴에 관한 미스터리가 현재로서는 최고의 관심사였다. 글로리아가 나를 속인 이유와 그녀의 피살사건에 얽힌 비밀을 알고 싶었고, 여기서 다른 사건으로 방향을 틀고 싶지는 않았다.

"알았어. 송아지한테 전화해서 나 대신 가줄 수 있는지 알아볼게."

"왜? 아직도 심리법정에 있어?"

"아니, 데이턴 사건 때문에 웨스트할리우드로 가고 있어."

"데이턴 사건이라니, 라 코세 사건이지, 안 그래?"

"그래, 맞아."

"웨스트할리우드는 나중에 가면 안 돼?"

"안 돼, 로나."

"그 여자가 아직도 당신한테 영향력을 행사하고 있네. 죽어서까지."

"무슨 일이 있었는지 알고 싶어서 그래. 송아지한테 전화할게. 나중에 얘기하자."

나는 일에 사적인 감정을 개입시키지 말라고 로나가 설교를 늘어놓기 전에 얼른 전화를 끊었다. 로나는 항상 글로리아와 나와의 관계를 못마땅해 했고, 섹스가 끼어 있지 않은 관계라는 것을 이해하지 못했다. 창녀에 관한 집착이 아니라는 사실도 이해하지 못했고, 같은 세계관을 가진 사람들끼리의 우정이라는 것을, 적어도 나는 그렇게 생각했다는 사실을 이해하지 못했다.

제니퍼 애런슨에게 전화를 걸었더니, 지금 사우스웨스턴 로스쿨 도서관에 앉아서 아침에 나한테서 받은 글로리아 데이턴에 관한 자료를 살펴보고 있다고 말했다.

"사건별로 살펴보면서 모든 것에 익숙해지려고 노력하고 있어요." 제니퍼가 말했다. "제가 구체적으로 찾아봐야 할 게 있을까요?"

"아냐, 그럴 것까진 없고." 내가 말했다. "헥터 아란데 모야에 관한 메모는 찾았어?"

"메모 없던데요. 7년이나 지났는데 이름을 기억하시다니 정말 대단하세요."

"사람 이름과 사건은 대체로 기억하는데, 생일이나 기념일은 전혀 기억을 못해. 그래서 항상 문제가 생기지. 모야의 현 상황을 확인해 봐. 그리고……."

"그것부터 했어요. 《LA 타임스》 인터넷 기사부터 검색해서 모야 사건에 관한 기사를 두 개 찾았어요. 사건이 연방으로 넘어갔던데요. 대표님은 검찰과 거래를 했다고 하셨는데, 연방수사관들이 사건을 인계받은 것 같더라고요."

나는 고개를 끄덕였다. 사건에 대해 이야기할수록 기억나는 것이 늘어났다.

"맞아, 연방법원 영장이 있었어. 검찰이 힘에서 밀렸구먼. 모야한테 연방법원 체포영장이 집행되고 연방수사관들이 냉큼 데리고 간 걸 보면."

"무기도 더 큰 게 있었죠. 연방 마약밀매 관련법에는 총기 소지 시 가중 처벌하는 조항이 있잖아요. 그 조항에 따르면 무기징역까지 받을 수 있는데, 실제로 모야가 무기징역형을 받았더라고요."

그 부분도 기억이 났다. 이자는 묵고 있던 호텔 방에 코카인을 50그램 정도 갖고 있었다는 죄로 무기징역형을 선고받았다.

"항소했을 텐데. 페이서PACER 찾아봤어?"

페이서PACER는 연방법원의 소송서류 공개 시스템Public Access to Court Electronic Records의 약자였다. 법원에 제출된 모든 소송서류를 쉽게 열람할 수 있게 해주는 데이터베이스였다. 그것을 검색해 보는 게 출발점이 될 것이었다.

"네, 페이서에 접속해서 모야 관련 소송일지를 찾아봤어요. 06년에 유죄평결을 받고, 바로 항소했더라고요. 증거불충분, 재판절차상의 문제, 비합리적인 양형 등을 이유로 대대적인 공세를 펼쳤고요. 근데 패서디나를 못 벗어났더라고요. 재판관 전원일치 판결이 나왔죠."

제니퍼는 제9연방순회항소법원 이야기를 하고 있었다. 그 항소법원의 남부캘리포니아 지원이 패서디나, 사우스그랜드 대로에 있었다. 로스앤젤레스에서 발생한 사건들의 항소는 패서디나 순회항소법원에 제기되고, 판사 세 명으로 구성된 항소법원 지원 심사위원회의 심사를 받았다. 그 심사위원회는 가치가 없다고 판단한 사건들은 항소를 각하했고, 다른 사건들은 서부지역을 관할하는 제9연방순회항소법원에서 뽑은 세 명의 판사들로 구성된 본안 심사위원회에 넘겨 심층심사를 하게 했다. 모야가 패서디나도 못 벗어났다는 제니퍼의 말은 1차 심사위원회가 그의 유죄평결이 합당하다고 만장일치로 결론지었다는 뜻이었다. 모야는 삼진아웃을 당한 것이다.

모야는 다음 조치로 유죄 평결 후의 구제를 요청하는 인신구제 청구소송을 지방법원에 제기했다. 이것은 선고형을 무효화하겠다는, 승소 가능성이 거의 없는 조치였다. 이것은 마치 버저가 울리는 순간 3점 슛을 쏘는 것과 같았다. 이 청구소송은 놀랄 만한 새로운 증거가 나오지 않는 한 그가 새로 재판을 받기 위해 취해볼 수 있는 마지막 조치가 될 것이었다.

"2255조는?" 미 연방법의 인신보호 구제청구에 관한 법조항을 언급하며 내가 물었다.

"네, 했죠." 애런슨이 말했다. "변호사의 직무유기로 밀고 나갔어요. 변호인이 유죄답변 거래를 위한 협상조차 하지 않았다고 주장했죠. 하지만 그것도 각하됐어요."

"변호인이 누구였는데?"

"대니얼 달리라는 사람인데, 아세요?"

"알지. 근데 그 사람은 연방법원 전문이라. 난 웬만하면 연방법원 근처에는 얼씬거리지 않으려고 하거든. 일하는 건 못 봤는데, 들리는 말로는 그쪽에선 꽤 알아주는 변호사라고 하더라고."

사실 달리하고는 포 그린 필즈에서 마주칠 때 인사 정도 나누는 사이였다. 우리 둘 다 금요일 저녁에는 한 주를 마감하며 마티니를 한잔하러 그 술집에 들르곤 했다.

"달리든 다른 누구든 모야를 위해서는 해줄 수 있는 게 별로 없었어요." 제니퍼가 말했다. "모야는 심하게 넘어져서 일어나질 못하고 있어요. 무기징역형을 받고 지금 7년째 복역 중이더라고요."

"어디서?"

"빅터빌이요."

빅터빌 연방교도소는 여기서 북쪽으로 130킬로미터 떨어진, 사막의 공군기지 끝에 위치해 있었다. 여생을 보내기에 좋은 장소는 아니었다. 그곳에서는 사막 바람 때문에 바짝 말라서 날아가지 않으면, 끊임없이 머리 위를 날아다니는 공군 제트기의 굉음 때문에 미쳐버린다고들 했다. 이런 생각을 하고 있을 때 제니퍼가 말을 이었다.

"연방법원 사람들은 확실히 만만하게 볼 게 아닌 것 같아요." 제니퍼가 말했다.

"왜?"

"코카인 50그램 갖고 있었다고 무기징역을 때리다니요. 너무 가혹하잖아요."

"맞아, 양형이 엄청 가혹하지. 그래서 내가 연방재판 변호 안 좋아하잖아. 의뢰인한테 희망을 버리라고 말하고 싶지 않거든. 검찰하고 실컷 협상해서 거래를 했는데 판사가 개무시하고 형량 엄청나게 때려버리는 꼴도 보기 싫고."

"그런 일이 일어나요?"

"너무 자주. 예전에 한 친구는……, 아니다, 그냥 넘어가자. 옛날 일인데 뭐. 다시 생각하고 싶지도 않고."

사실 나는 내가 의뢰인을 위해서 별 생각 없이 한 거래 때문에 핵터 아란데 모야가 무기징역형을 선고받고 빅터빌에 수감된 사실에 대해 생각하고 있었다. 그때 나는 레슬리 페어라는 검사와 거래를 한 뒤 공판 결과가 어떻게 나왔는지 알아볼 생각조차 하지 않았다. 내게는 늘 하는 일일 뿐이었다. 내 의뢰인에 대해 기소를 유예해 주는 대가로 호텔 이름과 객실번호를 알려주는 거래를 했을 뿐이었다. 글로리아 데이턴은 교도소 대신 마약중독자 재활프로그램에 들어갔고, 헥터 아란데 모야는 누가 혹은 어디서 당국에 밀고했는지 알지도 못한 채 연방교도소에 영원히 갇히게 되었다.

혹시 모야가 알고 있었을까?

그 후로 7년이 지났다. 모야가 누구를 사주해서 글로리아 데이턴에게 복수했다고 생각하는 것은 실현가능성의 영역을 넘어서는 것으로 보였다. 그러나 아무리 실현가능성이 없는 가설이라고 해도, 안드레 라 코세를 변호하는 데는 유용하게 쓰일 수 있었다. 배심원단이 검찰의 주장에 의혹이 들게 하는 게 내 임무였다. 단죄의 신들 가운데 단 한 명이라도 의혹이 들게 하는 게 내가 할 일이었다. 어, 잠깐만, 이 여자 때문에 저 위 사막의 감방에서 시들어가던 모야는? 혹시 그자가……

"소송일지에 증인신청에 관한 심리나, 상당한 근거의 부족을 이유로 한 위법 수집 증거 배제 신청에 관한 심리 같은 거 있었어?"

"있었어요, 그게 재판절차상의 문제를 제기한 1차 항소의 일부였어요. 판사가 비밀정보원들의 증인신청을 기각했더라고요."

"비밀정보원들 좋아하시네. 비밀정보원은 딱 한 명이었어. 글로리아. 소송일지에 공개가 금지된 건 없던가? 봉인된 거 봤어?"

판사들은 보통 비밀정보원에 관한 기록의 공개를 금지했지만, 그 문서들은 페이서에 번호나 기호로 언급되어 있어서 적어도 그런 기록이 존재한다는 것은 알 수 있었다.

"아뇨." 제니퍼가 말했다. "PSR만 있던데요."

모야에 관한 선고 전 보고서presentencing report, PSR. 그 문서도 항상 공개가 금지되어 있었다. 나는 잠깐 생각을 정리했다.

"이걸 그냥 포기하고 싶진 않아. 비밀정보원과 상당한 근거 심리의 속기록을 보고 싶어. 패서디나에 가서 자료 좀 뽑아다 줘. 또 모르지. 운이 좋으면 쓸 만한 걸 찾아낼지도. 마약단속국이나 FBI가 어느 시점엔가 증언했을 거야, 어떻게 그 호텔, 그 객실을 찾아갔는지에 대해서. 뭐라고 대답했는지 알고 싶어."

"글로리아의 이름이 노출됐을 수도 있다고 생각하세요?"

"그럼 너무 쉽고 경솔하잖아. 하지만 특정 비밀정보원에 관한 언급이 있다면, 이용해 볼 무기가 될 수도 있겠지. 그리고 선고 전 보고서도 열람 신청해 봐. 7년이나 지났으니 열람을 허용할지도 모르지."

"에이, 그럴 것 같지 않은데요. 영원히 기밀로 묶여 있어야 할 서류잖아요."

"물어보는 데 돈 드는 거 아니잖아."

"그럼 지금 당장 패서디나로 출발할게요. 글로리아 자료는 나중에 다시 검토하고요."

"아냐, 패서디나엔 나중에 가고, 대신 시내로 가줘. 디어드리 램지 사건 공판준비기일에 나 대신 들어가고 싶다고 한 것, 아직도 유효하지?"

"그럼요!"

방방 뛰는 듯한 목소리였다.

"너무 흥분하지 마." 내가 바로 제동을 걸었다. "오늘 아침에도 말했지만, 아주 더러운 사건이야. 판사한테 인내심을 갖고 기다려달라고 매달려야 돼. STD 사건이라는 거 알고 있고, 디어드리를 다 설득해 가고 있다고 말해. 검찰의 제안을 받아들이는 게 최선책이라고 열심히 설득하고 있다고. 그리고 셸리 앨버트 검사도 설득해야 돼. 제안을 취소하지 말고 2주만 기다려달라고 해. 딱 2주만 더, 알겠지?"

검찰은 램지가 강도질을 돕고 사주한 것을 인정하고 남자친구와 공범의 죄를 입증하는 증언을 하면 3년에서 5년형을 받게 해주겠다고 제안했다. 제안을 받아들이면 감형기간과 이미 복역한 기간이 있으니까, 1년 후에는 석방될 수 있었다.

　"해볼게요." 제니퍼가 말했다. "근데 매독 얘기는 안 하면 안 돼요?"

　"응?"

　"매독이요. STD 사건이라면서요. 성병Sexually transmitted disease 아니에요?"

　나는 하하 웃으면서 창밖을 내다봤다. 우리는 핸콕 공원을 지나가고 있었다. 도로를 따라 넓은 잔디밭과 키 큰 생 울타리가 있는 대저택들이 늘어서 있었다.

　"그런 뜻으로 한 말 아니야. STD는 내가 국선변호인 시절에 자주 썼던 용어의 약자야. 조정으로 직행할 사건straight to disposition이란 뜻이지. 20년 전 내가 국선변호인이었을 땐 사건을 그렇게 나눴어. STD와 STT. '조정으로 직행할 사건'과 '재판으로 직행할 사건straight to trial.' 요즘엔 혼란을 피하기 위해서 STP라고 부를지도 모르겠네. '거래로 직행할 사건straight to plea.'"

　"아우, 창피해라."

　"그래도 컴퍼니오니 판사 앞에서 매독 사건이라고 얘기 안 했으니 다행이지."

　둘이 동시에 웃음을 터뜨렸다. 제니퍼는 내가 아는 가장 명석하고 열정적인 법조인 중 한 명이었지만, 아직은 실무경험을 익히고 법조계가 돌아가는 상황과 전문용어를 배워가는 중이었다. 그녀가 이쪽 일을 계속하면 조만간 검찰이 가장 두려워하는 변호사가 될 것이 틀림없었다.

　"두 가지 더." 내가 본론으로 돌아가서 말했다. "셸리 앨버트 검사보다 먼저 법정에 들어가서 판사 왼쪽 편에 자리를 잡고 앉아."

"네." 제니퍼가 머뭇거리다가 말을 이었다. "근데 왜요?"

"이건 우뇌 좌뇌의 문제인데. 사람들은 자기 왼쪽에 있는 사람의 의견에 동의하는 경향이 있거든."

"에이, 설마요."

"진짜라니까. 난 최종변론을 위해 배심원단 앞에 설 때마다, 최대한 오른쪽으로 가서 서. 그럼 대다수의 배심원들 눈에는 내가 왼쪽에 서 있는 게 되니까."

"말도 안 돼."

"해봐. 그럼 알 거야."

"입증이 안 되는 거잖아요."

"진짜라니까. 과학실험과 연구가 여러 차례 있었어. 구글로 검색해 보든가."

"그럴 시간은 없고요. 또 다른 건 뭔데요?"

"판사랑 충분히 편해졌다 싶으면 판사한테 말해, 앨버트 검사가 유죄 답변 거래 조건에서 협조 조항을 빼준다면 이 재판을 끝내는 데 도움이 될 거라고. 디어드리가 남자친구의 범죄를 증언할 필요가 없다면, 거래를 성사시킬 수 있다고 해. 심지어 형량도 안 줄이고 그대로 가도 된다고 해. 협조 조항만 빼달라고. 그리고 디어드리의 협조가 검찰 측에 반드시 필요한 것도 아니라고 말하고. 검사는 벌써 그 세 명의 범행 모의를 담은 도청 테이프를 확보해 놨잖아. 게다가 강간 검사 키트를 통해서 남자친구의 유전자도 확보해 놨고. 디어드리의 증언이 없어도 슬램덩크야. 디어드리가 필요 없다고."

"네, 말해볼게요. 근데 전 처음으로 형사재판 한번 해보나 보다고 은근히 기대하고 있었는데."

"이런 걸로 입문하지 마. 이길 수 있는 재판으로 입문해야지. 게다가 형사소송법의 80퍼센트는 재판으로 가지 않는 방법을 모색하는 내용이야. 나머지는……."

"다 개소리고요. 네, 알겠습니다."

"행운을 빌어."

"감사합니다, 대표님."

"대표님이라고 부르지 마. 우리 파트너잖아, 안 그래?"

"네."

나는 전화를 끊고 나서 스테이시 캠벨을 어떤 식으로 조사할까 생각해 보았다. 우리는 지금 농산물 시장을 지나고 있었고 목적지에 거의 다 와가고 있었다.

잠시 후 나는 얼이 백미러로 나를 보고 있는 것을 알아차렸다. 할 말이 있을 때 그렇게 나를 쳐다보곤 했다.

"왜?" 내가 물었다.

"아까 통화할 때 말씀하신 거요. 왼쪽에 있는 사람 말을 더 잘 듣는다는 거."

"응."

"예전에 내가 깡패 짓거리를 하고 다닐 때, 내가 꿍쳐둔 돈을 뺏으려고 어떤 놈이 총을 들고 온 적이 있었거든요."

"근데?"

"그땐 깡패새끼들이 총 들고 돌아다니다가 돈 좀 있겠다 싶으면 쏴버리고 돈 들고 튀고 그랬거든요. 머리통을 쏘고는 돈을 다 끌어 모아서 들고 튀는 거죠. 이놈도 나한테 그 짓을 하려고 온 거였어요."

"어우, 무서워라. 그래서 어떻게 됐어?"

"말 잘해서 돌려보냈어요. 딸이 태어났고 형편이 어렵다고 신세한탄을 늘어놨죠. 그러고는 갖고 있는 돈 얼마 쥐여줬더니 가더라고요. 그러고 나서 나중에 살인사건으로 체포된 범인들이 TV에 나오는데 놈이 있더라고요. 내 돈 털러 왔던 놈."

"운이 좋았네."

얼은 고개를 끄덕이더니 백미러로 다시 나를 쳐다보았다.

"근데 그때 놈이 왔을 때, 놈은 내 오른쪽에 있었고 나는 놈의 왼쪽에 있었거든요. 그래서 돌려보낼 수 있었나 봐요. 아까 말씀하셨던 것처럼. 놈이 왼쪽에 있던 내 말을, 죽이지 말아달라는 말을 들어준 거잖아요."

나는 동의의 표시로 고개를 끄덕였다.

"다음에 송아지 보면 그 얘기 꼭 좀 해줘."

"네."

"말 잘해서 놈을 돌려보낸 거 정말 다행이야."

"네, 나도 그렇게 생각해요. 마누라와 딸도 그렇게 생각하고."

# 9

약속 시간보다 일찍 토스트에 도착해서, 빈자리가 생기기를 기다렸다가 10분 후에 테이블을 잡고 앉았다. 커피 한 잔을 홀짝이며 45분을 혼자 있었다. 모두가 탐내는 테이블을 독점하고 앉아서 음식도 시키지 않고 있는 나를 웨스트할리우드의 멋쟁이들이 곱지 않은 시선으로 보고 지나갔다. 나는 고개를 숙이고 이메일을 읽었고, 1시 30분, 드디어 별처럼 반짝이는 눈을 가진 스테이시가 짙은 향수 냄새를 풍기며 나타나 내 맞은편 의자에 미끄러지듯 앉았다.

스테이시는 백금발에 끝에는 파란색으로 하이라이트를 했고 벼락을 맞은 듯 머리카락이 삐죽삐죽 선 모양의 가발을 쓰고 있었다. 그 가발은 너무나 투명해서 푸르스름해 보이기까지 하는 피부색과, 눈 주위에 넓게 바른 반짝이 화장하고도 잘 어울렸다. 자리를 독점하고 앉았다고 흘겨보던 멋쟁이들이 이젠 거의 잡아먹을 듯한 눈으로 나를 노려보고 있었다. 별처럼 반짝이는 눈의 스테이시는 이곳에 어울리는 모습이 아니었다. 마치 1970년대의 글램 록 앨범 표지에서 빠져나온 듯한 모습이었다.

"변호사님?" 스테이시가 말했다.

나는 의례적인 미소를 지었다.

"네, 접니다."

"글렌다한테서 얘기 많이 들었어요. 친절하다고. 잘생겼다는 말은 안 했는데."

"글렌다가 누구죠?"

"지젤이요. 라스베이거스에서 처음 만났을 때, 지젤은 '착한 마녀' 글렌다 다빌이었어요."

"여기 와선 왜 이름을 바꿨죠?"

스테이시가 어깨를 으쓱거렸다.

"인간은 변덕쟁이니까? 그래도 걘 옛날하고 똑같았어요. 그래서 난 항상 글렌다라고 불렀죠."

"그러니까 당신이 먼저 라스베이거스에서 이곳으로 왔고, 그다음에 지젤이 뒤따라왔다, 그 말인가요?"

"뭐 그런 셈이죠. 우린 계속 연락하고 지냈어요. 여기 사정이 어떤지 글렌다가 종종 물었고요. 그래서 괜찮다고, 오고 싶으면 오라고 했더니, 진짜 왔더라고요."

"그래서 당신이 지젤을 안드레에게 소개해 줬고."

"맞아요, 지젤을 위한 인터넷 사이트를 개설해서 예약받는 일을 안드레에게 시켰죠."

"당신이 안드레를 알고 지낸 지는 얼마나 됐죠?"

"그리 오래되진 않았어요. 여긴 주문 안 받나 보네?"

그러고 보니 5분마다 한 번씩 와서 주문을 재촉하던 여종업원이 어디에도 보이지 않았다. 스테이시가 사람들, 특히 여자들에게 그런 영향을 미친 것 같았다. 나는 옆 테이블을 치우던 종업원을 불러서 주문받는 여종업원을 불러달라고 부탁했다.

"안드레는 어떻게 알게 됐어요?" 기다리면서 내가 물었다.

"그거야 어렵지 않았죠. 인터넷에 접속해서 다른 여자들 사이트를 찾아봤어요. 괜찮다 싶어서 살펴보면 사이트 관리자가 안드레더라고요. 그래서 이메일을 보냈고 함께 일을 하게 됐죠."

"안드레가 관리하는 사이트가 몇 개나 되죠?"

"모르겠어요. 직접 물어보지 그래요."

"안드레가 관리하는 여자를 신체적으로 학대한 적이 있어요?"

스테이시가 킥킥거리며 웃었다.

"진짜 포주처럼?"

내가 고개를 끄덕였다.

"아뇨. 누군가를 거칠게 대해야 할 땐, 다른 사람을 시켰어요."

"예를 들면?"

"이름은 몰라요. 근데 안드레가 그렇게 폭력적인 사람이 아니라는 건 알아요. 그리고 누가 자기랑 거래하던 여자들을 야금야금 채가서 손 좀 봐줘야 했던 때가 몇 번 있었대요. 적어도 안드레한테서 들은 바로는 그래요."

"다른 포주들이 그 온라인 성매매 사업을 가로채려고 했다고요?"

"네, 그랬나 봐요."

"누군지 알아요?"

"아뇨, 누군지는 모르고 그냥 안드레한테 들은 얘기예요."

"안드레를 위해 힘쓰는 일을 대신해 준 사람들은? 그 사람들 본 적 있어요?"

"그 사람들 도움이 필요할 때가 있어서 한번 봤어요. 어떤 새끼가 돈을 안 내려고 해서 그 새끼가 샤워하는 동안 안드레한테 전화를 했죠. 안드레 친구들이 재깍 나타났더라고요."

스테이시가 두 손가락을 맞부딪쳐 딱 하고 소리를 냈다.

"그 새끼가 돈을 내게 만들더라고요. 그 새낀 자기가 무슨 케이블 방송 드라마에 출연하는 연기자라서 돈을 안 내도 된다고 생각했대요. 지랄하고 자빠졌네. 했으면 돈을 내야지, 뭔 개소리야."

드디어 여종업원이 주문을 받으러 왔다. 스테이시는 토스트에 베이컨, 상추, 토마토를 얹은 샌드위치와 다이어트 콜라를 주문했다. 나는 크루아상에 치킨 샐러드를 얹은 것과 아이스티를 한 잔 더 주문했다.

"글렌다가 누구를 피해 숨어 살았죠?" 둘만 남게 되자마자 내가 물었다.

스테이시는 화제의 급전환을 별로 놀라지 않고 받아들였다.

"다들 누군가를 혹은 무언가를 피해서 숨어 살고 있지 않나요?"

"글쎄요. 글렌다가 그렇게 숨어 살았나요?"

"말은 안 했지만, 자꾸만 뒤를 돌아보곤 했어요. 그게 무슨 뜻인지 아시죠? 여기로 돌아와서는 특히 더 그랬어요."

이 방향으로 계속 가봐야 별 소득이 없을 것 같았다.

"나에 대해서는 무슨 얘길 하던가요?"

"전에 여기 살 때 당신이 변호를 맡아줬다고요. 하지만 단속을 당하더라도 이젠 전화 못하겠다고 했어요."

나는 여종업원이 음료를 가져와 테이블에 내려놓고 사라질 때까지 기다렸다.

"왜 못하겠다는 거죠?"

"글쎄요. 그러면 모든 게 드러나니까 그런 것 아닐까요?"

내가 기대했던 대답이 아니었다. 전화하면 배신한 게 다 들통 날까 봐 못한다고 말했다는 대답을.

"모든 게 드러나니까? 진짜 그렇게 말했어요?"

"네, 그렇게 말했어요."

"그게 무슨 뜻이죠?"

"그걸 내가 어떻게 알아요. 그냥 모든 게 드러날 수 있다고 했어요. 무슨 말인지는 모르겠고. 그 말밖에 안 했어요."

스테이시는 내 질문공세에 불쾌한 기색을 보이기 시작하고 있었다. 나는 등을 뒤로 젖히고 앉아서 잠시 생각을 정리했다. 스테이시는 별다른 설명 없이 흥미로운 말 몇 마디 한 것 말고는 큰 도움이 되지 못했다. 글로리아 데이턴이—그게 본명인지조차 이젠 잘 모르겠지만— 동료 매춘부에게 자신의 과거를 털어놓았을 거라고 생각한 내가 어리석었다.

지금 내가 알고 있는 것은 이 모든 것 때문에 내가 우울해졌다는 사실이었다. 글로리아 혹은 글렌다 혹은 지젤은 그 생활에 완전히 매어 있었다. 그 생활을 그만둘 수 없었고, 결국 그것이 그녀에게서 모든 것을 앗아갔다. 1년이 지나지 않아 잊히거나 새로운 이야기로 대체될, 흔한 이야기였다.

음식이 나왔지만 나는 이미 식욕을 잃은 상태였다. 별같이 반짝이는 눈을 가진 스테이시는 베이컨 양상추 토마토 샌드위치에 마요네즈를 듬뿍 뿌리더니 어린애처럼 먹었다. 한입 베어 먹고 손가락을 빨았다. 그 모습을 보고도 내 기분은 나아지지 않았다.

# 10

나는 오랫동안 뒷좌석에 앉아서 이런저런 생각을 했다. 얼은 내가 언제쯤 다음 행선지를 알려줄까 궁금해하며 백미러로 흘끔흘끔 나를 쳐다보고 있었다. 그러나 나는 이제 어디로 가야 할지 판단이 서지 않았다. 스테이시 캠벨이 화장실에 갔다가 식당에서 나오기를 기다렸다가 집까지 미행해서 어디 사는지 알아볼까 하는 생각이 들었지만, 다시 만날 필요가 있으면 집 주소는 시스코가 쉽게 찾아줄 수 있겠다 싶어 단념했다. 손목시계를 보니 오후 2시 45분이었다. 송아지는 컴퍼니오니 판사의 법정에서 공판준비기일에 임하고 있을 것이 분명했다. 나는 좀 더 기다렸다가 연락해 보기로 했다.

"밸리로 가자." 마침내 내가 말했다. "연습하는 거 보고 싶네."

얼이 시동을 켜고 출발했다. 그는 로럴 캐니언을 통해 산으로 올라가 멀홀랜드 드라이브를 달렸다. 서쪽으로 방향을 틀어 굽이 길을 두세 번 도니 프라이맨 캐니언 파크의 주차장이 나타났다. 얼은 빈 공간에 차를 세우고 글로브박스에서 망원경을 꺼내 운전석 너머로 내게 건네주었다.

나는 재킷과 넥타이를 벗어 뒷좌석에 올려놓고 차에서 내렸다.

"한 30분은 걸릴 거야." 내가 말했다.

"여기 있을게요." 얼이 말했다.

나는 차 문을 닫고 걸어갔다. 프라이맨 캐니언은 샌타모니카 산맥의 북쪽 경사면을 따라 내려가 스튜디오시티까지 이어져 있었다. 나는 베티 디어링 길을 걸어갔다. 길이 동서로 갈라진 곳에 이르러서는 길에서 벗어나 관목 숲으로 들어가 더 아래로 내려갔고, 잠시 후 도시가 한눈에 내려다보이는 탁 트인 곳에 이르렀다. 헤일리는 올해에 스카이라인 고등학교로 전학을 왔고, 그 학교 캠퍼스는 밸리크레스트 드라이브에서 공원 한쪽 끝까지 펼쳐져 있었다. 캠퍼스는 고도가 다른 두 개의 부지 위에 계단식으로 지어졌는데 아래층에는 수업을 하는 건물들이 위치해 있었고 위층에는 체육관이 있었다. 늘 구경하던 자리에 이르렀을 땐 벌써 축구 연습이 한창 진행 중이었다. 망원경으로 필드를 훑어보니 헤일리는 저 멀리 골대 앞에 있었다. 헤일리가 팀의 선발 골키퍼였다. 예전에 다니던 학교에서는 교체선수였는데, 지위가 올라간 것이다.

나는 예전에 왔을 때 딴 곳에서 굴려다 놓은 커다란 바위에 앉았다. 잠시 후엔 망원경을 목에 걸고 양 무릎에 두 팔꿈치를 괴고 두 손으로 얼굴을 감싼 채 축구 연습을 지켜보았다. 헤일리는 잘 막아내다가 한 골을 허용했다. 한 번의 슈팅이 완벽한 아치를 그리며 헤일리 옆을 지나서 날아가 골대를 맞히고는 리바운드가 되면서 골대 안으로 들어갔다. 헤일리가 즐기고 있는 것 같았다. 저렇게 연습에 열중하면 온갖 잡생각이 다 사라질 것 같았다. 나도 그럴 수 있으면 좋을 텐데. 잠깐이라도 샌디와 케이티 페터슨을, 다른 모든 일을 잊고 싶었다. 밤에 잠이라도 잘 수 있게, 제발.

나는 딸 문제로 법정까지 가서 접견권을 받아내고, 예전에 그랬던 것처럼 딸이 격주로 주말과 수요일에 내 집에 와서 함께 지내게 할 수도 있었다. 그러나 그렇게 하면 상황이 더 나빠질 게 뻔했다. 열여섯 살짜리 딸한테 그런 짓을 하면 딸을 영원히 잃을 수도 있었다. 그래서 나는 딸을 놓아주고 기다리기로 했다. 멀리서 지켜보며 기다리고 있었다. 언젠가는 헤일리도 세상이 흑과 백으로 이루어져 있지 않다는 것을 깨닫게 될 거라고 나 자신을 다독였다. 세상은 회색이고 자기 아버지가 그 회색지대에 살고 있다는 걸 깨닫게 될 날이 꼭 올 거라고 믿었다.

다른 대안이 없었기 때문에 그런 믿음을 부여잡고 있기가 쉬웠다. 그러나 그런 믿음 위를 먹구름처럼 덮고 있는 더 큰 의문을 마주하기란 결코 쉽지 않았다. 마음속 깊은 곳에 자리 잡은, 네가 너 자신을 용서하지 못하는데 어떻게 다른 사람이 너를 용서해 주기를 바랄 수 있겠느냐 하는 의문.

핸드폰이 울려서 받았더니 송아지였다. 방금 법정에서 나왔다고 했다.

"어떻게 됐어?"

"잘된 것 같아요. 검사는 마뜩찮아 했지만 판사가 협조 조항을 빼라고 강요하니까 결국 굴복하더라고요. 그러니까 디어드리만 설득하면 거래는 성사되는 거예요."

공판준비기일이었기 때문에, 램지가 반드시 출석할 의무는 없었다. 우리가 교도소로 찾아가 검찰 측의 새로운 거래 조건을 설명해야 했다.

"좋아. 기간은 얼마나 준대?"

"기본적으로 48시간이요. 금요일 업무시간 종료 때까지. 다음 주 월요일에 결과 보고하라던데요."

"좋아, 그럼 내일 가보자. 램지를 소개해 줄 테니까 설득은 자네가 알아서 해.”

“네, 알겠습니다. 어디세요? 고함소리가 들리는데.”

“축구연습장.”

“정말요? 헤일리랑 화해하신 거예요? 와, 진짜 잘…….”

“아냐, 그런 거. 그냥 구경하고 있어. 이제 뭐 할 거야?”

“로스쿨 도서관으로 돌아가서 자료 계속 보려고요. 자료 뽑으러 패서
디나로 가기에는 너무 늦은 것 같아서요.”

“그래, 그럼, 가서 일 봐. 램지 맡아줘서 고마워.”

“무슨 말씀을요. 저도 즐거웠어요. 형사소송 더 맡고 싶어요.”

“그래, 생각 좀 해보자고. 내일 보자.”

“아, 그리고, 통화 좀 더 해도 돼요?”

“응. 왜?”

“말씀하신 것처럼 판사 왼편에 앉았거든요. 그랬더니 정말 효과가 있
던데요. 내가 말할 땐 잠자코 들어주더라고요. 검사가 말할 땐 계속 말을
끊었고요.”

나는 판사의 태도가 그렇게 달랐던 이유는 따로 있다고 말할까 하다
가 그만뒀다. 제니퍼 애런슨은 매력적이고 활력이 넘치며 이상주의적인
스물여섯 살의 새내기 변호사인 반면, 셸리 앨버트는 검찰청에서 수십
년을 일한 베테랑으로, 혐의를 입증해야 하는 무거운 짐을 지고 있는 게
굽은 어깨와 아예 피부에 새겨놓은 것 같은 찡그린 표정에 그대로 드러
나 보였기 때문일 터였다.

“그것 봐, 내가 뭐랬어.” 대신 맞장구를 쳐주었다.

“충고 감사했습니다.” 송아지가 말했다. “내일 봬요.”

핸드폰을 집어넣은 후 나는 다시 망원경을 들고 딸을 찾아보았다. 코

치가 4시에 훈련을 끝내서 선수들이 축구장을 떠나고 있었다. 헤일리는 전학생이었기 때문에 신참 취급을 받아서, 공을 모두 모아 그물 가방에 집어넣어야 했다. 연습하는 동안에는 헤일리가 나를 마주보는 방향의 골대 앞에 서 있었다. 그래서 헤일리가 공을 모으기 시작하고 나서야 등을 볼 수 있었다. 유니폼 등판에 아직도 7이라는 숫자가 붙어 있는 것을 본 순간 나는 기쁨으로 가슴이 벅차올랐다. 헤일리의 행운의 숫자. 나의 행운의 숫자. 미키 맨틀의 숫자. 헤일리가 등번호를 바꾸지 않았다. 그것은 나와의 연결고리를 적어도 한 가지는 끊지 않고 남겨됐다는 뜻이었다. 나는 그것을 우리의 인연이 완전히 끊어지진 않았다는 증거로, 내가 믿음을 계속 부여잡고 있어야 하는 증거로 받아들였다.

# 제2부

# 미스터 럭키

The Gods of Guilt

「 4월 2일 화요일 」

# 11

단 하나의 사건만 있는 경우는 결코 없다. 항상 많은 사건이 공존한다. 그래서 나는 법조계의 일을 베니스의 인도에서 행인들을 상대로 공연하는 일급 곡예사들의 곡예에 비유한다. 그중 접시 돌리는 남자는 여러 개의 가느다란 나무 꼬챙이 끝에 도자기 접시를 올려놓고 높이 들어 동시에 돌린다. 여러 개의 동력 사슬톱을 던졌다 받는 사람도 있는데 받다가 톱날과 악수하는 일이 생기지 않도록 아주 정확하게 계산해서 사슬톱을 공중으로 던지고 받는다.

해가 바뀌는 동안 나는 라 코세 사건 말고도 여러 접시를 한꺼번에 돌렸다. 차량절도범 레너드 와츠는 재심을 피하기 위해 마지못해 양형 거래에 합의했다. 제니퍼 애런슨이 그 협상을 맡았다. 또한 그녀가 디어드리 램지 건도 맡아서 협상했는데, 램지도 양형 거래를 받아들여 법정에서 남자친구에게 불리한 증언을 하지 않을 수 있었다.

작년 12월 말 나는 접시가 아니라 사슬톱에 가까운 유명한 사건을 하나 맡았다. 단골 의뢰인이자 영원한 사기꾼인 샘 스케일스가 '냉혈한'이란 말의 뜻을 새삼 실감하게 해준 사기사건의 피의자로 LA 경찰에 체포되었다. 스케일스는 코네티컷의 한 초등학교에서 발생한 총기사고로 희생된 어린이의 장례식 비용을 모금한다면서 가짜 웹사이트와 페이스북 페이지를 개설한 혐의를 받았다. 전국 각지에서 기부금이 쏟아져 들어왔고, 검찰에 따르면 5만 달러 가까이 모아졌다. 기부자들은 그 돈이 살해당한 어린이의 장례식 비용으로 쓰일 거라고 믿었을 것이다. 사기극은 순조롭게 진행됐지만 죽은 아이의 부모가 뒤늦게 그 소문을 듣고 경찰에 신고했다. 스케일스는 신원을 감추기 위해 인터넷에 다양한 위장막을 쳐놓았지만, 모든 사기사건이 그러하듯 결국에는 사기 쳐서 모은 돈을 자신이 찾아서 챙길 수 있는 곳으로 옮겨야 했다.

스케일스가 그렇게 돈을 옮겨놓고 찾으러 간 곳이 할리우드 선셋 대로에 있는 뱅크오브아메리카 지점이었다. 그가 당당하게 들어가서 현금 인출을 요구했을 때, 은행 직원은 계정에 요주의 알림이 뜨는 것을 보고 시간을 끌면서 경찰에 신고했다. 스케일스에게는 지점이 위험한 위치에 있기 때문에, 다시 말해 강도사건 발생 가능성이 다른 지점들보다 높기 때문에, 그렇게 많은 현금을 보유하고 있지 않다고 설명했다. 그러고는 현금을 특별주문하면 오후 3시 무장수송차량이 정기적으로 현금을 수송할 때 배달이 되니까 기다려도 되고, 아니면 그 정도의 현금을 항시 보유하고 있을 가능성이 높은 시내의 다른 지점으로 가라고 말했다. 사기꾼이면서도 자기가 사기당하고 있다는 걸 눈치채지 못한 스케일스는 현금을 특별주문하고 나중에 다시 찾으러 오겠다고 말했다. 그가 3시에 돌아왔을 때, LA 경찰국 경제범죄수사계 소속 형사 두 명이 기다리고 있었다. 내가 마지막으로 스케일스를 변호했던 일본 쓰나미 난민 구호기금 사기사건 때 그를 체포했던 바로 그 형사들이었다.

이번에는 다들 스케일스를 데려가겠다고 난리였다. FBI와 코네티컷 주립 경찰, 캐나다 기마경찰대까지 뛰어들었다. 캐나다 경찰은 기부금을 낸 피해자 중 일부가 캐나다 국민이어서 뛰어든 것이다. 그러나 LA 경찰국이 스케일스를 체포했고, 그 말은 로스앤젤레스 카운티 지방검찰청이 그에 대한 우선권을 갖게 되었다는 뜻이었다. 스케일스는 과거에 그랬던 것처럼 나에게 전화를 했고, 나는 언론에서 그를 너무 두들겨댔기 때문에 다른 수용자들이 그에게 위해를 가할 위험이 있으므로 그를 맨즈 센트럴 독방에 수용해야 한다고 주장했다.

스케일스에게 더 나쁜 소식은 그의 범죄혐의에 대한 공분이 너무도 커서 데이먼 케네디 검찰청장이 직접 나서서 스케일스를 기소하고 법의 준엄한 심판을 받게 하겠다고 공표했다는 사실이었다. 케네디는 그 전해에 있었던 검찰청장 선거에서 나를 보기 좋게 낙선시킨 장본인이었다. 케네디의 발표는 물론 내가 변호인으로 선임된 이후에 나왔고, 결국 그가 공적인 자리에서 다시 한번 내 코를 납작하게 해줄 무대가 마련된 셈이었다. 나는 유죄답변 거래에 대해 여러 번 문의했지만 이번만큼은 스케일스를 확실히 밟아버릴 수 있다고 확신한 검찰은 들은 척도 하지 않았다. 슬램덩크 사건을 맡았는데 거래 얘기가 귀에 들어오겠는가. 케네디는 동영상, 지문, 유전자 등 증거가 많아 재판이 순탄하게 진행될 것을 알고 있었다. 그 말은 샘 스케일스가 이번에는 완전히 무너질 거라는 뜻이었다.

스케일스 사건은 나 개인에게도 도움이 되지 못했다. 《LA 위클리》가 "미국 최대의 혐오 인물"이란 제목의 커버스토리를 실었고, 그 기사에서 지난 20년간 스케일스가 저지른 혐의를 받고 있는 수많은 사기사건을 요약·정리해 놓았다. 그 사건 일지에서 그의 오랜 변호인으로서 내 이름이 여러 번 언급되었고, 나를 그의 공식 대변인으로 묘사했다. 크리스마스 한 주 전에 발행된 그 잡지에 대해 딸의 반응은 차가웠다. 딸은 이번에도 아빠가 자기를 창피하게 만들었다고 생각했다. 그 잡지가 나오기 전엔 내가 딸과 전처에게 줄 선물을 사갖고 크리스마스 날 아침에 그 집으로 찾아가기로 모든 당사자가 합의를 한 상태였다. 그러나 그 잡지 때문에 약속이 취소되었다. 딸과의 관계, 전처와의 관계에서 해빙기의 시작이 되기를 바라마지 않았던 날이 눈보라가 휘몰아치는 날로 변했다. 크리스마스 날 밤 나는 집에서 혼자 TV를 보면서 저녁을 먹었다.

지금은 4월 첫째 주였고, 나는 형사법원 120호 법정에서 안드레 라 코세의 변호인으로 낸시 레게 판사 앞에 서 있었다. 재판이 시작된 지 6주가 지났고, 레게 판사는 라 코세가 답변할 의무가 있었던 예비심리 직후에 내가 청구한 증거배제 신청에 관해 증언을 듣고 있었다.

라 코세는 내 옆 피고인석에 앉아 있었다. 수감된 지 5개월이 흘렀는데 피부색이 백짓장처럼 창백한 걸 보면 구치소에서 얼마나 힘들어하고 있는지 짐작하고도 남음이 있었다. 수형생활을 견뎌낼 수 있는 사람들도 있지만, 안드레는 그런 사람이 아니었다. 접견할 때마다 본인 입으로 말했듯이, 그는 감옥 안에서 점점 더 미쳐가고 있었다.

지난 12월에 시작된 증거개시 절차를 통해서, 나는 글로리아 데이턴 피살사건에 관한 안드레 라 코세와 수사책임자의 면담을 녹화한 동영상 사본을 넘겨받았다. 나는 그 면담이 사실상 심문이었고 경찰이 속임수와 강압적인 방법을 사용하여 내 의뢰인으로부터 자신에게 불리한 진술을 받아냈다고 주장하면서, 그 동영상에 대해 증거배제 신청서를 제출했다. 또한 그 신청서에서 나는 웨스트 경찰서의 창문 없는 작은 조사실에서 라 코세를 심문한 수사관이 라 코세가 자신에게 불리한 진술을 하고 체포될 때까지는 변호사의 조력을 받을 수 있는 권리를 고지하지 않음으로써, 피의자가 가지는 헌법상의 권리를 침해했다고 주장했다.

심문을 받는 동안, 라 코세는 글로리아 데이턴을 살해하지 않았다고 주장했고, 그것은 우리에게 이로운 사실이었다. 그러나 그가 범행동기와 기회라는 증거를 경찰에 제공했다는 게 문제였다. 그는 사건 당일 밤에 피해자의 아파트에 갔다는 사실과, 피해자가 베벌리 윌셔에서 고객에게 받기로 되어 있던 돈 문제로 피해자와 싸웠다는 사실을 인정했다. 심지어 자기가 피해자의 멱살을 잡았다는 사실까지 인정했다.

물론 라 코세 본인 입에서 나온 이런 불리한 진술이 그의 유죄를 강력히 뒷받침하는 증거였고, 예심에서 확인한 바와 같이 검찰 측 주장의 핵심을 이루고 있었다. 그러나 지금 나는 판사에게 그 면담 동영상을 재판 증거목록에서 삭제하고 배심원단이 보지 않게 해달라고 요구하고 있었다. 그 조사실에서 형사는 강압적인 방법으로 진술을 받아냈을 뿐만 아니라, 피해자가 사망하기 전 피해자의 아파트에 갔으며, 피해자와 다툼이 있었다는 사실을 라 코세가 진술하고 나서야 그에게 헌법상의 권리를 고지했다.

증거배제 신청은 보통 받아들여질 가능성이 매우 낮지만, 이번에는 해볼 만했다. 심문 녹화 동영상이 증거목록에서 떨어져 나간다면, 재판의 전세가 바뀔 수 있었다. 어쩌면 안드레 라 코세에게 이로운 쪽으로 기울어질 수도 있었다.

윌리엄 포사이드 검사가 이끄는 검찰 측은 마크 휘튼 형사의 면담 정황에 관한 증언으로 심리를 시작한 뒤, 녹화된 면담 동영상을 틀었다. 비어 있는 배심원석 맞은편 벽에 설치된 스크린으로 32분짜리 동영상을 다 보여주었다. 나는 이미 여러 번 본 상태였다. 포사이드가 휘튼에 대한 직접 심문을 끝내고 증인과 리모컨을 나에게 넘겨주면 동영상을 틀어 어디를 보여주고 어떤 질문을 할지 준비를 마친 상태였다. 휘튼은 무엇이 자신을 기다리고 있는지 알고 있었다. 예심에서 내가 그를 호되게 다룬 바 있기 때문이었다. 이번에는 예심 후에 재판을 맡은 레게 판사 앞에서 공격을 감행할 작정이었다. 내 공격을 지켜봐 줄 배심원단이, 단죄의 신들이 없었다. 나는 변호인석에 그대로 앉아 있었고, 주황색 죄수복을 입은 내 의뢰인은 내 옆을 지키고 있었다.

"안녕하세요, 휘튼 형사님." 내가 스크린을 향해 리모컨을 들면서 말했다. "심문 초반으로 돌아가 볼까요."

"안녕하세요." 휘튼이 말했다. "심문이 아니라 면담이었습니다. 전에도 말씀드렸지만, 라 코세 씨는 임의동행에 응해서 경찰서에 와서 저와 이야기를 나눈 겁니다."

"네, 들은 기억이 나네요. 그런데 여길 한번 보실까요."

동영상을 재생하자, 스크린에서는 조사실 문이 열리고 라 코세가 들어왔다. 휘튼이 따라 들어오면서, 라 코세의 어깨에 손을 얹고 작은 테이블에 마주보고 있는 두 개의 의자 중 하나가 있는 곳으로 등을 떠밀고 갔다. 라 코세가 의자에 앉자마자 내가 동영상을 정지시켰다.

"증인, 피고인의 어깨에 손을 얹고 무엇을 하고 있었죠?"

"좌석으로 안내했죠. 물론 면담을 하려면 앉아야 하니까."

"그래서 저 특정 의자로 안내했군요, 그렇죠?"

"그건 아닌데요."

"증인은 피고인이 카메라를 향해 앉기를 바랐습니다. 피고인에게 자백을 끌어낼 계획이기 때문이었죠. 그렇죠?"

"아뇨, 그렇지 않습니다."

"증인은 피고인이 저 방 안에 숨겨진 카메라를 마주볼 수 있도록 저 특정 의자에 앉게 한 것이 아니라고 레게 판사님 앞에서 말씀하시는 건가요?"

휘튼은 대답을 고민하는지 잠깐 뜸을 들였다. 배심원단을 속이는 것은 괜찮을지 몰라도, 경험 많은 판사를 오도하는 것은 굉장히 위험한 일임을 알고 있는 거였다.

"면담 대상자가 카메라에 보이게 앉히는 게 우리 경찰의 규정이며 관행입니다. 저는 그 규정에 따랐을 뿐이고요."

"검사의 직접심문 때 증인이 표현한 것처럼 '대화'를 위해 경찰서에 온 사람들과의 면담을 녹화하는 게 경찰의 규정이며 관행이란 말인가요?"

"네, 그렇습니다."

나는 놀란 듯 눈을 치켜떴지만, 판사 앞에서 허튼 짓을 하는 게 내 의뢰인에게 도움이 안 된다는 생각이 들어서 다시 정색했다. 예상했던 대답을 듣고 놀란 척하는 것도 허튼 짓일 테니까. 나는 다음 질문으로 넘어갔다.

"그리고 증인은 피고인이 경찰서에 왔을 땐 용의자로 간주되지 않았다고 주장하는 거고요?"

"그렇죠, 피고인에 대해서 아무런 선입견이 없었거든요."

"그래서 이른바 대화라는 것을 하기에 앞서 피의자의 권리를 고지할 필요가 없었고요?"

포사이드 검사가 그 질문은 자신이 직접심문에서 했고 대답도 들었다면서 이의를 제기했다. 검사는 30대 중반으로 호리호리한 몸매에 혈색이 불그스름하고 얇은 갈색의 머리칼을 갖고 있어서, 파도 타기 하는 사람이 정장을 입고 있는 것 같아 보였다.

레게 판사는 이의제기를 기각하고 나에게 심문을 계속하라고 말했다. 휘튼이 내 질문에 대답했다.

"권리를 고지할 필요를 못 느꼈습니다." 휘튼 형사가 말했다. "라 코세 씨가 자발적으로 경찰서에 와서 자발적으로 조사실에 들어갔을 땐 용의자가 아니었거든요. 참고인 진술이나 받을 생각이었는데, 자기가 피해자의 아파트에 갔었다고 하더라고요. 그런 말이 나올 줄은 예상 못했었는데요."

휘튼 형사의 대답을 들어보니 검사와 예행연습을 하고 들어온 것 같았다. 나는 동영상을 앞으로 돌려 휘튼이 내 의뢰인에게 탄산음료를 제안하고 가져다주기 위해 방을 나가는 시점으로 돌아갔다. 라 코세가 혼자 방에 남겨졌을 때 화면을 정지시켰다.

"증인, 피고인이 저렇게 혼자 있다가 화장실에 가려고 일어섰다면 무슨 일이 벌어졌을까요?"

"무슨 뜻인지 모르겠군요. 화장실을 사용하게 해줬을 겁니다. 근데 그런 말 안 했어요."

"하지만 피고인이 여기 이 시점에서 화장실에 가려고 일어서서 문을 열었다면 어떻게 됐을까요? '네, 아니요'로 대답해 주세요. 증인이 방을 나가면서 문을 잠갔습니까?"

"그건 네, 아니요로 대답할 문제가 아닌데요."

"아니긴요, 그런 문제죠."

포사이드 검사는 내가 증인을 집요하게 괴롭히고 있다면서 이의를 제기했다. 판사는 휘튼 형사에게 본인이 적절하다고 생각하는 방식으로 내 질문에 대답하라고 주문했다. 휘튼은 잠깐 대답을 고민하더니 이번에도 경찰국 규정을 들먹였다.

"어느 시민이든 경찰국 직원의 에스코트를 받지 않고 경찰서의 업무 공간에 접근하는 것을 허용하지 않는 것이 경찰국의 원칙입니다. 조사실 문 밖은 바로 형사과 사무실인데요. 라 코세 씨가 혼자서 형사과를 활보하게 내버려뒀다면 그건 제가 규정을 위반하는 셈이 됐을 겁니다. 네, 그래서 조사실 문을 잠갔습니다."

"감사합니다, 증인. 지금까지 하신 말씀을 정리해 보면, 라 코세 씨는 증인이 맡은 사건의 용의자는 아니었지만 이 창문 없는 조사실에 갇혀서 지속적인 감시를 받고 있었던 거로군요, 맞습니까?"

"그걸 감시라고 해야 할지 모르겠네요."

"그럼 뭐라고 하죠?"

"우린 누구라도 조사실에 있으면 항상 녹화를 합니다. 그게 일반 규……."

"규정이다. 네, 알겠습니다. 다음으로 넘어갈까요."

나는 동영상을 20분 정도 건너뛰어 휘튼이 자리에서 일어나 재킷을 벗어서 의자 등받이에 거는 시점으로 갔다. 휘튼은 의자를 테이블 안으로 밀어 넣더니 허리를 굽히고 그 뒤에 구부정하게 서서 두 손으로 테이블을 짚었다.

"그러니까 그 여자의 죽음에 대해서는 아무것도 모른다?" 화면 속에서 휘튼이 라 코세에게 말했다.

나는 거기서 화면을 정지시켰다.

"증인, 심문하다가 왜 이때 재킷을 벗었죠?"

"심문이 아니라 면담이라니까요. 방 안이 후덥지근해서 벗었습니다."

"직접심문 땐 카메라가 에어컨 통풍구에 숨겨져 있었다고 말씀하셨는데, 에어컨이 켜져 있지 않았나요?"

"모르겠는데요. 들어갈 때 확인하지 않아서."

"형사들은 이런 조사실을 '찜질방'이라고 부르지 않나요? 용의자들이 땀 좀 빼고 나서 협조하고 자백하도록 유도하기 위해 난방을 과도하게 해서요."

"아뇨, 그런 얘기 못 들어봤습니다."

"조사실을 그렇게 부른 적이 한 번도 없었다고요?"

나는 스크린을 가리키며 너무나 놀랍다는 어조로 되물었다. 휘튼이 자기가 모르는 비장의 무기를 내가 숨겨놓고 있다고 생각하기를 바랐다. 사실 허세를 부려본 거였다. 휘튼은 증인들이 즐겨하는 대답으로 그 문제를 슬쩍 비켜갔다.

"기억이 안 나는데요."

"알겠습니다. 어쨌든 증인은 재킷을 벗고 라 코세 씨 앞에 버티고 서 있습니다. 라 코세 씨를 협박하기 위해서였나요?"

"아뇨, 그냥 서 있고 싶어서요. 저때까지 아주 오랫동안 앉아 있었거든요."

"혹시 치질이 있습니까, 증인?"

포사이드 검사가 재빨리 이의를 제기하면서 내가 증인을 당황스럽게 만들고 있다고 비난했다. 나는 면담을 시작하고 겨우 20분밖에 안 지났는데 형사가 일어서야겠다고 느낀 이유를 법정이 이해할 수 있도록 질문을 해서 대답을 기록으로 남기고 싶었을 뿐이라고 판사에게 말했다. 판사는 이의제기를 받아들였고 그런 개인적인 질문은 하지 말고 다음 질문으로 넘어가라고 지시했다.

"좋습니다, 증인." 내가 말했다. "그럼 라 코세 씨는 어땠을까요? 일어서고 싶으면 일어설 수 있었을까요? 증인이 앉아 있는 동안 증인 앞에 버티고 서 있을 수 있었을까요?"

"물론 그럴 수 있었을 겁니다." 휘튼이 대답했다.

나는 휘튼의 대답이 거짓이고 일선 경찰서 형사들이 아무렇지도 않게 보여주는 표리부동한 모습이라는 것을 판사가 알고 있기를 바랐다. 형사들은 테이블 맞은편에 앉아 있는 불쌍한 얼간이들을 깨우쳐서 자백을 받아내야 하기 때문에 헌법상의 권리라는 아슬아슬한 줄타기를 하면서 최대한 위협적인 분위기를 만들려고 노력했다. 나는 이 면담이 실은 구금 상태에서 이루어진 심문이고, 이런 상황에서는 안드레 라 코세가 자유롭게 나갈 수 있다고 느끼지 못했을 거라고 주장해야 했다. 판사가 내 말에 설득당한다면, 라 코세가 그 조사실로 들어섰을 때 사실상 체포된 것이고 따라서 형사가 조사 시작 전에 미란다의 원칙을 고지했어야 한다고 판단할 것이었다. 그러면 판사는 녹화된 동영상을 위법수집 증거로 판단해 증거목록에서 배제함으로써 검찰 측에 치명적인 타격을 입힐 수 있을 것이었다.

나는 다시 리모컨으로 스크린을 가리켰다.

"저기서 증인이 착용하고 있는 것에 대해서 얘기해 볼까요."

나는 기록에 남기기 위해 휘튼으로 하여금 스크린 속에서 본인이 차고 있는 어깨에 메는 권총집과 글록 권총, 벨트에 차고 있는 수갑과 여분의 건 클립, 경찰배지, 페퍼 스프레이 통에 대해서 설명하게 했다.

"증인은 무슨 의도로 이런 무기들을 라 코세 씨에게 보여주셨죠?"

휘튼은 짜증난 표정으로 고개를 가로저었다.

"의도라뇨. 그런 건 없었습니다. 방 안이 너무 더워서 재킷을 벗었을 뿐인데요. 어떤 것도 일부러 보여주려고 한 게 아니고요."

"그러니까 증인은 지금 이 법정에서 피고인에게 증인의 총과 배지와

여분의 총알과 페퍼스프레이를 보여준 것이 피고인을 위협하기 위해서
가 아니었다고 말씀하시는 건가요?"

"네, 그렇습니다."

"그럼 이 시점에서는 어떻습니까?"

나는 동영상을 1분 후로 넘겨 재생했다. 스크린에서는 휘튼이 테이블
에서 의자를 끌어내 그 위에 한 발을 올려놓았다. 그러고 나니 그보다 키
도 작고 체격도 왜소한 라 코세 위에 우뚝 솟아있는 것처럼 보였다.

"위협하는 게 아니라 대화를 나누고 있었다니까요." 휘튼이 말했다.

리걸패드에 써둔 메모를 보니 기록으로 남기고 싶은 내용은 전부 다
물어보고 대답까지 들었다는 것을 알 수 있었다. 레게 판사가 내가 원하
는 대로 판결해 줄 것 같지는 않았지만 시도는 해봐야 한다고 생각했다.
한편으론 증인석에 앉은 휘튼 형사와 한 차례 더 격돌함으로써, 본 재판
에 가서 진짜로 그를 공격해야 할 때 나는 더욱 잘 준비돼 있을 것이다.

반대심문을 끝내기 전에 나는 예의상 라 코세에게로 몸을 기울이고
의견을 구했다.

"뭐 놓친 것 있어?" 내가 속삭였다.

"없는 것 같아요." 라 코세도 속삭였다. "저 형사가 무슨 짓을 했는지
판사도 알게 됐겠죠."

"그랬기를 바라야지."

나는 다시 허리를 똑바로 펴고 앉아서 판사를 바라보았다.

"더 이상 질문 없습니다, 재판장님."

사전 합의에 따라, 포사이드 검사와 나는 증인의 증언을 들은 후에 증
거배제 신청에 관한 의견서를 서면으로 제출하게 되어 있었다. 나는 예
심을 통해 휘튼이 어떻게 증언할지 대체로 파악하고 있었기 때문에 의

견서 작성을 이미 끝내놓은 상태였다. 그래서 의견서를 레게 판사에게 제출했고 서기와 검사에게도 사본을 주었다. 검사는 다음 날 오후까지 의견서를 제출하겠다고 했고, 레게 판사는 공판이 시작되기 전에 신속히 판결할 계획이라고 말했다. 판사가 공판 일정을 방해하지 않도록 신속히 판결하겠다고 말한 것은 내가 제기한 증거배제 신청을 기각할 것임을 강력히 시사했다. 대법원은 최근 몇 년간의 판결을 통해서 용의자에게 헌법상의 권리를 고지하는 시점과 장소에 대해서는 경찰에게 더 큰 재량권을 주는 새로운 법을 만들었다. 레게 판사도 그런 추세를 따르려는 것 같다는 생각이 들었다.

판사가 잠시 휴정을 선언하자 법정 경위 두 명이 라 코세를 구치감으로 데려가기 위해 피고인석으로 다가왔다. 내가 의뢰인과 의논할 시간을 몇 분만 달라고 요청했지만, 경위들은 구치감에 가서 하라고 했다. 나는 안드레에게 고개를 끄덕여 보이면서 좀 이따가 보러 가겠다고 말했다.

경위들이 라 코세를 데리고 나간 후, 나는 일어서서 테이블에 늘어놓았던 자료와 리걸패드를 모아 서류가방에 집어넣기 시작했다. 포사이드 검사가 위로의 말을 건네기 위해 다가왔다. 그는 점잖은 사람 같았고, 내가 아는 한 지금까지 증거개시나 다른 어떤 것으로도 장난을 치지 않았다.

"힘들겠어요." 포사이드가 말했다.

"뭐가?" 내가 물었다.

"성공 확률이, 뭐랄까, 2퍼센트도 안 된다는 걸 알면서도 열심히 두드려보는 거."

"2퍼센트라니. 1퍼센트도 안될걸. 그런데도 성공하면, 정말 기분 째지는 거지."

포사이드가 고개를 끄덕였다. 나는 그가 변호사의 운명에 위로나 하려고 다가온 게 아니라는 것을 알고 있었다.

"재판 시작하기 전에 끝낼 가능성은 있을까요?" 드디어 그가 물었다.

포사이드는 유죄답변 거래 이야기를 하고 있었다. 그는 1월에 풍선 한 개를, 2월에 또 한 개를 띄웠었다. 나는 첫 번째 풍선에는 반응을 보이지 않았다. 2급 살인죄를 받아들이라는 제안이었는데, 그 말은 라 코세가 15년은 복역해야 한다는 뜻이었다. 내가 들은 척도 하지 않자 다음엔 좀 더 좋은 조건의 제안이 들어왔다. 포사이드가 2월에 제시한 제안에서는 이 사건을 홧김에 일어난 우발적인 사건으로 규정하고 라 코세에게 과실치사죄를 적용하겠다고 했다. 그렇더라도 라 코세는 감옥에서 적어도 10년은 썩어야 했다. 제안 내용을 의뢰인에게 전달하는 게 내 의무인 만큼 라 코세에게 알려줬지만 그는 단칼에 거절했다. 자기가 저지르지도 않은 범죄로 형을 살아야 한다면 10년이 백년 같을 거라고 했다. 그 말을 할 때 목소리에서 열정이 느껴졌다. 그래서 내 마음은 라 코세에게로 기울었고 어쩌면 진짜로 결백할지 모른다는 생각이 들기 시작했다.

나는 포사이드 검사를 쳐다보며 고개를 가로저었다.

"안드레는 아무것도 두려울 게 없다는데." 내가 말했다. "아직도 자기가 죽이지 않았다고 하고 있고, 자기가 범인이라는 걸 자네가 입증할 수 있는지 보고 싶대."

"그럼 거래는 없는 거네요."

"그렇지, 없는 거지."

"그럼 배심원 선정 때 봅시다, 5월 6일에."

그날은 레게 판사가 1차 공판기일로 정한 날이었다. 우리에게 배심원단 구성에 최대 4일을 주고 막판 신청과 모두진술을 할 시간 하루를 주겠다고 했다. 진짜 쇼는 그다음 주 검찰 측 증인 심문과 함께 시작될 것이다.

"그전에 만날지도 모르지. 사람 일은 모르는 거니까."

나는 서류가방을 탁 소리 나게 닫고 구치감으로 가는 철문을 향해 걸어갔다. 법정 경위를 따라 구치감으로 들어가 보니 라 코세가 홀로 앉아 기다리고 있었다.

"15분 후에 데려갈 겁니다." 경위가 말했다.

"알았어요. 고마워요." 내가 말했다.

"나올 준비 되면 문 두드리시고."

나는 경위가 법정으로 돌아갈 때까지 기다렸다가 고개를 돌려 창살 사이로 의뢰인을 바라보았다.

"안드레, 왜 그래, 걱정되게. 식사를 제대로 안 하는 것 같은데."

"못 먹겠어요. 내가 저지르지도 않은 일로 감방에 갇혔는데 음식이 목으로 넘어가겠어요? 음식도 정말 최악이에요. 집에 가고 싶어요."

나는 고개를 끄덕였다.

"그래, 알아."

"이 재판 이길 수 있죠, 그렇죠?"

"최선을 다해볼게. 근데 알다시피, 검찰이 아직도 거래를 제안하고 있어. 원한다면 가서 협상해 볼게."

라 코세는 단호하게 고개를 가로저었다.

"조건이 뭔지 들어보고 싶지도 않아요. 거래 안 해요."

"그럴 거라고 생각했어. 그럼 재판으로 가는 거다."

"증거배제 신청 받아들여지면 어떻게 되는 거죠?"

나는 어깨를 으쓱거렸다.

"너무 기대하지 마. 말했잖아, 이길 가능성이 별로 없다고. 재판으로 간다고 생각하고 있어."

라 코세가 고개를 푹 숙이자 이마가 창살에 닿았다. 금방이라도 울음을 터뜨릴 것만 같았다.

"내가 착한 사람이 아니라는 거 알아요." 라 코세가 말했다. "살면서 나쁜 짓 많이 했죠. 하지만 이 일은 내가 저지르지 않았어요. 내가 안 했다고요."

"그걸 입증하기 위해서 최선을 다할게, 안드레. 내 말 믿어도 돼."

라 코세가 고개를 들어 나를 바라보며 고개를 끄덕였다.

"지젤도 그랬는데. 변호사님을 믿을 수 있었다고."

"그렇게 말했어? 무슨 일로 나를 믿을 수 있었다는 거지?"

"자기한테 무슨 일이 생기면, 변호사님이 가만있지 않을 거라고 믿을 수 있었대요."

나는 잠깐 침묵했다. 지난 5개월간 라 코세와 나는 의사소통이 자유롭지 못했다. 라 코세는 감옥에 있었고 나는 업무에 허덕이고 있었다. 우린 심리를 위해 법정에서 만났을 때나, 라 코세가 맨즈 센트럴 교도소 동성애자 동에서 가끔 전화를 걸었을 때 이야기를 나누었다. 그렇더라도 나는 라 코세를 변호하기 위해 그에게서 들어야 할 이야기는 다 들어서 알고 있다고 생각했었다. 그런데 방금 그가 한 말은 새로운 정보였고 아직도 내 마음속에 수수께끼로 남아 있는 글로리아 데이턴에 대한 이야기였기 때문에 잠깐 말을 멈추고 생각을 하게 됐다.

"왜 자네한테 그런 말을 했을까?"

라 코세는 내가 왜 그렇게 다급한 목소리로 물어보는지 모르겠다는 표정을 지으며 고개를 살짝 가로저었다.

"모르겠어요. 언젠가 무슨 얘기 끝에 변호사님 얘기를 하더라고요. 무슨 일이 생기면, 미키 맨틀이 도와줄 거라고."

"언제 그런 말을 했어?"

"기억 안 나요. 그런 말을 했다는 것만 기억나지. 무슨 일이 생기면 꼭 변호사님한테 알리랬어요."

나는 자유로운 손으로 창살을 잡고 의뢰인에게로 몸을 숙였다.

"전엔 지젤이 유능한 변호사라고 해서 날 찾아왔다며. 이런 얘긴 안 했고."

"그땐 살인죄로 체포된 직후라 겁이 나 죽을 지경이었다고요. 변호사님이 변호를 맡아주길 바랐고요."

나는 창살 사이로 손을 뻗어 라 코세의 멱살을 잡고 싶은 것을 겨우 참았다.

"안드레, 내 말 잘 들어. 지젤이 정확히 뭐라고 했는지 얘기해 봐. 지젤의 표현을 그대로 써서."

"자기한테 무슨 일이 생기면 꼭 변호사님한테 알리라고 했어요. 근데 진짜로 일이 생겼고 내가 체포됐잖아요. 그래서 전화한 거예요."

"그런 얘기를 한 시점이 지젤이 살해당한 시점과 얼마나 가까워?"

"정확히는 기억이 안 나요."

"며칠? 몇 주? 아니면 몇 달? 잘 생각해 봐, 안드레. 중요한 문제일 수 있어."

"모르겠어요. 1주? 아니 그것보다는 좀 더 오래됐을 수도 있어요. 도무지 기억을 할 수가 없어요. 감방에 들어가니까, 시끄럽지, 하루 종일 전등 켜놓고 있지, 짐승들 우글거리지, 기억력이 감퇴하고 서서히 미쳐간다니까요. 아무것도 기억을 못하겠어요. 심지어 우리 엄마가 어떻게 생겼는지도 기억이 안 나요."

"알았어, 진정해. 버스 타고 가면서 그리고 감방으로 돌아가서도 계속 생각해 봐. 언제 이런 대화를 나눴는지 정확히 기억해 내야 해. 알겠어?"

"노력은 하겠지만, 자신 없어요."

"그래, 노력해 봐. 이제 가볼게. 공판기일에나 보자. 그 전엔 내가 할 일이 많아."

"알았어요. 그리고 미안해요."

"뭐가?"

"지젤에게 화가 나게 만들어서. 그런 것 같네요."

"쓸데없는 소리 하지 말고. 그리고 오늘밤에 저녁 꼭 먹어. 재판 때 강해 보이는 게 좋아. 알겠지?"

라 코세가 마지못해 고개를 끄덕였다.

"알았어요."

나는 철문을 향해 걸어갔다.

# 12

나는 레게 판사가 다음 사건 심리를 시작했다는 사실을 까맣게 잊은 채, 고개를 숙이고 법정을 통과해 걸어갔다. 뒷문을 향해 가면서 조금 전라 코세가 한 말을 다시 떠올렸다. 자기가 체포되고 나서 나에게 연락한 것은 글로리아 데이턴이 자신에게 무슨 일이 생기면 나한테 알리라고 했기 때문이라고 했다. 글로리아가 나를 라 코세의 변호사로 추천해 줘서가 아닐 수도 있었다. 이 두 이야기에는 중요한 차이가 있었고, 내가 지난 몇 달간 글로리아에 관해 느꼈던 부담감을 덜어줄 수 있었다. 그런데 글로리아는 왜 내게 알리라고 했을까? 복수를 대신해 주길 바라서였나, 아니면 보이지 않는 위험에 대해 경고하기 위해서? 이 의문은 글로리아와 나에 관한 일들을 새로운 관점에서 보게 만들었다. 이제 와서 생각해 보니 글로리아는 자신이 위험에 처했다는 것을 알고 있었거나 위험에 처했을지 모른다고 두려워하고 있었을 것 같았다.

북적대는 복도에서 페르난도 발렌수엘라와 마주쳤다. 전직 야구 투수가 아니라 보석보증인. 그와 나는 예전부터 아는 사이였고 함께 일한 적도 한 번 있었는데, 그 일로 둘 다 짭짤한 수입을 거둘 수 있었다. 그러나 몇 년 전에 일어난 껄끄러운 일 때문에 사이가 틀어졌다. 요즘에는 보석보증인이 필요하면 보통 빌 딘이나 밥 에드먼드슨에게 먼저 연락했다. 발렌수엘라는 한참 밑에 있는 3순위였다.

발렌수엘라가 접은 서류를 내게 건넸다.

"믹, 받아, 이거."

"뭔데?"

나는 한 손으로 서류를 받아서 열어보았다.

"소환장. 분명히 송달했다."

"뭐야? 이젠 소환장 송달도 해?"

"내가 자랑하는 수많은 기술 중에 하나지. 먹고는 살아야 하잖아. 좀 들고 있어봐."

"빌어먹을."

발렌수엘라가 뭘 하려는 건지 알아차렸다. 문서를 송달했다는 증거를 사진으로 남기려는 거였다. 나는 소환장을 송달받긴 했지만 사진 찍으라고 포즈를 취해줄 생각은 추호도 없었다. 그래서 소환장을 들고 뒷짐을 졌다. 발렌수엘라는 핸드폰으로 내 뒷모습을 찍었다.

"상관없어." 발렌수엘라가 말했다.

"왜 그런 쓸데없는 짓을 할까." 내가 말했다.

발렌수엘라는 핸드폰을 집어넣었고 나는 서류를 보았다. '헥터 아란데 모야 대對 아서 롤린스 빅터빌 연방교도소장'이라는 사건명이 눈에 확 들어왔다. 2241조 사건이었다. 변호사들 사이에서는 '진정한 인신구제영장'이라고 알려진 인신구제 청구소송이었다. 변호인의 직무유기와 같은 지푸라기라도 잡는 심정으로 막판에 낸 청구소송이 아니라, 무죄

를 입증할 만한 새로운 증거를 입수했다는 선언이었다. 모야는 놀랄 만
한 새로운 증거를 확보했고, 그 증거에 내가 관련되어 있다는 뜻이었다.
그 말은 고인이 된 내 예전 의뢰인 글로리아 데이턴이 관련되어 있다는
뜻이기도 했다. 모야와 나 사이의 유일한 연결고리가 글로리아였으니
까. 2241조 소송이 제기된 근본 이유는 청구인인 모야가 부당한 감옥살
이를 했다고 주장하기 위해서였고, 그렇기 때문에 교도소장을 상대로
민사소송을 제기한 것이다. 법원에 제출된 소장에는 연방법원 판사의
관심을 끌만한 새로운 증거가 기재되어 있을 것이었다.

"오케이, 믹, 열받은 거 아니지?"

나는 서류 너머로 발렌수엘라를 쳐다보았다. 그가 다시 핸드폰을 꺼
내 내 사진을 찍었다. 나는 그가 거기 있다는 사실조차 잊고 있었다. 보
통 때 같으면 화를 냈겠지만 지금은 너무 궁금한 게 있어서 참았다.

"열받긴. 자네가 송달 일도 하는 걸 알았다면, 나도 부탁 좀 했을 텐데."

이젠 발렌수엘라가 관심을 보였다.

"언제든지 불러. 내 전화번호 있지? 요즘 보석보증금 시장이 불황이
라, 물불 안 가리고 하고 있어. 내 말 무슨 뜻인지 알지?"

"알지. 근데 이 서류 보낸 사람한테 전해, 같은 변호사끼리 이러는 거
아니라고. 동료한테 이렇게 소환장을……."

나는 말을 멈추고 소환장을 발행한 변호사의 이름을 읽었다.

"실베스터 풀고니?"

"맞아, 소장에 F-U라고 쓰는 변호사."

발렌수엘라는 재치 있는 대답이 자랑스러운 듯 껄껄 웃었다. 그러나
나는 다른 생각을 하고 있었다. 실베스터 풀고니는 한때 변호사 업계 최
고의 꼴통으로 불리던 사람이었다. 그런데 그에게 증인소환장을 받는다

는 게 이상하게 느껴진 것은 내가 알기로 그가 탈세 혐의로 변호사 자격을 박탈당하고 연방교도소에서 복역 중이기 때문이었다. 변호사 시절 풀고니는 주로 행정 관료들의 직권남용 사건을 맡아 소송을 제기하여 호황을 누렸다. 경찰이 직권을 남용하여 폭력, 갈취, 심지어 살인까지 저지르고도 처벌받지 않았다고 주장하며 소송을 제기해, 승소하면 수백만 달러의 배상금을 받아낸 후 수임료를 확실히 챙겨갔다. 그러나 그렇게 챙겨간 자기 몫에 대해 굳이 세금을 내려고 애쓰지 않았고, 자신이 그렇게도 자주 소송을 걸었던 정부 당국에서 이 사실을 인지하게 된 것이다.

풀고니는 자기 입으로 악의적인 기소의 표적이 되었다고 주장했다. 자신이 정부와 관청의 직권남용 피해자들을 위해 싸우는 것을 막아보려는 수작이라는 얘기였다. 그러나 4년 연속으로 세금을 납부하지 않았고 세무신고조차 하지 않은 것은 명백한 사실이었다. 배심원석에 열두 명의 성실한 납세자들이 앉아 있으니 평결이 불리하게 나온 것은 당연했다. 풀고니는 거의 6년간이나 유죄평결에 대항해 항소를 했지만 결국에는 감옥에 가게 되었다. 그게 불과 1년 전 일인데, 그가 가게 된 곳이 빅터빌 연방교도소였나 보았다. 거기는 헥터 아란데 모야가 있는 곳이기도 했다.

"그 양반이 벌써 나왔어?" 내가 물었다. "벌써 변호사 자격을 갱신했다고? 그럴 리가 없는데."

"아니, 아버지가 아니라 아들, 아들 실베스터 풀고니. 아들이 이 사건을 맡았어."

실베스터 풀고니에게 아들이 있다는 말은 들어보지 못했고, 내 기억으로는 아버지 실베스터 풀고니가 나보다 나이가 훨씬 많은 것 같지도 않았다.

"그럼 초짜겠네."

"나야 모르지, 본 적이 없으니까. 거기 사무장하고 거래를 하거든. 어쨌든 나 간다. 돌려야 할 게 많아."

발렌수엘라가 어깨에 멘 가방을 툭툭 치더니 돌아서서 법정 복도를 걸어가기 시작했다.

"이 사건과 관련해서 더 돌릴 데가 있는 거야?" 내가 소환장을 들어 보이며 물었다.

발렌수엘라가 얼굴을 찌푸렸다.

"이봐, 믹, 알잖아. 내가 말하면 안⋯⋯."

"나도 소환장 많이 돌리거든. 그러니까 나와 거래를 하는 집행관은 다달이 들어오는 수익이 꽤 될 거야. 하지만 난 믿을 수 있는 사람하고만 거래를 하지. 무슨 말인지 알겠어? 나와 어깨를 나란히 할 사람, 내게 등 돌리지 않을 사람."

발렌수엘라는 내 말 뜻을 정확히 알고 있었다. 고개를 가로젓다가 내가 몰아넣은 코너에서 빠져나올 방법이 떠올랐는지 눈이 반짝였다. 그가 손가락으로 나를 손짓해 불렀다.

"이봐, 믹, 나 좀 도와줄 수 있겠어?" 발렌수엘라가 말했다.

내가 그에게로 다가갔다.

"그럼. 뭘 도와줄까?"

발렌수엘라가 어깨에 멘 가방을 열더니 그 안에 있는 서류를 뒤적이기 시작했다.

"제임스 마르코라는 요원을 만나러 마약단속국에 가야 하는데, 마약단속국이 로이발 빌딩 몇 층에 있는지 알아?"

"마약단속국? 그 요원이 전담수사반이냐 아니냐에 따라 다르지. 로이

발뿐만 아니라 시내 여러 곳에 부서별로 흩어져 있거든."

발렌수엘라가 고개를 끄덕였다.

"아, 부처 간 카르텔 공조수사팀Intraagency Cartel Enforcement Team, ICE-T이 라나 뭐라나. 줄여서 아이스티라고 부른다고도 하고."

그 말을 듣자 소환장에 관한 호기심이 새록새록 샘솟았다.

"미안하지만, 그 팀은 어디 있는지 모르겠네. 더 도울 것 있어?"

발렌수엘라가 다시 가방 안을 뒤적였다.

"응, 하나 더. 마약단속국 들렀다가 켄달 로버츠라는 여자를 만나러 가야 하거든. 켄달 할 때 맨 앞 철자는 K, 뒤에는 l자 두 개. 셔먼오크스 비 스타 델 몬테라는 곳에 산다는데, 혹시 거기가 어딘지 알아?"

"아니, 전혀."

"흠, 그럼 GPS 켜고 찾아봐야겠구먼. 알았어, 나중에 또 보자고, 믹."

"그래. 나중에 송달할 거 있으면 부를게."

나는 발렌수엘라가 로비를 걸어가는 것을 지켜보다가, 복도에 줄지 어 놓여 있는 벤치로 걸어갔다. 한 명 정도 앉을 자리를 찾아서 앉은 다 음 가방을 열고 발렌수엘라가 알려준 이름들을 메모했다. 그러고 나서 핸드폰을 꺼내 시스코에게 전화를 걸었다. 제임스 마르코와 켄달 로버 츠라는 이름을 알려준 후 그들에 대해 알아낼 수 있는 건 다 알아내라고 지시했다. 마르코는 아마 마약단속국 직원일 거라고도 말해주었다. 시 스코가 끙하고 신음 소리를 냈다. 행정기관 관리들은 인터넷상의 흔적 과 공공 정보를 가능한 한 다 지움으로써 자신들을 보호하려고 애를 썼 다. 그중에서도 마약단속국 요원들이 단연코 최고의 노력파들이었다.

"차라리 CIA 요원을 추적하는 게 낫지." 시스코가 불평했다.

"뭐라도 나오는 게 있나 한번 알아봐 봐." 내가 말했다. "부처 간 카르텔 공조수사팀, 일명 아이스티라는 데부터 시작하고. 혹시 알아, 운이 좋을지."

통화를 끝낸 후 법원을 나가니 스프링 거리에 링컨 차가 서 있는 게 보였다. 뒷좌석에 탄 후 얼에게 스타벅스로 가자고 말하려는데, 운전석에 앉은 사람이 얼이 아니었다. 다른 링컨 차에 탄 것이다.

"어, 미안해요. 우리 차 아니네." 내가 말했다.

나는 차에서 내려 얼에게 전화를 걸었다. 그는 스프링에 정차하고 있으니까 주차단속 경찰이 뭐라고 해서 브로드웨이로 가서 기다리고 있다고 했다. 나는 얼이 도착하기를 기다리는 5분 동안 상황 점검을 위해 로나에게 전화를 했다. 로나는 특별히 언급할 만한 가치가 있는 일은 없다고 말했다. 나는 풀고니에게서 소환장을 받았고 다음 주 화요일 오전에 센추리시티에 있는 그의 사무실로 가야 한다고 말했다. 로나는 그 일정을 달력에 적어놓겠다고 했다. 풀고니가 발렌수엘라를 시켜서 내게 소환장을 송달한 것 때문에 로나도 기분이 언짢은 것 같았다. 변호사가 다른 변호사를 소환할 필요는 없었다. 동종업계 종사자들끼리의 예의를 지키며 전화 한 통만 해도 소기의 목적을 달성할 수 있었다.

"어우, 재수 없어!" 로나가 말했다. "그나저나 발렌수엘라는 어떻게 지내?"

"잘 지내나 봐. 우리 서류 송달할 때 부르겠다고 했어."

"진심이야? 시스코가 있잖아."

"부를 수도 있지. 두고 봐야겠지만. 시스코가 송달업무 싫어하잖아, 자기가 그런 것까지 해야 되냐면서."

"어쨌든 하긴 하잖아. 추가비용도 안 들고."

"그야 그렇지."

얼이 링컨 차를 몰고 나타나서 나는 통화를 끝냈다. 우린 와이파이를 쓰기 위해서 스타벅스로 갔다.

나는 인터넷에 접속한 후 페이서 사이트에 들어가 소환장에 나온 사건 번호를 입력했다. 아들 실베스터 풀고니가 제기한 소송은 과연 핵터 아란데 모야의 유죄평결을 취소해 달라는 내용의 인신구제 청구소송이었다. 거기에는 마약단속국 제임스 마르코 요원의 행동에서 나타난 정부의 직권남용을 소송사유로 들었다. 또한 LA 경찰이 모야를 체포하기 전에, 마르코의 사주를 받은 비밀정보원이 모야의 호텔방에 몰래 들어가 매트리스 밑에 총기를 숨겨놓고 나왔다고 주장했다. 그런 다음 비밀정보원은 마르코의 지시를 받아 LA 경찰이 모야를 체포하고 무기를 발견하게 도왔다. 총기 발견 덕분에 검찰은 모야에게 가중처벌 혐의를 추가할 수 있었고, 이로 인해 모야는 유죄평결을 받을 경우 연방교도소에서 무기징역형을 선고받을 수 있게 되었다. 과연 그는 유죄평결을 받고 무기징역을 선고받았다.

인터넷에서 확인한 바로는 지금까지는 정부가 반응을 보이지 않았다. 그러나 아직은 일렀다. 풀고니가 소송을 제기한 날짜가 4월 1일로 적혀 있었다.

"만우절이네." 내가 혼잣말을 했다.

"네, 대표님?" 얼이 물었다.

"아냐, 얼. 혼잣말 한 거야."

"들어가서 뭐 좀 사올까요?"

"아냐, 난 괜찮아. 커피 마실래?"

"아뇨, 저도 됐어요."

링컨 차 조수석에 마련한 장비 선반에 프린터가 설치되어 있었다. 다른 링컨 차를 타는 변호사들은 이런 건 아마 생각도 못했을 것이다. 나는 풀고니 소송서류를 한 부 인쇄한 후 컴퓨터를 껐고, 얼이 넘겨주는 사본을 받아서 전체를 한 번 더 읽었다. 그러고는 차 문에 몸을 기대고 앉아, 이게 도대체 무슨 수작인지, 여기서 나는 어떤 역할을 하기로 되어 있는 것인지 알아내려고 애를 썼다.

서류에서 반복해서 언급된 비밀정보원은 글로리아 데이턴이 거의 확실했다. 글로리아가 체포되고 내가 그녀를 대신해 유죄답변 거래 협상을 진행한 것이 마약단속국과 마르코 요원이 계획한 일이었다고 추론해 볼 수 있었다. 대단히 그럴듯한 이야기였지만, 그 이야기 속 등장인물이기도 한 나는 그 이야기를 믿기가 어려웠다. 나는 글로리아 데이턴과 헥터 아란데 모야가 함께 등장하는 그 사건에 관해서 가능한 한 많은 것을 기억해 내려고 애를 썼다. 시내 여자교도소에서 글로리아를 만난 일과, 체포되기까지의 상황을 그녀가 자세히 설명하던 것이 기억이 났다. 글로리아의 부탁이 없었는데도 나는 그녀에게서 들은 정보를 가지고 재판 전 유죄답변 거래를 시도해 볼 수 있겠다고 생각했었다. 그것은 전적으로 나의 아이디어였다. 글로리아는 법을 잘 아는 의뢰인이 아니었다. 그리고 나는 마르코하고 만난 적도 얘기해 본 적도 없었다.

그러나 자기 변호사의 머릿속에서 아이디어가 떠오를 만큼만 말하라고 글로리아가 코치를 받았을 수도 있었다. 그럴 가능성은 별로 없어 보였지만, 지난 5개월간 알게 된 것을 보면, 글로리아에게는 내가 모르는 면이 많이 있었다는 것을 인정해야 했다. 어쩌면 이것이 그녀의 마지막 비밀일지 몰랐다. 그녀가 나를 마약단속국을 위한 졸개로 썼다는 사실.

나는 조바심이 나서 시스코에게 다시 전화를 걸어 아까 알려준 이름들에 대해 알아봤느냐고 물었다.

"아직 30분도 안 지났어." 시스코가 항변했다. "급한 건 알겠는데 그렇다고 30분 안에 뭘 찾아내라고?"

"어떻게 되어가는지 알아야 돼서 그래, 지금 당장."

"최대한 애쓰고 있어. 여자에 대해서는 해줄 말이 있는데 그 요원에 대해서는 아무것도 못 건졌어. 그쪽은 쉽지 않을 것 같아."

"좋아, 그럼 여자 이야기부터 해봐."

잠깐 침묵이 흘렀다. 시스코가 메모한 것을 찾고 있는 게 분명했다.

"응. 켄달 로버츠." 시스코가 말했다. "39세. 거주지는 셔먼오크스 비스타 델 몬테. 90년대 중반부터 전과가 있어. 성매매, 성매매 알선. 콜걸한테 흔히 생기는 전과들 말야. 그러니까 이 여잔 창녀야. 아니 창녀였어. 지난 6년간은 전과 없이 깨끗했으니까."

그렇다면 글로리아 데이턴이 글로리 데이즈라는 예명으로 콜걸 활동을 할 때 켄달 로버츠도 한창 활동하고 있었다는 얘기였다. 나는 켄달과 글로리아가 데이턴이 그 당시에 서로 알고 지내는 사이였거나 서로에 대해서 들어본 적은 있을 거라고 생각했고, 내가 풀고니로부터 소환장을 받은 것도 그것 때문일 거라고 추측했다.

"그렇군." 내가 말했다. "또 다른 건?"

"없어." 시스코가 말했다. "그게 전부야. 한 시간 후에 다시 전화해 봐."

"아냐, 내일 만나서 얘기하자. 내일 아침 9시 회의실에 전원 집합. 딴 친구들한테 전해줄래?"

"그럴게. 송아지도?"

"응, 송아지도. 모두 모여서 이 문제에 대해 의논해 보고 싶어. 라 코세 변호에 유용하게 쓸 수도 있을 것 같거든."

"대타를 내세우잔 거지? 모야가 데이턴을 죽였다?"

"그렇지."

"알았어, 9시까지 회의실에 모두 모이라고 할게."

"그리고 자넨 이 마르코라는 친구에 대해 알아봐 줘. 정말 필요한 정보거든."

"최선을 다하고 있어."

"그래, 꼭 찾아내라고."

"말하기는 쉽지. 그건 그렇고 당신은 뭐 할 건데?"

좋은 질문이었다. 대답하기 전에 잠깐 고민하게 할 만큼 좋은 질문.

"밸리로 올라가서 켄달 로버츠를 만나볼까 봐."

말이 끝나기가 무섭게 시스코가 반대하고 나섰다.

"잠깐만, 미키, 나도 갈게. 무슨 일을 당할 줄 알고 혼자 가겠다는 거야. 그 여자가 누구랑 있을 줄 알고. 질문 하나 잘못했다가 문제가 생길 수도 있어. 거기서 만나자."

"아냐, 자넨 마르코에 집중해 줘. 얼이 같이 있으니까 괜찮을 거야. 질문을 잘하면 되지."

시스코도 더는 말리지 않았다. 내가 일단 결정을 하면 마음을 바꾸지 않는다는 것을 알고 있었다.

"알았어. 즐거운 사냥이 되길 바라." 시스코가 말했다. "도와줄 일 생기면 연락하고."

"그럴게."

나는 전화를 끊었다.

"자, 출발. 서먼오크스. 세게 밟아, 얼."

얼은 차를 출발시켜 도로 경계석에서 떨어져 나왔다.

차가 속도를 내자 몸속에서 아드레날린이 솟구치는 것을 느꼈다. 새로운 일들이 벌어지고 있었다. 내가 이해하지 못하는 새로운 일들이. 그러나 괜찮았다. 곧 다 알아낼 테니까.

# 13

내 생각에 페르난도 발렌수엘라는 나에게 이름을 불러준 순서대로 소환장을 송달했을 것 같았다. 형사법원에서 겨우 두 블록 떨어진 에드워드 로이발 빌딩에 연방정부기관이 있었다. 발렌수엘라는 거의 확실히 연방정부기관부터 들러서 제임스 마르코에게 소환장을 송달한 다음 켄달 로버츠를 만나려고 밸리로 올라갔을 것이다. 마르코에게 소환장을 송달하기는 결코 쉽지 않았을 것이다. 연방요원들은 소환장 받는 것을 피하기 위해 최선의 노력을 다한다. 나는 그것을 경험으로 알고 있었다. 보통은 문제의 요원을 대신해 상관이 마지못해 받아서 전달하곤 했다. 소환 대상자가 직접 소환장을 받는 경우는 거의 없었다.

그 순서대로 소환장이 송달된다면 내가 발렌수엘라보다 발빠르게 움직일 수 있을 것 같았다. 켄달 로버츠가 집에 있다면, 내가 발렌수엘라보다 훨씬 먼저 그녀를 만나볼 수 있을 것 같았다. 물론 먼저 도착한다고 뭘 얻을 수 있을지는 알 수 없었지만, 수감되어 있는 카르텔 간부와 관련된 연방사건에 자신이 증인으로 소환될 거라는 사실을 켄달이 알게 되기 전에, 아무런 경계심을 갖고 있지 않을 때, 그녀를 만나보고 싶었다.

켄달 로버츠에 대해 이름 외에 더 많은 것을 알아야 했다. 켄달과 글로리아는 1990년대부터 적어도 2000년대 초반까지 같은 업종에서 종사하며 함께 어울려 다녔을 가능성이 컸다. 시스코가 준 정보는 좋은 출발점이었지만 충분하진 않았다. 사건의 등장인물과 대화를 시작하는 가장 좋은 방법은 그 등장인물보다 더 많은 정보를 갖고 대화에 임하는 것이다.

나는 구글로 아들 실베스터 풀고니를 검색해서 등록된 전화번호로 전화를 걸었다. 변호사 사무소보다는 보아 레스토랑에서 예약전화를 받는 게 더 어울릴 것 같은 깊고 허스키한 목소리의 여자가 전화를 받더니 기다리라고 말했다. 우리는 101번 고속도로에 있었고 정체가 심했다. 셔먼오크스까지 어차피 30분 정도는 더 가야 했기 때문에, 차가 밀리든 수화기 너머로 멕시코 칸티나 음악이 들리든 크게 거슬리지 않았다.

창문에 몸을 기대고 눈을 감으려는 순간 젊은 남자의 목소리가 전화를 받았다.

"실베스터 풀고니 주니어입니다. 무엇을 도와드릴까요, 할러 씨?"

나는 자세를 바로하고 앉아서 서류가방에서 리걸패드를 꺼내 무릎에 올려놓았다.

"그래요, 우선 오늘 나한테 소환장을 던져준 이유부터 말해볼까? 그렇게까지 할 필요는 없었는데 그렇게 한 걸 보면 신참 변호사인 것 같군. 나한테 전화만 한 통 해주면 됐을 텐데. 그런 걸 동업자 간의 예의라고 하거든. 변호사는 다른 변호사한테 문서로 뭘 보내지 않지. 특히 법원에서 동업자들이 보는 앞에서는."

풀고니는 잠깐 침묵하더니 곧 사과를 했다.

"정말 죄송합니다, 할러 변호사님. 몸 둘 바를 모르겠네요. 할러 변호사님. 변호사님 말씀이 맞아요, 개업한 지 얼마 안 된 풋내기죠. 제가 일 처리를 잘못한 거라면, 사과드립니다."

"사과하면 됐고. 마이클이라고 불러줘. 근데 이게 다 무슨 일이야? 헥터 아란데 모야? 그 이름을 마지막으로 들은 지가 7~8년은 되는 것 같은데."

"네, 모야 씨가 수감생활을 오래 하고 있죠. 우리는 모야 씨 상황을 개선하려고 노력 중이고요. 혹시 소환장에 언급된 사건에 대해 살펴보셨나요?"

"내 사건 들여다보기도 바쁜데 그럴 시간이 어딨어. 실은 자네가 소환한 시각에 맞춰가려면 일정을 두루두루 조정해야 되는데. 증언 시각을 미정으로 해놓거나 쌍방한테 편한 시각으로 정하지 그랬어."

"화요일 오전이 힘드시면 바꿔도 돼요. 그리고 슬라이라고 불러주세요."

"괜찮아, 슬라이. 가도록 해볼게. 근데 내가 왜 헥터 모야를 위해 증언을 해야 되는지 얘기해 주겠나. 모야는 내 의뢰인도 아니었고 아무 관계도 없었는데."

"아뇨, 관계가 있었죠……, 마이클. 어떻게 보면 그를 감옥에 처넣은 사람이 당신이거든요. 그러니까 그를 감옥에서 빼낼 열쇠도 당신이 쥐고 있을 수 있죠."

이번에는 내가 말을 멈췄다. 앞의 말은 논란의 여지가 있었지만, 사실이든 아니든 카르텔의 고위간부가 나를 그렇게 생각하는 것은 바라지 않았다. 비록 그가 연방교도소에 안전하게 갇혀 있다고 해도.

"잠깐만." 마침내 내가 입을 열었다. "자네 의뢰인을 감옥에 처넣은 사람이 나라고 말하면 나한테서 아무런 도움도 협조도 받지 못할 텐데. 도대체 무슨 근거로 그렇게 터무니없고 경솔한 말을 하지?"

"이거 왜 이러십니까, 마이클. 8년이 지났잖아요. 우리도 다 알고 있다고요. 당신 의뢰인 글로리아 데이턴을 기소유예 받게 하려고 거래를 했잖아요. 헥터 모야를 연방요원들에게 고이 갖다 바치면서. 근데 당신 의뢰인은 죽었으니까 당신이 말해줘야죠, 무슨 일이 있었는지."

나는 의자 팔걸이를 손으로 톡톡 치면서 이 문제를 해결할 뾰족한 수를 생각해 내려고 애를 썼다.

"어떻게 알게 된 거야? 자네가 글로리아 데이턴 사건에 대해서 안다고 생각하는 것들 말이야."내가 물었다.

"그건 말씀 못 드리죠. 우리 내부의 일이고, 기밀사항이니까. 하지만 우리 소송을 준비하는 데 변호사님 증언이 꼭 필요합니다. 화요일에 뵙겠습니다."

"잘 안 될 거야, 슬라이."

"네?"

"자네 마음대로 잘 안 될 거라고. 나를 화요일에 볼 수도 있고 못 볼 수도 있단 얘기지. 지금이라도 내가 형사법원 어느 법정에라도 들어가서 판사한테서 파기 판결 받아낼 수 있어. 5분도 안 걸려. 알겠어? 그러니 화요일에 날 보고 싶으면, 말해주는 게 좋을 거야. 내부의 일, 기밀사항, 그런 건 관심 없어. 모자 벗어들고 공손히 진술하러 들어가진 않을 거야. 진짜로 나를 보고 싶으면, 왜 나를 불렀는지 그 이유를 정확하게 말해줘야돼, 지금 당장."

내 말에 그는 정신이 번쩍 들었는지 더듬거리며 대답했다.

"어, 저기, 제가 다시 전화 드리겠습니다, 마이클. 금방 다시 전화 드릴게요."

"그래, 그럼."

나는 전화를 끊었다. 아들 실베스터 풀고니가 뭘 하려는 건지 알 것 같았다. 빅터빌에 있는 아버지에게 전화를 걸어 나를 어떻게 처리하면 좋을지 물어보려는 것이다. 통화를 하고 나니 아들이 아버지의 일을 대신하고 있다는 게 분명해졌다. 이 모든 일은 빅터빌 교도소 마당에서 계획된 게 틀림없었다. 아버지 실베스터 풀고니가 모야에게 접근해 인신구제 청구소송을 해보겠느냐고 꼬드겼을 것이다. 그는 교도소 도서관에 앉아 소장을 직접 썼거나 아들에게 소장 작성을 지시하는 편지를 썼을 것이다. 궁금한 건 모야에 관한 정보를 제공한 비밀정보원이 글로리아 데이턴이라는 것을 그들이 어떻게 알았느냐 하는 점이었다.

창밖을 내다보니 어느새 카후엥가 산이 코앞으로 다가와 있었다. 얼은 미식축구에서 블로커들 사이를 헤집고 달려가는 스캣백처럼 차들 사이를 요리조리 비집고 달려가는 데 능했다. 예상보다 더 빨리 켄달 로버츠의 집에 도착할 수 있을 것 같았다.

켄달은 벤투라 대로에서 두세 블록 떨어진 곳에 살았다. 사람들이 생각하는 고급 주택가 이미지의 벤투라는 벤투라 대로의 남쪽으로, 밸리 지역에서도 많은 사람들이 선호하는 동네였다. 이혼 후 내 전처는 벤투라 대로의 남쪽으로 한 블록 떨어진 디킨스에서 고가의 콘도형 아파트를 매입했고, 그 지역에 산다는 것에 자부심을 갖고 있었다. 내 딸도 그 집에 살았기 때문에 물론 내가 그 집값의 일부를 부담했다.

켄달은 벤투라 대로의 북쪽으로 두세 블록 떨어진, 벤투라 고속도로로 가는 길에 살고 있었다. 허름한 아파트와 한부모 가정 주택들이 섞여 있는 누추한 동네였다.

목적지에서 한 블록 전부터 아파트 대신 소형 주택들이 길가에 늘어서 있는 비스타 델 몬테 동네가 시작되었다. 나는 앞좌석으로 옮겨 앉기 위해 얼에게 차를 세우라고 했다. 우선 프린터 전원부터 끄고 프린터를 트렁크로 옮겨 실어야 했다.

"우리가 도착하는 걸 그 여자가 볼 수도 있으니까." 내가 차에 타고 문을 닫은 뒤에 말했다.

"그래서 어떻게 하실 건데요?" 얼이 물었다.

"집 앞에 차를 세우고 공적인 방문인 것처럼 하자고. 자네도 내려서 나와 함께 현관으로 가는 거야. 말은 내가 다 할게."

"누굴 만나는 건데요?"

"여자. 그 여자가 뭘 알고 있는지 알아내야 해."

"뭐에 대해서요?"

"그러게. 뭐에 대해서 알아내야 할까?"

그게 문제였다. 켄달 로버츠도 나와 마찬가지로 모야의 인신구제 청구소송에 증인으로 소환되었다. 나는 켄달이 무엇을 갖고 있는지는 차치하고, 내가 무슨 증언을 하게 될 건지도 모르는 상태였다.

운이 좋았다. 시스코가 알려준 주소지에 있는 1950년대식 농가 바로 앞에 빨간색을 칠한 도로 경계석과 소화전이 있었다.

"여기 세워, 여자가 차를 보게."

"소화전 앞에 세우면 딱지 뗄 수 있어요."

나는 글러브 박스에서 '성직자 방문 중'이라고 적힌 표지판을 꺼내 계기판 위에 놓았다. 가끔은 효과가 있었으니까 한번 시도해 볼 만했다.

"효과가 있는지 볼까." 내가 말했다.

나는 차에서 내리기 전에 지갑을 꺼내, 뒷면에 꽂아두었던 변호사증을 빼서 운전면허증 위 전시 창으로 밀어 넣었다. 그러고 나서 얼과 행동 계획을 짠 뒤 차에서 내렸다. 시스코의 보고에 따르면, 켄달 로버츠의 전과 기록은 2007년에 끝이 났다. 그렇다면 지금은 그런 생활에서 벗어나 바르게 살고 있을 것 같았다. 나는 그 사실을 나에게 유용하게 써먹고 싶었다. 물론 그녀가 평일 한낮에 집에 있다면 말이지만.

나는 켄달 로버츠의 집으로 향해 가면서 선글라스를 꼈다. 작년 선거 운동 기간 중에 TV에 자주 출연하고 선거벽보도 사방에 붙어 있었기 때문에 얼굴이 많이 알려져 있었다. 켄달이 나를 알아보는 것을 원하지 않았다. 나는 현관문을 세게 두드린 뒤 얼 옆으로 물러섰다. 얼은 레이반 선글라스를 끼고 늘 입는 검은색 정장에 검은색 넥타이를 매고 있었다. 나는 짙은 회색의 코넬리아니 줄무늬 정장을 입고 있었다. 그렇게 선글라스를 끼고 어깨를 나란히 하고 서 있으니까 딸과 사이가 좋았던 시절에 함께 본 유명한 영화 시리즈에 나오는 흑백 2인조 같았다. 내가 얼에게 속삭였다.

"비밀정부기관에서 일하면서 외계인을 쫓는 남자들이 나오는 영화가 뭐였더……."

그때 문이 열렸다. 시스코가 말한 서른아홉 살보다 훨씬 더 젊어 보이는 여자가 문 앞에 서 있었다. 키가 크고 유연한 몸매였고 적갈색의 머리를 어깨까지 늘어뜨리고 있었다. 회색 추리닝 바지에 가슴에 'Gor FLEX?' 라고 찍힌 분홍색 티셔츠를 입고 있었다.

"켄달 로버츠 씨?"

"그런데요?"

나는 외투 안주머니에서 지갑을 꺼내기 시작했다.

"캘리포니아 주 변호사 마이클 할럽니다. 이쪽은 얼 브릭스고요. 조사 중인 사건에 관해서 몇 가지 물어볼 게 있어서 왔는데요."

나는 지갑을 펼쳐 그녀가 변호사증을 볼 수 있도록 잠깐 들어 보였다. 변호사증에는 캘리포니아 주 변호사협회의 상징인 정의의 저울이 그려져 있어서 상당히 공식적으로 보였다. 오래 보여주진 않고 곧바로 지갑을 덮었고 외투 안주머니에 다시 집어넣었다.

"오래 걸리진 않을 겁니다."

켄달이 고개를 가로저었다.

"이해가 안 가네요." 그녀가 말했다. "내가 뭐…… 잘못한 게 없는데. 뭔가 착오가……."

"당신이 아니라 다른 사람들이 관련된 사건입니다. 당신은 주변인물이고. 안에 들어가서 얘기할까요, 아니면 밴나이스에 있는 우리 사무소로 갈까요?"

존재하지도 않는 장소에 가자고 제안하는 것은 일종의 도박이었지만, 그녀가 집을 떠나고 싶어 하지 않을 것 같아서 말해본 거였다.

"다른 사람들이라뇨?" 그녀가 물었다.

집안에 들어갈 때까지는 그 질문을 하지 않기를 바랐는데 질문이 나와 버렸다. 그러나 그게 문제였다. 나는 허세를 부리고 있었다. 내가 아무것도 알지 못하는 일에 대해 뭔가를 알고 있는 것처럼 행동하고 있었다.

"우선 글로리아 데이턴이라는 여잔데요. 당신은 글로리 데이즈라는 이름으로 알고 있을지도 모르겠군요."

"그 여자가 왜요? 나랑 아무 관계도 없는데."

"죽었습니다."

그 소식에 놀라는 것 같지는 않았다. 글로리아의 죽음을 알고 있었던 건 아닌 것 같고, 글로리아의 삶이 그런 식으로 파국을 맞을 거라고 생각하고 있었던 것 같았다.

"작년 11월에요." 내가 말했다. "살해당했는데, 우린 그 사건 수사가 제대로 됐는지 살펴보는 중이죠. 그 여자 변호인의 행동에 윤리적인 문제가 있어서요. 잠깐 들어갈까요? 오래 걸리지 않을 겁니다."

켄달 로버츠는 망설이다가 뒤로 물러섰다. 우리는 안으로 들어갔다. 낯선 사람들을 집 안에 들이는 것은 본능에 어긋나는 일이었겠지만, 우리를 현관 앞에 계속 머물게 해서 이웃주민들의 관심을 끌고 싶지는 않았을 것이다. 내가 먼저 집 안으로 들어갔고 얼이 따라 들어왔다. 켄달은 우리를 거실 소파로 안내했고 자기는 소파 맞은편 의자에 앉았다.

"글로리 일은 정말 안됐어요. 하지만 난 아주 오래전에 그 세계에서 완전히 손을 뗐고, 다시 끌려들어가고 싶지 않아요. 글로리가 무슨 짓을 하고 있었는지, 글로리 사건이 어떻게 수사가 됐는지, 글로리에게 무슨 일이 있었는지, 나는 아무것도 몰라요. 몇 년 동안 통화한 적도 없고요."

나는 고개를 끄덕였다.

"네, 잘 압니다. 당신을 그 세계로 다시 끌어들이려고 온 것도 아니고." 내가 말했다. "사실 우린 당신이 그 세계에 끌려들어가지 않도록 도우려고 온 겁니다."

"그 말은 못 믿겠네요. 이렇게 갑자기 쳐들어와서는 그 말을 믿으라고요?"

"미안하지만 꼭 물어봐야 할 게 있어서요. 최대한 빨리 끝내도록 노력할게요. 우선 글로리아 데이턴과 어떤 관계였는지부터 말해주시죠. 솔직하게 말해줘요. 당신 전과도 알고 있고 오래전에 인연 끊고 깨끗하게 살고 있다는 것도 알고 있으니까. 이건 당신이 아니라 글로리아에 관한 겁니다."

켄달은 잠깐 고민하더니 곧 결심을 하고 입을 열었다.

"우린 서로 돕고 살았어요. 같은 상담전화를 사용했죠. 한 명이 바쁘고 다른 애들은 놀고 있는데, 바쁜 아이를 찾는 콜이 들어오면 노는 아이가 대신 나갔어요. 셋이서 그렇게 일했어요. 글로리와 나와 트리나. 셋이 비슷하게 생겨서 단골손님이 아니면 누가 누군지 잘 못 알아봤죠."

"트리나의 성은 뭐죠?"

"그것도 몰라요?"

"서류에는 안 나와 있군요."

켄달이 의심스러운 눈초리로 나를 쳐다보았지만 곧 이야기를 계속했다. 면담을 최대한 빨리 끝내고 싶은 모양이었다.

"트리나 래퍼티. 웹사이트에서는 트리나 트리엑스라는 예명으로 활동했어요."

"트리나 래퍼티는 지금 어디 있죠?"

잘못된 질문이었다.

"그걸 내가 어떻게 알아요!" 켄달이 발끈해서 소리쳤다. "내 말 못 들었어요? 그 생활 접은 지 오래라고요! 버젓한 직업 가지고 새 삶을 살고 있다고요. 그 사건하고는 아무 관계도 없고요!"

나는 한 손을 들어 켄달의 말을 막았다.

"미안, 미안해요. 혹시 알고 있을지도 모르겠다 싶어서. 연락은 하고 지냈을 수도 있잖아요."

"그쪽 사람들하고는 인연을 딱 끊었다니까요. 이제 알겠어요?"

"그래요, 알았어요. 내가 자꾸 옛날 기억을 들춰냈나 보군요."

"그래요, 기억하고 싶지 않은 일을 자꾸."

"미안합니다. 빨리 끝낼게요. 그러니까 아가씨 셋이서 함께 일을 했군요. 당신을 찾는 콜이 왔는데 마침 딴 일이 있으면, 글로리나 트리나에게로 콜이 넘어간다는 거네요, 그렇죠?"

"그래요. 변호사처럼 말씀하시네요."

"변호사니까요. 좋아요, 다음 질문."

다음 질문은 우리를 이집에서 내쫓기게 만들거나 약속된 지식의 땅으로 데려가 줄 질문이었기 때문에 할까 말까 망설여졌다.

"그 당시, 헥터 아란데 모야하고는 어떤 관계였죠?"

켄달이 멍하니 나를 바라보았다. 처음에는 그녀가 들어본 적 없는 이름을 얘기해서 그런가 보다고 생각했다. 그러나 곧 그녀의 눈에 두려움이 깃드는 것을 보니 아는 사람인 게 틀림없었다.

"이제 그만 가주세요." 켄달이 차분하게 말했다.

"왜 그래요." 내가 말했다. "난 그냥……."

"나가라고요!" 그녀가 고함을 질렀다. "누굴 죽이려고 작정을 했나! 이제 그 일하고는 아무 상관없어요. 나가요, 빨리. 날 혼자 내버려두라고요!"

켄달 로버츠가 일어서서 현관문을 가리켰다. 나도 따라 일어섰다. 모야에 대해 어설프게 접근하는 바람에 산통을 깼다는 생각이 들었다.

"앉아요!"

얼이었다. 얼이 켄달에게 말했다. 켄달은 굵고 힘 있는 목소리에 놀라 그를 돌아보았다.

"앉으라고요." 얼이 말했다. "모야에 대해서 이야기를 들을 때까진 못 나가요. 그리고 당신을 죽이려는 게 아니에요. 오히려 당신을 살리려고 하는 거지. 그러니까 앉아서 알고 있는 걸 말해봐요."

켄달이 천천히 자리에 앉았다. 나도 다시 앉았다. 나도 켄달만큼 놀랐다. 전에도 얼을 파트너인 척 데리고 다니며 조사원 흉내를 내게 한 적이 있었지만, 얼이 말을 한 것은 이번이 처음이었다.

"좋아요." 모두 다시 자리에 앉자 얼이 말했다. "모아에 대해 말해봐요."

# 14

다음 20분간 켄달 로버츠는 LA의 마약과 성매매에 관한 이야기를 우리에게 들려주었다. 이 두 가지 사회악은 고급 콜걸 시장에서 인기 있는 조합이라면서, 콜걸이 손님에게 둘 다 제공해 주는 경우가 많다고 설명했다. 그렇게 하면 한 번 만남에서 나오는 수입이 두 배 이상 된다고 했다. 그리고 그 사업에 헥터 모야가 뛰어들었다고 했다. 헥터 모야는 멕시코에서 코카인을 몇 킬로그램씩 대량으로 들여와 소매상에게 파는 도매상이었는데, 미국의 매춘부들을 좋아했고 자신이 쓸 약은 항상 갖고 다녔다. 그는 성매수의 대가를 코카인으로 지불했고, 얼마 지나지 않아 웨스트할리우드와 베벌리힐스에서 활동하는 고급 창녀들의 코카인 공급책이 되었다.

이야기를 들어보니 내가 글로리아 데이턴에 대해 알고 있다고 생각한 것들이 얼마나 불완전한 정보였는지를 깨닫게 되었다. 또한 그녀를 위해 마지막으로 유죄답변 거래 협상을 할 때 내가 글로리아와 다른 사람들에게 꼭두각시처럼 조종당한 게 아닌가 의심했었는데, 그게 사실이라는 점도 확인할 수 있었다. 나는 켄달이 얘기하는 것들을 이미 다 알고 있는 척했지만, 속으로는 이용당했다는 생각에 수치심으로 치를 떨었다. 8년이나 지난 일인데도 너무 수치스러웠다.

"그래서, 모야가 체포되어 감방에 갈 때까지 당신과 글로리와 트리나가 그를 알고 지낸 지가 얼마나 되죠?" 켄달의 이야기가 끝나갈 무렵 내가 물었다.

"2~3년은 족히 될 거예요. 꽤 오래 알고 지냈죠."

"그가 체포된 사실은 어떻게 알았어요?"

"트리나한테 들었어요. 전화가 왔더라고요. 모야가 마약단속국에 체포됐다고."

"더 기억나는 건요?"

"트리나가 그랬어요, 모야가 감옥에 가면 빨리 다른 공급책을 찾아봐야 한다고. 그래서 내가 그랬죠, 나는 관심 없다고, 이 생활에서 손 털고 싶다고. 그러고 나서 금방 진짜로 손을 털었고요."

나는 고개를 끄덕였고 그녀에게서 알게 된 사실이 풀고니의 계획과―그것이 무엇인지는 몰라도―어떻게 맞아떨어질 수 있는지 생각해 보았다.

"혹시, 실베스터 풀고니라는 변호사를 알아요?" 내가 물었다.

켄달 로버츠는 눈살을 찌푸리면서 모른다고 대답했다.

"들어본 적도 없고?"

"없어요."

내 생각에 풀고니는 켄달을 보강증인으로 쓰려는 것 같았다. 모야에 관한 그녀의 증언을 통해 자신이 이미 갖고 있던 정보가 사실임을 확인받으려는 것이다. 그 말은 트리나 트리엑스가 풀고니에게 이미 정보를 제공했고 글로리아 데이턴이라는 이름까지 알려줬을 가능성이 크다는 뜻이었다. 발렌수엘라는 트리나 래퍼티에게 소환장을 송달해야 한다는 말은 하지 않았다. 그렇다면 풀고니가 이미 그녀의 증언을 확보했다는 뜻일 수 있었다.

내가 켄달을 쳐다보았다.

"모야가 체포된 일로 글로리와 얘기해 본 적 있어요?"

켄달은 고개를 가로저었다.

"아뇨, 글로리도 나와 같은 시기에 그 일을 그만뒀다고 생각했어요. 언젠가 전화가 왔더라고요. 재활시설에 있는데 나가면 바로 LA를 떠날 거라고 했어요. 난 LA를 떠나진 않았지만 그 일은 관뒀고요."

나는 고개를 끄덕였다.

"혹시 제임스 마르코라는 사람 알아요?"

나는 켄달의 얼굴을 보면서 반응을 살폈다. 그러면서 보니까 굉장히 아름다운 여자라는 생각이 들었다. 그녀가 고개를 가로젓자 머리카락이 턱 밑에서 찰랑거렸다.

"아뇨, 알아야 되나요?"

"글쎄요."

"손님이었어요? 손님들은 거의가 본명을 안 썼어요. 사진이 있으면 보면 좋은데."

"손님은 아니었고, 연방요원이요, 마약단속국. 우리가 추정하기로는 그래요."

켄달이 다시 고개를 가로저었다.

"그럼 나는 몰라요. 그 당시에 알고 지낸 마약단속국 요원이 없었거든요. 요원들 손에 놀아나는 애들도 있었지만요. 그 사람들 정말 최악이었

167

어요. 한번 낚으면 놔주질 않았어요. 내 말 무슨 뜻인지 아시죠?"

"정보원으로 말인가요?"

"그 사람들이 낚으면 그 생활을 그만두는 건 생각도 할 수 없었어요. 풀어주질 않았거든요. 포주보다 더 악독했죠. 우리가 사건을 물어오길 바랐어요."

"글로리도 마르코에게 그렇게 낚인 건가요?"

"그런 얘긴 안 하던데요."

"하지만 그렇게 낚였을 것이다?"

"그럴 가능성은 있죠. 연방요원들을 위해 일을 하더라도 광고하고 다니지는 않으니까."

그건 맞는 말이었다. 나는 다음 질문을 생각해 봤지만 아무것도 떠오르지 않았다.

"지금은 뭐 하고 있어요?" 내가 물었다. "직업이 뭐냐고요."

"요가를 가르쳐요. 대로변에 스튜디오가 있죠. 당신은 뭐 하고 있죠?"

켄달을 보니 내가 둘러댄 말이 거짓이라는 걸 아는 얼굴이었다.

"당신이 누군지 알아요." 그녀가 말했다. "누군지 알겠네요. 글로리의 변호사였잖아요. 게다가 음주운전 전과자를 석방시켜서 또 음주운전으로 두 명을 죽게 만든 변호사이기도 하고요."

나는 고개를 끄덕였다.

"맞아요, 내가 바로 그 변호사죠. 거짓말해서 미안해요. 글로리에게 무슨 일이 있었는지를 알아내려다 보니……."

"힘든가요?"

"뭐가요?"

"과거 속에 사는 거."

동정심이 느껴지지 않는 무미건조한 어조였다. 내가 대답하기 전에 갑자기 현관에서 날카로운 노크소리가 나서 모두 소스라치게 놀랐다. 켄달이 몸을 숙이며 일어서려고 해서 내가 두 손을 들어 그녀를 막으면서 목소리를 낮춰 말했다.

"열어주지 않는 게 좋을 것 같은데."

켄달이 엉거주춤한 자세로 나를 쳐다보며 목소리를 낮춰 물었다.

"왜요?"

"소환장 가져온 사람인 것 같으니까. 모야의 대리인인 풀고니 변호사의 심부름을 하는 사람이에요. 풀고니는 당신을 불러 지금 우리가 이야기 나누고 있는 일들에 관해 증언을 듣고 기록으로 남기려고 하고 있어요."

켄달은 충격을 받은 얼굴로 의자에 털썩 주저앉았다. 그녀가 헥터 아란데 모야를 얼마나 두려워하고 있는지 그 표정에서 여실히 드러났다. 내가 얼에게 고갯짓을 하자 그가 일어서서 상황을 살피기 위해 현관 쪽으로 조용히 걸어갔다.

"어떡해요, 그럼?" 켄달이 속삭였다.

"당분간은 문 열어주지 말아요." 내가 말했다. "저 친구는……."

좀 더 큰 노크소리가 집안에 울려 퍼졌다.

"당신을 직접 만나 소환장을 송달해야 해요. 그러니까 잘 피해 다니면, 소환장을 안 받을 수도 있어요. 후문으로 해서 나가는 길이 있어요? 저 친구가 길거리에서 기다릴 수도 있는데."

"오, 하느님! 왜 이런 일이 나한테 일어나고 있는 거죠?"

얼이 거실로 들어왔다. 현관문에 난 작은 구멍을 통해 방문자를 확인하고 온 것이다.

"발렌수엘라야?" 내가 작은 소리로 물었다.

얼이 고개를 끄덕였다. 내가 다시 켄달을 쳐다보았다.

"아니면, 당신이 원한다면, 소환장을 내가 대신 받고 판사에게 가서 파기 판결을 받아낼 수도 있어요."

"그게 무슨 뜻이죠?"

"소환장을 쓰레기통에 던져버리게 만든다고요. 이 일에 관여하지 않게 해주겠다는 거죠. 증언 안 해도 되게."

"그렇게 해주는 데 비용은요?"

내가 고개를 가로저었다.

"비용은 없어요. 무료로 해줄게요. 당신이 나를 도와줬으니 나도 당신을 도와야죠. 이 일에 말려들지 않게 해줄게요."

제안은 했지만 그렇게 해줄 수 있을지 자신은 없었다. 그녀가 과거에서 도망치려고 그렇게 발버둥을 쳤는데도 도망치지 못했다는 끔찍한 깨달음에 도달했다는 생각이 들자 동정심에 마음이 움직였다. 나도 그런 느낌을 잘 알고 있기 때문이었다.

또 노크 소리가 들렸고 뒤이어 발렌수엘라가 켄달의 이름을 부르는 소리도 들렸다. 얼이 다시 현관문으로 갔다.

"나 사업하는 사람인데." 켄달이 기어들어가는 목소리로 말했다. "수강생들도 있고요. 수강생들은 내가 과거에 뭘 했는지 몰라요. 소문나면, 난……."

켄달의 눈에 눈물이 맺혔다.

"걱정 말아요. 그런 일 없을 테니까."

내가 왜 이런 약속을 하는지 알 수가 없었다. 소환장을 파기시킬 자신은 있었다. 하지만 풀고니가 소환 절차를 다시 시작할 수 있었다. 그리고 내가 언론을 통제할 수도 없었다. 지금은 이 모든 일이 언론의 레이더망에 잡히지 않은 채 진행되고 있었지만, 모야의 인신구제 청구소송은 정부의 직권남용 혐의를 담고 있어서, 그 주장이 언론에 알려지면 대중의 관심을 끌 수밖에 없었다. 그런 관심이 켄달 로버츠 같은 주변 인물에게까지 미칠지는 알 수 없는 일이었지만 내가 막을 수 있는 일이 아니었다.

그리고 라 코세 사건이 있었다. 모야의 항소를 라 코세 변호에 어떻게 이용할지 아직 결정하지 못했지만, 검찰 측 주장의 물을 흐리고 배심원단이 다른 가능성을 생각하게 만들기 위해 대안적 해석을 내세울 수 있을 것 같았다.

얼이 거실로 돌아왔다.

"갔어요." 그가 말했다.

나는 켄달을 쳐다보았다.

"곧 돌아올 거예요." 내가 말했다. "아니면 밖에 앉아서 기다리고 있을 수도 있고. 내가 대신 처리해 줄까요?"

켄달은 잠깐 고민하더니 고개를 끄덕였다.

"네, 고마워요."

"알았어요."

나는 켄달 로버츠의 전화번호와 요가 스튜디오 주소를 받아 적었다. 소환장을 처리하고 난 후 연락 주겠다고 약속했다. 그러고는 감사를 표한 후 얼과 함께 집을 나왔다. 발렌수엘라에게 전화를 걸어 내가 소환장을 받을 테니 돌아오라고 말하려고 핸드폰을 꺼내던 나는 그럴 필요가 없다는 것을 알아차렸다. 발렌수엘라가 내 링컨 차 후드에 걸터앉아 기다리고 있었다. 몸을 뒤로 젖히고 두 손으로 후드를 짚은 채 고개를 들어 하늘을 보고 있었다. 그가 고개를 돌리지 않고 자세도 바꾸지 않은 채 입을 열었다.

"정말이야, 믹? 성직자? 도대체 당신의 비열함은 어디가 끝이야?"

나는 성도들 앞에 선 목사처럼 두 팔을 활짝 벌렸다.

"맞지 뭐, 법정이 내 설교대이고 열두 사도 앞에서 설교를 하고 있잖아, 단죄의 신들 앞에서."

발렌수엘라가 어이없는 표정으로 나를 쳐다보았다

"그래, 뭐 그렇다치고 어쨌든 아주 비열한 짓이니까 부끄러운 줄 알아. 그리고 나보다 먼저 달려와서는 집 안에 숨어서 문 열어주지 말라고 사주한 건 더 비열한 짓이고."

나는 고개를 끄덕였다. 발렌수엘라가 모든 것을 간파한 것이다. 나는 그에게 후드에서 일어서라고 손짓을 했다.

"그래, 뭐, 그렇다 치고. 켄달 로버츠는 이제 내 의뢰인이니까 풀고니 소환장 내가 받을게."

발렌수엘라가 후드에서 미끄러지듯 내려와 일어서면서, 벨트에서 바지 뒷주머니까지 연결되어 있는 지갑 사슬이 후드를 긁었다.

"앗, 이런, 나의 실수. 스크래치가 생겨서 어쩌죠, 목사님."

"소환장이나 줘."

발렌수엘라는 뒷주머니에서 둥글게 만 서류를 꺼내 내 손바닥 위에 탁 내려놓았다.

"잘됐네. 덕분에 여기 하루 종일 죽치고 있지 않아도 되고." 발렌수엘라가 말했다.

그러고 나서 그는 내 어깨 너머로 켄달의 집을 바라보며 손을 흔들었다. 돌아보니 켄달이 거실 창밖을 내다보고 있었다. 내가 손을 흔들어 모든 게 잘됐다는 신호를 보내자 켄달은 커튼을 닫았다.

발렌수엘라를 돌아보니 핸드폰을 꺼내 소환장을 들고 있는 나를 찍고 있었다.

"그럴 필요 없는데." 내가 말했다.

"당신 같은 사람한텐 필요하다는 생각이 들기 시작했어." 그가 말했다.

"그건 그렇고, 제임스 마르코한테는 소환장 송달했어? 안 받겠다고 숨지 않았어?"

"이젠 아무것도 안 알려줄 거야, 믹. 그리고 아까 나한테 송달업무 맡기겠다고 했던 거, 순 뻥이었지?"

나는 어깨를 으쓱거렸다. 발렌수엘라는 이미 쓸모를 입증했으니 다리를 불살라 버리지는 말아야 한다는 걸 알고 있었다. 그러나 그가 사슬로 내 차를 긁은 것 때문에 화가 났다.

"아마도." 내가 말했다. "조사원이 있거든. 보통은 그 친구가 송달업무도 맡아서 하지."

"잘됐네. 당신하고 같이 일하고 싶진 않으니까. 나중에 보자고."

발렌수엘라가 떠났다. 나는 인도를 걸어가는 그의 뒷모습을 지켜보았다.

"그래, 나중에 또 보자고, 발."

나는 뒷좌석에 탄 후 얼에게 벤투라 대로를 거쳐서 스튜디오시티로 가자고 말했다. 켄달 로버츠가 운영한다는 요가 스튜디오를 보고 싶었다. 그녀에 대한 호기심 외에 다른 이유는 없었다. 그녀가 자신을 위해 무엇을 쌓았고 무엇을 지키고 있는지 내 눈으로 확인하고 싶었다.

"아까 수고했어, 얼." 내가 말했다. "덕분에 헛수고하지 않을 수 있었어."

얼이 거울로 나를 쳐다보면서 고개를 끄덕였다.

"제가 사람 좀 다룰 줄 알거든요." 그가 말했다.

"그렇더군."

나는 핸드폰을 꺼내 보고를 받기 위해 로나에게 전화를 걸었다. 로나는 나와 통화한 후로 별다른 일은 없었다고 했다. 다음 날 아침에 직원회의가 있다고 하자 시스코에게 들어서 알고 있다고 말했다. 나는 커피와 도넛을 5인분 준비하라고 말했다.

"왜 5인분이야? 누가 또 오는데?" 로나가 물었다.

"얼이 함께할 거야." 내가 말했다.

나는 백미러로 얼을 쳐다보았다. 눈만 보였지만 웃고 있다는 것을 알 수 있었다.

로나와 통화를 마친 후 시스코에게 전화를 했다. 그는 윌셔 대로에 있는 페라리 대리점에 있다고 했다. 베벌리 윌셔에서 스무 블록 정도 떨어진 곳인데, 야간에 고급 자동차들을 지키기 위해 보안카메라가 여러 대 설치되어 있다고 했다.

"설마 또 그 중절모 쓴 남자?" 내가 물었다.

"응."

시스코는 5개월째 시간이 날 때마다 중절모 쓴 남자를 쫓고 있었다. 베벌리 윌셔와 그 주변에서 그 남자의 얼굴이 찍혔거나 그가 글로리아 데이턴을 미행하기 위해 차에 타는 장면이 찍힌 카메라를 한 대도 찾을 수 없었다는 사실이 계속 마음에 걸렸던 것이다.

그날 밤 글로리아의 차를 운전했던 기사는 글로리아를 호텔에서 집까지 데려다주면서 이동한 경로를 시스코에게 정확히 말해주었다. 시스코는 시간이 날 때마다 보안카메라를 설치한 그 거리의 영업장과 주택들을 찾아다니면서 글로리아를 미행한 차를 찍은 카메라가 있는지 확인했다. 심지어 베벌리힐스와 웨스트할리우드, 로스앤젤레스의 교통국을 찾아가 그 경로의 교통 카메라를 살펴보기도 했다. 그 문제는 그의 직업적 자존심이 걸린 사안이 된 것이다.

반면에 나는 중절모 쓴 남자의 정체를 밝히겠다는 희망을 버린 지 오래였다. 그 길은 막다른 골목처럼 보였다. 동영상을 한 달 이상 저장하는 보안카메라는 거의 없다. 시스코가 문의한 영업장 대다수에서 글로리아 데이턴이 살해된 날 밤의 동영상은 없다는, 너무 늦게 왔다는 대답이 돌아왔다.

"그건 그만하지 그래." 내가 말했다. "할 일 목록에 최우선으로 적어놓을 이름이 있어. 그 여자부터 찾아줘, 최대한 빨리."

나는 시스코에게 트리나 래퍼티라는 이름을 알려준 뒤 그녀에 대해서 켄달 로버츠와 나눈 대화 내용을 들려주었다.

"아직도 성매매를 하고 있다면, 여기부터 마이애미에 이르기까지 전국 어디에라도 있을 수 있어. 그리고 심지어 이게 본명이 아닐지도 몰라." 시스코가 말했다.

"가까이에 있을 거야." 내가 말했다. "어쩌면 풀고니가 어딘가에 숨겨놨을 수도 있어. 찾아야 돼."

"알았어, 찾아볼게. 근데 왜 그렇게 서둘러? 찾아도 켄달 로버츠와 똑같은 말을 하지 않을까?"

"글로리 데이즈가 모야에게 덫을 놓아 체포되게 만든 비밀정보원이었다는 사실을 누군가가 알고 있었어. 켄달 로버츠는 아니야. 적어도 본인 말로는 자기가 아니래. 그렇다면 트리나 트리엑스가 남지. 내 생각엔 풀고니가 벌써 그 여자를 찾은 것 같아. 그 여자가 풀고니에게 무슨 말을 했는지 알고 싶어."

"알았어."

"좋아. 수고해."

나는 전화를 끊었다. 얼은 켄달 로버츠가 운영하는 플렉스라는 요가 스튜디오에 다 와간다고 말했다. 그 스튜디오 앞을 지나갈 때 그는 속도를 한껏 줄이고 느릿느릿 기어갔다. 문에 찍힌 영업시간을 보니 매일 오전 8시부터 오후 8시까지였다. 안에는 사람들이 있었다. 전부 여자였는데 모두 바닥에 깐 요가매트 위에서 개가 기지개를 켜는 자세를 하고 있었다. 전처가 예전부터 요가 신봉자여서 나도 그 자세를 알고 있었다.

켄달의 수강생들은 거리를 지나다니는 차 안에 앉은 사람들과 행인들에게 자신의 모습이 노출되는 게 기분 나쁘지는 않은지 궁금했다. 요가 자세 중에는 은근히 혹은 공공연히 에로틱한 자세가 많은데, 한 벽이 전면 창으로 이루어진 가게를 요가 스튜디오로 쓰는 게 낯설게 느껴졌다. 이런 생각을 하고 있는데 스튜디오 안에 있는 한 여자가 창가로 걸어와 두 손을 둥글게 말아 눈에 대고 망원경으로 나를 쳐다보는 시늉을 했다. 뭘 원하는지 분명히 알 수 있었다.

"가자, 얼." 내가 말했다.

얼이 가속페달을 밟았다.

"어디로요?"

"쭉 가서 아츠델리로. 샌드위치 사갖고 리걸 아저씨한테 가서 점심 먹게."

# 15

그날 밤 나는 켄달 로버츠의 집이 있는 거리에 링컨 차를 세워놓고 그녀가 돌아오기를 기다렸다. 그녀가 돌아오는 것을 보고, 8시 30분에 그녀의 집 현관문을 두드렸다.

"할러 변호사님, 무슨 일이에요?"

아까 본 옷차림 그대로인 걸 보니 요가 스튜디오에서 바로 온 것 같았다.

"별일은 아니고, 소환 건에 대해서는 잊어버려도 된다고 말해주려고요."

"무슨 말이에요? 진짜로 판사에게 갖고 갔어요?"

"그럴 필요가 없었어요. 여길 떠난 후에 보니까 소환장에 미 지방법원 직인이 찍혀 있지 않더라고요. 모야 사건은 연방법원에 있으니까 그 직인이 있어야 하는데, 없으면 법적인 효력이 없거든요. 내 생각엔 풀고니 변호사가 은근슬쩍 당신을 꾀어서 나오게 할 수 있나 보려고 소환장을 위조해서 송달한 것 같아요."

"왜 그렇게까지……, 나를 불러내려고 하는 거죠?"

나도 그게 의문이었다. 풀고니가 나에게 송달한 소환장은 법원 직인이 찍힌 합법적인 서류였다. 내게는 그렇게 합법적인 절차를 거쳐 소환장을 발부해 놓고 켄달의 것은 위조해서 보낸 이유가 무엇일까? 아직까지는 그 이유를 알 수가 없었다.

"좋은 질문이에요." 내가 말했다. "풀고니가 조용히 일을 처리하고 싶었다면, 적법하게 소환장을 발부받아 송달했겠죠. 그런데 그러지 않았어요. 대신 위조 소환장으로 당신을 협박해서 불러내려고 했죠. 내일 풀고니를 만나러 갈 건데 가서 왜 그랬는지 물어볼게요."

"아, 정말 혼란스럽네요……, 어쨌든 고마워요."

"혼란 없는 삶을 위하여, 우리 마이클 할러 변호사 사무소가 지향하는 목표죠."

싱긋 웃으면서 말하고 나니까 괜히 바보 같은 소릴 했다 싶어 후회가 되었다.

"근데 전화로 하지 그랬어요. 전화번호 알려줬잖아요. 여기까지 다시 올 필요는 없었는데."

나는 별 걱정을 다한다는 듯 얼굴을 찌푸리며 고개를 가로저었다.

"별일 아닌데요, 뭘. 딸이 전처와 함께 이 근처에 살아서 거기 가는 길에 잠깐 들른 거예요."

완전히 거짓말은 아니었다. 진짜로 전처가 사는 아파트 건물 앞을 지나면서 불이 켜진 아파트 창문을 물끄러미 바라보았었다. 딸이 자기 방에서 숙제를 하거나 친구들과 트위터나 페이스북을 하는 모습을 상상했다. 그러고는 켄달 로버츠를 만나러 온 것이다.

"그럼 다음 주 화요일에 그 변호사 사무실에 갈 필요가 없는 거네요?"

켄달이 물었다.

"그렇죠." 내가 말했다. "잊어버려요."

"그리고 법정에 가서 증언할 필요도 없고요?"

그건 중요한 문제였고, 내가 지킬 자신이 없는 약속은 하지 말아야 한다는 걸 나도 알고 있었다.

"내일 풀고니를 만나서 당신은 이 일과 아무 관련이 없다고 말해줄게요. 이 일에 관해서 쓸 만한 정보도 갖고 있지 않으니까 포기하라고. 그 정도면 알아듣겠죠."

"고마워요."

"별 말씀을 다."

그러고도 내가 갈 생각을 안 하자 켄달은 거리를 흘끗 내다보았다. 링컨차가 빨간색을 칠한 소화전 구역에 서 있었다.

"파트너는 어디 갔어요? 그 무례한 남자."

내가 웃음을 터뜨렸다.

"얼이요? 퇴근했죠. 실은 내 운전기사예요. 오늘 일은 다시 한번 사과할게요. 여기 와서 무슨 일이 생길지 몰라서 그랬어요."

"용서해 줄게요."

나는 가볍게 고개를 숙여 인사를 했다. 이젠 더 할 말도 없는데 현관 앞 계단에 서 있는 발이 떨어지질 않았다. 어색한 침묵이 흐르자 켄달이 침묵을 깼다.

"더 하실……."

"아, 미안해요, 멍 때리고 있었네요, 내가."

"괜찮아요."

"아뇨, 저기, ……실은 당신이 한 질문에 대답하고 싶어서 돌아왔어요. 아까 물어본 것."

"무슨 질문이요?"

켄달이 문에 몸을 기댔다.

"과거에 대해 물었잖아요. 과거 속에 사는 게 힘드냐고. 내 과거 속에 사는 게."

그녀가 고개를 끄덕였다. 기억이 났나 보았다.

"미안해요." 그녀가 말했다. "그렇게 빈정거리다니 주제넘은 짓을 했네요. 내가 뭐라고……."

"아뇨, 괜찮아요. 빈정거림이었든 아니든, 충분히 타당한 질문이었으니까. 집행관이 위조 소환장을 가져와서 문을 두드리는 바람에 대답을 못했지만."

"그래서 대답하러 온 거군요."

나는 어색한 미소를 지었다.

"네. 뭐, 그런 셈이죠. 난, ……우리 둘 다에게 과거는 의미가 있는 거라고 생각했어요."

나는 민망한 마음에 고개를 가로저으며 헛웃음을 지었다.

"이런, 무슨 말을 하는 건지 나도 모르겠네."

"잠깐 들어올래요, 할러 변호사님?"

"그럼 잠깐 들어갈까요? 근데 그렇게 부르지 말아요. 마이클이나 미키, 아니면 믹이라고 불러줘요. 글로리아는 나를 미키 맨틀이라고 불렀었죠."

켄달이 문을 활짝 열어 잡고 있는 동안 나는 집 안으로 들어갔다.

"또 가끔은 미키 마우스Mickey Mouth라고 불리기도 해요. 변호사가 대변인 역할을 하니까."

"그렇군요. 레드와인 한잔 하려던 중인데, 어때요?"

나는 더 센 술은 없냐고 물으려다가 그만두었다.

"그래요, 고마워요."

켄달이 현관문을 닫았고 우리는 와인을 가지러 함께 주방으로 갔다. 그녀가 내게 한 잔을 건넨 후 자기도 한 잔 따라 들었다. 그녀가 조리대에 기대서서 나를 바라보았다.

"건배." 내가 말했다.

"건배." 그녀가 말했다. "뭐 하나 물어봐도 돼요?"

"물어봐요."

"여기 다시 온 것, 다른 목적이 있어서 온 건 아니죠?"

"다른 목적이라뇨? 무슨 뜻이죠?"

"그러니까 여자를 만나러 온 건 아니냐고요……, 나 같은."

"무슨 말인지……."

"나 은퇴했어요. 이젠 그런 일 안한다고요. 혹시 소환장 문제를 도와준 게 그런 목적이 있어서……."

"아뇨, 그런 거 절대 아닌데. 미안해요. 당황스러워서 그만 가야겠군요."

나는 와인 잔을 조리대 위에 놓았다.

"당신 말이 맞네요." 내가 말했다. "전화로 했어야 했는데."

현관을 향해 걸어가는데 켄달이 나를 불러 세웠다.

"잠깐만요, 미키."

내가 돌아보았다.

"전화로 했어야 한다고 말하지 않았어요. 전화로 할 수도 있었을 텐데라고 했죠. 둘은 뜻이 엄연히 다른 거예요."

켄달은 내 잔을 들어 내게로 가져왔다.

"미안해요." 그녀가 말했다. "그 문제를 확실히 해두고 싶었어요. 내 과거가 내 현재에 아직도 얼마나 큰 영향을 미치고 있는지 알면 놀랄 거예요."

나는 고개를 끄덕였다.

"이해해요."

"가서 앉아서 얘기해요, 우리."

우리는 거실로 가서 아까 앉았던 것처럼 커피 테이블을 가운데 두고 서로 마주보고 앉았다. 처음에는 대화가 부자연스러웠다. 따분한 인사말을 주고받았고, 나는 와인 전문가인 양 와인을 칭찬했다.

나는 어떻게 요가 스튜디오를 하게 되었는지 물었고, 켄달은 콜걸 시절에 인연을 맺었던 손님이 초기 자본을 빌려주었다고 사무적으로 설명했다. 그 이야기를 듣자 내가 글로리아 데이턴을 도우려고 애쓰던 일이 생각났지만, 결과는 분명히 달랐다.

"콜걸 중에는 그 일을 그만두기를 진심으로 원하지 않는 여자들도 많아요." 켄달이 말했다. "필요한 걸 얻을 수 있으니까. 여러 면에서 말이죠. 그래서 벗어나고 싶다고 말은 해도 실행에 옮기지는 않아요. 근데 난 운이 좋았어요. 벗어나고 싶었고, 도와줄 사람도 있었으니까. 당신은 어떻게 변호사가 됐어요?"

켄달이 능숙하게 바통을 넘겼고, 나는 늘 하던 대로 가업을 잇고 있는 거라고 설명했다. 내 아버지는 미키 코헨의 변호사였다고 말했지만, 그녀의 눈은 아무런 반응도 보이지 않았다.

"당신이 태어나기 훨씬 전에, 그러니까 4~50년대에 이 도시에서 활동하던 조직폭력배였어요. 일대기를 그린 영화까지 나온 걸 보면 꽤 유명한 사람이었죠. 유태인 갱단의 일원이었어요. 벅시 시걸과 함께."

벅시 시걸이라는 이름에도 그녀는 아무런 반응을 보이지 않았다.

"아버지가 40년대에 활동하셨다면 당신을 늦둥이로 낳으셨나 보네요."

나는 고개를 끄덕였다.

"두 번째 결혼에서 태어났죠. 계획한 임신은 아니었던 것 같고."

"부인이 젊었나 보죠?"

나는 다시 고개를 끄덕였고 대화가 다른 방향으로 흘러가기를 바랐다. 이 모든 것이 나 스스로 알아낸 거였다. 카운티 기록을 찾아보았다. 아버지는 첫 번째 부인과 이혼하고 두 달도 채 되지 않아 재혼을 했다. 나는 재혼 후 5개월 만에 세상에 나왔다. 어떻게 된 사연인지 알아내기 위해서 법학 학위가 필요하진 않았다. 어렸을 때 들은 이야기로는 내 어머니는 멕시코 출신으로, 멕시코에서 유명한 배우였다는데, 나는 집안 어디에서도 영화 포스터나 신문 스크랩 기사, 광고용 스틸 사진 한 장 본 적이 없었다.

"이복형이 있는데 LA 경찰국에서 근무해요." 내가 말했다. "강력계 형사죠."

그 이야기를 왜 했는지 몰랐다. 아마도 화제를 바꾸기 위해서였던 것 같다.

"아버지가 같아요?"

"네."

"형이랑 잘 지내요?"

"네, 뭐, 그럭저럭. 2~3년 전까지만 해도 서로의 존재도 모르고 살았어요. 그러니까 아주 가까운 사이라고는 할 수 없겠네요."

"재밌지 않아요? 서로의 존재도 모르고 살았는데, 당신은 변호사가 되고 형은 경찰이 되고."

"그러네, 재밌군요."

나는 우리가 걷고 있는 길에서 벗어나길 간절히 바랐지만, 그렇게 해줄 화제가 떠오르지 않았다. 결국 켄달이 화제를 바꾸긴 했지만 대답하기 고통스럽기는 마찬가지였다.

"전처 이야기를 했는데, 그럼 지금은 독신이에요?"

"네. 실은 결혼 두 번 했어요. 근데 재혼은 별 의미가 없어요. 빨리 끝났고 고통스럽지도 않았으니까. 우리 둘 다 실수라는 걸 깨달았고, 지금도 친구로 지내고 있죠. 사실 두 번째 전처는 내 사무실에서 일하고 있어요."

"그럼 첫 번째 결혼은요?"

"첫 번째 전처와의 사이에 딸이 있어요."

켄달은 자식이 있는데 이혼을 하면 복잡한 문제들이 생긴다는 것을 이해한다는 듯 고개를 끄덕였다.

"그럼 딸아이 엄마하고는 잘 지내고 있고요?"

나는 슬픈 표정으로 고개를 가로저었다.

"아뇨, 지금은 좀. 사실 현재는 딸아이하고도 사이가 좋지 않아요."

"저런."

"그러게요."

나는 와인을 한 모금 더 마신 후 켄달을 바라보았다.

"당신은 어때요?" 내가 물었다.

"나 같은 사람들은 오래도록 지속적인 관계를 맺지 않아요. 스무 살때 결혼했고 1년 만에 이혼했어요. 아이도 없고. 정말 다행이죠."

"전 남편이 어디 사는지 알아요? 어떻게 지내는지 알고 있고요? 전처와 나는 동종업계에서 일을 해요, 법조계에서. 그래서 가끔 법원에서 마주치곤 하죠. 전처는 내가 복도를 걸어오는 게 보이면 방향을 바꿔 딴 데로 가버리곤 해요."

켄달이 고개를 끄덕였지만 동정하는 기색은 보이지 않았다.

"전 남편한테서 마지막으로 소식이 온 건 10년 전이었어요." 그녀가 말했다. "펜실베이니아의 교도소에서 편지를 썼더라고요. 내 차를 팔아서 다달이 영치금을 넣어달라는데, 답장 안 했어요. 아직도 거기 있을 거예요, 아마."

"우와, 전처한테 무시당하는 내가 비극의 주인공인줄 알았더니, 비극의 주인공은 따로 있었구면."

내가 잔을 들어 건배를 제안하자 켄달은 내 말에 동의한다는 듯 고개를 끄덕였다.

"근데, 당신이 다시 온 진짜 이유가 뭐죠?" 그녀가 물었다. "글로리에 대해서 더 듣고 싶어서?"

나는 거의 다 마신 내 와인 잔을 내려다보았다. 이것이 모든 일의 끝일 수도 있고, 시작일 수도 있었다.

"글로리에 대해서 내가 더 알아야 할 게 있다면 당신이 얘길 해주겠죠, 아닌가요?"

켄달이 얼굴을 찌푸렸다.

"아는 건 이미 다 말했어요."

"그렇다면 당신 말을 믿을게요."

나는 와인을 다 마시고 나서 잔을 테이블에 내려놓았다.

"와인 고마워요, 켄달. 그만 가볼게요."

켄달은 나를 현관으로 안내하더니 나를 위해 현관문을 열어 잡고 있어주었다. 나는 그녀의 팔을 살짝 스치며 지나갔다. 다음에 또 만날 가능성을 열어둘 말을 생각해 내려고 애를 썼다. 그녀가 나보다 먼저 그 말을 했다.

"다음에 만날 땐 죽은 여자보다는 나에게 더 많은 관심을 보이길 바라요."

돌아보니 켄달이 문을 닫고 있었다. 내가 고개를 끄덕였지만 그녀는 어느새 사라지고 없었다.

# 16

포 그린 필즈에서 주문 마감시각이 지나고 나서 패트론 딱 한 잔만 더 달라고 랜디에게 통사정을 하고 있는데, 바 위에 놓아둔 핸드폰 화면이 밝아졌다. 늦게까지 일하고 있는 시스코였다.

"시스코?"

"깨웠으면 미안해, 믹. 근데 깨워주길 바랄 거라고 생각했어."

"아냐, 괜찮아. 무슨 일이야?"

랜디는 뭉그적거리는 술꾼들을 쫓아내고 싶었는지 불을 모두 켜서 실내를 환하게 밝히고는 〈이제는 우리가 헤어져야 할 시간〉을 술집 안이 떠나가게 틀어놓았다.

나는 부랴부랴 음소거 버튼을 누른 후 걸상에서 내려와 문을 향해 걸어갔다.

"이게 무슨 소리야?" 시스코가 물었다. "여보세요, 믹?"

나는 밖으로 나오자마자 핸드폰의 음소거를 해제했다.

"미안, 아이폰이 맛이 갔네. 어디야? 일은 어떻게 되어가고 있어?"

"스탠더드 호텔 밖에 있어. 트리나 트리엑스는 안에서 자기 할 일을 하고 있고. 근데 그것 때문에 전화한 건 아냐. 그것 때문이라면 기다렸다가 나중에 했겠지."

나는 트리나를 어떻게 찾았느냐고 묻고 싶었지만 시스코의 목소리에서 다급함을 감지했다.

"그래, 그럼 못 기다리고 전화한 이유는?"

나는 다시 음소거 버튼을 누르고 차에 탄 후 문을 닫았다. 켄달 로버츠와 와인을 마시고 나서 테킬라를 마시러 온 건 어리석은 짓이었다. 그러나 그녀의 집을 나서면서 뭔가 실수를 한 것 같은 찜찜한 기분이 들어, 패트론으로 그런 생각들을 지워버리고 싶었다.

"가끔씩 내 일을 봐주는 친구한테 전화를 받았어, 조금 전에." 시스코가 말했다. "전에 말했던 페라리 대리점 알지?"

"응, 윌셔에 있는 거."

"맞아. 거기서 대박이 났어. 동영상을 많이 찾았어. 디지털 동영상을 클라우드에 1년간 보관하더라고. 한마디로 땡잡은 거지."

"중절모 쓴 친구 얼굴이 나왔어?"

"아니, 그 정도로 운이 좋진 않았고. 아직 얼굴은 안 나왔어. 그래도 사건 당일 밤 동영상을 확인하다가 글로리아와 운전기사가 탄 차가 지나가는 걸 찾았어. 그러고 네 대 뒤에 머스탱이 따라오는데 우리가 찾는 친구 같아. 중절모를 썼는데, 90퍼센트는 확실해, 우리 친구라는 게."

"그렇군."

"대리점 외부에 설치된 카메라 한 대는 대리점 앞길의 동쪽을 찍고 있더라고. 그 카메라에서 머스탱을 확인했어."

"차량번호를 알아냈단 말이네."

"빙고. 번호를 알아내서 친구한테 줬더니 오늘밤에 출근하고 나서 전화를 했더라고."

시스코가 말한 '친구'란 경찰조직에 있는 그의 정보원을 뜻했다. 야간 근무 중인 그 정보원이 차량번호를 조회해 준 것이다. 컴퓨터 데이터베이스에 있는 정보를 외부에 유출하는 것은 캘리포니아에서는 불법이었다. 그래서 나는 시스코가 말하려는 정보를 제공한 사람이 누구인지 캐묻지 않았다. 시스코가 그 중절모 남자의 이름을 말해주기를 기다렸다.

"그 머스탱 번호판을 조회해 보니까 리 랭크포드라는 남자 거더라고. 근데 말이야, 그 사람 경찰공무원이야. 내 친구 말로는 주소지가 안 뜨는 걸 보니 확실하대. 경찰을 그런 식으로 보호한다는군. 경찰공무원이 개인차량을 등록할 때 거주지를 블록 처리 할 수 있대. 어쨌든 지금부턴 어디서 근무하는지, 글로리아를 미행한 이유가 뭔지 알아내야 돼. 벌써 알아낸 건 있어. LA 경찰국 소속은 아니야. 내 친구가 확인해 줬어. 요는 말이야, 믹. 함정에 빠졌다는 우리 의뢰인의 주장이 사실일지 모른다는 생각이 들기 시작했다는 거야."

시스코가 머스탱 차주의 이름을 말한 뒤로는 아무 말도 들리지 않았다. 나는 그 경주에서 이탈하여 랭크포드라는 이름과 함께 달리고 있었다. 시스코는 8년 전 내가 그 거래를 할 때 나와 함께 일하지 않았기 때문에 그 이름을 듣고도 알아차리지 못했을 것이다. 그 거래에 따라 글로리아 데이턴이 검찰에 헥터 모야의 이름을 댔고, 검찰은 모야를 연방기관에 넘겨주었다. 물론 그 당시 랭크포드가 그 거래와 관련이 있었던 건 아니었고, 먹이 냄새를 맡은 포식자처럼 주변을 염탐하고 다니고 있었다.

"랭크포드는 글렌데일 경찰국에서 일하다가 은퇴했어." 내가 말했다. "현재는 검찰수사관으로 일하고 있고."

"아는 사람이야?"

"응. 라울 레빈 피살사건을 수사한 형사야. 나를 살인용의자로 지목했던 사람이지. 그리고 이번에 라 코세가 법정에 첫 출두했을 때 만났어. 이 사건 담당 검사의 수사관이래."

나는 시스코의 휘파람소리를 들으며 차를 출발시켰다.

"그러니까, 정리해 보면, 글로리아 데이턴이 살해당한 날 밤 랭크포드가 글로리아를 미행했단 말이군. 아마도 집까지 따라갔을 거고, 한 시간쯤 뒤엔 글로리아가 자기 아파트에서 살해되고." 시스코가 말했다.

"그러고 나서 이틀 후 피의자의 첫 출두 때 법정에 나타나지." 내가 말했다. "데이턴 피살사건 담당 검사의 수사관으로."

"이건 우연이 아니네, 믹. 이런 우연이 어디 있어."

나는 차에 혼자 있는데도 고개를 끄덕였다.

"함정이야." 내가 말했다. "안드레가 진실을 말하고 있었던 거야."

글로리아 데이턴 사건 자료를 봐야 하는데 제니퍼 애런슨이 갖고 있었다. 파일을 보려면 다음 날 아침 직원회의 때까지 기다려야 했다. 그때까지 8년 전 내가 랭크포드 형사를 처음 만나고 내 조사원 피살사건의 핵심 용의자가 되었던 때를 되살려 보기로 했다.

통화 첫 머리에 시스코가 했던 말이 갑자기 생각이 났다.

"지금 트리나 트리엑스를 미행 중이라고?"

"응, 찾기 어렵지 않던데. 어떤 곳에 사는지 알아나 보자 싶어서 그 여자 집 앞을 지나가고 있는데 마침 나오더라고. 그래서 여기까지 쫓아왔어. 일하는 방식이 글로리아와 같은 식이야, 운전기사가 있고, 기타 등등. 호텔로 들어간 지 40분 정도 됐어."

"알았어. 내가 거기로 갈게. 그 여잘 만나야겠어. 지금."

190

"그래, 만날 수 있게 준비해 놓을게. 근데 운전 괜찮아? 한잔 한 거 같은데."

"괜찮아. 가면서 커피 사 마실 거야. 내가 갈 때까지 잘 붙들고 있어."

# 17

시내에 있는 스탠더드 호텔에 도착하기 전에 시스코가 스프링 거리에 있는 트리나의 아파트 주소를 알려주며 그리로 오라고 문자를 보냈다. 그러고 나서 얼마 후에 다시 문자가 왔는데, 이번에는 오는 길에 현금인출기에 들러 돈을 찾아오라고 적혀 있었다. 트리나가 입을 여는 대가를 원한다고 했다. 마침내 그 주소지에 도착해 보니 그곳은 경찰국 신청사 뒤에 있는 공장을 개조한 건물인 로프트로, 리모델링이 된 건물이었다. 로비 현관문이 닫혀 있어서 12C호로 인터폰을 하자 대답을 하며 문을 열어준 사람은 내 조사원이었다.

12층으로 올라가 엘리베이터에서 내렸더니 시스코가 12C호의 현관문을 열어놓고 기다리고 있었다.

"스탠더드에서 여기까지 쫓아와서 운전기사가 트리나를 내려주고 갈 때까지 기다렸어." 시스코가 설명했다. "운전기사가 빠지면 일이 좀 더 수월하겠다 싶어서."

나는 고개를 끄덕인 후 열린 문 안을 들여다보았지만 집 안으로 들어가지는 않았다.

"얘기하겠대?"

"그건 당신이 현금을 얼마나 가져왔느냐에 달렸어. 뼛속까지 장사꾼이더라고."

"충분히 가져왔어."

나는 시스코 옆을 지나 아파트 안으로 들어갔다. 창문 너머로 경찰국 본부 건물과 관청가가 펼쳐져 있었고, 중앙에 보이는 시청 타워에는 불이 켜져 있었다. 깨끗한 고급 아파트였지만, 가구가 별로 없었다. 이사를 들어온 지 얼마 안 됐거나 이사를 가려고 짐을 빼는 중인 것 같았다. 트리나 래퍼티는 크롬 다리받침이 있는 흰색 가죽 소파에 앉아 있었다. 검은색의 짧은 칵테일 드레스를 입고 섹시하게 다리를 꼬고 앉아서 담배를 피우고 있었다.

"돈 줄 거야, 자기야?" 트리나가 물었다.

나는 거실로 들어가서 그녀를 내려다보았다. 트리나 래퍼티는 마흔이 다 되어가고 있었고, 지친 모습이었다. 머리는 약간 헝클어지고, 립스틱은 번져 있었으며, 눈가에는 아이라이너가 뭉쳐 있었다. 수많은 긴 밤을 보낸 후에 또 한 번 긴 밤을 보내고 온 모습이었다. 본 적도 없고 앞으로 다시 볼 일도 없을 남자와 섹스를 하고 막 집에 돌아온 듯했다.

"어떤 이야기를 해주느냐에 달렸지."

"선금 안 주면 얘기 안 할 건데."

나는 보나벤처 호텔 로비에 있는 ATM기에 들러서 최대 한도액인 4백 달러를 두 번 인출했다. 인출액은 1백 달러, 50달러, 10달러 지폐로 나왔고, 그 돈을 주머니 두 곳에 나눠 넣어 왔다. 먼저 4백 달러를 꺼내 커피 테이블 위, 담배꽁초가 수북한 재떨이 옆으로 툭 던졌다.

"4백 달런데, 이 정도면 선금으로 충분하지 않을까?"

트리나는 돈을 두 번 접어서 신고 있던 하이힐 한 짝의 바닥에 깔고 다시 신었다. 그 모습을 보니 언젠가 글로리아에게 들은 말이 기억났다. 그녀는 현금으로 받은 화대는 항상 하이힐에 넣어둔다고 했다. 하이힐은 보통 끝까지 벗지 않기 때문에 그렇게 한다고, 섹스를 하는 동안에도 하이힐을 신고 있기를 바라는 고객이 많다고 했다.

"좋아." 트리나가 말했다. "물어봐."

나는 이곳으로 운전하고 오는 동안 무엇을 어떻게 물어볼지 생각해 두었다. 트리나 트리엑스를 조사하는 것은 이번이 처음이자 마지막이 될 것 같은 느낌이 들었다. 내가 트리나를 만난 것을 풀고니 팀이 알게 되면 그녀에게 다시 접근할 기회를 차단하려고 할 테니까.

"제임스 마르코와 헥터 모야에 대해서 얘기해 줘."

트리나가 깜짝 놀라 몸을 뒤로 젖히더니 벌떡 일어섰다. 그러고는 몇 초간 아랫입술을 쑥 내밀고 있다가 대답했다.

"그 사람들 얘기인 줄은 몰랐네. 그 사람들 얘기를 듣고 싶으면 돈을 더 내야 돼, 자기야."

나는 망설임 없이 주머니에서 나머지 인출액을 꺼내 테이블로 던졌다. 그 돈은 트리나의 하이힐 다른 짝 속으로 사라졌다. 나는 테이블을 가운데 두고 트리나의 바로 맞은편에 있는 오토만 의자에 앉았다.

"자, 이제 들어볼까." 내가 말했다.

"마르코는 마약단속국 요원인데 헥터에게 눈독을 들이고 있었어." 트리나가 말했다. "잡고 싶어 안달을 하더니 결국 잡더라고."

"당신은 마르코를 어떻게 알았지?"

"마르코한테 체포됐으니까."

"언제?"

"함정을 팠더라고. 손님으로 가장하고 콜을 했어. 섹스와 코카인 둘 다 원한다고 해서 가져갔다가 현장에서 체포됐어."

"그게 언젠데?"

"한 10년 됐나. 정확한 날짜는 기억 안 나지, 물론."

"마르코와 거래를 했어?"

"응, 나를 풀어주는 대신 정보를 달라대. 마르코가 전화를 하곤 했어."

"어떤 정보?"

"내가 고객한테서 듣거나 고객에 대해 알게 된 정보. 그런 정보를 물어다주겠다고 약속하면 놓아주겠다고 했어. 그 사람 항상 정보에 굶주려 있었어."

"헥터에 관한 정보에 굶주렸겠지."

"어, 아니. 헥터에 대해서는 모르고 있던데. 적어도 내가 정보를 주진 않았어. 내가 그렇게 어리석거나 절박하진 않았거든. 헥터를 넘기느니 차라리 내가 잡혀 들어가고 말지. 헥터는 카르텔 간부였어, 무슨 뜻인지 알지? 그래서 마르코한텐 자잘한 정보만 줬어. 사내들이 섹스하면서 떠벌이는 얘기들 말이야. 자기가 크게 한 건 한 이야기나 앞으로 뭘 할 계획이라던가 뭐 그런 거. 남자들은 항상 말로 보상을 하려고 하더라. 무슨 말인지 알지?"

나는 고개를 끄덕였다. 그러나 그녀의 말에 동의함으로써 나 자신을 노출시키고 있는지 어떤지는 알 수 없었다. 나는 트리나의 이야기에 집중하려고 했고, 그녀의 이야기가 글로리아 사건과 관련하여 최근에 일어난 일들과 어떻게 맞아 들어가고 있는지 알아내려고 애를 썼다.

"그러니까 당신이 헥터를 마르코에게 넘겨준 게 아니었군." 내가 말했다. "그럼 누가 넘겨줬지?"

나는 간접적으로나마 글로리아 데이턴이 모야를 넘겨줬다는 사실을 알고 있었지만, 트리나는 어떻게 알고 있는지 모를 일이었다.

"어쨌든 난 아니라는 말 밖에 못하겠어, 자기야." 트리나가 말했다.

나는 고개를 가로저었다.

"그 정도로는 안 돼, 트리나. 8백 달러 값어치를 못하잖아."

"그럼, 어쩌라고. 입으로 한번 해줄까, 서비스로? 그거야 뭐 어렵지 않고."

"아니, 숨기는 거 없이 다 얘기해 줘. 당신이 슬라이 풀고니에게 했던 얘기 전부 다."

트리나는 내가 헥터 모야를 처음 언급했을 때처럼 몸을 부르르 떨었다. 풀고니라는 이름을 듣고 깜짝 놀랐지만 곧 마음을 다잡은 것 같았다.

"슬라이는 어떻게 알아?"

"그냥 알아. 그 돈 갖고 싶으면, 풀고니한테 한 얘기 전부 다 해줘, 하나도 빠짐없이."

"근데 그건 변호인과 의뢰인 간의 의무를 어기는 거 아냐? 정확한 표현은 모르겠지만."

나는 고개를 가로저었다.

"잘못 알고 있는 거야, 트리나. 당신은 의뢰인이 아니라 증인이야. 풀고니의 의뢰인은 헥터 모야지. 자, 말해봐, 풀고니에게 무슨 말을 했어?"

나는 몸을 앞으로 숙이고 그녀를 쳐다보며 대답을 기다렸다.

"마르코가 체포해서 끄나풀로 써먹었던 아가씨 얘길 해줬어. 나처럼 말이야. 근데 마르코가 걔를 완전히 자기 마음대로 갖고 놀더라고. 어떻게 그럴 수 있었는지는 모르겠지만. 아마도 걔가 체포될 때 갖고 있던 게 나보다 많았나 봐."

"코카인을 더 많이 갖고 있었다는 말이야?"

"응. 그리고 전과도 지저분하게 많았어. 그러니까 뭔가 엄청 큰 거를 내놓지 않으면 자기가 큰 타격을 입게 생겼던 거지. 무슨 말인지 알아?"

"응."

대다수의 마약사범 수사는 그런 식으로 이루어졌다. 잔챙이가 큰 물고기를 내놓는 식이었다. 나는 그 세계에서 일이 어떻게 돌아가는지 잘 알고 있는 것처럼 고개를 끄덕였지만, 내 의뢰인과 마약단속국이 맺은 거래의 자세한 내용은 모르고 있었다는 것을 깨닫고 다시 한번 수치심을 느꼈다. 트리나가 얘기하는 끄나풀은 글로리아 데이턴이 분명했고, 트리나는 내가 모르는 이야기를 하고 있었다.

"그러니까 당신 친구가 헥터를 넘겨준 거구나." 내가 말했다. 나 자신의 실패에 대해 깊이 생각할 여유가 없게 이야기가 계속되기를 바랐다.

"그런 셈이지."

"그런 셈이라니? 넘겨줬다는 거야, 넘겨주지 않았다는 거야?"

"넘겨줬다고. 걔가 그랬어, 마르코가 시켜서 헥터의 호텔 방에 총을 숨겨뒀다고. 연방요원들이 덮쳤을 때 혐의를 추가해서 평생을 감옥에서 썩게 하려고 그런 거래. 헥터는 똑똑한 사람이었어. 큰 사건이 될 정도로 방에 많이 놔두질 않았다고. 겨우 5~60그램 정도만 놔뒀지. 그것보다 적을 때도 있었고. 하지만 총은 모든 걸 바꿔놓을 수 있었지. 총을 그 방에 갖다놓은 아가씨가 바로 글로리였어. 섹스가 끝나고 헥터가 잠이 든 걸 확인한 다음에 지갑에서 총을 꺼내 매트리스 밑에 숨겼다고 하더라고."

그 말을 들은 내 감정은 깜짝 놀랐다는 말로는 부족했다. 지난 몇 달에 걸쳐 나는 어떤 식으로든 글로리아에게 이용당했다는 사실을 받아들이게 되었다. 그러나 트리나 래퍼티의 이야기가 사실이라면, 그 속임수와 조작은 거의 완벽에 가까운 수준이었고 나는 그 속에서 내가 맡은 역할을 했던 거였다. 내가 의뢰인을 위해 모든 것을 조종하면서 변호사 역할을 충실히 하고 있다고 생각했는데, 사실은 내 의뢰인과 그녀를 사주하던 마약단속국 요원이 나를 조종한 거였다.

트리나가 펼쳐 보이는 시나리오에 의문점이 많았다. 그중에서 왜 그 사기극에 내가 들어가야 했는지가 제일 궁금했다. 그러나 당장은 다른 것들을 먼저 생각해야 했다. 이런 일들이 공개되면 더욱 치욕스러울 것 같았는데, 내 앞에 있는 창녀가 하는 말을 들어보면 지금 일이 그 방향으로 진행되고 있다는 것을 알 수 있었다.

나는 지금 느끼고 있는 위축감을 드러내지 않으려고 목소리에 힘을 주어 다음 질문을 던졌다.

"글로리라면 글로리아 데이턴 말하는 거야? 당시에 글로리 데이즈라고도 불렸던?"

트리나가 대답하기 전에, 커피 테이블에 있던 아이폰이 진동하기 시작했다. 트리나가 반갑게 받아들었는데, 마지막으로 콜을 한 번 더 받고 하루 일을 끝내고 싶은 것 같았다. 그녀가 액정화면을 들여다봤지만 발신자 표시가 제한돼 있었다. 그래도 그녀는 전화를 받았다.

"안녕, 자기야, 트리나 트리엑스……."

트리나가 상대방의 말을 듣는 동안 나는 시스코를 흘끔거리며 표정을 살폈다. 트리나와 내가 나누는 이야기를 듣고 내가 나도 모르는 사이에 그 못된 마약단속국 요원의 작전에 걸려들었다는 사실을 알아차렸는지 궁금했다.

"그리고 또 한 명 있어요." 트리나가 핸드폰에 대고 말했다. "이 남자는 당신이 내 변호사가 아니라고 하던데."

나는 트리나를 쳐다보았다. 잠재 고객의 전화가 아니었다.

"풀고니야?" 내가 물었다. "나 좀 바꿔줘."

트리나는 살짝 망설였지만 곧 상대방에게 기다리라고 한 뒤 핸드폰을 내게 건네주었다.

"풀고니. 다시 전화한다더니." 내가 말했다.

잠깐 침묵이 흐른 후 들려온 목소리는 내가 아는 아들 실베스터 풀고니의 목소리가 아니었다.

"그래야 되는지 몰랐네."

그제야 나는 빅터빌 연방교도소에 있는 아버지 슬라이 풀고니와 통화를 하고 있다는 사실을 깨달았다. 면회객이나 교도관이 몰래 넣어준 핸드폰으로 전화를 건 게 틀림없었다. 교도소에 수감된 내 의뢰인들 중에는 사용시간이 몇 분 안 남은 일회용 핸드폰으로 내게 전화를 걸어오는 사람들이 많았다.

"아드님이 다시 전화 주기로 했거든요. 어떻게 지내십니까?"

"그럭저럭 지내지. 11개월 후면 여길 나간다네."

"내가 여기 있는 건 어떻게 아셨죠?"

"몰랐네. 트리나한테 그냥 안부전화 한 걸세."

나는 그 말을 믿지 않았다. 트리나가 내게 핸드폰을 건네기 전에 그가 나에 대해 구체적으로 물은 것 같았었다. 그러나 더 추궁하지 않기로 했다, 아직은.

"내가 뭘 도와줄까, 할러 변호사?"

"글쎄요……, 지금 트리나와 이야기를 나누는 중인데요, 내가 당신을 위해 무엇을 하게 될지 궁금해지는군요. 소환장 받았고요, 당신이 모야를 위해서 어떤 작전을 짜고 있는지 생각해 보고 있는 중이죠. 그리고 미리 말씀드리는데, 나는 남들 앞에서 바보 되는 걸 별로 안 좋아합니다, 특히 공개 법정에서는."

"이해하네. 하지만 바보짓을 했으면, 바보가 돼야지, 어쩌겠나. 피해 갈 수 없지. 진실이 밝혀지는 걸 볼 준비를 해야 할 걸세. 한 사람의 자유가 달린 문제니까."

"명심하겠습니다."

나는 전화를 끊고 나서 핸드폰을 테이블 너머로 트리나에게 건네주었다.

"뭐래?" 트리나가 물었다.

"별 얘기 없던데. 그 사람들은 얼마 주겠대?"

"응?"

"이거 왜 이래, 트리나, 장사꾼이. 질문 몇 개 하는 데도 돈을 받아놓고. 판사를 위해 진술하는 대가를 당연히 요구했겠지. 얼마야? 이미 진술을 받아갔어?"

"무슨 말을 하는 건지 모르겠네. 한 푼도 안 받았거든."

"그럼 이 집을 빌려줬어? 가까이에 두려고?"

"무슨 소리야! 여긴 내 집이야. 이제 그만 가줘. 둘 다 나가라고, 지금 당장!"

나는 시스코를 흘끗 쳐다보았다. 좀 더 버틸 수도 있었지만, 내 돈 8백 달러의 약발이 다 떨어진 것은 분명했다. 트리나는 이야기를 끝낸 거였다. 트리나가 전화기를 내게 건네주기 전에 풀고니가 무슨 말을 했는지는 모르겠지만, 그 말이 그녀의 입을 틀어막은 셈이었다. 이젠 떠날 때가 되었다.

나는 일어서서 시스코에게 고갯짓으로 문을 가리켰다.

"시간 내줘서 고마워." 내가 트리나에게 말했다. "또 만나자고."

"꿈도 꾸지 마."

우리는 아파트를 나왔고 엘리베이터가 오기를 기다려야 했다. 나는 트리나의 집 현관으로 돌아가서 문에 귀를 대고 들어보았다. 누군가에게, 아마도 슬라이 주니어에게 전화를 할 거라고 생각했는데 아무 소리도 들리지 않았다.

엘리베이터가 와서 타고 내려갔다. 시스코는 말이 없었다.

"왜 그래, 떡대?" 내가 물었다.

"아무것도 아냐, 그냥 생각 좀 하느라고. 풀고니는 방금 전에 전화를 해야 한다는 걸 어떻게 알았을까?"

저절로 고개가 끄덕여졌다. 좋은 질문이었다. 생각해 보지 않은 문제였다.

우리는 아파트 건물을 나와 스프링 거리로 걸어갔다. 경찰국 본부 옆 거리에는 텅 빈 순찰차 두 대 말고는 아무것도 없었다. 새벽 2시가 넘은 시각이라 어디에도 사람 그림자 하나 보이지 않았다.

"내가 미행을 당했다고 생각해?" 내가 물었다.

시스코는 잠깐 생각하더니 고개를 끄덕였다.

"어떻게 된 건지는 몰라도, 우리가 트리나를 찾아냈다는 걸 풀고니가 알았잖아. 우리가 트리나를 만나고 있다는 것도 알고 있었고."

"왠지 불길하군."

"내일 당신 차는 검사 맡기고 당신한텐 인디언을 두 명 붙여줄게. 미행이 붙은 건지 어떤지 금방 알 수 있을 거야."

시스코가 맞대응 감시에 동원하는 동료들은 틈 속으로 사라지는데 대단히 능숙해서 그는 그들을 인디언이라고 불렀다. 옛날 서부영화에서 백인 정착민들에게 전혀 들키지 않고 백인들의 마차 행렬을 뒤쫓던 인디언들에서 따온 것이었다.

"그래, 그렇게 해줘." 내가 말했다. "고마워."

"차를 어디다 세웠어?" 시스코가 물었다.

"저 위 경찰국 앞에. 안전할 거라고 생각했지. 자넨?"

"여기 이 뒤에. 혼자 갈래, 아니면 에스코트 해줄까?"

"혼자 갈게. 내일 회의 때 보자."

"그래, 참석할게."

우리는 헤어져서 각자 다른 방향으로 걸어갔다. 나는 시내에서 가장 안전한 곳에 주차해 놓은 내 차에 도착할 때까지 세 번이나 뒤를 돌아보았다. 차에 타고 나서는 집까지 가는 동안 한쪽 눈은 계속 백미러를 주시하고 있었다.

# 18

나는 지친 몸을 질질 끌고 직원회의에 제일 늦게 출석했다. 불과 두세 시간 전에 집에 들어가서는 만일을 위해 모셔둔 패트론 실버를 기어이 따고 말았다. 저녁에 술을 마시고, 시내로 가서 트리나 래퍼티를 만난 후, 미행을 당하는 것 같다는 생각에 불안해하며 집에 돌아와 또 술을 마신 터라, 두세 시간 선잠을 자다가 알람소리를 듣고 겨우 일어났다.

회의실에 모여 앉은 직원들에게 뚱한 목소리로 인사를 한 후 커피가 차려진 카운터로 곧장 걸어갔다. 커피를 반 컵 따른 후 애드빌 두 알을 입에 넣고 뜨거운 커피를 단숨에 마셨다. 그런 다음 커피를 더 따르고 이번에는 좀 더 먹을 만하게 우유와 설탕을 탔다. 처음에 뜨거운 커피를 들이켜서 목이 다 데었지만 덕분에 목소리를 되찾았다.

"다들 컨디션 어때? 나보다야 낫겠지."

모두들 좋다고 한마디씩 했다. 앉을 자리를 찾아 두리번거리다 보니까 얼이 앉아 있는 것이 보였다. 잠깐 의아했지만 전날 내가 직원회의에 부른 게 기억났다.

"아, 여러분, 얼은 내가 초대했어. 조사와 참고인 면담 등을 할 때 얼이 좀 더 적극적으로 도와줄 거야. 링컨 차 운전도 계속하겠지만, 다른 좋은 기술이 많이 있어서 우리 의뢰인들을 위해 그 기술을 쓰려고 해."

나는 얼에게 고개를 끄덕였다. 그러고 보니 얼의 승진 소식을 시스코에게 알리지 않았다는 생각이 들었다. 그런데 시스코는 놀라는 기색이 전혀 없었다. 이번에도 로나가 나를 도와준 모양이었다. 내가 깜박깜박할 때 로나가 남편에게 정보를 주곤 했다.

나는 테이블 끝으로 가서 의자를 끌어내 앉았다. 테이블 한가운데에 검은색의 작은 전자기구가 있었고 초록불 세 개가 깜박이고 있었다.

"미키, 도넛 좀 먹겠어?" 로나가 물었다. "뭐라도 먹어야 할 것 같은 얼굴인데."

"아냐, 나중에 먹을게." 내가 말했다. "저건 뭐야?"

내가 그 장치를 가리켰다. 그것은 아이폰 정도의 크기에 두께는 2~3센티미터밖에 안 되는 검은색 직사각형 상자였다. 한쪽 끝에 짧고 뭉툭한 안테나 세 개가 달려 있었다.

"지금 그 얘기 하던 중인데, 파킨 7000 전파차단기라는 거야. 와이파이, 블루투스, 무선 전파의 전송을 완전히 차단하지. 이걸 켜놓으면, 이 방 밖에 있는 사람들은 우리가 하는 말을 들을 수가 없어, 전혀 안 들리지."

"도청장치는 찾았어?"

"이게 있으면 찾으려고 애쓸 필요도 없어. 그게 이 장치의 장점이야."

"링컨 차는 어때?"

"내 친구들이 살펴보고 있을 거야. 당신이 오기를 기다리고 있었어. 결과를 듣는 대로 말해줄게."

나는 열쇠를 꺼내려고 주머니에 손을 넣었다.

"열쇠 필요 없어." 시스코가 말했다.

물론 그렇겠지, 프로들일 테니. 그래도 열쇠를 꺼내 테이블에 올려놓고 얼에게로 밀었다. 오늘 하루 운전을 할 사람에게 맡기는 거였다.

"좋아, 그럼 시작하자. 늦어서 미안해. 긴 밤을 보냈어. 변명이 안 된다는 건 알지만······."

커피를 한 모금 더 마시면서 마음의 준비를 했다. 이번에는 커피가 부드럽게 넘어가 혈관을 장악하는 것을 느낄 수 있었다. 나는 테이블에 둘러앉은 사람들을 둘러보며 본론으로 들어갔다.

파킨 7000을 가리키며 내가 말했다. "이런 비밀요원 장치를 동원해서 미안하지만 조심할 필요가 있을 것 같아서 장만했어. 어제 심각한 일이 몇 건 있어서 다들 모아놓고 상황을 설명해 주고 싶었고."

내 서론의 심각성을 강조하기라도 하듯 전자기타의 파워코드가 천장을 뚫고 울려 퍼졌다. 나는 말을 멈췄다. 모두 천장을 올려다보았다. 〈하드 데이즈 나이트A Hard Day's Night〉의 오프닝 코드인 것 같았다. 노래 제목이 내 상황과 기가 막히게 맞아떨어진다 싶었다.

"저 비틀즈 해체됐다고 들은 것 같은데." 내가 말했다.

"해체됐어." 로나가 말했다. "그리고 오전에는 밴드 연습 안 하기로 약속도 받아뒀고."

그 순간 또 다른 코드가 울려 퍼지더니 즉흥연주가 이어졌다. 누군가가 드럼 세트에 달린 발로 치는 심벌즈를 쳤고, 그 소리에 충치를 메운 봉이 다 떨어져 나갈 뻔했다.

"웬일이야, 쟤네?" 내가 말했다. "쟤네들 술에 취해 있거나 자고 있어야 되는 거 아냐? 아, 나야말로 침대에 눕고 싶다."

"올라가 볼게." 로나가 말했다. "열받네, 진짜."

"아냐, 시스코, 자네가 올라가 봐. 내가 무슨 말을 할지 자넨 다 알고 있잖아. 로나는 앉아서 들어. 그리고 시스코, 자네가 올라가야 효과가 있을 것 같아."

"알았어."

시스코는 회의실을 나가 위층으로 향했다. 나는 그가 티셔츠를 입고 출근해 인상적인 이두박근과 위협적인 문신을 과시하는 것을 마뜩찮게 생각했지만, 이번에는 마음에 들었다. 티셔츠에는 할리 데이비슨 오토바이 탄생 100주년을 축하하는 문구가 찍혀 있었다. 나는 그 문구도 우리의 뜻을 밴드에 전달하는 데 도움을 줄 거라고 생각했다.

나는 위에서 들리는 베이스 드럼의 리듬에 맞춰 직원들에게 현재 상황을 설명하기 시작했다. 전날 오전 발렌수엘라에게서 소환장을 송달받은 일부터 시작해서 하루 동안 일어난 여러 가지 일을 차례대로 설명했다. 절반쯤 이야기하고 있는데 위에서는 시스코가 밴드의 연습을 종료시키면서 내는 엄청난 충격음이 들렸다. 나는 밤늦게 트리나 트리엑스를 만난 일과, 감옥에 있는 풀고니와 통화하고 나서 내가 감시당하고 있다는 결론을 내리게 된 일을 이야기하며 상황 설명을 마쳤다.

제니퍼가 간간이 메모를 하긴 했지만, 내가 말하는 동안 질문하는 사람은 아무도 없었다. 나는 그 침묵이 너무 이른 시각에 회의를 하기 때문인지, 감시라는 말에 모두 위협을 느끼고 있기 때문인지, 그것도 아니라면 내가 뛰어난 이야기꾼이기 때문인지 어떤지를 알 수 없었다. 어쩌면 얽히고설킨 복잡한 이야기를 따라오다가 모두가 길을 잃었을 가능성도 있었다.

시스코는 나갈 때와 똑같이 심드렁한 표정으로 돌아왔다. 자리에 앉더니 내게 고개를 끄덕여 보였다. 문제를 해결한 것이다.

나는 직원들을 둘러보았다.

"질문?"

제니퍼가 아직도 학생인 것처럼 펜을 들었다.

"사실 질문이 몇 가지 있는데요." 그녀가 말했다. "우선, 아버지 실베스터 풀고니가 새벽 2시에 빅터빌 교도소에서 전화를 했다고 하셨는데, 어떻게 그런 일이 가능하죠? 교도소에서 수형자에게 전화를 쓸 수 있게……"

"해주지 않지." 내가 말했다. "발신자 표시가 제한된 번호였지만 핸드폰이었을 거야, 틀림없이. 밀반입된 물품이거나 교도관이 몰래 준 거겠지."

"추적해 볼 수는 없나요?"

"못해. 버너burner는 추적 못해."

"버너요?"

"일회용 핸드폰. 사용자 등록이 필요 없는. 그 얘기는 그만하자. 핵심에서 벗어난 거니까. 그냥 풀고니가 감옥에서 내게 전화를 했고, 내가 그 시각에 그의 핵심 증인인 트리나 트리엑스를 만나고 있었다는 것 그리고 그 사실을 누군가가 그에게 알려준 게 틀림없다는 사실만 알고 넘어가자고. 그게 핵심이야. 슬라이 풀고니가 교도소에서 핸드폰을 갖고 있다는 사실이 아니라, 우리의 움직임을 그가 파악하고 있다는 사실. 다음 질문은 뭐야?"

제니퍼가 메모를 확인하고 나서 다음 질문을 던졌다.

"그저께까지만 해도 두 건이 별개의 사건이었잖아요. 라 코세 사건과 모야 사건. 모야 건은 라 코세 건하고는 별개이지만, 라 코세를 위한 대타 작전의 일환으로 쓸 수 있겠다고 생각했고요. 그런데 지금은, 제가 대표님 말씀을 제대로 이해한 거라면, 이 두 사건이 사실은 하나의 사건이라고 말씀하시는 것 같은데요."

나는 고개를 끄덕였다.

"그래, 바로 그거야. 이게 전부 하나의 사건이야. 연결고리는 글로리아 데이턴이고. 그런데 지금 중요한 건 랭크포드야. 글로리아가 살해당한 날 밤 랭크포드가 글로리아를 미행하고 있었어."

"그러니까 라 코세는 누명을 쓴 거군요." 얼이 말했다.

나는 다시 고개를 끄덕였다.

"그렇지."

"그리고 이건 우리가 사용할 어떤 전략이나 작전이 아니라, 이게 우리의 사건이란 말씀이죠?" 제니퍼가 말했다.

"그렇지."

나는 주위를 둘러보았다. 회의실의 세 벽은 유리로 되어 있었지만 나머지 벽 하나는 오래된 시카고 벽돌로 되어 있었다.

"로나, 저 벽에 화이트보드 하나 걸자. 표로 만들어서 설명하면 더 쉬울 것 같아."

"사다 걸게." 로나가 말했다.

"그리고 여기 자물쇠도 모두 바꿔. 카메라도 두 대 달고. 하나는 문 위에, 하나는 이 방에. 재판이 시작되면, 여기가 지휘본부가 될 거니까, 안전이 보장되면 좋겠어."

"아예 경비를 한 명 세워둘까? 하루 스물네 시간, 일주일 내내." 시스코가 말했다. "그럴 가치가 있을 것 같은데."

"그 돈은 누가 대라고?" 로나가 물었다.

"경비 두는 건 잠깐 보류." 내가 말했다. "재판으로 가면 다시 생각해 보자. 당분간은 자물쇠와 CCTV 카메라로 만족하고."

나는 테이블에 두 팔꿈치를 괴고 몸을 앞으로 기울였다.

"이젠 하나의 사건이야." 내가 다시 말했다. "그러니까 조각조각 분해해서 모든 조각을 살펴볼 필요가 있어. 8년 전엔 내가 조종을 당했어. 사건을 맡아 조치를 취하면서 내가 그것들을 다 계획했다고 생각했는데, 아니었어. 그런 일이 다시 일어나게 하진 않을 거야."

의자에 등을 기대고 앉아 반응을 기다렸지만, 다들 조용히 나를 쳐다만 볼 뿐 말이 없었다. 그때 시스코가 내 어깨 너머로 내 뒤에 있는 유리문을 쳐다보았다. 그러더니 자리에서 일어났다. 나는 뒤를 돌아보았다. 회의실 밖 현관문 옆에 한 남자가 서 있었다. 그는 시스코보다 덩치가 컸다.

"내 친구야." 시스코가 회의실을 나가면서 말했다.

나는 다시 고개를 돌려 다른 직원들을 바라보았다.

"이게 영화라면, 저 친구 이름은 타이니Tiny일 것 같다, 그치?"

모두 깔깔 웃었다. 나는 일어서서 커피를 더 가지러 갔고 돌아올 때쯤엔 시스코가 회의실로 돌아오는 게 보였다. 나는 걸음을 멈추고 서서 시스코가 가져올 소식을 기다렸다. 시스코는 문 안으로 고개를 들이밀었지만 들어오지는 않았다.

"링컨 차에 로잭이 달려 있었대." 시스코가 말했다. "떼라고 할까? 다른 데 달아놓을 수 있는데. 페덱스 트럭 어때? 달고 돌아다니면 재밌겠는데."

시스코가 말한 로잭은 원래 차량도난방지용 위치추적기를 뜻했지만, 여기선 누군가가 내 차 밑에 기어들어가서 GPS 위치추적기를 달아놓았다는 뜻이었다.

"그게 뭔데요?" 제니퍼가 물었다.

내가 이미 알고 있는 것을 시스코가 제니퍼에게 설명하는 동안, 나는 그 장치를 제거할 것인지, 그대로 두고 내 움직임을 감시하려는 사람에 맞서 내게 이롭게 이용할 방법을 찾을 것인지 고민했다. 페덱스 트럭에 달아두면 놈들이 뺑뺑이를 돌겠지만, 그러면 우리가 눈치챘다는 사실을 금방 알게 될 것이었다.

"그대로 둬." 시스코가 설명을 끝내자 내가 말했다. "적어도 당분간은. 쓸모가 있을 것도 같으니까."

"그건 백업장치일 거야." 시스코가 주의를 줬다. "아직도 미행이 붙어 있을 수 있어. 만일의 경우에 대비해서 이틀쯤 인디언들을 집 앞에 세워놓을게."

"그래, 고마워."

시스코는 문간에서 고개를 돌려 자기 친구를 향해 손을 펴서 테이블 표면을 닦는 동작을 해 보였다. 현상을 유지하라, 추적기를 그대로 두라는 뜻이었다. 남자는 손가락으로 시스코를 가리키며 알아들었다는 신호를 보낸 후 문을 나갔다. 시스코가 테이블로 돌아오면서 파킨 7000을 가리켰다.

"미안. 이 전파차단기 때문에 전화가 안 걸렸대."

나는 고개를 끄덕였다.

"저 친구 이름이 뭐야?" 내가 물었다.

"누구, 리틀 가이? 본명은 몰라. 그냥 리틀 가이라고 부르지."

나는 두 손가락을 맞부딪쳐 소리를 냈다. 아까워라. 다른 사람들은 숨죽여 킥킥거렸고 시스코는 우리끼리 농담한 것 다 안다는 표정으로 우리를 둘러보았다.

"오토바이 운전자 중에 별명이 없는 사람은 없어요?" 제니퍼가 물었다.

"별명? 송아지 같은 거? 없는 사람 없을걸, 아마."

다시 웃음이 터져 나왔고, 잠시 후 나는 본론으로 돌아갔다.

"자, 그럼 이 문제를 살펴보자. 이제 표면에는 뭐가 있는지 알았으니, 그 밑으로 들어가 보자고. 우선, 이유의 문제가 있어. 8년 전에 왜 그렇게 조종했을까? 우리가 들은 이야기가 사실이라고 믿는다면, 마르코가 글로리아에게 모야의 호텔 방에 권총을 숨겨놓으라고 시키지. 모야가 체포됐을 때 총기소지 혐의로 가중 처벌되어 무기징역형이 가능하게 하려고 말이야. 그래, 그건 알겠어. 근데 문제는⋯⋯."

"총기 숨겨놓고 왜 마르코가 직접 모야를 체포하지 않았을까?" 시스코가 물었다.

내가 손가락으로 그를 가리켰다.

"바로 그거야. 쉽고 직접적인 방법을 놔두고, 마르코는 글로리아가 지역 경찰에 체포된 후 나를 찾아오게 하는 전략을 사용하지. 글로리아는 내가 거래를 해볼 여지가 있겠다고 생각할 만큼 충분한 정보를 내게 제공하고. 그래서 난 검찰을 찾아가서 거래를 하지. 모야는 체포되고, 총이 발견되고, 상황 종료. 근데 왜 굳이 그렇게 힘들게 돌아갔을까 하는 의문은 여전히 남아."

팀원들이 이 복잡한 상황에 대해 생각하는 동안 침묵이 이어졌다. 제니퍼가 먼저 침묵을 깨고 뛰어들었다.

"마르코가 그 일에 관여한 것으로 보이면 안 되는 사정이 있었을 수도 있죠." 제니퍼가 말했다. "무슨 이유인지는 몰라도 그 일에서 멀리 떨어져서 기다려야 했던 거예요. 그 일이 저절로 자신에게 굴러들어올 때까지. 검찰이 대표님과 거래를 하고, LA 경찰이 체포할 때까지 기다렸다가, 모든 것을 압도하는 연방법원 영장을 들고 짠 하고 나타나는 거죠. 겉으로 보기엔 저절로 굴러들어온 것처럼 보이지만, 사실은 그 모든 일을 마르코가 기획한 거고요."

"그렇다면 또 왜 그랬느냐는 문제로 돌아가는군." 시스코가 말했다.

"바로 그거야." 내가 말했다.

"마르코가 모야를 알고 있었고, 자신이 덫을 놨다는 걸 모야가 알게 하고 싶진 않았던 것 아닐까요?" 제니퍼가 물었다. "그래서 글로리아와 대표님 뒤로 숨은 거 아닐까요?"

"그럴 수도 있겠군." 내가 말했다. "하지만 결국에는 사건을 가져갔고."

"그게 다 모야 때문일 수도 있지 않나?" 시스코가 말했다. "카르텔 간부잖아. 조폭들은 이 지구상에서 가장 난폭한 인간들이고, 정보원 하나 잡겠다고 온 마을을 불태우고도 남을 인간들이지. 마르코는 모야를 잡아넣은 일로 조폭들의 표적이 되고 싶진 않았던 건지도 몰라. 그래서 이런 식으로 멀찌감치 물러나 앉아서 사건이 종결된 상태로 자신에게 오게 한 걸지도 모르지. 그럼 모야가 복수할 대상을 찾는다고 해도 글로리아 선에서 멈출 테니까."

"그럴 수도 있겠네." 내가 말했다. "그런데 모야가 복수를 계획했다면 왜 7년이나 기다렸다가 글로리아를 죽였을까?"

시스코는 말문이 막힌 듯 고개를 가로저었다. 생각나는 대로 의견을 개진하는 것은 이게 문제였다. 신나게 달리다가 논리적인 막다른 골목에 도달하게 되는 경우가 잦았다.

"어쩌면 두 사건이 별개의 일일 수도 있어요." 제니퍼가 말했다. "7년 이라는 세월만큼이나 따로 떨어진 별개의 사건이요. 모야의 체포와, 마르코가 그 체포를 기획한 알 수 없는 이유가 하나의 사건이라면, 글로리아의 피살은 또 다른 사건인 거죠. 완전히 다른 이유로 일어난 별개의 사건."

"우리 의뢰인이 범인이라는 주장으로 되돌아가는 거야?"

"아뇨, 전혀요. 실은 전 라 코세 씨가 재수 없게 걸려든 거라고 확신해요. 다만 7년은 긴 시간이라는 거죠. 강산도 변할 만큼. 대표님도 방금 궁금해 하셨잖아요, 모야가 왜 7년이나 기다렸다가 복수를 했을까 하고. 전 모야가 기다렸다고 생각하지 않아요. 글로리아의 죽음은 그에겐 엄청난 손해니까요. 그의 인신구제 청구소송 소장을 보면 그 권총이 자기 호텔방에 몰래 숨겨진 거라고 주장하고 있어요. 그러니까 그의 주장을 입증하려면 글로리아가 필요했을 거란 얘기죠. 근데 이젠 누가 남았죠? 트리나 트리엑스와 전문증거(증인 자신이 직접 보고 들은 것이 아니고 다른 사람에게 전해 들은 것을 법원에 진술하는 증거─옮긴이)? 글쎄요, 지방항소법원에 그 여자를 증인으로 세울 수 있을까요?"

나는 제니퍼를 물끄러미 바라보다가 고개를 끄덕이기 시작했다.

"신참답군." 내가 말했다. "나쁜 뜻으로 하는 말 아니야. 신참이라 참신하고 예리하게 잘 분석했단 뜻이지. 맞아, 모야의 인신구제 청구가 받아들여지기 위해서는 글로리아가 살아 있을 필요가 있지. 글로리아가 자신이 한 짓을 법정에서 증언하면 효과 만점일 테니까."

"어쩌면 글로리아가 진실을 밝히길 거부해서 살해를 지시한 것일 수도 있어." 시스코가 말했다. 그러고는 자신을 설득하려는 듯 고개를 끄덕였다.

나는 고개를 가로저었다. 석연찮았다. 뭔가 빠져 있었다.

"모야의 입장에서는 글로리아가 살아 있을 필요가 있었다고 한다면, 그럼 글로리아가 죽어주길 바란 사람은 누구일까요?" 제니퍼가 말했다.

나는 고개를 끄덕였다. 이 논리가 마음에 들었다. 나는 직원들에게 두 손을 펼쳐 보이며 너무나 뻔한 그 대답이 직원의 입에서 나오기를 잠깐 기다렸다. 그러나 아무 대답도 나오지 않았다.

"마르코겠지." 내가 말했다.

나는 의자에 등을 기대고 앉아서 시스코에서 제니퍼까지 직원들을 둘러보았다. 그들은 멍한 표정으로 나를 보고 있었다.

"뭐야, 나만 그렇게 생각하는 거야?" 내가 물었다.

"그럼, 우리 의뢰인의 대타로 조폭이 아닌 연방요원을 고르신 거예요?" 제니퍼가 물었다. "좋은 전략 같진 않은데요."

"그게 사실이라면 이젠 대타 전략이 아니지." 내가 말했다. "진짜로 그런 일이 있었다면 아무리 힘들어도 입증해야 되지 않겠어?"

다들 내 말을 곱씹고 있는지 잠깐 침묵이 흘렀고, 제니퍼가 그 침묵을 깼다.

"근데 왜죠? 마르코는 왜 글로리아가 죽기를 바랐을까요?" 제니퍼가 물었다.

나는 어깨를 으쓱거렸다.

"그 대답은 이제부터 찾아보자." 내가 말했다.

"마약에 돈이 많이 걸려 있잖아요." 얼이 말했다. "그래서 많이들 탈선을 하죠."

나는 그가 천재인 양 그를 가리켜 보였다.

"바로 그거야." 내가 말했다. "마르코가 글로리아에게 총을 몰래 숨겨놓도록 시켰다면, 그는 이미 범법자인 거야. 나쁜 놈을 잡아넣기 위해서 법을 위반했는지, 아니면 다른 무언가를 보호하기 위해서 그런 건지는 모르지. 어느 쪽이든, 자신을 보호하고 자신의 불온한 작전을 수호하기 위해서 살인을 저지를 수도 있다고 생각하는 건 지나친 비약일까? 글로리아가 마르코에게 위험인물이 되었다면, 분명히 제거대상이 되었을 거야."

나는 앞으로 몸을 숙였다.

"그래서 이렇게 하자. 마르코에 대해 더 알아보자고. 그리고 마르코가 속해 있던 그 아이스티 팀에 대해서도. 모야 사건 이전과 이후로 그들이 맡은 다른 사건들에 대해서도 알아보고. 그들에 대한 평판이 어땠는지도 알아보고. 다른 사건들을 살펴보면서 혹시 또 위법한 점이 있는지 찾아보는 거지."

"저는 법원기록에서 마르코를 검색해 볼게요." 제니퍼가 말했다. "주와 연방 둘 다요. 뭐든 찾아내서 거기서부터 시작할게요."

"나는 탐문수사를 해볼게." 시스코가 덧붙였다. "이런 일에 대해 잘 알 만한 사람들을 알고 있거든."

"그럼 풀고니 부자와 모야는 내가 맡을게." 내가 말했다. "이제 그 사람들은 우리에게 굉장히 소중한 자산일 수 있으니까."

나는 혈관 속에서 아드레날린이 거세게 흘러가는 것을 느꼈다. 방향감각을 갖는 것만큼 힘이 솟구치게 만드는 게 또 있을까?

"그럼 대표님 차에 위치추적기를 단 것도 마르코의 소행이라고 생각하세요?" 제니퍼가 물었다. "모야나 풀고니가 아니라?"

사악한 마약단속국 요원이 내 행동을 감시하고 있다고 생각하자 아드레날린이 급격히 줄어들어 작은 고드름 알갱이가 되었다.

"만일 그렇다면, 어젯밤에 내가 트리나와 함께 있을 때 아버지 풀고니가 전화한 건 우연의 일치였다는 거잖아." 내가 말했다. "마르코인지 아닌지 잘 모르겠어."

그것은 우리가 모든 것을 완전히 이해하기 위해서 풀어야 할 수수께 끼 중 하나였다.

제니퍼가 메모장과 자료를 모아들고 일어섰다.

"잠깐만." 내가 말했다. "아직 안 끝났어."

제니퍼가 다시 자리에 앉아 나를 쳐다보았다.

"랭크포드 말인데." 내가 말했다. "글로리아가 살해당한 날 밤 랭크포 드가 글로리아를 미행하고 있었어. 마르코를 살펴보면서 마르코와 랭크 포드와의 관계도 알아봐야 돼. 그 둘의 관계를 알아야 우리가 알려고 하 는 진실에 가까이 다가갈 수가 있어."

나는 시스코를 바라보았다.

"랭크포드에 대해서 알아볼 수 있는 건 다 알아봐 줘." 내가 말했다. "랭크포드가 마르코와 아는 사이라면, 어디서 어떻게 알게 됐는지도 알 아봐 주고."

"알았어." 시스코가 말했다.

나는 다시 제니퍼를 바라보았다.

"우리가 마르코를 주목한다고 해서 모야에게서 눈을 뗀다는 뜻은 아 니야. 모야 사건에 대해서도 알아낼 수 있는 건 다 알아내야 돼. 그래야 마르코를 더 잘 이해할 수 있을 거야. 그러니까 모야를 계속 맡아줘."

"알겠습니다."

이젠 로나와 얼을 바라보았다.

"로나, 일이 잘 진행되도록 계속 지원 부탁해. 그리고 얼, 자넨 나와 함 께 다니고. 자, 이 정도면 된 것 같은데. 적어도 당분간은. 다들 몸조심해. 우리가 누굴 상대하고 있는지 기억하라고."

모두 일어서기 시작했다. 다들 조용히 움직였다. 농담을 주고받고 동료애를 나누는 그런 직원회의가 아니었다. 우리는 위험한 범법자일 가능성이 있는 연방요원을 비밀리에 조사하기 위해 각자 임무를 짊어지고 흩어졌다. 그 사실을 인지하는 것보다 더 정신이 번쩍 들게 하는 일은 별로 없었다.

# 19

시내로 가면서 나는 얼에게 미행이 붙었는지 자꾸 확인하려고 하지 말라고 말해야 했다. 얼은 차들 사이를 지그재그로 헤집고 다녔고, 가속 페달을 밟았다가 브레이크를 밟는 일을 반복했으며, 고속도로를 빠져나가는 차선으로 들어갔다가 마지막 순간에 핸들을 확 꺾어 고속도로로 돌아오기도 했다.

"그 문젠 시스코에게 맡겨둬." 내가 말했다. "자넨 나를 멀쩡한 상태로 법원까지 데려다주기만 하면 돼."

"죄송합니다, 대표님. 제가 좀 흥분해서. 근데 솔직히 기분은 좋네. 회의에 참석하고 일이 어떻게 돌아가는지도 알고."

"아까도 말했지만, 어제처럼 자네의 도움이 필요한 일이 생기면 언제든 도움을 청할게."

"저야 감사하죠."

드디어 얼이 차분해졌고, 우리는 무사히 시내에 도착할 수 있었다. 나는 얼에게 형사법원 앞에서 내려달라고 했다. 얼마나 걸릴지 모른다고도 했다. 법원이 아니라 16층에 있는 검찰청에 볼일이 있었다. 나는 차에서 내려서서 차 지붕 너머로 템플과 스프링 사거리를 태연히 둘러보았다. 수상한 움직임이나 수상한 사람은 보이지 않았다. 혹시 인디언이 배치되어 있지 않을까 싶어 건물들 지붕 선을 살펴보았다. 거기에도 수상한 것은 보이지 않았다.

나는 금속 탐지기를 통과한 후 북적거리는 엘리베이터를 타고 16층으로 올라갔다. 미리 약속을 하지 않았기 때문에 딱딱한 플라스틱 의자에 앉아 오래 기다려야 할 수도 있었지만, 레슬리 페어 검사를 만나볼 필요가 분명히 있었다. 그녀는 8년 전에 일어난 사건에서는 주요 등장인물이었지만 최근에는 주목받은 적이 거의 없었다. 그녀는 당시 검사보로서 거래를 성사시켰고, 그 결과로 헥터 아란데 모야가 체포되고 글로리아 데이턴이 석방되었다.

그때 거래가 성사된 이후로 페어는 승승가도를 달렸다. 대형사건을 여러 건 맡아 승소했고, 검찰청장 선거 때는 내 경쟁자 데이먼 케네디에게 지지를 표명했다. 케네디가 당선되면서 페어는 승진이라는 보상을 받았다. 이제 그녀는 주요사건 전담팀을 이끄는 검사장이었다. 검사들과 재판 일정을 조율하는 관리자 성격이 짙은 직책이어서 페어가 법정에 서는 모습은 보기 힘들었다. 그것은 내게는 물론 다행스러운 일이었다. 페어는 깐깐한 검사여서 법정에서 그녀와 마주칠까 봐 걱정할 필요가 없다는 건 기쁜 일이었다. 돌이켜보면 글로리아 데이턴 사건이 내가 그녀와 맞서서 승소한 유일한 사건이었다. 이젠 공허한 승리에 불과했지만.

내가 레슬리 페어 검사를 법정에서 만나는 건 싫어했을지 몰라도 그녀를 존중했다. 그리고 이제는 글로리아 데이턴에게 무슨 일이 있었는지 페어가 알아야 한다고 생각했다. 그 소식을 들으면 그녀는 8년 전 일에 대해 자세한 이야기를 내게 들려주고 싶어질 수도 있었다. 나는 레슬리 페어가 마르코 요원과 마주친 적이 있는지, 있다면 언제 마주쳤는지 알고 싶었다.

나는 미리 약속은 하지 않았지만 기꺼이 기다리겠다고 안내데스크 직원에게 말했다. 여직원은 내가 10분간의 면담을 요청했다는 사실을 페어 검사장의 비서에게 알릴 테니까 잠깐 앉아서 기다리라고 말했다. 페어에게 비서가 있다는 사실만 봐도 그녀가 케네디 체제에서 얼마나 높은 자리에 있는지를 잘 알 수 있었다. 내가 아는 검사들 대다수는 행정적 도움을 줄 직원이 없었고, 몇 명이 공동의 비서를 한 명 두고 있으면 운이 좋은 경우였다.

나는 핸드폰을 꺼낸 후, 내가 변호사가 되기 전부터 대기실에 있었을 것 같은 플라스틱 의자 하나에 자리를 잡고 앉았다. 이메일을 확인하고 문자메시지를 보내야 했지만 먼저 시스코에게 전화를 걸어 시내로 오는 동안 그의 인디언들이 뭔가를 감지했는지 물었다.

"친구랑 통화했는데, 아무것도 못 봤대." 시스코가 보고했다.

"알았어."

"그렇다고 미행이 안 붙었다는 뜻은 아니야. 이번 한 번 가지고는 몰라. 붙었는지 안 붙었는지 알려면 좀 더 멀리 가야 할 수도 있어. 그러면 확실히 알게 되겠지."

"진짜? 온 시내를 돌아다닐 시간은 없는데. 자네 친구들 실력 있는 친구들이라며."

"집 앞을 지키는 인디언들이 101번 도로를 감시할 필요는 없었으니까. 이젠 그 도로를 잘 지켜보라고 할게. 그건 그렇고 오늘 일정이 어떻게 돼?"

"지금은 검찰청에 있는데 얼마나 있을지는 모르겠어. 여길 나가서는
아들 폴고니의 사무실에 가보려고."

"사무실이 어디 있는데?"

"센추리시티."

"센추리시티라면 감시 가능하겠네. 도로가 널찍널찍하니까. 친구들
한테 말해놓을게."

나는 통화를 끝내고 이메일을 열었다. 현재 구금중인 의뢰인들에게
이메일이 여러 통 들어와 있었다. 몇 년 전부터 일어난 일 가운데 변호사
에게 최악의 사건은 대다수의 구치소와 교도소가 재소자에게 이메일 사
용을 허락한 것이다. 자기 운명을 걱정하는 일밖에 달리 할 일이 없는 재
소자들은 질문과 걱정과 때로는 협박을 담은 이메일을 줄기차게 보내서
나를 비롯한 모든 변호사를 괴롭혔다.

나는 이메일을 꼼꼼히 읽기 시작했고, 한숨 돌리기 위해 고개를 들어
보니 어느새 20분이 지나 있었다. 딱 한 시간만 기다려보고 레슬리 페어
를 포기하기로 결심했다. 나는 다시 이메일 확인 작업에 들어가서 밀린
업무를 상당 부분 처리할 수 있었고 심지어 답장도 몇 통 보냈다. 이렇게
고개를 숙이고 45분째 업무를 보고 있는데 핸드폰 액정화면 위로 그림
자가 드리워지는 게 보였다. 고개를 들어보니 랭크포드가 나를 내려다
보고 있었다. 나는 움찔할 뻔했지만 겨우 참고 놀라지 않은 척했다.

"랭크포드 수사관."

"할러, 여긴 웬일로?"

내가 무단침입자나, 꺼지고 다시는 오지 말라고 경고를 받은 골칫거
리라도 되는 것 같은 말투였다.

"누굴 만나려고 기다리고 있는데. 당신은 여기서 뭐 해요?"

"나 여기서 일하잖아, 기억 안 나? 라 코세 때문에 왔어?"

"아니, 뭐, 라 코세 때문은 아니고, 누구 때문인지 당신이 알 필요도 없고."

랭크포드가 일어서라고 손짓을 했다. 그러나 나는 그냥 앉아 있었다.

"말했잖아요, 누구 기다린다고."

"기다릴 필요 없어. 검사장이 나더러 나가서 자네가 원하는 게 뭔지 알아보라고 하더라고. 나하고 얘기하기 싫으면, 아무하고도 얘기 못하는 거야. 가자고. 일어나. 우리 대기실을 자네 업무공간으로 쓰게 할 순 없지. 차에서 하지 왜 그래."

그 말에 나는 머릿속이 띵해졌다. 레슬리 페어가 나에게 랭크포드를 보냈다는 것이다. 그 말은 글로리아 데이턴 피살사건의 막후에서 무슨 일이 벌어지고 있는지 페어가 이미 알고 있다는 뜻일까? 무슨 일이 벌어지는지 페어에게 알려주러 왔는데, 페어는 이미 나보다 더 많이 알고 있는지도 몰랐다.

"가자고 했는데." 랭크포드가 위협적으로 나왔다. "일어나. 아니면 일어나게 해주지, 내가."

의자 두 개 너머에 앉아 있던 여자가 심상찮은 분위기를 느꼈는지 자리에서 일어나 맞은편으로 가서 앉았다.

"진정해요, 랭크포드." 내가 말했다. "갑니다, 간다고요."

나는 핸드폰을 재킷 안주머니로 밀어 넣고 바닥에 놓인 서류가방을 들고 일어섰다. 랭크포드는 꿈쩍도 하지 않고 내 앞에 그대로 서서 내 사적인 공간을 침범했다. 내가 옆으로 돌아가려고 움직이자 그도 옆으로 비켜서서 내 앞을 막았다.

"재밌어요?" 내가 말했다.

"다시 오지 말래, 페어 검사장이." 랭크포드가 말했다. "이제 법정에도 안 들어가고, 자네 같은 사기꾼들하고 얽힐 필요도 없거든. 무슨 말인지 알지?"

랭크포드의 입에서 커피와 담배 냄새가 확 풍겼다.

"알았어요." 내가 말했다. "알아들었다고요."

나는 랭크포드의 옆을 지나쳐 엘리베이터 타는 곳으로 갔다. 그가 따라오더니 내가 내려가는 버튼을 누르고 기다리는 것을 조용히 지켜보았다. 내가 어깨 너머로 그를 바라보았다.

"좀 기다려야 할 것 같은데."

"나 시간 많아."

나는 고개를 끄덕였다.

"좋겠네요."

나는 고개를 돌려 엘리베이터 문을 흘끗 바라본 후 다시 랭크포드를 돌아보았다. 입이 근질근질해서 참을 수가 없었다.

"좀 변한 것 같네요, 랭크포드."

"그래? 어떻게?"

"마지막으로 봤을 때하고 뭔가 많이 다른데. 혹시 모발이식 하셨나?"

"웃기고 있네. 작년에 라 코세 첫 출두 때 보고 처음이잖아."

"아뇨, 더 최근에 본 모습하고 많이 다른데, 뭔지 모르겠네."

나는 그렇게만 말하고 고개를 돌려 엘리베이터 문을 바라보았다. 드디어 벽 위의 표시등에 불이 들어오고 문이 열렸다. 엘리베이터 안에는 네 명밖에 없었다. 그러나 로비에 이를 때쯤이면 적재하중을 훌쩍 넘길 정도로 사람이 꽉꽉 들어찬다는 것을 나는 경험으로 알고 있었다.

나는 엘리베이터로 들어가 돌아서서 랭크포트를 바라보았다. 그러고는 모자를 벗어서 정중히 인사하는 시늉을 했다.

"아, 모자구나." 내가 말했다. "오늘은 중절모를 안 썼네요."

랭크포트가 날카로운 눈초리로 나를 노려보는 동안 엘리베이터 문이 닫혔다.

# 20

랭크포드와 대립이 있고 나서 마음이 불안해졌다. 나는 엘리베이터를 타고 내려가면서 마치 공이 울리기를 기다리는 권투선수처럼 이 발에서 저 발로 체중을 옮겨 실었다. 1층에 도착할 때쯤 어디로 가야 할지 마음을 정했다. 아들 슬라이 풀고니는 좀 더 이따 만나도 되었다. 리걸 시걸부터 만나봐야 했다.

40분 후 나는 메노라 마노 4층에 이르러 엘리베이터에서 내렸다. 접수처 옆을 지나가는데 간호사가 불러 세우더니 서류가방을 열어 보여줘야 리걸의 방에 들여보내주겠다고 했다.

"무슨 소리예요?" 내가 말했다. "내가 그분 변호산데. 간호사가 서류가방을 열라 마라 하면 안 되죠."

간호사는 융통성이라곤 전혀 없이 엄격하게 대응했다.

"외부에서 누가 자꾸 음식을 갖다 줘서 그래요. 그건 우리 요양원의 보건과 종교 정책을 위반하는 일일 뿐 아니라, 정성껏 마련한 영양식단의 집행을 방해해서 환자의 건강을 위협하고 있거든요."

나는 이 대화가 어디로 흘러갈지 알았지만 쉽게 뒤로 물러서지 않았다.

"당신들이 시걸 씨한테서 돈 받고 제공하고 있는 그 음식을 영양식단이라고 하는 거예요, 지금?"

"환자들이 여기 음식을 좋아하느냐 싫어하느냐가 중요한 게 아니에요. 시걸 씨를 만나고 싶으면, 서류가방부터 열어 보여주세요."

"내 가방에 뭐가 들었는지 보고 싶으면, 영장을 보여줘요."

"여긴 공공기관이 아니에요, 할러 씨. 법정도 아니고. 개인이 소유하고 운영하는 의료시설이죠. 나는 이 병동 수간호사고요. 저 엘리베이터 문을 열고 들어오는 사람 누구라도 그리고 그 무엇이라도 검사할 권한이 내게 있어요. 여기 환자들을 보호해야 하니까요. 서류가방을 열어 보여주세요. 거부하시면 안전요원 불러서 쫓아낼 겁니다."

말뿐인 협박이 아니라는 걸 강조하듯 그녀는 카운터에 있는 핸드폰에 손을 얹었다.

나는 짜증이 나서 고개를 절레절레 하면서 서류가방을 카운터 위에 올려놓았다. 쌍둥이 잠금장치를 열고 가방 뚜껑을 들었다. 그러고는 간호사가 가방 안 내용물을 찬찬히 살펴보는 것을 지켜보았다.

"됐어요? 거기 어디에 목캔디 한 개가 떨어져 있을지도 모르는데. 그건 괜찮나 모르겠네."

간호사는 빈정거림을 못 들은 척 했다.

"가방 챙기고 시걸 씨 만나러 들어가셔도 돼요. 감사합니다."

"감사는 내가 해야죠."

나는 서류가방을 닫고 안도하면서 복도를 걸어갔다. 다음번에 진짜로 리걸에게 음식을 가져다주고 싶을 땐 계획이 필요할 것 같았다. 예전에 의뢰인과 물물교환을 한 서류가방이 내 집 벽장에 있는데, 그 가방에는 코카인 1킬로그램을 숨길 수 있는 비밀 칸이 있었다. 거기에다 샌드위치 한두 개를 숨겨 갖고 올 수 있을 것 같았다.

리걸 시걸은 침대 머리에 등을 기대고 앉아서 오프라 윈프리 쇼 재방송을 너무 시끄럽게 틀어놓고 보고 있었다. 눈은 뜨고 있었지만 TV를 보는 것 같지는 않았다. 나는 문을 닫고 침대로 다가갔다. 그가 죽었을지 모른다는 두려움이 엄습해서 그의 얼굴 앞에서 손을 위아래로 흔들어보았다.

"리걸 아저씨?"

리걸이 몽상에서 깨어나 내게 초점을 맞추더니 미소를 지었다.

"미키 마우스! 오늘은 뭘 사왔니? 내가 맞춰보마, 웨스트레이크, 거스에서 파는 참치와 아보카도가 들어간 샌드위치, 어떠냐, 맞지?"

나는 고개를 가로저었다.

"죄송해요, 아저씨, 오늘은 아무것도 못 사왔어요. 점심 먹기에는 아직 너무 이르잖아요."

"뭐라고? 농담하지 말고, 어서 다오. 코울스에서 포크딥 샌드위치 사왔구나, 맞지?"

"아니라니까요. 오늘은 아무것도 없어요, 진짜로. 가져왔더라도 밖에 있는 래치드 간호사(영화 〈뻐꾸기 둥지 위로 날아간 새〉에 나오는 차갑고 권위적인 간호사─옮긴이)에게 압수당했을 테지만요. 우리가 한 짓을 알았는지 서류가방을 열어보게 하더라고요."

"하, 잘난 여자 같으니라고, 삶의 소소한 행복조차 누리지 못하게 하다니!"

나는 진정하라고 그의 팔을 만졌다.

"진정하세요, 아저씨. 그래도 하나도 겁 안 나요. 계획이 다 있으니까 다음엔 거스에 꼭 들렀다 올게요. 그럼 되겠죠, 아저씨?"

"그래라, 그럼."

나는 벽에서 의자를 끌어와 침대 옆에 놓고 앉았다. 그러고는 접힌 침구 속에서 리모컨을 찾아내 텔레비전 소리를 죽였다.

"아, 이제야 살 것 같구나." 리걸이 말했다. "귀청 떨어지는 줄 알았네."

"그럼 끄지 왜 안 껐어요?"

"빌어먹을 리모컨을 찾을 수가 있어야지. 그건 그렇고, 양식도 안 갖고 오면서 왜 또 왔니? 어제도 왔었잖아, 그렇지? 밸리에 있는 아츠에서 파스트라미 사갖고."

"맞아요, 아저씨, 기억하고 계셔서 기분 좋은데요."

"그래, 근데 왜 또 온 거냐?"

"오늘은 제가 양식이 필요해서요. 법적인 양식이요."

"그게 무슨 말이냐?"

"라 코세 사건 말이에요. 뭔가 일이 많이 일어나고 있는데, 자꾸 나무만 보게 되고 숲을 보기가 어려워요."

나는 손가락을 하나씩 접어가며 사건의 등장인물들을 소개했다.

"수상쩍은 마약단속국 요원과 부정직한 검찰수사관이 있고, 조직폭력배도 있고, 변호사 자격을 박탈당한 변호사도 있어요. 그리고 감방에 있는 내 의뢰인도 있고. 이 사건의 피해자는 내가 유일하게 좋아하는, 아니 좋아했던 사람이에요. 게다가 난 지금 감시당하고 있어요. 근데 누가 감시하는지는 모르겠고요."

"차근차근 얘기를 해봐."

다음 30분간 나는 두 사건을 요약해서 설명했고 리걸의 질문에 대답했다. 지난번에 리걸에게 얘기해 줬던 것 이상으로 훨씬 더 자세하게 설명했다. 내 이야기를 들으면서 리걸은 질문을 많이 했지만 의견을 제시하지는 않았다. 정보만 모을 뿐 반응은 참고 있었다. 끝으로 나는 조금 전 검찰청 대기실에서 있었던 랭크포드와의 신경전과, 바로 내 눈 앞에서 뭔가를 놓치고 있는 듯 불안함을 느낀 일을 털어놓았다.

이야기를 마치고 반응을 기다렸지만, 리걸은 아무 말도 하지 않았다. 리걸은 연약한 두 손으로 마치 내가 이야기한 모든 것을 모아 하늘로 던지는 듯한 시늉을 했다. 그동안 간호사들이 얼마나 주삿바늘을 찔러댔는지 두 팔은 한 군데도 성한 데 없이 시퍼렇게 멍이 들어 있었다. 나이 먹는 일은 허약한 이들에게 더욱 좋을 게 없었다.

"그게 무슨 뜻이에요?" 내가 말했다. "꽃잎이 바람에 날리게 던져버리듯이 다 던져버리려? 아무 말씀도 안 해주실 거예요?"

"할 말은 정말 많은데, 네가 안 좋아할 것 같아서 말이야."

나는 주먹으로 내 얼굴을 치는 시늉을 해 보이며 어떤 말로 환영한다는 뜻을 전했다.

"넌 지금 큰 그림을 놓치고 있어, 마우스."

"우와, 진짜요?" 내가 빈정대듯이 말했다. "큰 그림이 뭔데요?"

"저런, 그 질문부터 하면 안 되지." 리걸이 가르치듯 말했다. "첫 질문은 뭐냐가 아니라 왜냐를 묻는 것이어야지. '내가 왜 큰 그림을 놓치고 있죠?' 이렇게."

나는 마지못해 고개를 끄덕였다.

"그래요, 그럼, 내가 왜 큰 그림을 놓치고 있죠?"

"우선 방금 전에 말한 수사 현황에 관한 보고부터 시작해 보자. 오늘 아침 직원회의에서 너는 네가 고용한 허접쓰레기 학교 출신의 신참 말을 듣고 상황을 똑바로 보게 됐다고 했잖니."

리걸이 제니퍼 애런슨 이야기를 하고 있었다. 나는 사우스웨스턴 로스쿨을 졸업한 애런슨을 고용했고, 사우스웨스턴 로스쿨은 윌셔에 있는 오래된 불럭스(송아지) 백화점 건물에 들어 있었다. 그 덕분에 제니퍼에게 송아지라는 별명이 생기긴 했지만, 그 로스쿨을 허접쓰레기 학교라고 표현하는 것은 모욕적인 언사였다.

"칭찬할 만해서 칭찬한 거예요." 내가 말했다. "제니퍼가 아직 신참이긴 하지만 유명 로스쿨 출신 변호사 세 명을 합쳐도 제니퍼를 못 따라갈걸요."

"그래, 그래, 그것 잘됐구나. 신참이 유능한 변호사라는 건 인정한다. 문제는 네가 신참보다 더 유능한 변호사이고 싶어 한다는 거지. 그런 열망을 마음속에 꾹꾹 숨기고 있고. 그래서 오늘 아침에 갑자기 팀 내 제일 신참이 모든 상황을 분명하게 파악하니까, 그게 마음에 걸리는 거다. 네가 제일 똑똑해야 하는데 그렇지 않았으니까 말이지."

나는 그 말에 어떤 반응을 보여야 할지 난감했다. 리걸이 계속 밀어붙였다.

"난 변호사지 정신과 의사가 아니지만, 그래도 한마디 해야겠다. 밤에 술 좀 그만 마시고 마음 정리부터 좀 해라."

나는 일어서서 침대 앞을 서성이기 시작했다.

"아저씨, 무슨 말씀을 하시는 거예요? 마음 정리라뇨……."

"네 판단력과 문제 해결 능력이 외부적인 일에 가려져 발휘되질 못하잖니."

"지금 내 딸 얘기 하시는 거예요? 딸이 나와 인연을 끊고 싶어 한다는 거요? 그걸 외부적인 일이라고 하진 않을 것 같은데."

"꼭 그 얘길 하는 건 아니고, 그 일의 뿌리에 대해서 말하는 거다. 네가 항상 갖고 있는 죄책감 말이야. 그게 변호사로서의 네 역량에 안 좋은 영향을 미치니까 문제다. 변호사로서, 피고인의 옹호자로서, 이 사건에서는 부당하게 기소된 피고인의 옹호자로서 네가 보여줘야 할 업무능력에 악영향을 미치니까."

리걸은 샌디와 케이티 패터슨 모녀와, 그들의 생명을 앗아간 사건에 대해서 말하고 있었다. 나는 허리를 굽히고 리걸의 침대 발치에 있는 철 난간을 두 손으로 붙잡았다. 리걸 시걸은 내 스승이었다. 그는 내게 무슨 말이라도 할 수 있었다. 전처보다 더 신랄하게 나를 비난할 수 있었고 나는 기꺼이 그 비난을 받아들이곤 했다.

"내 말 잘 들어라." 리걸이 말했다. "부당하게 기소된 피고인을 위해 맞서 싸워주는 것보다 더 숭고한 대의명분은 없다. 이 일을 망치지 마라, 미키."

나는 고개를 끄덕거리다가 아래로 푹 숙였다.

"죄책감을 견디면서 살아야 한다." 리걸이 말했다. "이제 그만 영령들을 보내줘라. 그러지 않으면 영령들이 너를 붙잡고 놓아주질 않을 거다. 그러면 넌 좋은 변호사가 못 되겠지. 큰 그림을 보지 못하게 될 테니까."

나는 내가 졌다고 두 손을 번쩍 들었다.

"아, 제발요, 이제 큰 그림 타령은 그만하세요! 도대체 무슨 말씀을 하시는 거예요, 아저씨? 내가 뭘 놓치고 있는 거죠?"

"놓치고 있는 걸 보기 위해서는, 몇 걸음 뒤로 물러서서 넓게 봐야 해. 그래야 큰 그림이 보일 거다."

나는 리걸을 쳐다보며 그의 말을 이해하려고 애를 썼다.

"인신보호 구제청구 소송이 언제 제기됐니?" 리걸이 조용히 물었다.

"작년 11월이요."

"글로리아 데이턴은 언제 살해됐지?"

"작년 11월이요."

나는 급하게 대답했다. 이미 대답을 알고 있는 질문들이었다.

"그리고 그 변호사한테서 소환장은 언제 받았지?"

"어제요."

"그리고 네가 말한 연방요원에게는 소환장이 언제 송달됐고?"

"송달됐는지 어떤지 모르죠. 발렌수엘라가 어제 소환장을 갖고 있긴
했어요."

"그리고 풀고니가 그 옛날의 다른 콜걸 아가씨를 위해서 위조한 가짜
소환장도 있고."

"켄달 로버츠요. 맞아요."

"풀고니가 그 여자 소환장은 위조하고 네 것은 그러지 않은 이유가 뭔
지 아니?"

나는 어깨를 으쓱거렸다.

"글쎄요. 그게 가짠지 진짠지 내가 알아낼 거라고 생각했나 보죠. 그
여잔 변호사가 아니니까 모를 거라고 생각했고. 소환장 신청비를 아끼
려고 그랬을 수도 있어요. 그런 식으로 일하는 찌질이들 꽤 있거든요."

"별로 설득력이 없게 들리는구나."

"글쎄요, 그럼 나는 잘 모르겠……."

"인신구제 청구소송을 제기하고 6개월이나 지나서 처음으로 소환장
을 보냈다고? 그런 식으로 가겔 운영하면 금방 망해서 길바닥에 나앉고
말 거다. 법을 시의적절하게 집행한 게 아니란 건 확실하지."

"이 풀고니라는 애송이가 뭘 알……."

나는 중간에 말을 멈췄다. 안 보이던 큰 그림이 갑자기 또렷하게 보였

다. 나는 리걸을 바라보았다.

"어쩌면 이게 최초의 소환장이 아닐지도 모르겠네요."

리걸이 고개를 끄덕였다.

"이제 뭐가 좀 보이나 보구나." 리걸이 말했다.

# 21

나는 얼에게 올림픽으로 내려가서 센추리시티에 있는 아들 슬라이 풀고니의 사무실로 가자고 말했다. 그러고는 등을 기대고 앉아 새 리걸 패드에 글로리아 데이턴 피살사건과 헥터 모야의 인신구제 청구소송 건에 관한 연대표를 만들기 시작했다. 곧 나는 두 사건이 이중나선구조처럼 서로 얽혀 있다는 것을 깨달았다. 큰 그림이 보였다.

"말씀하신 주소가 맞아요, 대표님?"

나는 연대표에서 고개를 들고 창밖을 내다보았다. 얼이 링컨 차 속도를 줄이고 프랑스 시골풍의 타운 하우스 사무실들 앞을 지나고 있었다. 여기는 올림픽이었지만 센추리시티의 동쪽 끝이기도 했다. 그 주소의 우편번호도 맞고 다른 모든 특징도 맞는 것 같은데, 센추리시티의 변호사 사무소를 상상할 때 떠올리는, 스타들의 거리에 늘어선 번쩍거리는 고층건물들하고는 하늘과 땅 차이였다. 처음 이곳을 찾아와서 이 초라한 건물들을 본 의뢰인은 자신의 결정을 후회하게 될 게 분명했다. 내가 그런 말을 할 자격이 있나 싶었다. 내가 자동차 뒷좌석에 앉아 업무를 본다는 걸 알고 의뢰를 후회하는 고객들을 안심시키느라고 힘들었던 때가 한두 번이 아니면서.

"그래, 여기 맞아." 내가 말했다.

나는 차 문을 벌컥 열고 내려서 사무실 출입문을 향해 걸어갔다. 안으로 들어가니 먼저 작은 대기실이 나타났다. 안내데스크 앞에서부터 왼쪽과 오른쪽의 문에 이르기까지 낡은 카펫이 깔려 있었다. 왼쪽 문에는 내가 모르는 이름이 붙어 있었고, 오른쪽 문에는 실베스터 풀고니라는 명패가 붙어 있었다. 아들 슬라이가 그 공간을 다른 변호사와 함께 쓰고 있는 것 같았다. 비서도 함께 쓰고 있을 가능성이 컸지만, 마침 이땐 비서가 없었다. 안내데스크에 사람이 아무도 없었다.

"계세요?"

대답이 없었다. 책상에 쌓아둔 서류와 우편물의 맨 위에는 아들 슬라이 풀고니의 법원 출입 일정을 적은 달력 사본이 놓여 있었다. 이번 달에는 법정에 출입하기로 기록된 날이 거의 없었다. 일이 별로 없는 거였다. 적어도 법원에 드나들 일은 거의 없었다. 다음 주 화요일 칸엔 내 이름과 함께 증인진술이라고 적혀 있었지만, 제임스 마르코나 켄달 로버츠의 이름은 보이지 않았다.

"계세요?" 내가 다시 말했다.

이번에는 좀 더 목소리를 높였지만 여전히 아무 반응이 없었다. 나는 풀고니의 이름이 붙은 문으로 걸어가서 문설주에 귀를 갖다 댔다. 아무 소리도 들리지 않았다. 노크를 하고 손잡이를 돌려보았다. 잠겨 있지 않아서 문을 밀어 열었다. 그곳에는 화려한 장식의 커다란 책상 뒤에 젊은 남자가 앉아 있었다. 책상은 사무실에 있는 다른 어떤 물품보다 윤택한 옛 시절의 향수를 뿜어내고 있었다.

"실례지만, 무엇을 도와드릴까요?" 남자가 말했다. 낯선 사람의 갑작스러운 침입에 불쾌한 기색이 역력했다.

남자는 책상에 놓인 노트북 컴퓨터를 껐지만, 일어서지는 않았다. 나는 사무실 안으로 두세 걸음 걸어 들어갔다. 방 안에 다른 사람은 없었다.

"슬라이 풀고니 주니어 변호사를 찾고 있는데, 자네야?" 내가 말했다.

"죄송하지만, 저흰 예약제로만 운영하거든요. 예약하고 다시 오시죠."

"안내데스크에 직원이 없던데."

"비서는 점심 먹으러 나갔고, 저는 지금 아주 바쁜……, 잠깐만요, 할러 변호사님? 맞죠?"

그가 한 손가락으로는 나를 가리키면서 다른 손은 의자 팔걸이에 올려놓았는데, 급히 도망가야 할 경우를 대비하는 것처럼 보였다. 나는 두 손을 들어 비무장 상태임을 보여주었다.

"싸우러 온 거 아니야."

슬라이 주니어는 기껏해야 스물다섯 살 정도로 밖에 보이지 않았다. 염소수염을 기르는 중이었고 다저스 유니폼을 입고 있었다. 오늘 법원 일정이 없는 게 분명했고, 어쩌면 항상 없는지도 몰랐다.

"원하는 게 뭡니까?" 슬라이가 물었다.

나는 책상을 향해 몇 걸음 더 다가갔다. 책상은 그 공간에 어울리지 않게 너무 컸다. 그의 아버지가 더 크고 좋은 사무실에서 일할 때 쓰던 것을 물려받은 게 틀림없었다. 나는 책상 앞에 놓인 의자 하나를 끌어내 앉았다.

"앉지 마세요. 누구 맘대……."

나는 들은 척도 않고 앉아버렸다.

"좋아요. 할 말 있으면 하세요."

나는 미소를 지으며 고개를 숙여 감사를 표했다. 그러고는 책상을 가리켰다.

"멋진데." 내가 말했다. "노친네한테서 물려받은 건가?"

"이봐요, 원하는 게 뭡니까?"

"말했잖아, 싸우러 온 거 아니라고. 뭘 그렇게 떨어?"

슬라이 주니어는 화가 나서 숨을 훅 내쉬었다.

"갑자기 쑥 들어오니까 그렇죠. 여긴 변호사 사무소인데, 누가 그렇게……, 아, 맞다, 사무실이 없죠, 당신은? 영화에서 봤어요."

"쑥 들어오긴 누가 쑥 들어왔다고 그래. 비서가 없더구먼. 누구 있냐고 불러보고 나서 문 열어본 거야."

"말했잖아요, 점심 먹으러 갔다고. 점심시간이잖아요. 그 얘긴 이제 그만하죠. 원하는 게 뭡니까? 얼른 말하고 가세요."

슬라이 주니어가 허공을 손등으로 밀어치는 시늉을 했다.

"여기까지 찾아온 건 우리가 첫 단추부터 잘못 꿴 것 같아서 사과하려고 온 거야." 내가 말했다. "내 잘못이야. 이 사건 때문에 자네와 자네 아버지를 적대시했어. 근데 그렇게 하면 안 될 것 같아서 화해하고 서로 도울 방법이 있는지 알아보려고 왔어. 자네가 자네 패를 보여주면 난 내 패를 보여줄게."

슬라이 주니어가 고개를 가로저었다.

"아뇨, 그럴 필요 없어요. 난 나대로, 당신은 당신대로 가는 겁니다. 함께 일할 생각 추호도 없어요."

나는 앞으로 몸을 기울이고 그와 눈을 맞추려고 했지만, 그는 외면하고 다른 데를 쳐다보았다.

"우린 공동의 이해관계를 갖고 있어, 슬라이. 우리가 협조하고 정보를

공유하는 게 자네의 의뢰인 헥터 모야와 내 의뢰인 안드레 라 코세에게
도움이 될 거야."

슬라이 주니어는 단호하게 고개를 가로저었다.

"난 그렇게 생각 안 해요."

나는 방안을 둘러보다가 벽에 학위증을 걸어둔 액자를 발견했다. 글
씨가 너무 작아서 떨어져 앉아 있는 내가 읽을 수는 없었지만, 아이비리
그 학교 학위증서가 아닌 것만은 분명해 보였다. 나는 조금 전 차 안에서
계획했던 것을 실행하면서 슬라이 주니어의 반응을 살피기로 했다.

"내 의뢰인이 글로리아 데이턴을 살해한 혐의로 기소됐는데, 글로리
아 데이턴은 자네의 인신구제 청구소송에서 중요한 역할을 하는 여자
야. 근데 난 내 의뢰인이 죽였다고 생각 안 해."

"맘대로 생각하세요. 우린 관심 없으니까."

슬라이 주니어가 말한 '우리'는 그와 헥터 모야가 아니라는 생각이 들
었다. 그것은 팀 풀고니, 다시 말해 감옥 안에 있는 풀고니와 감옥 밖에
있는 풀고니를 말하는 것 같았다. 문제는 감옥 밖에 있는 풀고니가 인신
구제 영장이 뭔지, 범죄의 증거가 뭔지도 잘 모르는 풋내기 변호사라는
점이었다. 그런 인간을 상대하고 있으니 내 입만 아픈 거였다.

나는 더 나아가 큰 질문을 던져보기로 했다. 뒤로 물러서서 큰 그림을
보았을 때 떠올랐던 의문이었다.

"하나만 물어볼게. 대답해 주면 바로 갈 거야. 작년에 글로리아 데이
턴이 살해되기 전에 그 여자를 소환하려고 했었어?"

아들 슬라이가 힘차게 고개를 가로저었다.

"우리 사건에 관해서 당신하고 얘기 안 합니다."

"발렌수엘라에게 소환장 송달 맡겼어?"

"말했잖아요, 얘기 안 한……."

"이해가 안 가네. 우리끼리 서로 도울 수 있는데."

"그럼 아버지하고 통화해서 설득해 보시든가요. 나는 그 어떤 것도 당신하고 얘기할 수 없으니까. 이제 그만 가세요."

나는 꼼짝도 하지 않고 슬라이 주니어를 노려보았다. 그는 나를 밀어내는 시늉을 했다.

"제발 가시라고요."

"누가 자넬 괴롭혔어, 슬라이?"

"괴롭히다뇨? 도대체 무슨 얘길 하는지 모르겠네."

"발렌수엘라 시켜서 켄달 로버츠에게 송달한 소환장 말이야, 그거 왜 가짜로 만들었지?"

슬라이 주니어는 머리가 아픈지 손을 들어 콧등을 꾹꾹 눌렀다.

"당신하고는 말 안 해요."

"알았어, 그럼, 자네 아버지하고 얘기하지. 지금 당장 전화 걸어서 스피커폰으로 연결해 줘."

"전화를 걸다뇨. 감옥에 계신데."

"왜 못 걸어? 어젯밤에 나한테 전화했던데."

이 말에 슬라이가 놀라서 눈을 치켜떴다.

"전화했던데, 내가 트리나를 만나고 있을 때."

슬라이의 눈이 다시 휘둥그레졌다가 정상으로 돌아왔다.

"아, 그건, 자정 이후에만 전화할 수 있어요."

"왜 이래, 친구. 아버지가 핸드폰을 갖고 있더구먼. 내 의뢰인들 중에도 갖고 있는 사람이 절반은 될걸. 그게 무슨 큰 비밀이라고."

"그건 그렇죠. 하지만 빅터빌에는 방해전파 발신기가 있거든요. 아버지를 위해 그 기계를 꺼주는 사람이 있어요. 근데 자정 이후에만요. 그리고 핸드폰을 갖고 있는 의뢰인들이 있다니까 잘 아시겠네, 밖에서 감옥으로 전화할 수는 없다는 거. 감옥에서 외부로 거는 것만 가능하죠. 그것도 안전한 때에."

나는 고개를 끄덕였다. 그의 말이 맞았다. 모든 교도소에서 핸드폰은 공공연히 밀반입되는 물품이라는 것을 수감 중인 의뢰인들에게 들어서 알고 있었다. 그런데 많은 교도소가 지속적인 몸수색과 감방 수색을 통해 밀반입품을 찾아내기보다는, 핸드폰 사용을 원천 차단하는 방해전파 발신기를 이용하고 있었다. 아버지 슬라이는 야간 근무 때 방해전파 발신기 스위치에 자유롭게 접근할 수 있는 친절한 교도관을, 아니 그보다는 돈을 받고 친절을 베푸는 교도관을 알고 있었던 게 틀림없었다. 이 말은 전날 밤 아버지 슬라이 풀고니에게 받은 전화가 우연이었다는 것을 확인시켜 주었다. 그가 나를 미행해서 알아낸 게 아니라는 말이었다. 그렇다면 미행한 사람은 따로 있다는 뜻이었다.

"아버지가 전화를 자주 하시나?" 내가 물었다.

"그걸 당신이 알아서 뭐 하려고요." 아들 슬라이가 말했다. "이제 얘기 다 끝났습니다."

나는 아버지 슬라이가 밤마다 전화해서 다음 날 할 일을 지시할 거라고 추측했다. 아들은 스스로 알아서 일을 처리할 사람으로 보이지는 않았다. 나는 도대체 어느 로스쿨을 나왔는지 졸업장을 보고 싶은 생각이 굴뚝같았지만, 그럴 가치가 없는 일이라고 결론지었다. 내가 아는 변호사들 중에는 최고의 로스쿨을 졸업하고도 일이 없어 빌빌거리는 사람이 많았다. 반면에 야간대학 출신이지만 내가 힘들 때 주저하지 않고 도움을 청하고 싶은 변호사도 많았다. 결국 문제는 변호사라는 사람 그 자체이지 로스쿨 간판이 아니었다.

나는 일어서서 의자를 제자리로 밀어 넣었다.

"알았어. 실베스터, 내 말 잘 듣고 시키는 대로 해. 오늘밤에 아빠한테 전화 오면, 내가 내일 만나러 간다고 전해. 변호인이라고 말하고 접견 신청할 거라고. 모야도 마찬가지고. 자네랑 나랑 공동변호인 하는 거야. 아빠한테 말해, 내가 우리 두 진영이 적대적 관계를 맺는 걸 원하지 않고 협동하기를 바라더라고. 그러니까 접견 신청하면 거부하지 말고 나와서 내 말 들으라고 해. 모야에게도 똑같이 말해주라고 하고. 접견 거부하지 말라고. 안 그러면 그 사막 한가운데 있는 교도소에서 생활하기가 굉장히 불편해질 거라고 말하라고 하고."

"뭡니까, 이건 또? 공동변호인? 말도 안 되는 소리 하지 말아요."

나는 책상 앞으로 걸어가서 허리를 굽히고 마호가니 책상을 두 손으로 짚었다. 슬라이 주니어는 의자에 앉은 채로 몸을 최대한 뒤로 젖혔다.

"내 말 잘 들어, 슬라이. 내가 두 시간을 운전해서 올라갔는데 일이 내가 말한 대로 진행되지 않으면, 두 가지 일이 생길 거야. 첫째, 방해전파가 밤새도록 흐르기 시작해서, 자넨 여기서 무엇을 할지, 무엇을 청구할지, 무엇을 말할지 알지 못하고 막막하게 있게 되는 거지. 그리고 둘째, 캘리포니아 변호사협회가 자네 부자의 업무협조에 갑자기 관심을 갖기 시작할 거야. 아빠 무면허 영업으로, 자넨 법에 대해서 쥐뿔도 모르면서 영업한 죄로 걸리게 되는 거지."

나는 몸을 일으켜서 돌아서서 나가다가 다시 걸음을 멈추고 그를 향해 돌아섰다.

"그리고 참, 내가 변호사협회와 이야기할 때, 그 가짜 소환장 얘기도 하려고. 그것도 별로 안 좋아하겠다, 그치?"

"당신은 개자식이야, 알아, 할러?"

나는 고개를 끄덕이고는 다시 문을 향해 걸어갔다.

"알지 물론. 필요에 따라 개자식이 되곤 하지."

나는 밖으로 나가 문을 활짝 열어놓은 채 건물을 나섰다.

# 22

링컨 차는 내가 아까 내린 곳에서 기다리고 있었다. 뒷좌석에 타고 보니 운전석 뒤, 내 옆자리에 한 남자가 앉아서 나를 쳐다보고 있었다. 백미러로 흘끗 보니 얼이 미안한 눈빛을 하고 있는 게 보였다.

나는 낯선 남자에게로 관심을 돌렸다. 그는 검은색 골프셔츠에 청바지를 입고 조종사 선글라스를 끼고 있었다. 거무스름한 피부에 머리카락도 검은색이었고 콧수염을 기르고 있었다. 첫인상은 카르텔 소속 청부살인업자 같았다.

그가 내 눈에서 생각을 읽었는지 미소를 지었다.

"긴장 풀어, 할러." 그가 말했다. "당신이 생각하는 그런 사람 아니니까."

"그럼 누구?" 내가 물었다.

"누군지 알 텐데."

"마르코?"

그가 또 히죽 웃었다.

"운전기사한테 산책 좀 하고 오라 그래."

나는 잠깐 망설이다가 백미러로 얼을 쳐다보았다.

"산책 좀 갔다 와, 얼. 멀리 가진 말고. 보이는 곳에 있어."

얼이 나를 보고 있기를 바랐다. 마르코가 무슨 짓을 할지 몰랐기 때문에 목격자가 필요했다.

"진짜 가요?" 얼이 물었다.

"응, 가." 내가 말했다.

얼이 차에서 내려 문을 닫았다. 그러고는 차 앞으로 걸어가더니 앞 범퍼에 기대서서 팔짱을 꼈다. 나는 옆자리에 앉아 있는 마르코를 돌아보았다.

"원하는 게 뭐야?" 내가 말했다. "나를 미행해?"

마르코는 내 질문에 대해 잠깐 생각하는 눈치였다.

"아니, 미행 안 하는데." 그가 말했다. "나한테 소환장 주려고 애쓰는 변호사가 누군지 보러 왔다가 우연히 만난 거야. 그 변호사와 당신, 같이 일하는구먼."

타당하게 들렸다. 그러나 내 차에 위치추적기를 단 사람이 자기라고 확인해 주지는 않았다. 내가 자기 말을 믿지 않는다는 걸 알면서도, 그는 자기 대답에 만족하는 것 같았다. 마르코는 40대 중반으로 보였다. 자기가 남들보다 한두 수는 앞서간다는 것을 아는 사람처럼 자신감이 넘쳤다.

"원하는 게 뭐야?" 내가 다시 물었다.

"당신이 폭망하지 않도록 도와주고 싶어."

"폭망하다니?"

마르코는 내 질문을 무시하고 말을 이었다.

"'시카리오Sicario'라는 말 알아, 할러 변호사?"

마르코가 완벽한 라틴어 억양으로 그 단어를 발음했다. 나는 고개를 돌려 창밖에 얼이 있는 걸 확인한 후 다시 그를 돌아보았다.

"들어본 적은 있는 것 같아."

"그 말에 대한 정확한 영어 단어가 있는 것 같진 않은데, 멕시코에서는 카르텔 소속 암살자를 그렇게 불러. 시카리오라고."

"정보 고마워."

"저 아래쪽 법은 이 위쪽 법과는 달라. 십대가 어른이 되어 기소되는 걸 가능하게 하는 법조항이나 규정이 없다는 거 알아? 십대 아이들이 무슨 짓을 저지르든, 어렸을 때 저지른 범죄에 대해서는 어른이 되어 기소하거나 18세가 넘어서까지 감방살이를 시키지 않는다는 뜻이야."

"다음에 거기 갈 때를 위해서 알아두면 유용하겠네. 근데 그거 알아? 나는 여기 캘리포니아 변호사거든."

"그래서 거기 카르텔은 십대 청소년을 모집해서 시카리오 훈련을 시켜. 그 아이들이 잡혀서 유죄판결을 받는다고 해도 1~2년 살다가 18세가 되면 나오거든. 다시 일할 준비가 돼서. 무슨 말인지 알겠어?"

"진짜 비극이구면. 그 아이들이 교화가 돼서 나온다는 뜻은 아닐 테고."

마르코는 내 빈정거림에 반응을 보이지 않았다.

"헥터 아란데 모야는 열여섯 살 때 시날로아 주 쿨리아칸에 있는 법정에서 자기가 열다섯 살 때까지 일곱 명을 고문 살해했다고 시인했어. 그중 두 명은 여성이었다. 그 일곱 명 중 세 명은 지하실에서 목매달아 죽였고 나머지 네 명은 산 채로 불에 태워 죽였어. 여성은 둘 다 강간하고 나서 죽였고, 모든 시신은 절단하고 훼손한 뒤 산에 사는 코요테에게 먹이로 던져줬지."

"그게 나와 무슨 상관이지?"

"모야는 카르텔의 지시에 따라 이런 짓을 저지른 거야. 카르텔에서 컸거든. 열여덟 살에 교도소에서 나와서는 곧바로 카르텔로 돌아갔어. 별명까지 얻었지. 다들 모야를 '엘 푸에고El Fuego('불'이라는 뜻의 스페인어—옮긴이)'라고 불렀어. 사람을 태워 죽였다고."

나는 짐짓 초조한 표정을 지으며 손목시계를 확인했다.

"재밌긴 한데, 그 얘길 왜 나한테 해? 당신 얘길 해봐. 당신은……."

"당신이 풀고니와 공모해서 석방하려고 애쓰는 사람이 바로 이놈이니까. 엘 푸에고."

나는 고개를 가로저었다.

"무슨 얘긴지 모르겠군. 내가 석방하려고 애쓰는 사람은 딱 한 명이야, 안드레 라 코세. 살인 누명을 쓰고 감옥에 들어가 있는. 그래도 이 말은 해야겠네. 헥터 모야 그 새끼가 영원히 감옥에서 썩게 만들고 싶으면, 정정당당하게 주장을 해. 뒤에서……."

나는 이제 그만하자는 뜻으로 말을 멈추고 두 손을 펴 들었다.

"이제 내려." 내가 조용히 말했다. "당신과 얘기할 필요가 있으면 법정에서 할 테니까."

"전쟁이야, 할러, 어느 편인지 선택을 해. 희생자도 생길 거니까……."

"선택을 하라고? 글로리아 데이턴은 당신이 선택했어? 희생자로? 개소리 집어치워, 마르코. 사람 사는 데는 규칙이 있고, 법이 있어. 이제 내차에서 내려."

우리는 5초 동안 서로를 노려보았다. 마르코가 먼저 눈을 깜박였다. 그는 차 문을 열고 천천히 내렸다. 그러고는 허리를 굽히고 나를 바라보았다.

"제니퍼 애런슨."

나는 무슨 말이든 기다리고 있다는 듯이 두 손을 펼쳐 보였다.

"누구?"

마르코가 미소를 지었다.

"그 친구한테 말해. 나에 대해 알고 싶으면 그냥 나를 찾아오라고. 법원을 돌아다니면서 자료 찾고 나에 대해 물어보고 다니지 말고. 난 바로 여기 있으니까. 항상."

마르코는 차 문을 닫고 떠났다. 나는 그가 인도를 걸어가 모퉁이를 돌아 사라질 때까지 지켜보았다. 그는 풀고니를 보러 왔다가 우연히 나를 만난 거라고 했으면서도 풀고니의 사무실로 들어가지 않았다.

잠시 후 얼이 운전석으로 돌아왔다.

"괜찮으세요, 대표님?"

"괜찮아. 가자."

얼이 차를 출발시켰다. 나는 갑자기 짜증이 확 치밀어 올라 얼에게 퉁명스럽게 물었다.

"도대체 그 인간은 왜 태워줬어?"

"다가와서 창문을 두드리더니 배지를 보여주면서 뒷문을 열라고 하더라고요. 뒤통수에 총알이라도 박아 넣을 것 같은 기세였어요."

"그래서, 내가 내 차 뒷좌석에서 그 인간을 마주하게 된 거로군."

"어쩔 수가 없었어요, 대표님. 꼼짝도 못하게 하더라고요. 뭐래요, 그 인간이?"

"개똥같은 소리만 잔뜩 했어. 가자."

"어디로요?"

"글쎄. 일단은 회의실로."

나는 제니퍼에게 전화를 걸었다. 그녀를 놀라게 하고 싶진 않았지만,

그녀가 마르코의 뒷조사를 하고 그가 관련된 다른 사건들을 캐고 다닌 다는 사실을 마르코가 알고 있는 것이 분명했다.

전화는 바로 음성사서함으로 넘어갔다. 녹음된 제니퍼의 목소리를 들으면서, 나는 용건을 다 얘기할까, 전화해 달라는 말만 남길까 고민했다. 그러다가 용건을 다 말해서 핸드폰을 켜는 순간 모든 정보를 얻을 수 있게 하는 게 최선이고, 아마도 가장 안전할 거라고 결론지었다.

"제니퍼, 나야. 조금 전에 마르코 요원이 나를 찾아왔었어. 자네가 자기 뒷조사를 하고 다니는 걸 알고 있더라고. 법원 서기실이나 자료실에 아는 사람이 있나 봐. 그래서 말인데, 마르코 뒷조사한 자료는 갖고 있고, 지금부턴 모야 쪽을 살펴보는 게 좋을 것 같아. 내일 내가 빅터빌로 모야를 만나러 갈 생각인데, 그때까지 모야에 대해서 알아야 할 건 다 알고 싶어. 메시지 들으면 전화해 줘. 그럼 수고."

다음으로 시스코에게 전화를 걸었는데 이번에는 연결이 되었다. 나는 그에게 마르코를 만난 일을 전한 후, 미행이 있나 나를 지켜보기로 되어 있는 인디언들로부터 경고가 없었던 이유가 무엇인지 물었다. 그 일이 상당히 언짢았다.

"경고가 전혀 없었어. 그 인간이 내 차에서 나를 기다리고 있었다니까."

"어떻게 된 건지 모르겠는데, 알아볼게."

시스코도 나만큼 짜증이 난 것 같았다.

"그래, 알아보고 전화해 줘."

나는 전화를 끊었다. 그 후 몇 분 동안 얼과 나는 아무 말도 하지 않았고, 나는 아까 마르코와 나눈 대화를 곱씹어보고 있었다. 그 마약단속국 요원이 나를 찾아온 동기가 무엇인지 알아내려고 노력했다. 무엇보다도 협박이 주된 동기일 거라는 생각이 들었다. 우리 팀이 자기 뒷조사를 하는 것을 막고 싶었을 것이다. 그리고 내가 모야 사건에 관여하지 않기를 바랐던 것 같았다. 경험 없는 아들 슬라이 풀고니가 인신구제 청구소송을 주도하면 모야의 유죄평결과 무기징역형이 비교적 안전하게 유지될 거라고 느꼈을 것이 틀림없다. 그리고 그의 생각이 옳았다. 그러나 모야를 끔찍한 악마로 묘사한 것은 나를 속이는 위장막에 지나지 않았다. 마르코의 동기는 이타적이지 않았다. 나는 한순간도 그렇게 생각하지 않았다. 내가 마르코에게 겁을 줬기 때문에 되갚아주려고 했던 거라고 결론을 내렸다. 그리고 그 말은 우리가 옳은 방향으로 나가고 있다는 뜻이었다.

"저기요, 대표님?"

나는 백미러로 얼을 바라보았다.

"아까 제니퍼한테 메시지 남길 때 내일 빅터빌로 올라갈 거라고 하셨는데, 사실입니까? 내일 올라가요?"

나는 고개를 끄덕였다.

"응, 갈 거야. 아침에 일어나자마자 바로."

그렇게 큰 소리로 단언함으로써 마르코에게 무언의 엿을 날린 것 같은 기분이 들었다.

내 핸드폰이 울려서 보니까 시스코였다. 벌써 알아보고 전화를 한 것이다.

"미안해, 믹, 내 친구들이 실수했어. 그 인간이 나타나서 차에 타는 걸 봤대, 배지를 보여주는 걸 봤는데 누군지는 몰랐다고 하더라고. 우호적인 면담이라고 생각했대."

"우호적인 면담? 얼에게 배지를 보여주고 차에 탔는데 우호적인 면담이라고 생각했다고? 그때 바로 자네한테 전화를 걸어 알렸어야지. 그럼 자네가 나한테 전화해서 내가 무방비로 맞닥뜨리는 걸 막아줬을 거 아냐."

"그러게, 벌써 한 소리 해놨어. 그 친구들 철수시킬까?"

"뭐? 왜?"

"누가 자네 차에 위치추적기를 달았는지 알았잖아, 이젠."

마르코는 소환장 때문에 풀고니를 만나러 왔다가 우연히 나를 보게 된 거라고 주장했다. 그러나 나는 그 말을 믿지 않았다. 나는 시스코와 같은 의견이었다. 마르코가 내 차를 미행했을 거라고 생각했다.

"경비를 절약하는 게 좋겠지." 내가 시스코에게 말했다. "빼버려. 조기 경보 업무는 맡은 적도 없는 것 같으니."

"차에서 GPS도 떼어낼까?"

나는 그 문제에 대해 그리고 내일 계획에 대해 잠깐 생각해 보았다. 마르코의 방문과 은근한 협박에 굴하지 않는 모습을 보여주면서 그를 비웃어주고 싶었다.

"아냐, 그냥 놔둬. 당분간은."

"알았어, 믹. 그리고 내 친구들이 정말 미안하대."

"그래, 알았어. 이제 그만 끊을게."

나는 전화를 끊었다. 창밖을 보니 우리는 내 집을 향해 리틀 샌타모니카 대로를 달리면서 베벌리힐스를 지나가고 있었다. 나는 너무 배가 고팠고 곧 파파 제이크스가 보일 거라는 걸 알고 있었다. 파파 제이크스는 허름한 식당이었지만, 필라델피아 서쪽 지역에서 가장 맛있는 스테이크 샌드위치를 팔았다. 주 정부의 예산 위기로 베벌리힐스 고등법원이 문을 닫아 그곳에 갈 일이 없어진 이후로는 파파 제이크스에 발길을 끊었었다. 그러나 어느새 나도 리걸 시걸처럼 구운 양파와 피자이올라 소스를 곁들인 제이크 스테이크 샌드위치 맛에 길들여졌나 보았다.

"얼, 제이크스에서 차 세우고 점심 먹고 가자." 내가 말했다. "그 마약 단속국 요원이 아직도 미행하고 있다면, 베벌리힐스 최고의 비밀을 그 친구도 알아야지."

# 23

 

나는 늦은 점심을 먹고 퇴근했다. 달력이 깨끗했고 다른 약속도 없었다. 시내 구치소로 안드레 라 코세를 찾아가 곧 있을 재판에 관해 여러 가지 일들을 의논해 볼까 하는 생각이 들었다. 그러나 리걸 시걸의 강의에서부터 슬라이 주니어와의 만남과 마르코의 깜짝 방문에 이르기까지 지난 몇 시간 동안 일어난 일들이 나를 집으로 이끌었다. 오늘은 그만 쉬고 싶었다.

나는 얼에게 회의실이 있는 로프트로 가자고 지시했다. 얼이 직원회의에 들어오느라고 거기에 자기 차를 세워두었기 때문이었다. 거기서 얼을 보내고 직접 운전해서 집에 온 나는 프라이맨 캐니언의 자연을 헤매고 다니기에 적절한 옷으로 갈아입고 바로 집을 나왔다. 딸이 축구연습 하는 것을 본 지 꽤 오래된 것 같았다. 딸의 학교 인터넷 뉴스레터를 통해서 시즌이 몇 주 안 남았고 축구팀은 주 정부 주최 축구대회에 참가하기 위해 막바지 훈련에 박차를 가하고 있다는 사실을 알게 되었다. 나는 언덕에 올라가 딸의 연습을 지켜보면서 잠시라도 라 코세 사건에서 벗어나 머리를 식히고 싶었다.

그러나 탈출 일정이 약간 미뤄졌다. 로럴 캐니언 대로를 타고 프라이 맨 캐니언으로 올라가는 동안 제니퍼의 전화를 받았다. 제니퍼는 내가 남긴 메시지를 들었고 마르코에 대한 조사를 중단하라는 내 지시를 잘 알아들었다고 말했다.

"페이서 자료가 미흡해서 다른 아이스티 사건들에 관해 법원자료 열람을 신청했거든요." 제니퍼가 설명했다. "거기 자료실 직원이 알려준 게 틀림없어요."

"뭐, 그럴 수도 있겠고. 그러니까 당분간은 모야에게 집중해."

"알겠습니다."

"이제까지 알아낸 것 오늘 안으로 보내줄 수 있어? 내일 빅터빌로 장시간 차 타고 가야 하는데 읽을거리가 필요해서 말이야."

"그럴게요……."

제니퍼의 어조에서 뭔가 망설이는 기색이 느껴졌다. 더 할 말이 있는 것 같았다.

"더 할 말 있어?" 내가 물었다.

"잘 모르겠어서요. 우리가 옳은 방향으로 가고 있는 건지 확신이 안 서네요. 모야가 그 마약단속국 요원보다 더 좋은 표적임에는 틀림이 없지만요."

나는 제니퍼의 말뜻을 이해했다. 곧 있을 재판에서 모야가 의심스럽다고 몰아가는 게 연방요원에게 주목하는 것보다 훨씬 더 쉽고 효과적일 것이다. 제니퍼는 진실을 추구하는 것과 우리 의뢰인에게 유리한 평결을 추구하는 것 사이의 미묘한 차이 때문에 고민하고 있었다. 그 둘이 항상 같은 것은 아니었다.

"무슨 뜻인지 알아." 내가 말했다. "근데 일을 하다보면 직감대로 밀고 나가야 할 때가 있거든. 지금 내 직감은 이 길이 우리가 가야 할 길이라고 말하고 있어. 내 직감이 맞다면, 진실이 안드레를 자유롭게 해주겠지."

"그러길 바라요."

제니퍼는 확신이 없거나 뭔가 다른 고민이 있는 것 같았다.

"괜찮아? 계속할 수 있겠어?" 내가 물었다. "못하겠으면 말해. 이 건은 내가 맡고 자넨 다른 의뢰인을 맡게 해줄 테니까."

"아뇨, 괜찮아요. 그냥 약간 기이하다는 생각이 들어서요. 상황이 뒤집힌 게."

"무슨 상황이?"

"좋은 사람이 사실은 나쁜 사람일 수 있는 거잖아요. 그리고 저 위 감옥에 있는 나쁜 놈이 우리의 가장 큰 희망이 될 수도 있고요."

"그러게, 기이하군."

나는 다음 날 아침 빅터빌을 향해 길을 나서야 하니까 그 전에 조사 결과를 요약·정리해서 보내주는 것 잊지 말라고 한 번 더 강조한 후 전화를 끊었다. 제니퍼는 그러겠다고 약속했다.

15분 후 나는 프라이맨 캐니언 꼭대기에 있는 주차장으로 들어가 차를 세웠다. 글러브 박스에서 망원경을 꺼내들고 내려서 차 문을 잠그고 오솔길을 따라 걸었다. 잠시 후 발로 다져진 오솔길에서 벗어나 나만의 전망대로 갔다. 도착하고 보니 내가 갖다 둔 바위가 치워져 있었다. 밤에 누가 여기서 잠을 잔 것 같았다. 키 큰 풀들이 슬리핑백처럼 눌려 있었다. 나는 조심스럽게 주위를 둘러보며 나 혼자 있는 것을 확인한 뒤 바위를 원래의 자리로 도로 갖다놓았다.

저 밑에서는 축구연습이 한창이었다. 나는 망원경으로 북쪽 골대를 살펴보기 시작했다. 골키퍼는 빨간 머리를 하나로 묶고 있었다. 헤일리가 아니었다. 다른 쪽 골대를 확인했는데 거기 골키퍼도 내 딸이 아니었다. 포지션을 바꿨나 싶어 필드 안의 선수들을 하나하나 확인해 봤지만 등번호 7번, 내 딸은 보이지 않았다.

나는 망원경을 목에 걸고 핸드폰을 꺼냈다. LA 지방검찰청 밴나이스 지청에 있는 전처의 사무실로 전화를 걸었다. 공동 비서가 잠깐 기다리라고 하더니 곧 돌아와서 매기 맥피어슨 검사는 공판에 참석 중이라 바꿔줄 수 없다고 말했다. 거짓말이었다. 매기는 수사검사라서 이제 법원에 드나들지 않았다. 우리 관계에서 내가 저지른 많은 실수 중 하나 때문에 그렇게 된 거였다. 우리 관계를 관계라고 부를 수 있는지는 잘 모르겠지만.

전화를 끊고 매기의 핸드폰으로 전화를 걸었다. 매기는 긴급 상황이 아니면 업무시간에는 절대로 핸드폰으로 전화하지 말라고 했지만, 다행히도 전화를 받았다.

"마이클?"

"헤일리 어디 있어?"

"무슨 소리야, 집에 있지. 방금 전에 통화했는데."

"축구연습은 왜 빠졌어?"

"뭐?"

"축구연습. 안 왔던데. 어디 다쳤어? 아니면 어디가 아파?"

잠깐 침묵이 흘렀고, 나는 아버지로서 진작에 알았어야 할 어떤 사실을 이제 곧 알게 될 거라는 것을 직감했다.

"건강해. 축구 그만뒀어. 한 달 넘었어."

"뭐? 왜?"

"승마에 더 관심을 갖게 됐는데 공부도 하면서 두 가지를 다 할 수가 없어서. 그래서 그만뒀어. 말한 것 같은데. 이메일에 썼잖아."

내가 다수의 법률단체에 소속되어 있고 내 이메일 주소를 알고 있는 투옥된 의뢰인이 많아서, 내 이메일 받은편지함에는 1만 건이 넘는 이메일이 들어와 있었다. 그날 아침 검찰청 대기실에서 확인한 이메일은 빙산의 일각에 불과했다. 안 읽은 메일이 너무나 많으니까 그 속에 껴 있을 수 있었지만, 매기나 딸에게서 온 메일은 꼭꼭 확인하는 편인데 이상했다. 어떤 상황인지 확신할 수가 없어서 더 캐묻지 않았다.

"승마?"

"응, 승마. 버뱅크 근처에 있는 LA 승마센터에 다녀."

이젠 내가 입을 다물 차례였다. 내 딸이 어떻게 살고 있는지에 대해 아는 것이 거의 없다는 사실이 당혹스러웠다. 내가 원해서 이렇게 내쳐진 게 아니라는 사실은 중요치 않았다. 어쨌거나 나는 아버지였고 이 모든 게 내 실수에서 비롯된 일이었다.

"마이클, 나중에 조용히 얘기하려고 했는데 이왕 말이 나왔으니까 지금 할게. 나 다른 데 취업이 돼서 이번 여름에 벤투라 카운티로 이사가, 우리."

원투펀치의 두 번째 타격은 그 위력이 더 세다고들 하는데 정말 그랬다.

"언제 결정된 거야? 무슨 일자린데?"

"여기엔 어제 말했어. 한 달 먼저 통지를 한 거야, 한 달 후에 그만두고, 그러고 나선 한 달 쉬면서 살 곳을 알아보고 이사 준비를 할 생각이야. 헤일리는 여기서 학년을 끝낼 거고. 그다음에 이사할 거야."

벤투라는 해안을 따라 LA 카운티 바로 위에 붙어 있는 카운티였다.

이사 가는 곳이 어딘가에 따라 다르겠지만, 매기와 내 딸은 한 시간 내지 한 시간 반 거리로 멀어지는 거였다. 물론 LA 카운티 안에서도 교통체증 때문에 그보다 더 걸리는 곳이 있을 수 있었지만, 내게는 그들이 독일로 이사 가는 것 같은 느낌이었다.

"어떤 일자린데?"

"벤투라 검찰청. 나보고 디지털범죄 전담반을 맡으래. 법정에도 다시 드나들게 될 거야."

갑자기 지난 일이 한꺼번에 몰려왔다. 내가 검찰청장 선거에서 패배하는 바람에 매기도 LA 카운티 지방검찰청에서의 입지가 완전히 무너져 내렸다. 검찰청은 주 법을 공정하고 평등하게 집행할 책임을 진 기관이었지만, 카운티에서 가장 정치적인 관료집단 중 하나이기도 했다. 매기 맥퍼어슨은 검찰청장 선거에서 나를 지지했다. 내가 패배하자 그녀도 패배했다. 데이먼 케네디가 검찰청장으로 취임하자마자 매기는 본청에서 지청으로 밀려나 동료 검사들이 공판에 갖고 들어갈 자료를 정리해 주는 일을 하게 되었다. 어떤 면에서는 운이 좋았다고도 할 수 있었다. 더 나빠질 수도 있었는데 그 정도에서 그친 거니까. 내가 선두주자였을 때 나를 위해 지원연설을 했던 한 검사는 앤털로프 밸리 교도소 내에 있는 법정으로 밀려났다.

매기처럼 그 검사도 그만두었다. 나는 매기가 왜 그만두는지 이해했다. 그리고 그녀가 변호사로 전업해서 대형 로펌 같은 데서 새 출발 할 수도 없을 것이라는 사실도 이해했다. 매기는 타고난 검사였고 그녀가 무슨 일을 할 것인가에 대해서는 선택의 여지가 없었다. 오직 어디서 그 일을 할 것인가에 대해서만 선택의 여지가 있었다. 그렇게 생각하면 내가 불만을 가져서는 안 된다는 생각도 들었다. 샌프란시스코나 오클랜

드까지 올라가거나 샌디에이고로 내려가는 것도 아니고, 단지 옆 카운티로 옮겨가는 것뿐이니까.

"그래서 살 집을 알아보러 어디로 갈 건데?"

"직장이 벤투라 시내에 있으니까, 시내나 시내에서 멀지 않은 곳으로 알아보려고. 오하이에 가보고 싶은데 거긴 너무 비쌀 것 같아. 그리고 헤일리는 승마하면서 잘 적응할 거니까 걱정하지 마."

오하이는 벤투라 카운티에 있는 조용하고 아름다운 산골마을이었다. 십 수 년 전, 헤일리가 생기기 전에, 매기와 나는 주말마다 그곳에 가곤했었다. 어쩌면 우리 딸이 거기서 임신이 됐을 가능성도 있었다.

"그래서……, 승마는 일시적인 취미가 아니라는 거야?"

"일시적인 취미일 수도 있어. 그건 아무도 모르는 거잖아. 어쨌든 지금은 완전히 빠져 있어. 6개월간 말을 빌려 탔어. 나중에 사준다고 약속하고."

나는 고개를 가로저었다. 고통스러웠다. 전처는 물론이고 헤일리조차 내게 이런 이야기를 한마디도 하지 않았다.

"미안해." 매기가 말했다. "헤일리가 당신한테 너무 잔인하게 군다는 거 알아. 근데 내가 시켜서 그러는 게 아니라는 건 알아줬으면 좋겠어. 당신과 나 둘 사이에 무슨 일이 있든, 난 헤일리가 자기 아버지와 관계를 유지해야 한다고 생각해. 진심이야. 헤일리한테도 그렇게 말하고 있고."

"고마워."

달리 더 할 말이 떠오르지 않았다. 나는 바위에서 일어섰다. 어서 집으로 돌아가고 싶었다.

"부탁 하나 해도 될까?" 내가 물었다.

"뭔데?"

"곧 재판이 있는데, 헤일리가 보러 와주면 좋겠어." 내가 말했다.

나는 슬픔과 부녀관계를 회복하고 싶은 바람에서 비롯된 설익은 생각을 가지고 즉흥적인 제안을 하고 있다는 것을 깨달았다.

"당신이 맡은 그 포주 재판 말하는 거야? 안 돼, 마이클. 헤일리가 거기 가서 앉아 있는 거, 내가 원하지 않아. 학교 수업도 있고."

"그 친구 결백해."

"정말? 당신 지금 나를 배심원으로 생각하는 거야?"

"아냐, 사실이야. 그 친구 결백해. 살인을 저지르지 않았어. 내가 입증해 보일 거야. 헤일리가 와준다면, 어쩌면……."

"모르겠어. 생각해 볼게. 학교 가야 하는데. 헤일리가 조퇴하는 것도 싫고. 또 이사도 있고."

"그럼 평결 있는 날 와줘, 둘 다."

"저기, 이제 그만 끊을게. 경찰들이 많이 와 있어."

사건을 송치하려고 와서 기다리는 경찰들이 많다는 뜻이었다.

"알았어. 근데 한번 생각해 봐."

"알았어, 그럴게. 이제 진짜로 끊어야겠다."

"마지막으로 하나만 더. 헤일리 승마 사진 한 장만 보내줄래? 말 타는 모습 보고 싶어서 그래."

"그럼, 물론이지."

그 말을 끝으로 매기가 전화를 끊었다. 나는 한동안 축구연습장을 노려보면서 매기와 나눈 이야기를 그중에서도 딸에 관한 모든 소식을 곱씹어보았다. 과거는 과거로 흘려보내라던 리걸 시걸의 충고가 생각이 났다. 말은 쉬워도 행하기는 어려운 일들이 있었고 행하기가 아예 불가능한 일들도 있다는 생각이 들었다.

# 24

그날 저녁 7시, 나는 언덕을 걸어 내려와 로럴 캐니언 기슭에 있는 작은 시장에 갔다. 거기서 택시를 부르고, 시장 게시판에 붙은 시정알림 소식지를 읽으면서 15분을 기다렸다. 택시는 나를 태우고 언덕을 넘어 밸리 지역으로 데려갔다. 나는 택시운전기사에게 콜드워터 캐니언 옆 벤투라 대로 아무 데나 내려달라고 했다. 거기서 다섯 블록을 걸어 플렉스에 있는 요가 스튜디오에 도착했을 땐 8시가 다 되어가고 있었다.

켄달 로버츠는 앞쪽 카운터에서 스튜디오 문을 닫을 준비를 하느라고 분주하게 움직이고 있었다. 머리는 하나로 묶어 정수리로 둥글게 말아 올린 당고머리를 하고 연필을 비녀처럼 꽂고 있었다. 마지막 수업을 마친 수강생들이 둥글게 만 요가매트를 옆구리에 끼고 스튜디오를 빠져나가고 있었다. 잠시 후 내가 스튜디오로 들어가서 문을 닫았다. 그러고는 잠깐 얘기할 시간이 있는지 켄달에게 물었다. 그녀는 망설였다. 내가 예고도 없이 찾아갔으니 당연한 건지도 몰랐다.

"배고파요?" 내가 물었다.

"연달아 네 시간이나 수업했어요. 배가 고파 죽을 것 같아요."

"저 아래에 있는 가츠야에 가본 적 있어요? 초밥집인데 꽤 괜찮거든요."

"초밥 좋아하는데 거긴 안 가봤어요."

"먼저 가서 자리 잡고 있을 테니까 끝나면 올래요?"

켄달은 아직도 내가 찾아온 이유가 미심쩍은지 다시 망설였다.

"오래 붙잡고 있진 않을게요." 내가 약속했다.

그녀가 마침내 고개를 끄덕였다.

"좋아요. 거기서 봐요. 15분 정도 걸릴 거예요. 좀 씻고 나갈 준비를 해야 하니까."

"천천히 해요. 사케 좋아해요?"

"엄청요."

"따뜻하게, 차갑게?"

"어, 차갑게요."

"이따 봐요."

내가 벤투라 대로를 걸어 내려가 가츠야에 들어섰을 때, 그곳은 스시 애호가들로 북적였다. 빈 테이블은 하나도 없었지만 바 앞의 걸상 두 개를 확보할 수 있었다. 나는 사케와 오이 샐러드를 주문한 뒤 핸드폰을 보면서 켄달을 기다리기 시작했다.

내 딸과 딸의 말을 찍은 사진을 전처가 이메일로 보내주었다. 사진을 보니 헤일리 뒤에 선 말이 헤일리의 어깨 쪽으로 머리를 기울이고 있었다. 검은색 말이었는데 긴 코를 따라 번개 모양의 흰 줄무늬가 있었다. 헤일리와 말, 둘 다 너무 예뻤다. 흐뭇했지만, 사진을 보니 이 아이가 곧 벤투라 카운티로 이사 간다는 소식을 듣고 받은 상처가 더욱 쓰라렸다.

나는 메시지 앱으로 들어가서 딸에게 보낼 문자 메시지를 작성했다. 헤일리가 이메일은 일주일에 한두 번만 확인하기 때문에, 빨리 답장을 받고 싶으면 문자로 보내는 게 나았다.

엄마한테서 너와 말을 찍은 사진을 받아보았고 승마를 그렇게 열심히 한다니 네가 자랑스럽다고 썼다. 또 이사 간다는 소식도 들었는데 멀리 가는 건 유감이지만 이해한다고도 말했다. 승마 레슨 받는 것 한번 구경해도 되겠냐고 물으면서 문자를 마무리했다. 그러고는 메시지 전송 버튼을 눌렀고, 어리석게도 메시지가 전송되자마자 곧바로 답장이 올 거라고 기대했다. 그러나 답장은 오지 않았다.

문자 받았냐고 묻는 메시지를 작성하려고 하는데 갑자기 켄달이 내 옆에 나타났다. 나는 핸드폰을 주머니에 넣으면서 그녀를 맞으려고 일어섰고, 덕분에 두 번째 문자메시지를 보냈으면 맞이했을지 모를 당혹감을 피할 수 있었다.

"안녕하세요." 켄달이 밝게 인사했다.

그녀는 화사한 셔츠에 청바지를 입고 있었다. 요가 스튜디오에서 옷을 갈아입고 온 거였다. 머리를 풀어 내렸는데 더 아름다웠다.

"안녕하세요." 내가 말했다. "와줘서 기뻐요."

켄달은 내 옆을 비집고 들어와 옆 걸상에 걸터앉더니 내 뺨에 입을 맞췄다. 예상치 못한 행동이었지만 기분은 좋았다. 내가 사케를 한 잔 따라주었고, 우리는 건배를 한 후 맛을 음미했다. 사케에 대해 부정적인 반응이 나올까 걱정이 되어 그녀의 표정을 살폈지만 내 선택이 마음에 드는 모양이었다.

"기분은 어때요?" 내가 물었다.

"좋아요. 오늘 하루 잘 지냈어요. 당신은요? 아까 당신이 스튜디오로 들어오는 거 보고 좀 놀랐어요."

"당신한테 할 말이 있어서. 우선 주문부터 하죠."

우리는 초밥 메뉴판을 함께 살펴보았다. 켄달은 매운 참치초밥 세 종류에 표시를 했고 나는 캘리포니아 롤과 오이 롤을 시켰다. 검찰청장 선거 전, 딸의 입맛이 세련되어지고 수요일 저녁에 먹는 팬케이크에 시큰둥해지면서 나는 딸을 가츠야에 데리고 오기 시작했다. 물론 내 미각은 딸의 미각과 비교하면 미각이라고 할 것도 없이 둔했고, 생선을 날것으로 먹는다는 사실을 도저히 받아들일 수가 없었다. 그러나 가츠야에는 모험을 즐기지 않는 사람도 먹을 만한 것이 많이 있었다.

사케는 달랐다. 따뜻한 것이든 차가운 것이든 다 좋았다. 초밥 요리사 한 명이 마침내 카운터 위로 몸을 굽히고 주문을 받을 때쯤에는, 나는 벌써 사케를 석 잔째 마시고 있었다. 내가 켄달을 찾아온 이유와, 앞으로 켄달과 해야 할 이야기 때문에 긴장해서인지 평소보다 빨리 술이 들어갔다.

"그래, 무슨 일이에요?" 내가 미리 시켜놓은 오이 샐러드를 젓가락으로 능숙하게 집어먹고 나서 켄달이 물었다. "어젯밤에도 그러더니. 굳이 이렇게 멀리까지 나를 만나러 올 필요가 없었는데."

"보고 싶어서 왔어요." 내가 말했다. "그리고 모야와 마르코라는 마약단속국 요원에 관해서 더 할 말도 있고."

켄달이 얼굴을 찌푸렸다.

"그 변호사를 만나러 가야 한다고는 하지 말아요, 제발."

"아뇨, 그런 건 아니고. 증인소환은 없어요. 앞으로도 없도록 내가 확실히 해놓을 거고. 근데 오늘 다른 일이 생겼어요."

나는 이 문제를 켄달에게 어떻게 설명하면 좋을지 모르겠어서 잠시 입을 다물고 망설였다.

"무슨 일인데요?" 켄달이 재촉했다.

"관련자들 때문에 일이 좀 복잡하고 위험해졌어요. 저 위 감옥에는 모야가 있고, 이 아래에는 자기 자신과 자신이 맡은 사건들을 보호하려고 애쓰는 마약단속국 요원 마르코가 있죠. 게다가 글로리아는 살해당했고, 내 의뢰인은 글로리아를 살해한 혐의로 기소됐지만 나는 그가 범인이라고 생각하지 않아요. 이렇게 이해관계가 다 다른 관련자들이 얽히고설켜 있는데, 오늘 아침에는 내 차에서 추적장치까지 발견됐어요."

"추적장치라뇨? 그게 무슨 말이에요?"

"GPS 같은 거요. 누가 나를 미행한다는 뜻이죠. 그걸 설치한 사람은 내가 어디로 움직이는지 알 수 있어요. 적어도 차로는 어디로 움직이는지."

나는 걸상에서 돌아앉아 켄달을 마주보면서 그녀의 표정을 살폈다. 그녀는 이 정보의 심각성을 깨닫지 못한 것 같았다.

"그 장치가 언제부터 거기 붙어 있었는지 모르겠어요." 내가 말했다. "근데 어제 당신 집에 두 번이나 왔잖아요. 한 번은 얼과 함께, 두 번째는 밤에 나 혼자서."

이제야 무슨 말인지 알아차리기 시작한 것 같았다. 켄달의 눈에 두려움이 깃들기 시작했다.

"그래서 그게 무슨 뜻이에요? 누가 나를 찾아올 거라는 말이에요?"

"아뇨, 그럴 것 같지는 않고. 겁낼 이유는 전혀 없어요. 하지만 당신이 알고는 있어야 할 거 같아서요."

"누가 그런 걸 달아놨을까요?"

"백퍼센트 확신은 못하지만 마약단속국 마르코 요원이라고 짐작하고 있어요."

하필이면 이 부적절한 때에 초밥 요리사가 나뭇잎 모양의 커다란 접시를 카운터 위로 들어 우리 앞에 내려놓았다. 초밥 롤 다섯 개가 생강 초절임과 내 딸이 '초록빛 살인자'라고 부르는 뜨거운 와사비와 함께 아름답게 장식되어 나왔다. 나는 고개를 숙여 요리사에게 감사를 표했고, 켄달은 음식을 노려보면서 방금 전 내가 한 말을 곱씹어보고 있었다.

"얘기할까 말까 많이 망설였는데." 내가 말했다. "당신도 알아야 한다는 생각이 들어서. 오늘밤엔 아주 조심해서 왔어요. 집에서 언덕을 걸어 내려가서 택시를 탔죠. 그들은 내가 당신과 함께 있는 걸 모를 거예요. 내 차는 내 집 앞에 그대로 서 있으니까."

"오늘은 미행당하지 않았다는 걸 어떻게 알아요?"

"하루 종일 사람을 붙여서 차를 지켜봤으니까. 그건 그냥 전자 추적장치예요."

켄달은 내 말을 듣고 어느 정도 안심했을 수도 있지만, 얼굴 표정에는 드러나지 않았다.

"그냥 그걸 떼어버리면 안 돼요?" 켄달이 물었다.

"그것도 한 방법이긴 하죠." 내가 고개를 끄덕이며 말했다. "근데 다른 방법들도 있거든요. 우리에게 유리하게 이용할 수도 있을 것 같아요. 예를 들면, 혼란스럽게 하거나 거짓정보를 주는 거죠. 어떻게 할지 아직 고민 중이라 당분간은 그냥 달아놓으려고요. 이것 좀 먹지 그래요?"

"이젠 배가 안 고픈 것 같아요."

"그러지 말고 먹어요. 하루 종일 힘들게 일했다면서. 배가 고파 죽겠다고 해놓고."

켄달은 마지못해 간장소스를 작은 종지에 살짝 부은 다음 와사비를 조금 넣고 섞었다. 그러고는 참치초밥 한 점을 집어 와사비 간장에 찍어

먹었다. 맛이 있는지 바로 한 점을 더 먹었다. 나는 젓가락질은 완전 젬병이어서 캘리포니아 롤을 손으로 집어 와사비 간장은 찍지 않고 그냥 먹었다.

롤을 두 개 먹은 후에 나는 다시 본론으로 돌아갔다.

"켄달, 어제도 물어봤지만, 한 번만 더 물어봅시다. 제임스 마르코라는 마약단속국 요원과 거래한 적 없는 것 확실해요? 흑갈색 머리에 마흔 살 정도 됐는데. 콧수염이 있고 눈은 야비해 보이고⋯⋯."

"마약단속국 요원이라면 인상착의를 설명할 필요도 없어요. 마약단속국과 거래한 적 한 번도 없으니까."

나는 고개를 끄덕였다.

"그렇군요. 근데 글로리아 데이턴과 관련하여 당신이 마르코의 레이더망에 걸려들었을 수도 있을 것 같은데, 그랬다면 이유가 뭘까요? 뭐 생각나는 거 없어요?"

"아뇨, 전혀요."

"어제 그랬잖아요, 그 당시에 당신이 제공한 서비스 중 하나가 고객에게 코카인을 가져다주는 거였다고. 글로리아와 트리나는 모야에게서 코카인을 구했는데, 당신은 어디서 구했어요?"

켄달은 먹고 있던 캘리포니아 롤을 천천히 다 먹고 나서 접시 옆에 있는 작은 수저받침대에 젓가락을 내려놓았다.

"이런 얘긴 정말 하고 싶지 않아요." 그녀가 말했다. "여기 왜 오자고 했어요? 나를 구석으로 몰아 대답해야 한다는 의무감을 갖게 하려고?"

"아뇨, 그런 거 아닌데. 구석으로 몰다니요." 내가 서둘러서 진화 작업에 나섰다. "너무 캐물었다면 미안해요. 그냥 당신은 아무 혐의가 없다는 걸 확인하고 싶었을 뿐이에요."

266

켄달은 냅킨으로 입을 닦았다. 이로써 저녁식사가 끝났다는 느낌이 들었다.

"화장실 좀 다녀올게요." 그녀가 말했다.

"그래요." 내가 말했다.

나는 일어서서 내 걸상을 뒤로 밀어 그녀를 위해 공간을 마련해 주었다.

"돌아올 거죠?" 내가 물었다.

"돌아오죠, 그럼." 켄달이 퉁명스럽게 말했다.

나는 다시 걸상에 앉아 켄달이 뒤쪽 복도를 걸어가는 모습을 지켜보았다. 그녀가 뒷문으로 나가 이곳을 떠날 수 있었고, 그렇게 해도 10분 정도는 내가 그 사실을 알아차리지 못할 것이었다. 그러나 나는 그녀가 돌아올 거라고 믿었다.

핸드폰을 꺼내 딸한테서 답이 왔는지 찾아봤지만 답 문자는 없었다. 다시 문자를 보내볼까, 가츠야의 캘리포니아 롤 사진을 보내볼까 생각하다가, 너무 부담 주지 않기로 했다.

켄달은 5분도 안 되어 돌아와서 조용히 걸상에 앉았다. 내가 무슨 말을 하기도 전에 그녀가 먼저 입을 열었다. 무슨 말을 할지 화장실에서 생각하고 온 게 분명했다.

"헥터 모야에게서 구한 약을 내가 고객들에게 갖다주긴 했지만, 모야에게서 직접 받지는 않았어요. 글로리아와 트리나가 모야에게서 산 것을 내가 다시 그 친구들한테서 샀어요. 나는 그 생활을 하는 동안 그 마약상을 만난 적도 없고 마약단속국 요원과 마주친 적도 없어요. 다 지난 일이고, 당신이든 다른 누구하고든 다시는 그 일에 대해서 얘기하고 싶지 않아요."

"그랬군요, 좋아요, 켄달. 다 이해……."

"당신이 함께 저녁 먹자고 했을 때 정말 기뻤어요. 난 당신이……, 당신이 다른 이유로 그러는 거라고 생각했고 그래서 너무 행복했어요. 그런데 약에 대해서 물어보니까 너무 화가 나서 예민하게 반응한 거예요."

"미안해요, 내가 분위기를 다 망쳤군요. 하지만 믿어줘요, 당신이 나를 만나주겠다고 했을 때 나도 너무 기뻤어요. 그러니까 그런 얘기 그만하고 초밥 마저 먹을까요?"

내가 접시를 가리켰다. 우리가 주문한 초밥이 거의 그대로 남아 있었다. 켄달이 애매하게 웃더니 고개를 끄덕였다. 나도 미소를 지었다.

"그럼, 사케를 더 시킵시다." 내가 말했다.

# 25

나는 택시를 타고 집으로 돌아오면서 바로 내 집 문 앞까지 가서 내리기로 결심했다. 하루에 여러 가지 일을 보고 소식을 접하고 프라이맨 캐니언까지 올라갔다 왔더니 피곤해 죽을 지경이었다. 누가 내 집과 차를 감시하고 있었다고 해도, 지난 네 시간 동안 내가 어디 갔다 왔는지는 아무리 머리를 짜내도 알 수 없을 터였다. 나는 요금을 지불하고 택시에서 내려 현관문을 향해 계단을 올라갔다.

계단을 다 올라가서 걸음을 멈추고 휘황찬란한 도시의 풍경을 내려다보았다. 청명한 밤이었고 센추리시티의 불 켜진 고층건물들이 선명하게 보였다. 그 고층빌딩 숲 근처 어딘가에 슬라이 풀고니 주니어의 초라한 변호사 사무실이 있다는 생각이 문득 들었다.

나는 고개를 돌려 다른 쪽 어깨 너머로 LA 시내를 바라보았다. 저 멀리서 희미한 불빛들이 스모그를 뚫고 여기까지 닿으려고 애를 쓰고 있었다. 하지만 다저스 스타디움이 있는 차베스 라빈의 불빛들은 선명하게 보였다. 그나저나 다저스는 올 시즌 초반 성적이 엉망이었다.

나는 현관문을 열고 집 안으로 들어갔다. 라디오를 틀어 늙지도 않는 것 같은 빈 스컬리의 야구 중계를 듣고 싶었지만, 너무 피곤했다. 물을 가지러 부엌으로 갔다가 냉장고 문에 붙은 하와이 엽서를 한동안 바라보았다. 그러고는 잠을 자러 곧장 침실로 향했다.

두 시간 후 내가 검은 말을 타고 번개 불만 번쩍이는 어두운 황무지를 거침없이 내달리고 있을 때, 핸드폰 벨소리가 울려 나를 깨웠다.

나는 외출복 차림 그대로 침대에 누워 있었다. 천장을 노려보며 꿈을 기억해 내려고 애쓰고 있을 때 전화벨이 다시 울렸다. 주머니에 손을 넣어 핸드폰을 꺼내 누군지 확인하지도 않고 전화를 받았다. 무슨 이유에선지 딸일 거라는 생각이 들어 전화를 받는 내 목소리에 간절함이 묻어나왔다.

"할러?"

"그런데요, 누구시죠?"

"풀고니일세. 어디 아픈가?"

깊고 중후한 목소리로 보아 빅터빌 교도소에서 아버지 슬라이 풀고니가 다시 전화한 것이 틀림없었다.

"아뇨, 아프긴요. 이 번호는 어떻게 알았어요?"

"발렌수엘라가 알려주더군. 자넬 별로 안 좋아하던데, 할러. 약속을 해놓고 지키지 않았다나 뭐라나."

나는 침대에서 일어나 앉아 벽시계를 보았다. 새벽 2시 10분이었다.

"웃기지 말라고 그래요." 내가 말했다. "전화한 용건이 뭐죠? 내일 만나러 갈 건데."

"아냐, 잠깐만 기다리게, 똑똑한 친구. 그 일로 나를 협박하면 곤란하지. 내 아들도 마찬가지고. 자네가 장시간 운전해서 여기까지 올라오기 전에 몇 가지 상황 정리가 필요할 것 같아서 전화했네."

"잠깐만요."

나는 핸드폰을 침대에 내려놓고 침대 등을 켰다. 아까 잠들기 전에 가져온 물을 들어 절반 가까이 벌컥벌컥 들이켰다. 그러고 나니 머리가 좀 맑아지는 것 같았다.

다시 핸드폰을 들었다.

"여보세요, 슬라이?"

"내가 어딜 가겠나?"

"그러네요. 근데 무슨 상황을 정리할 필요가 있다는 거죠?"

"우선 자네가 내 아들에게 말했던 공동 변호인 어쩌고 하는 것. 그렇게는 안 되겠네, 할러. 모야는 우리 꺼야. 자네와 나눌 수는 없지."

"진짜 신중하게 생각해 본 거예요?"

"뭘 생각해 보라는 건가? 이미 다 결정된 건데."

"당신은 감옥에 있잖아요. 조만간 소송 준비절차가 끝나고 재판에 들어가야 할 때가 올 텐데, 아들이 연방법정에 들어가서 정부 측 대리인들과 마약단속국을 상대로 당당하게 맞서 싸워 이길 거라고 생각해요, 진짜로?"

곧바로 반응이 나오지 않아서, 좀 더 밀어붙였다.

"나도 자식이 있어요, 슬라이. 그래서 당신이 아들을 얼마나 사랑하는지 잘 알죠. 아들이 지금은 당신이 써주는 대본대로 대사를 하고 연기를 하고 있지만, 법정에 들어가면 대본이 없잖아요. 죽기 아니면 까무러치기로 혼자 해내야 되는데."

아직도 아무런 반응이 없었다.

"오늘 미리 약속 안 하고 아들 사무실에 갔는데요. 아들이 뭘 하고 있었는지 정확히는 모르겠지만 변호사 업무는 아니었어요. 달력에 아무것도 적혀 있지 않고, 경험이 없어서 그런지 이 소송 건에 대해 물어도 대답도 제대로 못하고. 근데 다음 주에 증인진술을 받겠다고요? 물어볼 질문을 아버지가 불러주면 전부 받아 적은 다음에 물어보겠단 얘긴가?"

"아니지. 그럴 리가 있겠나."

아버지 슬라이 풀고니가 처음으로 내 말에 반발하고 나섰다.

"아, 그러면 몇 개는 자기가 질문을 생각해서 써놓을 건가 보네. 그래도 증인진술을 받아내는 주체는 당신이지 아들이 아니잖아요, 본인도 잘 알면서 그러시네. 이 건은 타당한 소송사유가 있는 건 확실합니다. 승소 전망도 밝고요. 하지만 인신구제 청구소송에 대해 잘 아는 사람이 들어가지 않으면 쉽지 않을걸요."

"얼마를 원하나?"

이번에는 내가 입을 다물었다. 아버지 슬라이가 내 말에 넘어왔고 곧 거래를 마무리하게 될 것 같았다.

"돈이요? 아뇨, 돈은 필요 없고. 대신 내 의뢰인 재판할 때 협조 좀 해줘요. 정보 공유하고 모야도 좀 빌려주고. 공판 때 모야가 필요할 수도 있거든요."

대답이 없었다. 생각하고 있는 거였다. 그렇다면 내가 먼저 최종변론을 하자는 생각이 들었다.

"모야에 대해서 생각해 봐요. 이 소송이 법정에서 안 좋게 결론이 나면 어떨 것 같아요? 그때도 모야가 아들 옆에 앉아 있기를 바랄 것 같아요? 판사가 이유 없다고, 돌아가서 무기징역이나 계속 살라고 모야를 빅터빌로 되돌려 보낸다면? 모야가 그 일로 누군가 비난할 사람이 필요할 때, 아들을 떠올리면 좋겠어요? 오늘 모야가 시날로아 시절에 어땠는지 얘기를 들었는데, 일이 잘 안될 경우에는 아들 옆에 두기에 많이 위험한 사람이던데."

"그런 얘기는 누구한테 들었나?"

"마르코 요원한테서요. 나를 찾아왔던데요. 아들한테도 갔을 걸요, 아마."

아버지 슬라이 풀고니가 묵묵부답이었지만 이번에는 그의 침묵을 방해하지 않았다. 내가 해야 할 말은 다 했으니, 이젠 기다리는 수밖에 없었다.

그러나 침묵은 오래가지 않았다.

"여긴 언제 올 건가?" 아버지 슬라이가 물었다.

"아직 한밤중이니까 좀 더 자고요. 늦게까지 자고 한 8시쯤 출발할까하는데. 도착해서 접견 신청하고 뭐 하고 하면, 점심시간 전에는 만날 수 있지 않을까요."

"여긴 점심시간이 10시 30분부터라네. 빌어먹을, 옛날엔 날마다 1시에 먹었는데, 워터그릴에서."

나는 고개를 끄덕였다. 그런 사소한 일들이 가장 그리운 법이었다.

"그래요, 그럼 점심식사하고 나서 봐요. 당신부터, 그다음에 모야, 이런 순서로. 이번에는 내가 아군이라고 모야한테 꼭 말해요. 알겠어요?"

"알겠네."

"그럼 그때 봅시다."

나는 전화를 끊고 메시지 앱으로 들어갔다. 딸은 내가 여섯 시간 전에 보낸 문자메시지에 대해서 아직도 아무런 반응이 없었다.

나는 핸드폰으로 7시에 알람을 맞춰서 침대 옆 탁자에 올려놓았다. 그러고는 옷을 벗고 이불 속으로 들어갔다. 등을 대고 똑바로 누워서 이런저런 일들을 생각했다. 딸내미와 켄달이 떠올랐다. 켄달은 가츠야 앞에서 헤어질 때 내게 또 입을 맞췄다. 내 안에서 변화가 일어나는 것 같았다. 내가 하나의 문을 닫고 다른 문을 여는 것 같은 느낌이 들었다. 그러자 슬프기도 하고 희망에 가슴이 벅차오르기도 했다.

잠들기 전 나는 검은 말이 번개가 내리치는 들판을 거침없이 내달리던 꿈을 기억해 냈다. 고삐가 없어서 목 갈기를 꽉 붙들고 있었더랬다. 살겠다고 꽉 붙들고 있었던 기억이 났다.

# 26

나는 8시 정각에 현관문을 열고 나가 계단을 내려갔다. 얼 브릭스가 집 앞에 자기 차를 세우고 기대서서 로럴 캐니언 너머로 펼쳐져 있는 웨스트할리우드의 시가지를 바라보며 나를 기다리고 있었다.

"좋은 아침." 내가 말했다.

얼은 자기 차 엔진뚜껑 위에 놓아둔 스타벅스 커피 두 잔을 들고 길을 건너 링컨 차를 향해 걸어갔다. 나는 차 열쇠를 그에게 주고 한 잔을 건네받으면서, 먼 길을 떠나기 전에 스타벅스에 들러 커피를 사 와준 것에 대해 고마움을 표현했다.

전날 오후 시스코가 링컨 차를 꼼꼼히 살펴보았다. 그와 그의 친구들은 GPS 위치추적장치는 그대로 있지만 도청장치나 카메라는 붙어 있지 않다는 것을 확인했다.

얼과 나는 동쪽 방향 10번 고속도로를 타기 위해 남쪽으로 달려 내려 갔고, 중간에 주유소에 들러 링컨 차의 기름 탱크를 가득 채웠다. 교통정체가 꽤 심각했지만 시내를 벗어나 15번가에서 북북으로 방향을 틀면 상황이 훨씬 나아질 것을 알고 있었다. 거기서부턴 모하비 사막을 통과해 곧장 북으로 달려가면 되었다.

간밤에 제니퍼는 조사결과 요약 보고서를 첨부한 이메일을 여러 통 보내왔다. 나는 차를 타고 가면서 이 문서들을 읽으며 시간을 보냈다. 제일 먼저 눈에 띈 것은 헥터 모야의 인신구제 청구소송의 의의에 관한 제니퍼의 분석이었다. 모야는 체포된 이후로 벌써 8년째 수감 중이었다. 그가 아직도 감옥에 있는 유일한 이유는 연방가중처벌법상 총기소지 가중처벌조항에 따라 무기징역형을 선고받았기 때문이었다. 코카인 소지 혐의로는 6년형을 선고받았다. 거기에 무기징역형이 추가된 거였다.

이것은 인신구제 청구소송 결과에 따라 모야가 즉시 석방될 수도 있다는 뜻이었다. 다시 말해, 모야가 라 코세 사건 재판에서 나에게 협조하고, 실베스터 풀고니 주니어보다 경험 많은 나에게 자신의 미래를 맡겨야 하는 또 하나의 이유이기도 했다.

이런 상황을 알고 보니 전날 마르코가 나를 찾아온 이유를 알 것 같았다. 그 마약단속국 요원은 자기가 통제할 수 없는 이 법정 소송 두 건의 결과에 따라 영원히 사회와 격리해 놓았다고 생각했던 조직폭력배가 곧 자유를 맛볼 수도 있다는 사실을 알았던 게 틀림없었다.

다음으로 나는 7년 전에 있었던 헥터 모야 사건의 재판 속기록을 읽었다. 두 부분을 읽었는데, 하나는 LA 경찰국 영장집행팀 소속 경찰관의 증언이었고, 다른 하나는 제임스 마르코 마약단속국 요원의 증언 중 일부였다. 경찰관은 모야를 체포한 일과 호텔 객실 매트리스 밑에 숨겨져 있던 권총을 찾아낸 일에 관해 증언했다. 마르코의 증언은 회수된 총기의 분석 작업과 소유자 추적 작업에 관한 질문에 대한 답변이었다. 그것은 그 총이 애리조나 주 노갈레스에서 판매된 시점부터 모야와 관련이 있었다는 사실을 보여주는 중요한 증언이었다.

산악지대를 지나 모하비 사막으로 들어갈 때쯤 나는 서류를 읽다가 지쳐서 얼에게 목적지에 도착하면 깨워달라고 말했다. 그러고는 뒷좌석에 웅크리고 누워서 눈을 감았다. 한밤중에 아버지 슬라이 풀고니와 통화하고 잠을 설친 탓에 잠을 보충할 필요가 있었다. 나는 교도소에 접견 가는 게 대단히 피곤한 일이라는 것을 경험으로 알고 있었다. 내 모든 감각을 괴롭히는 시련이었다. 감옥의 소리와 냄새, 천박한 오렌지색 죄수복이 발산하는 칙칙한 철회색의 색조, 내가 접견 온 재소자들의 얼굴에 떠 있는 절박감과 위협이 뒤섞인 표정. 이곳은 단 1분이라도 더 머무르고 싶은 곳이 아니었다. 그 안에 있는 동안 계속 숨을 참고 있는 것 같은 느낌이 들었다.

웅크리고 누웠는데도 30분 가까이 잘 수 있었다. 얼은 교도소 도착 직전에 나를 깨웠다. 핸드폰으로 시계를 보니 초반에는 교통정체가 좀 있었지만 비교적 빨리 왔다는 걸 알 수 있었다. 이제 겨우 10시, 접견 시작 시각이었다.

"괜찮으시다면, 대표님, 저는 이 바깥에서 기다릴게요." 얼이 말했다.

나는 백미러로 그를 보며 웃었다.

"괜찮지, 물론. 나도 그러고 싶다."

나는 좌석 너머로 얼에게 내 핸드폰을 건넸다. 외부인은 핸드폰을 소지하고 교도소 안으로 들어갈 수 없었는데, 대다수의 재소자들이 핸드폰을 쓸 수 있다는 사실을 감안하면 참 아이러니한 규정이었다.

"시스코나 로나나 송아지가 전화하면 받아서 접견 들어갔다고 전해 줘. 다른 전화는 음성사서함으로 넘어가게 내버려두고."

"알겠습니다."

얼은 면회객 출입구 앞에 나를 내려주었다.

풀고니와 모야의 접견 절차는 순조롭게 진행되었다. 나는 운전면허증과 캘리포니아 변호사협회 회원증을 제시한 후, 법정 대리인 서약서와 마약 및 기타 불법 밀수품을 교정시설에 밀반입하지 않겠다는 내용의 문서에 서명해야 했다. 그런 다음에는 벨트를 풀고 신발을 벗은 후 자기탐지기磁氣探知機를 통과해야 했다. 그 후 변호인 접견실로 안내받아 들어가자 의자에 달린 안전벨트를 매라는 전자 안내방송이 들렸다. 의뢰인에게 물리적인 위협을 받을 경우, 안전벨트에 붙은 무선호출기 크기의 장치를 잡아당기면 경보가 울리고 교도관들이 방으로 들어올 거라는 안내방송도 나왔다. 물론 그 장치를 잡아당기려면 그때까지 살아 있어야 하겠지만, 그런 자세한 사항에 대한 언급은 없었다. 이런 모든 조치는 교도관이 변호인과 의뢰인의 접견을 감독하는 것을 금지하는 내용의 법원 판결이 잇달아 나오면서 취해진 것이었다.

나는 가로세로 3미터 길이의 방에 혼자 남겨졌다. 탁상이 하나, 의자가 둘 있었고 문 옆 벽에 인터컴이 붙어 있었다. 기다림은 기정사실이었다. 접견할 때 의뢰인이 먼저 와서 기다린 경우는 한 번도 없었다.

변호사들은 한 교도소에 있는 의뢰인들 면회를 한꺼번에 몰아서 하는 게 관례였다. 아무 관계가 없는 사건들인 경우에도 그랬다. 한 번에 몰아서 하면 출장 시간과 수속 시간이 단축되기 때문이었다. 그러나 재소자들은 교도관들과 재소자들의 일정에 따라 순서가 정해져 접견실로 안내되는 게 보통이었다. 나는 접견 담당 교도관에게 풀고니를 먼저, 모야를 그다음에 접견하게 해달라고 요청했다. 그는 내 요구에 얼굴을 찌푸렸지만 최선을 다해보겠다고 말했다.

대기시간이 지나치게 길었던 것은 아마도 그래서였을 것이다. 30분이 지나서야 드디어 아버지 실베스터 풀고니가 접견실로 들어왔다. 처음에는 교도관들이 사람을 잘못 데려온 줄 알았는데, 가만히 보니 아버지 슬라이가 맞았다. 겨우 알아보긴 했지만, 예전에 내가 법원과 법정에서 보았던 그 사람이 아니었다. 족쇄를 차고 질질 끌려 들어오는 남자는 허리가 구부정하고 얼굴이 창백하고 초췌했다. 예전에는 그가 부분가발을 착용했던 게 틀림없다는 사실을 그때 처음 알았다. 감옥에서는 그런 허세가 허용되지 않았다. 완전히 벗어진 정수리가 강렬한 형광등 불빛을 받아 밝게 빛나고 있었다.

아버지 풀고니는 탁자를 가운데 두고 내 맞은편에 앉았다. 두 팔목에 수갑이 채워져 허리에 감긴 사슬에 연결되어 있었다. 우리는 악수를 하지 않았다.

"안녕하세요, 슬라이." 내가 말했다. "점심은 맛있게 드셨나 모르겠네."

"매일 똑같은 거 먹는데 뭐. 흰 빵에 볼로냐소시지. 그런 걸 사람한테 먹으라고 주는 건지, 원."

"저런, 유감이군요."

"유감스럽게 생각할 필요 없어. 그런 음식을 좋아하기 시작하면, 그게 문제인 거니까."

나는 고개를 끄덕였다.

"그러네요, 정말."

"자네 의뢰인들은 어떤지 모르겠지만, 예전에 내 의뢰인 중에는 감옥에 숨어 지내길 좋아하는 놈들이 많았어. 이런 곳에 말이야. 방도 주고 침대도 주고 깨끗한 옷도 주고 하니까 거리보다 훨씬 살기 편하거든. 원한다면 섹스와 마약도 쉽게 구할 수 있고. 물론 위험하긴 하지만, 길거리는 훨씬 더 위험하잖아."

"하긴, 내 의뢰인 중에도 그런 친구들 몇 명 있었어요."

"근데, 난 그런 사람 아니야. 여긴 정말 생지옥이야."

"근데 1년도 안 남았잖아요, 그렇죠?"

"341일. 예전에는 시간, 분 단위까지 말할 수 있었는데, 이젠 좀 느긋해졌지."

나는 또 고개를 끄덕였고, 인사말은 이 정도로 됐다고 생각했다. 이젠 본론으로 들어가야 했다. 감방생활의 장단점을 논하거나 풀고니를 위로하기 위해서 여기까지 달려온 게 아니었다.

"오늘 아침에 헥터 모야한테 내 얘기 했어요?"

풀고니가 고개를 끄덕였다.

"했지. 잘 해결했어. 모야가 접견에 응할 거고, 자넬 내 아들 슬라이와 공동 변호인으로 인정할 거야."

"잘됐군요."

"별로 달갑지 않은 눈치더라고. 자기가 여기서 썩게 된 데에는 자네의 책임도 일부 있다고 확신하고 있고."

나 자신을 방어하는 말을 하려는 순간, 엄청난 굉음이 접견실을 흔들었다. 아니 교도소 전체가 흔들리는 것 같았다. 안전벨트에 붙은 호출 장치로 저절로 손이 갔다. 어디서 폭발이 일어났고 누가 탈옥하려나 보다 하는 생각이 먼저 들었다.

그런데 풀고니는 움찔하지도 않고 히죽히죽 웃고 있었다.

"오늘은 큰 거였구면." 그가 평온한 목소리로 말했다. "B2를 띄웠나본데. 스텔스."

근처에 공군기지가 있다는 사실이 그제야 기억이 났다. 나는 그 일은 떨쳐버리고 본론으로 들어가려고 노력했다. 탁자 위에는 리걸패드가 놓여 있었다. 풀고니를 기다리면서 질문 몇 가지와 기억해야 할 중요한 사실들을 메모해 놓았다. 기본적인 질문부터 시작해서 차츰 중요한 질문으로 나아가고 싶었다.

"모야 얘기 좀 해봐요. 이 모든 일이 언제 어떻게 시작됐는지."

"내가 알기로 자격을 박탈당한 변호사가 이 안에 나 말고 한 명이 더 있어. 그 친구는 샌디에이고에서 금융사기사건에 말려들었다고 하더군. 어찌 됐든 이 안에서는 사회에서 무슨 일을 했는지가 알려지게 마련이지. 사람들이 찾아오더라고. 처음엔 단순히 충고와 추천을 해달라고 오더니, 나중엔 영장 쓰는 데 도움이 필요하다며 찾아오더란 말이지. 이 안에 너무 오래 있어서 바깥의 변호사들한테 버림받은 사람들이 많거든. 항소를 하다하다 지쳐서 변호사는 나가 떨어졌는데도 포기를 못하는 사람들."

"그래서요?"

"헥터 모야도 그중 한 명이었어. 정부가 너무 부당한 횡포를 부렸다면서 아직도 자기가 해볼 수 있는 일이 있는지 알고 싶다고 하더라고. 알고 보니, 아무도 그의 말을 믿어주지 않았더군. 변호사도 그의 주장을 믿어주지 않았고 심지어 조사원도 배당하지 않았더라고."

"정부가 부당한 횡포를 부렸다는 건 마약단속국이 모야의 방 안에 권총을 숨겨놓아 가중처벌을 받게 한 거 말하는 거예요?"

"그렇지. 그 가중처벌조항 때문에 모야가 이 안에서 평생을 살게 됐잖아. 그 방에 있었던 마약 얘기하는 거 아니야. 그건 분명히 인정한대. 근데 총은 자기 것이 아니라는 거야. 그리고 잡힌 첫날부터 줄곧 그렇게 주장했지만 아무도 들어주지 않았다고 하더라고. 하지만 나는 들어줬지. 내가 이 안에서 달리 뭘 하겠나, 남들 얘기를 들어주는 것 말고."

"그렇죠."

"이 일이 그렇게 해서 시작된 거야. 내 아들이 인신구제 청구소송을 제기했고 덕분에 이렇게 우리가 만나게 된 거지."

"잠깐 아들이 소송을 제기하기 전으로 돌아가 보죠. 작년으로 돌아가 보자고요. 모든 일을 종합해서 판단해야 되니까. 모야는 누가 총을 자기 방에 몰래 숨겨놓았다고 했다면서요. 근데 숨긴 사람이 글로리아 데이턴이었다고 말했어요?"

"아니, 모르고 있던데. 모야는 자네가 검찰과 거래한 후에 LA 경찰에게 체포됐더라고. 기억나? 근데 모야는 여러 해가 지나도록 그 거래에 대해서는 전혀 모르고 있었어. 최근에 내가 얘기해 줘서 알았지. 당시에 모야가 알았던 건 LA 경찰이 중범죄 도주자 체포영장을 가지고 자기가 묵고 있던 호텔 객실을 급습했다는 사실뿐이었어. 경찰이 서랍장에서 코카인을, 매트리스 밑에서 권총을 찾아냈고, 그걸로 상황 끝. 도주자 영장 어쩌고 한 것은 대배심大陪審(일반시민이 재판에 참여하여 기소 여부를 결정하는 배심제의 한 종류 − 옮긴이)에 불출석할 경우를 대비한 연막작전이었어. 그 정도야 뭐 애교로 봐줄 수 있지. 모야는 방에 코카인 50그램과 총을 갖고 있었어. 그걸 어떻게 알았는지 연방요원들이 들이닥쳐서 싹 쓸어가고, 모야는 연방법정에서 재판을 받게 되지. 연방수사요원들은 공로상을 받고. 참, 세상 쉽게 살지 않나?"

"그건 나도 다 아는 내용이고. 난 지금 총에 대해 묻는 거예요. 모야가 몰랐던 내용을 당신은 어떻게 알았죠? 당신이 쓴 인신구제 청구소송 소장에는 그 총을 몰래 숨긴 사람이 글로리아 데이턴이었다고 적혀 있던데."

"그야 간단했지. 적절한 질문을 던지고 두 걸음 뒤로 물러서서 큰 그림을 봤어. 모야의 말이 사실이라는 전제하에 접근해 본 거지. 아까도 말했지만 나 이전에는 모야의 말을 믿어준 사람이 아무도 없었어. 어느 날 모야가 나를 찾아와서 그러더군. '그래요, 그 방에 있던 코카인은 내 거가 맞아요. 그것 때문이면 형을 살아야지, 별 수 있나. 근데 권총은 내 거가 아니란 말이지.' 그 말을 듣고 난 생각했지. 진실을 말하는 게 아니라면, 하나는 인정하고 다른 하나는 부인할 이유가 있을까?"

그렇게 할 이유를, 다시 말해 하나는 거짓말을 하고 다른 하나는 진실을 말할 이유를 어렵지 않게 댈 수 있었지만 당분간은 나만 알고 있기로 했다.

"그래서……, 글로리아는요?"

"맞다, 글로리아. 모야는 누가 그 총을 몰래 숨겨놓은 거라고 했는데, 예전에 나도 총기소지 가중처벌 조항이 달린 사건을 맡은 적이 있었어. 이거나 그거나 내용은 비슷한데, 내가 맡았던 사건은 처음부터 마약단속국 사건이었지. 지방경찰 관할이 아니라. 마약단속국이 약을 파는 척하다가 덮친 건데, 내 의뢰인은 그 거래가 어그러졌을 때 자기한테서 발견된 총이 자기 것이 아니라고 맹세를 하더라고. 처음에는 의뢰인 말을 믿지 않았어. 2만 5천 달러를 가방에 넣어 들고 1킬로그램이나 되는 코카인을 사러 가면서 만일의 경우를 대비해 권총을 챙겨가지 않을 사람이 있을까? 하지만 그때부터 나는 그 사건을 자세히 들여다보기 시작했지."

"입증했어요? 가중처벌을 받아내기 위해 누가 총을 몰래 숨겨놓은 거라고?"

풀고니가 얼굴을 찌푸리며 고개를 가로저었다.

"못했어. 그래서 의뢰인이 대가를 톡톡히 치렀지. 근데 그 의뢰인을 체포한 부서가 부처 간 카르텔 공조 수사팀, 일명 아이스티 팀이라고 불

리는 데였어. 마약단속국 소속이고 지미 마르코라는 요원이 책임자로
있었지. 모야를 급습해서 모든 것을 싹 쓸어간 바로 그 친구. 모야 사건
자료에서 그 이름을 봤을 때 뭔가 있다고 생각했지. 그의 이름이 언급된
사건에서 총기소지 가중처벌과 관련된 논란이 일어나는 걸 두 번 본 거
잖아. 어디서 자꾸 그렇게 연기가 나면 불이 나기 마련이지."

나는 잠깐 생각을 정리하며 풀고니가 취한 조치들을 이해하려고 노
력했다.

"그러니까 마르코라는 이름을 알고는 있었지만, 모야 사건 자료에서
마르코의 이름을 본 후에야 마르코를 의심하기 시작했다, 그 말이군요."
내가 요약해서 말했다. "그래서 마르코가 이 사건의 배후라면, 그가 어
떻게 권총을 그 방 안에 숨겨서 지방경찰이 찾아내게 했을까 알아내야
했고."

풀고니가 고개를 끄덕였다.

"바로 그거야. 그래서 내가 모야에게 가서 물었지. 그 총을 지방경찰
이 심어놓은 게 아니라면? 이미 그 전에 매트리스 밑에 있었고 다른 누
군가가 미리 숨겨놓은 거라면? 자네가 그 호텔에 체크인하고 나서부터
체포될 때까지 그 방에 누가 왔다 갔어? 총 4일이었는데 그동안 누가 그
방에 왔다 갔는지 명단을 작성하라고 했어."

"그랬더니 글로리아 데이턴이 튀어나왔군요."

"그렇지. 우린 그 여자에게 초점을 맞췄어. 하지만 그 방에 들어온 사
람이 그 여자 한 명뿐이었던 건 아니었어. 다른 매춘부도 한 명 있었고,
모야의 형과 동료도 두 명 있었지. 다행인 건, 모야가 그 방에 묵는 내내
'방해하지 마시오' 팻말을 방문에 걸어놨기 때문에 호텔 청소부들을 조
사할 필요는 없었다는 거야. 우리가 글로리아에게 초점을 맞춘 건 그럴

만한 이유가 있어서였어. 내가 친구를 시켜서 경찰국 컴퓨터 데이터베이스에 그 모든 이름을 넣고 돌려봤는데, 모야가 체포되기 하루 전에 그 여자가 체포됐다는 기록이 있었기 때문이야."

나는 고개를 끄덕였다. 논리가 이해가 됐다. 나라도 글로리아를 주목했을 것이다. 또한 나는 그다음에 무엇을 했을지도 알았다.

"글로리아를 어떻게 찾아냈어요? 이름까지 바꾸고 멀리 떠났다가 돌아왔는데."

"인터넷이 있잖아. 이런 여자들은 수시로 이름과 주소를 바꾸지만, 그런 건 중요하지 않아. 그 여자들의 사업은 시각적 이미지에 바탕을 두고 있거든. 내 아들이 8년 전 글로리아가 마약 소지 및 성매매 혐의로 체포당해 입건될 때의 사진을 입수해서, 인터넷 성매매 사이트에 올라온 사진들과 확인을 했지. 결국에는 찾아냈어. 헤어스타일만 바뀌었지 그대로더군. 아들이 사진을 인쇄해서 여기로 보내줬고, 모야가 확인을 했지."

아들 슬라이 풀고니가 사건의 주요 돌파구가 될 수 있는 일을 해냈다니 놀라웠다.

"그런 다음에는 물론 당신이 아들을 시켜서 글로리아에게 소환장을 보냈겠고."

나는 그게 당연한 수순이라는 듯이 태연하게 말했다.

"그렇지, 소환장을 보냈지. 불러들여서 글로리아가 하는 말을 기록으로 남겨두고 싶었거든."

"소환장을 송달한 집행관이 누구예요? 발렌수엘라?"

"몰라. 아들이 고용했으니까."

나는 탁자 위로 몸을 숙이고 심각한 어조로 질문을 퍼붓기 시작했다.

"소환장 수령을 입증하는 사진을 찍었대요?"

그런 건 모르고 관심도 없다는 듯 풀고니가 어깨를 으쓱거렸다.

"사진 찍었냐고요."

"나야 모르지. 난 여기 있었잖아, 할러. 그게 왜……."

"사진 있으면, 한 장 줘요. 아들한테 말해서."

"알았어. 그렇게 하지."

"글로리아에겐 언제 소환장을 보냈죠?"

"작년인데 정확한 날짜는 모르겠어. 분명한 건 그 여자가 포주에게 살해되기 전이었다는 거야."

나는 탁자 위로 더 깊숙이 몸을 기울였다.

"살해되기 얼마 전?"

"한 일주일쯤."

나는 주먹으로 탁자를 강하게 내리쳤다.

"글로리아는 포주에게 살해되지 않았어요."

나는 그를 향해 손가락질을 했다.

"당신이 죽게 만든 거지. 당신과 당신 아들이. 그들이 소환장에 대해 알게 된 거구먼. 글로리아가 계속 입을 다물고 있을지 믿을 수가 없었던 거요."

내가 말을 끝내기 전부터 풀고니는 고개를 가로젓고 있었다.

"우선, '그들'이 누구야?"

"마르코와 아이스티 팀이요. 그들이 자기네 작전이 폭로될 위험을 감수할 거라고 생각해요? 특히 총기를 몰래 숨기는 게 그들이 늘 하는 짓거리라면? 생각해 봐요, 그 모든 명성과 경력과 사건들이 위험에 처하게 되는 건데. 그게 범행 동기라는 생각 안 들어요? 자기네 작전을 보호하기 위해서라면 매춘부 하나쯤 제거하는 위험은 기꺼이 무릅쓸 것 같지는 않아요?"

풀고니가 한 손을 들어 내 말을 막았다.

"이봐, 내가 바본 줄 아나. 그런 위험 다 알고 있었어. 그래서 소환장도 기밀유지 조건으로 청구했는데. 마르코가 알았을 리가 없어."

"그러면 글로리아가 그로부터 불과 일주일 후에 살해됐는데, 포주가 죽였다고 생각해요? 그 모든 게 다 우연이라고?"

"아들이 신문에 난 경찰조사 결과를 읽어줬고, 난 들은 대로 믿었을 뿐이야. 포주가 글로리아를 죽였다고, 그래서 글로리아한테서 모야 건에 관해 도움을 받을 기회를 놓쳤다고 생각했지."

나는 고개를 가로저었다.

"말도 안 되는 소리 하지 말아요. 다 알고 있었으면서. 당신이 이 모든 일에 시동을 걸었다는 사실을 알고 있었잖아요. 증인진술이 있기 며칠 전에 글로리아가 살해됐죠?"

"모르지. 구체적인 일정은……."

"자꾸 말도 안 되는 소리 하지 말고. 알고 있었잖아요. 며칠 전이죠?"

"나흘. 근데 그건 상관없는 일이야. 기밀유지 조건이 붙어 있었다니까. 글로리아와 우리 말고는 아무도 몰랐다고."

내가 고개를 끄덕였다.

"그래요, 당신들과 글로리아만 알았다고 치고. 근데 글로리아가 다른 사람에게 알리지 않을 거라고 생각했어요? 그 말을 들은 사람이 또 다른 사람에게 알리지 않을 거라고 생각했고? 자기를 정보원으로 썼던 지미 마르코에게 전화해서 이런 걸 받았는데 어떡하냐고 묻지 않을 거라고 생각했어요?"

켄달 로버츠에게 송달된 소환장이 위조였다는 것을 확인한 후로 줄

곧 품고 있던 한 가지 의문에 대한 해답을 찾았다는 생각이 문득 들었다. 나는 풀고니의 가슴을 가리켰다.

"궁금했던 게 하나 풀렸네요. 당신은 마르코가 법원서기국에 사람을 심어놨다고 생각했어요. 그 사람이 마르코에게 기밀유지 조건이 붙은 소환장에 대해 말을 해줬다고 생각했죠. 그래서 당신 아들이 소환장을 위조해서 발렌수엘라를 시켜 켄달 로버츠에게 송달하게 한 거예요. 누가 살해되는 일이 또 일어나기를 원치 않았으니까. 로버츠를 불러들여 글로리아와 마르코에 대해서 알고 있는 바를 듣고는 싶었지만, 진짜 소환장이 발부되면 그 사실이 마르코에게 알려질까 봐 걱정이 됐던 거죠. 아무리 기밀유지 조건이 붙어 있는 거라도."

"무슨 말을 하는지도 모르면서 잘도 지껄이고 있군, 할러."

"아뇨, 난 내가 무슨 말을 하는지 잘 알고 있어요. 어떤 식으로든 당신들의 소환장이 글로리아를 죽게 만들었어요. 당신들은 그 사실을 알고 있었고. 그래서 입 닥치고 납작 엎드려 있기로 결심했죠. 어느 불쌍한 멍청이가 대신 잡혀 들어가든 말든."

"완전히 빗나갔어, 할러."

"그래요? 난 그렇게 생각 안 하는데. 그렇다면 왜 이번 주에 소환장을 송달했죠? 나와 마르코에게, 그리고 켄달 로버츠에게 위조 소환장까지. 왜 지금이죠?"

"인신구제 청구소송이 제기된 지 6개월이 다 되어가니까. 빨리 진행하지 않으면 그대로 기각되게 생겨서. 그건 글로리아 데이턴과는 아무 관계가 없는 일이었고……."

"헛소리 집어치워요. 이거 알아요, 슬라이? 이 모든 일에서 당신과 당신 아들은 마르코나 랭크포드와 다를 게 없는 비열한 인간이에요."

288

풀고니가 일어섰다.

"첫째, 랭크포드가 누군지 모르겠군. 그리고 둘째, 아까 얘기한 건 없던 일로 하지. 공동 변호인 건은 잊으라고. 모야 소송 건은 우리가 알아서 할 테니까. 모야 만날 필요 없어."

아버지 풀고니가 돌아서서 문을 향해 발을 질질 끌며 걸어가기 시작했다.

"앉아요, 슬라이. 얘기 안 끝났으니까." 내가 그의 등에 대고 말했다. "그렇게 여길 나가면 캘리포니아 변호사협회가 당신들 부자를 가만히 안 놔둘걸요. 당신은 이제 변호사가 아니에요, 슬라이. 그런데도 여기서 법무상담을 해주면서 변호사 업무에 대해서는 쥐뿔도 모르는 아들한테 사건을 물어다주고 있잖아요. 다저스 유니폼이나 입고 사무실에 죽치고 앉아만 있는 아들한테. 변호사협회가 아들을 갈기갈기 찢어서 던져버리려고 들 텐데. 아들이 그렇게 되길 바라요? 당신도 그렇게 되고 싶고? 아들이 폐업하면 사건은 누구한테 물어다줄 건데요?"

풀고니가 돌아서더니 발뒤꿈치로 문을 차서 교도관을 불렀다.

"어떻게 될 것 같아요, 슬라이?" 내가 물었다.

교도관이 문을 열었다. 풀고니가 그를 흘끗 돌아다보고는 잠깐 망설이더니 5분만 더 시간을 달라고 말했다. 문이 닫혔고 풀고니가 나를 쳐다보았다.

"어제 내 아들을 협박했다고 들었지만 나를 협박할 용기가 있으리라고는 생각 안 했는데."

"협박 아니에요, 슬라이. 당신들 둘 다 문 닫게 해줄게요."

"이런 개자식을 봤나."

내가 고개를 끄덕였다.

"맞아요, 개자식. 살인누명을 쓴 무고한 사람을 맡았을 땐 개자식이
되죠."

풀고니가 그 말에는 아무 반응을 보이지 않았다.

"돌아와서 앉아요." 내가 지시했다. "헥터 모야를 어떻게 다뤄야 할지
말해봐요."

# 27

풀고니가 나가고 모야가 들어올 때까지 25분을 기다려야 했고, 그동안 인근 공군기지에서 두 번의 굉음이 들렸다. 마침내 문이 열렸고, 모야가 나를 쳐다보면서 천천히 걸어 들어왔다. 자신이 처한 상황에 어울리지 않게 점잖고 편안한 걸음걸이었고, 그래서인지 뒤따라 들어오는 두 교도관이 시종 같아 보였다. 오렌지색 죄수복은 색이 선명했고 빳빳하게 다림질이 되어 있었다. 천 번은 빤 것처럼 색이 바래고 소매 가장자리가 너덜너덜하던 풀고니의 죄수복과는 하늘과 땅 차이였다.

모야는 내가 예상했던 것보다 더 키가 크고 근육질이었다. 더 젊어 보이기도 했다. 기껏해야 서른다섯 살 정도로밖에 보이지 않았다. 역삼각형의 몸매에 넓은 어깨를 갖고 있었다. 죄수복 소매가 이두박근 때문에 꽉 끼어 보였다. 나는 그의 8년 전 사건에 관심을 갖고 조사를 하면서도 그를 직접 보거나 신문이나 텔레비전에서 본 적도 없다는 사실을 깨달았다. 그래서 그에 대해 품고 있던 이미지는 환상에 근거한 것이었다. 땅딸막한 모습에 타락하고 잔혹한 사람으로, 자신이 한 짓에 마땅한 벌을 받고 있는 사람으로 상상했었다. 지금 내 앞에 서 있는 남자의 모습은 완전히 예상 밖이었다. 그래서 풀고니와는 다르게, 모야는 족쇄와 허리에 쇠사슬을 차고 있지 않아 나처럼 자유롭게 행동할 수 있는 상태인 걸 보니 걱정부터 앞섰다.

모야가 내 마음을 읽었는지 앉기도 전에 상황 설명부터 했다.

"실베스트리보다 내가 여기 훨씬 더 오래 있었거든." 그가 말했다. "그리고 모범수라서 짐승처럼 묶여 있지도 않고."

스페인어 억양이 강했지만 알아들을 수는 있었다. 그의 설명에 협박이 들어 있는지 어떤지 알 수가 없어서 나는 조심스레 고개를 끄덕였다.

"않지 그래." 내가 말했다.

모야는 의자를 끌어내 앉았다. 다리를 꼬고 두 손을 모아 무릎에 올려놓았다. 감옥이 아니라 변호사 사무실에 앉아 있는 것처럼 편안해 보였다.

"6개월 전엔 당신을 아주 고통스럽게 죽일 계획이었어. 당신이 내 사건에서 어떤 역할을 했는지 실베스트리한테서 듣고 완전 열받았거든. 확 죽여 버려야겠다고 생각했지. 할러 당신이랑 글로리 데이즈까지."

나는 동정 어린 표정으로 고개를 끄덕였다.

"그런 일이 일어나지 않아서 다행이야. 지금 이렇게 여기 앉아서 자넬 도와줄 수 있으니 말이야."

모야가 고개를 가로저었다.

"이 얘길 하는 건 바보가 아닌 이상 내가 당신과 글로리아 데이턴을 살해할 동기가 있다는 걸 누구나 알 거기 때문이야. 하지만 난 그러지 않았어. 내가 했으면 당신과 그 여자는 감쪽같이 사라져 버리고 말았을 거야. 하려면 그렇게 할 거거든. 사건이고 어쩌고 할 게 없는 거지. 무고한 남자가 재판받는 일도 없을 거고."

나는 고개를 끄덕였다.

"알지 물론. 그렇게 하는 게 자네한텐 전혀 어려운 일이 아니라는 것도 알고. 하지만 이 얘긴 해야겠어. 8년 전에 난 내가 해야 할 일을 한 것뿐이야. 내 의뢰인을 변호하기 위해 최선을 다한 것뿐이라고."

"그런 건 중요하지 않아. 그런 건 당신이 속한 세계의 법이고 규칙일뿐이지. 정보원은 그냥 정보원이야. 내가 속한 세계에선 그런 인간들은쥐도 새도 모르게 사라지지. 때로는 그들의 변호사들도 함께."

모야가 음울한 눈으로 나를 차갑게 노려보았다. 내 이복형을 제외하고는 저렇게 음울한 눈을 가진 사람은 처음 보았다. 잠시 후 그가 눈길을거뒀고 본론으로 들어가면서부터는 목소리가 바뀌었다. 명백한 협박조에서 동료끼리 대화를 나누는 어조로 바뀌었다.

"그래서, 할러 변호사, 오늘 우리가 무슨 이야기를 나눠야 하는 거지?"

"자네가 체포될 당시 자네의 호텔방에서 발견된 총에 관해서."

"그거 내 총 아니었어. 그때 처음부터 그렇게 말했는데 아무도 내 말을 안 믿더군."

"그 초기에는 내가 거기 없었어. 적어도 자네 편은 아니었지. 하지만이젠 자네 말을 믿어."

"그럼 조치를 취해줄 거야?"

"노력할게."

"그 일에 걸린 이해관계를 알고 있어?"

"자네에게 이런 짓을 한 인간들이 자신들의 범죄를 숨기기 위해서라면 어떤 짓도 서슴지 않을 거라는 건 알아. 이런 일을 자네한테만 한 것도 아니고. 그들이 이미 글로리아 데이턴을 죽였어. 그러니까 이 일을 공개 법정으로 갖고 갈 때까진 아주 조심해야 돼. 일단 법정으로 가면 그들이 배지 뒤로, 어둠 속으로 숨기가 힘들어질 거야. 나와서 우리의 질문에 대답할 수밖에 없게 되는 거지.”

모야가 고개를 끄덕였다.

“글로리아가 당신한테 중요한 여자였나 보지?”

“한때는. 하지만 지금은 그 여자를 죽인 혐의로 카운티 구치소에 수감돼 있는 내 의뢰인이 더 중요해. 그는 글로리아를 죽이지 않았거든. 그를 빼내야 하는데 자네의 도움이 필요해. 자네가 날 도와주면 나도 자넬 도울게. 어때?”

“괜찮군. 내 애들을 풀어서 당신을 보호해 줄 수 있어.”

나는 고개를 끄덕였다. 모야가 그런 제안을 하리라고 예상했었다. 그러나 그건 내가 바라던 보호가 아니었다.

“난 괜찮아.” 내가 말했다. “보호해 줄 친구들 나한테도 있어. 그것 말고 자네가 해줄 일이 있어. LA 맨즈 센트럴 핑크 감방에 내 의뢰인이 있는데, 거기 있는 누굴 시켜서 내 의뢰인을 지켜줄 수 있을까? 그 안에 혼자 있는데, 우리가 재판 준비를 하고 있다는 걸 그들이 알게 될 것 같아서 걱정이거든. 재판으로 가면 많은 비밀이 밝혀질 텐데, 그 모든 걸 피하기 위해서는 재판 자체를 피하는 게 상책이라고 생각할 것 같단 말이지.”

모야가 고개를 끄덕였다.

“의뢰인이 없으면 재판도 없으니까.” 그가 말했다.

“바로 그거야.” 내가 말했다.

“그럼 애들한테 보호하라고 시킬게.”

“고마워. 그리고 여기서 자네 자신을 보호하는 데도 두 배는 더 신경 써야 할 거야."

"알았어, 그렇게 할게."

"좋아. 그럼 이제 총에 대해서 얘기해 보자."

나는 리걸패드를 두세 장 앞으로 넘겨서 재판 속기록에서 보고 메모해 놓은 것을 찾았다. 그 내용을 읽으며 기억을 되살린 다음 모야를 바라보았다.

"자네를 체포한 LA 경찰관이 재판에 증인으로 나와서 그랬잖아, 자기가 그 객실로 들어가서 자넬 체포했고 그런 다음 총을 발견했다고. 경찰이 총을 찾아낼 당시 자넨 그 방에 같이 있었어, 아니면 이미 끌려 나가고 없었어?"

모야는 이 질문에는 대답할 수 있다고 말하는 것처럼 고개를 끄덕였다.

"방 두 개짜리 스위트룸이었거든. 그치들이 나에게 수갑을 채워서 거실 소파에 앉혔어. 총을 든 놈이 옆에서 감시하고 있고, 다른 놈들은 방을 수색하기 시작했지. 침실 서랍에서 코카인을 찾아내더니 총도 찾았다고 하더라고. 그놈이 침실에서 나오더니 지퍼백에 든 권총을 보여줬어. 내가 그거 내 총 아니라고 하니까 놈이 그러더라고. '이젠 네 거야.'"

나는 몇 가지를 메모하면서 메모장에서 고개를 들지 않은 채 질문했다.

"그 친구가 재판에서 증언한 LA 경찰관 맞아? 로버트 라모스라는 순경?"

"맞아, 그놈이었어."

"자네가 자네 총 아니라고 하니까, 그 친구가 '이젠 네 거야'라고 했다고?"

"응, 그렇게 말했어."

메모해둘 만한 정보였다. 전해 들은 말이어서 재판에서 증거로 채택

되지 못할 수도 있었지만, 모야가 진실을 말하는 거라면—나는 그렇다고 믿었다—그 총이 누가 그 방에 몰래 숨겨놓은 거라는 사실을 라모스가 알고 있었을지도 모른다는 뜻이었다. 어쩌면 누가 그에게 매트리스 밑을 찾아보라고 시켰을지도 모르는 일이었다.

"채택된 증거물 중에는 수색과정을 담은 비디오가 없던데. 혹시 비디오카메라 들고 다니던 사람 없었어?"

"있었어. 나를 찍었어. 그리고 방 전체를 찍었고. 놈들이 나를 모욕했어. 몸수색을 하겠다고 옷을 다 벗으라고 했거든. 비디오기사가 그걸 다 찍었고."

흥미로운 얘기였다. 비디오를 찍어놓고도 재판에서 증거로 사용하지 않았다. 배심원단에게 보여주면 안 될 어떤 내용이 찍혀 있었을까? 헥터 모야를 모욕한 것? 그럴 수도 있고. 어쩌면 다른 내용이 있을 수도 있었다.

나는 리걸패드에 하나 더 메모를 한 후 다음 질문으로 넘어갔다.

"애리조나 주 노갈레스에 가본 적 있어?"

"아니, 전혀."

"정말? 살면서 단 한 번도 없어?"

"단 한 번도."

재판에서 마르코는 그 권총의 이력을 추적한 ATF Bureau of Alcohol, Tobacco, Firearms and Explosives (미국 주류 담배 화기 단속국—옮긴이) 보고서를 받았다고 증언했다. 이 보고서에 따르면, 그 총은 노스 아메리칸 암스가 생산한 25구경 가디언이었다. 최초 구매자는 콜로라도 주에 사는 버드 윈 델이라는 남자였고, 그는 그 총이 모야의 호텔 객실에서 발견되기 5주 전에 노갈레스에서 열린 총기박람회에서 그 총을 팔았다. 델은 연방

정부 면허를 가진 총기 판매상이 아니었기 때문에, 이력 조회나 유예기간 없이 곧바로 총을 팔 수 있었다. 현금 거래여서 신분증 검사가 유일했을 것이다. 아이스티 팀에 배정된 ATF 요원이 델을 만나러 콜로라도 주 리틀턴으로 날아갔고, 그에게 우범자들 사진을 보여주었다. 델은 노갈레스에서 그 권총을 산 사람으로 헥터 모야를 지목했다. 그의 영수증 책에는 구매자가 레이날도 산테라고 적혀 있었는데, 그 이름은 모야의 호텔방에서 발견된 여러 장의 위조신분증 중 하나에도 적혀 있었다.

델은 모야와 호텔방에서 발견된 권총과 위조신분증을 연결해 주는 핵심 증인이었다. 그 총과 신분증은 경찰이 몰래 숨겨놓은 거라고 모야가 주장했지만, 배심원들에게는 터무니없는 이야기로 들렸을 것이다.

그러나 글로리 데이즈와 트리나 트리엑스가 아이스티 팀을 이끌던 마약단속국 요원의 정보원이었다는 사실을 알게 된 지금에 와서는, 그 주장이 결코 터무니없는 소리로 들리지 않았다.

"헥터, 이제부턴 내 질문에 진실을 말해줘야 돼. 거짓말하지 마. 진실만이 자넬 도울 수 있으니까."

"물어봐."

"레이날도 산테라는 이름의 가짜 신분증 말이야. 법정에서 자넨 그 신분증과 권총을 경찰이 자네 방에 몰래 숨겨놓은 거라고 주장했어. 거짓말이지?"

모야는 대답하기 전에 잠깐 생각을 했다. 그러고는 처음으로 고개를 끄덕였다.

"그 신분증은 내거 맞아. 권총은 아니고."

나는 고개를 끄덕였다. 그럴 거라고 생각했었다.

"그리고 그 전에 몇 번 로스앤젤레스에 다녀갈 때 그 신분증을 썼고.

그렇지?"

"그래, 맞아."

"그렇게 다녀갈 때, 레이날도 산테라는 이름으로 호텔에 투숙했을 때 말이야, 자네 방에서 글로리 데이즈와 트리나 트리엑스를 만났어?"

"응."

나는 몇 가지를 메모했다. 아드레날린이 혈관 속을 힘차게 돌아다니고 있었다. 모야 사건뿐만 아니라 라 코세 사건까지도 끌고 갈 길이 보였다. 그 길을 걸어가다 보면 진실을 발견하게 될 것 같았다.

"좋았어." 내가 말했다. "헥터, 지금까지는 아주 좋아. 이걸로 뭔가 해볼 수 있겠어."

"더 알고 싶은 거 있어?"

"지금으로선 더 없어. 하지만 또 만나러 올 거야. 오늘 온 건 자네의 협조를 구하고 우리가 협력할 수 있는지 가능성을 타진하기 위해서였어. 자네가 다른 내 의뢰인의 재판에 증인으로 나올 필요가 있을 것 같아. 그 재판에서 기록을 남기고 그 기록이 자네의 인신구제 청구소송을 돕게 될 거야. 한 사건이 다른 사건을 돕는 거지. 무슨 말인지 알겠어?"

"응."

"그리고 증언이 문제가 안 되겠지? 자네 친구들은 자네가 하는 일을 이해해 주겠지?"

"이해하게 만들게."

"됐어, 그럼. 마지막으로 실베스터 풀고니에 대해서 한마디만 할게."

"실베스트리? 그래, 해봐."

"그래, 그럼 실베스트리. 실베스트리가 과거에는 대단히 유능한 변호사였지만 이젠 변호사가 아니야. 그러니까 자네가 실베스트리에게 하는 말은 나에게 하는 말처럼 보호받지 못한다는 사실을 기억해 두라고. 실베스트리에게 말을 할 땐 신중하게 하라는 뜻이야. 알겠어? 조심하라고."

모야가 고개를 끄덕였다.

"그래, 그리고 이왕 말이 나왔으니까, 자네와 나 사이의 모든 일을 합법적으로 처리하자고. 그러기 위해선 내가 자넬 대리한다는 내용의 변호사 선임계약서에 서명을 해야 돼."

내가 재킷 안주머니에 넣어 온 선임계약서를 꺼내 펼쳐서 테이블에 놓고 펜과 함께 모야에게로 밀었더니 모야가 서명을 했다.

"됐어, 이제. 오늘 접견은 여기까지." 내가 말했다. "몸조심해, 헥터."

"당신도, 미구엘."

# 28

링컨 차에 타자마자 얼에게 LA로 돌아가자고 말했다.

"들어가신 일은 잘됐어요, 대표님?"

"이제까지 수많은 교도소를 들락거리며 수많은 재소자를 만나봤지
만 이번처럼 성과가 좋았던 접견은 없었던 것 같아."

"잘됐네요."

"응, 잘됐지."

나는 핸드폰에 저장된 연락처 파일을 열어 V까지 내려갔다. 페르난
도 발렌수엘라를 단축번호로 저장해 놓지는 않았더라도 전화번호가 연
락처에 틀림없이 남아 있을 터였다. 전화를 걸면서도 발신자 이름을 보
고 그가 전화를 받을지 궁금했다. 한참 신호가 가는데도 안 받아서 음성
사서함으로 넘어가기 전에 전화를 끊으려는데 그제야 그가 전화를 받
았다.

"오, 믹, 설마 전에 약속했던 일을 주려고 전화한 건 아니겠지."

"사실은 발, 자네도 알아둬야 할 것 같은데, 나 풀고니와 파트너로 일

하기로 했어. 그러니까 우리도 곧 함께 일하게 될 거야."

"뻥치지 마. 풀고니 말이라면 몰라도 자네 말을 어떻게 믿어."

"그럼 믿지 말든지. 아니면 풀고니한테 전화를 해보든지. 근데 지금 당장 자네가 해줄 일이 있어."

"어우, 그러세요? 내가 그런 시답잖은 속임수에 넘어갈 것 같아? 풀고니에게 전화해 보고 맞는다고 그러면, 그때 도와줄게."

"그러든가 말든가 맘대로 하고. 근데 자네가 지난 11월에 지젤 댈링거에게 소환장 송달할 때 찍었던 사진 있잖아, 그걸 나한테 문자로 보내 줘야겠어. 알았어? 지젤 댈링거. 지금부터 10분 안에 보내지 않으면, 자넨 해고야."

"슬라이가 뭐라고 하는지 듣고 생각해 볼게."

"슬라이 부자가 나를 위해서 일하고 있어. 내가 그들을 위해 일하는 게 아니고. 이제 9분 남았어, 발."

나는 전화를 끊었다. 발렌수엘라의 어떤 점이 늘 거슬렸다. 그는 항상 내가 모르는 것을 자기는 알고 있는 것처럼, 내 약점을 쥐고 있는 것처럼 행동했다.

"진짭니까?" 얼이 앞좌석에서 물었다. "풀고니와 파트너로 일하신다고요?"

"딱 한 사건만. 그게 내 최선이야, 그 사람들하고 함께할 수 있는."

얼이 고개를 끄덕였다.

창밖을 보니 우리는 벌써 15번 고속도로를 타고 남쪽으로 달려 내려가고 있었다. 차가 별로 없어서 퇴근길 교통정체가 시작되기 전에 LA에 도착할 수 있겠다는 희망이 생겼다. 그러면 풀고니와 모야를 접견하면서 속도가 붙은 수사를 신나게 이어갈 수 있을 것이었다.

나는 시스코에게 전화를 걸어 지시사항을 변경했다.

"콜로라도로 가줘야겠어, 시스코."

"콜로라도에는 왜?"

"거기 버드윈 델이라는 남자가 살거든. 모야 재판 때 검찰 측 증인이었어. 리틀턴에 사는 무면허 총기 판매상인데, 노갈레스에서 열린 총기 박람회에서 헥터 모야에게 권총을 팔았다고 진술했어. 거짓말을 한 것 같아. 아이스티 팀의 누군가가 거짓 진술을 하라고 시켰겠지. 아마도 ATF가 그의 약점을 쥐고 있었을 거야. 자네가 가서 만나보고, 증인으로 부르면 와서 증언을 해줄지 알아봐 줘."

"지금 다섯 가지 일을 하고 있는데, 다 접고 당장 비행기를 타라고?"

때로는 수사에 속도가 너무 붙어, 너무 빨리 너무 멀리까지 가는 경우가 있었다. 시스코의 말에 일리가 있었다.

"적절한 때에 가줘. 근데 내 생각엔 이 친구가 중요한 증인이 될 것 같아."

"알았어. 주말까지는 가볼게. 근데 그 사람이 콜로라도에 있는지 확인부터 하고. 아직도 총기 박람회를 돌아다니면, 다른 곳을 떠돌고 있겠지. 요즘 큰 인기잖아."

"좋은 지적이야. 그 일은 전적으로 자네에게 맡길게. 어떻게 해야 하는지 잘 알고 있으니까."

"알았어. 거기서 또 뭘 알아냈어?"

"글로리아가 살해되기 일주일 전에 아들 슬라이 풀고니가 글로리아에게 소환장을 보냈어. 그게 이 모든 일을 촉발한 것 같아. 글로리아가 입을 열기 전에 죽인 거지."

시스코가 휘파람을 불었다. 퍼즐 조각이 맞춰질 때마다 휘파람을 불었다.

"글로리아의 집에 소환장은 없었어. 유류품 목록 살펴봤거든."

"놈들이 가져갔겠지. 피살 장소가 집인 것도 그 때문이고. 소환장을 찾아야 했으니까. 아니면 지방경찰이 파고들지도 모르니까."

"놈들이 어떻게 알았을까?"

"풀고니는 비밀리에 소환장을 발부받았대. 내 생각엔 글로리아가 말하면 안 되는 사람에게 말을 한 것 같아."

"마르코?"

"그럴 거라고 추측하고 있어. 하지만 추측만 갖고는 안 돼. 확실히 알고 싶어."

"통화내역을 알아볼까?"

"알아볼 수 있으면 알아봐. 라 코세는 자기와 글로리아가 일회용 핸드폰을 쓰면서 자주 바꿨다고 하더라고."

"어쨌든 시도는 해볼게. 판사에게 마르코의 통화내역 수색영장을 요청해야 될 수도 있어. 받아내서 글로리아가 쓴 일회용 핸드폰 번호하고 비교해 보면 되니까."

"골치깨나 아프겠군."

"또 뭘 더 알아냈어, 믹? 목소리를 들어보니까 성과가 꽤 있었던 것 같은데."

"응, 재판에서 이길 논리를 찾아낸 것 같아. 버드윈 델이라는 친구와 다른 일 몇 가지만 더 확실해지면……."

마르코의 통화내역을 입수할 경우 뒤따르게 될 싸움에 대해서 생각하다 보니, 이 사건의 진짜 싸움은 증인 소환을 놓고 벌어질 거라는 생각이 문득 들었다.

"피 튀기는 소환 싸움이 될 거야." 내가 말했다. "델, 마르코, 랭크포드, 이 사람들을 법정으로 불러내느냐 마느냐가 관건일 거고. 그들 중에서 기꺼이 증언하겠다고 나설 사람은 한 명도 없을 거야. 대리인을 내세워서 법정에 안 나오겠다고 필사적으로 버티겠지. 연방 사람들은 내가 모야를 증인석에 부르지도 못하게 하려고 애를 쓸 거고. 시민의 안전이니, 혈세 낭비니 온갖 이유를 다 대겠지. 증언을 위해 모야를 LA로 불러오는 일을 막기 위해서라면."

"시민의 안전이라는 측면에서는 일리가 있지 않나?" 시스코가 말했다. "카르텔 간부를 데려온다고? 이게 다 모야의 계획일 수도 있어. 교도소에서 공개적인 장소로 나가서 자기 부하들이 자길 납치할 수 있게 하려고. LA와 빅터빌 사이에 공간이 많으니까."

얼마 전에 모야와 나눈 대화가 떠올랐다.

"그럴 수도 있겠지." 내가 말했다. "그런데 내 생각에 그런 건 아닌 것 같아. 정정당당하게 싸워 이겨서 나오고 싶은 것 같아. 인신구제 소송에서 승소하면, 이미 복역한 형량이 있으니까 바로 나오게 되겠지. 코카인 50그램 소지 혐의로 벌써 8년째 있는 거잖아. 그를 붙잡아 둘 명분은 총기소지에 관한 가중처벌죄밖에 없어."

"어쨌거나 굉장히 센 판사를 만나야겠는데." 시스코가 말했다. "옳다고 생각하면 누가 뭐라 그래도 아랑곳 안 하는."

"그렇지. 근데 그런 판사들 얼마 없어."

사실이었다. 이미 많은 판사들이 검찰의 앞잡이 노릇을 하고 있었다. 그러나 그렇지 않은 판사들조차도 내가 상상하고 있는 변론을 펼치도록 쉽게 허락해 주지 않을 것이다. 이 사건의 진짜 전쟁터는 배심원단을 부르기 전에 있을 심리기일 법정이 될 것이다. 내 증인들을 불러 모을 새로운 전략을 마련한다면 또 모르지만.

나는 당분간은 그 일에 대해서 생각하지 않기로 결심했다.

"일은 어떻게 되어가?" 내가 물었다.

"랭크포드와 마르코의 관계를 거의 다 파헤쳤어." 시스코가 말했다.

좋은 소식이었다.

"자세히 말해봐."

"아직은 확실하지가 않으니까 하루만 더 시간을 줘. 글렌데일에서 발생한 이중살인사건과 관련이 있어. 10년 전에 발생한 마약 관련 살인사건. 지금 기록을 기다리는 중이야. 미제사건이라 기록을 구하는 건 문제없어."

"기록 보고 나서 말해줘. 오늘 송아지한테서는 소식 들었어?"

"아니, 오늘은 못 들었는데."

"송아지가……."

"저기요, 대표님!" 얼이 운전석에서 나를 불렀다.

나는 백미러로 얼의 눈을 바라보았다. 얼은 나를 보고 있지 않았다. 내 뒤에 있는 무언가를 보고 있었다. 그를 놀라게 한 무언가를.

"저게 뭐……."

뒤에서 전속력으로 달려온 기차에 받힌 것 같은 엄청난 충격과 소음이 우리를 덮쳤다. 나는 안전벨트를 매고 있었는데도 몸이 앞으로 던져져 앞좌석 뒤에 붙은 접이식 테이블 윗면에 부딪쳤고, 링컨 차가 오른쪽으로 미끄러지면서 몸이 다시 오른쪽 문을 향해 던져지며 부딪쳤다. 나는 미끄러지는 힘에 대항하면서 가까스로 고개를 들고 오른쪽 창문 밖을 내다보았다. 고속도로의 가드레일을 본 순간 링컨 차가 가드레일을 들이받고 그 위로 넘어갔다.

차가 콘크리트 경사면 위를 구르기 시작했다. 철이 찢기고 접히고 유리가 박살이 나는 소리가 고막이 찢어질 듯 울려 퍼지는 가운데, 차가 한번, 두 번, 세 번 뒤집혔다. 철을 가는 소리와 함께 차가 45도 각도로 뒤집힌 채 멈춰 설 때까지 나는 봉제인형처럼 이리저리 던져지며 차에 몸을 부딪쳤다.

정신을 잃고 얼마나 지났는지 모르겠지만, 눈을 떴을 때 나는 안전벨트에 매인 채 거꾸로 매달려 있었다. 차의 높은 쪽 부서진 창문 밖에서 늙은 남자가 두 손과 두 무릎을 땅에 대고 엎드린 자세로 나를 쳐다보고 있었다.

"이봐요, 괜찮아요?" 남자가 물었다. "충격이 컸을 텐데."

나는 대답이 나오지 않았다. 아무 생각 없이 안전벨트를 푸는 버튼을 눌렀다. 그러자 내 몸이 차 지붕 위로 툭 떨어지면서 뺨에 유리파편이 박혔고 온몸에 난 상처의 통증을 악화시켰다.

나는 신음하면서 천천히 몸을 일으키며 얼을 살펴보기 위해 앞좌석을 쳐다보았다.

"얼?"

얼은 거기 없었다.

"당신을 빼내야겠소. 기름 냄새가 나네. 연료탱크가 파열됐나 본데."

나는 나를 구해준다는 남자에게로 고개를 돌렸다.

"얼은 어디 있죠?"

남자가 고개를 가로저었다.

"운전기사 말하는 거요?"

"네. 어디 있죠?"

나는 손을 들어 뺨에 박힌 유리파편 하나를 빼냈다. 손가락에 피가 묻었다.

"밖으로 튕겨나갔소." 남자가 말했다. "저기 누워 있지. 상태가 안 좋은 것 같은데. 아마 힘들……, 구조대원들이 오면 말해주겠지. 구급차를 불렀소. 911에 전화해서 지금 오고 있소."

그가 나를 바라보며 고개를 끄덕였다.

"고맙습니다." 내가 말했다.

"자, 빨리 나옵시다. 곧 불이 날 것 같으니."

나는 차에서 기어 나와 남자의 어깨를 잡고 힘들게 일어서고 나서야 링컨 차 위쪽 경사면에 얼이 얼굴을 바닥에 대고 엎드려 있는 것을 보았다. 그의 목과 얼굴 쪽에서 피가 콸콸 쏟아져 콘크리트 바닥을 적시고 있었다.

"당신은 운이 좋은 거요." 남자가 말했다.

"그러네요, 난 운이 좋은 거네요." 내가 말했다.

나는 남자의 어깨에서 손을 떼고 몸을 앞으로 숙여 두 손을 콘크리트 바닥에 댔다. 그러고는 얼을 향해 경사면을 기어 올라갔다. 가까이 가서 보니 얼이 죽은 게 확실해 보였다. 얼이 창밖으로 튕겨져 나간 후 링컨 차가 그의 몸 위를 굴러간 게 틀림없었다. 두개골이 부서지고 얼굴이 끔찍하게 으스러져 있었다.

나는 얼 옆에 콘크리트 바닥에 앉아서 고개를 돌렸다. 구조해 준 남자가 나를 올려다보고 있었다. 충격과 공포에 사로잡힌 표정이었다. 나는 내 코가 부러지고 입 양쪽으로 피가 흘러내리고 있다는 것을 깨달았다. 나도 끔찍하게 으스러진 얼굴일 것이었다.

"무슨 일이 있었는지 보셨어요?" 내가 물었다.

"그래요, 봤소. 빨간색 견인트럭이었소. 당신 차를 못 본 것처럼 전속

력으로 달려와 들이받고는 그냥 가버리더군."

나는 고개를 끄덕이고는 고개를 숙였다. 얼이 뻗은 손 밑으로 피가 흘러내리고 있었다. 그의 손등 위에 내 손을 얹었다.

"미안해, 얼." 내가 말했다.

# 제3부

# 중절모를 쓴 남자

The Gods of Guilt

「 6월 17일 월요일 」

# 29

검사는 안드레 라 코세의 범죄사실을 입증하기 위해 8일에 걸쳐서 논
고를 펼쳤고, 전략적으로 금요일에 모든 절차를 마무리했다. 배심원들
이 변호인으로부터는 한마디도 듣지 않고 주말 내내 검찰 측 주장에 대
해서만 생각해 볼 수 있도록 하기 위해서였다. 빌 포사이드 검사는 건설
현장 근로자처럼 논고를 했다. 화려한 미사여구나 과장이라고는 전혀
없었다. 피고인의 진술 동영상을 중심으로 꼼꼼하게 사실관계를 파악했
고 범죄현장에서 발견된 물리적 증거물과 연결시켜 피고인의 범죄사실
을 입증하려고 노력했다. 동영상에서 라 코세는 글로리아 데이턴과 언
쟁 중에 자신이 그녀의 목을 움켜잡았다고 진술했다. 포사이드는 이 진
술 장면을 보여준 뒤 부검의를 증인으로 불러, 피해자의 목에서 설골이
골절되었다는 증언을 받아냈다. 라 코세와 부검의의 진술이 검찰 측 주
장의 핵심이었고, 호수에 돌멩이를 던지면 동심원의 물결이 퍼져가듯이
이 핵심 주장에서 다른 모든 진술과 증거가 파생되어 나왔다.

레게 판사는 배심원단 선정을 시작하기 하루 전에 내가 낸 증거배제

신청을 기각하고 빌어먹을 그 동영상을 증거로 채택했다. 경찰이 피의자를 조사하면서 강압적인 방법을 사용했거나 어떤 식으로든 거짓말로 회유했다는 사실을 변호인이 입증하지 못했다는 게 판사가 밝힌 기각사유였다. 전혀 예상하지 못한 판결은 아니었기 때문에 나는 그 판결의 좋은 면을 보려고 노력했다. 내 의뢰인에게 불리한 평결이 나올 경우 항소를 하기 위한 첫 번째 근거가 확보되었다고 생각했다.

포사이드 검사는 동영상 속 피고인 본인의 진술을 통해서 배심원단에게 범행동기와 범행 가능성을 입증해 보였다. 나는 지난 25년간 개업 변호사로 수많은 재판에 참여하면서 피고인이 자기 입으로 자신에게 입힌 피해를 복구하는 것보다 더 어려운 일은 없다는 것을 알게 되었다. 이번 사건도 그랬다. 배심원들은 직접증언이나, 동영상, 오디오테이프 등 어떤 형태로라도 피고인들로부터 직접 진술을 듣고 싶어 한다. 우리는 다른 사람의 목소리와 인성에 대한 직감적인 해석을 통해서 그 사람을 판단하고 평가한다. 지문도, DNA도, 목격자의 손가락도 직감적인 해석을 이기지는 못한다.

포사이드 검사는 딱 한 번의 커브볼을 내게 던졌는데, 그 효과가 굉장했다. 검찰 측 마지막 증인은 라 코세가 예전에 인터넷 서비스를 제공하고 사이트를 관리해 준 남자 접대부였다. 검사는 그가 신문을 읽다가 재판 소식을 접하고 바로 그 전날 도움을 주겠다고 연락을 해왔다고 주장했다. 나는 검찰이 피고인을 부당하게 공격하고 있다고 주장하면서 증인채택에 반대했지만, 헛수고였다. 레게 판사는 피고인이 예전에 저질렀던 비슷한 성격의 나쁜 행동에 대한 증언은 허용되어 마땅하다면서 포사이드가 그를 증인으로 부르는 것을 허용했다.

브라이언 '브랜디' 굿리치는 키가 160센티미터도 채 안 되는 작은 남자였다. 꽉 죄는 물 빠진 청바지에 연보라색 폴로셔츠를 입고 증인석에 앉았다. 그는 자기가 의상도착자이며 안드레 라 코세의 관리하에 접대부로 일했다고 진술했다. 언젠가 굿리치가 돈을 숨기고 있다고 의심한 안드레가 그의 목을 졸라 의식을 잃은 적이 있었다고 증언했다. 굿리치가 깨어났을 땐 자기 집 거실 바닥에서 천장까지 연결된 기둥에 수갑이 채워져 묶여 있었고, 사라진 현금을 찾아 라 코세가 자기 집을 뒤집는 것을 무력하게 지켜볼 수밖에 없었다고 말했다. 굿리치는 훌륭한 연극배우였다. 목숨을 잃을까 봐 얼마나 두려움에 떨었는지 모른다고, 목숨을 부지할 수 있어서 다행이라고 눈물이 그렁그렁한 채로 말했다.

나는 변호인석에서 안드레에게 몸을 기울이고 웃으면서 고개를 가로저었다. 이 증인은 그저 성가신 존재일 뿐 심각하게 받아들일 가치가 없다고 생각하는 것처럼 보이려고 애를 썼다. 그러나 내가 안드레에게 속삭인 말은 그렇게 가벼운 내용이 아니었다.

"말해봐, 진짜 그런 일이 있었어? 괜히 거짓말해서 더 곤란하게 만들지 말고."

안드레가 잠깐 망설이더니 내게로 몸을 기울이고 작은 소리로 대답했다.

"과장하는 거예요. 저 새끼 집 거실에 있는 스트리퍼 폴에 수갑을 채워 매놓은 건 맞아요. 집 안을 뒤져봐야 했으니까. 하지만 목을 조르진 않았어요. 날 똑바로 보고 대답하게 만들려고 멱살을 잡았을 뿐이에요. 의식을 잃지도 않았고 상처도 남지 않았다니까요. 그날 밤 바로 일하러 나갔는데요, 뭘."

"일을 그만두거나 딴 사람 밑으로 가지 않았고?"

"6개월 더 하다가 그만뒀어요. 돈 많은 중년남자를 물어서."

나는 안드레에게서 떨어져 똑바로 앉아 포사이드가 직접 심문을 끝내기를 기다렸다. 내 차례가 되자 먼저 굿리치가 남자 접대부라는 사실과, 죽음의 문턱까지 갔던 그 일을 경찰에 신고하지 않았다는 사실을 배심원들에게 상기해 줄 질문을 몇 가지 던졌다.

"증인은 어느 병원에 가서 목 치료를 받았습니까?" 내가 물었다.

"병원에 안 갔는데요." 굿리치가 대답했다.

"그렇군요. 그럼 증인의 설골은 피해자의 경우처럼 으스러지지는 않았던 거네요?"

"이 사건 피해자가 얼마나 다쳤는지는 잘 모릅니다."

"그렇군요. 어쨌든 증인은 피고인에게 목이 졸려 의식을 잃었지만 경찰에 신고를 하거나 병원에 가서 치료를 받거나 하지는 않았다, 그런 말씀이죠?"

"살아 있어서 기뻤을 뿐이에요."

"그리고 일할 수 있어서도 기뻤겠네요?"

"무슨 말씀인지 잘 모르겠는데요."

"목숨을 잃을까 봐 두려웠을 정도로 큰 싸움이었다면서 그날 밤에 바로 접대부 일을 하러 나가지 않았나요?"

"기억이 안 나는데요."

"피고인이 관리한 증인의 예약 기록을 보여드리면 기억하는 데 도움이 될까요?"

"내가 그날 밤에도 일했다면, 그건 라 코세가 일하러 나가라고 협박하고 강요했기 때문일 거예요."

"알겠습니다. 그럼 말씀하신 그 폭행사건으로 돌아가죠. 피고인이 한 손을 썼습니까, 양손을 썼습니까?"

"양손이요."

"증인은 성인인데, 자신을 방어하지 않았나요?"

"방어하려고 애를 썼지만, 라 코세가 나보다 훨씬 커서요."

"정신이 들어보니 수갑이 채워져 스트리퍼 폴에 묶여 있었다고 했는데, 피고인이 증인의 목을 졸라 의식을 잃게 만들었을 때 피고인은 정확히 어느 위치에 있었죠?"

"내가 라 코세를 아파트로 들이자마자 뒤에서 나를 잡았어요."

"그럼 뒤에서 증인 목을 조른 거네요?"

"네, 그런 셈이죠."

"그런 셈이라뇨? 피고인이 증인의 목을 졸랐습니까, 안 졸랐습니까?"

"뒤에서 한 팔로 내 목을 감싸 안고 졸랐어요. 죽을 것만 같아서 빠져나가려고 버둥거리다가 정신을 잃었고요."

"그럼 왜 양손으로 목을 졸랐다고 했죠?"

"양손으로 졸랐으니까요. 두 손, 두 팔 다 써서."

나는 배심원들이 이 말을 되새길 수 있도록 잠깐 시간을 주었다. 두세 대목에서 굿리치의 신뢰성에 타격을 주는 데 성공했다는 생각이 들었다. 앞서가고 있을 때 치고 빠져야겠다고 생각하면서 마지막으로 한 번더 공격을 감행했다. 위험 부담이 따르는 공격이라는 걸 알고 있었지만, 자발적인 증인들은 보통 대가를 바란다는 믿음에 근거해서 감행한 것이다. 굿리치는 복수를 원하는 게 분명했지만, 그것 말고도 뭐가 더 있을 것 같았다.

"굿리치 씨, 증인은 현재 어떤 범죄혐의를 받고 있죠? 경범죄든 중범죄든, 어떤 거라도?"

굿리치가 검사석을 흘끗 쳐다보았다.

"로스앤젤레스 카운티에서요? 아뇨."

"어느 카운티에서든요, 증인."

굿리치는 오렌지 카운티에서 계류 중인 성매매 알선 사건이 있다고 마지못해 말했고, 그렇지만 그 사건과 관련하여 도움을 받는 대가로 증언하는 것은 아니라고 주장했다.

"이상으로 반대심문을 마치겠습니다." 내가 경멸이 뚝뚝 떨어지는 목소리로 말했다.

재직접심문에 나선 포사이드 검사는 오렌지 카운티 사건과 관련하여 굿리치를 돕겠다고 어떤 제안이나 약속을 한 바 없다고 강조하면서 상황을 정리하려고 했다.

그 후 굿리치는 증인석에서 놓여났다. 나는 몇 점은 땄다고 생각했지만 그래도 상당한 피해를 입은 게 사실이었다. 배심원들이 이미 피고인의 범행동기와 범행 가능성에 대해 심증을 굳혔을 텐데, 검사는 그 증인을 불러와 피고인이 과거에 유사한 행동을 한 전력까지 보태고 말았다. 이것으로 포사이드 검사의 논고가 완성되었고, 금요일 오후 4시에 논고를 끝냄으로써 내가 주말 동안 잠을 설쳐가며 변론을 준비하게 만들었다.

이제 월요일이 되었고, 곧 배심원단 앞에 서게 되어 있었다. 내 임무는 단순명료했다. 포사이드 검사가 이룬 것들을 파괴하는 것이었다. 배심원 열두 명이 마음을 바꾸도록 만들어야 했다. 과거의 재판에서는 단한 사람의 마음을 바꾸는 게 내 목표였다. 대개의 사건에서는, 배심원단이 합의에 도달하지 못하는 게 무죄평결을 받아내는 것만큼이나 좋은결과였다. 그럴 경우 검찰은 재심을 선택하지 않고 태도를 바꿔 협상에임하곤 한다. 사건은 이제 골칫덩어리가 되어버린 터라 어서 빨리 최대한 부드럽게 합의하고 치워버리는 것이다. 피고인 측 입장에서 보면 승리를 거둔 것이나 마찬가지다. 그러나 이번에는 아니었다. 안드레 라 코세의 경우에는 아니었다. 내 의뢰인은 다른 범법자는 될 수 있어도 살인자는 아니었다. 나는 그가 살인 혐의는 무죄라고 확신했고, 따라서 단죄의 신들 열두 명 모두가 평결을 내리는 날 나를 보며 웃어주어야 했다.

나는 변호인석에 앉아서 법정 경위들이 라 코세를 구치감에서 데리고 나오기를 기다리고 있었다. 법정에 있는 사람들은 맨즈 센트럴에서 출발한 호송 버스가 교통정체로 예정된 시각보다 늦게 도착할 것이라는 사실을 이미 통지받았다. 피고인이 도착하면 판사가 판사실에서 법정으로 나올 것이고 변호인의 변론이 시작될 것이었다.

나는 모두진술을 위해 적어둔 메모를 읽으면서 기다렸다. 공판이 시작할 때 하기로 되어 있는 모두진술을 변론 시작 전에 하기로 하고 미뤄둔 거였다. 이것은 위험부담이 큰 결정이었는데, 배심원들이 검사의 주장에 대한 피고인 측의 반박을 여러 날 동안 듣지 못하고 기대려야 하기 때문이었다.

포사이드 검사는 12일 전에 모두진술을 했다. 그 후로 많은 시간이 흘렀고, 검사의 주장이 열두 배심원의 머릿속에 깊이 각인되어 있을 것이 틀림없었다. 그러나 나는 배심원들이 이제는 변호인의 이야기를 듣고 싶을 거라고, 검사의 주장과 동영상과 과학적·물질적 증거에 대한 변호인의 반응을 듣고 싶어 할 거라고 생각했다. 배심원들은 그 모든 것을 오늘 듣게 될 것이다.

9시 40분, 드디어 라 코세가 법정 경위들에게 이끌려 구치감 문을 통과해 법정으로 들어왔다. 나는 경위들이 그를 피고인석으로 안내해 허리에 찬 쇠사슬을 벗기고 내 옆에 앉히는 것을 지켜보았다. 라 코세는 내가 사준 두 번째 정장을 입고 있었다. 나는 우리가 변론을 시작하는 날엔 그가 지난주에 입었던 것과는 다른 옷을 입고 나오기를 바랐다. 두 벌의 정장은 남성복 매장에서 원플러스원으로 산 거였다. 라 코세의 옷장을 살펴보니 법정에 입고 나올 만한 보수적이고 점잖은 정장이 하나도 없어서 로나를 시켜서 산 옷이었다. 그러나 새 정장도 현재 진행 중인 라 코세의 신체 쇠약을 가려주지는 못했다. 그는 말기 암 환자처럼 보였다. 6개월이 넘게 수형생활을 하면서 체중이 계속 줄고 있었다. 몹시 여윈 모습이었고, 구치소 세탁실에서 쓰는 공업용 세제 때문에 두 팔과 목에 발진이 생겼으며, 앉아 있는 자세는 꼭 노인 같았다. 배심원들이 보고 있으니까 허리를 꼿꼿하게 펴고 똑바로 앉으라고 내가 계속 주의를 주어야 했다.

"안드레, 괜찮아?" 라 코세가 자리에 앉자마자 내가 물었다.

"괜찮아요." 그가 속삭였다. "그 안에선 주말이 너무 길어요."

"알아. 복통 약은 계속 받고 있어?"

"네. 계속 받아 마시고는 있는데 약효가 있는지는 잘 모르겠어요. 아직도 뱃속에 불이 난 것 같아요."

"거기 오래 있지는 않을 거야. 나오는 대로 좋은 병원에 데리고 갈게."

라 코세가 고개를 끄덕였지만 쇠사슬과 감방을 뒤로하고 나올 수 있을 거라고는 믿지 않는 눈치였다. 오랜 수형생활은 이렇게 희망을 갉아먹는다. 심지어 무고한 사람에게서도.

"변호사님은 어때요?" 라 코세가 물었다. "팔은 좀 괜찮아요?"

라 코세는 자기 형편이 그렇게 안 좋으면서도 내 안부를 꼭 물었다. 여러 면에서 나는 링컨 차 교통사고에서 아직도 회복 중이었다. 얼은 사망했고 나는 만신창이가 되었다. 제일 크게 다친 곳은 마음이었다.

신체 부상만 보자면, 나는 뇌진탕을 겪었고 코 성형수술을 받아야 했다. 여기저기 찢어진 상처를 스물아홉 바늘이나 꿰맸고, 팔꿈치 인대가 끊어진 왼팔의 기능을 되살리기 위해 일주일에 두 번씩 재활치료를 받아야 했다.

솔직히 말해서 나는 가볍게 다치고 끝났다. 사람들은 내가 무사히 걸어 나왔다고 말할지도 모른다. 그러나 지금도 여전히 고통스러운 마음의 상처에 비하면 신체 부상은 아무것도 아니었다. 나는 날마다 얼 브릭스의 죽음을 슬퍼했고, 그 슬픔에 비견할 수 있는 것은 죄책감뿐이었다. 내가 4월에 취한 조치들과 내린 결정들을 곱씹어보지 않고 지나가는 날이 단 하루도 없었다. 가장 후회스러운 것은 내 차에 위치추적장치를 그대로 붙여놓기로 한 것과, 헥터 모야를 만나기 위해 빅터빌로 용감하게 달려감으로써 내 행적을 감시하고 있던 사람들을 비웃은 것이었다. 그러한 결정의 결과가 얼 브릭스의 웃는 얼굴과 함께 내 마음속에 영원히 각인되어 있을 것이다.

파손된 링컨 차를 검사했을 땐, GPS 추적장치가 사라지고 없었다. 그러나 그 전날 오후 시스코가 차를 점검했을 땐 분명히 거기 있었다고 했다. 나는 빅터빌로 갈 때 미행을 당했다고 확신한다. 그리고 비록 직접 실행하지는 않았더라도, 링컨 차를 가드레일과 추돌시키기로 결정한 사람이 누군지 안다고 확신한다. 이 재판에 임하면서 내가 세운 진정한 목표는 딱 하나였다. 안드레 라 코세를 석방하고 그의 명예를 회복시켜 주는 것이었다. 그러나 그 과정에서 제임스 마르코를 파멸시키는 것이 재판 전략의 필수적인 부분이라고 생각했다.

15번 고속도로에서 일어난 일을 돌이켜볼 때, 조금이나마 좋은 결과라고 생각해 볼 수 있는 것은 딱 한 가지였다. 구조 헬기가 얼과 나를 빅터빌에 있는 데저트 밸리 병원으로 이송했다. 얼은 병원에 도착하자마자 사망했고 나는 응급실로 옮겨졌다. 내가 수술에서 깨어났을 때, 내 딸이 침대 머리맡에 앉아서 내 손을 잡고 있었다. 그것이 내 마음의 아픔을 치유하는 데 도움이 되었다.

내가 회복하는 동안 공판 일정은 한 달 가까이 연기되었고, 그로 인해 가장 큰 피해를 본 사람은 내 의뢰인이었다. 라 코세는 사그라드는 희망을 붙잡고서 구치소에서 한 달을 더 견뎌야 했다. 그러나 단 한 번도 불평하지 않았다. 오직 내가 회복되기만을 바랐다.

"많이 좋아졌어." 내가 라 코세에게 말했다. "걱정해 줘서 고마워. 변론 당장 시작하고 싶어서 입이 근질근질해. 드디어 우리 차례가 왔어. 오늘 우리는 다른 이야기를 하기 시작할 거야."

"좋아요."

라 코세는 별로 확신이 없는 어조로 말했다.

"자넨 나를 위해서 한 가지에만 집중해 줘, 안드레."

"네, 알아요. 죄 지은 사람처럼 보이지 마라."

"바로 그거야."

나는 안 다친 팔로 라 코세의 어깨를 기분 좋게 툭 쳤다. 그것은 내가 공판 첫날부터 주문한 내용이었다. 죄 지은 사람처럼 보이지 마라. 죄 지은 것처럼 보이는 사람은 유죄평결을 받는다. 라 코세의 경우에는 말은 쉬워도 행하기는 어려웠다. 그는 무너져 내린 사람처럼 보였고, 그 모습은 유죄인 것 같은 모습과 크게 다르지 않았다.

물론 나는 죄가 있는 것처럼 보이는 것과 죄책감을 느끼는 것에 대해서 일가견이 있었다. 그러나 라 코세와 마찬가지로 나도 내 역할을 다하려고 애쓰고 있었다. 배심원단 선정이 시작되기 전날부터 술을 단 한 잔도 마시지 않았다. 주말에도 마시지 않았다. 항상 명료한 정신으로 대기하고 있었다. 라 코세에게는 오늘이 그의 나머지 인생의 첫날이었다. 물론 내게도 그랬다.

"데이비드가 와줬으면 좋았을 텐데." 라 코세가 너무 작은 소리로 중얼거려서 겨우 알아들었다.

그 말에 나는 반사적으로 고개를 약간 돌리고 방청석을 둘러보았다. 공판이 시작되고 나서 쭉 그래왔듯이, 방청석은 거의 비어 있었다. 111호 법정에서 연쇄살인범의 공판이 있어서 언론의 관심이 온통 그곳에 쏠려 있었다. 라 코세 사건은 언론의 주목을 거의 받지 못했고, 내 안에 있는 회의론자는 그것이 우리 사건의 피해자가 매춘부였기 때문이라고 속삭이고 있었다.

그러나 응원단도 와 있었다. 켄달 로버츠와 로나 테일러가 변호인석 바로 뒤, 방청석 첫째 줄에 앉아 있었다. 로나는 공판기일마다 참석했지만, 켄달은 오늘 처음 방청을 온 거였다. 법정에 오는 것을 꺼리고 혹시 과거에 알았던 사람을 만날까 봐 두려워서 계속 오지 않았다가, 그래도 모두진술 때만큼은 와달라는 내 부탁을 받고 온 것이었다. 우리는 4월부터 연인이 되었고, 나는 정신적인 지지를 받기 위해서 그녀가 법정에 와주기를 바랐다.

그리고 뒷줄에는 배심원단 선정 때부터 꼬박꼬박 참관을 한 남자 두 명이 앉아 있었다. 이름은 몰랐지만 누군지는 알았다. 고급 정장을 입고 있었는데 왠지 어울리지 않았다. 근육질이었고, 법정이 아니라 실외에서 생활한 탓에 검게 그을린 피부를 갖고 있었다. 헥터 아란데 모야처럼 어깨가 넓고 다부진 체격이었다. 나는 그들이 모야의 부하들이라고 짐작했다. 그들은 고속도로에서 차 사고가 난 이후 나를 지키라고 모야가 보낸 경호원들이었다. 사고가 난 날, 교도소 접견실에서 모야가 경호를 제안했을 땐 거절했었다. 얼 브릭스에겐 너무 늦었지만, 다시 제안을 받았을 땐 거절하지 않았다.

그뿐이었다. 그들 외에 공판을 지켜보는 사람은 없었다. 라 코세의 동성 연인인 데이비드는 법정에 나타나지 않았다. 그는 라 코세와의 관계를 청산하고 라 코세의 전 재산인 금을 모두 인출해서 공판 시작 전날 밤에 이 도시를 떠났다. 다른 무엇보다도 데이비드의 배신이 안드레에게 큰 충격을 줘 그를 우울의 나락으로 떨어뜨렸다.

라 코세의 마음이 이해가 갔다. 켄달 로버츠가 법정에 와 있는 게 내겐 특별한 의미가 있었다. 지지를 받는 느낌이었고 그래서 외롭지 않았다. 전우가 곁에 있는 것 같았다. 그러나 내 딸은 아직까지는 법정에 발을 들여놓지 않았고, 그게 마음에 상처가 되었다. 병실에서의 재회는 부녀 사이를 다시 이어놓은 것에 지나지 않았다. 그리고 이젠 학교도 핑계거리가 못 되었는데, 검찰의 논고가 진행되던 시기에 방학을 했기 때문이었다. 내가 반사적으로 방청석을 살피는 이유는 사실 딸의 얼굴을 보게 되길 기대하며 찾아보기 위해서였다.

"이제 그런 생각은 하지 마." 내가 안드레와 나 자신에게 속삭였다. "강해 보여야 돼. 강해져야 돼."

안드레는 억지로 웃으려고 애를 쓰면서 고개를 끄덕였다.

데이비드가 금을 몽땅 챙겨서 튀는 바람에 빈털터리가 된 사람이 라 코세 혼자만은 아니었다. 그때까지 나는 2차 수임료로 금괴를 하나 더 받았다. 공판이 시작될 때 세 번째 금괴를 받기로 했었는데, 금이 사라진 것이었다. 그래서 처음에는 잠재적 노다지로 생각했던 사건이 공판이 시작될 무렵부터는 무료수임사건이 되었다. 이제 할러 변호사 사무소에 수임료가 들어오지 않게 된 것이다.

10시 정각에 판사가 법정으로 들어와 판사석에 앉았다. 레게 판사는 늘 그렇듯이 포사이드와 나를 보면서 배심원들을 부르기 전에 처리해야 할 용무가 있는지 물었다. 이번에는 있었다. 나는 서류 뭉치를 들고 일어서서, 증인명단 수정본이 있으니 살펴보고 승인해 달라고 말했다. 판사가 가까이 오라고 손짓을 했다. 나는 판사석으로 다가가서 수정본 사본을 제출한 후 내 자리로 돌아가면서 다른 사본을 검사석에 던져놓았다. 내가 자리에 앉기도 전에 포사이드 검사가 일어서서 이의를 제기했다.

"재판장님, 변호인은 이름들의 바다에 진짜 증인을 숨기는 고전적인 술수를 쓰고 있습니다. 재판 전에 제출한 증인 명단에도 이름이 굉장히 많았는데 이번에는 스물에서 스물다섯 명의 이름이 추가되었군요. 이들 대다수가 실제로는 증인으로 불려나오지 않을 것이 분명합니다."

포사이드는 증인 명단을 들고 난간 바로 뒤의 방청석에 앉아 있는 리랭크포드를 가리켰다.

"새로 들어간 이름 중엔 제 수사관의 이름도 보이는군요." 포사이드가 말을 이었다. "그리고 어디 보자, 연방교도소 재소자가 한 명이 아니라 이젠 두 명이 들어가 있네요. 교도관도 하나, 둘, 세 명이나 되고요. 피해자와 같은 아파트에 사는 주민들 이름은 죄다……."

검사가 갑자기 장광설을 멈추더니 명단을 쓰레기통에 던지듯 자기 테이블 위로 툭 던졌다.

"저희 검찰은 이의를 제기합니다, 재판장님. 추가된 사람들을 살펴보고 사건과의 관계를 확인할 시간이 주어지지 않는다면 받아들이기 어렵습니다."

포사이드의 반대는 놀랍지가 않았다. 우리가 변호 계획과 전략을 짜면서 예상한 바였다. 우리는 로프트에 있는 회의실 벽돌 벽에 화이트보드를 걸어놓고 맨 위쪽에 '마르코 폴로'라고 이름붙인 변호전략을 써놓았다. 증인명단 수정은 초기 전술이었고, 지금까지는 포사이드가 우리 예상대로 움직여주고 있었다. 아직까지 그는 명단에서 가장 중요한 한 사람의 이름에 주목하지 않았다. 적어도 말로 표현하지는 않았다. 우리는 그 이름을 폭뢰(물속에서 일정한 깊이에 이르면 저절로 터지도록 만든 수중 폭탄—옮긴이)라고 불렀다. 명단 속에 가만히 앉아서 검찰에 의해 폭파되기를 기다리는 폭뢰.

나는 검사의 이의제기에 대응하기 위해 일어서면서 다시 한번 내 뒤의 방청석을 쓱 훑어보았다. 아직도 딸의 모습은 보이지 않았지만 켄달의 엷은 미소는 볼 수 있었다. 방청석을 둘러보다가 랭크포드와 눈이 마주쳤다. 우리는 한동안 서로를 노려보았다. 랭크포드는 60퍼센트는 '또 무슨 짓을 하려는 거야?'라는 뜻을 담고, 40퍼센트는 예의 '엿 먹어라, 새끼야'라는 뜻을 담은 표정으로 나를 쳐다보았다. 그 60퍼센트가 내가 바라던 거였다.

"재판장님." 내가 판사를 바라보며 말했다. "포사이드 검사의 이의제기를 들어보니 검사는 이 사람들이 누구이고 이 사건과 어떤 관계가 있는지를 이미 알고 있는 것 같습니다. 그럼에도 불구하고 본 변호인은 기꺼이 검사에게 새로운 증인들을 검토하고 입장을 정리할 시간을 드리고 싶습니다. 그러나 공판을 중단할 필요까지는 없을 것 같은데요. 오래 지연된 제 모두진술부터 하고 원래의 증인명단에 올라 있고 이미 법원의 승인을 받은 증인들의 진술부터 듣기 시작하는 게 좋을 것 같습니다."

레게 판사는 쉬운 해결책을 얻게 되어 기쁜 것 같았다.

"아주 좋습니다." 판사가 말했다. "내일 아침엔 이 문제부터 논의하기로 하죠. 포사이드 검사, 내일 아침까지 명단을 검토하고 답변을 가져오세요."

"감사합니다, 재판장님."

레게 판사가 배심원단을 불러들였다. 배심원들이 착석하고, 변호인이 공판 시작 때 미뤄두었던 모두진술을 지금 할 것이라고 판사가 설명하는 동안, 나는 메모한 내용을 점검했다. 판사는 내가 말할 내용이 변호인 측의 주장이지 증거가 아니라고 상기시킨 다음 발언권을 내게 넘겼다. 나는 메모지를 테이블에 두고, 변호인석에서 걸어 나갔다. 배심원들에게 직접 발언을 할 때 나는 절대로 메모를 참고하지 않았다. 끝까지 최대한 눈을 맞추며 얘기하려고 노력했다.

공판을 시작하면서 판사는 모두진술을 하는 동안에 양측 대리인이 배심원석 바로 앞에 있는 공간에 가서 서도 된다고 말했었다. 변호사들은 이곳을 '법정 우물'이라고 불렀지만, 내게는 항상 증명의 땅이었다. 법적으로 뭔가를 증명하는 공간을 뜻하는 것이 아니다. 배심원단에게 나 자신을 증명하는 공간, 내가 누구인지, 무엇을 옹호하고 주장하는지를 보여주는 공간이라는 뜻이다. 나의 주장을 배심원들에게 설득시키기를 원한다면 먼저 그들의 존경심을 얻어내야 한다. 피고인을 변호하는 것에 대해 사과해서는 안 되며 열의를 보여야 한다.

내가 제일 먼저 시선을 고정한 배심원은 4번 배심원이었다. 말로리 글래드웰이라는 28세의 여성으로 영화사에서 시나리오 검토자로 일하고 있었다. 영화사로 들어오는 시나리오를 읽고 분석해서 구매 여부에 관한 의견을 내는 게 그녀의 일이었다. 배심원 선정을 위한 예비심문 때 그녀가 첫 질문에 대답하는 순간부터 나는 그녀를 배심원석에 앉히고 싶었다. 스토리텔링과 논리에 관한 그녀의 분석 기술이 필요했다. 배심원단이 결국에는 포사이드의 주장이 아닌 내 주장을 받아들이기를 바랐고, 말로리 글래드웰이 배심원들을 그 방향으로 몰아갈 수 있을 거라고 직감했다.

포사이드 검사가 논고를 하는 동안 나는 줄곧 글래드웰을 주시했다. 물론 모든 배심원을 살펴보며 표정에서 여러 단서를 읽어내려고 노력했다. 어떤 증언이나 증거가 그들에게 가장 큰 영향을 미치는지, 무엇에 대해 회의적인 생각을 갖고 있는지, 무엇에 화를 내는지 등을 알아내려고 애를 썼다. 그러나 가장 중요한 인물로 점찍은 사람은 말로리 글래드웰이었다. 나는 스토리를 분석하는 그녀의 스토리 분석 능력이 숙의가 진행되는 동안 그녀로 하여금 목소리를 내게 만들 거라고 추측했다. 그녀는 나의 피리 부는 사람이 되어줄 것이었다. 그래서 나는 가장 먼저 그녀와 눈을 맞췄고 가장 나중에도 그녀와 눈을 맞출 생각이었다. 나는 그녀가 내 변론의 일부가 되어주기를 바랐다.

글래드웰이 고개를 돌리지 않고 나와 눈을 맞췄다는 것은 내 직감이 맞았다는 확실한 신호였다.

"신사숙녀 여러분." 내가 모두진술을 시작했다. "저는 지금 누구를 소개할 필요가 없다고 생각합니다. 이 재판이 시작되고 꽤 시간이 흘렀고 다들 서로가 누구인지 잘 알고 있으니까요. 그래서 저는 짧게 말씀드리고 바로 사건으로, 글로리아 데이턴에게 일어난 비극에 관한 진실로 들어가고 싶습니다."

말을 하면서 무의식적으로 두 팔을 벌리고 두 걸음을 걸어가 두 손으로 배심원석 앞 난간을 잡았다. 그러고는 허리를 조금 굽히고, 한 남자와 낯선 열두 사람과의 소통을 사제나 랍비와의 일대일 소통만큼 친밀한 경험으로 만들려고 노력했다. 배심원 각자가 내가 오직 자기하고만 이야기하고 있다고 느끼기를 바랐다.

"아실지 모르겠지만, 우리 변호사들은 사람이나 일, 물건 등 모든 것에 별명 붙이기를 좋아합니다. 우리는 여러분 같은 배심원들을 '단죄의 신'이라고 부르죠. 종교나 믿음에 대해 불경한 마음을 갖고 있어서 그런 것은 아니고요. 여러분이 참으로 단죄의 신들이기 때문이죠. 여기 앉아서 누가 유죄인지 누가 무죄인지를 결정하지 않습니까. 그것은 매우 고결하고 막중한 짐입니다. 그런 어려운 결정을 내리기 위하여 여러분은 모든 사실을 알고 있어야 합니다. 전체적이고 진실한 이야기를 알고 있어야 하죠. 그 이야기를 적절히 해석할 수도 있어야 하고요."

나는 다시 말로리 글래드웰을 흘끗 쳐다보았다. 그러고는 열두 명 전체와 두 명의 예비 배심원을 한꺼번에 볼 수 있도록 난간에서 떨어져 배심원석 앞 공간으로 돌아갔다. 나는 말을 하면서 자연스럽게 오른쪽으로 걸어가서 배심원들 대다수가 나를 그들의 왼쪽에서 볼 수 있게 했다.

"앞으로 며칠은 본 변호인의 주장에 귀를 기울여 주시기를 간곡히 부탁드립니다. 지금까지는 한쪽의 주장만을, 검사의 주장만을 들으셨는데요. 이제부터는 다른 한쪽의 이야기를 들으실 것입니다. 들으시면서 이 사건에는 두 명의 피해자가 있다는 사실을 아시게 될 것입니다. 물론 글로리아 데이턴이 피해자고요. 그리고 피고인 안드레 라 코세 또한 피해자입니다. 글로리아처럼 라 코세도 조종당하고 이용당했거든요. 그 결과 글로리아는 살해됐고 라 코세는 살인범이라는 누명을 쓰게 되었죠.

현실적으로 말해서, 지금 제가 할 일은 여러분의 마음에 의심의 씨앗을 심는 것입니다. 라 코세가 유죄냐 무죄냐에 관해서 여러분이 합리적인 의심을 갖게 된다면, 피고인에게 무죄평결을 내려주실 테니까요. 그러나 앞으로 며칠간 저는 그 목표를 넘어서 걸어갈 것이고 여러분도 저와 함께 하실 것입니다. 그러면서 여러분은 피고인이 완벽하게 무죄라는 것을 알게 되실 것입니다. 그리고 이 끔찍한 범죄를 저지른 진짜 범인이 누구인지도 알게 되실 것입니다."

나는 여기서 말을 멈췄고 눈으로는 계속 배심원들의 표정을 살폈다. 그들의 관심을 끈 것은 확실해 보였다.

"모두진술을 마치기 전에, 검사의 논고를 들으면서 여러분이 마뜩찮아 하셨을 일에 대해서 한 말씀 드리겠습니다. 그것은 피고인의 직업에 관한 것입니다. 솔직히 말씀드리면, 저도 그것이 마음에 안 듭니다. 피고인 안드레 라 코세는 디지털 포주입니다. 많은 분과 마찬가지로 저도 자식이 있는데요. 그래서인지 젊은 남녀를 성적으로 착취해서 수익을 얻는 사람에 대해 생각만 해도 불쾌하기 짝이 없습니다. 그러나 여러분이 내리게 될 평결이 피고인의 직업에 의해 영향을 받아서는 안 될 것입니다. 피고인의 직업 때문에 그를 유죄로 판단해서는 안 될 것입니다. 이 사건의 피해자인 글로리아 데이턴에 대해 생각해 보십시오. 그리고 자문해 보십시오. 그녀가 매춘부였으니까 죽임을 당해도 마땅했습니까? 물론 그 대답은 '아니요'입니다. 그럼 피고인 안드레 라 코세가 포주니까 살인죄로 유죄평결을 받아야 합니까? 그 질문에 대한 대답도 역시 '아니요'일 것입니다."

나는 말을 멈추고 주머니에 손을 집어넣고는 고개를 숙이고 바닥을 내려다보았다. 이제 대단원의 막을 내릴 시간이었다. 나는 다시 고개를 들고 말로리 글래드웰을 바라보았고, 그녀와 눈이 마주쳤다.

"끝으로 여러분께 약속을 하나 하겠습니다. 제가 지금 약속한 것을 지키지 않는다면, 제 의뢰인에게 유죄평결을 내리십시오. 이것은 저와 제 의뢰인이 기꺼이 하려고 하는 도박입니다. 우리는 진실이 무엇인지를 알기 때문에 이런 도박을 하는 겁니다. 우리는 떳떳하고 진실하고 당당합니다. 우리는 무죄입니다."

나는 포사이드가 이의를 제기하기를 바라면서 다시 말을 멈췄다. 검사가 내 말에 도전하는 것을, 내가 진실을 이야기하는 것을 막으려는 모습을 배심원단에게 보여주고 싶었다. 그러나 검사가 로스쿨을 그냥 나온 게 아니었다. 그는 자신이 어떻게 행동해야 하는지 알고 있었고, 잠자코 있으면서 내가 원하는 것을 주지 않았다.

나는 말을 이었다.

"본 변호인은 피고인 라 코세가 어수룩한 호구였다는 사실을 입증하는 증거와 증언을 선보일 것입니다. 극악무도한 음모에 이용당한 무고한 바보였죠. 이 음모에서는 우리가 가장 신뢰하는 사람들이 무고한 시민에게 누명을 씌우기로 공모했습니다. 진실을 숨기려는 음모가 살인과 은폐를 몰고 왔습니다. 저의 바람은," 나는 돌아서서 한 손으로 라 코세를 가리켰다. "그리고 피고인의 바람은 여러분이 우리와 함께 진실을 발견하고 무죄라는 적절한 평결을 내려주시는 것입니다. 대단히 감사합니다."

나는 내 자리로 돌아가서 혹시 잊은 게 없는지 메모를 확인했다.

중요한 내용은 모두 말한 것 같아서 만족스러웠다. 라 코세가 내게로 몸을 기울이고 작은 목소리로 고맙다고 말했다. 나는 감사인사를 하기에는 아직 이르다고 말했다.

"지금 오전 휴식시간을 갖도록 하지요." 판사가 말했다. "15분 후에 돌아와서 변호인이 변론을 시작하겠습니다."

배심원들이 일어서자 나도 일어서서 그들이 회의실로 가려고 한 줄로 법정을 빠져나가는 것을 지켜보았다. 말로리 글래드웰이 고개를 숙이고 걸어가고 있었다. 그녀는 문 밖으로 나가면서 고개를 돌리고 법정을 돌아보았다. 그녀가 나를 발견하고 잠깐 쳐다보더니 곧 사라졌다.

　판사가 휴정을 선언하자마자, 나는 첫 증인의 상태를 확인하기 위해 법정 복도로 나갔다.

# 30

판사가 휴정을 선언하고 배심원단이 퇴장하자마자 내가 법정을 뛰쳐나간 진짜 이유는 화장실이 급해서였다. 새벽 4시부터 일어나 재판에 관해 생각하고 모두진술을 준비했다. 그러면서 각성된 상태를 유지하기 위해 엄청난 양의 커피를 마셔댄 터라 이젠 그 커피를 내보낼 때가 되었다.

시스코가 페르난도 발렌수엘라와 함께 복도에 놓인 벤치에 앉아 있었다.

"어땠어?" 내가 걸어가며 물었다.

"아주 좋았어." 시스코가 대답했다.

"진짜, 완전." 발렌수엘라가 말했다.

"금방 올게." 내가 말했다.

잠시 후 소변기 앞에 서자 안도감이 온몸을 감쌌다. 나는 눈을 감고 소변을 보면서 조금 전에 했던 모두진술을 되살려 보았다. 그러느라 화장실 문이 열리는 소리를 듣지 못했고 누가 내 뒤로 다가오는 것도 알아차리지 못했다. 지퍼를 올리다가 갑자기 밀쳐져 소변기 위 타일 벽에 얼굴을 부딪쳤다. 두 팔이 눌려서 움직일 수가 없었다.

"보초 서던 조폭 새끼들은 다 어디 갔나 보지?"

입에서 나는 커피와 담배 냄새는 물론이고 목소리도 익숙했다.

"랭크포드, 이거 봐요."

"지금 장난하는 거야, 할러? 왜, 심심해?"

"무슨 얘길 하는지 모르겠네. 이 정장 더럽히면, 판사한테 이를 거예요. 우리 사무소 조사원도 저기 앉아 있는데. 당신이 오는 걸 다 봤을걸."

랭크포드가 나를 잡아당겨 화장실 한 칸의 문 쪽으로 밀었다. 나는 자세를 바로 하고 서서 정장을 내려다보며 더럽혀진 곳은 없는지 살피고 벨트 버클을 채웠다. 랭크포드의 협박에 조금도 위축되지 않은 것처럼 태연하게 행동했다.

"법정으로 돌아가시지, 랭크포드."

"내가 왜 증인 명단에 오른 거야? 왜 나를 증인석에 앉히려고 하지?"

나는 세면대로 걸어가서 차분하게 손을 씻었다.

"왜인 것 같아요?" 내가 물었다.

"검찰청에서 만났던 날, 내가 중절모를 쓰고 있는 걸 봤다고 했잖아." 랭크포드가 말했다. "그 말은 무슨 뜻이야?"

나는 고개를 들어 거울에 비친 그를 바라보았다.

"내가 중절모 얘기를 했다고?"

나는 팔을 뻗어 종이타월 몇 장을 뜯어내서 손을 닦았다.

"그래, 중절모 얘기 했어. 왜 한 거냐고."

나는 젖은 종이타월을 쓰레기통에 던지고 돌아서서, 아주 오래전 기억을 더듬는 시늉을 했다. 그러다가 랭크포드를 바라보며 혼란스러운 표정으로 고개를 가로저었다.

"모자 얘기는 모르겠고. 근데 또 이런 식으로 나를 건드리면, 그땐 당신이 감당할 수 없는 문제들이 생길 줄 알아요."

나는 랭크포드를 남겨둔 채 화장실 문을 열고 복도로 나갔다. 아직도 발렌수엘라와 벤치에 앉아 있는 시스코 쪽으로 가면서도 웃음을 참기가 힘들었다. 마르코 폴로 작전의 첫 번째 규칙은 '그들을 계속 궁금하게 만들어라'였다. 머지않아 랭크포드에게는 모자 말고도 궁금하고 걱정되는 것들이 많이 생길 것이다.

"괜찮아?" 시스코가 물었다.

"랭크포드가 고추 좀 만져보재?" 발렌수엘라도 물었다.

"응, 그러재." 내가 말했다. "들어가자."

나는 법정 문을 열어 그들을 위해 잡고 있었다. 그들이 안으로 들어간 뒤 랭크포드가 오나 복도를 살펴보았지만 보이지 않았다. 내 이복형이 두꺼운 파란색 서류철을 옆구리에 끼고 걸어오고 있었다.

"해리."

그는 계속 걸으면서 돌아보았다. 나를 알아보고는 미소를 지으며 걸음을 멈췄다.

"믹, 잘 있었어? 팔은 좀 어때?"

"괜찮아. 재판 있어?"

"응, 111호에서."

"내 재판에서 모든 언론의 관심을 훔쳐간 그 사건이네."

나는 기분 나쁜 척 하면서 웃었다.

"94년에 발생한 미제사건이야. 패트릭 슈얼이라는 미친놈인데. 다른 살인죄로 이미 무기징역을 받고 샌퀜틴에서 복역하고 있는 놈을 불러

내린 거야. 이번에는 사형을 받게 하려고."

나는 고개를 끄덕였지만 행운을 빈다는 말까지는 할 수 없었다. 어찌 됐든, 그는 적군이니까.

"그래, 네 운전기사 사건은 새로운 소식 있어?" 그가 물었다. "용의자를 특정했나?"

나는 잠깐 그를 쳐다보면서 경찰 내부에서 수사에 관해 무슨 소식이라도 듣지 않았을까 생각했다.

"아직은 없어." 내가 말했다.

"유감이군." 그가 말했다.

나는 고개를 끄덕여 동의를 표시했다.

"들어가 봐야 해. 만나서 반가웠어, 형."

"나도. 언제 애들 데리고 한번 만나자."

"좋지."

우리에겐 같은 나이의 딸이 있었다. 이복형의 딸은 아직도 꾸준히 아빠와 대화를 나누는가 보았다. 그는 나쁜 놈들을 감옥에 가두고, 나는 나쁜 놈들을 감옥에 안 보내려고 애를 쓰니까.

나는 부정적인 생각에 빠져 있는 스스로를 꾸짖으며 법정으로 들어갔다. 최상의 상태로 라 코세를 변호하기 위해서는 죄책감을 버리라는 리걸 시걸의 충고를 되새겼다.

배심원단이 법정으로 돌아와 착석한 후, 나는 변호인 측 첫 번째 증인을 불렀다. 발렌수엘라가 배심원석 앞 난간에 손을 얹고 손을 톡톡 튕기면서 증인석으로 걸어왔다. 그는 살인사건 재판에서 증언하는 게 세븐일레븐에서 담배 사는 것만큼이나 일상적인 일인 것처럼 행동했다.

발렌수엘라는 증인선서를 한 후 서기를 위해 이름의 철자를 불러주었다. 그런 다음 내가 나서서 그에게 직업이 무엇인지 물었다.

"저는 재능이 많은 사람이라고 할 수 있죠." 그가 대답했다. "법조계가 순조롭게 돌아가게 만드는 기름 같다고나 할까요."

그럴 땐 윤활유라고 해야 하는 것 아니냐고 바로잡아주려다가 참았다. 어찌 됐든 그는 내 증인이었다. 대신 나는 그에게 좀 더 구체적으로 설명해달라고 부탁했다.

"주된 직업은 주 정부 공인 보석보증인이에요." 발렌수엘라가 말했다. "사탐 면허 갖고 있어서 부업으로 송달 일도 하고 있습니다. 그리고 이 건물 2층에 있는 커피숍도 임대받아 하고 있고. 동생하고 동업해요. 그래서……."

"잠깐만 앞으로 돌아갈까요?" 내가 중간에 끼어들었다. "사탐 면허가 뭐죠?"

"사설탐정이요. 탐정 일 하려면 주 정부의 허가를 받아야 하죠."

"알겠습니다. 그런데 사탐 면허를 갖고 송달 일을 한다는 것은 무슨 뜻이죠?"

"어, 송달이요, 영장 송달. 누가 고소당하면 변호사 고용하잖아요, 그러면 변호사가 진술받으려고 누구를 부른다거나, 재판에 증인을 부르거나 하잖아요, 그럴 때 소환장 배달하는 일을 하는 거죠."

"그러니까 증인에게 소환장을 전달한다는 말씀이신가요?"

"네, 맞아요, 그런 일이죠."

발렌수엘라가 오랜 세월 법조계의 윤활유 역할을 해왔는지는 몰라도, 증언을 한 경험은 많지 않은 게 분명했다. 대답이 툭툭 끊어지고 부족한 게 많았다. 심문하기 쉬운 증인일 거라고 생각했는데, 배심원단을 위해 완벽한 답변을 끌어내기가 진짜 힘들었다. 변론을 이렇게 시작하는 게 만족스럽진 않았지만, 꾹 참고 증인심문을 계속했다. 사실 예행연습을 하지 않은 나 자신에게 더 짜증이 났다.

"그렇군요. 증인은 영장을 송달하는 집행관이라는 직업 덕분에 본 사건의 피해자인 글로리아 데이턴을 만나신 적이 있죠?"

발렌수엘라가 얼굴을 찌푸렸다. 나는 단순한 질문이라고 생각하고 던진 것이 그에게는 헛갈리는 질문이었나 보았다.

"네, 그럴걸요, 아마. 그땐 잘 몰랐어요. 그러니까 내가 그 여자를 딱한 번 만났는데 그땐 그 여자 이름이 글로리아 데이턴이 아니었거든요."

"다른 이름을 쓰고 있었다는 뜻인가요?"

"네. 내가 송달한 소환장에는 지젤 댈링거라고 적혀 있었어요. 지젤 댈링거에게 전달했습니다."

"좋습니다. 그게 언제였죠?"

"11월 5일 월요일 저녁 6시 6분, 그 여자가 사는 프랭클린의 아파트 건물 1층 로비 입구에서요."

"소환장을 송달한 시각과 장소를 아주 정확하게 기억하고 계시는군요. 어떻게 그렇게 확신하시죠?"

"소환장 받은 사람이 재판이나 진술 녹화장에 안 나올 수도 있잖아요. 그래서 영장을 건네줄 때마다 기록을 하거든요. 그래야 변호사님이나 판사님께 '이것 보세요, 분명히 전달했는데, 이 사람이 안 나온 거라고요'라고 말할 수 있으니까요. 그분들한테 기록을 보여주고, 날짜와 시각이 찍힌 사진도 보여주고요."

"사진을 찍으세요?"

"네, 그게 제 원칙이죠."

"그러니까 작년 11월 5일에 지젤 댈링거에게 소환장을 송달한 후에도 사진을 찍으셨습니까?"

"네, 찍었습니다."

나는 발렌수엘라가 찍은, 날짜와 시각이 찍힌 지젤 혹은 글로리아의 8×10 사진 사본을 꺼내, 판사에게 변호인 측 증거물 1호로 채택해 달라고 요청했다. 포사이드 검사는 증거 채택에는 반대하면서 발렌수엘라가 글로리아 데이턴에게 소환장을 송달했다는 사실을 속기록에 명기하자고 제안했다. 그러나 나는 배심원들에게 그 사진을 보여주고 싶었기 때문에 사진을 증거로 채택해 달라는 주장을 굽히지 않았다. 판사가 내 편을 들어주었고, 나는 1번 배심원에게 사진을 건네 잘 살펴보고 서로 돌려보도록 했다.

다른 무엇보다도 이것이 내가 발렌수엘라를 증인으로 불러서 얻고 싶었던 결과였다. 시각적 이미지는 발렌수엘라의 주장을 믿게 하는 것 이상의 역할을 했기 때문에 매우 중요했다. 시각적 이미지는 이제까지 공개되지 않았고 증언도 나오지 않았던, 글로리아의 눈에 가득 찬 두려움을 잘 포착해서 보여주었다. 그 사진은 그녀가 소환장을 읽고 고개를 드는 순간에 찍은 거였다. 그녀는 '헥터 아란데 모야 대對 아서 롤린스 빅터빌 연방교도소장'이라는 사건명에서 모야라는 이름을 보는 순간 극도의 두려움에 사로잡혔다. 나는 배심원들이 그 표정을 놓치지 않기를 바랐다. 나나 증인의 설명 없이도 두려움에 사로잡힌 표정이라는 것을 알아볼 수 있기를 바랐다.

"증인은 누구의 지시로 그 소환장을 송달했죠?" 내가 물었다.

"실베스터 풀고니 주니어 변호사요." 발렌수엘라가 대답했다.

풀고니가 고소장에 F-U라고 적어놓았더라고 여담 삼아 이야기하지 않을까 생각했는데 다행히도 그런 말은 하지 않았다. 어쩌면 증인은 어떠해야 하는지 이제야 감을 잡은 건지도 몰랐다.

"소환장이 발부된 사건이 무슨 사건이었죠?"

"'모야 대 롤린스' 사건이요. 헥터 모야라는 마약판매상이 있었는데……."

포사이드 검사가 이의를 제기하더니 판사와 양측 대리인 간의 비공개면담을 요청했다. 발렌수엘라가 하려는 이야기를 배심원들이 듣게 하고 싶지 않은 게 분명했다. 판사가 우리를 손짓해 부르고는 소음 발생기를 켰다.

"이 재판이 어디로 가는 겁니까, 판사님?" 포사이드가 물었다. "할러 변호사는 첫 번째 증인을 내세워 사건의 본질을 흐리고 있어요. 본 살인 사건과는 전혀 관계없는 다른 소송사건으로 이끌어가려고 한다고요. 제가 많이 참고 기다렸지만 이젠…… 우리가 멈춰 세워야 합니다."

검사와 판사가 나를 통제하는 책임을 공동으로 지고 있는 것처럼 '우리'라는 표현을 쓰는 게 거슬렸다.

"재판장님, 포사이드 검사가 저를 멈춰 세우려 하는 것은 제가 어디로 가는지를 정확히 알고 있어서 그래요. 그곳에 가면 자기 주장 전체가 무너져 내릴 것을 알기 때문이죠. 글로리아 데이턴에게 소환장이 송달된 그 사건은 본 사건, 본 재판과 지나칠 정도로 밀접한 관계가 있어요. 제 변론 전체가 그것을 토대로 하고 있고요. 그러니까 심문 계속하게 해주세요. 검사가 막으려고 드는 이유를 곧 아시게 될 겁니다."

"'지나칠 정도로'요?"

"네, 그렇습니다, 판사님, 지나칠 정도로요."

판사가 잠깐 생각하더니 고개를 끄덕였다.

"이의제기를 기각합니다. 심문 계속하세요, 할러 변호사. 하지만 그곳에 빨리 도착하는 게 좋을 겁니다."

우리는 각자의 자리로 돌아갔고 나는 발렌수엘라에게 그 질문을 다시 던졌다.

"아까도 말했지만, '모야 대 롤린스' 사건이요. 롤린스는 헥터 모야가 8년째 복역하고 있는 빅터빌 교도소의 최고 책임자고요. 헥터 모야는 마약단속국이 자기 방에 권총을 몰래 숨겨두고 자기한테 누명을 씌웠다고 주장하면서 교도소에서 나오려고 하고……."

포사이드가 다시 이의를 제기했고, 판사는 짜증이 난 것 같았다. 검사가 비공개면담을 또 요구했지만 판사가 거부했다. 검사는 어쩔 수 없이 공개 법정에서 이의를 제기한 이유를 설명해야 했다.

"제가 알기로, 증인은 소송대리인이 아닌데도 특정 인신구제 청구소송에 관해 법적인 해석을 내리고 있고, 소송에서 나온 주장을 사실인 것처럼 발언하고 있습니다. 소송에서는 어떤 주장이라도 나올 수 있다는 건 누구나 잘 아는 사실이 아닙니까. 거기에서 말이 나왔다는 것만으로……."

"알겠습니다, 포사이드 검사." 판사가 끼어들었다. "이의제기의 요지를 배심원단에게 잘 설명하셨어요."

검사가 비공개면담을 얻어내지 못한 것이 우리 피고인 측에 불리하게 작용했다. 포사이드는 이의제기를 이용해서 발렌수엘라가 말을 끝내기도 전에 그 증언의 의의를 능숙하게 깎아내렸다. 그 소송 얘기가 나오자마자 바로 그 자리에서 모야 대 롤린스 사건은 입증된 사실이 아니라 주장을 담은 소송에 지나지 않는다는 사실을 배심원들에게 상기해 줬다.

"이의제기를 기각합니다. 증인은 답변을 마저 하세요." 레게 판사가 말했다.

나는 약간 기가 꺾인 어조로 발렌수엘라에게 다시 답변해 달라고 말했다. 발렌수엘라는 모야가 무기징역을 받게 만든 권총이 마약단속국에 의해서 몰래 숨겨진 거라는 청구소송 요지를 설명했다.

"감사합니다." 발렌수엘라의 답변이 끝나고 기록된 후 내가 말했다. "증인은 지젤 댈링거에게 소환장을 송달하고 나서 무엇을 하셨습니까?"

발렌수엘라는 그 질문에 어리둥절한 표정을 지었다.

"어……, 풀고니 변호사에게 송달 완료했다고 보고한 것 같은데요." 그가 말했다.

"알겠습니다. 그러면 그 후에 지젤 댈링거를 다시 보신 적이 있나요?" 내가 물었다.

"아뇨, 전혀요. 그때 만나고 끝이었죠."

"11월 5일 이후에 지젤 댈링거에 관해 다시 소식을 들은 것은 언제였죠?"

"일주일쯤 지났을 때인 것 같은데, 그 여자가 살해됐다는 소식을 들었습니다."

"그 소식은 누구한테 들으셨어요?"

"풀고니 변호사가 말하더군요."

"댈링거의 죽음과 관련해 알게 된 다른 소식은 없었고요?"

"있었죠. 신문을 보니까 용의자가 체포됐다고 하더라고요."

"안드레 라 코세가 지젤 댈링거를 살해한 혐의로 체포된 일을 말씀하시는 건가요?"

"네, 신문에 났더라고요."

"그럼 그 기사를 읽고 어떤 생각이 드셨습니까?"

"안심이 됐죠. 우리는 그 사건과 아무 관련이 없다는 뜻이었으니까요."

"그건 무슨……."

포사이드 검사는 변호인이 본 사건과 무관한 질문을 하고 있다면서 다시 이의를 제기했다. 나는 댈링거의 피살과 용의자 체포 소식을 듣고 발렌수엘라가 보여준 반응이 본 사건과 상당한 관련이 있고, 글로리아 데이턴에게 송달된 소환장이 그녀를 죽게 만들었다는 것이 우리의 변론 요지라고 설명했다. 레게 판사는 심문을 계속하라면서 증인심문이 끝난 후 판사 자신이 관련성을 판단하겠다고 말했다. 나에겐 금상첨화였다. 판사가 나중에 발렌수엘라의 답변을 재판 기록에서 삭제한다고 하더라도 열두 배심원들의 기억에서 삭제할 수는 없을 것이기 때문이었다.

"말씀해 주세요, 증인." 내가 말했다. "라 코세가 살인죄로 체포됐다는 소식을 듣고 안심한 이유를 배심원들에게 말씀해 주시죠."

"이 일하고는, 그러니까 모야 사건하고는 아무 관련이 없다는 뜻이었으니까요."

"그런데 그런 걱정을 왜 하셨죠?"

"헥터 모야는 카르텔 조직원이기 때문에……."

"여기서 증언을 중단시켜야겠군요." 레게 판사가 말했다. "증인의 전문 분야를 벗어나고 있으니까요. 다음 질문하세요, 변호인."

더 물어볼 게 없었다. 발렌수엘라는 세련되지 못한 전달능력에도 불구하고 A + 증인이었고, 나는 첫 증인에게서 얻은 성과에 만족했다. 반대심문을 하라고 포사이드에게 발언권을 넘겼지만, 현명하게도 그는 반대심문을 포기했다. 발렌수엘라를 심문해서 얻을 게 별로 없음을 알고 있는 것이다. 반대심문을 해보았자 변론요지를 반복하게 될 뿐 얻을 게 별로 없었으니까.

"반대심문은 하지 않겠습니다, 재판장님." 포사이드 검사가 말했다.

레게 판사가 퇴정을 허락하자 발렌수엘라는 법정을 빠져나갔다. 판사는 다음 증인을 부르라고 말했다.

"재판장님, 점심식사를 위한 휴정을 지금 하는 게 어떨가 싶습니다만." 내가 말했다.

"어째서 그렇죠, 변호인?" 판사가 말했다. "아직 11시 40분밖에 안 됐는데요."

"실은 다음 증인이 아직 도착하지 않았습니다. 지금부터 점심시간을 갖는다면 점심시간이 끝나기 전에 증인이 올 것이고 오후 재판부터는 심문을 시작할 수 있을 것 같은데요."

"잘 알겠습니다. 배심원단 여러분, 1시까지 점심식사를 위하여 휴정합니다."

배심원들이 줄지어 퇴정하는 동안 나는 변호인석으로 돌아갔다. 검사석을 지나가는데 포사이드가 나를 쳐다보며 고개를 절레절레했다.

"방금 당신이 무슨 짓을 했는지 모르죠?" 검사가 낮은 목소리로 말했다.

"무슨 뜻이야?" 내가 물었다.

검사는 대답하지 않았고 나는 가던 길을 계속 갔다. 변호인석으로 돌아가서 메모장과 자료를 모으기 시작했다. 휴정하는 동안 테이블 위에 뭔가를 놔두고 나갈 만큼 어리석지는 않았다. 마지막 배심원이 나가고 문이 닫히는 순간, 판사의 목소리가 법정 안에 쩌렁쩌렁하게 울려 퍼졌다.

"할러 변호사."

내가 고개를 들었다.

"네, 재판장님."

"할러 변호사, 구치감에서 점심 먹고 싶어요? 의뢰인하고 같이?"

나는 어색하게 웃으면서 열심히 머리를 굴렸지만 내가 뭘 잘못했는지 알 수가 없었다.

"같이 먹는 사람이 있어서 나쁘진 않을 것 같습니다만, 제가 치즈샌드위치를 별로 안 좋아하거든요, 재판장……."

"그럼 경고합니다, 할러 변호사. 내 배심원단 앞에서 점심식사를 위한 휴정이나 어떤 휴정이라도 본인 마음대로 제안하지 말아요, 알겠어요?"

"네, 잘 알겠습니다, 판사님."

"여긴 내 법정이에요, 할러 변호사, 당신 법정이 아니라. 언제 점심식사를 위해 휴정하는지는 내가 결정합니다."

"네, 판사님. 죄송합니다. 다시는 그런 일이 없도록 하겠습니다."

"만약 그런 일이 또 생기면, 그땐 응분의 대가가 따를 겁니다."

말을 마친 판사는 법복 자락을 휘날리며 씩씩거리면서 법정을 떠났다. 나는 정신을 차리고 포사이드를 돌아다보았다. 그는 교활하게 웃고 있었다. 이전에 레게 판사의 법정에 서본 적이 있어서 그녀가 중시하는 예의범절을 잘 알고 있었던 게 틀림없었다. 흥, 뭐 대단한 거라고, 나는 속으로 생각했다. 다행히도 판사는 배심원들이 법정을 나갈 때까지 기다렸다가 망치를 꺼내 휘둘렀다.

내가 법정을 떠나 복도로 나갔을 때 시스코는 엘리베이터 옆을 서성이고 있었다. 귀에 핸드폰을 대고 있었지만 말을 하고 있지는 않았다.

"풀고니는 도대체 어디 있는 거야?" 내가 물었다.

"모르겠어." 시스코가 말했다. "오겠다고 했는데. 사무실에 전화했더니 비서가 잠깐 기다리래."

"한 시간 남았어. 그 안에 도착해야 할 텐데."

# 31

켄달 로버츠는 요가 수업 때문에 밸리로 올라가야 해서 휴정하기 전
에 법원을 떠났다. 로나와 나는 스프링 거리를 걸어 내려가다가 메인으
로 빠져서 피츠 카페로 향했다. 가는 동안 나는 종종 뒤를 돌아보며 경호
원들이 잘 따라오고 있는지 확인했다. 모야의 부하들이 항상 우리를 따
라다녔다.

우리가 피츠를 선택한 것은 음식이 맛있고 빨리 나오며 특히 BLT 샌
드위치가 훌륭하기 때문이었다. 오늘은 왠지 BLT 샌드위치가 당겼다.
피츠에서 식사를 할 때 한 가지 안 좋은 점은 항상 경찰 손님들로 북적거
린다는 거였는데, 이날도 예외가 아니었다. 경찰국 건물에서 겨우 두 블
록 떨어져 있어서 그런지 경찰 고위간부들과 강력계 형사들이 즐겨 찾
았다. 나는 예전 재판과 사건에서 알게 된 사람들과 목례로 어색한 인사
를 나눴다. 커다란 기둥에 가로막혀 있는 후미진 테이블로 안내를 받았
는데 나쁘지 않았다. 내가 원한 것이라고는 통밀 빵에 베이컨과 양상추
와 토마토를 넣은 샌드위치 한 개뿐이었는데, 갑자기 적진에 뛰어든 것

같은 기분이 들기 시작했다.

똑똑한 로나는 내가 오후 재판을 구상할 수 있도록 조용히 있어주기를 바라냐고 물었다. 나는 오기로 되어 있는 슬라이 풀고니 주니어가 진짜로 나타날 건지 알기 전에는 오후 전략을 짜봐야 아무 소용이 없다고 말했다. 그래서 우린 주문을 마친 후 내 달력을 보면서 돈 나올 곳이 있는지 함께 찾아보았다. 우리 사무실에는 돈이 말라가고 있었다. 안드레라 코세에게서 더 이상 금괴가 들어오지 않을 거라는 사실을 알기 전까지 나는 공판 준비와 조사에 돈을 펑펑 썼다. 들어오는 돈보다 나가는 돈이 많았고, 그것이 큰 문제였다.

제니퍼 애런슨이 오늘 오전 법정에 나오지 않은 것도 그 때문이었다. 돈이 되는 소수의 의뢰인을 위한 일에서 그녀를 빼내 데려올 여유가 없었다. 그녀는 우리가 직원회의 때 이용하는 로프트 건물주의 파산 심리에 참석하고 있었다.

점심 값을 치르기 위해 꺼내든 신용카드가 제대로 처리되었다. 경찰들이 보는 앞에서 신용카드를 압수당하고 반으로 잘리는 수치를 당하면 얼마나 창피할까 상상했는데, 다행이었다.

법원으로 돌아오는 길에 시스코에게서 좋은 소식이 문자로 날아왔다.

슬라이 도착. 출격 준비 완료.

나는 풀고니가 법원에 도착했다는 소식을 로나에게 전했고, 그 후로는 긴장을 풀 수 있었다. 우리가 두 달 가까이 애써 피하고 있었던 문제에 대해 로나가 말을 꺼낼 때까지는 그랬다.

"미키, 내가 운전기사 알아볼까?"

나는 고개를 저었다.

"그 얘긴 나중에 하자. 그리고 차도 없는데 운전기사가 왜 필요해. 혹시 이젠 그만 태워주고 싶다는 뜻이야?"

로나가 아침마다 나를 태워 법원으로 출근시켜 주고 있었다. 퇴근 때는 보통 시스코가 나를 태우고 가서 집 안이 안전한지 먼저 확인해 주곤 했다.

"아냐, 그런 거." 로나가 말했다. "당신을 태워주는 건 전혀 문제없어. 하지만 이젠 일상으로 돌아가려고 노력해야지 언제까지 그러고 있을 건데?"

재판은 교통사고로 생긴 마음의 상처에 좋은 연고가 되어주었다. 재판에 집중함으로써 얼과 내가 모하비 사막으로 올라갔던 그날로 마음이 자꾸만 달려가는 것을 막을 수 있었다.

"나도 모르겠어." 내가 말했다. "게다가, 우린 지금 정상적으로 생활할 여유가 없어. 운전기사를 고용할 돈도 없고 차를 살 돈도 없고. 보험회사에서 보험금이 나오면 몰라도."

수사가 아직 종결되지 않아서 보험금 지급이 보류된 상태였다. 캘리포니아 고속도로 순찰대는 그 교통사고를 견인트럭이 의도적으로 추돌하고 도주함으로써 야기된 살인사건으로 규정했다. 트럭은 사건 다음 날 헤스페리아의 어느 들판에서 까맣게 타고 뼈대만 남은 채로 발견되었다. 그 트럭은 사건 당일 오전에 견인차량 주차장에서 도난당한 차였다. 내가 알기로 고속도로 순찰대 수사관들은 내 링컨 차를 들이받은 견인트럭의 운전기사가 누구였는지에 대해서는 아무런 입장도 표명하지 않았다.

* * *

실베스터 풀고니 주니어는 법정 뒤쪽 출입구에서부터 앞쪽에 있는 증인석까지 긴 복도를 걸어오는 동안 실제 법정은 처음 본다는 듯이 주위를 두리번거렸다. 증인석에 이르러서 바로 앉으려고 하니까 판사가 세워놓고 진실을, 완전한 진실을, 오직 진실만을 말하겠다고 증인선서를 하게 했다.

나는 먼저 풀고니의 이름과 직업을 묻고 대답을 들은 다음, 헥터 모야의 인신구제 청구소송에 관한 질문으로 바로 넘어갔다. 진술녹취를 위해 글로리아 데이턴을 소환하기까지의 과정을 설명해 달라고 풀고니에게 요청했다.

"이 모든 일의 시작은 모야 씨한테 그날 호텔방에서 경찰이 발견한 권총이 자기 게 아니고 누가 몰래 숨겨놓은 거라는 말을 듣고 나서였습니다." 풀고니가 대답했다. "우린 조사를 통해서 경찰이 모야 씨를 체포하기 위해 도착하기 전부터 그 총이 이미 그 방에 숨겨져 있었을 가능성이 크다는 결론을 내렸고요."

"그 결론이 어떤 의미가 있었죠?"

"그 총이 모야 씨의 주장대로 몰래 숨겨져 있었던 거라면, 경찰이 쳐들어오기 전에 그 방에 들어온 누군가가 숨겨놨을 거라는 뜻이었습니다."

"그래서 증인은 어떻게 하셨죠?"

"모야 씨가 거기에 투숙했던 나흘 동안 누가 그 방에 들어왔는지 알아봤습니다. 그리고 선별과정을 통해 그 기간에 여러 번 그 방에 들어온 여성 두 명으로 용의자를 압축했고요. 글로리 데이즈와 트리나 트리엑스라는 이름으로 활동하는 매춘부였습니다. 트리나 트리엑스는 그 이름으로 지금도 로스앤젤레스에서 활동하고 있고 웹사이트도 갖고 있어서 쉽게 찾을 수 있었죠. 그래서 연락해서 만날 약속을 했습니다."

풀고니는 거기서 말을 멈추고 다음 지시를 기다렸다. 증언할 때 한꺼번에 많은 정보를 쏟아내지 말고 계속 단답형으로 대답하라고 내가 미리 일러두었기 때문이었다. 또한 협조의 대가로 트리나 트리엑스에게 사례금을 지불한 사실에 대해서는 한마디도 하지 말라고 단단히 일러두었다. 그런 정보가 빌 포사이드 검사에게 저절로 굴러 떨어지게 하고 싶지는 않았다.

"증인과 트리나 트리엑스가 만났을 때 무슨 말이 오갔는지 배심원 여러분께 말씀해 주시겠습니까?" 내가 물었다.

풀고니가 흔쾌히 고개를 끄덕였다.

"먼저 자기 본명이 트리나 래퍼티라고 말했습니다. 그러고는 모야 씨를 알고 있다는 것과 사건 당시에 그의 방에 들어간 것을 인정했고요. 그 방에 총을 몰래 숨겨둔 일은 부인했지만 글로리 데이즈라는 친구한테서 자기가 숨겼다는 말을 들었다고 했습니다."

나는 한 손을 들어 이해가 안 간다는 시늉을 하면서 애써 혼란스러워하는 표정을 지어 보였다.

"그러면 글로리 데이즈라는 친구는 왜 그 총을 숨겨뒀을까요?"

이 질문은 빌 포사이드 검사의 이의제기와 비공개면담과 5분간의 격론으로 우리를 이끌었다. 결국엔 내가 심문을 계속하도록 허락받았다. 형사소송 재판에서 변호인 측에 유리한 측면이 몇 가지 있는데, 이것이 그중 하나다. 재판의 모든 절차는 변호인 측에 불리하게 진행되지만, 어떤 판사도 원하지 않는 한 가지는 판사의 실수를 이유로 항소심 공판에서 1심 판결이 뒤집히는 것이다. 그러므로 낸시 레게 판사를 포함하여 대다수 판사들은 변호인 측이 증거구성요건을 갖추고 절차를 준수하고 마땅한 예의를 차린다면 원하는 대로 심문을 진행하도록 허용하는 경향이 있다. 레게 판사는 자신이 포사이드의 이의제기를 인정할 때마다 상급법원에서 비판받고 파기환송될 위험을 무릅쓰고 있다는 사실을 잘 알고 있었다. 반면에 검찰의 이의제기를 받아들이지 않는 것은 똑같은 위험부담을 안고 있지 않았다. 그래서 변호인 측이 뜻대로 증인심문을 진행하도록 재량권을 넉넉히 주는 것이 가장 안전한 방법이었다.

연설대로 돌아온 나는 아들 풀고니에게 글로리 데이즈가 헥터 모야의 호텔방에 총을 심은 이유를 다시 물었다.

"트리나 래퍼티 말로는 자신과 글로리 데이즈가 마약단속국을 위해서 일하고 있었고 마약단속국은 모야를 없애버리려……."

포사이드가 펄쩍 뛰듯이 일어서서 이의를 제기했다.

"재판장님! 그런 주장의 근거가 어디 있습니까? 본 검사는 증인과 변호인이 온갖 추측과 빈정거림이 난무하는 들판을 목적도 없이 헤매고 다니는 것에 단호히 반대합니다."

판사가 신속하게 반응을 내놓았다.

"이번에는 검사의 말이 옳은 것 같군요. 변호인, 근거를 제시하든지 못하겠으면 다음 주제로 넘어가세요."

변호인 측에 이로운 이야기는 이쯤에서 끝내기로 했다. 나는 잠시 물러서서 전열을 가다듬었다. 그러고 나서 풀고니에게 모야의 체포에서 유죄평결까지 이르는 과정에 대해 일련의 질문을 던졌다. 모야가 화기와 코카인 50그램을―그 정도 양이면 연방법에서는 개인적 사용 목적을 넘어선다고 간주한다―소지한 것으로 밝혀졌다는 이유로 가중처벌과 무기징역 구형을 용인하는 연방법에 대해 조심스레 강조하면서.

거의 30분이 걸렸지만 결국에는 글로리 데이즈가―이젠 글로리아 데이턴과 동일인물이라는 것을 다들 알게 되었다― 왜 모야의 방에 권총을 몰래 숨겨두었을까 하는 문제로 돌아올 수 있었다. 포사이드 검사는 지금까지 내가 제공한 배경지식이 불충분하다면서 다시 이의를 제기했지만, 판사는 내 편을 들면서 이의제기를 기각했다.

"우리는 조사를 통해 알게 된 여러 사실을 바탕으로 글로리아 데이턴이 마약단속국 정보원이었고 그녀를 배후 조종하는 마약단속국 요원의 지시에 따라 모야 씨의 방에 권총을 몰래 숨겨두었다고 믿게 되었습니다." 풀고니가 말했다.

야호! 드디어 기록이 되었다. 변론의 초석. 나는 포사이드 검사를 흘끗 쳐다보았다. 그는 리걸패드에 뭔가를 열정적으로 쓰고 있었고 고개를 들지 않았다. 배심원들의 반응이 어떤지 보고 싶지 않은 것 같았다.

"그러면 글로리아 데이턴을 조종하는 마약단속국 요원은 누구였죠?" 내가 물었다.

"제임스 마르코라는 요원이었습니다." 풀고니가 대답했다.

배심원들이 제임스 마르코라는 이름을 마음에 깊이 새길 시간을 주기 위해서 나는 고개를 숙이고 잠깐 리걸패드에 적힌 메모를 확인하는 척했다.

"변호인, 다음 질문 하세요." 판사가 재촉했다.

나는 아들 실베스터 풀고니를 쳐다보면서 이제 마르코라는 이름을 배심원들 앞에 내놓았으니 어느 방향으로 갈까 잠시 고민했다.

"변호인!" 판사가 다시 재촉했다.

"죄송합니다, 재판장님." 내가 재빨리 말했다. "증인, 글로리아 데이턴을 배후 조종한 마약단속국 요원의 이름이 제임스 마르코라는 건 어디서 들으셨죠?"

"트리나 래퍼티에게서 들었습니다. 글로리아와 자기가 마르코를 위해 정보원 노릇을 했다고 하더라고요."

"트리나 래퍼티가 말하던가요, 마르코가 자기한테도 모야의 호텔 방에 권총을 숨겨놓으라고 지시했는지 어떤지?"

풀고니가 대답하기 전에, 포사이드 검사가 화를 내며 이의를 제기했고 변호인이 전해 들은 말을 근거로 심문하고 있다고 주장했다. 판사는 나에게 반박할 기회도 주지 않고 검사의 이의제기를 받아들였다. 이번에는 내가 비공개면담을 요청했고, 판사는 마지못해 우리에게 가까이 오라고 손짓을 했다. 나는 바로 본론으로 들어갔다.

"판사님, 이러면 우린 진짜 진퇴양난입니다. 증인의 전문증언에 대한 검사의 이의제기를 받아들이셨는데, 그러면 우리한테는 마르코 요원으로부터 직접 증언을 듣는 것밖에 다른 대안이 없거든요. 아시다시피 마르코는 거의 4주 전에 법정에 제출한 원래 증인명단에 올라 있었고요. 근데 문제는 마르코 요원이나 마약단속국에 소환장을 송달할 수가 없었다는 겁니다."

레게 판사가 어깨를 으쓱거렸다.

"그래서 어떡하라고요? 전문증언을 증거로 받아들여 달라고요? 꿈도 꾸지 말아요."

나는 판사가 말을 끝내기 전부터 고개를 끄덕거리기 시작했다.

"그럼요, 알죠, 힘들다는 거. 하지만 판사님이 직접 출두 명령을 내리시고 검사의 축복까지 더해진다면 마르코 요원을 이 법정으로 데려올 수 있을 것 같은데요."

레게 판사는 포사이드 검사를 쳐다보며 눈을 치켜떴다. 이제 공은 검사에게로 넘어갔다.

"판사님, 저도 기꺼이 허락하겠습니다." 검사가 말했다. "잘될지 어떨지는 모르겠지만, 마르코 요원이 할 일은 법정에 출두해서 이 기이한 주장을 부인하는 일밖에 없을 테니까요. 결국 연방요원의 주장과 창녀의 주장 간의 대격돌이 되겠네……."

"포사이드 검사!" 판사가 날카로운 목소리로 끼어들었다. "내 법정에서는 말 좀 가려서 하고 상대방을 존중하는 마음을 가져주세요."

"죄송합니다, 판사님." 포사이드가 재빨리 사과했다. "매춘부라고 정정할게요. 제 말은 그러니까 연방요원과 매춘부의 주장이 대립하게 될 텐데, 어떻게 되든 검찰이 걱정할 것은 아무것도 없다는 뜻이었습니다."

형사소송 재판에서 검사의 오만함은 치명적인 죄악이다. 나는 처음으로 포사이드에게서 그 오만함을 보았고, 재판이 끝나기 전에 그는 그 오만함에 대해 대가를 치르게 될 것 같다는 생각이 들었다.

"좋아요, 그럼 그렇게 진행합시다." 판사가 말했다. "출두명령서 작성하게 15분 일찍 공판 끝낼게요."

우리는 각자의 자리로 돌아갔고, 나는 증인석에 앉아서 기다리고 있는 아들 슬라이 풀고니를 바라보았다. 지금까지는 냉정하고 차분하고 침착한 모습이었다. 이제 그를 흔들어볼 생각이었다. 증언을 준비하면서 의논도 예행연습도 하지 않았던 방향으로 그를 끌고 갈 생각이었다.

"증인." 내가 입을 열었다. "이 권총 숨기기 가설이 사실이라고 글로리아 데이턴에게서 확인을 받았습니까?"

"아뇨, 못 받았습니다." 풀고니가 대답했다. "진술을 받으려고 소환을 했는데 만나보기도 전에 살해당했더라고요."

나는 고개를 끄덕이고는 리걸패드를 내려다보았다.

"증인이 변호사로 개업하신 지는 얼마나 됐죠?"

갑자기 심문 방향이 바뀌자 슬라이 주니어가 당황하는 것 같았다.

"어, 다음 달이면 2년 6개월 되는데요."

"전에 재판을 해본 적 있습니까?"

"그러니까, 법정에서요?"

나는 웃음이 터지려는 것을 가까스로 참았다. 내가 부른 증인이 아니라면, 그 대답 하나 가지고 아주 묵사발을 만들어놓았을 것이다. 사실 나는 직접 심문을 끝내기 전에 그를 그렇게 반은 죽여 놓아야 했다.

"네, 법정에서요." 내가 사무적으로 말했다.

"아직까지는 한 번도 없는데요. 하지만 법정에 가지 않고 그 전에 문제를 해결하는 게 소송의 진짜 목표라는 말을 많이 들었습니다."

"그리 나쁜 충고는 아니군요. 근데 로스쿨을 졸업한 지 2년밖에 안 됐고 법정 경험이 전혀 없는데, 어떻게 헥터 모야 소송 건을 맡으셨죠? 그 경위를 설명해 주시겠습니까?"

풀고니가 고개를 끄덕였다.

"소개를 받았습니다."

"누구한테서요?"

"제 아버지한테서요."

"어떻게 그렇게 되었죠?"

풀고니는 선을 넘고 있다고 경고하는 눈초리로 나를 바라보았다. 증언 전략을 논의할 때 설정했던 심문금지 구역으로 향하고 있으니 조심하라는 뜻이었다. 나는 미안하지만 어쩔 수 없다는 표정으로 그를 바라보았다. 선서를 하고 증인석에 앉았으니 넌 내 거야, 나는 생각했다.

나는 풀고니의 대답을 재촉했다.

"증인의 아버지가 헥터 모야를 증인에게 소개하게 된 경위를 배심원들에게 말씀해 주시죠."

"어, 저기, 아버지가 헥터 모야와 같은 연방교도소에 수감되어 계시거든요. 두 사람이 알고 지내는 사이라 아버지가 제게 소개해 주신 거고요."

"알겠습니다. 그렇게 해서 증인은 로스쿨 졸업 2년 만에 사건을 맡아서 인신구제 청구소송을 제기하신 거군요, 모야의 무기징역형을 무효화하기 위해서. 맞습니까?"

"네, 맞습니다."

"모야가 무기징역형을 받게 된 결정적 증거인 권총이 누군가가 몰래 숨겨놓은 것이기 때문에요."

"네, 그렇습니다."

"그리고 증인은 글로리아 데이턴이 그 총을 숨겨놓았다고 믿었고요, 맞습니까?"

"맞습니다."

"트리나 래퍼티의 진술을 근거로."

"네, 맞습니다."

"그러면 이 인신구제 청구소송을 제기하기 전에 모야가 2006년에 받았던 재판의 기록을 읽어봤나요?"

"네, 대부분은요."

"판사가 모야에게 무기징역을 선고한 선고공판 기록도 읽어보셨고요?"

"네, 읽었습니다."

나는 변호인 측 증거물 2호로 제출한 문서를 가지고 증인 쪽으로 다가가게 해달라고 판사에게 요청했다. 그 증거물은 2006년 11월 4일에 있은 헥터 모야의 선고공판 기록이었다.

판사가 허락했고, 나는 풀고니에게 가서 그 문서를 건네주었다. 풀고니가 배심원들에게 읽어주기를 바라는 부분에 밑줄을 쳐놓은 페이지로 바로 넘어갈 수 있도록 문서가 접혀 있었다.

"지금 들고 계신 것이 무엇인지 아시겠습니까, 증인?"

"연방법원 선고공판 속기록인데요. 판사의 판결문이요."

"증인이 모야를 대신해서 인신구제 청구소송을 제기하려고 준비할 때 읽으신 건가요?"

"네."

"좋습니다. 판사님 성함이 무엇이죠?"

"리사 배스 판사님입니다."

"거기 밑줄 쳐놓은 배스 판사님의 판결문을 배심원 여러분께 읽어주시겠습니까?"

풀고니가 윗몸을 약간 숙이고 읽기 시작했다.

"피고인 헥터 모야에 관한 선고 전 보고서는 말 그대로 최악이다. 피고인은 범죄로 점철된 인생을 살았으며 그 덕분에 살인을 불사하는 악명 높은 시날로아 카르텔의 고위 간부까지 오를 수 있었다. 피고인은 냉혹하고 폭력적인 인간이며 인간성을 모두 상실한 상태다. 피고인은 죽음을 부추기고 있고, 죽음 그 자체라고 볼 수 있다. 오늘 나는 그런 피고인에게 무기징역을 선고할 수 있게 된 것을 다행으로 생각한다. 더 무거운 형벌을 내릴 수 없는 것이 아쉬울 뿐이다. 솔직하게 말해서 사형을 선고할 만한 구성요건을 갖추었다면 기꺼이 사형을 선고했을 것이다.'"

풀고니는 여기서 멈췄다. 그 후로도 판결문이 이어지고 있었지만 이 정도만으로도 배심원들은 그 내용을 충분히 파악했을 것이다.

"감사합니다. 증인은 작년에 헥터 모야를 대신해서 인신구제 청구소송을 준비하면서 그 판결문을 읽으셨단 말씀이죠?"

"네."

"그러므로 증인은 글로리아 데이턴의 소환장을 준비할 때 모야의 과거가 어떠했는지 알고 있었습니다, 그렇죠?"

"네."

"그렇다면, 증인, 증인진술 녹취를 위해 글로리아 데이턴을 소환하는 것이 위험할 수도 있다는 생각은 안 해보셨나요? 불러다가 헥터 모야의 호텔 방에 권총을 몰래 숨긴 일에 대해 물어볼 예정이었는데요."

"누구로부터의 위험을 말씀하시는 거죠?"

"증인, 질문은 변호인인 제가 합니다. 실제 재판에서는 그렇게 하거든요."

배심원석 쪽에서 숨죽인 웃음소리가 들렸지만 나는 못 들은 척했다.

"증인이 글로리아 데이턴에게 소환장을 송달하고 헥터 모야의 호텔 방에 권총을 몰래 숨긴 사람으로 그녀를 지목함으로써, 그녀를 지극한 위험에 빠뜨렸다는 사실을 몰랐습니까?"

"그래서 기밀유지 조건으로 발부받았는데요. 공개된 정보가 아니었습니다. 아무도 몰랐다고요."

"증인의 의뢰인은요? 헥터 모야도 몰랐습니까?"

"의뢰인에게 말하지 않았습니다."

"모야와 같은 교도소에 있는 증인의 아버지에게는 말했습니까?"

"근데 그건 말이 안 되잖아요. 죽이지 않았을 겁니다."

"누가 죽이지 않았을 거라는 말이죠?"

"헥터 모야요."

"증인, 제가 묻는 말에만 답변해 주세요. 그래야 혼란이 생기지 않으니까요. 모야의 방에 권총을 숨긴 사람이 글로리아 데이턴이라는 사실을 알아냈다고 아버지에게 말했습니까, 말하지 않았습니까?"

"말했습니다."

"그러면 글로리아 데이턴이 사망하기 전에 아버지가 모야에게 그 사실을 말했는지, 아버지에게 물어보셨나요?"

"네, 물어봤습니다. 근데 그건 중요하지 않았어요. 그 여자는 모야가 감옥에서 나올 수 있는 열쇠였습니다. 그런 여자를 모야가 죽였을 리가 없잖아요."

나는 고개를 끄덕였고 메모를 잠깐 살펴보고 나서 말을 이었다.

"그럼 증인은 아버지가 그 여자 이름을 모야에게 말해줬는지 어떤지 왜 확인하셨죠?"

"처음에는 이해가 안 갔거든요. 모야가 복수했을 가능성도 있다고 생각했어요."

"지금도 그렇게 생각하시고요?"

"아뇨, 이젠 이해가 갑니다. 모야가 인신구제 청구소송에서 승소하기 위해서는 글로리아 데이원이 살아 있을 필요가 있었습니다. 우리에겐 그 여자가 필요했어요."

나는 방금 탐험해 들어간 새로운 시나리오가 배심원들에게 분명하게 보이기를 바랐다. 당분간은 그 새로운 가능성에 대해 미온적인 태도를 취할 생각이었다. 배심원들 스스로가 알아차리기를 바랐고, 그런 다음에 내가 증인심문을 더 진행하면서 그 대안의 입지를 굳건히 할 생각이었다. 사람들은 자기 스스로 어떤 지식을 발견했거나 획득했다고 생각할 때 그 지식을 더 굳게 붙드는 경향이 있다.

배심원석에 있는 말로리 글래드웰을 흘끗 보니 그녀는 법원에서 배심원들에게 준 수첩에 메모를 하고 있었다. 내 눈에는 내 핵심 배심원이 내 의도를 간파한 것처럼 보였다.

나는 아들 실베스터 풀고니를 돌아보았다. 지금 심문을 끝내는 게 제일 좋겠지만, 풀고니가 선서를 하고 증인석에 앉는 일이 또 있을 것 같지는 않았다. 나는 우리의 변론 요지를 강조할 기회를 놓치지 않기로 결심했다.

"증인, 증인이 헥터 모야의 인신구제 청구소송을 제기한 시점을 확인하고 싶은데요. 증인은 11월 초에 청구소송을 내고 글로리아 데이턴에게 소환장을 보냈습니다, 그렇죠?"

"네."

"그리고 글로리아 데이턴은 11월 11일에서 12일로 넘어가는 새벽에 살해당했고요, 맞죠?"

"정확한 날짜는 모르겠습니다."

"괜찮아요, 내가 알고 있으니까요. 11월 12일 아침이 되기 전에 글로리아 데이턴은 사망했습니다. 그리고 5개월이 흐른 다음 인신구제 청구소송에 새로운 진전이 있었고요, 그렇죠?"

"말씀드렸다시피, 날짜는 잘 모르겠습니다. 근데 맞는 것 같네요."

"올 4월에 들어서야 마약단속국의 제임스 마르코 요원에게 소환장을 발부하면서 인신구제 청구소송에 다시 시동을 걸었는데요. 그때까지 기다린 이유가 뭡니까? 무엇 때문에 일정이 그렇게 지연됐죠?"

풀고니는 자기도 모르겠다는 듯이 고개를 가로저었다.

"전 그냥……, 소송을 전략적으로 진행하고 있었을 뿐입니다. 때로는 법이 느리게 움직이기도 하잖아요, 안 그렇습니까?"

"헥터 모야를 위해서는 글로리아 데이턴이 살아 있을 필요가 있었다면, 그녀가 죽어줄 필요가 있는 사람도 있을 수 있다는 사실을 깨달았기 때문이 아닌가요?"

"아뇨, 저는……."

"증인이 인신구제 청구소송을 제기해서 벌집을 잘못 건드렸고, 그래서 자신이 위험해질 수도 있다는 사실을 알고 두려웠던 것은 아니고요?"

"아뇨, 두려웠던 적 없는데요."

"혹시 행정기관의 누군가로부터 모야 소송 건의 진행을 늦추거나 중단하라는 협박을 받은 적이 있습니까?"

"아뇨, 전혀 없습니다."

"마르코 요원은 4월에 소환장을 송달받고 어떤 반응을 보였죠?"

"전 모릅니다. 제가 송달한 게 아니니까요."

"마르코 요원이 소환에 응해서 진술을 했습니까?"

"어, 아뇨, 아직은 아닙니다."

"인신구제 청구소송을 계속하면 재미없을 줄 알라고 마르코 요원이 증인을 협박한 적이 있습니까?"

"아뇨, 그런 적 없는데요."

나는 오랫동안 풀고니를 노려보았다. 그는 할 수만 있다면 무슨 거짓말을 해서라도 이 자리를 벗어나고 싶어 하는 겁먹은 어린 소년 같았다.

이제 끝내야 할 때였다. 나는 고개를 들어 판사를 쳐다보며 심문을 끝내겠다고 말했다.

# 32

　반대심문에 나선 포사이드 검사는 90분 동안 다양한 질문으로 풀고
니를 거세게 몰아붙였다. 내가 그 젊은 변호사를 이따금씩 바보로 만들
었다면, 포사이드 검사는 그를 완벽한 무능력자로 만들었다. 포사이드
가 반대심문에서 완수해야 할 임무는 풀고니의 신뢰성을 완전히 파괴하
는 것이었다. 먼저 증인심문에 나선 내가 슬라이 주니어에게서 몇 가지
중요한 주장을 이끌어내 기록으로 남겼는데, 배심원단이 이런 주장에
설득당하지 않게 하기 위해서 포사이드가 유일하게 걸어볼 수 있는 희
망은 그렇게 주장한 사람을 신뢰할 수 없는 사람으로 만드는 것이었다.
배심원단이 풀고니의 진술 전체를 믿지 못하도록 하기 위해서는 풀고니
를 못 믿을 사람으로 만들어야 했다.

　90분이 끝나갈 때쯤 검사는 임무 완수에 가까워진 상태였다. 풀고니
는 기진맥진해 있었다. 어쩐지 옷도 후줄근해진 것 같았고, 자세는 구부
정했으며, 이어지는 질문에 단음절로 대답하면서, 검사가 질문의 형태
로 강요하는 거의 모든 주장에 동의를 표했다. 스톡홀름 증후군이었다.

인질범을 기쁘게 해주려는 인질 같았다.

나는 가끔씩 끼어들어 이의를 제기하면서 풀고니를 도우려고 애를 썼다. 그러나 포사이드 검사는 능숙하게 심문하면서 절대로 선을 넘지 않았고, 그래서 내가 이의를 제기하는 족족 기각되었다.

4시 15분, 드디어 반대심문이 끝났다. 풀고니는 변호사이면서도 다시는 법정에 발을 들여놓지 않겠다는 표정으로 증인석을 떠났다. 나는 난간으로 걸어가서 방청석 맨 앞줄에 앉아 있는 시스코에게 슬라이 주니어를 잡아두라고 작은 목소리로 지시했다. 그와 할 얘기가 있었다.

판사는 배심원들을 집으로 돌려보내고 휴정을 선언했다. 그러고는 제임스 마르코의 출두명령서를 작성하자고 포사이드와 나를 판사실로 불렀다. 나는 로나에게 명령서 작성이 그리 오래 걸리지 않을 테니까 내려가서 아침마다 주차하는 지하 주차장에서 차를 꺼내 오라고 말했다.

나는 판사실로 가는 법정 뒤쪽 복도에서 포사이드를 따라잡았다.

"와, 참교육 오지게 하던데." 내가 말했다. "이젠 풀고니도 법정 경험이 꽤나 쌓였을 거야."

포사이드가 돌아서서 나를 기다렸다.

"내가요? 참교육 시작한 건 변호사님 아닌가요? 자기 증인을 불러다 놓고."

"어쩔 수가 없었어. 신들에게 바치는 희생제물이라서."

"모야라는 인간을 끌어들여서 뭘 얻으려는 건지는 모르겠지만, 잘 안 될걸요."

"그건 두고 봐야지."

"그리고 새 증인명단에 올라간 사람들 도대체 뭐예요? 간만에 일찍 들어가서 애들하고 놀려고 했는데."

"명단을 랭크포드한테 줘. 그 사람은 시간 있으니까. 자기 애들을 다 잡아먹은 것 같거든."

포사이드는 유쾌하게 웃으면서 나와 함께 판사실로 들어갔다. 판사는 벌써 책상 앞에 앉아서 한쪽에 놓인 컴퓨터 모니터를 쳐다보고 있었다.

"늦게 나가면 차 막히니까 빨리빨리 하죠."

15분 후 나는 법정을 빠져나왔다. 판사가 출두명령서를 발부했다. 다음 날 아침 마약단속국 사무실로 그 명령서를 송달하는 임무는 보안관국이 맡았다. 판사는 제임스 마르코 요원이 수요일 오전 10시까지 법정에 출두하지 않을 경우 마약단속국이 그 이유를 설명하라고 명령했다. 그 말은 마르코나 마약단속국을 대리하는 변호사 중 누구라도 한 명은 법정에 출두해야 한다는 뜻이었다. 그렇게 하지 않으면 레게 판사가 마르코의 체포영장을 발부할 것이고, 그렇게 되면 일이 진짜로 재미있어질 것이었다.

시스코와 실베스터 풀고니 주니어가 복도 벤치에 나란히 앉아 있었다. 모야의 부하 한 명이 맞은편 벤치에 혼자 앉아 있었다. 다른 한 명은 차를 가지러 가는 로나를 따라갔나 보았다.

나는 시스코와 풀고니에게 걸어가서 풀고니에게 힘든 하루를 보낸 것 다 아는데 내 의뢰인 사건에서 도움을 줘 정말 고맙다고 말했다. 연방법원의 인신구제 청구소송에서는 내가 그를 기꺼이 돕겠다고 말했다.

"내 판단이 맞았어, 할러." 풀고니가 말했다.

"무슨 판단?" 내가 물었다.

"당신은 개자식이라는 거."

풀고니가 일어서서 자리를 뜨려고 했다.

"내가 뭐랬어, 맞다고 했잖아."

시스코와 나는 엘리베이터 타는 곳을 향해 걸어가는 풀고니의 뒷모습을 지켜보았다. 법원에서 늦게까지 일하면서 좋은 점은 엘리베이터를 타는 사람들이 현격히 줄어서 기다리는 시간이 그리 길지 않다는 거였다. 엘리베이터가 금방 도착해서 풀고니가 탔고 곧 그의 모습이 사라졌다.

"좋은 친구야." 시스코가 말했다.

"저 친구 아버지를 만나봐." 내가 말했다. "더 좋아."

"빈정거리는 게 아니라, 정말로. 저런 친구라면, 언젠가는 저 친구 밑에서 일하지 않을까 싶어." 시스코가 말했다.

"아마 그럴지도."

나는 판사의 출두명령서 사본을 그에게 건네주었다. 시스코는 그 서류를 펼쳐서 읽었다.

"마약단속국 화장실에 똥 닦을 종이가 한 장 늘었네."

"그러게, 그래도 이게 다 작전의 일부야. 마르코가 수요일에 나타날 경우를 대비해서 준비 좀 해야겠어."

"그래, 그래야지."

우리는 일어서서 엘리베이터를 향해 걸어가기 시작했다. 모야의 부하가 뒤따라왔다.

"회의실로 올 거야?" 내가 시스코에게 물었다.

마이클 할러 변호사 사무소 직원들은 재판이 있는 날 오후에는 공장을 개조해서 상가로 만든 로프트에 있는 회의실에서 직원회의를 했다. 그날 일어난 일들을 이야기하고 다음 공판기일에 관해 논의하고 작전을 짰다. 우리는 이런 식으로 그날의 성공과 실패를 공유했다. 오늘은 실패보다는 성공이 많았던 하루였다. 훈훈한 회의가 될 것이었다.

"갈게." 시스코가 말했다. "그 전에 어디 한 군데 들렀다가."

"알았어. 이따 보자고."

법원을 나서서 스프링 거리로 걸어가면서 보니까 길모퉁이에서 다른 변호사들을 기다리고 있는 링컨 차 두 대 앞에 로나의 렉서스가 있었다. 나는 링컨 차를 지나쳐서 로나의 차 뒷문을 열려다가 혹시 언짢아할까 봐 앞쪽 조수석에 탔다.

"이젠 렉서스를 타는 변호사가 됐네." 내가 말했다. "영화사에서 후속 작 안 만드나 몰라."

로나는 웃지 않았다.

"회의실로 갈까?" 그녀가 물었다.

"괜찮다면 가자. 내일 준비를 해놓고 싶어."

"물론 괜찮지."

로나가 차선을 살피지도 않고 갑자기 출발하자 뒤에서 달려오던 오토바이 운전자가 요란하게 경적을 울렸다. 나는 알은체 할까 말까 고민하면서 잠깐 망설였다. 짧게나마 함께 산 부부였기 때문에 나는 그녀의 기분을 잘 간파했다. 조용히 딱딱 끊어서 얘기하는데 모른 척 하고 너무 오래 그냥 놔두면 폭발할 수 있었다.

"무슨 일이야? 화났네."

"아냐, 화 안 났어."

"났잖아. 무슨 일인데?"

"공판 끝나고 왜 실베스터 주니어한테 기다리라고 했어?"

나는 눈을 가늘게 뜨고 로나를 바라보면서 풀고니를 기다리게 한 것과 그녀가 화난 것 사이에 무슨 관계가 있는지 알아내려고 애를 썼다.

"그냥, 뭐, 증언해 줘서 고맙다고 말하려고. 슬라이 주니어가 오늘 힘들었거든."

"그럼 그게 다 누구 탓이지?"

이제야 로나가 왜 그렇게 화를 내는지 알 것 같았다. 슬라이 주니어에게 미안한 거였다.

"이봐, 로나, 그 친구는 완벽한 무능력자야. 그 사실을 드러내야 했어. 내가 안 드러내면 포사이드가 그 친구를 묵사발로 만들 때 내가 무능력자로 보일 테니까. 그리고 그 친구도 언젠가는 나에게 고마워할 거야. 지금이라도 빨리 정신을 차리게 해줬으니까."

"어쨌거나."

"그래, 어쨌거나. 그거 알아? 얼은 내가 변론하는 방식을 놓고 따따부따한 적이 한 번도 없었다는 거."

"그래서 어떻게 됐는지 봐봐."

그 말이 화살이 되어 내 등에 꽂혔다.

"뭐라고? 그게 무슨 뜻이야?"

"아니야."

"이봐, 로나, 도대체 나한테 왜 그래? 이미 죄책감은 차고도 넘칠 거라는 생각 안 들어?"

사실 그녀가 두 달이나 지난 후에 이런 말을 꺼낸 것이 놀라웠다.

"미행당한다는 사실 알고 있었잖아. 차에 위치추적 장치가 붙어 있었으니까."

"그래, 위치추적 장치. 그래서 내가 어디로 가는지는 알았을 거야. 하지만 그렇다고 우릴 죽일 수 있었던 건 아니야. 그런 건 우리 레이더망에 잡히지 않았다고. 차에 위치추적 장치를 단 거지, 사제폭탄을 단 건 아니란 말이야."

"당신이 모야를 만나러 올라가면 당신이 모든 걸 알아냈고 위험인물이 되었다는 걸 그들이 알아차릴 거라고 예상했었어야지."

"이 무슨 억지야, 로나. 난 아무것도 알아내지 못했어. 그때도 지금도. 아직도 더듬거리면서 변론을 해나가고 있다고. 게다가, 그 전날 시스코가 그랬어, 미행은 붙지 않은 것 같다고. 그래서 내가 대표로서 결정했잖아, 인디언들을 철수시키기로. 비용이 너무 많이 들었고 당신이 항상 돈타령을 했으니까."

"그게 다 내 잘못이라는 거야?"

"아니, 당신 잘못이라는 게 아니고. 난 누구 탓도 하지 않아. 하지만 우리가 위험에서 벗어나지 못한 걸 보면 뭔가를 놓치고 있었던 건 분명해."

"그래서 얼이 죽임을 당했고."

"그래서 얼이 죽임을 당했고, 얼을 죽인 놈들은 지금까지도 자유롭게 거리를 활보하고 있지. 그리고 난 감시 인력을 철수시키기로 결정한 걸 자책하면서 평생을 살아야 할 거고. 감시 인력이 있었다고 해도 상황이 바뀌었을지는 잘 모르겠지만."

나는 항복한다는 뜻으로 양손을 들었다.

"로나, 당신이 왜 갑자기 이런 이야기를 하는지는 모르겠지만, 이 정도 해두면 안 될까? 지금 한창 재판 중이고 난 살얼음판을 걷는 기분이거든. 이런 얘기는 전혀 도움이 안 돼. 그리고 매일 밤 잠을 자려고 누우면 얼의 얼굴이 떠올라. 이런 말 한다고 날 이해할지 모르겠지만, 얼이 항상 나를 따라다녀, 진짜로."

그 후로 우리는 아무 말 없이 25분을 달려가 샌타모니카에 있는 공장을 로프트 뒤쪽 주차장으로 들어갔다. 주차장에 있는 차량 대수로 보아, 그리고 낡은 소형 승합차 세 대가 있는 것으로 보아, 직원회의에 배경음악이 깔릴 것 같았다. 건물 규칙에 따라 밴드는 오후 4시 이후에는 자기네 연습실에서 자유롭게 연습할 수 있었다.

로나와 나는 화물용 엘리베이터를 타고 올라가면서도 침묵을 지켰다. 우리 신발이 나무바닥에서 성난 소리를 냈다. 회의실로 향하는 동안 신발에서 나는 뻑뻑 소리가 빈 사무실 공간에 울려 퍼졌다.

제니퍼 애런슨이 먼저 와 있었다. 시스코는 어디 들를 데가 있다고 했던 게 기억났다.

"어땠어요, 오늘?" 제니퍼가 물었다.

나는 의자를 끌어내 앉으면서 고개를 끄덕였다.

"꽤 괜찮았어. 계획대로 잘 되어가고 있어. 심지어 포사이드에게 새 증인명단 조사하는 거 랭크포드 시키라고도 말해놓고 왔어."

"공판은요? 풀고니는 어땠어요?"

나는 슬라이 주니어에게 미안해하는 로나가 신경 쓰여서 슬쩍 표정을 살폈다.

"우리가 바라던 대로 역할을 잘해줬어."

"증언은 마쳤고요."

"응, 당분간은 부를 일 없을 것 같아."

"그리고 새 증인명단 제출하셨잖아요. 그건 어떻게 됐어요?"

증인명단 수정본을 작성할 때, 제니퍼는 타당성을 주장하기 위해 사건과 어떤 식으로든 관련이 있는 사람을 추가 증인으로 올렸다. 한 명 빼고는 모두 그렇게 올린 사람들이었다.

"포사이드가 무조건 이의를 제기하니까 판사가 내일 아침까지 잘 살펴보고 최종 입장을 말해달라고 하더라고. 그래서 말인데, 내일 자네가 맡아줘야겠어. 증인들에 관해서 나보다 더 잘 알잖아. 내일 아침에 뭐 없지?"

제니퍼가 고개를 끄덕였다.

"일정 없어요. 근데 제가 나서서 대응을 해요, 아니면 변호사님 귀에 대고 속삭이기만 하는 거예요?"

"자네가 맡아서 해."

제니퍼는 법정에서 포사이드에게 맞설 생각에 얼굴 표정이 밝아졌다.

"검사가 스트래튼 스터그호스 얘기를 꺼내면 어떡하죠?"

나는 대답하기 전에 잠깐 생각했다. 건물 어딘가에서 전자기타 리프 음이 들려왔다.

"우선, 그건 만약이 아니라 확실히 일어날 일이야. 스터그호스 얘기는 반드시 나오게 돼 있어. 그러면 자네가 답변을 시작하고 조금 얘기하다 가 나를 쳐다봐. 너무 많이 말하는 거 아니냐고 묻는 것처럼. 그럼 그때 부터 내가 나서서 답변할게."

내가 제출한 새 증인명단은 치밀하게 기획된 변호전략의 일부였다. 거기 새로 추가한 사람들은 모두 글로리아 데이턴 사건과 어떤 식으로 든 관련이 있었다. 그 사람들을 증인으로 추가하고 증언을 들어야 한다 고 주장하고 설득하는 것은 어렵지 않았다. 그러나 진짜로 그들을 증인 으로 부를 생각은 없었다. 그들은 스트래튼 스터그호스라는 하나의 이 름을 숨기기 위해서 명단에 추가된 사람들이었다.

스터그호스가 폭로였다. 그는 직접적으로든 간접적으로든 글로리아 데이턴과 아무런 관련이 없었다. 그러나 그는 지난 20년간 글렌데일의 한 주택에서 살았는데 그 집 맞은편 집에서 2003년에 마약판매상 두 명 이 암살됐다. 나는 당시 형사였던 리 랭크포드와 제임스 마르코 마약단 속국 요원이 이 이중살인사건을 수사하다가 위험한 동맹을 맺었다고 믿 었다. 그 동맹 관계를 파헤쳐서 글로리아 데이턴과 연결시켜야 했다. 그런 것을 관련성이라고 불렀다. 글렌데일 사건을 데이턴 사건과 관련이 있는 사건으로 만들어야 했다. 그러지 않으면 배심원단을 설득할 수가 없었다.

"그러니까 대표님은 랭크포드가 명단에 나온 이름들을 조사하다가 스트래튼 스터그호스를 발견하고 옛 기억을 떠올리길 바라시는 거군요." 제니퍼가 말했다.

나는 고개를 끄덕였다.

"운이 따라줘야 할 텐데."

"그리고 나서 랭크포드가 실수를 하고요."

나는 다시 고개를 끄덕였다.

"그러기 위해서는 더 큰 행운이 따라줘야 할 텐데."

그때 시스코가 회의실로 들어왔다. 그 덩치가 복도를 걸어오는데 아무런 소리도 안 났다는 게 놀라웠다. 시스코는 커피포트로 걸어가서 컵에 커피를 따르기 시작했다.

"오래된 거야, 시스코." 로나가 경고했다. "오늘 아침에 끓인 거. 따뜻하지도 않아."

"괜찮아." 시스코가 말했다.

그는 유리 커피포트를 전원이 꺼져 있는 버너에 내려놓고 커피를 벌컥벌컥 들이켰다. 다들 얼굴을 찌푸리자 그가 싱긋 웃었다.

"왜? 뭐?" 시스코가 말했다. "카페인이 필요해서 그래. 늦게까지 일할 거라. 밤을 새워야 할 수도 있거든."

"그래, 준비는 다 잘됐어?" 내가 물었다.

시스코가 고개를 끄덕였다.

"다 확인했어. 준비 완료."

"그럼 랭크포드가 걸려들길 바라자."

"그다음엔 다른 놈들도."

시스코는 다 식어빠진 커피를 컵에 더 따르기 시작했다.

"새로 내려줄게." 로나가 말했다.

그녀가 일어서서 테이블을 돌아 남편에게로 갔다.

"아냐, 괜찮아." 시스코가 말했다. "금방 나갈 거야. 친구들하고 어디 좀 가야 하거든."

로나가 걸음을 멈췄다. 고통스러운 표정이 떠올랐다.

"왜?" 시스코가 물었다.

"무슨 일을 하는 거야?" 로나가 물었다. "얼마나 위험한 일인데?"

시스코가 어깨를 으쓱거리더니 나를 쳐다보았다.

"예방조치 다 해뒀어." 내가 말했다. "하지만……, 놈들은 총을 갖고 있어."

"항상 조심하고 있어." 시스코가 덧붙였다.

내가 차 안에서 로나와 열띤 언쟁을 벌인 이유를 이제야 알 것 같다. 로나는 남편을 걱정하는 거였다. 얼 브릭스에게 찾아온 운명이 다음 번엔 자기 남편을 찾아올까 봐 두려운 거였다.

# 33

    시스코가 자정에 전화를 걸어왔다. 나는 켄달 로버츠와 침대에 누워 있었다. 내 집 뒷문으로 몰래 빠져나와 택시를 타고 언덕을 넘어 그녀를 만나러 왔다. 모야의 부하들이 하루 스물네 시간 나를 경호했지만, 켄달을 만날 때는 그들을 떼어놓고 왔다. 켄달은 내가 그들을 달고 오는 것을 싫어했고, 그들이 자기 집 근처를 배회하는 것을 원하지 않았다. 우리는 켄달이 스튜디오 문을 닫은 후에 스시 집에서 만나 늦은 저녁을 함께 먹고 그녀의 집으로 돌아가곤 했다. 재판이 진행되는 동안 어느덧 일상이 되었다. 시스코가 전화했을 때 나는 곤히 자면서 차 사고가 나는 꿈을 꾸고 있었다. 눈을 떴지만 여기가 어딘지 이 전화가 무슨 전화인지 알아차릴 때까지 잠깐 시간이 필요했다.

    "찍었어." 시스코가 말했다.

    "정확히 누구?"

    "둘 다. 랭크포드와 마르코."

    "함께? 같은 앵글 안에?"

"같은 앵글 안에."

"잘했어. 놈들이 무슨 짓을 했어?"

"응. 안으로 들어갔어."

"가택침입을 했다고?"

"응."

"이런, 세상에. 그걸 찍었고?"

"그것 외에도 몇 장면 더. 마르코가 집 안에 마약을 몰래 숨겼어. 헤로인."

입이 떡 벌어졌다. 이보다 더 좋을 순 없었다.

"그 장면도 담았고?"

"응, 다 담아뒀어. 이제 그만할까? 카메라 다 치워?"

나는 잠깐 생각하다가 대답했다.

"아냐, 그대로 둬. 스터그호스한테 2주 빌린다고 하고 돈을 줬잖아. 그대로 두자고. 또 모르니까."

"정말? 그럴 돈이 있어?"

"응, 정말. 그리고 그럴 돈은 없지."

"내 친구들 줄 돈 떼어먹는 건 아니지?"

콜럼버스가 미 대륙을 발견한 이래로 우리가 인디언들 돈을 얼마나 떼먹었느냐고 농담을 할까 하다가 지금은 그런 농담이 어울리지 않는다는 생각이 들어 그만두었다.

"방법을 찾아볼게."

"그래."

"내일 아침에 보자. 내가 볼 수 있을까, 영상?"

"응. 로나의 아이패드로 보내놓을게. 출근하는 길에 볼 수 있을 거야."

"그래, 알았어. 수고해."

전화를 끊고 나서 딸에게서 답장이 왔는지 문자메시지를 확인했다. 밤마다 딸에게 문자를 보내 공판이 어떻게 진행됐고 무엇이 그날의 하이라이트였는지 업데이트를 해주었다. 변론이 시작될 때까지는 거의 부정적인 얘기들이었다. 그러나 이제부턴 나의 하이라이트가 시작될 것이었다. 택시를 타고 언덕을 넘어가면서 보낸 문자에는 오늘 증인으로 나온 발렌수엘라와 풀고니를 상대로 내가 거둔 성공 이야기가 들어 있었다.

그러나 늘 그랬듯이 딸은 답장을 하지 않았다. 나는 침대 협탁에 핸드폰을 내려놓고 베개를 베고 누웠다. 켄달이 내 가슴을 끌어안았다.

"누구야?"

"시스코. 오늘밤에 좋은 소식이 있어서."

"시스코 좋겠네."

"아냐, 나한테 좋은 소식이야."

켄달이 나를 꽉 끌어안았는데 요가를 해서 그런지 힘이 굉장히 셌다.

"좀 더 자." 그녀가 말했다.

"잠이 안 올 것 같아." 내가 말했다.

그렇지만 노력은 했다. 눈을 감았고, 아까 꾸었던 꿈으로 돌아가지 않으려고 애를 썼다. 그 꿈은 싫었다. 내 딸이 이마에서 코까지 번개 모양이 이어지는 검은 말을 타고 달리는 모습을 상상해 보았다. 이 상상 속에서 딸아이는 헬멧을 쓰고 있지 않았고, 긴 머리카락을 휘날리며 울타리가 없는 넓은 초원을 질주하고 있었다. 잠이 들기 전에 나는 그 상상 속의 딸아이가 1년 전의 모습이라는 것을, 우리가 주말마다 정기적으로 만나 함께 시간을 보내던 때의 모습이라는 것을 깨달았다. 피곤과 잠에 굴복하기 전에 마지막으로 든 생각은 내 꿈속에서는 딸아이가 영원히 그 나이로 굳어질 것인가 하는 궁금증이었다. 내가 딸아이와 새로운 경험을 하고 새로운 꿈을 만들 수 있을까도 궁금했다.

두 시간 후 또 핸드폰이 울렸다. 나는 켄달의 신음소리를 들으면서 재빨리 협탁에서 핸드폰을 집어 들었고 액정화면을 보지도 않은 채 전화를 받았다.

"또 뭐야?"

"또 뭐야? 내 아들을 공개 법정에서 그런 식으로 다루다니 너야말로 뭐 하는 거야?"

시스코가 아니었다. 아버지 슬라이 풀고니였다.

"슬라이? 잠깐만요."

나는 침대에서 일어나서 방을 나갔다. 켄달의 잠을 방해하고 싶지 않았다. 나는 주방 카운터 앞에 앉아서 핸드폰에 대고 작은 목소리로 말했다.

"이봐요, 슬라이, 난 내 의뢰인을 위해서 해야 할 일을 했을 뿐이라고요. 그리고 지금이 몇 신데 그런 일로 전화해요. 아들은 한번은 그렇게 당해야 했어요. 어쩔 수가 없었다고요. 어쨌든 너무 늦었고 피곤해 죽겠으니까 그만 끊읍시다."

오랫동안 침묵이 흘렀다.

"나를 명단에 올렸나?" 마침내 그가 물었다.

아버지 슬라이 풀고니가 전화한 진짜 이유는 바로 이것이었다. 자기 자신. 연방교도소에서 벗어나 휴가를 가고 싶었던 그는 자기 이름을 2차 증인명단에 올려달라고 요구했었다. 바람이나 쐬고 싶다면서, 빅터빌에서 호송 버스를 타고 내려와 LA 카운티 교도소에서 하루이틀 머물다 가겠다고 했다. 라 코세 재판에서는 그의 증언이 필요 없다고 해도 막무가내였다. 그럴듯한 근거를 마련해서 자신을 명단에 넣어달라고 요구했다. 그렇게 해서 법원의 허락을 받아낸 다음에는 변호전략이 바뀌어서 그의 증언이 필요 없어졌다고 판사에게 말하면 그만 아니냐는 거였다. 그러면 자기는 잠깐 휴가를 즐긴 다음에 빅터빌로 돌아갈 수 있다는 거였다.

"그래요, 올렸어요." 내가 말했다. "아직 승인은 안 났고요. 오늘 공판에서 그것부터 논의할 건데, 이렇게 일찍 잠을 깨우면 당신한테 전혀 도움이 안 되는데. 잠을 충분히 자야 머리가 잘 돌아가서 싸움에서 이기든가 말든가 하지."

"그래, 알았어. 그럼 더 자두게. 소식 기다리겠네. 이 일로 날 엿 먹이지 않는 게 좋을 거야. 내 아들은 오늘 일로 좋은 교훈을 얻었을 거야. 하지만 난 교훈 따윈 필요 없네. 불러내기나 하라고."

"애써볼게요. 주무세요."

나는 그의 대답도 듣지 않고 얼른 전화를 끊고 나서 침실로 돌아갔다. 또 잠을 깨워 미안하다고 말하려고 했는데 켄달은 벌써 잠들어 있었다.

나도 그렇게 쉽게 잠이 들면 좋을 텐데 그러질 못했다. 두 번째 전화를 받고 잠이 천리만리 달아나 버려 새벽까지 이리 뒤척, 저리 뒤척 하다가 일어나야 할 시각을 한 시간 앞두고서 잠깐 선잠을 잤다.

그날 아침 나는 켄달을 늦잠 자게 놔두고 택시를 불렀다. 다행히도 켄달의 집에 옷을 갖다놓기 시작했기 때문에 정장을 갈아입을 수 있었다. 아주 깔끔하진 않아도 적어도 전날 입었던 옷과는 다른 옷이었다. 켄달을 깨우지 않고 살금살금 집을 빠져나왔다. 8시가 조금 넘어 택시가 내 집 앞에 섰을 때 로나가 벌써 와서 렉서스에 앉아 나를 기다리고 있었다.

모야의 부하들도 자기들 차에 앉아서 우리를 법원으로 호위해 가려고 기다리고 있었다. 나는 집 안으로 들어가 서류가방을 챙겨서 다시 나와 로나의 차에 탔다. 딱 2분 걸렸다.

"가자."

로나가 갑자기 출발해서 연석에서 떨어져 나왔다. 아직도 화가 풀리지 않았다는 것을 느낄 수 있었다.

"믹, 10분 늦게 나타난 사람이 누구야? 나야?" 로나가 말했다. "난 시간 맞춰 와서 기다리고 있었어. 그것도 무서운 아저씨들하고 같이."

"알았어, 알았어. 그만하자, 응? 안 그래도 잠도 잘 못 잤는데."

"왜, 그 여자가 잠을 안 재워?"

"그런 뜻이 아니라. 곤히 자고 있는데 시스코가 전화해서 깨우더니 그 다음엔 아버지 슬라이 폴고니가 전화해서 난리를 치더라고. 결국에는, 전부 합해 한 세 시간 잤나? 시스코가 당신 아이패드로 동영상 보냈어? 내가 볼 것?"

"응, 뒤에 가방 안에 있어."

나는 좌석 사이의 공간으로 팔을 뻗어 뒷좌석 바닥에 놓인 가방을 집어 들었다. 가방은 장바구니 정도의 크기였고 무게가 1톤은 나가는 것 같았다.

"도대체 이 안에 뭘 넣어 다니는 거야?"

"이것저것."

더 물어보지 않았다. 가방을 잡아끌어 앞좌석으로 가져와서 열고 아이패드를 꺼냈다. 그러고는 뒷좌석에 도로 갖다놓는 수고를 하지 않으려고, 두 발 사이 바닥에 가방을 내려놓았다.

"바탕화면에 바로 보일 거야." 로나가 말했다. "재생버튼을 누르면 돼."

아이패드 케이스를 열고 화면을 누르니 화면이 밝아지면서 내가 알고 있는 스트래튼 스터그호스의 집 현관문이 찍힌 정지된 동영상 화면이 보였다. 카메라가 아래에서 위로 가는 각도로 찍었고, 빛이라고는 현관문 옆에 있는 현관 등에서 나오는 불빛뿐이었으며, 화질이 썩 좋진 않았다. 시스코의 친구들이 현관에 있는 화분이나 다른 장식물 속에 핀홀 카메라를 숨겨놓은 것 같았다. 카메라가 측면에서 찍고 있어서 누가 나타나 현관문을 두드리면 그의 옆모습이 찍힐 것이었다.

나는 재생버튼을 누르고 기다렸다. 몇 초 동안은 아무것도 움직이지 않았고 아무 일도 일어나지 않았다. 잠시 후 한 남자가 현관으로 올라오더니 망설이다가 흘끗 뒤를 돌아보았다. 랭크포드였다. 그는 곧 돌아서서 현관문을 두드렸다. 그러고는 안에서 대답이 들리기를 기다렸다. 나도 기다렸다.

아무 일도 일어나지 않았다. 문을 열어주는 사람이 없을 거라는 걸 알고 있었지만 그래도 똑같이 긴장되는 순간이었다.

"오늘은 어느 길로 갈까?" 로나가 물었다.

"잠깐만 있어봐." 내가 말했다. "이것부터 좀 보고."

동영상은 음성이 지원되지 않았다. 랭크포드가 좀 더 세게 다시 문을 두드렸다. 그러고는 화면 밖 어딘가를 돌아보면서 고개를 가로저었다. 화면 밖에 있는 누군가가 지시를 내렸는지, 그는 다시 돌아서서 한번 더 세게 문을 두드렸다.

문을 열어주는 사람이 없었다. 다른 남자가 현관으로 올라가 랭크포드의 오른쪽으로 가서 서더니 문 옆에 있는 창문을 통해 안을 들여다보았다. 두 손으로 눈 주위를 감싸고 유리에 얼굴을 갖다 대고 안을 들여다보았다. 얼굴이 가려져 있다가 몸을 젖히고 랭크포드를 돌아보며 무슨 말을 할 때에야 드러났다. 제임스 마르코.

나는 그 두 사람을 보기 위해 화면을 정지시켰다. 그것은 재판의 향방을 획기적으로 바꿀 장면이었다. 검찰수사관 랭크포드가 자기가 맡은 사건의 변호인 측 증인이 될 사람의 집 현관 앞에 나타나는 것은 지극히 타당하고 있을 수 있는 일이었다. 그러나 랭크포드와 제임스 마르코 마약단속국 요원이 함께 현관 앞에 나타난 것은 상황을 급반전시켰다. 지금 내가 보고 있는 것은 마르코를 랭크포드와 엮어주고, 글로리아 데이턴 피살사건과도 이어주는 디지털 증거물이었다. 적어도 내가 합리적인 의심의 근거를 보고 있다는 생각이 들었다.

나는 화면에서 눈을 떼지 않은 채 로나에게 말했다.

"지금 시스코 어디 있어?"

"집에 와서 그걸 주고는 자고 있어. 10시까지 법원으로 온다던데."

나는 고개를 끄덕였다. 그는 늦잠을 잘 자격이 충분히 있었다.

"시스코가 한 건 했네."

"전체 다 봤어? 끝까지 보라던데."

나는 재생버튼을 눌렀다. 랭크포드와 마르코는 현관문이 열리기를 기다리다 지쳐서 현관을 내려왔다. 나는 기다렸다. 아무 일도 일어나지 않았다. 현관에서는 아무런 움직임이 없었다.

"도대체 왜 끝까지……."

그때였다. 집 옆면에서 희미한 그림자가 어른거렸다. 둘 중 한 명이 아니면 두 명 모두가 집 옆으로 돌아가고 있었다.

동영상이 다른 장면으로 바뀌었다. 이번에는 뒷마당에서 집 뒷문을 향해 놓은 카메라가 찍은 장면이었다. 화면이 찍힌 시각이 10초 뒤로 넘어가 있었다. 잠깐 지켜보고 있으니까 두 사람이 집 양쪽 옆으로 돌아와 뒷문에서 만났다. 문 위 전등 불빛 속에 그들의 얼굴이 드러났다. 이번에도 랭크포드와 마르코였다. 랭크포드가 문을 두드렸지만 마르코는 대답을 기다리지 않았다. 그는 쭈그리고 앉아서 문손잡이를 잡고 작업에 들어갔다. 문을 따고 있는 게 분명했다.

"와, 이거 정말 대박인데." 내가 말했다. "이런 걸 얻다니 믿어지지가 않네."

"도대체 뭔데 그래?" 로나가 물었다. "시스코가 말 안 해주더라고. 일급비밀이고 판도를 확 바꿔놓을 증거라고는 하면서."

"그래, 판도를 확 바꿔놓을 증거지. 다 보고 말해줄게. 일급비밀은 아니니까."

나는 동영상을 끝까지 다 보았다. 마르코가 문을 열었고 랭크포드를 돌아보면서 고개를 끄덕였다. 그러고는 집 안으로 들어갔고 랭크포드는 밖에서 기다리면서 문에 등을 기대고 서서 망을 봤다.

동영상 화면이 집 안 부엌 천장에서 찍은 화면으로 바뀌었다. 주로 연기탐지기 속에 숨기는 어안렌즈였다. 뒷문으로 들어온 마르코가 카메라 아래를 걸어 복도로 향하다가 돌아서서 부엌으로 돌아왔다. 그는 냉장고로 걸어가서 냉동실 문을 열고 안을 들여다보았다. 냉동식품이 들어 있는 용기들을 하나하나 살피다가 프랑스식 피자빵 두 개가 든 상자를 골랐다. 혼자 살면서 종종 먹어봐서 나도 잘 아는 상표의 피자빵이었다. 마르코는 상자를 봉인하는 작은 스티커를 찢지 않고 조심스럽게 뜯어내 상자를 열었다. 그러고는 비닐로 싼 피자빵 하나를 꺼내 옆구리에 끼고, 입고 있는 검은색 가죽 군용점퍼 주머니에 손을 넣어 뭔가를 꺼냈다. 손이 너무 빨리 움직여서 들고 있는 게 무엇인지 알 수 없었지만, 그게 무엇이었건 그는 그것을 피자 상자 속에 밀어 넣은 뒤 피자빵을 그 위에 올려놓았다. 그러고는 그 피자 상자를 냉동실 속 다른 상자들 밑에 넣고 나서 뒷문을 향해 돌아섰다.

화면이 다시 집 바깥에서 찍은 장면으로 바뀌었고 마르코가 집 밖으로 걸어 나와 문을 닫고 잠갔다. 그가 집 안에 머문 시간은 채 일 분도 되지 않았다. 그는 랭크포드에게 고개를 끄덕였고, 둘은 각자 아까 왔던 것처럼 집 양옆으로 돌아갔다. 동영상은 거기서 끝이 났다.

나는 고개를 들고 우리가 어디쯤 가고 있는지 확인했다. 로나는 선셋에서 101번 도로로 진입하려 하고 있었다. 진입 경사로 앞을 보니 그 고속도로는 오전에는 늘 그렇듯 주차장을 방불케 했다. 공판 시각에 늦겠다는 생각이 들 때마다 항상 그렇듯이 가슴이 쪼그라드는 느낌이 들었다.

"왜 이 길로 가?"

"어느 길로 갈까 물으니까 조용히 하라며. 당신은 날마다 다양한 길을 시도해 보지만 난 아니잖아. 당신이 어느 길을 원하는지 몰랐다고."

"얼이 차 막히는 곳 피해가는 데는 귀신이었는데. 항상 다른 길을 시도해 봤지."

"근데 이젠 얼이 없잖아."

"그러게."

나는 그 문제는 제쳐두고 방금 동영상에서 본 것에 대해 생각해 봤다. 이것을 어떻게 사용할지는 아직 결정하지 못했지만, 엄청난 폭발력을 지닌 다이너마이트가 될 것은 확실했다. 우리는 사악한 마약단속국 요원과 그의 공범이 스트래튼 스터그호스를 증인명단에서 빼거나 통제하기 위한 방편으로 그의 집에 마약을 몰래 숨겨놓는 장면을 동영상으로 확보한 것이다. 이것은 내가 기대했던 것 이상의 수확이었다.

나는 작게 휘파람을 불면서 아이패드를 끄고 로나의 가방에 다시 넣었다.

"도대체 뭔데 그렇게 흥분해서 휘파람까지 부는지 말 좀 해줄래?"

나는 고개를 끄덕였다.

"해주지, 그럼. 우리가 어제 증인명단을 수정한 거 알지?"

"그럼. 그래서 오늘 의논해 보자고 판사가 그랬잖아."

"그렇지. 근데 그게 우리가 꾸민 연극의 일부였어."

"리걸 아저씨의 수 같은 건가?"

"응, 근데 이번엔 내가 낸 수야. 작전명 '마르코 폴로'. 수정된 명단에는 새로운 이름을 엄청 많이 추가해 놨어. 포사이드 검사가 그것 때문에 이의를 제기하는 거 당신도 들었잖아."

"들었지."

"그 명단에 있는 이름 중 하나가 스트래튼 스터그호스야. 그 명단은 우리가 그를 숨기는 것처럼 보이게 하려고 신경 써서 만든 거야. 그를 다른 이름들 속에 숨겨서 은근슬쩍 묻어가게 하려는 것처럼 보이게 하려고. 글로리아가 살던 아파트의 입주민들 이름 속에 그의 이름을 끼어놓았어. 우리한테 무슨 꿍꿍이가 있다고 생각하고 우리가 숨기고 있는 이름을 찾아내려고 검찰이 애쓰길 바라면서 말이야."

"검찰이 스트래튼 스터그호스를 찾아내길 바란 거야?"

"그렇지."

"그래, 그런데 스트래튼 스터그호스가 누군데?"

"그가 누군지는 중요하지 않아. 어디 사는지가 중요하지. 이 동영상은 글렌데일에 있는 그의 집에서 찍은 거야. 10년 전 마약판매상 두 명이 살해당했던 집의 바로 맞은편 집."

"그게 글로리아 데이턴하고는 무슨 관계가 있는데?"

"직접적인 관계는 없어. 하지만 우리는 글로리아가 살해당하기 전에 그녀를 미행했고 지금은 검찰수사관으로 일하고 있는 랭크포드와, 글로리아에게 정보원 역할을 시켰던 마약단속국의 마르코 요원과의 관계를 알아내려고 노력해 왔어. 우리의 변론이 설득력을 발휘하기 위해서는, 이들 두 사람이 관련이 있어야 하거든. 그래서 시스코가 그 관련성을 찾아보고 있었고, 미제로 남은 마약판매상 이중살인사건에서 관련성을 찾아냈지. 그 사건의 수사책임자가 당시 글렌데일 경찰서 소속이었던 리 랭크포드 형사였어. 그리고 그 두 피해자는 시날로아 카르텔 소속이었고. 헥터 모야가 속했던 바로 그 조직. 당시에 마르코가 모야를 치려고 했고, 그러니까 마르코와 그가 속했던 부처 간 카르텔 공조팀, 짧게 말해 아이스티 팀이 그 집에서 살해된 두 마약판매상의 존재를 인지하고 심지어 수사를 하고 있었다고 가정하는 게 이치에 맞잖아."

"그렇구나……."

로나는 아직 이해를 못하고 있을 때 그렇게 말했다.

"그 마약판매상 이중살인사건이 랭크포드와 마르코의 연결고리라고 생각했는데, 시스코가 복사해 온 랭크포드의 그 사건 수사자료 어디에도 마르코나 아이스티에 대한 언급이 없더라고. 그래서 증인명단 가지고 일을 꾸민 거야. 연결고리가 있다면 끌어낼 수 있지 않을까 싶어서."

나는 아이패드가 들어 있는 로나의 가방을 가리켰다.

"저 안의 동영상이 그 증거야. 랭크포드와 마르코가 서로 관련이 있다는 증거. 저걸 가지고 이 재판을 완전히 뒤집어 버리려고. 저 동영상이 판세를 완전히 바꿔놓을 확실한 증거니까. 이젠 언제 뒤집을 건지만 결정하면 돼."

"근데 어떤 일을 꾸민 거야? 스터그호스는 무슨 관련이 있는데?"

"아무 관련 없어. 마약판매상들이 살해당한 집의 바로 맞은편 집에 살고 있을 뿐이지. 그를 이용해서 랭크포드와 마르코를 끌어낼 수 있다고 판단했어."

"미안한데, 화내지 마, 나 아직도 잘 이해가 안 돼."

"화 안 났어. 랭크포드는 현재 검찰 쪽에서 일하고 있어. 라 코세 재판을 돕겠다고 자원했지. 재판을 감시하려고. 기억나? 글로리아가 살해된 날 밤에 랭크포드가 글로리아를 미행하고 있었던 거. 이젠 포사이드 검사와 함께 일하면서 변호인의 움직임에 대응하는 걸 돕고 있지. 어제 공판이 끝나자마자 아마 포사이드와 마주 앉아서 새 증인명단을 훑어보면서 내가 무슨 꿍꿍이 속인지 알아내려고 땀깨나 흘렸을 거야. 명단에서 누가 중요한지, 내가 누굴 진짜로 불러낼 것인지 등을 알아내려고."

"그리고 거기서 스트래튼 스터그호스라는 이름을 보게 되고."

"바로 그거야. 그 이름을 보지만 그들에겐 아무 의미가 없는 이름이지. 그래서 랭크포드가 나서는 거야. 수사관이잖아. 컴퓨터가 있고 모든 행정기관 데이터베이스에 쉽게 접근할 수 있지. 스트래튼 스터그호스가 글렌데일 살렘 거리에 산다는 걸 금방 알아냈을 거야. 그 사실을 알고 깜짝 놀랐겠지. 10년 전에 살렘에서 마약판매상 이중살인사건을 수사했으니까."

"그 사건은 해결하지 못했고?"

"응. 그래서 자발적으로든 포사이드의 요청에 의해서든, 랭크포드는 스터그호스에 대해서 알아보고 그가 데이턴 사건과는 무슨 관련이 있는지 알아볼 필요가 있지. 시스코와 나는 일이 그렇게 될 거라고 예상했어. 그리고 그 마약판매상 이중살인사건이 랭크포드와 마르코가 관련을 맺게 된 계기였다면, 랭크포드가 그 마약단속국 친구한테 전화해서, '이봐,

내가 이 친구 확인 좀 하려는데, 혹시 문제가 생길지 모르니까 자네가 와서 지원 좀 해주겠어?'라고 말할지 모른다고 생각했어. 아니 그렇게 되길 바랐다고 해야 맞겠군."

"그래서 카메라를 설치한 거구나. 이제야 이해가 가네. 근데 스터그호스는 어떻게 된 거야?"

"일주일 전에 그 집에 찾아가서 영화 제작을 위해 그 집을 2주간 빌리고 싶다고 말했어."

"촬영 장소를 물색하는 것처럼?"

"그렇지."

나는 미소를 지었다. 우리가 사용한 속임수는 엄밀히 말해서 속임수가 아니었다는 생각이 들었다. 진짜로 영화를 제작했으니까. 다만 이 영화는 할리우드 대로의 극장에서 레드카펫 행사를 하면서 개봉되지 않을 뿐이었다. 시내 템플 거리에 있는 형사법원 120호 법정에서 개봉될 예정이었다.

"그래서 스터그호스는 우리가 준 돈을 받아서 딸이 살고 있는 플로리다로 아내와 함께 휴가를 떠났어. 우린 그의 집 안팎에 카메라를 설치했고, 증인명단에 스트래튼 스터그호스라는 이름을 폭뢰로 집어넣었고. 그렇게 해서 이런 결과를 얻게 된 거야."

나는 다리 사이 바닥에 놓여 있는 로나의 가방을 가리켰다.

"동영상을 보면 마르코는 뒤에 남아 있고 랭크포드 혼자 현관으로 갔어." 내가 말을 이었다. "스터그호스가 집에 있다가 문을 열었다면, 랭크포드는 합법적인 조사를 시작했을 거야. 난 검찰수사관인데, 당신 이름이 증인명단에 들어 있어서 그런다, 이 사건에 대해서 뭘 알고 있니, 하는 식으로. 마르코는 뒤에서 기다리면서 스터그호스가 호락호락하지 않다고 랭크포드가 신호를 보낼 경우에 대비해 준비하고 있었겠지."

"무슨 준비를 하고 있었다는 거야?" 로나가 물었다.

"필요하면 무슨 짓이라도 할 준비. 글로리아를 봐봐. 얼은 또 어때. 이 친구는 못할 일이 없어. 동영상에 뭐가 찍혔는지 알아? 스터그호스가 집에 없으니까, 마르코가 침입해서 냉장고 안에 마약을 몰래 숨겨놨어. 필요하면 언제라도 돌아와서 스터그호스를 체포하려고 그런 거지. 그러면 스터그호스가 증언을 못하게 막을 수 있으니까. 증언을 한다고 해도 신뢰성을 완전히 떨어뜨릴 수 있으니까."

"와, 진짜 못 믿겠다."

"이 동영상, 법정에서 대히트를 칠 거야. 언제 꺼낼 건지만 결정하면 돼."

법정에서 동영상을 꺼내놓는 모습을 상상하니 가슴이 벅차올랐다.

"경찰에 제출해야 되는 거 아냐?" 로나가 물었다.

"아냐. 우리 건데 뭐. 이걸 가지고 두 사람 싸움을 붙일까 봐. 한 사람이 다른 사람에게 등을 돌리게 만드는 거지. 보통 더 약한 쪽이 등을 돌리게 되어 있어. 내부자의 폭로만큼 배심원단을 흔들어놓는 것도 없어. 동영상보다 효과가 있지. DNA 증거보다도 효과가 있고."

"스터그호스는 어떻게 할 건데? 그를 보호해야 되는 거 아냐? 당신이 끌어들였지, 그는……."

"걱정하지 마. 우선, 마르코가 숨겨둔 마약은 시스코가 알아서 처리했을 거야. 그리고 우리에겐 동영상이 있어. 누구도 스트래튼 스터그호스에게 죄를 뒤집어씌우지는 못할 거야. 지금쯤 플로리다 어느 해변에 누워 있겠지, 4천 달러의 행복을 누리면서."

"4천 달러! 그 돈이 어디서 났어?"

"사비를 털었어."

"미키, 헤일리의 대학입학자금은 건드리지 마. 조만간 필요한 날이 올 건데."

"걱정하지 마, 안 건드렸으니까."

로나는 아무 대꾸도 하지 않았고, 기분이 누그러진 것 같지도 않았다. 내 말이 거짓말이라는 걸 감지한 것 같았다. 그러나 딸의 대학등록금으로 그 돈이 필요하기까지는 앞으로 1년도 더 남아 있었다.

나는 손목시계를 확인한 후 내 앞에서 느리게 흐르고 있는 철의 강물을 바라보았다.

"알바라도까지 가서 고속도로에서 나가자." 내가 지시했다. "이 속도로는 제 시간에 도착 못하는데, 절대로."

"그러시든가."

또 짜증이 난 말투였다. 내가 픽업시간에 10분 늦은 것 때문에 아직도 화가 풀리지 않은 거였다. 아니면 나를 10분 늦게 만든 곳에 갔다 왔다는 사실에 화가 난 건지도 몰랐다. 그것도 아니라면 전날 벌였던 설전의 앙금이 남아 있는 것일 수도 있었다. 어느 쪽이든 중요하지 않았다. 나는 얼이 그리웠다. 그는 말을 할 때 감정을 드러내는 법이 없었다. 길을 잃지도 않았고 내가 법정에 시간 맞춰가야 할 때 꼼짝도 안 하는 차들 사이에 끼어 있지도 않았다.

"마르코 폴로 작전이 성공하지 못했다면 어떻게 됐을까?" 로나가 물었다.

"무슨 뜻이야?"

"그들이 스트래튼 스터그호스에게 주목하지 않았다면 어떻게 됐겠냐고. 그럼 일이 어떻게 됐을까?"

나는 잠시 생각했다.

"다른 전략도 세워두었어." 내가 말했다. "그리고 내가 법정에서 그렇게 형편없는 것도 아니고. 변론 단 하루 만에 검찰 측 주장을 야금야금 갉아먹었잖아. 이 작전이 틀어졌어도 잘했을 거야."

나는 발로 그녀의 가방을 툭 찼다.

"그렇지만 이젠…… 대반전이 일어나는 거지." 내가 말했다.

"잘돼야 할 텐데."

# 34

천신만고 끝에 나는 9시가 되기 딱 1분 전에 120호 법정에 도착할 수 있었다. 포사이드 검사는 이미 검사석에 앉아 있었고, 랭크포드도 검사석 바로 뒤, 방청석 첫째 줄의 늘 앉던 자리에 있었다. 변호인석에는 제니퍼 애런슨이 앉아 있었다. 수정된 증인명단에 대한 심리가 끝날 때까지는 배심원단이 나오지 않기 때문에, 경위들이 라 코세를 구치감에서 데리고 나올 필요는 없었다.

나는 랭크포드와 눈길을 주고받고 나서 의자를 끌어내 자리에 앉았다.

"안 오실 줄 알았는데요." 제니퍼가 당황한 어조로 내게 속삭였다.

"자네 혼자서도 잘해낼 거 아는데, 어젯밤 이후로 상황이 바뀌었어. 내가 맡아야 될 것 같아. 미안해. 하지만 전략 변경 내용을 설명할 시간이 없어. 놀라운 일이 벌어졌어."

"무슨 일인데요?"

내가 대답하기도 전에, 양측 대리인이 출석한 것을 확인한 법정서기가 판사님이 판사실에서 새 증인명단에 관해 논의하자고 하신다고 우리에게 전했다. 우리가 일어서자 서기는 판사실로 가는 하프도어를 열었고, 우리는 그 문을 나가 법정 뒤쪽 복도로 나섰다.

레게 판사가 우리를 기다리고 있었다. 판사가 제니퍼를 보더니 나에게 회의 테이블 의자를 끌어와서 자기 책상 앞에 놓인 두 의자 옆에 놓으라고 말했다. 우리는 판사 앞에 앉았다. 제니퍼가 가운데에 앉았고 나는 오른편에 있는 의자를 슬며시 끌어내 앉았다. 판사가 보는 쪽에서는 내가 왼쪽에 있기 위해서였다.

"좀 더 자유롭게 이야기 나누려고 심리를 판사실에서 하자고 불렀어요." 레게 판사가 말했다. "로사, 기록 시작해."

판사는 자기 책상 왼쪽 뒤편에 속기 기계를 놓고 앉아 있는 법정 속기사에게 말했다. 나는 이 심리 내용이 언론에 알려지지 않기를 바란다는 뜻을 판사가 밝힌 뒤에야 기록을 시작했다는 사실에 주목했다.

나는 비공개 심리에 대해 이의를 제기할 수도 있었지만 그래봤자 얻는 게 없고 판사에게 밉보이기만 할 거라고 판단했다. 제니퍼가 나를 쳐다보면서 이의제기를 기다리고 있었지만, 나는 그냥 넘어가기로 했다. 일반적으로 변호인은 공개 법정에서의 심리를 선호한다. 자기네끼리 밀실협상을 하고 정보를 숨긴다는 대중의 의심을 사기 싫어서다.

판사는 기록을 위해 참석자 전원의 이름을 부른 다음 심리를 진행했다.

"포사이드 검사, 변호인이 제출한 증인명단 수정본을 검토할 시간을 드렸는데요. 검사의 의견부터 들어볼까요?"

"감사합니다, 판사님. 수사관과 제가 명단에 나온 이름들을 다 검토해 보긴 했는데 시간이 정말 빠듯했습니다. 그 명단을 수정본이라고 부르는 것은 잘못된 표현이죠. 서른세 명의 이름을 추가하는 것이 어째서

수정하는 겁니까, 재창조하는 거지. 불합리한 짓이기도 하고요. 본 검찰
은……."

"판사님, 포사이드 검사의 말을 자르고 끼어들어야 할 것 같은데요."
내가 말했다. "우리 피고인 측은 이런 지난한 과정을 획기적으로 단축하
고 심지어 검사를 만족시킬 수도 있는 타협안을 제시하고 싶습니다."

나는 재킷 안주머니에서 그날 아침 차에서 작성한 명단의 사본을 꺼
냈다. 로나가 알바라도로 빠져서 속도를 내기 시작하고 나서 작성한 거
였다. 전날 밤 글렌데일에서 벌어진 일들에 관한 이야기를 중단하고 판
사에게 제출할 명단을 작성해서 온 거였다.

"말씀하세요, 할러 변호사." 판사가 말했다. "어떤 제안이죠?"

"증인명단을 다시 수정해 봤는데요, 지워도 될 만한 이름은 다 지워봤
습니다."

나는 그 사본을 판사에게 주었다. 포사이드에게 줄 사본은 없었다. 판
사가 그 사본을 살펴본 지 5초도 채 안 돼 놀란 표정으로 눈을 치켜떴다.

"이름을 거의 다 지웠네요, 하나, 둘, 셋, 넷, 네 명만 빼고. 어제까지만
해도 그렇게 중요했던 스물아홉 명의 이름이 어떻게 그렇게 쉽고 빠르
게 지워질 수가 있죠?"

나는 내 행동이 어리석었다는 것에 동의한다는 듯이 고개를 끄덕였다.

"피고인을 위한 최상의 변호전략에 관한 본 변호인의 생각이 지난 하
루 동안 획기적으로 바뀌었다고만 해두겠습니다, 판사님."

나는 제니퍼를 쳐다보았다. 그녀는 마르코 폴로 작전에 관해서는 알
고 있었지만 지난밤 글렌데일에서 있었던 일에 관해서는 아무것도 모르
고 있었다. 하지만 내 눈길에 담긴 뜻을 알아차리고, 내 말에 전적으로
동의한다는 듯 고개를 끄덕였다.

"그렇습니다, 재판장님." 제니퍼가 말했다. "우리는 원래 증인명단에 네 명만 추가된 상태로 변론을 진행할 수 있을 것 같습니다."

판사는 의심스러운 듯 눈을 가늘게 뜨고 새 증인명단을 책상 너머로 포사이드 검사에게 건넸다. 검사는 명단을 재빨리 훑어보았다. 내가 버리려는 이름들보다는 남기려는 이름들을 눈여겨보고 있는 게 분명했다. 잠시 후 그는 얼굴을 찡그리며 고개를 가로저었다. 검사가 쉽게 굴복하리라고 예상하지도 않았다.

"판사님, 변호인이 어제 이 제안을 했다면, 제 수사관이 밤늦게까지 일하지 않아도 됐을 터이고, 우리 카운티의 납세자들이 낸 소중한 세금이 그의 초과수당으로 나가지 않아도 됐을 겁니다. 그 점을 제외하면, 우리 검찰은 변호인이 추가로 신청하는 증인의 수를 줄이려 한다는 사실에 감사하는 마음입니다. 그러나 아직 명단에 남아 있는 이름들도 문제가 있다고 생각하기 때문에, 새로운 수정안에도 이의를 제기해야 할 것 같습니다."

판사는 얼굴을 찌푸리며 차고 있는 손목시계를 보았다. 이 문제가 빨리 해결되면 9시 30분이 되기 전에 배심원단을 배심원석으로 부를 수 있을 거라고 생각했나 보았다. 헛된 희망이었다.

"좋습니다." 판사가 말했다. "그럼, 빨리 살펴봅시다. 배심원들이 기다리고 있으니까. 검사는 이의를 제기하는 이유를 말씀하세요."

포사이드는 명단을 훑어보면서 첫 전투를 선택했고, 손가락으로 명단을 톡톡 치면서 말했다.

"변호인이 제 수사관을 증인명단에 올린 것에 대해 이의를 제기합니다. 제 수사관을 증인석에 앉혀서 검찰의 전략을 알아내려는 속셈인 것 같아서요."

나는 어이없다는 듯 헛웃음을 웃으면서 고개를 가로저었다.

"재판장님, 본 변호인은 포사이드 검사가 말하는 검찰 전략에 관해서는 랭크포드 수사관에게 아무 질문도 하지 않을 것을 약속합니다. 또한 공판이 이제 변론 단계로 접어들었고 검찰 논고 단계는 끝났음을 말씀드리고 싶고요. 검찰이 채택한 전략이 무엇이든 이미 분명하게 기록으로 남겨져 있거나 명확히 밝혀지지 않았나요? 그리고 추가로 말씀드리고 싶은 것은 랭크포드 씨가 이 사건의 주요 수사관 중 한 명이기 때문에 검찰이 증거와 증인 진술을 어떻게 모으고 분석하는지에 관해 변호인이 그에게 활발히 질문할 권리가 있다는 것입니다. 랭크포드 씨는 피고인 측의 핵심 증인인데, 핵심 증인을 부르지 못하게 하는 것은 선례가 없는 일입니다."

판사가 내게서 시선을 거두고 포사이드를 바라보았다.

"다음으로 이의제기 할 사항은요, 포사이드 검사?"

판사가 증인 각각에 대해 따로 판결을 내리지 않는 것은 네 명을 종합적으로 고려해서 검사와 변호인에게 공평한 판결을 내리겠다는 뜻이었다. 판사가 솔로몬 왕처럼 아기를 반으로 가르려고 할 것 같았다. 나는 명단에서 이름을 지울 때부터 그럴 것을 예상했었다. 내가 원하는 증인은 랭크포드뿐이었다. 스트래튼 스터그호스의 이름은 랭크포드의 반응을 끌어내기 위해 명단에 심어놓은 것이었고, 반응을 엄청나게 끌어내 동영상에 저장해 놓은 상태였다. 실제로 스터그호스를 부를 의도는 전혀 없었고 그러므로 지금 그를 잃어도 상관없었다. 다른 두 명은 글로리아 데이턴이 살았던 아파트의 이웃주민과 아버지 슬라이 풀고니였다. 그들을 다 잃어도 괜찮았다. 물론 휴가가 취소됐다고 아버지 슬라이가 불같이 화를 내겠지만.

"감사합니다, 판사님." 포사이드가 말했다. "다음으로 저희 검찰은 스트래튼 스터그호스 씨를 증인명단에 포함시키는 것에 이의를 제기합니다. 어젯밤 저희가 많은 노력을 기울였지만 스터그호스 씨와 이 사건과의 연관관계를 전혀 찾아내지 못했습니다. 스터그호스 씨는 글렌데일에 살고 있는데요, 글렌데일은 이 사건을 구성하는 일들과는 전혀 상관없는 곳입니다. 스터그호스 씨는 산부인과 의사로 일하다가 퇴직하신 분으로, 현재는 휴가 중이어서 연락이 닿지 않았습니다. 통화를 할 수 없었기 때문에 그를 증인으로 부름으로써 할러 변호사가 얻고 싶어 하는 것이 무엇인지 파악할 수가 없었습니다."

판사가 나를 돌아보며 의견을 물어보기도 전에 내가 끼어들었다.

"판사님께서도 아시다시피, 본 변호인은 글로리아 데이턴 피살사건의 범행 동기와 관련해 대안적 해석을 제시하고 있습니다. 제임스 마르코와 트리나 래퍼티, 헥터 모야를 원래 증인명단에 포함시킬 것이냐를 놓고 심의할 때, 이미 이 대안적 해석에 대해서 심도 있게 논의한 바 있고요. 지금도 같은 맥락입니다, 판사님. 우리는 스트래튼 스터그호스 씨가 데이턴 피살사건과 10년 전 자기 집 맞은편 집에서 일어난 이중살인사건의 연관성에 관해서 증언할 수 있을 것이라고 믿고 있습니다."

"뭐라고요?" 포사이드가 외쳤다. "변호인, 지금 농담하는 거죠? 재판장님, 이런 말도 안 되는 낚시질로 공판을 망치게 내버려두시면 안 됩니다. 이런 말씀 드리기 뭐 하지만, 정말 미친 짓이에요. 10년 전에 발생한 이중살인사건이 어떤 식으로든 이 매춘부 피살사건과 관련이 있다고요? 하하, 정말 말도 안 됩니다, 판사님. 판사님의 법정을 서커스 장으로 바꾸시면 안 됩니다. 그렇게 되는 거 한순간……."

"검찰 측 입장은 잘 알겠어요, 포사이드 검사." 판사가 말을 자르고 끼어들었다. "추가된 증인에 관해서 이의제기 더 있습니까?"

"네, 재판장님. 실베스터 풀고니 시니어를 빅터빌 연방교도소에서 이송해 증인석에 앉히는 것에도 이의를 제기합니다. 그가 재판에 기여할 수 있다고 해도 전문증언이 될 겁니다."

"그 말에는 나도 동의합니다." 레게 판사가 말했다. "더 할 말 있습니까, 할러 변호사?"

"마지막 답변 기회는 제 동료인 애런슨 변호사에게 넘기도록 하겠습니다."

제니퍼에게 고개를 끄덕이면서 얼굴을 보니까 내 제안에 깜짝 놀란 듯했다. 그러나 나는 그녀가 잘 대답할 수 있을 거라고 믿었다.

"레게 판사님, 판사님과 검사님의 의견을 진심으로 존중하지만, 전국의 항소법원에서는 피고인 측이 사건에 대한 대안적 해석을 위해 모든 각도와 기반을 살펴보는 일을 막는 행위가 대단히 위험할뿐더러 파기환송 판결의 사유가 될 수 있음을 반복적으로 밝혔습니다. 본 사건의 피고인 측도 바로 그와 같은 대안적 해석을 변론으로 제시하고 있으므로, 이를 못하게 법원이 방해하는 것은 중대한 잘못이 될 것입니다. 이상입니다, 재판장님."

제니퍼는 마지막 주장에 '파기환송', '중대한 잘못'과 같은 말들을 적절하게 사용했다. 어떤 판사든 그런 말을 들으면 다시 생각해 보게 된다. 레게 판사는 우리 세 사람에게 고개를 끄덕여 고마움을 표시한 후 양 팔꿈치를 책상 위에 놓고 팔짱을 꼈다. 결정을 고민하는 데 1분이 걸린다면, 이번에는 그 1분이 빠르게 지나간 것 같았다.

"랭크포드 수사관을 증인으로 채택하는 것에 관한 이의제기는 기각하겠습니다. 증언을 하게 될 겁니다. 스트래튼 스터그호스에 관해서는 현재로서는 포사이드 검사의 의견에 동의합니다. 그러므로 증인채택을 기각합니다. 그러나 변호인이 신뢰할 만한 근거를 가져온다면 스터그호스에 대해 다시 논의해 보겠습니다. 나머지 두 명도 할러 변호사가 그들을 증인명단에 포함시켜야 하는 이유를 새로 들고 나올 때까지 기각하겠습니다."

나는 겉으로는 얼굴을 찌푸렸다. 그러나 판결은 완벽했다. 아버지 슬라이 풀고니가 휴가를 얻진 못하겠지만, 나는 내가 원하는 것을 얻었다. 랭크포드. 판사가 스터그호스에 관해서 문을 살짝 열어둔 것은 보너스였다. 이제 포사이드와 더 나아가 랭크포드와 마르코는 스터그호스가 법정에 나타나 판세를 뒤집을 작정을 하고 기다리고 있다는 생각이 머릿속을 떠나지 않을 것이었다. 아니면 적어도, 내가 검찰의 주장에 더 큰 피해를 주는 다른 대안적 해석이 있는지 살펴보는 동안 그들의 관심을 딴 데로 돌리는 용도로 쓸 수도 있었다.

"더 할 말 있어요?" 판사가 물었다. "이제 공판 시작해야죠."

더 할 말은 없었다. 우리는 법정으로 돌아갔다. 내가 예상했던 대로 포사이드가 내게로 다가왔다.

"도대체 어쩌자고 이러는지 모르겠지만, 명망 있는 사람들 이름을 진흙탕에 처박으면, 어떤 대가를 치르는지 봅시다, 할러."

포사이드는 나와 싸울 준비가 된 것 같았다. 이제는 고고한 척하지 않았다. 땅으로 내려와 있었다. 그가 나를 변호사라는 호칭 없이 성으로만 부른 것은 내 기억으로는 이번이 처음이었다. 이젠 동료로서 우호적으로 대하지 않겠다는 신호였다.

그래도 상관없었다. 그런 것에는 충분히 익숙하니까.

"협박이야?" 내가 물었다.

"아뇨, 우리가 처한 현실이죠." 포사이드가 말했다.

"랭크포드한테 전해, 나는 협박에는 잘 반응하지 않는다고. 예전에 어떤 사건에서 부딪친 일이 있어서 아마 알고 있을 거야."

"랭크포드가 한 말 아니에요, 내 생각이지."

내가 그를 흘끗 쳐다보았다.

"어이쿠, 무서워라. 험한 꼴 안 보려면, 빨리 다 포기하고 의뢰인 설득해서 혐의를 인정하게 하고 판사에게 자비를 구걸해야겠네? 내가 그렇게 할 것 같아? 진짜로 그렇게 생각해? 그런 일은 없을 거야, 포사이드. 그리고 나를 겁줘서 자네 마음대로 할 수 있다고 생각했다면, 재판 시작하기 전에 동료들에게 내가 어떤 사람인지 안 물어본 모양이네?"

우리가 법정 문을 통과할 때, 포사이드는 잰걸음으로 걷더니 나를 두고 혼자 들어갔다. 더 이상 할 말이 없는 거였다.

법정을 둘러보니 방청석 맨 앞줄에 로나가 혼자 앉아 있었다. 켄달은 내가 부를 증인 때문에 오지 않을 것이었다. 법정 뒷벽에 걸린 시계를 보니 9시 55분이었다. 나는 로나와 애길 나누기 위해 난간으로 걸어갔다.

"시스코 봤어?"

"응, 복도에 있어, 증인하고 함께."

나는 판사석을 돌아보았다. 아직 비어 있었다. 경위들이 구치감에서 라 코세를 데려오지도 않았다. 제니퍼가 변호인석에 앉아 있으면 내가 없어도 공판을 시작할 수 있을 것이었다. 로나를 돌아보았다.

"판사가 들어오면 나 부르러 와, 복도로, 알았지?"

"그래, 그럴게."

나는 서둘러 복도로 나갔다. 시스코가 복도 벤치에 트리나 래퍼티와 함께 앉아 있었다. 트리나는 지난번 봤을 때보다 훨씬 더 보수적으로 옷

396

을 입고 있었다. 원피스 치맛단이 무릎을 덮고 있기까지 했다. 레게 판사는 배심원들이 졸지 않게 하려고 실내온도를 낮게 유지하는 경향이 있으니까 체온 유지를 위해 스웨터를 입으라는 내 충고를 받아들여 스웨터를 껴입고 있었다.

복장 면에서는 트리나 트리엑스가 아무런 문제가 안 될 것 같았다. 그러나 내가 다가가서 말을 걸었을 때 그녀가 내 눈을 쳐다보지 못하는 걸보고 무슨 문제가 있다는 걸 알아차렸다.

"트리나, 와줘서 고마워."

"온다고 했잖아. 약속은 지킨다고."

"최대한 쉽게 가도록 노력할게. 검사가 당신을 얼마나 붙잡아 놓을지 모르겠지만 나는 오래 안 걸릴 거야."

트리나는 대답을 하지도, 나를 쳐다보지도 않았다. 나는 시스코를 보면서 눈썹을 치켜 올렸다. 무슨 문제 있어? 시스코는 자기도 모른다는 듯 어깨를 으쓱거렸다.

"트리나, 미안하지만, 시스코와 저쪽에 가서 따로 얘기 좀 하고 올게. 오래 안 걸려."

시스코와 나는 엘리베이터 타는 곳을 향해 걸어갔다. 그곳에서는 트리나를 계속 지켜보면서 이야기를 할 수 있었다.

"왜 저래?" 내가 물었다.

"몰라. 뭔가에 잔뜩 겁먹은 것 같은데 말을 안 해. 물어는 봤어."

"물어만 보면 다야? 왜 그런지 알아내야지. 어젯밤에 누굴 만났나? 검찰 쪽 사람?"

"말을 안 하니 뭐, 누굴 만났는지 어떤지 알 수가 있나. 법정에 나오는 게 떨려서 그런지도 모르지."

시스코의 어깨 너머로 법정 문 앞에서 로나가 손짓으로 나를 부르는 게 보였다. 판사가 법정에 들어와 착석한 것이다.

"그래, 뭐, 어찌 됐든 빨리 끝내는 게 낫겠어. 5분 안에 부를 거야. 가 볼게."

시스코 옆을 돌아서 걸어가다가 갑자기 생각난 게 있어서 돌아왔다.

"어젯밤에 정말 수고 많았어."

"수고는 무슨. 동영상 봤어?"

"응, 여기로 오는 길에. 피자 상자 안에 얼마나 숨겨놨던가?"

"블랙타르 헤로인 85그램 정도."

나는 이럴 때 시스코가 하듯이 휘파람을 불었다.

"그 집에서 꺼내왔지?"

"응. 근데 그거 어떡하지? 인디언 친구들 가져다주면 내다 팔거나 자기네들이 쏠 텐데."

"그럼 주지 마."

"그렇다고 내가 갖고 있기도 그렇고."

딜레마였다. 한 가지 확실한 것은 헤로인을 처분할 순 없다는 사실이었다. 동영상을 증거로 제출할 경우 직접 증거로 필요할 수도 있었다.

"알았어, 그럼 내가 갖고 있을게. 오늘밤에 우리 집으로 갖다줘. 금고에 보관해 두게."

"그런 위험을 무릅쓰려고, 정말?"

"이삼 일 안에 다 끝날 거야. 무릅쓰지 뭐."

나는 시스코의 어깨를 툭툭 친 후 법정 문을 향해 걸어갔다.

"어이." 시스코가 나를 불렀다.

나는 돌아서서 그에게로 돌아갔다.

"동영상에서 랭크포드가 행동하는 거 보고 뭐 느낀 거 없어?"

나는 고개를 끄덕였다.

"마르코한테서 지시를 받는 것처럼 보이던데."

"맞아. 마르코가 대장이야."

"그렇군."

# 35

변호전략은 간단했다. 제임스 마르코가 완전히 부패했고, 정체가 노출되는 것을 막기 위해서라면 살인도 마다하지 않는 사악한 연방요원이었다는 불변의 결론으로 배심원들을 이끌어가는 것이었다. 트리나 래퍼티는 목표로 향하는 발걸음 중에 하나였다. 화요일, 나는 트리나를 첫 번째 증인으로 불렀다. 그녀는 글로리아 데이턴과 친구였고, 두 사람 다 마르코의 영향력과 통제 아래에 있던 여자들이었다.

트리나가 보수적으로 옷을 입었다고는 하지만 색기가 남아 있는 것은 부인할 수 없는 사실이었다. 지저분한 금발에 움푹 들어간 눈, 피어싱을 한 코, 그리고 팔목에 문신으로 새긴 팔찌. 이런 것들이 많은 점잖은 여성들에게서도 발견되는 모습이긴 하지만, 여기에 그녀의 태도까지 더하면 증인석으로 걸어가는 짧은 순간에도 뭐 하는 여자인지 금방 간파할 수 있었다. 증인선서를 하려고 서 있는 모습을 보니까, 한때 켄달과 트리나와 글로리아가 아주 비슷하게 생겨서 서로를 대신해 일을 나가기도 했다는 사실이 기억이 났다. 이젠 아니었다. 켄달과 트리나는 닮은 데가 눈곱만큼도 없었다. 트리나를 보고 있자니 켄달이 저런 모습이 됐을 수도 있겠구나 하는 생각에 아찔한 기분이 들었다.

트리나가 증인선서를 마친 뒤, 나는 너무나 분명해 보이는 것을 지체 없이 배심원들에게 확인시켜 주었다.

"증인, 증인은 예명을 갖고 있죠?"

"네, 갖고 있어요."

"그게 뭔지 말씀해 주시겠어요?"

"트리나 트리엑스요, X가 세 개 있는."

그녀가 부끄러운 듯이 살짝 미소를 지었다.

"그럼 그 예명을 사용해서 어떤 일을 하시죠?"

"콜걸이에요."

"돈을 받고 남자들과 섹스를 한다는 뜻인가요?"

"네, 맞아요."

"그 일을 하신 지는 얼마나 됐죠?"

"하다가 안 하다가 했지만, 12년째가 되네요."

"그럼 글로리아 데이턴이라는 콜걸과는 아는 사이였나요? 글로리 데이즈와 지젤 댈링거라는 예명을 썼는데."

"글로리 데이즈, 네, 알아요."

"알고 지낸 때가 언제였죠?"

"10년 전쯤일 거예요. 같은 상담전화 서비스를 이용했어요."

"그러면 일종의 협업을 한 적도 있고요?"

"서로의 일을 대신해 준 걸 말씀하시는 것 같네요. 네, 여가씨 셋이서 서로의 일을 도와줬어요. 한 명이 고객을 만나러 나갔거나 그날 일정이 꽉 짜여 있는데 전화가 와서 고객이 지금 없는 아가씨를 찾으면, 다른 둘

중에 한 명이 그 일을 맡았어요. 그리고 가끔씩 고객이 아가씨 둘이나 셋을 찾을 땐, 다함께 일을 나가기도 했고요."

나는 고개를 끄덕이고는 잠깐 입을 다물었다. 마지막 부분은 처음 듣는 이야기였고, 아직 이름이 언급되지 않은 그 세 번째 여자가 켄달 로버츠였기 때문에 마음이 심란했다.

"변호인? 심문 계속하세요." 판사가 재촉했다.

"네, 재판장님. 증인, 증인은 그 시기에 행정기관 직원들과 접촉한 적이 있죠?"

트리나는 이 질문에 짐짓 어리둥절한 표정을 지었다.

"체포된 적이 있어요. 두 번, 아니다, 세 번."

"마약단속국에 체포된 적도 있고요?"

트리나가 고개를 가로저었다.

"아뇨, LA 경찰국과 보안관국에만요."

"그 당시에 제임스 마르코라는 마약단속국 요원에게 잡힌 적이 없었다고요?"

포사이드가 몸을 앞으로 기울이는 게 주변 시야로 보였다. 이의를 제기하기 전에 항상 보이는 행동이었다. 그런데 무슨 이유에선지 이의를 제기하지 않았다. 그래도 곧 할 거라고 예상하면서 그를 돌아보다가 랭크포드가 난간 쪽으로 몸을 숙이고 포사이드의 등을 만지는 것을 보았다. 랭크포드 수사관이 포사이드 검사에게 이의제기를 하지 말라고 신호를 주는 것으로 나는 이해했다.

"없는 것 같은데요."

나는 증인에게로 고개를 돌렸다. 대답을 잘 못 들은 것 같았다.

"죄송하지만, 다시 한번 말씀해 주시겠습니까?" 내가 말했다.

"잡힌 적 없다고요." 트리나가 말했다.

"제임스 마르코라는 마약단속국 요원을 모른다는 말씀인가요?"

"네. 그런 사람 몰라요."

"만난 적도 없고요?"

"제가 알기로는 없어요. 그 사람이 가명을 쓰면서 위장 근무를 한 게 아니라면."

나는 방청석 맨 앞줄에 앉은 시스코를 돌아보았다. 마르코가 트리나 래퍼티를 구워삶은 게 분명한데, 어떻게 그럴 수 있었는지 궁금했다. 그러나 그것보다 더 긴급한 일은 이제 어떻게 해야 할지 결정하는 일이었다. 내가 부른 증인을 내가 공격할 수 있었지만, 그러면 배심원들이 안 좋아할 것이었다.

달리 방법이 없다는 생각이 들었다.

"증인 오늘 이 증언을 하기 전에는 저에게 증인이 마약단속국 마르코 요원을 위해 비밀정보원으로 일했다고 말하지 않았나요?"

"변호사님한테 이런저런 얘기를 한 건 변호사님이 내 집세를 내줬기 때문이에요. 그런데 무슨 말인들 못하겠어요. 듣고 싶어 하는 것 같은 말은 다 했죠."

"아뇨, 그런……."

나는 말을 멈추고 냉정을 되찾으려고 노력했다. 마르코와 랭크포드가 트리나 래퍼티에게 접근해 마음을 돌려놨을 뿐만 아니라 대량살상무기로 바꿔놓았다. 지금 막지 못하면 그녀가 변론 전체를 날려버릴 수 있었다.

"마르코 요원과 마지막으로 이야기를 나눈 때가 언제였죠?"

"그런 사람 모른다니까요. 모르는데 어떻게 이야기를 나눴겠어요."

"지금 증인은 여기 배심원단 앞에서 제임스 마르코 요원이 누군지 모른다고 말씀하시는 겁니까?"

"죄송합니다. 근데 정말 몰라요. 몸을 누일 곳과 먹을 것이 필요했어요. 그래서 변호사님께 그런 것을 얻으려고 여러 가지 얘기를 했던 것 같아요."

증인이 변심하는 일은 전에도 있었다. 그러나 이렇게 극적으로, 내 변호에 막대한 피해를 주면서 변심한 경우는 없었다. 나는 피고인석에 앉은 내 의뢰인을 돌아보았다. 어리둥절한 표정이었다. 그 옆에 있는 제니퍼를 바라보았다. 그녀는 당혹스러운 표정이었다. 나를 염려하는 거였다.

나는 고개를 돌려 판사를 바라보았다. 판사도 당혹스러운 표정이었다. 나는 이런 상황에서 내가 할 수 있는 유일한 일을 했다.

"더 이상 질문 없습니다, 재판장님." 내가 말했다.

불난 집에 부채질을 하기 위해 연설대로 향하는 포사이드를 지나쳐서 천천히 변호인석으로 돌아갔다. 비어 있는 검사석과 난간을 따라 늘어선 방청석 사이의 좁은 공간을 걸어 랭크포드 옆을 지나가는데 그가 작은 목소리로 웅얼거렸다.

"음음, 음음음, 음음."

나만 그 소리를 들었을 것이다. 나는 걸음을 멈추고 한 걸음 뒷걸음질을 쳐서 그에게로 몸을 숙였다.

"뭐라고요?" 내가 낮은 목소리로 물었다.

"할러, 화이팅." 랭크포드도 작은 목소리로 대답했다.

포사이드 검사는 트리나 래퍼티에게 두 사람이 정말로 만난 적이 없느냐고 물으면서 반대심문을 시작했다. 나는 변호인석으로 돌아가 앉았다. 포사이드가 신속하게 반대심문을 시작해서 좋은 점이 있다면 내가 의뢰인에게 일이 얼마나 잘못됐는가를 설명할 시간을 주지 않은 점이었다. 포사이드의 공격이 시작되기도 전에 이미 나는 마르코와 글로리아 데이턴을 연결시키는 핵심 증언을 잃고 말았다. 설상가상으로 트리나는 내가 집세를 내주면서 위증을 사주했다고 폭로하기까지 했다.

포사이드는 나를 파괴함으로써 내 변론을 파괴하고 있다고 생각하는 것 같았다. 그의 반대심문은 줄곧 내가 경찰국 뒤쪽으로 두세 블록 떨어진 곳에 있는 아파트를 트리나에게 얻어주는 대가로 증언할 때 어떻게 말하라고 시켰다는 트리나의 증언에 초점을 맞추었다. 그러나 나는 나를 쓰러뜨리려는 검사의 열망 속에서 구원의 빛을 보았다. 트리나가 거짓말을 했다는 것을 입증할 수만 있다면 그녀가 되집어씌운 혐의에서 벗어날 가능성이 있었다. 적어도 배심원단이 보기에는.

포사이드는 반대심문을 15분 만에 끝냈다. 그가 질문할 때마다 내가 나서서 그것은 이미 나온 질문이고 대답을 들었다는 취지로 이의를 제기하자 부랴부랴 심문을 끝낸 것이다. 이것저것 물어봤자 괜한 헛수고라고 판단한 것 같았다. 검사는 심문을 포기하고 제자리로 돌아갔다.

나는 추가심문을 위해 천천히 자리에서 일어나 교수대로 걸어가는 사형수처럼 연설대로 걸어갔다.

"증인, 증인은 본 변호인이 아파트 임대료를 내주고 있다고 주장하면서 아파트 주소를 말씀하셨는데요. 거기에 언제 입주하셨죠?"

"작년 12월에요. 크리스마스 바로 전에."

"그러면 저를 처음으로 만난 날을 기억하십니까?"

"그 후였어요. 3월 아니면 4월일걸요."

"증인이 그 아파트에 입주하고 서너 달이 지나고 나서 처음 만났는데 어떻게 제가 증인의 아파트 임대료를 내주고 있다고 생각하시는 거죠?"

"당신이 다른 변호사와 함께 일하고 있었는데, 그 변호사가 저를 거기 입주시켜 줬으니까요."

"그 변호사가 누군데요?"

"슬라이 풀고니 씨요."

"실베스터 풀고니 주니어 말씀인가요?"

"네."

"증인은 지금 실베스터 풀고니 주니어 변호사가 저와 함께 저기 앉아 있는 라 코세 피고인을 대리하고 있다고 말씀하시는 겁니까?"

나는 의뢰인을 가리키며 놀라움을 애써 참는 것 같은 목소리로 물었다.

"어, 아뇨." 트리나가 말했다.

"그럼 풀고니 변호사가 증인을 이 아파트에 입주시켰을 때, 누구를 대리하고 있었죠?"

"헥터 모야요."

"풀고니 변호사가 왜 증인에게 아파트를 얻어줬을까요?"

포사이드가 일어서서 이의를 제기하면서 풀고니와 모야 사건은 본건과는 아무런 관련이 없다고 주장했다. 나는 우리 변론에서 핵심적인, 사건을 대안적으로 해석한 내용을 다시 한번 설명하면서 그 말을 반박했다. 판사는 검사의 이의제기를 기각했고 나는 같은 질문을 다시 했다.

"같은 이유에서죠." 트리나가 대답했다. "풀고니 변호사는 내가 글로리아한테서 무슨 말을 들었다고 증언하라고 했어요. 마르코 요원이 헥터의 호텔방에 총을 몰래 숨겨놓으라고 시켰다는 말을 글로리아한테 들었다고 하라고요."

"그런데 그런 말을 들은 적이 없다는 거군요, 풀고니 변호사가 다 꾸며낸 거지."

"맞아요."

"그런데 몇 분 전에는 마르코 요원에 대해서는 들어본 적도 없다고 하지 않았나요? 그래놓고 지금은 풀고니 변호사가 마르코 요원에 관한 거짓증언을 사주했다고 말씀하시네요?"

"들어본 적도 없다고 하지는 않았는데요. 만난 적이 없고 그 사람을 위해 정보원 활동을 하지 않았다고 했죠. 그 둘은 엄연히 다른 거잖아요."

나는 지당한 지적을 받았다는 것을 인정한다는 듯이 고개를 끄덕였다.

"증인, 증인은 지난 24시간 안에 행정기관의 직원으로부터 전화를 받거나 방문을 받은 적이 있습니까?"

"아뇨, 제가 알기로는 없어요."

"지금 하는 것처럼 증언하라고 누구한테서 협박을 받은 적은요?"

"없어요. 그리고 전 진실만을 말하고 있는 건데요."

나는 비록 부인하는 형태라고 해도 내가 보여주고 싶은 바를 최선을 다해 배심원단에게 보여주었다. 트리나 래퍼티가 거짓말쟁이라는 것을, 누군가로부터 거짓 증언을 하라는 압력을 받았다는 사실을 배심원들이 본능적으로 알아차리기를 바랐다. 심문을 계속하는 것은 위험하다는 생각이 들어 그것으로 심문을 끝냈다.

나는 변호인석으로 돌아가면서 랭크포드 곁을 지나갈 때 낮은 목소리로 중얼거렸다.

"중절모는 왜 안 쓰고 왔어요?"

나는 난간을 따라 계속 걸어가서 시스코에게 다가갔다. 그에게 몸을 기울이고 작은 목소리로 물었다.

"휘튼은 왔어?"

시스코가 고개를 가로저었다.

"아니, 아직. 트리나는 어떻게 할까?"

나는 법정 앞쪽을 돌아보았다. 포사이드가 추가심문을 하지 않아서, 판사가 트리나 래퍼티를 증인석에서 풀어주고 있었다. 시스코가 아침에 트리나의 집에 가서 그녀를 태우고 세 블록을 달려 법정으로 데려왔었다.

"다시 데려다줘. 무슨 말을 하는지 봐봐."

"친절하게 대해?"

나는 잠깐 망설였다. 마르코와 랭크포드 같은 사람들이 트리나에게 협박과 압력을 가했을 수 있었다. 그럴 가능성을 배심원단이 간파한다면, 증인이 처음부터 진실하게 증언해 주는 것보다 태도 변화가 생기는 쪽이 더 가치 있을지도 모른다.

"응, 친절하게 대해."

시스코의 어깨 너머로 휘튼 형사가 법정으로 들어와 뒷줄에 앉는 게 보였다. 약속시간에 딱 맞춰 도착한 것이다.

# 36

글로리아 데이턴 피살사건의 수사책임자였던 마크 휘튼 형사는 공판 때마다 거의 참석을 했고, 방청석 첫째 줄 랭크포드 옆자리에 주로 앉았다. 그러나 공판 중에 두 사람이 검찰 측 동료처럼 행동하는 모습은 거의 보지 못했다. 휘튼은 포사이드와 랭크포드를 비롯하여 재판 관계자 누구하고도 잘 어울리지 않았고, 심지어 냉담해 보이기까지 했다. 공판 중 휴식시간에 그가 경찰국으로 혼자 걸어가는 모습을 종종 보았다. 심지어 피츠에서 혼자 점심을 먹는 모습도 한 번 본 적이 있었다.

나는 다음 증인으로 휘튼을 불렀다. 그는 이미 검찰 측 증인으로 불려나와 하루하고도 반나절 동안이나 증언을 한 바 있었다. 포사이드 검사는 휘튼의 입을 빌려 라 코세를 조사한 동영상과 같은 증거를 법정에 소개했다. 어떻게 보면 휘튼은 검찰 측 주장의 해설가였고, 그렇기 때문에 그의 증언은 다른 어떤 증인의 증언보다도 훨씬 더 길었다.

지난번에 휘튼이 검찰 측 증인으로 나왔을 때, 나는 반대심문에서 동영상에 관한 질문만 던졌다. 기각된 증거배제 신청 심리 때 휘튼에게 이미 물어본 것들을 대부분 다시 질문했다. 휘튼 형사와 그의 파트너가 안드레 라 코세의 집 문을 두드릴 때부터 라 코세가 용의자였다는 내 주장을 휘튼이 부인하는 것을 배심원들이 듣게 하고 싶어서였다. 아무도 그 주장을 믿어주지 않으리라는 건 알았지만, 공식 수사에 관해 불신의 씨앗을 심어서 나중에 변론 단계에 이르렀을 때 꽃이 피어나길 바랐다.

나는 휘튼을 증인으로 재소환할 권리를 유보해 놨었고, 이제야 행사할 때가 된 것이다. 그에게서 많은 것을 얻어낼 필요는 없지만 굉장히 중요한 것을 얻고 싶었다. 판세가 변호인 측으로 기울어지게 만들 중요한 증언을 끌어내고 싶었다. 경찰 생활한 지 20년이 넘었고 40대 중반에 접어든 휘튼 형사는 경험 많고 노련한 증인이었다. 침착한 태도를 유지했고 사무적인 어조로 말을 했다. 대다수의 경찰관이 피고인에게 적대감을 갖고 있지만, 휘튼은 적대감을 드러내지 않을 만큼 노련했다. 그런 적대감의 표출은 배심원들이 없을 때를 위해 미뤄두고 있는 거였다.

나는 사건 수사에서 휘튼 형사가 한 역할을 상기시켜주는 기본적인 질문을 몇 가지 던진 후에 탐험하고 싶은 분야로 바로 들어갔다. 변론은 내가 소개하고 싶은 증거와 주장을 위한 토대를 만드는 작업이었다. 그 작업을 위해 지금 휘튼이 필요했다.

"휘튼 형사, 증인은 지난주에 검찰 측 증인으로 나와서 사건 현장과 그곳에서 발견된 것들에 대해 자세히 설명해 주셨습니다. 그렇죠?"

"네, 맞습니다."

"사건 현장에서 발견된 것들을 기록한 목록을 갖고 있었고요, 그렇죠?"

"네."

"그리고 그것들은 피해자의 유류품과 재산이었고요, 그렇죠?"

"네, 그렇습니다."

"그 목록에 나온 것들을 지금 좀 읽어주실 수 있을까요?"

판사가 허락하자, 랭크포드가 글로리아 데이턴 피살사건 수사 자료를 휘튼에게 가져다주었다. 휘튼이 검찰의 소환을 받았다면 모든 수사 자료를 담은 두꺼운 사건 파일을 들고 증인석에 와서 앉았을 것이다. 그러나 지금은 아무 자료도 가져오지 않았고, 이것은 그가 그렇게 능숙하게 숨기고 있는 피고인에 대한 적대감을 살짝 드러낸 것이었다.

나는 증거개시 절차 때 받은 유류품 목록 사본을 참조하면서 말을 이었다.

"자, 그런데, 그 유류품 목록에는 핸드폰이 보이지 않네요. 맞습니까?"

"네, 맞습니다. 사건 현장에서 핸드폰은 발견되지 않았습니다."

"그리고 피고인이 증인에게 설명했죠, 그날 저녁 때 피고인이 피해자와 통화를 했고 그 통화 내용 때문에 피해자의 집으로 직접 찾아간 거라고요, 맞습니까?"

"네, 그렇게 말했습니다."

"그런데 아파트 안에서 핸드폰이 발견되지 않았고요, 그렇죠?"

"네."

"증인이나 증인의 파트너가 이 모순적인 상황에 대한 이유를 찾아보셨나요?"

"우리는 범인이 자신의 흔적을 지우기 위해 피해자의 핸드폰들을 가져갔다고 추정했습니다."

"핸드폰들이라고요? 여러 대가 있었다는 말씀인가요?"

"네, 우리는 피해자와 피고인이 사업용으로 여러 대의 일회용 핸드폰을 사용한 것으로 판단했습니다. 또한 피해자는 사적인 용도로 쓰는 핸드폰도 한 대 갖고 있었고요."

"일회용 핸드폰이 무엇인지 배심원들에게 설명해 주실 수 있을까요?"

"한정된 시간만큼만 쓸 수 있는 저가의 핸드폰을 말합니다. 정해진 시간을 다 쓰면, 그냥 버려도 되고 수수료를 내고 시간을 더 충전해서 쓸 수도 있고요."

"범법자들이 이런 핸드폰을 즐겨 쓰는 것은 핸드폰을 버리면 수사관이 통화 내역을 추적하기가 힘들고 어디서부터 찾아봐야 할지도 모르기 때문이죠?"

"네, 그렇습니다."

"피고인 라 코세와 피해자 글로리아 데이턴은 일 문제로 연락할 때 이렇게 일회용 핸드폰을 사용했고요, 맞습니까?"

"네."

"그런데 살인사건이 발생한 후 사건 현장에서 이런 핸드폰을 한 대도 발견하지 못했다는 말이군요, 그렇죠?"

"그렇습니다."

"그리고 아까 피해자가 사적인 용도로 쓰는 핸드폰도 갖고 있었다고 하셨는데, 그건 무슨 뜻이죠?"

"피해자가 아이폰을 한 대 갖고 있었는데, 그건 콜걸 영업과 관계없이 개인적으로 통화할 때만 사용했습니다."

"근데 사건 이후에 그 아이폰도 사라졌고요?"

"네, 찾지 못했습니다."

"그럼 누군지는 모르지만 범인이 가져갔다고 생각하시는 거네요."

"그렇습니다."

"그럼, 그것이 의미하는 바는 무엇이죠?"

"범인이 피해자와 아는 사이였고 핸드폰으로 연락을 주고받았기 때문에 범인의 이름과 전화번호가 그 핸드폰 연락처에 등록됐을 수도 있다는 의미라고 판단했습니다. 그래서 범인이 추적당하지 않으려고 예방 차원에서 핸드폰을 모두 가져갔다고 추정했고요."

"그리고 그 핸드폰들은 지금까지 한 대도 발견되지 않았고요?"

"네, 그렇습니다."

"그래서 증인은 통신사에 이 핸드폰들의 통화 내역을 요청하셨고요?"

"사건 현장에서 찾은 고지서 몇 장에 아이폰 전화번호가 있었기 때문에 아이폰에 대해서는 통화기록을 요청할 수 있었습니다. 하지만 일회용 핸드폰은 기기를 갖고 있거나 번호를 알고 있지 않으면 통화기록 요청이 불가능하더군요."

나는 이런 사실을 지금 처음 알았고, 휘튼이 얼마나 수고가 많았을지 더 잘 알게 되었다는 표정을 지으면서 고개를 끄덕였다.

"그렇군요. 그럼 아이폰으로 돌아가 볼까요? 증인은 통화기록을 요청했고 몇 장의 기록을 받았습니다. 단서를 찾으려고 이 기록들을 샅샅이 훑어봤고요. 맞습니까?"

"네, 맞습니다."

"그 아이폰에서 피고인 라 코세에게 전화를 걸었거나 라 코세로부터 전화를 받은 기록을 찾았습니까?"

"아뇨, 못 찾았습니다."

"그 기록에서 중요하거나 주목할 만한 통화 내역을 발견하셨나요?"

"아뇨, 발견하지 못했습니다."

나는 여기서 잠깐 말을 멈추고는 침울한 표정으로 고개를 숙이고 메모지를 바라보았다. 형사의 마지막 대답을 듣고 내가 괴로워하고 있다는 인상을 배심원들에게 심어주고 싶었다.

"증인이 요청한 아이폰 통화기록에는 아이폰으로 전화를 걸거나 받은 통화기록이 전부 들어 있었습니다, 그렇죠?"

"네."

"심지어 시내전화도요?"

"네, 시내전화 기록도 들어 있었습니다."

"이 기록들을 자세히 살펴보셨고요?"

"네."

"거기서 증인의 수사에 중요한 의미를 갖는 통화 내역을 발견하셨습니까?"

포사이드는 내가 같은 질문을 반복하고 있다면서 이의를 제기했다. 판사는 나에게 다음 질문으로 넘어가라고 지시했다. 나는 휘튼에게 3쪽짜리 글로리아의 아이폰 통화기록 사본을 사건 파일에서 찾아보라고 지시했다.

"이 서류의 첫 장 우측 하단에 나온 이니셜이 증인 것 맞습니까?"

"네, 맞습니다."

"그리고 거기 날짜를 11월 26일이라고 쓰셨는데, 맞습니까?"

"네, 제가 썼습니다."

"왜죠?"

"통신사에서 통화 내역을 받은 날짜가 그 날짜이기 때문입니다."

"그날은 살인사건이 발생하고 14일이나 지났을 땐데요. 왜 그렇게 오래 걸렸죠?"

"통화기록에 관한 압수수색영장을 발부받아야 해서 시간이 좀 걸렸습니다. 통신사가 기록을 찾아내 문서로 만드는 데도 시간이 걸렸고요."

"그럼 증인이 이 기록을 확보했을 땐 안드레 라 코세가 체포되어 살인

414

죄로 기소된 후였겠네요. 맞습니까?"

"네, 맞습니다."

"증인은 범인을 잡아냈다고 믿으셨겠네요, 그렇죠?"

"네, 그렇습니다."

"그렇다면 이 통화기록들이 다 무슨 소용이죠?"

"용의자 체포 후에도 수사는 계속됩니다. 이 사건에서도 모든 단서를 찾아보았고 타당한 모든 방법을 동원해 수사를 계속했고요. 통화기록 사본은 그런 수사 방법 중 하나였습니다."

"그렇다면 이 통화기록에 나온 전화번호들 중에서 피고인 라 코세와 관련이 있는 번호를 찾으셨나요?"

"아뇨."

"하나도 없었어요?"

"네, 하나도 없었습니다."

"이 통화기록에는 전화번호가 2백 개 가까이 있는 걸로 아는데요. 거기 나온 전화번호 중에서 수사할 만한 가치가 있는 번호가 있었습니까?"

"아뇨, 없었습니다."

"그건 그렇고, 여기 번호들은 어떤 순서로 배열이 된 거죠?"

"통화 빈도에 따라서요. 피해자가 가장 많이 통화를 한 번호들이 맨 위쪽에 자리하고 있고, 빈도가 줄어드는 순서대로 밑으로 내려갑니다."

나는 서류를 맨 뒷장으로 넘겼고 휘튼에게도 그렇게 하라고 지시했다.

"그럼 여기 이 마지막 페이지에 나와 있는 번호들은 피해자가 딱 한 번 전화를 건 번호들이군요?"

"네, 맞습니다."

"기간은 어느 정도죠?"

"수색영장은 지난 6개월간의 통화기록을 요구했습니다."

나는 고개를 끄덕였다.

"증인, 3페이지 위에서 아홉 번째 번호를 봐주세요. 그 번호를 배심원 여러분이 들을 수 있도록 큰 소리로 불러주시겠습니까?"

부스럭거리는 소리가 들려서 돌아보니, 내가 법정 시간을 낭비하는 것 이상의 의도를 갖고 있다고 판단한 포사이드 검사가 자기 사본을 들춰보고 있었다.

"지역번호 213에 621-6700." 휘튼이 그 번호를 읽었다.

"글로리아 데이턴의 아이폰이 그 번호로 전화를 건 날짜와 시각은요?"

휘튼이 눈을 가늘게 뜨고 날짜와 시각을 읽었다.

"11월 5일 저녁 6시 47분이군요."

이제야 포사이드가 내 의도를 알아차리고 일어서서 이의를 제기했다.

"판사님, 변호인은 본 사건과 무관한 이야기를 하고 있습니다." 검사가 다급한 어조로 말했다. "우리가 변호인에게 많은 재량권을 주었습니다만, 도대체 어디까지 가는 겁니까? 3분짜리 통화 한 건을 이렇게 물고 늘어지다니, 이건 도가 지나치지 않습니까. 그 통화는 본 사건이나 피고인이 받고 있는 혐의와는 아무런 관련이 없습니다."

나는 웃으면서 고개를 가로저었다.

"재판장님, 포사이드 검사는 이 이야기가 어디로 향하는지 잘 알고 있습니다. 거기에 이르게 되면 자기가 쌓아올린 엉성한 주장의 성이 무너져 내릴 위험이 크다는 걸 잘 알고 있고요. 그래서 배심원단이 거기에 이르기를 원하지 않는 겁니다."

판사가 두 손가락을 붙여 보이면서 말했다.

"관련성을 설명하세요, 변호인. 빨리요."

"지금 당장 하겠습니다, 재판장님."

나는 메모한 것을 다시 보면서 마음을 가다듬은 후 다시 심문을 시작했다. 포사이드의 이의제기는 내 리듬을 깨려는 시도에 불과했다. 이의제기가 받아들여질 가능성이 전혀 없다는 것을 본인도 잘 알고 있었다.

"그러니까 증인, 이 전화는 글로리아 데이턴이 살해당하기 7일 전인 11월 5일 저녁 6시 47분에 발신되었습니다, 맞습니까?"

"네, 맞습니다."

"통화 시간은 얼마나 됐죠?"

휘튼이 서류를 확인했다.

"2분 57초라고 적혀 있네요."

"감사합니다. 증인은 이 통화기록을 입수했을 때 그 번호를 확인했습니까? 그 번호로 전화를 걸어보셨나요?"

"확인했는지 안 했는지 기억이 안 납니다."

"핸드폰 갖고 계시죠, 증인?"

"네, 하지만 지금은 갖고 있지 않습니다."

나는 주머니에서 내 핸드폰을 꺼냈다. 그러고는 내 핸드폰을 휘튼에게 주게 해달라고 판사의 허락을 구했다.

포사이드는 이의를 제기하면서 내가 사람들의 관심을 끌기 위해 튀는 행동을 하려 한다고 비난했다.

나는 포사이드가 튀는 행동이라 표현했지만 실제로 어떤지 보여주려는 것뿐이라고 주장했다. 또한 일주일 전엔 포사이드가 부검의에게 피해자가 목이 졸리면서 어떻게 설골이 골절됐는지를 랭크포드를 상대로 시범을 보여 달라고 요청했는데, 그것과 다르지 않다고 주장했다. 또한 휘튼 형사가 문제의 그 번호로 전화를 걸어보는 것이 글로리아 데이턴이 11월 5일 저녁 6시 47분에 누구에게 전화를 걸었는지를 확인하는 가장 쉽고 가장 빠른 방법이라고도 말했다.

판사는 계속하라고 말했다. 나는 휘튼에게로 걸어가서 스피커폰을 켠 뒤 내 핸드폰을 그에게 건네주었다. 그러고는 213-621-6700으로 전화를 걸라고 말했다. 형사는 내 지시대로 한 뒤 증인석 책상에 핸드폰을 놓았다.

벨이 한 번 울린 후 여자 목소리가 전화를 받았다.

"마약단속국 로스앤젤레스 지부입니다. 무엇을 도와드릴까요?"

나는 고개를 끄덕이고는 증인석으로 다가가 핸드폰을 집어 들었다.

"미안합니다, 잘못 걸었네요." 나는 이렇게 말하고 전화를 끊었다.

나는 여자 목소리가 마약단속국이라고 말한 후에 찾아온 완벽한 침묵을 음미하면서 연설대로 걸어갔다. 내 핵심 배심원 말로리 글래드웰을 흘긋 쳐다보니 그녀는 내 영혼을 위로하는 표정을 짓고 있었다. 입을 살짝 벌리고 '오 하느님'이라고 말하는 것 같았다.

나는 리걸패드 밑에 숨겨두었던 사진을 꺼내면서 휘튼을 돌아보았다. 그러고는 피고인 측 증거물 1호를 가지고 증인에게 가까이 가게 해달라고 판사에게 허락을 구했다.

판사가 허락했고, 나는 페르난도 발렌수엘라가 모야 사건의 증인소환장을 글로리아 데이턴에게 송달하면서 찍은 글로리아의 8×10사진을 휘튼에게 건네주었다.

"증인, 지금 증인이 들고 있는 것은 피고인 측 증거물 1호로 등록된 사진입니다. 피해자가 모야 대 롤린스 민사소송 사건의 소환장을 송달받은 순간의 모습을 찍은 것이죠. 사진에 찍힌 날짜와 시각을 봐주시겠습니까? 뭐라고 적혀 있는지 배심원들에게 읽어주시겠어요?"

"2012년 11월 5일 저녁 6시 6분이라고 적혀 있습니다."

"감사합니다, 증인. 그리고 그 사진과 피해자의 통화 내역으로 볼 때 글로리아 데이턴은 모야 사건에 관한 소환장을 송달받고 정확히 41분 후에 자신의 핸드폰으로 마약단속국 로스앤젤레스 지부에 전화를 걸었다고 결론지어도 되겠습니까?"

휘튼은 곤경에서 벗어날 방법을 찾으려는 듯 잠깐 망설였다.

"정말로 피해자가 전화를 걸었는지는 알 수 없죠." 마침내 그가 말했다. "핸드폰을 다른 사람에게 빌려주었을 수도 있으니까요."

나는 경찰이 증인석에 앉아 가식을 떨 때가 정말 좋았다. 분명한 대답을 애써 피하면서 자신의 위선을 드러내고 있기 때문이었다.

"그럼 피해자가 수감 중인 마약판매상과 관련된 사건의 증인으로 소환장을 받고 41분 후에 피해자가 아닌 다른 사람이 피해자의 핸드폰으로 마약단속국에 전화를 걸었다는 게 증인의 의견인가요?"

"아뇨, 그런 말이 아니라요. 잘 모르겠다는 겁니다. 그 순간에 피해자의 핸드폰을 누가 갖고 있었는지 알 수 없다는 거죠. 그러므로 제가 여기 앉아서 그 전화를 건 사람이 피해자라고 단언할 수는 없다는 겁니다."

나는 실망한 척 하면서 고개를 가로저었다. 그러나 사실은 휘튼의 대답을 듣고 뛸 듯이 기뻤다.

"좋습니다, 증인, 다음 질문으로 넘어가죠. 증인은 이 통화에 대해서 혹은 글로리아 데이턴과 마약단속국과의 관계에 대해서 수사하셨습니까?"

"아뇨, 하지 않았습니다."

"글로리아 데이턴이 마약단속국 정보원이었는지에 관해서는요?"

"아뇨, 하지 않았습니다."

나는 휘튼이 흔들리기 시작하는 것을 느낄 수 있었다. 그는 포사이드 검사로부터 아무런 보호를 받지 못하고 있었다. 포사이드는 이의를 제기할 타당한 이유가 없어서 검사석에 웅크리고 앉아 변호인의 공격이 끝나기를 기다리고 있었다.

"왜 안 하셨죠? 증인이 아까 말씀하신 '타당한 수사 방법' 중의 하나가 아니었나요?"

"우선, 당시에는 소환 건에 관해서 아무것도 인지하지 못했습니다. 그리고 두 번째로, 정보원은 마약단속국 대표번호로 전화를 걸지 않죠. 그건 정보원이라고 적힌 이름표를 달고 정문을 걸어 들어가는 것과 같으니까요. 마약단속국에 전화 한 번 건 것 가지고 의심할 이유는 전혀 없었습니다."

"무슨 말씀인지 헷갈리는군요, 증인. 그러니까 지금 증인은 그 당시 그 전화에 관해 인지하고 있었지만 의심하지 않았다고 말씀하시는 겁니까? 아니면 불과 몇 분 전에는 이렇게 말씀하셨던 것 같은데, 그 전화번호를 확인했는지 어떤지 기억이 안 난다는 겁니까? 어느 쪽이죠?"

"제 말을 왜곡하시는 것 같은데요."

"그렇지 않습니다만, 질문을 다시 하겠습니다. 증인은 오늘 여기서 증언하기 전에 피해자가 살해되기 일주일 전 피해자의 핸드폰이 마약단속국으로 전화를 걸었다는 사실을 알고 계셨습니까, 모르고 계셨습니까?"

"몰랐습니다."

"알겠습니다. 그러면 그 부분을 놓쳤다고 표현해도 될까요?"

"저라면 그렇게 표현하지는 않겠습니다만, 마음대로 생각하세요."

나는 벽시계를 돌아보았다. 오전 11시 45분이었다. 나는 휘튼을 다른 방향으로 이끌고 가고 싶었지만 배심원들이 점심을 먹으면서 글로리아의 핸드폰으로 이루어진 발신전화에 대해서 생각할 시간을 주고 싶었다. 그렇다고 지금 점심식사를 위한 휴정을 하자고 판사에게 제안하면, 다음 한 시간 동안 구치감에 갇혀 내 의뢰인과 함께 점심을 먹게 되리라는 것을 알고 있었다.

나는 휘튼에게로 고개를 돌렸다. 적어도 15분간은 시간을 끌 필요가 있었다. 나는 메모를 내려다보았다.

"변호인, 더 질문할 것 있습니까?" 판사가 재촉했다.

"네, 재판장님. 사실은 상당히 많은데요."

"그럼 질문하세요."

"네, 재판장님." 내가 말했다. "증인, 증인은 조금 전 피해자 글로리아 데이턴이 헥터 모야의 민사소송 사건에서 소환장을 송달받았다는 사실을 몰랐다고 증언하셨는데요. 그럼 언제 알게 됐는지 기억하십니까?"

"올해 들어서였습니다. 몇 달 전에요." 휘튼이 말했다. "개시된 증거자료를 받아보고 알게 됐습니다."

"그러니까 달리 표현하자면, 피고인 측이 알려줬기 때문에 피해자가 소환장을 송달받은 사실을 알게 됐다는 뜻이군요, 맞습니까?"

"네."

"피고인 측으로부터 그 정보를 제공받고 나서 어떻게 하셨습니까?"

"확인했습니다. 들어오는 단서는 다 확인하죠."

"확인한 다음에는 어떤 결론을 내리셨죠?"

"이 사건과는 아무 관련이 없다는 결론을 내렸습니다. 순전히 우연의 일치였죠."

"우연의 일치라. 글로리아 데이턴은 마약단속국이 주목하던 표적에게 권총을 몰래 숨겼다는 의심을 받고 있었습니다. 그녀는 바로 그 사건과 관련하여 증인소환장을 송달받았고, 송달받은 지 한 시간이 채 안 되어 그녀가 사적인 용도로 쓰는 핸드폰이 마약단속국에 전화를 걸었죠. 이 모든 사실을 알고도 증인은 아직도 우연의 일치라고 생각하세요?"

포사이드는 여러 가지 이유를 대면서 그 질문에 이의를 제기했다. 레게 판사는 이의제기를 받아들이면서 그 질문에 답을 듣고 싶으면 다른 표현으로 질문을 다시 하라고 나에게 지시했다. 나는 표현을 바꿔서 질문을 다시 했다.

"증인, 글로리아 데이턴이 살해당하기 일주일 전에 마약단속국에 전화를 했다는 사실을 증인이 사건 당일에 알았다면, 전화를 건 이유를 알고 싶지 않았을까요?"

내가 질문을 끝내기도 전에 포사이드가 다시 일어서서 이의를 제기했다.

"추측을 요구하는 질문입니다." 검사가 주장했다.

"인정합니다." 판사는 내게 반박할 기회도 주지 않고 말했다.

그래도 상관없었다. 사실 휘튼의 대답이 필요한 게 아니었다. 그 질문이 배심원들의 머릿속에 구름처럼 떠 있는 것만으로도 만족했다.

잠시 쉴 때가 되었다는 것을 느낀 판사는 점심식사를 위한 휴정을 선언했다.

변호인석으로 돌아간 나는 의뢰인 옆에 서서 배심원들이 퇴정하기를 기다렸다. 트리나 트리엑스 재앙에서 벗어나 다시 우위를 점했다는 느낌이 들었다. 방청석을 돌아보니 모야의 부하들만 보였다. 시스코는 트리나 래퍼티를 집에 데려다주고 돌아오지 않은 것이 분명했다. 그리고 로나는 어디 갔는지 보이지 않았다.

내게 소중한 사람 중에 나를 지켜보던 사람은 아무도 없었다.

# 37

배심원 재판은 항상 나를 허기지게 했다. 검사의 움직임을 계속 주시하고 경계하면서 나 자신의 수를 걱정하는데 소모되는 에너지 때문에 판사가 자리에 앉은 직후부터 허기를 느꼈고 오전 공판이 진행되는 동안 점점 더 심해졌다. 점심식사를 위해 휴정할 때쯤이면 샐러드와 수프가 생각나지는 않았다. 오후 공판이 끝날 때까지 거뜬히 버티게 해줄 거한 음식들이 머릿속을 맴돌았다.

나는 제니퍼와 로나, 시스코에게 차례로 전화를 걸어 내 식욕을 만족시킬 수 있도록 유니언 역에 있는 트랙스에서 만나자고 했다. 트랙스는 햄버거 맛집이었다. 시스코와 나는 붉은 고기 햄버거에 프렌치프라이까지 곁들여 게걸스럽게 먹었지만, 여자들은 니수아즈 샐러드와 아이스티에 만족하는 척했다.

식사하는 동안 대화는 별로 없었다. 트리나 래퍼티에 관해 잠깐 토론하기는 했다. 시스코는 그녀가 무언가에 혹은 누군가에 겁을 잔뜩 집어먹고 입을 열려 하지 않았다고, 심지어 비공개를 전제로도 말하지 않았다고 보고했다. 그러나 나는 주로 나만의 세계에 머물러 있었다. 1회전을 마치고 자기 코너에 앉아 있는 권투선수처럼, 나는 이미 끝난 1회전과 허공을 가른 펀치에 대해서 생각하고 있지 않았다. 2회전 시작을 알리는 벨이 울리면 튀어나가 상대방에게 결정타를 날릴 생각만 하고 있었다.

"저 사람들도 뭘 먹긴 먹어요?" 제니퍼가 물었다.

뜬금없는 질문이 내 생각들 사이를 뚫고 들어왔다. 나는 맞은편에 앉은 제니퍼를 바라보았다. 내가 무엇을 놓친 건지 그리고 그녀가 무슨 이야기를 하고 있었는지 알 수가 없었다.

"누구?" 내가 물었다.

제니퍼가 기차역 대합실 쪽으로 고갯짓을 했다.

"저 사람들이요."

나는 고개를 돌려 식당 문 너머에 있는 거대한 대합실을 바라보았다. 모야의 부하들이 여러 줄로 늘어선 가죽 의자들 맨 앞줄에 앉아 있었다.

"먹겠지, 본 적은 없지만." 내가 말했다. "샐러드라도 보낼까?"

"샐러드는 안 먹을 것 같은데." 로나가 말했다.

"육식동물이지." 시스코가 거들었다.

나는 여종업원을 손짓해 불렀다.

"그러지 마세요, 대표님." 제니퍼가 말했다.

"그런 거 아냐, 걱정하지 마." 내가 말했다.

나는 여종업원에게 계산서를 가져다 달라고 말했다. 법정으로 돌아갈 시간이었다.

* * *

1시 정각에 오후 공판이 시작되었다. 증인석으로 돌아온 휘튼은 오전 보다는 좀 덜 경직된 태도를 보였다. 점심 때 마티니 한두 잔으로 오후 공판을 준비한 것은 아닌지 궁금해졌다. 어쩌면 오전에 보인 냉담한 태도도 사실은 음주 습관을 감추기 위한 것이었는지도 몰랐다.

나는 휘튼을 다음 증인을 위한 발판으로 삼을 계획이었다. 내 변론은 증인들이 꼬리에 꼬리를 물고 이어져 만들어내는 데이지 화환 같았다. 한 증인이 그다음 증인으로 가는 길을 닦는 식이었다. 지금은 휘튼이 빅터 헨슬리라는 베벌리 윌셔 호텔의 보안책임자를 위한 길을 닦을 차례였다.

"증인, 식사 맛있게 하셨습니까?" 나는 오전 공판에서 휘튼 형사를 심하게 다룬 그 변호인이 아닌 것처럼 밝게 인사했다. "그럼 지금부터는 이 끔찍한 범죄의 피해자인 글로리아 데이턴에게 주목해 주실까요? 증인과 증인의 파트너는 글로리아 데이턴이 살해당한 시각까지의 행적을 추적해 보셨습니까?"

휘튼은 어떻게 대답할지 생각하면서 시간을 벌기 위해 마이크를 조정하는 시늉을 했다. 이런 모습을 보니 기분이 좋았다. 휘튼이 잔뜩 긴장하고 있고, 내가 던지는 단순한 질문에도 함정이 있는 것은 아닌지 살피고 있다는 뜻이었으니까.

"네, 했습니다." 휘튼이 대답했다. "피해자의 행적을 시간대별로 조사했죠. 사건 발생 시각에 가까울수록 더 자세하게요."

나는 고개를 끄덕였다.

"그렇군요. 그러면 그날 밤 피해자가 마지막으로 나갔던 콜걸 일에 대해서도 확인을 하셨겠네요?"

"네, 그럼요."

"피해자를 밀회 장소까지 태워다 준 운전기사도 만나보셨고요?"

"네, 존 볼드윈이었죠. 만나봤습니다."

"피해자가 마지막으로 일을 나간 곳이 베벌리 윌셔 호텔이었습니다, 그렇죠?"

포사이드가 일어나서 자기가 휘튼을 직접 심문할 때 피해자의 시간대별 행적을 이미 다 다루었는데 변호인이 같은 내용을 다시 확인하고 있다면서 이의를 제기했다. 판사가 동의했고 나에게 새로운 의미가 있으면 계속하고 아니면 다음 질문으로 넘어가라고 지시했다.

"좋습니다, 증인. 앞서 증언하신 것처럼 그날 밤 피해자와 피고인 사이에는 약간의 언쟁이 있었습니다, 그렇죠?"

"네, 뭐, 그렇게 부를 수도 있겠고요."

"그럼 증인은 어떻게 부르시는데요?"

"피고인이 피해자를 죽이기 전의 상황을 말씀하시는 거죠?"

나는 깜짝 놀란 표정으로 판사를 쳐다보면서 두 손을 활짝 펼쳐보였다.

"재판장님……."

"증인, 그렇게 편견이 담긴 진술은 하지 마세요." 판사가 말했다. "피고인의 유죄 여부를 결정하는 것은 배심원단이 할 일입니다."

"죄송합니다, 재판장님." 휘튼이 말했다.

나는 그 질문을 다시 했다.

"네, 언쟁이 있었습니다."

"그리고 그 언쟁은 돈 문제로 촉발된 것이었고요, 그렇죠?"

"네, 라 코세는 손님한테 받은 화대에서 자기 몫을 달라고 했고 글로리아 데이턴은 손님이 없었다고 했습니다. 라 코세가 보내서 간 호텔 방에는 아무도 없었다고 했죠."

나는 휘튼이 방금 묘사한 순간을 가리키는 것처럼 법정 바닥을 가리켰다.

"증인과 증인의 파트너는 누구 말이 맞고 누구 말이 틀렸는지 확인하기 위해 그 언쟁에 대해서 수사해 보셨고요?"

"피해자가 피고인에게 거짓말을 했는지를 확인했느냐고 물으시는 거라면, 네, 확인했습니다. 라 코세가 데이턴에게 알려준 호텔 객실은 빈 방이었고, 라 코세가 알려준 이름은 그 전날 그 방에 묵었다가 체크아웃을 한 손님의 이름이었던 것으로 확인됐습니다. 피해자가.그 호텔에 갔을 때 그 방엔 아무도 없었고요. 그러니까 피고인은 피해자가 갖고 있지도 않은 돈을 숨기고 있다고 오해해서 피해자를 죽인 거죠."

나는 판사에게 휘튼의 마지막 말은 편견을 담고 있으므로 진술에서 배척해 달라고 요청했다. 판사가 내 요구를 받아들여 배심원들에게 그 말은 무시하라고 지시했다. 나는 다음으로 넘어가 휘튼에게 새로운 문제에 관해 연달아 질문을 던졌다.

"베벌리 윌셔 호텔에 감시 카메라가 있는지 확인하셨습니까, 증인?"

"네, 있습니다."

"문제의 그날 밤을 찍은 동영상도 보셨고요?"

"네, 호텔 보안실에서 동영상 확인했고요."

"거기서 어떤 결론을 얻으셨죠?"

"그 호텔 객실 층에는 감시카메라가 없습니다. 그러나 로비와 엘리베이터에 설치된 카메라가 찍은 영상을 확인한 후, 우리는 피고인 라 코세가 피해자를 보낸 그 방에는 아무도 없었다고 결론지었습니다. 피해자가 프런트데스크에 가서 물어보기까지 했는데 직원도 투숙객이 없다고 말했고요. 그 모습이 동영상에서 찍혀 있더군요."

"검찰은 왜 논고할 때 이 영상을 공개하지 않았을까요?"

포사이드는 본 건과는 무관한 시비조의 질문이라면서 이의를 제기했다. 레게 판사도 동의하며 이의를 인정했지만, 이번에도 질문이 대답보다 중요했다. 나는 배심원들이 사건과 관련이 있든 없든 간에 동영상을 보고 싶어 하기를 바랐다.

나는 다음 질문으로 넘어갔다.

"안드레 라 코세는 베벌리 윌셔에서 데이트 예약 전화를 받았는데 글로리아 데이턴이 갔을 때는 빈방이었다는 거네요. 어찌된 일일까요?"

"저도 잘 모르겠습니다."

"그게 마음에 걸리지는 않고요?"

"물론 마음에 걸리죠. 하지만 세상 모든 일이 다 깔끔하게 매듭이 지어지는 건 아니니까요."

"증인은 안드레 라 코세가 왜 그렇게 혼동을 하게 되었다고 생각하십니까?"

포사이드는 그 질문에는 추측에 근거한 대답밖에 나올 게 없다면서 이의를 제기했다. 이번에는 판사가 이의제기를 기각하면서 자기도 증인의 대답을 듣고 싶다고 말했다.

"저도 정말 잘 모르겠습니다." 휘튼이 말했다.

나는 메모를 내려다보며 잊은 게 없는지 살펴보았고 변호인석을 돌아보며 제니퍼가 무슨 신호를 보내지는 않는지 확인했다. 다 잘 끝낸 것 같았다. 나는 증인에게 감사를 표한 후 더 이상 질문 없다고 판사에게 말했다.

포사이드는 내가 오전 공판 중 검찰의 주장에 낸 상처에 붕대를 감을 수 있는지 알아보기 위해 연설대로 걸어갔다. 그가 내용보다는 표현에 대해 더 걱정을 하는 것 같아서—적어도 내게는 그렇게 보였다—, 차라리 반대심문 기회를 포기하는 게 나을 것 같았다. 검사는 휘튼이 경찰국 입사 초기에는 잠복근무를 주로 하는 마약범죄 수사팀 형사였다는 카드를 처음으로 꺼내들었다. 그 당시 휘튼에게는 정보를 물어다주는 비밀 정보원이 여러 명 있었다. 그러나 그들 중 어느 누구도 경찰서 대표번호로 연락을 하지는 않았다고 휘튼은 증언했다. 만일 그랬다면 지극히 이례적이고 위험했을 거라고 했다. 정보원들에게는 연락을 취할 개인 전화번호를 주었다고 말했다.

설득력 있는 증언이었지만 글로리아 데이턴의 상황과는 맞지 않는 내용이어서 내가 추가심문을 할 차례가 되었을 때 쉽게 대응할 수 있었다. 리걸패드를 들고 연설대로 가지도 않았다.

"증인, 증인이 잠복근무를 주로 하는 마약 담당 형사로 일하신 게 언제였죠?"

"2000년과 2001년, 2년간 일했습니다."

"그렇군요. 그럼 증인은 아직도 그 당시와 같은 핸드폰 번호를 쓰십니까?"

"아뇨, 지금은 살인전담팀에서 근무하니까요."

"새로운 번호를 쓰신다고요?"

"그렇습니다."

"그렇군요. 그럼 2001년에 활동했던 증인의 정보원 중 한 명이 증인에게 주고 싶은 정보가 있어서 증인에게 연락을 하고 싶다면 어떻게 해야 할까요?"

"그 사람을 현 마약범죄 수사팀 형사에게 인계하겠죠."

"질문을 잘 이해하지 못하시는군요. 예전에 사용했던 연락번호가 더 이상 존재하지 않을 경우, 증인에게 어떻게 연락을 할 것 같으냐는 질문이었습니다."

"다른 방법이 많이 있죠."

"경찰서 대표번호로 전화해서 증인을 바꿔달라고 하는 것도 한 방법일까요?"

"정보원 노릇을 계속하고 싶다면 그렇게는 안 하겠죠. 그런 경우를 실제로 본 적도 없고요."

휘튼은 내가 원하는 게 무엇인지 알았지만 주고 싶지 않은 거였다. 아무래도 상관없었다. 내 질문의 요지를 배심원들도 이해했다는 확신이 들었다. 오랜 세월이 흐른 후에 글로리아 데이턴이 마르코 요원에게 연락할 방법은 마약단속국 대표 전화번호로 전화를 거는 수밖에 없었을 것이다.

나는 심문을 마치고 자리에 앉았다. 휘튼이 증인석을 떠났고 나는 빅터 헨슬리를 다음 증인으로 불렀다.

헨슬리는 트로이의 목마와 같은 증인이었다. 우리 피고인 측이 공판 시작 전에 제출한 1차 증인명단에는 그의 이름이 열여섯 번째로 올라 있었다. 법원 규칙에 따라 증인의 이름 다음에는 그 사람의 약력과 예상되는 증언 내용이 짧게 기술되어 있었다. 상대측이 그 증인에 대해 조사하고 증언에 대비하는 데 얼마나 많은 시간과 노력을 들일 것인지 결정할 때 도움을 주기 위해서였다. 그러나 나는 헨슬리의 이름을 증인명단에 올리면서 검찰이 내 진짜 목표를 간파하기를 원하지 않았다. 그를 이용해서 베벌리 윌셔의 CCTV 동영상을 피고인 측 증거물로 제출하는 게 그를 증인명단에 올린 진짜 목표였다. 그래서 그의 직업을 쓴 다음에는 보강증인이라고만 써놓았다. 포사이드 검사와 랭크포드 수사관이 헨슬리를 글로리아 데이턴이 살해당한 날 그녀가 갔던 방에는 아무도 투숙하지 않았다는 사실을 확인해 줄 증인으로만 판단하기를 바랐다.

시스코가 증인 출석 여부 확인차 전화를 걸었을 때, 헨슬리는 공판 준비 기간 동안 랭크포드만 호텔로 찾아와 잠깐 만나고 갔을 뿐, 포사이드 검사와는 만난 적도 통화한 적도 없다고 말했다. 그 말이 사실이라면 나에게는 좋은 징조였다. 헨슬리가 리걸패드가 들어 있는 멋진 가죽 폴더를 들고 증인석으로 걸어와 앉으면 오전에 휘튼을 심문하면서 붙기 시작한 탄력을 유지할 수 있을 뿐만 아니라 여세를 몰아 더 빠르게 달려갈 수도 있을 것 같았다.

헨슬리는 50대 후반이었고 경찰 같아 보였다. 그가 증인선서를 한 후 나는 그가 베벌리힐스 경찰국에서 형사로 근무하다가 퇴직하고 베벌리 윌셔 호텔 보안책임자로 근무하고 있다고 약력을 소개했다. 그런 다음 글로리아 데이턴이 살해당하기 몇 시간 전 그 호텔이 한 역할에 대해서 호텔 보안직원들이 자체 조사를 실시했는지 물었다.

"네, 했습니다." 헨슬리가 대답했다. "우리 호텔이 그 상황에서 부차적인 역할을 했다는 사실을 인지하자마자 사실 확인을 했습니다."

"증인도 그 조사에 참가하셨고요?"

"네, 그럼요. 제가 책임자인데요."

그런 다음 내가 던진 일련의 질문에 대한 답변을 통해서, 헨슬리는 LA 경찰국 형사들과 어떻게 공조했는지를 간략히 설명했고, 사건 당일 저녁에 글로리아 데이턴이 호텔에 와서 객실 문을 두드렸다는 사실을 확인해 주었다. 또한 그녀가 문을 두드렸던 객실이 당시 비어 있었으며 투숙객이 없었다는 사실도 확인해 주었다.

내 트로이 목마가 이제 문 안으로 들어왔고, 나는 본격적으로 작업에 착수했다.

"그런데 본 사건의 피고인은 체포되기 전부터 줄곧 경찰에 주장하기를, 잠재 고객이 베벌리 월셔에서 전화를 걸어왔고 자기가 그 방에 묵고 있다고 했다는데요. 그게 가능한가요?"

"아뇨, 그 방에 손님이 묵고 있었을 수는 없습니다."

"하지만 누군가가 어떤 식으로든 그 방에 들어가서 전화를 걸 수는 있었을까요?"

"무슨 짓이라도 할 수 있죠. 열쇠를 갖고 있다면서요."

"카드키입니까?"

"네, 그렇습니다."

"그 전날 밤에 그 방에 투숙객이 있었는지는 확인하셨습니까?"

"네, 확인해 봤더니 전날 밤엔 투숙객이 있었습니다. 그러니까 토요일 밤이었겠죠. 그날 호텔에서 결혼식 연회가 있었는데, 신혼부부가 그날 밤 그 방에서 묵었더라고요."

"체크아웃 시간은 언제죠?"

"정오요. 하지만 그 부부는 하와이행 저녁 비행기를 예약했다고 늦은 체크아웃을 요구했습니다. 신혼부부였기 때문에 기꺼이 편의를 봐드렸죠. 숙박부에는 일요일 오후 4시 25분에 체크아웃 한 걸로 기록되어 있더군요. 그러니까 4시 15분쯤 그 방에서 나왔겠죠. 자체적으로 조사하면서 이런 사실을 다 확인했습니다."

"그러니까 4시 15분까지는 그 방에 사람이 있었고, 그 일요일 밤에는 투숙한 손님이 없었다는 거네요."

"네, 그렇습니다. 체크아웃이 늦어져서 이용 가능한 객실 목록에 올라가지 못했죠. 하우스키핑에서 방 청소를 끝내려면 시간이 더 늦어졌을 테니까요."

"그러면 누군가가 어떤 식으로든 그 방에 접근했다면, 어떤 식으로든 그 방에 들어갔다면요, 객실에 있는 전화로 전화를 걸 수 있었겠네요, 그렇지 않습니까?"

"네, 그렇습니다."

"호텔 외부에서 걸려온 전화가 전화를 건 사람이 요청하면 그 객실로 연결이 될 수도 있습니까?"

"전화를 건 사람이 투숙객의 이름을 대며 요청하지 않는 이상, 객실로 연결해 주지 않는 것이 우리 호텔의 정책입니다. 예를 들어 전화를 걸어서 다짜고짜 1210호로 연결해 달라고 하면 연결해 주지 않는다는 거죠. 상대방의 이름을 알아야 하고 그 상대방이 숙박부에 기재된 투숙객이어야 합니다. 그러니까 제 대답은 아니요입니다. 그 전화는 객실로 연결되지 않았을 겁니다."

나는 생각에 잠긴 표정으로 고개를 끄덕이고는 말을 이었다.

"그 전날 밤 그 스위트룸에 묵었던 신혼부부의 이름을 말씀해 주시겠습니까?"

"대니얼하고……."

헨슬리는 노란색 가죽 서류철을 열어 조사내용을 적은 메모를 확인했다.

"……로라 프라이스군요. 하지만 이 모든 일이 일어나고 있을 당시에는 그들이 이미 체크아웃을 하고 하와이로 날아가고 있었습니다."

"이 공판 초기에 검찰이 경찰의 피고인 조사 동영상을 공개했는데요, 보셨습니까?"

"아뇨, 못 봤습니다."

나는 판사의 허락을 얻어 그 조사 과정의 일부를 다시 보여주었다. 그 부분에서 안드레 라 코세는 살인사건이 발생하기 전인 오후 4시 30분에 대니얼 프라이스라는 남자한테서 발신자표시제한 전화를 받았다고 휘튼 형사에게 말했다. 라 코세는 확인을 위해 회신전화번호를 요구했고, 전화 건 사람은 베벌리 윌셔 호텔의 대표전화번호와 객실번호를 불러주었다. 라 코세가 그 호텔로 전화를 걸어 대니얼 프라이스의 방으로 연결해 달라고 요청하자 연결이 되었다고 말했다. 그들은 콜걸 서비스 시각은 밤 8시로, 지젤 댈링거를 서비스 제공자로 정했다.

나는 동영상을 끄고 헨슬리를 바라보았다.

"증인, 증인이 일하는 호텔은 객실로 연결을 요구하는 수신전화에 대한 기록을 보관하고 있습니까?"

"아뇨, 발신전화만 기록합니다. 통신비가 손님의 숙박료에 부과되기 때문이죠."

나는 고개를 끄덕였다.

"피고인이 호텔로 전화를 걸었을 때 맞는 이름과 객실번호를 댔다는 건 어떻게 설명할 수 있을까요?"

헨슬리는 고개를 가로저었다.

"설명 못하겠는데요."

"신혼부부가 늦게 체크아웃을 했기 때문에 대니얼 프라이스라는 이름이 호텔 교환원이 사용하는 투숙객 명단에 남아 있었을 가능성이 있을까요?"

"그럴 수 있죠. 하지만 체크아웃하자마자 그 이름은 투숙객 명단에서 삭제됐을 겁니다."

"그렇게 삭제하는 과정은 수작업으로 하나요, 아니면 컴퓨터가 하나요?"

"수작업으로 하죠. 손님이 체크아웃을 하면 프런트데스크 직원이 현재 투숙객 명단에서 그 이름을 지웁니다."

"그럼 프런트데스크 직원이 다른 업무나 다른 손님으로 인해 바쁜 경우에는 이름을 삭제하는 과정이 뒤로 미뤄졌을 수도 있겠네요, 그렇지 않습니까?"

"네, 그랬을 수도 있겠죠."

"그랬을 수도 있다." 나는 헨슬리의 말을 따라했다. "호텔의 체크인 시각은 3시 아닌가요?"

"네, 맞습니다."

"보통 그 시각에는 프런트데스크가 바쁜가요?"

"그건 요일에 따라 다른데요, 일요일엔 체크인하는 손님이 별로 없어서 그다지 바쁘지 않습니다. 하지만, 네, 맞습니다, 프런트데스크가 바빴을 수 있습니다."

뭐가 문제인지는 모르겠지만 배심원단이 지루해하고 있다는 걸 느낄 수 있었다. 이제 트로이 목마의 배에 있는 문을 열 때가 되었다. 숨어 있는 곳에서 나와 공격을 감행할 때가 된 것이다.

"증인, 다음 질문으로 넘어가겠습니다. 아까 호텔의 자체 조사를 통해 피해자인 글로리아 데이턴이 지난 11월 11일 저녁에 그 호텔에 들어왔다는 사실을 확인했다고 진술하셨는데요. 그걸 어떻게 확인하셨죠?"

"CCTV 카메라로 찍은 영상들을 보다가 금방 찾아냈습니다."

"그럼, 여러 대의 카메라가 찍은 영상에서 글로리아 데이턴이 호텔 안을 돌아다니는 모습을 찾을 수 있었다는 거네요, 맞습니까?"

"네, 그렇습니다."

"오늘 그 동영상 사본을 가져오셨습니까?"

"네, 가져왔습니다."

헨슬리는 가죽 서류철 주머니에서 디스크를 꺼내 잠깐 들어보았다.

"증인은 수사를 맡은 LA 경찰국 형사들에게 이 동영상 사본을 주셨습니까?"

"형사들은 수사 초기에 와서 원본을 봤죠. 문제의 여성이 호텔 안을 돌아다니는 모습을 한데 모아 편집 동영상을 만들기 전에요. 나중에 편집해서 만들어놨지만 아무도 가지러 오지 않더니 두 달 전에 누가 와서 가져갔습니다."

"누가요? 휘튼 형사였습니까, 아니면 파트너였나요?"

"아뇨, 검찰청의 랭크포드 수사관이요. 재판 준비를 하고 있다면서 동영상을 가져갔습니다."

나는 포사이드 검사가 그 동영상을 보았는지 확인하고 싶었다. 그 동영상은 내가 본 어떤 공개된 증거물 목록에도 나와 있지 않았기 때문이었다.

그러나 나는 내 수를 들킬까 봐 검사의 표정을 살피지 않았다. 적어도 아직은 그리 여유로운 형편이 아니었다.

"증인, 오늘 이 법정에서 랭크포드 씨가 보입니까?" 내가 헨슬리에게 물었다.

"네, 보입니다."

나는 판사에게 랭크포드가 일어서게 해달라고 요청했고, 헨슬리는 그가 맞다고 증언했다. 랭크포드는 1월의 새벽녘처럼 차갑고 어두운 눈으로 나를 노려보았다. 그가 자리에 앉고 나서, 나는 판사와 양측 대리인 간의 비공개면담을 요청했다. 판사가 우리를 손짓해 불렀고, 내가 무슨 이야기를 하고 싶은 건지 정확히 알고 있었다.

"말 안 해도 알아요, 할러 변호사. 동영상 사본을 받지 못했다는 거잖아요."

"그렇습니다, 판사님. 증인은 검찰이 두 달 전에 이 자료를 받아갔다고 하는데, 저희는 동영상의 단 한 장면도 받아본 게 없거든요. 이것은 증거개시의 의무를 위반한 것으로……."

"판사님, 저도 못 봤습니다. 그래서……."

"검찰수사관이 받아갔다고 하잖아요, 증인이." 판사가 못 믿겠다는 어조로 말했다. 그 말을 들으니 판사도 이 문제에 있어서는 내 편을 들어줄 거라는 느낌이 들었다.

"판사님, 어떻게 된 건지 저도 잘 모르겠습니다." 포사이드가 식식거리며 말했다. "제 수사관에게 비공개로 물어보시면 설명을 들을 수 있을 것 같은데요. 중요한 건 피해자가 사망하기 몇 시간 전에 그 호텔을 방문했다는 것에 대해서는 모든 재판 당사자가 동의하고 있다는 겁니다. 논쟁 중인 사실이 아니므로, 규칙 위반도 최소한이죠. 아무 문제가 안 됩니다, 판사님. 그러니까 공판을 계속 진행해 주시기를 바랍니다."

나는 지친 표정으로 고개를 가로저었다.

"판사님, 그 동영상들을 직접 보기 전에는 정말로 아무 문제가 안 되는 것인지 어떤지 알 길이 없습니다."

판사가 고개를 끄덕여 동의를 표시했다.

"시간이 얼마나 필요하죠, 변호인?"

"글쎄요. 분량이 그렇게 많진 않을 것 같은데요. 한 시간 정도요?"

"좋습니다. 한 시간. 로비 건너편에 있는 회의실을 쓰세요. 서기한테 서 열쇠 받으시고, 두 분 다 자기 자리로 돌아가세요."

변호인석으로 돌아가면서 난간 앞에 이르러 고개를 들어보니, 랭크 포드가 나를 잡아먹을 듯이 노려보고 있었다.

# 38

판사가 한 시간 휴정을 선언한 후, 나는 로나에게서 아이패드를 다시 빌렸다. 베벌리 윌셔 동영상은 이미 다 살펴본 것들이었다. 그런데도 검찰이 증거개시의 의무를 위반했다고 항의한 진짜 이유는 나도 그 동영상을 포사이드에게 제공하지 않아 똑같이 의무를 위반했다는 사실을 숨기기 위해서였다. 어찌 됐든, 그 동영상을 다시 볼 필요는 없었다. 대신 나는 그 시간을 이용해 스트래튼 스터그호스의 집에서 찍은 감시카메라 동영상을 다시 보면서, 마르코와 랭크포드를 이용해 안드레 라 코세의 무죄평결을 받아낼 방법을 강구했다. 그 동영상은 내가 바라던 폭뢰였다. 바다 밑에 숨어서 검찰의 배가 지나가기를 기다리고 있는 폭뢰. 내가 그 폭뢰를 폭파하면 포사이드의 배는 가라앉을 것이다.

나는 금요일 법정 시간이 끝나는 순간까지 증인을 불러 진술을 들을 계획이었다. 그러면 배심원단은 바로 주말 휴식에 돌입할 것이고, 최종 변론 단계로 넘어가기 전 이틀 동안 우리 측의 주장을 곱씹게 될 것이다. 그러자면 스터그호스 동영상을 공개할 시점은 금요일 오전이 제일 적당했다. 지금부터 그때까지 불러야 할 증인도 많았다.

3시 25분, 문에서 노크 소리가 한 번 나더니 레게 판사의 법정 경위가 고개를 들이밀었다. 에르난데스라고 적힌 이름표를 달고 있었다.

"시간 다 됐습니다." 그가 말했다.

변호인석으로 돌아가 보니 비디오 리모컨과 레이저포인터가 나를 기다리고 있었다.

그리고 의뢰인도 나를 기다리고 있었다. 이제 라 코세의 상태는 하루하루가 다르게가 아니라 시간 시간이 다르게 안 좋아지고 있는 게 눈에 보였다. 내가 회의실에서 보낸 그 한 시간 동안 구치감에 있다가 돌아온 그는 눈에 띄게 초췌해졌다.

나는 라 코세의 팔을 꽉 붙잡았다. 소매 속에 들어 있는 팔이 빗자루 막대기처럼 가늘었다.

"우리 잘하고 있어, 안드레. 잘 버텨."

"내가 증언할 건지 결정했어요?"

공판이 시작되고 나서 줄곧 해온 이야기였다. 라 코세는 자기가 직접 증인으로 나서서 자신의 결백을 온 세상에 선언하고 싶어 했다. 그는 죄가 있는 사람이 입을 다물지, 결백한 사람은 소리 내어 결백을 주장해야 한다고 믿었다. 틀린 말은 아니었다.

문제는 라 코세가 살인범은 아니지만 사업을 하면서 범법행위를 저지른 사람이라는 점이었다. 게다가 악화된 몸 상태가 배심원단의 동정심을 얻어낼 것 같지도 않았다. 나는 그가 증언하기를 원하지 않았고 증언할 필요도 없다고 생각했다. 공판 초기에 생각했던 것과는 달리 이젠 무죄평결을 얻어내기 위해서는 그를 계속 앉혀두는 것이 상책이라고 믿게 되었다.

"아직 안 했어." 내가 말했다. "자네가 결백하다는 게 너무나 명백해져서 증언할 필요도 없을 때가 곧 올 것 같아."

라 코세는 실망한 표정으로 고개를 끄덕였다. 이제 보니 그는 배심원 선정이 시작된 이후 두 주 만에 몸무게가 너무 많이 줄어서 몸에 맞는 새 정장을 마련해 줘야 할 것 같았다. 배심원들이 숙의를 시작할 때까지 법정일이 4~5일 밖에 안 남았지만 몸에 맞는 옷을 입히는 게 좋을 것 같았다.

내가 그 내용을 리걸패드에 써서 그 페이지를 찢어 난간 너머로 로나에게 건네주는데, 판사가 판사실에서 나와 자리에 앉았다.

빅터 헨슬리가 다시 증인석으로 불려나왔고, 레게 판사는 내가 배심원석 앞 공간에 자리하고 서서 베벌리 윌셔 보안카메라 동영상 편집본을 보여주며 헨슬리를 심문해도 된다고 허락했다.

나는 우선 헨슬리의 입을 통해 우리가 볼 동영상을 찍은 날짜와 시각을 밝혔고, 여러 대의 카메라가 찍은 화면을 어떻게 편집해서 글로리아 데이턴의 호텔 안 행적을 추적하는 동영상을 만들었는지를 헨슬리가 설명하게 했다. 또한 사생활 보호 문제가 있어서 객실 층에는 감시카메라가 설치되어 있지 않다는 사실도 헨슬리로부터 들었다. 호텔 관리자들은 누가 언제 몇 호실로 들어갔는지를 동영상으로 남기는 것이 영업에 도움이 되지 않는다고 판단한 게 틀림없었다.

나는 글로리아가 움직일 때마다 빨간 점으로 가리키면서 설명할 수 있도록 헨슬리에게 레이저포인터를 건네주었다. 그러고 보니 배심원들이 글로리아가 움직이는 모습을 보는 것은 이번이 처음이었다. 검찰 측 논고가 진행되는 동안에는 부검 사진들과 머그샷과 지젤 댈링거 웹사이트에서 가져온 캡처 사진들만 보았다. 그러나 동영상에서는 글로리아가 살아 있는 모습이었고, 배심원들을 흘끗 보니 다들 몰입해서 그녀를 보고 있었다.

내가 바라던 모습이었다. 이제부터는 헨슬리에게 연달아 질문을 던짐으로써 배심원들을 새로운 방향으로 이끌어갈 생각이었다. 나는 리모컨과 레이저포인터를 다시 챙겨서 배심원석 앞 공간으로 돌아가 섰다. 그리고는 동영상을 처음부터 재생했고 글로리아가 로비를 걸어가다가 중절모를 쓴 남자 앞에 이르렀을 때 일시중지 버튼을 눌렀다.

"증인, 화면 속에서 증인의 부하직원 중 누구라도 저 로비에 있는 게 보입니까?"

헨슬리는 엘리베이터 타는 곳에 서 있는 남자가 보안실 직원이라고 말했다.

"더 없나요?"

"네, 안 보이는데요."

"여기 이 남자는요?"

나는 중절모를 쓰고 긴 의자에 앉아서 핸드폰을 보고 있는 남자를 레이저 점으로 가리켰다.

"이 장면에서는 얼굴이 안 보이네요." 헨슬리가 말했다. "얼굴이 보일 때까지 좀 더 돌려보시면……."

내가 재생 버튼을 누르자 동영상이 재생되었다. 중절모를 쓴 남자에게 이목을 집중시키는 데 성공했다. 그러나 그는 계속 자세를 바꾸지 않아서 얼굴이 보이지 않았다. 갑자기 화면이 바뀌더니 글로리아가 엘리베이터 타는 곳에 나타나 엘리베이터에 탔다. 그러고는 몇 초간 검은 화면이 나오더니 글로리아가 8층에서 다시 엘리베이터를 타고 로비로 내려오는 모습이 보였다.

다시 화면이 바뀌고 글로리아가 호텔을 나가기 위해 로비를 걸어가는 모습이 나타나자, 나는 리모컨에 있는 느린재생 버튼을 누른 후 배심원들을 위해 중절모를 쓴 남자를 레이저포인터로 가리켰다. 모두의 눈이 화면을 보고 있는 동안 나는 아무 말도 하지 않았다. 레이저의 빨간 점을 등에 꽂은 남자가 의자에서 일어서더니 글로리아를 뒤따라갔다. 나는 남자가 화면에서 사라지기 직전에 일시정지 버튼을 눌렀다.

"저 남자도 호텔 직원인가요?" 내가 물었다.

"얼굴을 볼 수가 없어서요. 하지만, 아뇨, 아닌 것 같습니다." 헨슬리가 말했다.

"얼굴을 볼 수가 없는데, 직원이 아닌 건 어떻게 아시죠?"

"투명인간 같은데 우리 호텔에는 투명인간이 없거든요."

"그게 무슨 뜻인지 배심원들에게 설명해 주시겠습니까?"

"우리 호텔은 보안요원이 곳곳에 배치되어 있습니다. 경계근무가 필요한 곳에 직원을 배치해 두죠. 엘리베이터 타는 곳에 한 명, 또 다른 곳에 한 명 하는 식으로요. 우리 직원들은 각자 맡은 자리에서 경계근무를 서고 있고 눈에 잘 띕니다. 이름표를 달고 있고 초록색 재킷을 입고 있어서요. 사복차림으로 위장근무를 하는 직원은 없습니다. 그런 의미에서 투명인간이 없다는 뜻입니다."

나는 배심원석 앞을 서성이기 시작했다. 증인석을 향해 걸어갔다가 배심원석 앞으로 돌아왔다. 헨슬리에게 등을 보이고 서서, 난간 뒤 방청석에 앉아 있는 랭크포드를 뚫어지게 쳐다보면서 다음 질문을 던졌다.

"혹시 사설경호원이 아닐까요? 그 호텔에 묵고 있는 누군가가 고용한 경호원이요."

"그럴 수도 있겠죠. 하지만 보통 사설경호원들은 자기네가 와 있다고 우리에게 미리 알려줍니다."

"그렇군요. 그렇다면 저 남자는 저기서 무엇을 하고 있었을까요?"

포사이드 검사는 내가 증인에게 추측을 요구하고 있다면서 이의를 제기했다.

"재판장님, 증인이 지난 10년간 이 호텔에서 보안책임자로 근무하기 이전에는 순경과 형사로 20년을 일했습니다. 저 로비에 수도 없이 있어 봤고 저기서 수도 없이 많은 상황을 맞닥뜨렸을 겁니다. 동영상에서 본 것에 대해 의견을 제시할 자격이 충분히 있다고 생각하는데요." 내가 말했다.

"이의제기를 기각합니다." 레게 판사가 말했다.

"저 여자를 미행하고 있는 게 분명합니다." 헨슬리가 말했다.

나는 그 대답에 침묵으로 밑줄을 긋고 싶어서 잠시 말을 멈췄다.

"무슨 근거로 그렇게 말씀하시는 거죠, 증인?"

"저 여자가 저기 도착하기 전부터 기다리고 있었던 것 같거든요. 그리고 여자가 객실에서 내려온 다음에는 밖으로 나가는 여자를 따라나서고요. 여자가 갑자기 방향을 바꿔서 프런트데스크로 향할 때 확실히 알 수 있겠네요. 그때 허를 찔린 남자가 어색하게 딴짓을 하잖아요. 그런 다음 여자가 호텔을 나가니까 뒤따라 나가고요."

"다시 한번 보시죠."

나는 동영상 전체를 실시간으로 다시 재생했고, 레이저 점은 계속 중절모를 쓴 남자를 따라다녔다.

"동영상에 대해서 또 다른 의견 있으신가요, 증인?" 내가 물었다.

"네, 저 남자는 우리 호텔의 보안카메라에 대해 잘 알고 있는 사람이 분명합니다." 헨슬리가 말했다. "중절모 때문에 전혀 얼굴을 볼 수가 없잖습니까. 얼굴이 노출되지 않으려면 어디에 앉고 어떻게 가려야 하는지를 잘 알고 있는 거죠. 정말 불가사의한 인물이군요."

나는 웃음을 보이지 않으려고 애를 썼다. 헨슬리는 정직하고 의견이 분명한, 완벽한 증인이었다. 그러나 중절모를 쓴 남자를 '불가사의한 인물'이라고 부른 것은 내 기대를 뛰어넘는 표현이었다. 정말 완벽했다.

"지금까지 말씀하신 내용을 간단히 요약해 보죠. 오늘 증인이 여기에서 우리에게 한 이야기는 글로리아 데이턴이 11월 11일 저녁에 그 호텔에 왔고 8층으로 올라갔으며, 거기에서는 아무도 묵고 있지 않은 객실의 문을 두드렸던 것으로 추정된다는 것입니다. 맞습니까?"

"네, 맞습니다."

"그리고 글로리아 데이턴이 엘리베이터를 타고 내려와 호텔을 떠날 때, 호텔 직원이 아닌 '불가사의한 인물'에게 미행을 당했고요, 그렇죠?"

"네, 그렇습니다."

"그리고 그로부터 두 시간 후 글로리아 데이턴은 사망했습니다."

포사이드는 자신 없는 목소리로 내가 헨슬리의 지식과 전문가적 경험의 범위를 벗어나는 질문을 하고 있다며 이의를 제기했다.

레게 판사가 이의제기를 받아들였지만 그런 것은 중요하지 않았다.

"이상입니다, 재판장님." 내가 말했다.

포사이드가 반대심문을 위해 일어서는가 했더니 예상치 못한 발언으로 나를 놀라게 했다.

"재판장님, 검찰은 반대심문하지 않겠습니다."

'불가사의한 인물' 참사에서 벗어나는 최선의 방법은 관심을 갖지 않고, 믿지 않고, 중요한 일이 아닌 것처럼 행동하는 것이라고, 그런 다음 랭크포드와 함께 뒤로 물러서서 반격을 구상하는 것이라고 생각한 게 틀림없었다.

　문제는 내가 다른 증인을 부르고 싶지는 않은데, 아직 4시 10분밖에 안 됐고, 판사가 오늘 공판을 끝내야겠다고 생각하기에는 너무 이르다는 점이었다.

　나는 변호인석 뒤 난간으로 걸어가서 시스코에게로 몸을 숙였다.

　"말해봐." 내가 말했다.

　"뭘?" 그가 물었다.

　"나한테 다음 증인에 대해 말하는 척하다가 고개를 가로저어."

　"어, 알았어. 나보고 버드윈 델을 숨겨놓은 호텔로 가서 데려오라고 하지 않는 이상에는 다음 증인은 없어."

　시스코가 말을 마치며 고개를 가로저었다. 내 지시대로 완벽한 연기를 선보이고 있었다. 그가 말을 이었다.

　"지금 4시 10분이니까 거기 갔다 오면 5시는 되겠는데."

　"잘했어."

　나는 고개를 끄덕인 후 변호인석으로 돌아갔다.

　"변호인, 다음 증인 부르세요." 판사가 말했다.

　"판사님……, 저기, 다음 증인을 대기시키지 못했습니다. 포사이드 검사가 헨슬리 씨에게 몇 가지라도 질문을 할 줄 알았거든요. 그러면 4시 30분이나 5시는 될 거라고 생각했고요."

　판사가 얼굴을 찌푸렸다.

　"나는 공판을 일찍 끝내는 거 안 좋아합니다. 공판 시작할 때 분명히 말했을 텐데요, 증인들 미리미리 대기시켜 놓으라고."

　"압니다, 판사님. 부를 증인도 있고요. 근데 지금 차로 20분 거리에 있는 호텔에 있습니다. 원하신다면 조사원을 시켜서……."

"말도 안 되는 소리 하지 말아요. 그럼 5시는 되어야 시작할 수 있다는 얘긴데. 랭크포드 씨는 어때요? 변호인의 증인명단에 올라 있잖아요."

나는 랭크포드를 돌아보며 판사의 제안에 대해 생각하는 척했다. 그러고는 다시 판사를 돌아보았다.

"오늘은 랭크포드 씨에 대한 심문이 준비돼 있지 않습니다, 판사님. 오늘은 지금 공판을 끝내고 잃어버린 시간은 앞으로 이틀 동안 휴정시간을 줄여서 메우는 건 어떨까요?"

"변호인의 준비 부족으로 배심원들에게 불편을 준다고요? 아뇨, 그건 안 될 말이죠."

"죄송합니다, 판사님."

"좋아요, 그럼, 오늘 공판은 이것으로 끝내겠습니다. 다음 공판은 내일 아침 9시에 시작하겠습니다. 내일은 준비를 잘해 와야 할 거예요, 변호인."

"네, 알겠습니다, 판사님."

배심원들이 퇴정하는 동안 우리는 서서 기다렸다. 라 코세는 내 팔을 잡고 겨우 일어섰다.

"괜찮아?" 내가 물었다.

"괜찮아요. 오늘 잘하던데요, 변호사님. 진짜로 잘했어요."

"그럼 다행이고."

법정 경위들이 라 코세를 데리러 왔다. 그는 법정 옆 대기실로 끌려가서 헐렁한 정장에서 주황색 죄수복으로 갈아입을 것이다. 그런 다음 버스에 올라 맨즈 센트럴 교도소로 이송될 것이다. 이송 과정에 조금이라도 차질이 생기면 그는 저녁식사 시간을 놓칠 것이고 빈속으로 잠자리에 들어야 할 것이다.

"며칠만 참아, 안드레."

"알아요. 참고 있어요."

나는 고개를 끄덕였고 경위들이 라 코세를 데려갔다. 나는 그들이 철문을 통과해 사라질 때까지 지켜보았다.

"정말 눈물 없인 볼 수 없는 장면이군."

돌아보니 랭크포드였다. 어느새 변호인석에 다가와 있었다. 나는 그의 어깨 너머로 포사이드 검사를 바라보았다. 그는 검사석 앞에 서서 두꺼운 서류파일들을 얇은 서류가방에 밀어 넣느라고 바빠서 랭크포드와 나는 안중에도 없었다. 그의 뒤로 보이는 방청석은 비어 있었다. 로나는 차를 가지러 내려가고 없었다. 모야의 부하 한 명은 로나를 따라갔고 다른 한 명은 나를 기다리기 위해 복도로 나가고 없었다. 시스코와 제니퍼도 벌써 법정을 떠났다.

"그러니까 말이에요, 랭크포드." 내가 말했다. "왜 그렇게 감동적인지 알아요? 저 친구가 결백하기 때문이에요. 이 세계에선 저렇게 결백한 친구가 별로 없는데."

나는 손을 들어 '나 지금 뭐래니?' 라고 말하듯 머리를 감쌌다.

"다른 누구보다 당신이 더 잘 알겠지, 안 그래요? 저 친구 결백한 거."

랭크포드는 무슨 말인지 모르겠다는 표정으로 고개를 가로저었다.

"이 '불가사의한 인물' 변론으로 라 코세를 빼낼 수 있을 거라고 생각해? 정말?"

나는 미소를 지으며 자료들과 리걸패드를 서류가방에 넣기 시작했다.

"아뇨, 우린 '중절모를 쓴 고양이' 변론이라고 부르는데 믿어도 돼요, 진짜 확실한 거니까."

랭크포드는 아무 대꾸도 하지 않았고, 나는 그에게서 시선을 거두었다.

"One-Echo-Robert-5676."

"그건 뭐야, 자네 엄마 전화번호?"

"아뇨, 랭크포드, 당신 차 등록번호."

한순간 랭크포드의 눈빛이 바뀌는 걸 나는 놓치지 않았다. 무슨 뜻인 지 알아들은 것이거나 두려움을 느끼는 눈빛이었다. 나는 좀 더 나아갔 다. 미지의 목적지를 향해 본능적으로 길을 만들어가고 있었다.

"여긴 카메라의 도시잖아요. 미행하기 전에 번호판부터 어떻게 했어 야지. 판사가 오늘 증언을 듣고 싶어 했던 다음 증인이 누군지 알아요? 호텔 바깥에서 찍힌 동영상을 갖고 와서, 중절모를 쓴 고양이가 바로 당 신이라는 걸 밝혀줄 사람."

이젠 랭크포드의 눈빛이 흔들리지 않았다. 막다른 곳으로 몰린 동물 의 악에 받친 눈빛이었다.

"그다음엔 당신 차례죠. 글로리아 데이턴이 살해당하기 전에, 당신이 그 사건을 맡기도 전에, 왜 그녀를 미행하고 있었는지 배심원들에게 설 명해야 할걸요."

랭크포드가 갑자기 나에게 달려들어 넥타이를 움켜쥐고 나를 테이블 에서 끌어냈다. 그러나 넥타이가 떨어지면서 그는 균형을 잃고 나자빠 져 엉덩방아를 찧었다.

"이봐요! 무슨 일이에요?"

포사이드가 끼어들었다. 랭크포드는 툴툴 털고 일어섰고, 나는 포사 이드를 바라보았다.

"아냐, 아무 일도."

나는 랭크포드의 손에서 넥타이를 잡아챘다. 랭크포드는 포사이드를 등지고 서서 검은 구슬 같은 눈으로 나를 노려보았다. 나는 넥타이 클립을 단춧구멍에 꽂고 나서 그에게로 몸을 기울이고 속삭였다.

"랭크포드, 아무리 위협해 봐, 내가 눈이라도 깜빡할 줄 알아? 난 당신이 살인범이라고는 생각하지 않아. 감당 못할 어떤 큰일에 휘말려서 이용당했다고 생각하지. 당신은 누군가를 위해 글로리아를 찾아줬고, 그다음엔 그 누군가가 알아서 한 거지. 무슨 일이 일어날지 당신이 알았을 수도 있고, 몰랐을 수도 있어. 하지만, 어찌 됐든, 무고한 사람에게 죄를 뒤집어씌우려고 한 거잖아, 안 그래?"

"개소리 집어치워, 할러. 네 의뢰인은 쓰레기야. 그런 자식들 하나같이 다 인간쓰레기라고."

그때 포사이드가 우리에게로 걸어왔다.

"난 지금 퇴근할 건데요, 신사 분들. 다시 물을게요. 무슨 문제 있습니까? 내가 남아서 당신들을 보살펴줘야 하나요?"

우리 둘 다 서로를 노려볼 뿐 검사는 안중에도 없었다. 내가 대답했다.

"괜찮아. 난 그냥……, 랭크포드 수사관에게 내가 붙였다 뗐다 하는 넥타이를 매는 이유를 설명해 주고 있는 거야."

"와, 엄청 중요한 얘기네. 자, 그럼, 내일 봅시다, 여러분."

"그래, 잘 가."

포사이드는 재판부와 방청석을 나누는 중간 문을 열고 나가 빈 법정의 중앙 복도를 걸어갔다. 나는 포사이드가 끼어들기 전에 하던 이야기를 마저 했다.

"이제 스물네 시간도 채 안 남았어. 내일 어떤 식으로 대처할지 결정할 시간 말이야. 내일 당신 친구 마르코가 무너질 거야. 당신도 함께 무너질 수도 있고, 똑똑하게 굴어서 무사히 빠져나갈 수도 있지. 방법은 있어, 랭크포드."

랭크포드가 천천히 고개를 가로저었다.

"넌 네가 무슨 말을 지껄이는지도 모르지, 할러. 옛날에도 몰랐고. 넌 네가 누구와 맞서고 있는지도 몰라. 아는 게 쥐뿔도 없으면서."

나는 내가 그런 욕을 먹어 싸다고 생각하는 것 같은 표정으로 고개를 끄덕였다.

"그럼, 내일 봅시다."

나는 친한 친구에게 작별인사를 하듯 랭크포드의 팔을 툭툭 치며 말했다.

"건들지 마, 빌어먹을." 랭크포드가 말했다.

# 39

　그날 밤 시스코는 로나의 지시대로 모짜에서 와인과 피자를 사서 직원회의에 들어왔다. 로나는 7개월이 넘는 준비기간을 거치고 공판이 시작되고 2주 만에 처음으로 축하할 만한 일이 생겼기 때문에 거하게 먹는 거라고 말했다.

　공판 진행 중에 축하파티를 하는 것도 예상 밖의 일이었지만, 더 놀라운 일은 리걸 시걸이 휠체어를 타고 테이블 끝에 앉아 있었다는 사실이었다. 리걸은 이동용 산소탱크를 장착한 휠체어에 앉아 행복한 얼굴로 피자 한 조각을 우적우적 먹고 있었다.

　"누가 아저씨를 탈출시켰어요?" 내가 물었다.

　"여기 이 아이가." 리걸이 먹고 있던 피자로 제니퍼를 가리키며 말했다. "나를 그 인간들한테서 구해줬어. 딱 때마침 말이다."

　리걸은 앙상한 두 손으로 피자를 들어 올리며 내게 건배하는 시늉을 했다.

　나는 고개를 끄덕이며 모두를 돌아보았다. 축하파티를 내키지 않아

하는 마음이 내 얼굴에 드러났나 보았다.

"왜 그래. 드디어 좋은 날이 하루 있었는데." 로나가 레드와인 한 잔을 내게 건네며 말했다. "즐겨."

"재판이 다 끝나고 점수판에 '무죄'라고 크게 써놓을 때, 그때 즐길 게." 내가 말했다.

나는 우리의 변호전략이 적혀 있는 화이트보드를 가리켰다. 말은 그렇게 했지만 와인 잔과 소시지 피자 한 조각을 들고 다른 사람들을 향해 웃어 보이면서 리걸 시걸의 옆자리로 걸어갔다. 모두 자리에 앉자 로나가 나를 보며 건배를 제안했고 나는 굉장히 당혹스러워 하면서 내 잔을 들었다. 그러고는 나도 건배사를 한마디 보탰다.

"단죄의 신들을 위하여!" 내가 말했다. "그들이 안드레 라 코세를 곧 석방시키기를."

이 말로 갑자기 분위기가 확 가라앉았지만, 내 입에서 저절로 나온 말이라 나도 어쩔 수가 없었다. 무죄평결을 받아낼 가능성은 거의 없었다. 내 옆에 앉은 피고인이 결백하다는 걸 본능적으로 알고 있을 때라도, 유죄인 자들만을 다루기 위해 설계된 시스템에서 무죄평결은 도저히 어쩔 수 없을 경우에만 마지못해 나온다는 사실도 또한 알고 있었다. 결과가 어떻게 나오든 안드레 라 코세를 위해 내가 할 수 있는 최선을 다했다는 사실만으로 만족해야 했다.

나는 목소리를 가다듬은 후 내 잔을 높이 들고 다른 건배사를 덧붙였다.

"글로리아 데이턴과 얼 브릭스를 위하여! 우리의 노력으로 정의가 실현되기를."

다들 맞장구를 쳤고, 즉흥적으로 묵념을 했다. 이 사건의 희생자가 많다는 것을 새삼 느끼고 있는 것 같았다.

나는 현안에 대한 이야기를 꺼내서 마법을 깨뜨렸다.

"다들 취하기 전에, 잠깐 내일 이야기부터 합시다."

나는 곧장 본론으로 들어가 한 사람씩 가리키며 지시를 하고 질문을 던졌다.

"로나, 법정에 좀 더 일찍 들어가고 싶어. 그러니까 7시 45분에 데리러 와줘, 알았지?"

"내 걱정 말고 본인이나 제때 나타나셔."

그날 아침에 내가 늦게 나타난 것을 두고두고 써먹는 거였다.

"제니퍼, 내일 나하고 같이 들어갈 거야? 아니면 다른 일정이 있나?"

"오전에는 들어갈게요. 오후에는 대출조정 심리가 있어요."

주택압류소송 일정이 있다는 뜻이었다. 주택압류소송은 요즘 우리 변호사 사무소의 유일한 돈줄이었다.

"알았어. 시스코, 증인들은 어떻게 하고 있어?"

"버드윈은 체커스에 숨겨놨어. 법정으로 데리고 갈지 말지 알려주기만 하면 돼. 페라리 대리점 직원도 대기시켜 놨고. 근데 진짜 걱정거리는 마르코야. 나타날까?"

나는 고개를 끄덕였다.

"10시까지 오기로 했잖아. 9시에 공판이 시작되면 다른 누구를 증인석에 앉힐 수 있어야 돼. 그러니까 버드윈부터 먼저 데려와."

"알았어."

"모야는 언제 오지?"

"보안상의 이유로 정확한 시간은 알려줄 수 없대. 하지만 내일 빅터빌에서 이송하는 건 확실해. 목요일이나 되어야 부를 수 있을 것 같은데."

"그래도 괜찮아."

나는 고개를 끄덕였다. 모든 것이 잘 준비가 된 것 같았다. 총기판매상인 버드윈 델은 마르코의 출석 여부를 알고 난 다음에 부르는 게 더 좋겠지만, 달리 방법이 없었다. 공판은 항상 진행 중인 일이었고, 처음에 계획했던 대로 혹은 상상했던 대로 흘러가는 경우는 거의 없었다.

"마르코보다 랭크포드를 먼저 부르는 게 어때요?" 내가 화이트보드 한 쪽에 적어놓은 증인 소환순서를 보면서 제니퍼가 물었다. "그게 낫지 않을까요?"

"생각해 봐야겠군." 내가 말했다. "그럴 수도 있겠어."

"그럴 수도 있겠다니, 재판에서. 항상 확실해야 된다." 리걸 시걸이 선언했다.

나는 리걸의 어깨에 팔을 두르고는 고개를 끄덕여 조언에 대한 감사를 표했다.

"이분 말씀이 옳아. 리걸 아저씨는 항상 옳거든."

리걸을 포함해서 모두가 유쾌하게 웃었다. 업무 이야기는 그것으로 끝이 났고, 우리는 다시 먹고 마시기 시작했다. 나는 피자 한 조각을 더 집어 들었고, 와인의 효과가 곧 모두에게서 나타나기 시작해서 유쾌한 농담과 웃음이 이어졌다. 마이클 할러 변호사 사무소라는 우주에서는 만사가 형통한 것 같았다. 내가 와인을 마시지 않고 있다는 것을 눈치챈 사람은 아무도 없는 것 같았다.

그때 내 핸드폰이 진동을 하기 시작했다. 분위기를 망치고 싶지 않아서 주머니에서 슬그머니 핸드폰을 꺼내 발신자 정보를 확인했다.

LA 카운티 교도소

보통은 업무시간이 끝난 다음에 교도소에서 걸려오는 전화는 받지 않았다. 누군가로부터 소개를 받고 수신자부담전화로 전화를 걸어오는 경우가 대부분이었다. 법률상담을 받을 만큼 돈이 있다고 주장하지만, 나중에 알고 보면 거짓말인 경우가 열에 아홉은 되었다. 그러나 이번에는 안드레 라 코세일 가능성이 크다는 걸 나는 알고 있었다. 공판이 끝난 후 그날 있었던 일과 다음 날 예상되는 일을 의논하기 위해서 구치소에서 전화를 걸어오곤 했었다. 나는 일어서서 테이블을 돌아 복도로 나가서 전화를 받았다.

"여보세요?"

"마이클 할러 변호사님 휴대폰인가요?."

라 코세가 아니었고 수신자부담 전화도 아니었다. 나는 완벽한 소음 차단을 위해 본능적으로 회의실 문을 닫았다.

"네, 맞는데요. 제가 할럽니다. 누구시죠?"

"맨즈 센트럴 교도소 로울리 교도관인데요. 변호사님 의뢰인인 안드레 라 코세에게 사고가 생겨 알려드리려고 전화했습니다."

그는 '라 코세'를 이상하게 발음했다.

"사고라뇨? 무슨 사고요?"

나는 나무 바닥 복도를 걸어가 회의실에서 점점 더 멀어졌다.

"오늘 저녁 때 형사법원 이송센터에서 폭행을 당했거든요. 다른 재소자가 지금 조사를 받고 있고요."

"폭행이요? 그게 무슨 소리에요? 상태가 어떤데요?"

"칼에 여러 번 찔렸답니다."

나는 눈을 감았다.

"죽었어요? 안드레가 죽었냐고요?"

"아뇨, 중태입니다. 카운티-USC 메디컬 센터 재소자 병동으로 이송됐어요. 자세한 소식은 아직 모르고요."

나는 눈을 뜨고 뒤를 돌아본 후, 무의식적으로 왼손을 들어올렸다. 날카로운 통증이 팔꿈치를 관통하자 부상을 입은 사실이 기억나서 얼른 손을 내렸다.

"어떻게 그런 일이 있을 수 있죠? 형사법원 이송센터라는 게 정확히 뭡니까?"

"법원 지하에 있는 피의자 집결지인데요, 거기서 피의자들이 여러 수용시설로 가는 버스에 오르죠. 변호사님 의뢰인도 거기서 맨즈 센트럴로 오는 버스에 타려고 하다가 폭행을 당했답니다."

"그 사람들 쇠사슬에 묶여 있지 않나요? 어떻게……."

"변호사님, 지금 조사가 진행 중이고요, 저는……."

"수사관이 누굽니까? 전화번호 좀 주세요."

"그건 제 권한 밖인데요. 사고가 나서 의뢰인이 병원에 있다고 예의상 알려드리는 것뿐이고요. 재소자 등록서류에는 변호사님 이름밖에 없더라고요."

"깨어날까요?"

"글쎄요, 잘 모르겠네요."

"도대체 아는 게 뭡니까?"

나는 대답을 듣지 않고 전화를 끊었다. 그러고는 회의실을 향해 걸어가기 시작했다. 로나와 시스코와 제니퍼가 유리창 안에 서서 나를 지켜보고 있었다. 무슨 일이 있다는 걸 알아차린 게 틀림없었다.

"오늘 저녁 때 법원에서 안드레가 호송 버스에 타려다가 칼을 맞았대." 회의실에 들어가서 내가 말했다. "지금 카운티-USC에 있고."

"오 하느님!" 제니퍼가 외쳤다.

제니퍼가 두 손으로 입을 막았다. 그녀는 공판 때마다 안드레 옆에 앉아서 내가 증인들을 다루면서 하는 행동과 말의 의미를 그에게 조곤조곤 설명해 주곤 했었다. 나는 변론하느라 여력이 없어서, 의뢰인의 손을 잡고 위로하는 역할은 제니퍼가 대신해 주었다. 그러면서 그를 진심으로 걱정했나 보다.

"어떻게 그런 일이?" 시스코가 말했다. "누가?"

"모르겠어. 다른 재소자를 붙잡아 조사 중이래. 이렇게 하자. 난 병원으로 가서 상태가 어떤지 알아볼게. 보여줄지 어떨지 모르겠지만. 시스코, 자네가 조사를 맡아줘. 나한테는 용의자 이름을 안 알려주네. 누군지, 마르코와 랭크포드와는 무슨 관계가 있는지 알고 싶어."

"그 사람들이 배후라고 생각하는 거야?" 로나가 물었다.

"그럴 수도 있을 것 같아. 오늘 공판 끝나고 나서 랭크포드와 얘기를 했는데. 겁 좀 주려고 애써봤는데 콧방귀도 안 뀌더라고. 이런 일이 있을 걸 미리 알고 있었는지도 모르지."

"변호사님 지시로 모야의 부하들이 안드레를 보호하고 있지 않았나요?" 제니퍼가 물었다.

"감옥에서는 그랬지." 내가 말했다. "하지만 호송버스와 법원에서까지 보호해 줄 수는 없었을 거야. 개인경호원을 붙여준 건 아니니까."

"저는 뭘 할까요?" 제니퍼가 물었다.

"우선 리걸 아저씨를 모셔다드릴래? 그런 다음엔 재판무효에 반대하는 입장문을 만들어봐."

제니퍼는 이제야 충격에서 벗어나 내 말에 집중하는 것 같았다.

"그 말씀은……."

"중태라고 들었어. 살아날지 죽을지 아직은 모르지. 어느 쪽이든 가까운 미래에는 법정에 들어서지 못할 거야. 그러면 재판무효 선언하고 회복되면 재심하자 그러겠지. 레게 판사가 자발적으로 그런 판결을 내리지 않으면 포사이드 검사가 나서서 재판무효 청구할 거야. 오늘 자기네 주장이 흔들리기 시작하는 걸 봤거든. 재판무효는 막아야 돼. 우리가 이겨야 된다고. 재판을 계속하잔 말이지."

제니퍼는 바닥에 놓인 가방에서 리걸패드와 펜을 꺼내들었다.

"그럼 안드레 없이 재판을 계속하자고요? 그게 될까요?"

"재판 중에 피고인이 탈주를 해도 재판은 계속하잖아. 우린 왜 안 되는데? 분명히 선례가 있을 거야. 없으면, 우리가 선례를 만들면 되지."

제니퍼가 고개를 가로저었다.

"그런 탈주의 경우에는, 피고인 스스로가 도망가는 행동을 함으로써 재판에 참석할 권리를 몰수당한 거잖아요. 이 사건하고는 다르죠."

시스코는 법리 논쟁에는 흥미가 없는지 핸드폰을 들고 회의실을 나갔다.

"아냐, 다르지만 같아." 내가 말했다. "결국에는 판사와 사법부의 재량에 맡겨질 거야."

"사법부의 재량은 더럽게 큰 텐트란다." 리걸이 말했다.

나는 고개를 끄덕이며 그를 가리켰다.

"아저씨 말씀이 옳아. 그러니까 그 더럽게 큰 텐트 안에서 공간을 찾아야 돼."

"근데 적어도 안드레한테서 포기각서는 받아야 되잖아요." 제니퍼가 말했다. "안드레의 서명이 있는 포기각서가 없으면 판사는 콧방귀도 안 뀔걸요. 근데 지금 서명을 하거나 현 상황을 이해할 수 있는 상태인지 아닌지도 모르잖아요."

"지금 당장 컴퓨터 꺼내서 포기각서 작성해 줘."

화이트보드 아래 카운터에 프린터가 놓여 있었다. 차가 파손되고 차에 있던 프린터가 부서지는 바람에 회의실에 프린터를 새로 들여놓았다.

"상황을 인지하고 서명할 수 있을 거라고 확신하세요?" 제니퍼가 물었다.

"걱정 말고 작성이나 해줘." 내가 말했다. "서명은 내가 받아올 테니까."

* * *

나는 카운티-USC 메디컬 센터 통제구역 내에 있는 가족대기실에서 여섯 시간을 기다렸다. 처음 네 시간 동안은 의뢰인이 수술 중이라는 말을 반복적으로 들었다. 그 후에는 회복 중이지만 의식을 회복하지 못했기 때문에 면회 불가라는 말을 들었다. 그렇게 기다리면서도 나는 애써 침착함을 유지했다. 누구한테도 불평을 하거나 소리를 지르지 않았다.

그러나 새벽 2시 가까이 되자 연내심이 한계에 도달해서 의뢰인을 빨리 보여달라고 10분 간격으로 조르기 시작했다. 법적 조치를 취하겠다, 기자들에게 알리겠다, 심지어 FBI에 연락해 개입하게 하겠다는 등 수단과 방법을 총동원했지만, 헛수고였다.

그때까지 나는 시스코로부터 사고에 관한 조사 결과를 두 번 전해 들었다. 처음 전화했을 땐, 우리의 추측이 상당 부분 맞았다는 것을 확인해 주었다. 재판을 받으러 법원에 왔던 한 재소자가 금속 조각을 갈아서 만든 칼로 안드레를 공격했다. 호송버스에 오르려고 줄지어 기다리고 있던 다른 재소자들처럼 용의자도 허리에 쇠고랑을 차고 있었지만, 일부러 바닥에 넘어진 후 허리 쇠고랑을 다리 쪽으로 내려 스르르 벗어버리고 일어서서 비교적 자유로워진 두 팔로 안드레를 공격했다. 경위들에게 제압될 때까지 안드레의 가슴과 배를 일곱 번이나 칼로 찔렀다.

두 번째 전화에서 시스코는 그 용의자의 이름이 패트릭 슈얼이라고 알려주었고, 마약단속국의 제임스 마르코 요원이나 검찰청의 리 랭크포드 수사관하고는 사건으로든 다른 어떤 경로로든 아무 관련이 없었다고 보고했다. 그 용의자의 이름이 왠지 익숙하게 들렸고, 잠시 후 나는 슈얼이 법원에서 만난 내 이복형이 말했던, '사형을 받아내게 하려는' 살인사건 피고인이라는 사실을 기억해 냈다. 해리 형은 슈얼이 이미 무기징역형을 선고받고 샌퀜틴에서 복역하다가 이번 사건 재판으로 내려오게 되었다고 했었다. 그렇다면 슈얼은 완벽한 살인청부업자였다. 잃을 게 하나도 없는.

나는 시스코에게 계속 조사하라고 지시했다. 그가 슈얼과 마르코 혹은 랭크포드와의 사이에서 아주 미약한 연관관계라도 찾아낸다면, 나는 레게 판사가 재판무효 선고를 재고하게 만들 만큼 충분한 연기를 피워 올릴 수 있을 것 같았다.

"열심히 찾아볼게." 시스코가 말했다.

내가 바라는 게 그거였다.

새벽 3시 10분, 드디어 환자 면회가 허용되었다. 나는 간호사와 교도소 경위를 대동하고 중환자실로 들어갔다. 감염 위험이 있어서 가운을 입고 수술환자 회복실로 들어가 보니 안드레의 가냘픈 몸에 온갖 기계와 가느다란 관과 수액 줄과 비닐 수액 병 들이 주렁주렁 연결되어 있었다.

나는 침대 끝에 서서 간호사가 기계를 확인한 후 담요를 들추고 안드레의 몸통 전체를 휘감고 있는 붕대를 살피는 것을 지켜보았다. 침대 앞쪽이 약간 비스듬히 세워져 있었고, 안드레의 오른손 옆에는 침대의 기울기를 조정하는 리모컨이 놓여 있었다. 그의 왼쪽 팔목에는 수갑이 채워져 침대 옆쪽 틀에 달린 두꺼운 금속 고리에 연결되어 있었다. 생사를 넘나드는 환자이지만 혹시라도 도망갈 가능성을 원천차단하고 있는 것이다.

안드레의 눈은 퉁퉁 부어 있고 반쯤 뜨고 있었지만, 무엇을 보고 있는 것 같지는 않았다.

"그래서…… 살아날까요?" 내가 물었다.

"저는 아무 말씀도 못 드리게 되어 있어요." 간호사가 말했다.

"그래도 살짝 귀띔해 줄 수는 있잖아요."

"처음 스물네 시간이 고비죠."

나름 유용한 정보였다.

"고마워요."

간호사가 내 팔을 톡톡 두드리더니 병실을 나갔고, 경위는 문 밖에 그대로 서 있었다. 나는 문으로 걸어가서 문을 닫으려고 했다.

"닫으시면 안 됩니다." 경위가 말했다.

"안 되긴 왜 안 돼. 변호인과 의뢰인의 접견인데."

"의식도 없잖아요."

"지금 당장이야 의식이 없지만, 그건 중요하지 않아. 저 환자는 내 의뢰인이고, 우리가 따로 접견을 하는 것은 우리나라 헌법이 보장하는 우리의 권리거든. 혹시 내일 판사 앞에 서고 싶어? 끔찍한 범죄의 피해자인 내 의뢰인이 변호인의 조력을 구할 수 있는, 헌법상의 권리를 제공하지 않은 이유가 무엇인지 설명하고 싶은 거냐고."

보안관국에 입사한 모든 경찰학교 졸업생은 첫 2년 동안 구류시설에 배치된다. 내 앞에 있는 경위는 기껏해야 스물네 살 정도 되어 보였고, 어쩌면 지금도 신입경찰관 연수 중인 건지도 몰랐다. 나는 그가 물러서리라고 생각했고, 과연 그는 그렇게 했다.

　　"알겠습니다." 경위가 말했다. "10분 드릴게요. 그 후에는 나오셔야 합니다. 주치의 지시니까요."

　　"알았어."

　　"저는 여기 밖에 서 있겠습니다."

　　"좋을 대로. 한결 마음이 놓이는구먼."

　　나는 문을 닫았다.

# 40

다음 날 아침 레게 판사는 공판에 앞서 양측 대리인을 판사실로 불렀다. 안드레 라 코세 칼부림 사건과 관련해 알려진 내용을 판사에게 보고하기 위해서 랭크포드도 포사이드 검사와 함께 초대를 받았다. 물론 랭크포드는 그 사건을 재소자들 사이에서 종종 일어나는 묻지마 폭력 사건이라는 취지로 설명했다.

"혐오범죄로 결론이 날 가능성이 매우 큽니다." 랭크포드가 말했다. "라 코세가 동성애자잖아요. 용의자는 이미 한 명을 살해한 혐의로 유죄 평결을 받았고 또 다른 살인죄로 재판받고 있는 놈이고요."

판사가 심각한 표정으로 고개를 끄덕였다. 나는 랭크포드의 주장을 반박할 수가 없었는데, 그것은 라 코세를 공격한 패트릭 슈얼과 마르코와 랭크포드의 관계에 대해서 시스코가 아무것도 밝혀내지 못했기 때문이었다. 그래서 미온적인 반응을 보일 수밖에 없었다.

"수사가 종결되려면 아직 멀었기 때문에 섣부른 속단은 하지 않겠습니다." 내가 말했다.

"그러시겠죠." 랭크포드가 말했다.

랭크포드의 얼굴에 습관적으로 나타나는 빈정대는 웃음이 보이지 않았다. 나는 그것을 랭크포드의 마음속에서 변화가 일어나기 시작했다는 신호로 받아들였다. 어쩌면 자신도 혐의를 받고 있다는 것을 아는 데서 오는 무게감 때문인지도 몰랐다. 라 코세에 대한 공격이 내가 생각하는 것처럼 피고인을 제거함으로써 재판을 끝내려는 시도였다면, 그 시도는 실패했다. 문제는 실패의 정도였다.

"재판장님, 이런 사건이 발생했다는 사실과 피해자에게 필요한 회복 시간을 고려해 볼 때, 저희 검찰은 재판무효를 선언하시는 것이 마땅하다고 생각합니다." 포사이드 검사가 말했다. "다른 대안이 보이지 않네요. 피해자가 법정으로 돌아올 상태가 될 때까지 재판이 계속된다면, 재판과 배심원단의 완전성을 보장할 수 없을 겁니다. 그리고 피해자가 과연 법정으로 돌아올 수 있을 것인지도 의문이고요."

판사가 고개를 끄덕이며 나를 쳐다보았다.

"타당한 의견이죠, 할러 변호사?"

"아뇨, 재판장님, 전혀 그렇게 생각하지 않습니다. 하지만 포사이드 검사의 의견에 대한 우리 피고인 측의 입장은 저보다는 제 동료인 애런슨 변호사가 말씀드리는 것이 좋을 것 같습니다. 저보다 준비가 더 잘돼 있거든요. 저는 어젯밤에 병원에서 의뢰인과 있느라고 준비를 못했습니다."

판사가 고개를 끄덕여 보이자, 제니퍼는 예행연습 한번 하지 않은 상태에서도 재판무효에 반대하는 주장을 훌륭하게 펼쳐 보였다. 한 문장 한 문장 들을 때마다 그녀를 채용한 내 안목이 더욱더 자랑스럽게 느껴졌다. 언젠가는 분명히 그녀가 나를 크게 앞지를 날이 올 것이다. 그러나 현재는 그녀가 나를 위해 나와 함께 일하고 있었고, 내가 했더라도 그녀보다 더 잘할 수는 없었을 것이다.

제니퍼는 세 가지 구체적인 이유를 들어 재판무효에 반대하는 주장을 펼쳤다. 첫째, 재판무효를 선언하는 것이 피고인에게 안 좋은 영향을 미칠 것이라는 점이었다. 그녀는 그동안의 변론 비용과 안드레 라 코세의 수형생활이 계속됨으로써 발생하는 비용을 언급했다. 두 번째로는 수형생활로 인한 건강상태의 악화를 문제 삼았다. 그리고 마지막으로 검찰이 피고인 측의 변론요지를 이미 다 파악한 상태라서 재판무효가 선언된 후 전열을 재정비해 재심을 더 잘 준비할 수 있을 것이라는 점도 지적했다.

"재판장님, 아무리 생각해 봐도 그건 너무나 부당한 일입니다." 제니퍼가 말했다. "피고인에게 해로운 일이고요."

내 생각에는 이 주장만으로도 승리하기에 충분했다. 그러나 제니퍼는 두 가지 근거를 더 들어서 승기를 완전히 굳혔다. 그녀는 재심이 가져올 납세자들의 비용 발생을 언급했다. 그리고 이 사건의 경우에는 지금 재판을 계속하는 것이 사법행정을 가장 잘 집행하는 것이라고 결론지었다.

이 두 근거는 법조계에 몸담고 있는 판사의 입장을 잘 이해한 데서 나온 말이어서 대단히 효과적이었다. 판사는 선출직이어서, 경쟁자나 언론으로부터 국민의 혈세를 낭비한다고 비난받는 걸 좋아할 판사는 아무도 없다. 그리고 사법행정이란 판사가 이 결정을 내리는 데 있어서 가지는 재량권을 의미했다. 레게 판사의 궁극적인 목적은 이 문제와 관련하여 최고의 사법행정을 집행하는 것이었다. 판사는 이 재판을 중도에서 그만두는 것과 계속하는 것이 사법행정을 허용하는지 방해하는지를 고려해야 했다.

"애런슨 변호사." 제니퍼가 발언을 마친 뒤 판사가 그녀를 불렀다. "굉장히 설득력 있는 주장이긴 한데, 지금 당신의 의뢰인이 병원 중환자실에 누워 있잖아요. 설마 배심원단을 거기로 데려가자는 말은 아니겠죠. 지금 이 법정은 해결책이 딱 하나뿐인 상황에서 딜레마에 빠졌다는 생각이 드는군요."

예행연습을 한 유일한 부분이 바로 이 부분이었다. 우리가 원하는 걸 얻는 최상의 방법은 판사에게 바로 해결책을 제시하는 게 아니라 판사 스스로 그 해결책에 도달하도록 이끌어가는 것이었다.

"아뇨, 판사님." 제니퍼가 말했다. "피고인이 출석하지 않은 상태에서 판사님이 재판을 진행하셔야 한다는 것이 우리 피고인 측의 의견입니다. 배심원들에게 피고인의 부재를 고려하지 말라고 주문하신 다음에요."

"그것은 불가능합니다." 포사이드가 불쑥 끼어들었다. "유죄평결이 나오면 항소심에서 단 5분 만에 파기환송 될걸요. 피고인은 자신에게 유죄평결을 내린 사람들을 직접 볼 권리가 있으니까요."

"피고인이 재판에 출석할 자신의 권리를 알고도 포기한다면 파기환송 되지 않을 겁니다." 제니퍼가 말했다.

"우와, 그런 방법이 있었군요." 포사이드가 빈정거렸다. "근데 내가 마지막으로 들은 바로는, 피고인이 의식이 없는 상태로 누워 있다고 하던데요. 배심원단은 지금 저기 앉아서 재판 속개를 기다리고 있는데 말이죠."

나는 재킷 안주머니에 손을 넣어 전날 밤 카운티-USC에 가져갔던 권리포기각서를 꺼냈다. 그러고는 그것을 책상 너머로 판사에게 건넸다.

"피고인이 서명한 출석포기각서입니다, 판사님." 내가 말했다.

"잠깐만요, 잠깐만요." 포사이드가 말했다. 목소리에서 처음으로 절박함이 묻어나왔다. "어떻게 그럴 수가 있죠? 피고인은 혼수상태라면서요. 인지한 상태에서 서명하는 것은 말할 것도 없고, 서명 자체를 할 수가 있었는지 의문인데요."

"제가 밤새워 병원에 있었습니다, 판사님. 피고인은 의식이 들어왔다 나갔다 했는데요, 그것은 혼수상태와는 다른 겁니다. 포사이드 검사는 잘 알지도 못하는 의학용어를 함부로 쓰고 있습니다. 제 의뢰인은 의식이 돌아왔을 때 자신이 출석하지 않은 상태에서라도 재판을 계속하고 싶다는 바람을 강력하게 피력했습니다. 제 의뢰인은 기다리고 싶어 하지 않습니다. 이 모든 과정을 절대로 다시 겪고 싶지 않다고 합니다."

포사이드가 고개를 가로저었다.

"판사님, 어떤 일로도 누구도 비난하고 싶진 않습니다만, 이건 불가능한 일입니다. 이건 정말 말도 안 되……."

"재판장님." 나는 포사이드가 나를 거짓말쟁이라고 불러도 상관없다는 듯 침착하게 말했다. "판사님의 결정에 도움이 될지는 모르겠지만, 이걸 한번 보시죠."

나는 핸드폰을 꺼내 사진갤러리를 열었다. '카메라 사진'으로 들어가 내 의뢰인의 병실에서 찍은 사진을 확대했다. 사진에서 안드레는 45도 각도로 세워진 침대에 기대 앉아 있었다. 가운데에는 침대 테이블이 펼쳐져 있었다. 오른 손이 테이블 위에서 펜을 쥐고 권리포기각서에 서명을 하고 있었다. 사진은 안드레의 오른쪽에 서서 내려다보는 각도로 찍은 거였다. 그 각도와 안드레의 부은 눈 때문에 눈을 뜨고 있는지 감고 있는지는 확인할 수가 없었다.

나는 핸드폰을 판사에게 건네주었다.

"포사이드 검사가 이의를 제기할 것 같아서 급히 한 장 찍었습니다. 소환장 송달 일을 하는 집행관에게서 배운 거죠. 그리고 병실에 에반스 톤이라는 경위도 있었고요. 필요하다면 그를 깨워서 법정으로 데려와 서명에 대해 증언을 하게 할 수도 있습니다."

판사는 사진을 포사이드에게 보여주지 않고 핸드폰을 내게 돌려주었다.

"사진은 필요 없어요, 할러 변호사. 법조인 말을 믿지 누구 말을 믿겠어요."

"재판장님?" 포사이드가 말했다.

"네, 포사이드 검사?"

"검찰이 이 문제를 깊이 고민하고 입장을 정리할 수 있도록 공판 일정을 잠깐만 뒤로 미뤄주시기를 요청합니다."

"포사이드 검사, 지금 우리가 모인 건 검사 당신이 재판무효를 청구해서 모인 거예요. 무슨 입장을 또 정리해요? 그리고 조금 전에 배심원단이 기다리고 있다고 상기해 준 사람이 검사 본인 아니었나요?"

"그렇다면 재판장님, 본 법정이 피고인을 철저히 조사해서, 할러 변호사가 가지고 있다고 주장하는 권리포기각서에 진짜로 피고인이 자발적으로 그리고 자신의 행동을 인지하는 상태에서 서명한 것인지를 확인해주시길 요청합니다."

재판을 막으려는 포사이드의 절박한 시도에 판사가 마음을 열기 전에 막아야 했다.

"판사님, 포사이드 검사는 지금 절박하기 이를 데 없습니다. 이 재판을 막기 위해서라면 무슨 말이라도 할 겁니다. 그 이유가 뭘까요? 자기가 재판에서 질 것을 알고 있기 때문입니다. 우리 피고인 측은 라 코세 씨가 결백하다는 걸 입증할 것이고, 배심원단과 방청객들과 다른 모든 사람들이 그의 결백을 알고 있습니다. 포사이드 검사 자신도요. 그래서 검사는 재판을 막고 싶은 겁니다. 법정의 허가를 받아 다시 시작하고 싶은 거죠. 판사님, 정말로 그것을 허락하실 건가요? 제 의뢰인은 결백합니다. 그동안 수감되어 엄청나게 고생하고 폭행도 당하고 모든 것을 빼앗겼고요. 심지어 목숨까지 잃을 뻔했죠. 판사님, 이 재판을 계속하는 것이 사법행정을 올바로 집행하는 것입니다. 오늘, 바로 지금 당장이요."

포사이드가 반박하려고 하자, 판사가 손을 들어 그의 말을 막았다. 판사가 결정을 내리려고 하는데 책상에 놓인 핸드폰에서 벨이 울려 방해를 했다.

"서기네요."

전화를 받아야 한다는 뜻이었다. 나는 움찔했다. 판사가 내 말에 설득당해 재판무효 청구를 기각하려던 찰나였는데.

판사가 핸드폰을 들고 상대방의 말을 잠깐 듣더니 곧 전화를 끊었다.

"제임스 마르코 요원이 마약단속국 소속 변호사와 함께 법정에 와 있다는 군요." 판사가 말했다. "증언할 준비가 됐답니다."

판사는 잠깐 말을 멈추고 우리가 이 말을 되새길 시간을 준 뒤 다시 말을 이었다.

"재판무효 청구는 기각합니다. 할러 변호사, 10분 후에 다음 증인을 부르세요."

"재판장님, 그 말씀에 강력히 이의를 제기합니다." 포사이드가 말했다.

"강력하게 알아들었습니다." 레게 판사가 날카로운 목소리로 되받았다.

"검찰이 이 문제를 항소하는 동안 이 모든 절차를 중단해 주시기를 요청합니다."

"포사이드 검사, 원한다면 언제고 항소해도 되지만, 절차의 중단은 없습니다. 10분 후에 공판 속개합니다."

레게 판사는 포사이드에게 되받아칠 시간을 잠깐 주었다. 그러나 검사가 아무 말이 없자, 판사는 회의를 끝냈다.

"이제 끝내겠습니다."

* * *

법정으로 돌아가는 동안 변호인팀은 5미터 정도 간격을 두고 검찰팀을 뒤따라갔다. 나는 윗몸을 옆으로 기울이고 제니퍼에게 속삭였다.

"진짜 잘했어." 내가 말했다. "우리가 이길 거야."

제니퍼가 자랑스럽게 웃었다.

"어젯밤에 리걸 선생님 모셔다드리는데 논점을 짚어주셨어요. 여전히 면도날처럼 예리하시던데요."

"그러게 말이야. 이 법원을 드나드는 변호사들의 90퍼센트는 리걸 아저씨보다 못할걸."

복도 저 앞에서 랭크포드가 법정 문을 열고 서서 기다리는 게 보였다. 포사이드는 벌써 들어가고 없었다. 다가가면서 눈이 서로 마주쳤고 나는 그가 문을 잡고 기다려주는 것을 신호로 받아들였다. 초대로. 나는 제니퍼의 팔꿈치를 살짝 만지면서 고갯짓으로 먼저 들어가라고 신호를 보냈다. 나는 랭크포드 앞에 이르러서 걸음을 멈췄다. 그는 영리한 사람이었다. 재판을 중단시키고 나를 막으려는 시도가 실패했다는 것을 알고 있었다. 나는 음모에서 아직 파악하지 못한 부분이 있었기 때문에, 그의 초대에 응하기로 했다. 그리고 랭크포드와 일전을 치를 때마다 마르코를 무너뜨리고 싶은 마음도 더욱 커졌다.

"당신한테 보여줄 게 있는데." 내가 말했다.

"관심 없어." 랭크포드가 말했다. "계속 가기나 해, 망할 자식아."

하지만 말에 확신이 없었다. 이것은 그가 협상을 시작한다는 신호였다.

"당신이 굉장히 흥미를 느낄 만한 건데."

랭크포드가 어깨를 으쓱했다. 결정을 내리기 위해서는 이 정도로는 안 되는 거였다.

"그리고 당신은 관심 없어도, 당신 친구 마르코는 분명히 관심 있어 할걸."

랭크포드가 고개를 끄덕였다.

나는 랭크포드가 붙잡아 주는 문을 통과해 법정으로 들어갔다. 포사이드는 검사석에 앉아서 통화를 하고 있었다. 상급자이거나 항소팀의 누구와 통화하는 것 같았다. 어느 쪽이든 내 알 바 아니었다.

랭크포드는 나를 지나쳐서 난간 뒤에 있는 자기 자리로 갔다. 나는 변호인석으로 가서 로나에게서 빌린 아이패드를 집어 들었다. 화면을 밝게 하고 스터그호스 집에서 찍은 동영상을 재생한 뒤, 난간으로 걸어가 랭크포드 옆 빈자리에 아이패드를 내려놓고, 오른 발을 의자에 올리고 구두끈을 다시 맸다. 그러면서 랭크포드를 쳐다보지 않은 채 중얼거렸다.

"끝까지 보셔."

나는 일어서서 붐비는 법정 안을 둘러보았다. 진정한 액션이 있는 곳은 120호 법정이라는 소문이 법원 안에 퍼진 것이 틀림없었다. 늘 있던 자리에 있는 모야의 부하들 외에도, 적어도 여섯 명은 되어 보이는 기자들이 방청석의 첫 두 줄을 차지하고 있었고, 정장을 차려입은 동료변호사도 여러 명 보였다. 인간 드라마와 연민과 비애를 찾아 날마다 법정을 기웃거리는 퇴직자들, 실직자들, 외로운 사람들도 많이 있었다. 오래전 이런 전문 방청꾼이 등장한 이래로 오늘 온 사람들이 가장 많을 것 같았다. 이렇게 많은 사람들을 모이게 만든 힘이 마르코의 등장인지 아니면 피고인이 전날 저녁 법원 지하에서 칼에 맞아 죽을 뻔했다는 사실인지는 알 수 없었다. 그러나 그런 소문이 나서 사람들이 몰려온 것은 분명한 것 같았다.

나는 방청석 네 번째 줄에서 마르코를 발견했다. 변호사로 추정되는, 정장을 입은 남자와 나란히 앉아 있었다. 마르코는 신경 쓴 옷차림이 아니었다. 이번에도 검은색 골프 셔츠에 청바지를 입고 있었고, 셔츠를 바지 속에 넣어 입어서 오른쪽 엉덩이에 차고 있는 권총이 그대로 드러나 보였다. 살인청부업자의 모습이었다.

나는 그건 그대로 두면 안 되겠다고 결론지었다.

랭크포드를 돌아보니 벌써 무음의 동영상을 다 보고 빈 옆자리에 도로 내려놓은 상태였다. 넋이 나간 듯 멍한 모습이었다. 이 하루가 다 가기 전에 자신의 삶이 완전히 바뀔 것임을 알고 있는 것 같았다. 나는 다른 발도 구두끈을 다시 매기 위해 의자에 올려놓았다. 다시 허리를 굽히고, 눈으로는 마르코를 바라보면서 랭크포드에게 중얼거렸다.

"내가 원하는 건 마르코지, 당신이 아니야."

# 41

레게 판사는 판사석에 앉아서 방청석에 앉은 사람들을 둘러보았다.

"배심원단을 부를 준비 됐습니까?" 판사가 물었다.

내가 일어서서 판사에게 말했다.

"재판장님, 배심원단을 부르기 전에, 조금 전에 발생한 두 가지 문제부터 시정하고 싶습니다."

"그게 뭐죠, 변호인?"

질문하는 레게 판사의 목소리에서 노기가 느껴졌다.

"먼저, 마르코 요원은 변호인 측 증인으로 이 법정에 출석한 것으로 짐작되는데요. 본 변호인이 마르코 요원을 적대적 증인으로 대할 수 있도록 허락해 주시기 바랍니다. 그리고 마르코 요원이 벨트에 공개적으로 차고 있는 권총을 벗으라고 지시해 주시기 바랍니다."

"한 번에 하나씩 합시다. 우선, 변호인이 마르코 요원을 변호인 측 증인으로 소환했고, 마르코 요원이 아직 단 한 개의 질문에도 대답하지 않은 상탠데요. 그런데 무슨 근거로 본인의 증인을 적대적 증인으로 다루도록 허락해 달라는 거죠?"

증인을 적대적으로 분류하면 심문할 때 더 큰 자유를 누릴 수 있었다. 예, 아니오 대답만을 요구하는 질문도 할 수 있었다.

"마르코 요원은 이 재판에서 증인으로 출석하는 것을 피하려고 애썼습니다. 오늘은 변호사까지 대동해서 왔고요. 게다가 제가 마르코 요원을 딱 한번 만난 적이 있는데, 그때 저를 협박했습니다. 이 정도면 충분히 적대적이라고 생각하는데요."

포사이드 검사와 마르코의 변호사가 반박을 하기 위해 일어섰지만, 판사가 손을 내저어 그들을 막았다.

"요청을 받아들이지 않겠습니다. 심문 시작하고 어떻게 흘러가는지 봅시다. 그리고 마르코 요원이 무기를 휴대한 것은 무슨 문제가 있죠?"

나는 판사가 마르코의 권총을 볼 수 있도록 마르코를 방청석에서 일어서게 해달라고 요청했다. 판사가 동의했고 그에게 일어서라고 지시했다.

"마르코 요원이 권총을 저렇게 공개적으로 드러내 보이는 것은 대단히 위협적이며 편견을 줄 수 있는 행동이라고 생각합니다." 내가 말했다.

"마르코 요원이 심문 초반에 밝히겠지만, 행정기관 직원이잖아요." 레게 판사가 말했다.

"그렇긴 한데요, 마르코 요원은 와이어트 어프(미국 서부시대 때 실존했던 보안관. 동명의 영화로도 제작됨 — 옮긴이)처럼 거들먹거리면서 배심원석 옆을 지나 증인석을 향해 걸어갈 겁니다. 여기는 법정입니다, 판사님, 그 옛날의 서부가 아니라요."

판사가 잠깐 생각하더니 곧 고개를 가로저었다.

"글쎄요, 잘 모르겠네요, 변호인. 그 요청도 기각합니다."

판사가 내 말의 행간을 읽고 내 의도를 간파해 주기 바랐는데 역시 무리였다. 나는 마르코를 익숙한 환경에서 끌어내 궁지로 몰아넣고, 상황이 어떻게 흘러가는지에 따라 다르겠지만, 가능하다면 살인자로 몰아붙일 생각이었다. 궁지에 몰린 사람이 어떻게 나올지는 아무도 모른다. 행정기관 요원이라도 마찬가지다. 마르코를 무장해제 시킨 상태에서 심문하는 것이 훨씬 더 편안했을 것이다.

"더 할 말 있습니까, 변호인? 배심원들이 엄청난 인내심을 발휘하고 있을 것 같은데요."

"네, 판사님, 한 가지 더 있습니다. 오늘 아침 저는 마르코 요원의 증언을 들은 다음 랭크포드 수사관도 부를 계획인데요. 증언을 꼭 들을 수 있도록 판사님께서 랭크포드 수사관에게 법정을 떠나지 말라고 지시해 주시기 바랍니다."

"그런 일은 바라지 마세요, 변호인. 랭크포드 씨는 자기가 있어야 할 곳에 있어야겠지만 그렇다고 행동을 제한할 수는 없죠. 자, 이제, 배심원단을 부를게요."

판결이 있은 후 돌아보니까 랭크포드가 차가운 눈으로 나를 노려보고 있었다.

배심원들이 착석하자, 판사는 5분에 걸쳐 상황을 설명했다. 피고인은 앞으로 재판이 끝날 때까지 출석하지 않을 것이라고 말했다. 피고인이 이 재판이나 사건과는 전혀 무관한 사건으로 인해 부상을 입고 입원해 있기 때문이라고 설명했다. 또한 판사는 배심원들에게 피고인의 부재가 평결이나 재판을 보는 시각에 어떤 식으로든 영향을 미치게 해서는 안 될 것이라고 엄중히 경고했다.

나는 연설대로 가서 제임스 마르코를 증인으로 불렀다. 그 연방요원이 방청석에서 일어서더니 자신감이 넘치고 여유만만한 자세로 증인석을 향해 성큼성큼 걸어왔다.

나는 예비심문을 통해 그가 마약단속국 요원이고 아이스티 팀의 일원이라는 사실을 밝힌 뒤, 전날 밤 잠 못 이루고 뒤척이며 생각해 놓은 대본 속의 질문들로 넘어갔다.

"마르코 요원, 증인이 이 사건의 피해자인 글로리아 데이턴을 어떻게 알게 됐는지 배심원 여러분께 설명해 주시겠습니까?"

"모르는 여잔데요."

"글로리아 데이턴이 증인의 비밀정보원이었다는 증언이 바로 이 자리에서 나왔는데, 그럼 그 말이 사실이 아니라는 뜻인가요?"

"네, 사실이 아닙니다."

"글로리아 데이턴이 작년 11월 6일 증인에게 전화해서 헥터 아란데 모야의 인신구제 청구소송 건의 증인으로 소환장을 받았다는 사실을 알리지 않았나요?"

"네, 그런 전화 못 받았습니다."

"헥터 아란데 모야를 아십니까?"

"네, 압니다."

"어떻게 아시죠?"

"8년 전쯤 LA 경찰이 체포한 마약판매상인데요. 나중에 연방검찰이 그 사건을 맡았고 제 관할이 되었습니다. 그 당시 마약수사국에서 제가 그 사건을 담당했다는 뜻이죠. 모야는 연방법원에서 여러 가지 혐의로 유죄평결을 받고 무기징역형을 선고받았습니다."

"그 사건을 조사하면서 글로리아 데이턴이라는 이름을 들은 적이 있죠?"

"아뇨, 없는데요."

나는 잠깐 말을 멈추고 메모해 놓은 것을 보았다. 지금까지는 마르코가 친절하게 대답했고 증인심문에 대해 크게 걱정하지 않는 것 같았다. 모든 것을 부인하는 대답은 내가 예상했던 대로였다. 그 표면에서 틈을 발견해 간격을 넓혀가는 것이 내가 할 일이었다.

"그런데 증인은 지금 헥터 모야의 연방재판에 관련되어 있으시죠, 그렇죠?"

"변호사들이 다 알아서 하기 때문에 자세히는 모릅니다."

"모야가 8년 전 증인이 자신에게 덫을 놓아 체포했다고 주장하면서 연방정부를 상대로 소송을 벌이고 있습니다, 그렇죠?"

"모야는 감옥에 갇혀 있는 절박한 사람입니다. 어떤 일로도 누구를 상대로라도 소송을 벌일 수 있죠. 하지만 사실 저는 그가 체포될 때 현장에 있지 않았고, 사건을 담당하지도 않았습니다. 나중에야 그 사건을 맡게 되었죠. 그 일과 관련하여 제가 아는 것은 이게 전부입니다."

나는 마르코의 대답에 만족하는 것처럼 고개를 끄덕였다.

"좋습니다. 다음 질문으로 넘어가죠. 이 사건의 다른 등장인물들은 어떻습니까? 증인이 현재 알고 있거나 과거에 알았던 사람이 있나요?"

"등장인물들이요? 누구를 말하는 거죠?"

"예를 들어, 저기 포사이드 검사를 아십니까?"

나는 돌아서서 포사이드를 가리키며 물었다.

"아뇨, 모릅니다." 마르코가 말했다.

"이 사건의 수사책임자인 휘튼 형사는요?" 내가 물었다. "과거에 함께 일한 경험이라도 있습니까?"

포사이드가 일어서더니 내가 두서없는 질문들을 마구 던지면서 시간을 낭비하고 있다고 주장하며 이의를 제기했다. 나는 판사의 넓은 아량을 구하며 빨리 핵심에 도달하겠다고 약속했다. 판사는 내가 심문을 계속하게 허락해 주었다.

"아뇨, 휘튼 형사도 모릅니다." 마르코가 대답했다.

"그러면 랭크포드 검찰수사관은요?"

내가 랭크포드를 가리키면서 보니까, 그는 똑바로 앉아서 포사이드의 뒤통수를 물끄러미 쳐다보고 있었다.

"10년 전에 알았던 사람입니다." 마르코가 말했다.

"어떻게 아셨죠?" 내가 물었다.

"랭크포드 씨가 글렌데일 경찰국에서 맡은 사건에서 마주친 적이 있습니다."

"어떤 사건이었죠?"

"마약판매상 두 명이 살해당한 사건이었습니다. 랭크포드 형사가 수사를 맡았고, 저에게 두세 번 자문을 구한 적이 있습니다."

"왜 증인에게 자문을 구했을까요?"

"제가 마약단속국 소속이었으니까 그랬겠죠. 피해자들이 마약거래상이었거든요. 그들이 살해당한 집에서 마약이 발견됐고요."

"랭크포드 형사가 무엇에 대해 자문을 구하던가요? 증인이 피해자들에 대해 무엇을 알고 있는지, 혹은 그들을 죽인 범인이 누구일 거라고 생각하는지 등등이요?"

"네, 그런 것들이요."

"도움을 주셨습니까?"

"아뇨, 뭐 별……."

포사이드가 본 사건과의 관련성을 이유로 다시 이의를 제기했다.

"우리는 지금 7개월 전에 발생한 살인사건에 관한 재판을 하고 있습니다." 포사이드가 말했다. "변호인은 10년 전의 사건과 본 사건과의 관련성을 전혀 증명하지 못하고 있습니다."

"관련성은 곧 밝혀질 겁니다, 재판장님." 내가 말했다. "그리고 검사도 그럴 것임을 알고 있고요."

"빨리 보여주세요, 변호인." 판사가 말했다.

나는 고개를 숙여 고마움을 표현했다.

"마르코 요원, 조금 전에 랭크포드 형사를 도울 수 없었다고 말씀하셨나요?"

"네, 그렇습니다. 기소된 용의자가 아무도 없었던 걸로 알고 있습니다."

"증인은 그 사건의 피해자들을 잘 알고 있었습니까?"

"네, 누군지는 알고 있었죠. 레이더망에 걸려 있긴 했지만, 적극적인 수사대상은 아니었습니다."

"이 사건에서는 어땠습니까, 마르코 요원? 글로리아 데이턴 피살사건 말입니다. 랭크포드 수사관이 이 문제로 증인에게 자문을 구한 적이 있습니까?"

"아뇨, 그런 적 없습니다."

"증인이 이 사건과 관련하여 랭크포드 수사관에게 자문을 해준 적은요?"

"없습니다."

"그럼 두 사람 사이에 교류가 전혀 없었다는 말씀이네요?"

"네, 그렇습니다."

틈을 발견했다. 여기.

"아까 말씀하신 10년 전 이중살인사건 말인데요, 글렌데일에 있는 살렘 거리에서 발생한 사건이었습니까?"

"어……네, 그런 것 같군요."

"스트래튼 스터그호스라는 사람을 아십니까?"

포사이드가 이의제기와 동시에 비공개면담을 요청했다. 판사는 우리에게 판사석으로 다가오라고 손짓했고, 예상했던 대로 검사는 판사가 스터그호스를 이미 증인명단에서 뺐는데도 내가 그를 증인으로 부르기 위해 술수를 쓰고 있다고 불평했다.

나는 고개를 가로저었다.

"그렇지 않습니다, 판사님. 술수라니요. 이 자리에서 공식적으로 표명하겠는데, 저는 스터그호스 박사를 증인으로 부르지 않을 겁니다. 지금 로스앤젤레스에 있지도 않고요. 다만 저는 제가 스터그호스를 증인명단에 포함시켰었다는 사실을 증인이 알고 있었는지 몰랐는지를 확인하고 싶을 뿐입니다. 증인은 이 사건과 관련된 사람 어느 누구하고도 접촉한 적이 없다고 말했지만, 저는 곧 그 반대되는 증거를 보여드릴 겁니다."

포사이드는 내 터무니없는 행동에 지쳤다는 듯이 고개를 절레절레 했다.

"그런 증거 같은 게 있을 리 없죠, 판사님. 이건 변호인이 벌이는 막간 쇼에 불과합니다. 할러 변호사는 무지개를 쫓아다니면서 사건을 본질을 흐리려고 하고 있습니다."

나는 웃으면서 고개를 가로저었다. 그러면서 뒤를 돌아보니 랭크포드가 법정 뒤쪽 출입문을 향해 중앙 복도를 걸어가고 있었다.

"검사님 수사관은 어디 가는 거죠?" 내가 포사이드에게 물었다. "몇 분 후에 증인석에 앉힐 예정인데요."

포사이드에게 던진 질문이 판사의 경각심을 불러일으켰나 보았다.

판사가 고개를 들고 랭크포드를 바라보았다.

"랭크포드 씨." 판사가 불렀다.

랭크포드는 문에서 1.5미터 정도 떨어진 곳에 멈춰 서서 뒤를 돌아보았다.

"어디 가십니까?" 판사가 물었다. "곧 증인석으로 나오셔야 하는데요."

랭크포드는 뭐라고 대답해야 할지 모르겠다는 표정으로 두 손을 펼쳐 보였다.

"저, 화장실 좀."

"빨리 돌아오세요. 금방 부를 거니까. 오늘 아침엔 이미 충분히 시간을 허비해서, 더 이상의 지연은 원하지 않거든요."

랭크포드는 고개를 끄덕이고는 법정을 나갔다.

"잠깐만요, 신사 분들." 판사가 말했다.

판사는 의자를 왼쪽으로 굴려가 판사석 너머에 있는 서기와 이야기를 나누었다. 서기에게 지시하는 법정 경위 한 명을 딸려 보내 랭크포드가 빨리 법정으로 돌아올 수 있게 하라고 지시하는 소리가 들렸다.

이 말을 듣자 안도감이 들었다.

판사가 다시 의자를 굴려오더니 비공개면담의 주제로 다시 관심을 돌렸다. 인내심이 한계에 다다랐다고 나에게 경고했고 내가 던지도록 허락해 준 그물을 빨리 거둬 올리라고 주문했다.

"네, 그렇게 하겠습니다, 판사님."

나는 연설대로 돌아갔다.

"증인, 이번 주에 수정된 변호인 측 증인명단에 스트래튼 스터그호스라는 이름이 올라 있다고 누가 말해주던가요?"

마르코는 처음으로 불편한 표정을 지으면서 고개를 가로저었다.

"아뇨, 그런 이름 모릅니다. 변호사님이 말씀하시기 전까지 들어본 적도 없는 이름이고요."

나는 고개를 끄덕이고는 리걸패드에 메모를 하는 척했다. '잡았다, 이놈.'

"작년 11월 11일 밤에 증인이 어디 있었는지 배심원 여러분께 말씀해 주시겠습니까?"

포사이드가 일어섰다.

"재판장님!"

"앉으세요, 검사."

마르코가 태연히 고개를 가로저었다.

"그렇게 오래전에 내가 뭘 하고 있었는지 어떻게 기억합니까?"

"일요일이었는데요."

마르코가 어깨를 으쓱했다.

"그럼 〈선데이 나이트 풋볼〉을 보고 있었겠네요. 확실히는 모르겠습니다. 그게 무슨 죄가 되나요?"

나는 좀 더 말이 나오기를 기다렸지만, 그뿐이었다.

"일반적으로 증인심문에서 질문은 제가 합니다." 내가 말했다.

"그렇습니까? 물어보세요." 마르코가 말했다.

"그럼 지금으로부터 이틀 전인 월요일 밤에는요? 그날 밤에는 어디 있었는지 기억하세요?"

마르코는 오래도록 대답이 없었다. 자신이 지뢰를 밟았다는 것을 깨달은 것 같았다. 쥐죽은 듯 조용한 가운데 법정 뒷문이 열리는 소리가 들려 돌아보니 랭크포드가 돌아왔고 경위 한 명이 그 뒤를 따라 들어오고 있었다.

"잠복근무 중이었습니다." 마침내 마르코가 대답했다.

나는 증인석을 돌아보았다.

"누구를 감시하셨죠?" 내가 물었다.

마르코가 고개를 가로저었다.

"이 일과는 아무 관련이 없는 사건입니다. 공개 법정에서 밝힐 수 없는 사건이고요."

"글렌데일 살렘 거리에서 잠복근무를 하셨죠?"

마르코가 다시 고개를 가로저었다.

"수사 중인 사안에 대해 법정에서 공개적으로 말씀드릴 수는 없습니다."

나는 잠자코 마르코를 노려보면서 더 밀어붙일까 말까 고민했다.

마침내 나는 더 기다려보기로 하고 판사를 올려다보았다.

"재판장님, 지금은 더 이상 질문 없습니다. 그러나 재소환할 수도 있으니까 마르코 요원이 법정을 떠나지 못하게 해주시기를 요청합니다."

판사가 얼굴을 찌푸렸다.

"그럼 지금 심문을 끝내지 그래요?"

"오늘 오전에 다른 증인으로부터 증언을 들은 뒤라야 마르코 요원에게 물어볼 최종 질문들을 마련할 수 있기 때문에 그렇습니다. 피고인 측의 변론에 대해 넓은 아량을 베풀어주신 것에 깊이 감사드립니다."

레게 판사는 내 계획에 대한 검사의 의견을 물었다.

"판사님, 저희 검찰은 변호인의 뜬구름 잡는 소리에 지칠 대로 지쳤지만 한 번만 더 참아보려고 합니다. 이번에도 뜬구름 잡는 소리 할 건 뻔하지만 어디 무슨 소리를 하나 들어보려고요."

판사는 마르코 요원이 증인석을 떠나기 전에 검사가 반대심문을 하고 싶은지 물었다. 물론 내가 오후에 마르코를 다시 불러 증언을 들은 후에도 반대심문은 당연히 하겠지만 추가로 더 하겠느냐는 뜻이었다. 검사는 나중에 한 번에 몰아서 하겠다고 별 고민 없이 대답했다. 그리고 안전조치로 변호인이 마르코를 다시 부르지 않더라도 자기가 마르코를 불러내 심문할 권리가 있다는 것을 판사로부터 확인받았다.

판사는 마르코에게 증인석을 떠나도 된다고 말하면서 1시까지 법정으로 돌아오라고 지시했다. 그러고 나서 나에게 다음 증인을 부르라고 말했다.

"리 랭크포드 씨를 증인 신청합니다."

돌아보니 랭크포드가 천천히 자리에서 일어서고 있었다.

"그리고 재판장님, 시청각자료를 이용해야 하므로 시청각시설의 리모컨이 필요합니다."

나는 마르코와 그의 변호사가 법정을 나가기 전에 이 요청을 했다. 내가 무슨 동영상을 보여주려고 하는지 그들이 궁금해 하기를 바랐다.

# 42

랭크포드는 증인석 뒷벽을 물끄러미 응시하면서 천천히 그러나 꾸준한 보폭으로 증인석을 향해 걸어왔다. 나는 그를 자세히 관찰했다. 그는 겉으로는 자동조타장치에 앉아 있지만 속으로는 방정식을 계산하고 있는 사람 같아 보였다. 자신이 이 곤란에서 벗어날 길 중 하나는 나를 통과해서 가는 길이라는 것을 깨달은 것 같아 보였다. 좋은 조짐이라는 생각이 들었다. 그가 어느 길을 선택했는지는 증언을 들어보면 금방 알 수 있을 것이었다.

랭크포드는 변호인 측 증인명단에 올랐음에도 불구하고, 이 사건을 담당한 검찰수사관이었기 때문에 계속 법정에 머무를 수 있도록 예외를 인정받았었다. 이 말은 배심원단이 선정될 때부터 포사이드 뒤쪽 난간에 붙어 앉아 있던 터라 랭크포드는 배심원들에게 낯익은 인물이었다는 뜻이다. 그러나 이 전날 헨슬리를 심문하면서 내가 그를 일으켜 세워 소개하기 전까지는 한 번도 소개된 적이 없었다. 그래서 나는 그의 이름과 직업부터 질문하기 시작했고, 아까 마르코의 입에서 나오긴 했지만 과거에 글렌데일 경찰국의 강력계 형사였다는 배경도 빼놓지 않았다.

그런 다음 나는 바로 본론으로 들어갔다. 우리 변론의 모든 덩굴손이 나를 이 한 명의 증인에게로 이끌었다는 생각이 들었다. 모든 것이 이 한 순간을 위해서 존재한 느낌이었다.

"자, 이제 이 구체적인 사건에 대해 이야기해 볼까요." 내가 말했다. "어떻게 시작된 겁니까? 검찰청에서 이 사건을 배정받은 겁니까, 아니면 증인이 맡겠다고 자원했나요?"

랭크포드는 눈을 내리깔고 앉아 있었다. 자세와 표정으로 보아 내 질문을 듣지 못한 것 같았다. 그는 꿈쩍도 하지 않고 앉아 있었고 몇 초 동안 아무 말도 하지 않았다. 판사가 대답을 재촉할 정도까지 침묵이 이어지다가 마침내 그가 입을 열었다.

"살인사건은 보통 돌아가며 차례대로 배정합니다."

내가 고개를 끄덕인 후 다음 질문으로 넘어가려고 하는데 랭크포드가 말을 이었다.

"하지만 이 사건은 내가 자원했습니다."

랭크포드에게 계속 말이 나오기를 기다렸지만 그뿐이었다. 그러나 나는 그의 대답이 아까 우리가 암묵적인 합의에 도달한 게 맞는다는 것을 보여주는 확실한 증거라고 판단했다.

"왜 자원하셨죠?"

"내가 예전에 수사했던 살인사건의 공판 검사가 빌 포사이드 검사였는데, 우리 둘이 잘 협력해서 좋은 결과를 얻었던 적이 있습니다. 내가 조직에 제시한 이유는 그거였습니다."

랭크포드가 나를 똑바로 쳐다보면서 마지막 말을 덧붙였다. 나는 그 안에 메시지가 담겨 있다고 생각했다. 그의 눈은 거의 간청하는 눈빛이었다.

"그럼 이 사건을 맡겠다고 자원한 숨은 동기가 있었다는 말인가요?"

"네, 그렇습니다."

연설대 옆 검사석에 앉아 있는 포사이드가 긴장하는 모습이 역력했다.

"그 숨은 동기가 무엇이었죠?"

"내가 이 사건을 맡고 싶었던 것은 내부에서 감시를 할 수 있기 때문이었습니다."

"왜 감시를 하고 싶으셨죠?"

"그렇게 하라고 지시를 받았기 때문입니다."

"상관으로부터요?"

"아뇨, 상관은 아니고요."

"그럼 누구에게서 지시를 받으셨죠?"

"제임스 마르코 요원한테서요."

내가 법정에서 수천 시간을 있었지만 이렇게 선명한 순간을 가져본 적은 없었던 것 같다. 랭크포드가 '제임스 마르코'라는 이름을 말한 순간, 나는 의뢰인이 부상에서 회복되기만 한다면 무죄 석방될 것임을 직감했다. 누런 리걸패드의 겉장을 내려다보면서 잠시 마음을 가다듬은 다음 다시 입을 열었다.

그리고 그 순간 포사이드 검사는 이 일을 막아 세워야 한다고 직감했지만 어떻게 해야 할지는 모르겠다는 듯 천천히 자리에서 일어섰다. 검사가 비공개면담을 요청하자, 판사는 우리에게 가까이 오라고 지시했다. 우리가 판사 앞에 모여 섰을 때, 나는 곤경에 처한 검사에게 미안한 마음이 들었다.

"판사님, 제 수사관과 의논할 수 있도록 15분간의 휴정을 요청합니다."

"그런 일은 없을 거예요, 포사이드 검사." 레게 판사가 대답했다. "지금은 증인이니까요. 또 다른 건요?"

"저는 지금 맹공격을 당하고 있습니다, 판사님. 이⋯⋯."

"누구한테요? 할러 변호사, 아니면 본인의 수사관?"

포사이드가 얼어붙은 듯이 서 있었다.

"돌아가세요, 신사분들. 그리고 변호인, 증인심문 계속하세요."

나는 연설대로 돌아갔다. 포사이드는 자리에 앉아서 앞을 노려보며 파국을 맞을 준비를 하고 있는 것 같았다.

"증인은 마르코 요원이 증인에게 이 사건을 감시하라고 지시했다고 말씀하신 건가요?" 내가 랭크포드에게 물었다.

"네, 그렇습니다." 랭크포드가 대답했다.

"감시하라는 이유가 뭐죠?"

"우리가 글로리아 데이턴 피살사건 수사에 관해서 알아내는 모든 것을 알고 싶다고 했습니다."

"마르코 요원이 글로리아 데이턴을 알았나요?"

"오래전에 자기 정보원이었었다고 말했습니다."

나는 리걸패드에 써놓은, 랭크포드의 증언을 통해 확인하고 싶은 문제 중 하나에 체크 표시를 했다. 배심원석을 잠깐 살펴보았다. 배심원 열두 명과 예비배심원 두 명 모두 증인을 홀린 듯이 바라보고 있었다. 홀린 기분은 나도 마찬가지였다. 나는 마르코보다 랭크포드를 약한 공범으로 보고 랭크포드를 선택했다. 그는 스터그호스 자택에서 찍은 동영상을 보았고, 물론 중절모를 쓴 남자가 자신이라는 것도 알고 있었다. 자기가 빠져나갈 유일한 길은 위증죄나 다른 죄를 스스로 인정하는 일이 없도록 조심하면서 신중하게 증언하는 것뿐이라는 것을 알고 있었다. 그것은 대단히 어려운 일이 될 것이었다.

"잠깐만 뒤로 돌아가 볼까요?" 내가 말했다. "증인은 글로리아 데이턴이 살해당한 날 저녁에 베벌리 윌셔 호텔 안의 보안카메라가 찍은 글로리아 데이턴의 동영상을 잘 알고 있습니다, 그렇지 않습니까?"

랭크포드는 눈을 감고 한참을 있다가 다시 떴다.

"네, 잘 압니다."

"어제 배심원단에게 처음으로 공개된 그 동영상 말입니다."

"네, 압니다."

"증인은 그 동영상을 언제 처음 보셨죠?"

"두 달 전쯤에요. 정확한 날짜는 기억이 안 납니다."

"어제 그 호텔의 보안실장인 빅터 헨슬리 씨는 그 동영상을 보면 글로리아 데이턴이 호텔을 떠날 때 미행당하고 있었다는 것을 알 수 있다고 증언했는데요. 어떻게 생각하십니까?"

포사이드가 이의를 제기하면서 그 질문이 랭크포드의 지식과 전문가적 경험의 범주를 넘어서는 유도질문이라고 주장했다. 판사는 이의제기를 기각했고 나는 같은 질문을 되풀이했다.

"증인은 글로리아 데이턴이 사망한 날 밤 미행을 당하고 있었다고 생각하십니까?"

"네, 그렇다고 생각합니다." 랭크포드가 말했다.

"왜 그렇게 생각하시죠?"

"미행한 사람이 나니까요."

이 대답 뒤에는 내가 그때까지 법정에서 들은 것 중 가장 시끄러운 침묵이 따라왔다.

"동영상에 나온, 중절모를 쓴 남자가 증인이라는 말씀입니까?"

"네, 그렇습니다. 내가 중절모를 쓴 남자입니다."

그 말을 듣고 나는 리걸패드에 또 하나의 체크 표시를 했고, 소리 없는 아우성이 또 한 번 법정 안에 울려 퍼졌다. 랭크포드가 고백을 통해 자신을 따라다니는 악령들을 쫓아내고 있는 것인지도 모른다는 생각이 들었다. 그러나 지금까지 그는 범죄에 해당하는 일은 하나도 인정하지 않았다. 그는 내게 계속 애원하는 표정을 지어 보였다. 그가 거래를 제안하고 있다는 생각이 들었다. 문제는 동영상이었다. 그는 그 동영상이 공개되는 것을 원하지 않았다. 협조하는 증인으로 증언은 할 수 있지만 자신이 증인석에 앉아 있는 동안 스터그호스 동영상이 공개되는 것은 원하지 않는 것이다.

나는 기꺼이 그 거래를 받아들일 의향이 있었다.

"왜 글로리아 데이턴을 미행하셨죠?"

"그 여자를 찾아내고 어디 사는지 알아내라는 지시를 받았기 때문입니다."

"마르코 요원한테서요?"

"그렇습니다."

"이유를 말하던가요?"

"아뇨, 그땐 말하지 않았습니다."

"그럼 뭐라고 하던가요?"

포사이드는 내가 전문증언을 요구하고 있다면서 다시 이의를 제기했다. 판사는 전문증언을 허용하겠다고 말했고, 그 말을 듣자 판사의 재량권은 더럽게 큰 텐트라고 했던 리걸 시걸의 말이 생각났다. 내가 지금 그 텐트 안에 있는 것이 틀림없었다.

나는 랭크포드의 대답을 재촉했다.

"그 여자를 찾아달라고만 했습니다. 여러 해 전에 이 도시를 떠난 정보원인데 돌아왔다는 소문이 있다고, 근데 찾을 수 없는 걸 보니 새로운 가명을 쓰고 있는 것 같다고 하더라고요."

"그래서 글로리아 데이턴을 찾는 일을 증인에게 맡겼군요."

"그렇습니다."

"그게 언제였죠?"

"지난 11월, 그 여자가 살해되기 한 주 전이었습니다."

"증인은 글로리아 데이턴을 어떻게 찾았죠?"

"리코가 갖고 있던 그 여자 사진을 제게 줬습니다."

"리코가 누구죠?"

"리코는 마르코입니다. 조직범죄 사건을 담당했기 때문에 그런 별명을 쓰더라고요."

"조직범죄자 방지법the Racketeer Influenced and Corrupt Organizations Act, RICO의 줄임말 리코를 말하는 건가요?"

"네, 그렇습니다."

"마르코 요원이 어떤 사진을 주던가요?"

"문자로 보내줬는데, 그 여자를 전향시킨 날 밤에 찍은 거라고 하더라고요. 옛날 사진이었습니다. 8~9년 전 거요. 그 여자를 체포했는데, 자신을 위해 정보원 활동을 해주면 입건하지 않기로 거래를 했답니다. 정보원 파일에 넣을 사진을 찍었고 그것을 아직도 갖고 있었다고 했습니다."

"증인은 그 사진 아직도 갖고 있습니까?"

"아뇨, 삭제했습니다."

"언제요?"

"그 여자가 살해당했다는 소식을 들은 다음에요."

나는 그 대답의 효과를 높이기 위해 잠시 침묵했다.

"증인은 마르코의 지시를 받고 그 사진을 이용해서 글로리아 데이턴을 찾아다녔다는 거예요?"

"네, 그렇습니다. 우선 LA에서 활동하는 콜걸들의 웹사이트부터 살펴보기 시작했고, 지젤이라는 이름으로 활동하는 그 여자를 찾아냈죠. 머리색은 달랐지만 그 여자가 확실했습니다."

"그래서 어떻게 하셨어요?"

"콜걸과의 만남은 보통 제3의 장소에서 이루어집니다. 콜걸이 자기집 주소나 전화번호를 알려주진 않죠. 지젤의 웹사이트에는 베벌리 윌셔 '귀여운 여인 스페셜'이라는 상품이 소개되어 있었습니다. 저는 리코, 그러니까 마르코에게 UC 가명을 사용해서 그 호텔에 방을 잡아달라고 요청했습니다."

"UC는 잠복근무undercover를 말하는 건가요?"

"네, 그렇습니다."

"그 가명이 뭐였는지 기억하세요?"

"로널드 웰던이요."

나중에 랭크포드의 진술이 사실인지 확인할 필요가 있다면 헨슬리나호텔 숙박부를 통해서 확인할 수 있을 것이었다. 랭크포드의 증언으로 갑자기 재판의 차원이 확 바뀌었다.

"좋습니다. 그다음엔 무슨 일이 있었죠?"

"마르코가 방을 잡고 열쇠를 나에게 주었습니다. 8층에 있는 방이었죠. 올라가서 문을 열고 있는데, 벨맨이 카트를 끌고 맞은편 방에 오더라고요."

"그러니까 그 방에 묵던 사람들이 체크아웃을 하고 있었다는 뜻입니까?"

"그렇습니다."

"그래서 어떻게 하셨죠?"

"내 방으로 들어가서 문에 난 작은 구멍을 통해 밖을 지켜봤습니다. 내 방 맞은편 객실에는 젊은 커플이 있더군요. 벨맨이 짐을 갖고 먼저 떠났고 그다음에 커플이 떠났습니다. 근데 문이 완전히 닫히지 않았더라고요. 그래서 복도를 건너가서 그 방으로 들어갔습니다."

"들어가서는 어떻게 하셨어요?"

"우선 방안을 둘러봤습니다. 운이 따랐는지. 쓰레기통에 빈 봉투가 여러 장 들어 있었는데, 결혼축하카드를 넣었던 봉투 같았습니다. 받는 사람은 대니얼과 린다, 혹은 프라이스 씨 부부 등등으로 되어 있었고요. 그래서 신랑 이름이 대니얼 프라이스라고 추측했죠. 그래서 그 이름과 객실번호를 이용해서 그날 밤에 지젤 댈링거가 그 방에 오도록 약속을 잡았습니다."

"왜 그렇게 세심한 주의를 기울이셨죠?"

"우선 모든 것이 추적당할 수 있다는 걸 알았으니까요. 모든 것이요. 이 일을 저지른 사람이 나라는 게 밝혀지는 걸 원하지 않았습니다. 그리고 두 번째로 경찰 시절에 성범죄와 마약범죄를 맡아봤기 때문에, 매춘부들과 포주들이 경찰의 눈을 피하기 위해 얼마나 애쓰는지 잘 알고 있었고요. 지젤을 위해 약속을 잡아주는 포주가 누군지는 몰라도 호텔로 전화를 걸어 내가 맞는지 확인할 거라는 걸 알고 있었죠. 내가 행정기관 관리가 아니라는 것을 확인하고 싶을 테니까요. 마르코가 구해준 방에서 이런 일을 할 수도 있겠지만, 그 열린 문을 보니까 그 방을 사용하는 게 낫겠다는 생각이 들었습니다. 절대로 나를 찾아낼 수 없을 거라는 생각도 들었고요. 그리고 마르코도요."

랭크포드는 합리적인 진술거부에서 범죄공모 인정으로 스스로 선을 넘어갔다. 그가 내 의뢰인이었다면 입을 틀어막았을 것이다. 그러나 내가 혐의를 벗겨줘야 할 의뢰인은 따로 있었다. 그래서 계속 밀어붙였다.

"증인은 그날 밤 지젤에게 무슨 일이 일어날 것인지 알고 있었다는 말씀입니까?"

"아뇨, 전혀요. 그냥 예방조치를 취했을 뿐입니다."

나는 랭크포드의 표정을 관찰했다. 자신의 과실을 교묘하게 덮고 있는 것인지 아니면 진실을 말하고 있는 것인지 알 수가 없었다.

"그래서 그날 밤 콜걸을 만날 약속을 잡아놓고 로비에서 그녀를 기다렸군요, 맞습니까?"

"네, 맞습니다."

"중절모를 써서 카메라를 피하는 방패막이로 삼고요?"

"네."

"그런 다음에는 프랭클린 대로에 있는 그 여자의 집까지 그 여자를 미행했고요."

"네, 그랬습니다."

그 순간 판사가 끼어들어 배심원들에게 말했다.

"배심원 여러분, 시작한 지 얼마 되지는 않았지만 5분간 휴정하겠습니다. 배심원실로 가서서 기다려주시기 바랍니다. 양측 대리인과 증인은 지금 자리에 그대로 계시고요."

배심원들이 줄지어 퇴정하는 동안 우리는 일어서서 기다렸다. 무슨 일이 벌어질지 나는 알고 있었다. 판사는 랭크포드에게 앞으로 닥칠 위험에 대해 경고하지 않고 가만히 있을 수는 없었을 것이다. 배심원실 문이 닫히자마자 판사가 내 증인을 향해 돌아앉았다.

"랭크포드 씨, 변호사가 와 있습니까?"

"아뇨, 그렇지 않습니다." 랭크포드가 차분하게 대답했다.

"증인이 변호사의 자문을 구할 수 있도록 내가 지금 심문을 중단시키기를 바라세요?"

"아뇨, 판사님. 증언을 계속하고 싶습니다. 저는 범죄를 저지르지 않았으니까요."

"확실합니까?"

그 질문은 두 가지로 해석할 수 있었다. 랭크포드에게 변호사를 원하지 않는 게 확실하냐고 묻는 것일 수도 있었고, 범죄를 저지르지 않은 게 확실하냐고 묻는 것일 수도 있었다.

"증언을 계속하고 싶습니다."

판사는 랭크포드의 의중을 읽으려는 것처럼 오래도록 그를 물끄러미 바라보았다. 그러고는 법정 경위를 돌아보며 가까이 오라고 손짓을 했다. 판사가 경위에게 무슨 말을 속삭이자 경위가 즉시 증인석 옆으로 걸어가서 랭크포드 옆에 차렷 자세를 취하고 섰다. 경위는 차고 있는 권총 위에 손을 올려놓았다. 마치 용의자를 체포하려는 것 같았다.

"랭크포드 씨, 일어서 주시겠어요?" 판사가 말했다.

랭크포드가 어리둥절해하며 일어섰다. 그는 경위를 쳐다보다가 고개를 돌려 판사를 바라보았다.

"총기를 휴대하고 있습니까, 증인?" 레게 판사가 물었다.

"네, 휴대하고 있습니다."

"증인, 총기를 에르난데스 경위에게 넘겨주세요. 총기는 증인의 증언이 끝날 때까지 경위가 보관할 겁니다."

랭크포드는 우두커니 서 있었다. 레게 판사는 그가 무장한 상태로 있으면 자신이나 다른 사람을 해치려 할지 모른다고 걱정한 것이 틀림없었다. 현명한 조치였다.

"증인, 총을 에르난데스 경위에게 넘기세요." 판사가 엄격하게 말했다.

에르난데스는 한 손으로 권총집을 끄르고 다른 손으로는 어깨에 있는 마이크를 누름으로써 판사의 지시에 반응을 보였다. 법원 보안실 직원들에게 긴급 상황을 알리고 있는 것 같았다.

마침내 랭크포드가 스포츠 재킷 안으로 손을 넣었다. 그러고는 천천히 권총을 꺼내 에르난데스 경위에게 넘겨주었다.

"감사합니다, 증인." 판사가 말했다. "이제 앉으셔도 돼요."

"주머니칼도 갖고 있는데, 그것도 문제가 될까요?" 랭크포드가 물었다.

"아뇨, 증인, 그건 괜찮습니다. 앉으세요."

랭크포드가 자리에 앉고 에르난데스가 권총을 자기 책상으로 가져가 서랍에 넣고 잠그는 동안, 법정 여기저기서 안도의 한숨이 터져 나왔다. 경위 네 명이 법정 뒷문과 구치감 입구를 통해 뛰어 들어왔다. 판사는 그들을 뒤로 물러서 있게 했고, 배심원들을 다시 부르라고 지시했다.

3분 후에는 모든 것이 정상으로 돌아온 것처럼 보였다. 배심원들과 증인이 자기 자리에 앉아 있는 것을 확인한 판사가 나에게 고개를 끄덕여 보였다.

"변호인, 심문 계속하세요."

나는 판사에게 감사인사를 한 후, 심문이 중단되기 전에 하던 이야기를 다시 꺼냈다.

"증인, 증인은 마르코 요원에게 프랭클린의 그 주소지에서 만나자고 말했습니까?"

"아뇨, 마르코에게 전화해서 주소를 알려주었습니다. 그러고 나서 금방 그곳을 떠났고요. 일이 끝났으니까요. 집에 갔습니다."

"그리고 그로부터 두 시간 후, 글로리아 데이턴이, 지젤 댈링거라는 예명을 쓰던 여자가 살해당했고요,, 그렇죠?"

랭크포드는 눈을 내리깔고 고개를 끄덕였다.

"네."

다시 배심원들을 살펴보니 변함이 없었다. 다들 랭크포드의 자백을 넋을 놓고 듣고 있었다.

"다시 한번 묻겠습니다. 증인은 글로리아 데이턴이 그날 밤 사망할 거라는 걸 알고 있었습니까?"

"아뇨, 몰랐습니다. 알았다면⋯⋯."

"네?"

"아닙니다. 알았더라도 어떻게 했을지 잘 모르겠네요."

"증인은 마르코에게 글로리아 데이턴의 주소를 알려줄 때 무슨 일이 일어날 거라고 예상했죠?"

포사이드 검사는 추측을 부르는 질문이라면서 이의를 제기했다. 그러나 판사가 기각하고 랭크포드에게 대답하라고 지시했다. 법정에 있는 다른 모든 사람과 마찬가지로 판사도 대답을 듣고 싶은 거였다.

랭크포드는 고개를 가로저었다.

"모르겠습니다." 그가 대답했다. "그날 밤 그 여자 주소를 마르코에게 주기 전에, 무슨 일이냐고 다시 물어봤습니다. 그 여자가 다치는 일이 생길 거라면, 그런 일에는 말려들고 싶지 않다고 말했죠. 마르코는 그냥 만나서 얘기 좀 하고 싶을 뿐이라고 했고요. 그 여자가 발신자 표시가 제한

된 전화번호로 자기한테 전화를 걸어서 어떤 민사소송 건으로 소환장을 받았다는 이야기를 했답니다. 그래서 그 여자가 돌아왔다는 사실을 알았다고 하더군요. 그 여자를 찾아서 그 문제를 의논하고 싶은 거라고 했고요."

나는 침묵으로 그 대답을 강조해 주었다. 내 변론은 완성이 되었다. 그러나 랭크포드 심문을 여기서 끝내고 싶지 않았다.

"증인이 마르코 요원을 위해 이런 일까지 한 이유가 뭐죠?"

"그가 나를 지배하고 있었으니까요. 나를 소유하고 있었으니까요."

"어떻게요?"

"10년 전 나는 글렌데일에서 마약거래상 두 명이 살해당한 사건을 맡았습니다. 살렘 거리에서 일어난 사건이요. 그 사건을 수사하다가 마르코를 만났고 제가 실수를 저질렀습니다……."

랭크포드의 목소리가 약간 떨리기 시작했다. 나는 잠자코 기다렸다. 그는 마음을 가다듬고 말을 이었다.

"마르코가 저를 찾아왔습니다. 사람들이……, 사람들이 있다고 말을 하더군요. 그 사건이 미제로 남게 되면 대가를 지불할 사람들이 있다고요. 사건을 해결하지 않으면 그 대가로 나에게 돈을 줄 사람들이 있다고 했습니다. 사실 파트너와 내가 열심히 수사를 했더라도, 종결하지 못했을 겁니다. 현장에 증거가 전혀 남아 있지 않았거든요. 처형하듯 총을 쏴 죽였는데, 범인은 국경을 넘어와서 일을 저지르고는 곧바로 돌아간 것 같더라고요. 그래서 나는 생각했죠, 무슨 차이가 있겠느냐고. 나는 돈이 필요했습니다. 이혼을 했는데, 아내가, 전처가 아들을 데리고 멀리 떠나려고 했습니다. 애리조나로 이사 가면서 아들을 데려가려고 했죠. 그러지 못하게 막아줄 유능한 변호사를 구하려면 돈이 필요했습니다. 아들은 그때 겨우 아홉 살이었습니다. 아들에겐 내가 필요했죠. 그래서 돈을 받았습니다. 2만 5천 달러를. 마르코가 거래를 제안했고 나는 그 돈을 받았죠. 그리고 그 후에……."

랭크포드는 여기서 말을 멈췄고 그의 머릿속에서는 여러 가지 생각이 꼬리를 물고 이어지는 것 같았다. 공소시효 같은 건 차치하고라도, 랭크포드가 지금 범죄를 자백했기 때문에 이쯤에서 판사가 다시 끼어들거라는 생각이 들었다. 그러나 판사는 법정 안에 있는 다른 모든 사람처럼 숨죽이고 앉아 있었다.

"그 후에는요?" 내가 증언을 재촉했다.

그게 실수였다. 랭크포드를 화가 난 상태로 현실로 돌아오게 만들었다.

"왜요, 그림이라도 그려줘야 합니까? 마르코가 나를 지배했습니다. 무슨 말인지 알아요? 나를 소유했다고요. 이 호텔 건이 그가 나를 이용하고 나에게 지시를 내린 첫 번째 임무가 아니었다고요. 다른 일도 여러 번 있었죠. 많이 있었습니다. 나를 정보원 다루듯이 막 다뤘다고요."

나는 고개를 끄덕이고는 메모를 내려다보았다. 변론이 끝났다는 것을 느낄 수 있었다. 마르코를 다시 부를 필요도, 다른 증인들을 불러 앉힐 필요도 없었다. 모야, 버드윈 델, 누구도 필요 없었고, 누구도 중요하지 않았다. 변론은 지금 여기서 끝이 났다.

랭크포드는 아무도 자기 눈을 보지 못하게 고개를 숙였다.

"증인, 증인은 마르코 요원에게 글로리아 데이턴의 주소를 넘겨준 뒤, 그날 밤 그 여자에게 무슨 일이 있었느냐고 물어본 적이 있습니까?"

랭크포드가 천천히 고개를 끄덕였다.

"단도직입적으로 물어봤습니다. 그 여자를 죽였냐고요. 그건 양심상

도저히 견딜 수 없었기 때문에요. 아니라고 하더군요. 아파트에 간 건 맞는데, 도착했을 땐 이미 죽어 있었다고 했습니다. 그 여자가 자기와 관련된 물건을 갖고 있을 수 있었기 때문에, 자기가 집에 불을 질렀다고 했습니다. 하지만 여자는 이미 죽어 있었다고 주장했죠."

"마르코의 말을 믿었습니까?"

랭크포드는 잠깐 고민하다가 대답했다.

"아뇨, 믿지 않았습니다."

나는 말을 멈췄다. 지금 이 순간을 평생 동안 간직하고 싶었다. 그러나 고개를 들어 판사를 바라보았다.

"존경하는 재판장님, 이상으로 증인심문을 마치겠습니다."

나는 변호인석으로 돌아가면서 포사이드 검사의 뒤를 지나갔다. 그는 자리에 앉아 있었고 반대심문을 할지 아니면 판사에게 공소기각을 요청할지 고민하고 있는 것 같았다. 내가 제니퍼 옆에 앉자, 그녀가 내 귀에 대고 다급하게 속삭였다.

"대박!"

내가 고개를 끄덕이고는 대꾸를 하려고 그녀에게로 몸을 기울였다. 그때 증인석에서 랭크포드가 말했다.

"아들도 이제 다 컸으니까 괜찮을 겁니다."

랭크포드가 누구와 이야기하나 보려고 돌아보았지만, 그가 증인석에서 허리를 굽히고 있어서 나무판자에 가려 보이지 않았다. 바닥에 떨어뜨린 물건을 줍고 있는 것처럼 보였다.

잠시 후, 내가 지켜보는 가운데, 랭크포드가 몸을 일으켜 똑바로 앉더니 오른손을 들어 목으로 가져갔다. 그의 손가락들이 작은 권총을 감싸 쥐고 있는 게 보였다. 그는 아무 망설임 없이 턱 밑의 부드러운 살에 총구를 대고 누르더니 방아쇠를 당겼다.

소음기를 단 권총에서 '탕'하는 작은 소리가 나자, 배심원석의 누군가가 비명을 질렀다. 랭크포드의 머리가 뒤로 젖혀졌다가 다시 앞으로 떨어졌다. 그의 몸이 오른쪽으로 천천히 기울어지다가 증인석의 앞쪽 패널 뒤로 툭 쓰러져서 시야에서 사라졌다.

공포에 찬 비명이 법정 곳곳에서 터져 나왔지만, 제니퍼 애런슨은 아무 소리도 내지 않았다. 그녀도 나와 마찬가지로 경악한 표정으로 앉아서 빈 증인석을 노려보았다.

판사가 법정 안에 있는 사람들에게 대피하라고 외치기 시작했지만, 공포에 찬 판사의 날카로운 목소리조차 내게는 멀리서 희미하게 들리는 것 같았다. 그러다가 곧 아무 소리도 들리지 않게 되었다.

배심원석을 바라보니, 친애하는 말로리 글래드웰 배심원이 두 눈을 감고 두 손으로 입을 막은 채로 일어서고 있었다. 그녀의 옆과 뒤에 앉아 있던 배심원들도 방금 목격한 일에 충격을 받은 모습이었다. 이 장면을 영원히 기억하게 될 거라는 생각이 들었다. 열두 명이, 단죄의 신들이 방금 본 것을 안 본 것으로 되돌리려고 애를 쓰는 모습을.

# 제4부

# 단죄의 신들

The Gods of Guilt

「 12월 2일 월요일 」

최종변론

　글로리아 데이턴 피살사건 재판은 끝난 지 오래되었다. 그러나 6개월
이 지난 지금도 그 사건은 내 삶이라는 호수에 잔물결을 일으키고 있다.
물론 재판은 랭크포드가 배심원들 앞에서 여분의 총을 뽑아들고 스스로
목숨을 끊었을 때 끝이 났다. 레게 판사는 재판무효를 선언했고, 재판은
120호 법정에서 더 나아가지 못했다. 당연한 일이겠지만, 검찰은 안드
레 라 코세의 결백의 "가능성"과 정상참작 사유를 들어 그가 받고 있던
모든 혐의를 기각했다. 물론 검찰청이나 LA 경찰국 사람들 중에서 자신
의 잘못을 인정한 사람은 아무도 없었다.

　라 코세는 석방된 후 시더스-시나이 메디컬 센터로 이송되어, 최고
중의 최고의 의사들에게 치료를 받았고, 몇 번의 수술을 더 받았으며, 최
첨단 의료 환경에서 6주간 입원해 있었다. 나는 병원에서 보내온 치료비
청구서를 전부 데이먼 케네디 검찰청장에게 보내주었다. 답신은 한 번
도 받지 못했다.

　라 코세는 퇴원할 때 지팡이를 짚고 걸었고, 앞으로도 계속 그럴 것이

다. 그는 형사사건 재판 결과에 대한 고마움의 표시로, 시와 카운티 정부를 상대로 제기하는 민사소송을 나에게 맡겼다. 부당한 체포와 수형생활과 그로 인한 신체적·정신적 피해에 대해 피해배상을 청구하는 소송이었다. 피고가 된 두 정부 모두 법정 싸움을 원하지 않아서 우리는 합의 조건을 협상하기 시작했다. 나는 우선 내 의뢰인의 몸에 있는 칼에 찔린 상처 한 군데에 1백만 달러씩을 요구했지만, 결국에는 의료비 전액부담에 240만 달러의 배상금을 받는 조건으로 합의했다.

내가 받은 몫은 마이클 할러 변호사가 벌어들인 단일 사건 수임료 중 최고액이었다. 나는 직원 모두에게 보너스를 지급했고 얼 브릭스의 어머니에게는 10만 달러 수표를 보냈다. 그것이 내가 보일 수 있는 최소한의 예의라고 생각했다.

그러고 나서도 켄달과 함께 하와이로 3주간 휴가를 갔다 오고 링컨 타운카 두 대를 사고도 돈이 남았다. 링컨 차 한 대는 당장 쓰기 위해서 샀고 다른 한 대는 예비용으로 산 것이다. 두 대 다 그 고급 승용차의 30년 역사상 가장 최근에 생산된 2011년 모델로 주행거리가 적은 차였다.

재판이 끝나고 한동안 홍보 측면에서는 운이 없었다. 이번에도 언론과 법조계로부터 비난을 받았는데, 이번에는 증인을 어찌나 매몰차게 몰아붙였는지 증인석에서 스스로 목숨을 끊게 만든 천하의 몹쓸 변호사로 낙인찍혔다. 그러나 9월에《LA 타임스》가 "결백한 남자의 재판"이라는 표제로 3부작 기사를 실으면서 내 명예가 회복되었다. 그 기사는 안드레 라 코세의 재판과 폭행사건, 현재 진행 중인 회복과 재활 과정을 상세하게 소개했다. 그 기사 속에서 나는 의뢰인의 결백을 굳게 믿고 의뢰인에게 자유를 선사하기 위해 해야 할 일을 묵묵히 해낸 인간적이고 유능한 변호사로 그려졌다.

그 신문기사는 시와 카운티 정부와의 최종 합의를 이끌어내는 데에도 크게 기여했다. 더 나아가 내 딸과의 관계 회복에도 큰 도움을 주었다. 딸은 기사를 읽고 난 뒤 머뭇거리면서 내게 먼저 연락을 해왔다. 우리는 이제 일주일에 두세 번은 통화하고 문자를 주고받는다. 내가 벤투라까지 달려가서 딸이 승마대회에 참가하는 모습을 지켜보기도 했다.

그 기사가 내게 도움이 되지 못한 부분은 캘리포니아 변호사협회와의 관계였다. 《타임스》에서 두 번째 기사가 나온 직후, 변협 직업윤리팀의 조사원이 나에 관한 조사 파일을 만들었다. 그 기사는 칼에 찔린 라 코세를 치료한 의사들을 인터뷰한 내용을 실었는데, 그들은 내가 카운티-USC의 병실로 가져간 재판출석 포기각서에 라 코세가 서명을 했다고 하는데, 그때 라 코세가 의식이 명료한 상태였는지에 대해 심각한 의문을 제기했다. 변호사협회의 조사가 진행 중이지만 나는 별로 걱정하지 않는다. 라 코세가 나의 법률가적 감각을 높이 사고 자신이 의식이 있는 상태에서 그 문제의 서류에 서명했다는 사실을 진술한 공증서류를 변협에 제출해 주었기 때문이다.

잠깐 동안 내 의뢰인이었던 헥터 아란데 모야는 그 후 1년 동안 얻은 것도 있고 잃은 것도 있었다. 슬라이 풀고니 주니어는 자기 아버지뿐만 아니라 나에게서도 자문을 받아가며 인신구제 청구소송에서 승소했고, 모야의 무기징역형은 지방법원에서 무효 판결을 받았다. 그러나 그는 빅터빌 교도소에서 석방되자마자 불법체류자로 출입국 사무소 직원들에게 체포되어 멕시코로 추방되었다.

한편, 제임스 마르코의 운명과 행방은 공식적으로는 미스터리로 남아 있다. 그는 6월의 그날 랭크포드의 자살이 야기한 대혼란의 와중에 유유히 법정을 떠났다. 그 후 그를 보았다는 사람은 아무도 없었고, 한때 그가 일했던 연방건물에는 그의 얼굴이 실린 지명수배자 명단이 붙어 있다. 그는 FBI와 자신이 일했던 마약단속국의 대규모 공조수사의 수사 대상이 되었다. 《타임스》 기사에 인용된 익명의 소식통에 따르면, 마르코가 책임자로 일했던 10여 년 동안 아이스티 팀이 저지른 범죄와 부패 행위가 대단히 많아서, 연방 대배심이 내년까지 그 증거를 심리할 예정이라고 한다. 그 소식통은 또 마르코가 시날로아 카르텔 내에서 오랫동안 전쟁을 벌이고 있는 분파 중에서도 특정 분파를 지지했고, 캘리포니아 남부지방에서 그 분파의 활동을 도운 것으로 추정된다고 말했다. 심지어 헥터 모야를 평생 동안 감옥에 가둬두려 한 것도 멕시코에 있는 마르코의 두목들의 지시에 따른 것이라고도 했다.

《타임스》 기사는 또한 대배심이 심리하는 여러 사안 중에는 법원 이송센터에서 안드레를 폭행한 혐의로 기소된 패트릭 슈얼의 법정대리인인 여성변호사와 마르코와의 관계도 들어 있다고 했다.

연방법원 집행관은 주로 멕시코 남부지방에서 마르코의 행방을 수소문하고 있다. 오래전에 마르코를 부패시킨 카르텔 두목들의 도움을 받아 그곳으로 도피했을 것이라는 추측에 따른 것이다. 그러나 나는 그들이 질내토 바르코를 찾아내지 못할 거라고 확신한다. 언젠가 헥터 모야가 자신의 적들이 어떻게 사라지고 발견되지 않는지를 내게 말해준 적이 있었다. 2주 전에 나는 모르는 주소에서 이메일을 한 통 받았는데, 메일 제목란에는 '살루도스 델 푸에고Saludos Del Fuego('불의 인사'라는 뜻의 스페인어—옮긴이)'라고 적혀 있었다. 이메일을 열어보니 첨부된 동영상 하나를 제외하고는 아무것도 없었다. 동영상은 겨우 15초짜리였지만, 나에게 역대급 공포를 선사했다. 한 남자가 나무에 목매달려 있다. 죽은 것이 분명한데, 심하게 구타당한 얼굴은 퉁퉁 붓고 피투성이여서 알아볼 수가 없고, 피부와 옷은 까맣게 탄 상태다.

나는 그 죽은 남자가 마르코라고 확신한다. 나는 그 동영상을 마르코 수사팀을 이끌고 있는 연방법원 집행관에게 보냈다. 그 동영상이 진짜라는 것이 확인된 다음에는 마르코가 사망한 것으로 추정된다는 공식 발표가 있을 것이다. 물론 시신을 찾을 가능성은 전혀 없겠지만.

컴퓨터에서는 그 동영상을 삭제했지만, 내 머릿속에서는 삭제할 수 없을 것이다. 그 동영상은 모야가 보냈을 것이고, 그는 마르코가 어떻게 되었는지를 내게 알려주고 싶었을 것이다. 그 사악한 연방요원의 운명을 생각하면, 회의실에서 직원들과 파티를 하던 6월의 그날 밤이 떠오른다. 글로리아 데이턴과 얼 브릭스를 위해 정의가 실현되기를 바란다며 건배하던 그날 밤 말이다. 어떤 형태의 정의는 다른 것들보다 더 끔찍하다. 그러나 이 사건에서는 정의가 제대로 실현되었다고 생각한다.

글로리아 데이턴 피살사건은 그 범죄로 유죄평결을 받은 사람이 없었고 앞으로도 없을 것이기 때문에 공식적으로는 미제사건으로 남아 있다. 이제 글로리 데이즈에 대한 기억은 그녀가 공적인 피해자들의 사원에 자리를 잡은 이상 시민들의 의식 속에 영원히 살아 있을 것이다.

그러나 얼 브릭스는 그만큼 주목을 받지 못했다. 그의 사건도 미제로 남아 있고 현재 대배심의 수사가 진행 중이다. 그러나 나는 글로리아나 다른 누구보다도 얼을 잃은 것을 더 슬퍼하고 있다. 나는 우리가 함께 달렸던 거리들을, 함께했던 인생의 순간들을 자꾸만 기억에서 소환하고 있다.

* * *

　누구에게나 배심원단이 있다. 마음속에서 함께하는 목소리들이 있다. 얼 브릭스가 내 배심원석에 앉아 있고, 글로리아 데이턴도 그렇다. 케이티와 샌디, 내 어머니와 아버지의 모습도 보인다. 얼마 안 있으면 리걸 시걸도 합류할 것이다. 내가 사랑했고 내가 상처 준 사람들. 나를 축복하고, 나를 따라다니며 괴롭히는 사람들. 내 단죄의 신들. 나는 그들과 함께 하루하루를 살아간다. 날마다 그들 앞으로 걸어가서 변론을 펼친다.

끝

## [ 감사의 글 ]

이 이야기의 출발점은 영화 〈링컨 차를 타는 변호사〉의 제작자인 탐 로센버그와 개리 루체시와의 토론이었습니다. 작가는 그들에게 항상 감사하는 마음을 갖고 있을 것입니다.

또한 작가는 이 책을 위해 연구하고 집필하는 과정에서 많은 분들의 도움을 받았습니다. 도움을 주신 분들은 다음과 같습니다. 아시야 머치닉, 빌 매시, 대니얼 달리, 로저 밀스, 드니스 보이체홉스키, 존 로마노, 그레그 케오, 테릴 리 랭크포드, 린다 코넬리, 알라페어 버크, 릭 잭슨, 팀 마샤, 존 휴턴, 제인 데이비스, 헤더 리조, 파멜라 마셜, 그리고 헨릭 배스틴. 이분들께 진심으로 감사드립니다.

옮긴이 **한정아**

서강대학교 영문학과와 한국외국어대학교 통역번역대학원 한영과를 졸업했다. 한양대학교
국제어학원에서 재직했으며 현재 전문 번역가로 일하고 있다. 옮긴 책으로 마이클 코넬리의
『블랙박스』, 『드롭: 위기의 남자』, 『다섯 번째 증인』, 『나인 드래곤』, 『혼돈의 도시』, 『클로저』,
『유골의 도시』, 『엔젤스 플라이트』, 『보이드 문』 등이 있으며, 그 밖에 『다음 사람을 죽여라』,
『헛된 기다림』, 『소피의 선택』, 『속죄』 등이 있다.

# 배심원단
## THE GODS OF GUILT

**1판 1쇄 발행** 2020년 3월 12일
**1판 4쇄 발행** 2022년 6월  2일

**지은이** 마이클 코넬리
**옮긴이** 한정아

**발행인** 양원석
**편집장** 심선희
**담당 마케터** 조아라, 신예은, 이지원

**펴낸 곳** ㈜알에이치코리아
**주소** 서울시 금천구 가산디지털2로 53, 20층 (가산동, 한라시그마밸리)
**편집문의** 02-6443-8902    **도서문의** 02-6443-8800
**홈페이지** http://rhk.co.kr
**등록** 2004년 1월 15일 제2-3726호

ISBN 978-89-255-6896-6 (03840)